KB268227

강원도민속학 총서 제3권

한국 민속제의 전승과 현장

김의숙 편저

새미

▎차례 ▎

이번 강원민속학총서 제3권은 청암 김의숙 교수님의 퇴임특집기념으로 마련되었습니다. 잘 아시듯이 청암 김의숙 교수님께서는 오랫동안 강원대학교에 재직하시면서 탁월한 연구 활동을 펼치셨으며 훌륭한 제자들을 길러내신 분입니다.

지난 2004년 우리 학회에서는 ≪강원민속학회지 제18집≫을 청암 교수님의 화갑기념 특집호로 낸 바 있는데 벌써 퇴임하신다니 세월의 무상함을 다시 느끼게 됩니다.

당시 발간사에서 저는 "김교수님은 불심이 깊으시고, 남을 먼저 생각하는 자비심과 두루 껴안는 원만한 인격을 지니셨을 뿐 아니라 학문적 성과에 있어서도 타의 추종을 불허합니다."라고 적은 바 있는데 이러한 생각은 지금도 변함이 없습니다.

교수님은 일찍이 ≪한국민속제의와 음양오행≫이라는 역저를 출간하셨고, 이후에도 강원도와 관련된 불후의 명저를 세상에 알리셨습니다. 많은 저술과 연구는 후학들에게 귀감이 되시고도 넘칩니다. 이제 대학교수로서 정년을 하셨다고 해도 교수님께서 추구하시는 원대한 삶의 목표에 마침표가 있겠습니까?

그동안 강원도 민속학회 회장을 역임하시면서 학회의 튼튼한 기반을 만들었고, 연구에서도 늘 앞서가셨지만 겸손하셨고, 이타애인의 가르침을 몸소 일러주신 흔적은 영원히 지워지지 않을 것입니다. 오랫동안 대학에서 후학을 이끄시고 대학원장을 맡아서 대학발전에도 공헌하신 바 있으시니 그 높은 스승의 자리는 누구도 빼앗아가지 못할 것입니다.

교수님과의 인연을 생각해보면 많은 일들이 주마등처럼 스쳐갑니다. 후학으로서 보다 정답게 그리고 알뜰하게 모셔드리지 못한 죄책감이 우선 마음에 걸립니다. 항상 남을 이해하고 나보다 남을 배려하시고, 어느 자리이건 누구를 험담하시는 모습을 본 적이 없으니 어디 보통사람이 할 수 있는 일이겠습니까? 교수님을 뵙게 되면 늘 자신을 돌아보게 됩니다.

이제 상아탑에서는 퇴임하셨지만 도타우신 불심은 교수님의 삶을 보다 풍요롭게 이끌어주실 것으로 믿습니다. 또한 여전히 그 온건하고 예리하며 올곧은 학자의 모습으로 후학들에게 가르침을 베풀어주시리라 믿어 의심치 않습니다.

돌이켜보면 지금은 고인이 되셨지만, 늘 따스한 미소로 대해주셨던 사모님이 항상 눈앞에서 지워지지 않습니다. 교수님의 상실감을 어느 무엇으로 대신할 수 있겠습니까만 부디 강건하셨으면 하는 마음 간절합니다.

청암 김의숙 교수님의 ≪민속제의 전승과 현장≫ 총서를 엮으면서 그 동안 많은 연구를 해 오신 민속제의에 대한 글들을 모아서 그동안의 가르침에 대한 감사의 뜻을 표하고자 합니다. 교수님과 이 세상에서의 인연이 여기서 끝나지 않으리라 믿습니다. 영원한 사표로서 훌륭한 선배학자로서 우리 모두가 교수님을 존경해마지 않음을 다시 밝히면서 간행사를 대신합니다.

청암(青巖) 김의숙(金義淑) 선생은 반도의 땅끝인 전라남도에서 삶을 시작하여 학문적 결실을 강원도에서 거두었다. 선생이 학자로서 국문학과 민속학 연구에 바친 학문의 길은 미답의 영역을 개척한 발걸음을 확인할 수 있다. 특히 강원도에서의 교수생활은 강원도민속학회의 학맥을 형성하였고, 한국민속학계에 큰 성과를 거두었으며 앞으로 그의 부지런한 업적 또한 지속적으로 평가받을 것이다.

청암 선생은 땅끝 마을에 인접한 전남 해남군 화산면 금풍리가 고향이다. 그러나 선생이 태어난 곳은 30여 리 떨어진 천년고찰 대흥사의 두륜산 자락에 있는 외가 마을인 만수동이다. 선생은 초등학교 4학년을 마치고 서울로 유학하기까지 어부인 아버지 밑에서 낮이면 갯벌에서 뛰놀고 밤이면 호롱불 밑에서 옛날이야기를 듣는, 동화와 신화를 호흡하면서 자랐다.

청암 선생의 인생역정은 크게 네 가닥으로 구분된다. 처음은 농어촌 마을에서 태어나고 자라 서울로 유학하기까지의 행복했던 시골소년 시대, 둘은 공부와 시험과 생존경쟁의 서울생활 시대, 셋은 강원대 교수로서 연구와 교육에 몰입한 춘천생활 시대, 그리고 넷은 경기도 포천 소재의 산사를 중심으로 온전히 선수행(禪修行)과 웰다잉을 추구하는 포천생활 시대 등이 그것이다. 이 과정은 고향의 행복한 소년기, 방황과 불안과 경쟁의 서울 청년기, 학문연구에 전념한 춘천의 장년기, 그리고 참선수행의 포천 노년기로 요약된다.

청암 선생의 학문세계는 고전문학, 민속학, 불교학이 아우른다. 대학과 대학원의 석사과정에서는 고전문학을 전공하였고, 박사과정에서는 민속학을 전공하여 대학에서 구비문학(민속문학)과 민중의 생활사인 민속학을 연구하고 강의하였다. 그리고 청년기부터 관심사였던 불교학을 문학과 민속학 쪽에 끊임없이 접속하는 학제간의 연구도 멈추지 않았다.

그러나 선생의 업적을 통해볼 때 주전공은 구비전승을 포함한 민속학이다. 선생이 민속학 연구를 처음 시작할 때만 해도 국내의 민속학은 걸음마 단계로서 낯선 영역이었으며 특히 강원도민속은 민속자료가 무진장하면서도 영동쪽의 몇 분 말고는 연구자가 희소하였다. 그런 상황에서 선생이 고전문학을 접어두고 왜 민속학을 평생의 학문으로 전공하게 되었을까를 궁금해 한다.

1993년도에 박사학위논문을 근간으로 하여 간행한 ≪한국민속제의와 음양오행≫(집문당)에서 선생은 고향에서 보낸 소년시대에 보고 겪은 제반 민속현상들이 지닌 본래의 의미(steno symbol)에 대해 커가면서도 끊임없이 궁금증을 벗어나지 못했다고 언급하였다. 이를테면 조개 채취하다가 물에 빠져 죽은 마을의 처녀와 6.25전쟁에서 전사한 청년과의 영혼결혼, 집집마다 재산신으로 위하는 업구렁이, 명주실 한 꾸러미가 들어가도록 깊다는 신비스런 연못들, 소년들의 영혼을 지배한 신령과 도깨비, 마을마다 버티고 선 장승과 서낭당 등등의 의미에 대해서 궁금증으로 목말랐다는 것이다.

그리하여 선생은 강원대학교의 국어국문학과 교수직에 있으면서 연구실에서 전개하는 고전문학 연구 대신에 열린 현장에서 빚어지는 민속학에 매료되고 심취하여 소싯적부터의 궁금증을 해소하게 되는 행운을 누리게 된다. 그리고 학문이 현실과 밀접한 관련을 맺을 때에 더욱 의의가 있고 보람도 있음을 깨달았다. 그래서 현장에서 발로 뛰어 자료를 채록하고, 그것을 풀어서 다시 이론화시키고, 그 이론을 다시 지역과 연계시켜 그 지역 정체성의 각인과 회복을 꾀하였다. 나아가 전통과 현대를 잇는 민속문화를 각 마을에 맞게 계승 발전시킴으로써 보다 풍요로운 마을을 만드는 데에도 앞장섰다. 그 결과 100여 편이 훨씬 넘는 논저와 조사보고서를 냈고, 신문과 잡지에 기고한 민속문화 관련 글만도 150여 편이 훨씬 넘는다.

청암 선생은 1995년에 발간한 ≪강원도민속문화론≫(집문당)의 서문에서 이렇게 언급하였다.

강원도의 역사적인 민속을 찾아 嶺路를 넘나든지 십수 년, 그것을 통해 삶의 기쁨과 민속학에 대한 열정을 누려왔다. 반세대가 지난 지금 이제는 그것을 차분히 정리해 둘 필요를 사명감으로 받아들였다. 그리고 그 결과가 본 저서이다. 비록 구전하여 오던 구비전승들이 사라지고, 일생의례와 세시풍속이 단절되었으며, 여러 민속의 형태가 변질되어 그 원형을 찾아보기가 어려울 때이기에 금번의 이 작업은 필자에게는 큰 보람이다. 게다가 금년은 강원도라는 이름을 가진지 어언 6백 년이 되는 해라서 「강원도 定都 600년」을 기념하는 해에 이루어진 결실이기에 더욱 뜻 깊다. 그리고 강원도 민속의 현재를 살피고 과거를 찾아보는, 이러한 작업은 강원도의 미래를 열어가는 데에 있어서 무엇보다 중차대한 것으로 믿는다. 민중의 삶 그 자체인 민속을 채록하고 보존한다는, 자료적 의미뿐만이 아니라 나아가 그것을 통해서 보다 나은 역사를 창출하는 데에 기여할 수 있는 원천이 될 수 있기 때문이다.

청암 선생을 만나기 위해서는 민속현장과 연구실에 가야지 집으로 가면 만날 수 없었다. 오로지 그는 민속문화의 발굴과 보전을 위해서 열정을 바쳤고, 민속문화와 삶을 함께 하였다고 할 수 있다. 그에게 있어 강원도의 맹추위와 한 여름의 폭염, 험난한 답삿길은 전혀 문제가 되지 않았다. 늘상 검게 그을린 얼굴이 얼마나 열심히 민속현장과 함께 하였는가를 말해 주었다.

어디를 가든 사진기와 녹음기와 필기구를 빠뜨리지 않았다. 험난한 현지조사의 비탈길에서 온 힘이 소진해 기진맥진해 있다가도, 현장에서 민속인물을 만나 채록을 할 때면 두 눈은 반짝반짝 빛났고 새로운 힘이 솟음을 옆에서도 볼 수 있었다. 특히 영월의 동강·서강 민속답사 때가 새삼 떠오른다. 어디서 저런 힘이 날까 궁금할 정도였다.

청암 선생이 민속문화를 연구한 결과물은 1985년부터 나오기 시작하였다. 그 첫 번째 업적이 <동해안 어촌 서낭제의 생생력 상징>이다. 이것을 시발점으로 해서 1990년 9월에 받은 박사논문 ≪한국 민속제의의 형성에 관한 연구≫라는 대작이 나타났다. 이 논문은 수정 보완을 거쳐 ≪한국 민속제의와 음양오행≫(1993)이라는 책으로 출간을 하여 학계의 이목을 끌었다. 아울러 이를 중문(中文)으로 요약·번역하여 중국 연변대학의 학술지에 ≪조선문화여음양오행(朝鮮文化與陰陽五行)≫(1994)이라고 제목을 붙여 게재하였다.

청암 선생의 민속학적 업적은 1995년에 발간한 ≪강원도민속문화론≫에서 우뚝하였다. 이 저서는 강원도 문화발전에 기여한 학술적 가치를 인정받아 1996년 7월 8일에 '강원도문화상'(학술부문)을 수상하는 계기가 되었다. 이 상이 주는 의미는 컸다. 상도 상이지만 선생의 민속문화에 대한 연구가 대외적으로 인정받는 계기가 되었으며, 민속문화 분야의 학문연구에 더욱 정진하게 된 촉매제가 된 것이다. 그 성과로 민속학계의 경사가 된 저작인 ≪민속문학이란 무엇인가(공저)≫(1993)와 ≪민속학이란 무엇인가(공저)≫(1996)를 발간하였다.

선생은 이후에도 한국민속학회의 이사 및 강원도민속학회 회장을 역임하면서 수많은 논문과 저서를 내게 된다. 그 중에 ≪강원도 전통문화총서-민속편≫(1997)를 발간하는데 이는 그 동안 답사를 다니면서 모은 자료집으로 그 가치가 대단히 높다. ≪동강민속을 찾아서(공저)≫(2000), ≪서강민속을 찾아서(공저)≫(2002), ≪강원의 민요 Ⅰ·Ⅱ(공저)≫(2001, 2003) 등은 동료 학자들과 현장조사한 귀중한 보고서다. 이어서 2005년부터 2006년에 걸쳐 강원민속총서 ≪강원인의 일생의례(공저)≫(2005), ≪강원인의 의식주(공저)≫(2006), ≪강원인의 생산민속

(공저)≫(2006) 등 잇달아 3권을 발간하는 획기적인 업적을 내었다.

그리고 민속문화에 대한 연구는 국내에만 머물지 않고 해외의 민속에까지 확대하셨다. 우리 민속에 대한 우월성과 명확성은 다른 곳의 민속과 비교연구를 통해서 분명히 드러나는 것이기에 상호간의 차별성과 공통점을 찾기에 열성이셨다. 그래서 방학이면 해외의 민속을 찾아 으레 답사배낭을 메었다. 백두산을 거쳐 용정과 흑룡강성, 일본 본토는 물론 오끼나와, 히말라야의 고산족, 말레이지아의 이슬람문화, 인도의 힌두 및 불교문화, 이테리를 비롯한 유럽제국과 러시아의 서구민속, 이집트와 터어키의 고대문화, 몽골의 유목문화, 나아가 남미의 잉카와 마야문화권의 현장을 두루두루 섭렵하여 여행담과 보고서를 발표하였다.

이러한 비교민속학에 대한 관심은 1984년 9월부터 1985년 8월까지 미국 하와이대학 연구교수로 있으면서 비롯하였다. 이 기간은 청암 선생으로 하여금 민속학이라는 학문세계의 지평을 넓히는 발판이었으며, 그때의 인연으로 <한국과 폴리네시아의 수호신에 관한 비교연구>(1987)를 발표하였다. 훗날 <몽골의 민속생활의례 고찰>(1996)이라는 성과도 나왔다.

청암 선생이 불교문화와 깊은 인연을 맺은 것은 어린 시절에 접하였던 대흥사의 영향이 컸으며, 나아가 사유하기를 좋아하는 그의 종교적 심성과도 유관할 것이다. 청년기에는 크리스찬 계통의 연세대학교에서 기독교적 문학과 접속하였으나, 이내 불교학을 연구하고자 동국대학교 대학원에 진학하면서 한국고전문학과 불교와의 인연을 천착하는 논문을 발표하였다. 언젠가 선생이 불교학에 인연을 맺은 것에 대해서 언급한 바가 있었으니, 그것은 법정스님의 '무소유(無所有)', 한용운 시 <알 수 없어요>와 <님의 침묵> 그리고 서포의 <구운몽> 등의 배경사상이 되어 있는 '공(空)'을 접하면서 비롯하였다는 것이다.

선생의 불교 관련 논문으로는 석사학위논문인 <고전소설의 불교사

상 연구>(1980)를 시발로 해서 <고전소설의 불교사상적 배경 연구>(1981), <국문학에 나타난 불교윤회사상 시비고(是非考)>(1981), <한국문학에 나타난 업의식(業意識)>(1982) 등이 있다. 그리고 구비문학연구의 차원에서 발표한 <구비전승으로 본 치악산 불교사회상>(2002), 민속학의 연구 차원에서 발표한 <불교민속학의 현장과 전망>(2003) 등등이 있다. 아울러 저서로는 대한불교 천태종의 '힘'을 직접 구인사에 가서 체험하면서 원론적으로 밝혀본 ≪구인사의 달≫(1999)과 '이야기로 배우는 불교'라는 부제가 붙은 ≪우리 불교 설화≫(2003)가 있다.

주지한 바대로 선생의 주 전공분야는 민속학이다. 민속학은 세시풍속, 일생의례, 민속문학, 민속신앙, 민속사회 등 민중의 삶의 양상을 통하여 한국인의 정체성을 밝히는 학문의 영역인데, 그 중에서도 선생의 주된 관심은 민속신앙과 구비전승인 민속문학이다. 특히 민속문학 가운데서도 신화, 전설, 민담을 포괄하는 설화문학이다. 선생은 설화에서 상징과 비유를 벗겨내고 참주제에 해당하는 역사적 진실을 밝혀내기를 즐겨하였다. 아울러 삶의 통찰력에서 오는 혜안과 현장에서 만난 중생에 대한 인간애가 상생하여 민속문학의 진정성을 드러내고자 노력하였다.

그리하여 그쪽의 논문도 수 편에 이르는데 <한국의 개벽신화>(1987), <강원도의 약수신앙과 설화연구>(1994), <이괄 설화 연구>(1995), <구비설화의 역사의식 연구 -강원도 부래설화를 중심으로->(1996), <김삿갓 구전설화 연구>(2003), <강릉단오제의 근원설화 고찰>(2002), <구비전승으로 본 치악산 불교사회상>(2002) 등이 있다. 그리고 저서로 ≪그리운 금강산 이야기≫(1998), ≪문화영웅 김삿갓 구전설화≫(2001), ≪이야기로 배우는 우리 불교설화≫(2003)등이 있다.

선생은 이렇게 설화연구와 채록에도 진력하였으나 그 활용에도 열성을 다하였다. 대학원장 재임시인 2006년 강원대학교에 4년제 대학으로서는 최초로 스토리텔링학과를 개설한다. 스토리텔링학은 단순한 이야기가 아니라 그것을 문화콘텐츠화해서 문화산업발전의 원동력으로 삼고자 하는 학문이다. 선생은 그동안 갈고 닦은 자신의 학문세계를 문화산업부문의 초석을 다지는 데에 최후의 열정을 쏟았다. 그것을 지향한 지침서로 ≪문화콘텐츠와 스토리텔링(공저)≫(2006), ≪한국신화와 스토리텔링(공저)≫(2008)를 출간함으로써 새로운 학문분야에 공헌하였다.

이처럼 청암 선생의 학문세계는 장르별로 볼 때 크게 넷으로 나눌 수 있다. 첫째는 고전문학연구이고, 둘째는 민속학연구, 셋째는 불교문학연구, 넷째는 스토리텔링이다. 고전문학에 대한 연구는 처음 학문의 세계에 입문해서 석사과정을 마칠 때까지, 민속학연구는 박사논문을 준비하던 1985년부터 현재까지, 불교문학에 대한 관심과 연구는 1980년대 초기부터 현재까지, 그리고 스토리텔링은 2004년부터 퇴직 때까지 열(熱)과 성(誠)으로써 이루어졌다.

청암 선생의 학문세계는 이렇게 고전문학, 민속학, 불교학, 스토리텔링이 날줄과 씨줄로 얽혀서 그 폭이 넓고 또한 풍요로웠으니 박학한 가운데서도 깊이가 있어 후학의 길잡이로서의 등대가 되었다. 선생은 한국민속학의 이론적 지평을 새롭게 제시하였고 강원민속학의 현장적 담론을 구체적으로 정리하였다. 청암 선생의 학문세계가 학계에 널리 인정되고 높이 평가되어 그의 학덕이 오래 남기를 합장한다. 개인적인 소망으로 일찍 명예퇴직을 하지만 앞으로 불교적 경험과 수행으로 한 차원 높은 인문학의 진수를 보여줄 글들을 기대한다.

청암 선생을 따르며 한수 한수 배운 후배요 도반(道伴)으로서 만감이 교차한다. 선생의 글들을 깊게 읽지 못해 누락된 부분이 있을 듯하다. 선생의 마음속으로 들어가지 못한 채 이학주 교수가 제공해준 연보식 글을 바탕으로 하여 주마간산 식 글쓰기를 해서 송구스럽다. 선생과 함께 하며 배운 학문의 훈습은 오래오래 가리라 믿는다. 선생이 베풀어준 자애, 선생이 일깨어준 무심, 선생이 어루만져준 치유를 잊을 수 없다. 청암 선생의 득도(得道)가 우리 학계에 또다른 실사구시적 탁견명학이기를 바란다. 끝으로 화갑(華甲) 때처럼 시조 한 수를 지어 드린다.

청실홍실 노래처럼 음양 따라 세상 열고
대흥사 부처님 미소 강원도 민속탑들
저절로 마음공부로 울려퍼져 빛나네. <청암아리랑>(이창식 지음)

2008년 7월

제1부
민속제의와 전승원리

강릉 대성황사 복원과 그 의미

김경남*

1. 머리말

강릉 단오제의와 관련한 중요한 제의의 공간은 바로 대성황사(大城隍祠)였다. 또한 이와 관련된 서낭당으로 약국성황, 대창리성황이 있다. 대성황사는 지금 강릉의 칠사당 뒷편에 위치했었다. 1894년 7월에서 1896년 2월초까지 약 19개월 동안 세 차례에 걸쳐 실시된 갑오개혁 시기에 대성황사는 멸실 위기를 맞이하게 되었다. 갑오개혁은 반상(班常)의 계급타파, 문벌을 초월한 인재의 등용, 인신매매의 금지, 천민대우의 폐지 등 전통적인 양반체제 하에서의 신분제도를 철폐하였다. 이외에 죄인의 고문과 연좌제(連坐制)의 폐지, 조혼금지, 자유의사에 의한 과부의 재혼, 양자제도의 개정, 의복제도의 간소화 등 인습적인 전통을 근대적인 것으로 바꾸었다.

이와 같은 갑오개혁은 조선 개국 이후 500년을 이어온 구제도를 일신한 제도상의 근대적 개혁으로서의 성격을 지니고 있으나, 일본의 침략적 의도에 따라 강행된 타율적인 개혁이므로 국내의 항일세력은 크게 반발하였다. 일제는 이 시기가 지나면서 노골적으로 침략의지를 드러내고 일제 강점기가 시작되면서 강릉단오제의 중요한 제의 공간인 칠사당 뒤편의 우리 고유의 믿음처였던 대성황사가 퇴락하고 말았다.

---

* 한중대 교수.

그리고 일본인에 의하여 오월 단오날 대관령국사서낭신을 모시고 지내던 무속제의가 금지되기에 이른다.

강릉지역 한학자였던 심일수의 일기를 싣고 있는 ≪遯湖遺稿≫에는 '융희 3년 을유 5월 단오 무격이 대관령국사성황신을 맞이하는 무격희를 일본인이 금지하여 폐하기 시작하였다'[1]라고 적고 있다. 융희 삼년은 1909년이니 일제 침략이 시작되자마자 곧 바로 우리 민족의 기층신앙에 대한 탄압을 제일 먼저 서두르게 되었다. 이러한 사정에 의하여 멸실된 대성황사는 근래에 와서 가설 대성황사라 할 수 있는 남대천으로의 이동이 불가피하게 되었음을 알 수 있다.

대성황 공간 중심의 팔단오(八端午)로 진행되던 단오제는 현재의 모습으로 개편이 이루어졌으며, 그리고 대관령산신 김유신 중심의 단오제는 대관령국사서낭 범일국사 중심의 제의로 변화되었음을 알 수 있다. 이러한 대성황사의 멸실(滅失)은 제의의 공간, 제의의 내용, 신격의 변화 등을 가져왔음을 의미한다. 이 글에서는 이러한 사정을 파악하고 대성황사의 복원과 의미를 검토하고자 한다.

2. 대성황사 관련자료 검토

◦ 이행 외 ≪신증동국여지승람≫ 권 44, 1530, 강릉대도호부, 사묘

  • 성황사 : 부 서쪽 백보(百步) 지점에 있다.
  • 김유신사(金庾信祠) : 화부산에 있다. 신증 : 지금은 성황사와 합쳤다.
  • 대관산신사(大觀山神祠) : 부 서쪽 40리 지점에 있다.

◦ 허균, ≪성소부부고≫, 권14, 문부11, 1611, 대령산신찬 병서.

  • 마을 사람들이 신봉하여 해마다 5월 길일에 대관령으로 가서 그 신을 맞

---

1) 이 책은 심일수(1877-1947) 선생의 문집이다. 문집은 시편, 서편, 제문편, 잡저편으로 편성되어 있다. 잡저편 속에 일기가 들어 있다. 일기의 내용은 광무 9년(1905)에서 1949년까지의 기록이다. '隆熙三年乙酉五月端午迎大關嶺國師城隍神巫覡戲始廢日人禁之也'

이하여 부사에 모신 다음 5일에 이르면 잡희를 베풀어 신을 즐겁게 해 준다.

○ 추엽융, <강릉단오제>, ≪일본민속학≫, 2권5호, 1930, pp.285~295.

· 제사는 '단오제' 라고 부리며 매년 음 3월 20일부터 신주를 빚는 것으로 시작된다. 한 달 건너 4월 1일과 8일에 헌주와 무악이 있고, 14일 저녁에서 15일 밤에 걸쳐 대관령 산신을 맞이하여 읍내에 있는 성황당에 받들어 모신다.

· 그러나 대성황당 즉 강릉의 읍성황당은 지금은 완전히 옛날의 모습을 찾아볼 수 없고 마을 서부 작은 언덕위에 옛날의 위치를 더듬을 수 있을 뿐이었다.

· 더욱이 대성황당에 모신 열두 신위는 갑오경장 때 모두 땅속에 묻어 버렸으나 이근주(李根周) 씨의 기억하는 바로는 홍덕왕 김유신, 송악산신, 강문부인, 초당부인, 연화부인, 서산, 송계부인, 범일국사, 이사부 등이 있었던 것 같다. 옹은 이 열두 신의 이름을 조사하기 위해 당시의 무격 중 강릉 유일의 생존자 조개불(趙介不)을 찾아 봤으나 역시 전부는 알지 못했다.

○ ≪생활상태조사(기삼) 강릉군≫ 조사자료 32집 조선총독부, 1931. pp.279~281.

· 국사성황강신제 -- 봉화와 악대의 줄이 수십 리에 이르니 자못 아름다운 풍경이었다. 그리하여 신목은 읍내의 소성황을 시작으로 각 관아를 돌아 대성황(지금은 없으며 그 흔적만 있다)에 봉안된다. 호장은 단오굿의 시작부터 끝날 때까지 무격을 대동하고 매일 참배를 한다.

○ 오청, ≪조선の년중행사≫, 조선총독부, 1931, p.147.

· 강원도 강릉읍에서 행해진 것인데 옛날에는 매년 5월5일이 되면 읍내 사람들은 횃대 등을 가지고 대관령에 이르러 신을 맞이하여 관아에

봉안하고 여러 가지 재미있는 놀이로 받들어 모셨다.

◦ 롱택 성, 《중수임영지》강릉고적보존회, 1933.

- 황혼이 되어 관사에 이르면 횃불이 들판을 메우고 관청의 하인들이 이를 맞아 성황사에 안치하였다.

◦ 촌산지순, 《부락제》, 조선총독부, 1937, pp.61~71.

- 일행이 마을로 들어오면 신간은 읍내의 관민이 맞이하여 읍내 입구에 있는 소성황(小城隍-흔히 여성황이라 부른다)에서 잠시 쉬고 이어서 군수 관사 및 육방 관사 등의 관아를 돌아 마지막에 마을의 대성황(大城隍-지금은 폐지된 수비대 연병장의 자리가 그 흔적이다. 당시에는 10칸의 커다란 신당이었다. 가운데에는 성황신 외에 다른 산신 및 장군신이 모셔지고 있었다)에 이른다.

◦ 추엽융, 《조선무속の 현지연구》, 양덕사, 1950, pp,122~123.

- 성황신간에 의해 대관령 산신을 맞이하여 읍내의 대성황사에 봉하고 신주를 바치는 자로는 첫 헌관은 호장, 다음 헌관은 부사색, 셋째 헌관은 수노 마지막 헌관은 성황직이었다.

◦ 임동권, <강릉단오제>《중요무형문화재 지정자료》, 서울 : 문화재 관리국, 1966.

- 대성황당은 지금은 없어지고 그 자리에 측후소가 들어 앉았다. 원래는 강릉시의 대성황사가 있었으며 대관령국사성황을 이 곳에 모셔 놓고 제사를 하던 곳이다. 일인(日人)이 들어온 후로 행사가 억제되고 사우도 퇴락하였다는 것이다.
- 대성황사에는 12신위를 봉안하였다는 바 송악산지신, 태백대왕신,

남산당제형태상지신, 서산송계부인지신, 감악산대왕지신, 성황당덕자
모왕지신, 신무당성황신, 김유신지신, 이사부지신, 초당리부인지신, 연
화부인지신, 범일국사지신이다.

강릉단오제의 중요 공간인 대성황사의 존재는 이미 1530년에 간행
된 ≪신증동국여지승람≫에 나타난다. 그리고 대관령에 대관산신사
가 있다고 기록하고 있으며, 화부산에 모시던 김유신사를 성황사에 합
쳤다[2]고 기록하고 있다. 이는 김유신 장군의 마을신의 인격화 과정의
중요한 단서가 될 수 있고, 대관령산신이나, 대성황사의 12지신의 하나
로 좌정하는 시기를 파악할 수 있으며, 대성황사의 존재나 위치를 파
악할 수 있는 근거가 되는 셈이다.

대령산신찬 병서에 기록했다. '마을 사람들이 신봉하여 해마다 5월
길일에 대관령으로 가서 그 신을 맞이하여 부사에 모신 다음 5일에 이
르면 잡희를 베풀어 신을 즐겁게 해 준다.'[3] 여기에서 부사에 모신다는
것은 '부사의 성황사에 모신다' 라고 해석해도 무방할 것이다. 그리고
대관령산신을 김유신으로 기록하고 있다. 이는 대관령산신을 모시고
강릉부내(江陵府內)의 성황사에 봉안하는 제의였음을 알 수 있다.

대성황사와 관련된 기록은 허균의 기록 이후 일본강점기의 일본인
학자들이 기록한 내용에서 확인된다. 1928년 강원도와 강릉에서 직접
현지조사를 실시한 추엽융(秋葉隆)은 강릉단오제 전반에 걸쳐 자세하
게 조사하고 언급하고 있다. 특히 '강릉단오제'라는 명칭을 처음으로
지칭한다. 그리고 '대관령 산신을 맞이하여 읍내에 있는 성황당에 받
들어 모신다'[4] 고 기록하였으며, '그러나 대성황당 즉 강릉의 읍성황
당은 지금은 완전히 옛날의 모습을 찾아볼 수 없고 마을 서부 작은 언

---

2) 이행 외, ≪신증동국여지승람≫ 권44, 1530, 강릉대도호부, 사묘.
3) 허균, ≪성소부부고≫, 권14, 문부11, 1611, 대령산신찬 병서.
4) 추엽융, <강릉단오제>, ≪일본민속학≫, 2권5호, 1930, pp.285~295.

덕 위에 옛날의 위치를 더듬을 수 있을 뿐이었다.' 고 하였다. 그리고 대성황사에 모시던 12지신에 대해서도 '더욱이 대성황당에 모신 열두 신위는 갑오경장 때 모두 땅속에 묻어 버렸으나 이근주(李根周) 씨의 기억하는 바로는 흥덕왕 김유신, 송악산신, 강문부인, 초당부인, 연화부인, 서산, 송계부인, 범일국사, 이사부 등이 있었던 것 같다. 옹은 이 열두 신의 이름을 조사하기 위해 당시의 무격 중 강릉 유일의 생존자 조개불(趙介不)을 찾아 봤으나 역시 전부는 알지 못했다.'[5] 고 언급하고 9신위의 이름을 기록하고 있다. 아울러 여성황당에 대해서도 '여성황당은 남대천가에 폐잔한 작은 사우(祠宇)로 남아 있었다. 입구에는 靈神堂 庚寅四月上幹 月波 라고 쓴 현판이 걸려 있고 그 안에는 土地之神位 라고 먹으로 쓴 흰 나무의 신위가 있고 약간의 제기도 있어 아직도 신앙이 절멸하지는 않았다는 것을 알 수 있다.'[6] 라고 했다.

추엽융은 특히 대성황사를 중심으로 하는 음력 3월 20일 신주빚기를 시작으로 5월 6일까지 3개월에 걸쳐 행하여지는 제의에 대하여 조사하고 처음 언급하고 있다. 그리고 이러한 모습도 '조선의 유신이라고 불려지는 갑오혁신 이래 끊어지고 볼 수 없게 된 것이다.'[7] 라고 하였다.

대성황당의 또 다른 기록은 추엽융의 ≪일본민속학≫에 소개한 '강릉단오제' 이후 이듬해 1931년 조선총독부에서 발행한 ≪生活狀態調査(其三) 강릉군≫ 조사자료 32집에 나타난다. 이 보고서는 선생영조(善生永助)가 조사한 보고서이다. 여기에는 국사성황강신제를 설명하면서 '봉화와 악대의 줄이 수십 리에 이르니 자못 아름다운 풍경이었다. 그리하여 신목은 읍내의 소성황을 시작으로 각 관아를 돌아 대성황(지금은 없으며 그 흔적만 있다)에 봉안된다. 호장은 단오굿의 시작부터 끝날 때까지 무격을 대동하고 매일 참배를 한다.'[8] 고 하였다.

---

5) 추엽융, 위의 책, 같은 곳.
6) 추엽융, 위의 책, 같은 곳.
7) 추엽융, 위의 책, 같은 곳.

같은 해 조선총독부가 간행된 오청(吳晴)의 ≪朝鮮の年中行事≫의 기록은 '매년 5월5일이 되면 읍내 사람들은 횃대 등을 가지고 대관령에 이르러 신을 맞이하여 관아에 봉안하고 여러 가지 재미있는 놀이로 받들어 모셨다.'[9] 고 간략하게 대성황사의 존재를 밝히고 있다.

1933년 강릉고적보전회가 편찬한 증수 임영지에서는 영신행렬이 '황혼이 되어 관사에 이르면 횃불이 들판을 메우고 관청의 하인들이 이를 맞아 성황사에 안치하였다.'[10] 고 기록하였다.

대성황사의 관련된 기록으로 1937년 村山智順의 ≪部落祭≫의 기록이 있다. '일행이 마을로 들어오면 신간은 읍내의 관민이 맞이하여 읍내 입구에 있는 소성황(小城隍-흔히 여성황이라 부른다)에서 잠시 쉬고 이어서 군수 관사 및 육방 관사 등의 관아를 돌아 마지막에 마을의 대성황(大城隍-지금은 폐지된 수비대 연병장의 자리가 그 흔적이다. 당시에는 10칸의 커다란 신당이었다. 가운데에는 성황신 외에 다른 산신 및 장군신이 모셔지고 있었다)에 이른다.'[11] 하였으며 대성황사의 위치와 그 규모를 파악할 수 있는 10칸의 커다란 신당이라 하였고 12신을 언급하는 듯한 성황신 외에 산신 및 장군신에 대하여 언급하고 있다. 그리고 산신을 모신 행렬이 여성황에 잠시 들리는 것으로만 기록되어 있어 현재의 여국사성황당의 위치와 단오제와의 관계 등 그 의미가 사뭇 다름을 알 수 있다.

그 다음으로 1950년 추엽융의 ≪朝鮮巫俗の 現地研究≫가 있다. 이 책은 1930년 보고된 강릉단오제의 현장조사 보고서를 바탕으로 쓴 논문이다. '성황신간에 의해 대관령 산신을 맞이하여 읍내의 대성황사에 봉하고 신주를 바치는 자로는 첫 헌관은 호장, 다음 헌관은 부사색, 셋째 헌관은 수노 마지막 헌관은 성황직이었다.'[12] 고 하여 산신맞이 행

---

8) ≪생활상태조사(기삼) 강릉군≫ 조사자료 32집 조선총독부, 1931. pp.279~281.

9) 오 청, ≪조선の년중행사≫, 조선총독부, 1931, p.147.

10) 롱택 성, ≪증수임영지≫강릉고적보존회, 1933.

11) 촌산지순, ≪부락제≫조선총독부, 1937, pp.61~71.

사와 대성황당에서의 단오굿에 대한 것이다.

그리고 1966년 임동권에 의하여 강릉단오제에 대한 조사보고서가 있다. 이는 강릉단오제를 국가지정중요무형문화재로 지정을 위한 조사보고서이다. 이 보고서의 전반적인 내용은 강릉의 지리적 조건과 역사적 배경, 단오제의 유래와 전설, 유적, 행사내역, 무굿, 관노가면극, 금기, 대관령 성황 축원가 등으로 구성되어 있다. 특히 '대성황당은 지금은 없어지고 그 자리에 측후소가 들어앉았다. 원래는 강릉시의 대성황사가 있었으며 대관령국사성황을 이 곳에 모셔 놓고 제사를 하던 곳이다. 일인(日人)이 들어온 후로 행사가 억제되고 사우도 퇴락하였다는 것이다.'[13] 라고 하여 대성황사가 일인들에 의하여 퇴락하였다는 현지 주민들의 제보를 실어 놓고 있다.

3. 대성황사 12지신과 팔단오

대성황사 관련 기록을 바탕으로 보면 대성황사는 1530년경 신증동국여지승람의 기록을 시작으로 하여 최초로 확인된다. 이 기록 이후 허균의 기록에서는 1603년경에는 대관령산신을 맞이하여 부사의 성황사에 모시는 기록 또한 확인 되고 있다. 가장 중요한 제의의 공간으로 분명히 존재하였으며, 갑오개혁을 기점으로 하여 일제강점기가 시작되면서 퇴락하여 멸실되는 운명을 맞이하였다 하겠다. 대성황사의 멸실은 강릉단오제의 전반에 걸쳐 개편을 가져왔다. 대성황사는 강릉단오제의와 관련된 중요한 제의의 공간이었다. 이는 특히 신격의 개편이 이루어지는 중요한 계기기 된 것이다.

추엽융은 대성황사에 모시던 12지신에 대해서도 '더욱이 대성황당에 모신 열두 신위는 갑오경장 때 모두 땅속에 묻어 버렸으나 이근주(李根周) 씨의 기억하는 바로는 흥덕왕 김유신, 송악산신, 강문부인, 초

---

12) 추엽융, ≪조선무속の 현지연구≫, 양덕사, 1950, pp.122~123.
13) 임동권, <강릉단오제>, ≪중요무형문화재 지정자료≫, 서울 : 문화재 관리국, 1966.

당부인, 연화부인, 서산, 송계부인, 범일국사, 이사부 등이 있었던 것 같다. 옹은 이 열두 신의 이름을 조사하기 위해 당시의 무격 중 강릉 유일의 생존자 조개불(趙介不)을 찾아 봤으나 역시 전부는 알지 못했다.'[14]고 언급하고 9신위의 이름을 기록하고 있다.

그러나 선생영조의 ≪생활상태조사(기삼) 강릉군≫ 보고서에는 11지신을 기록하고 있어 주목된다. 이를 보면 성황지신, 송악지신, 태백대왕신, 남산당제형태상지신, 성황당덕자모왕지신, 신라김유신지신, 강문개성부인지신, 감악산대왕지신, 신당성황지신, 신라장군지신, 초당리부인지신[15]이다. 이 기록에는 아직 성황지신과 신라장군의 구체적 인격화의 언급이 없다. 그리고 12지신 가운데 '송계부인지신'의 언급이 빠져 있음을 확인할 수 있다. '연화부인지신'도 언급이 없음이 확인된다.

이후 대성황사의 12지신의 언급은 임동권이 처음이다. '대성황사에는 12신위를 봉안하였다는 바, 송악산지신, 태백대왕신, 남산당제형태상지신, 서산송계부인지신, 감악산대왕지신, 성황당덕자모왕지신, 신무당성황신, 김유신지신, 이사부지신, 초당리부인지신, 연화부인지신, 범일국사지신'[16] 이라 하였다. 범일국사신과 이사부신 그리고 송계부인신의 등장이 앞선 기록과 차이가 있다.

그리고 이러한 대성황사의 멸실은 대성황에서 진행되었던 제의의 개편과 공간에도 영향을 주었다. 강릉의 입구 남대천변에 위치했던 여서낭당도 이동이 불가피하게 되었고, 산신을 모시던 행차가 국사서낭신 행차로 변화되었으며,[17] 대성황사에 안치되었던 신목은 국사여서

---

14) 추엽융, 위의 책, 같은 곳.

15) ≪생활상태조사(기삼) 강릉군≫ 조사자료 32집 조선총독부, 1931. p.279.

16) 임동권, <강릉단오제>≪중요무형문화재 지정자료≫, 서울 : 문화재 관리국, 1966. p.28.

17) 이에 대해 장정룡 교수는 강릉단오제 관련 자료를 검토하고 국사성황신 영신행사에 대한 재고증이 필요하며 팔단오의 복원도 필요하다고 언급하고 있다. 그리고 강릉단오제의 주신격은 산신이며 영신행사는 산신을 봉안하는 것으로 기록되어 있다는 점에서 앞으로의 고증적 측면의 새로운 논의가 필요하다고 지적하고 있다.(강릉시, ≪강릉단오제 천년사 자료집≫, p.109.)

낭당에서 그 기능을 담당하였다. 그리고 자연스럽게 여국사성황의 의미가 부각되었다. 그리고 이 여성황당에서 이루어지던 단오제의는 현재의 홍제동 위치로 서낭당이 이동하면서 가설 성황사를 설치[18]하여 제의의 공간만 남대천변으로 남게 된 까닭이겠다. 그리고 이 시기에 대성황사의 12신 가운데 한 자리를 차지했던 범일국사신만 유일하게 대관령국사성황사로 공간 이동을 했다 하겠다. 대성황사의 멸실은 단오제의 또 다른 제의의 공간이었던 다른 서낭당에도 영향을 주게 된다. 이리하여 시내 북쪽에 위치한 약국성황이나 동쪽에 위치한 대창리 성황당의 제의도 퇴락하는 배경이 되고 말았다.[19] 과거 제의 때에는 제관, 임원, 무격 등이 大昌驛馬를 타고 대관령을 왕복하고 신목을 모시고 도착하였으며, 이 대창리 성황당에는 肉城隍堂과 素城隍의 二位를 모셨다 하고 육성황을 창해역사, 소성황에는 강릉출신 매월당 김시습(1434~1493)을 제사 했다[20]는 것이다.

대성황사의 12지신은 송악산지신, 태백대왕신, 남산당제형태상지신, 감악산대왕지신, 성황당덕자모지신, 신무당성황신, 김유신지신, 이사부지신, 초당리부인지신, 서산송계부인지신, 연화부인지신, 범일국사지신 등이 봉안되었던 곳이다.[21] 이렇게 많은 신을 모신다는 것은 한국 신앙의 특징[22]인 다신적(多神的) 신앙의 체계라 할 수 있다. 이는 무속적 경향이 지역적 특색의 한 모습으로도 이해될 수 있다. 이를 분류하여 보면 산신계(山神系), 지모신계(地母神系), 장군신계(將軍神系),

18) 임동권, 위의 책, p.43. '대성황사가 지금은 없으므로 금년에는 근래의 前例에 따라 남대천백사장에 미리 마련한 가설당에 모셨다.' 라고 기술하고 있다. 이는 국사성황을 홍제동 여성황사에 봉안하지 않았다는 것으로 적어도 1966년까지만 하여도 가설이라 할지라도 대성황사 제의의 공간이 살아 있었음을 알 수 있는 대목이다.
19) 임동권 교수의 조사에 의하면 1961년 도로공사 때에 대창 성황사는 철거되었다고 한다.
[임동권, 강릉단오제(<한국민속학논고>, 서울 : 집문당, 1971)], p.221.
20) 임동권, 위의 책, 같은 곳.
21) 임동권, 앞의 책, p.221.
22) 김선풍, ≪한국시가의 민속학적 연구≫, 서울 : 형설출판사, 1977, p.39.

성황신계(城隍神系)로 분류할 수 있다.[23]

　12지신 가운데 가장 많은 자리를 차지하고 있는 계열이 바로 산신계 신들이다. 자연숭배 대상으로서 名山은 대표적인 곳이었기 때문이다. 즉, 그 명산에 성령이 깃들여 있다고 믿고 이의 위력을 인간의 편으로 만들기 위해서는 명산에 제를 올림으로써 이루어질 수 있는 것이라 믿었던 것이다. 이러한 토속신앙에 의하여 전국 각처의 명산을 지정하여 삼국시대부터 제사를 거행한 사실[24]들이 이를 증명하고 있다. 그리고 삼국시대를 지나 고려조에도 일정한 명산을 영험한 곳으로 정하여 치제하거나 이 곳에 神號加上 山神加封[25] 함으로써 이를 숭배하여 신의 陰佑를 얻으려 했음을 ≪고려사≫의 여러 곳에서 살필 수 있다. 뿐만 아니라, 조선시대의 태조 때 봉호를 내리는 데[26]에도 치제하는 모습을 볼 수 있다. 이러한 사정으로 미루어 보면 대성황사의 산신계열의 많은 신들이 좌정할 수 있었던 까닭이 국가적 치제에 의한 산악을 중심으로 하는 강릉지역의 환경적 영향도 크게 작용했으리라는 것을 쉽게 이해할 수 있다. 그러므로 전국각처의 유명한 산악 신을 좌정시켰는데 송악산지신, 태백대왕신, 남산당제형태상지신, 감악산대왕지신, 대관령산신인 김유신지신 등이 이들이다.

　大城隍祠의 12신 가운데 여신(女神)은 城隍堂德慈母之神, 草堂里夫人之神, 西山松桂夫人之神, 蓮花夫人之神이다. 여신이 제의의 대상이 되어 왔음은 우리 나라 원시 신앙가운데 巫俗的 汎神論과 관련이 있다.[27]

---

23) 김선풍・김경남, ≪강릉단오제연구≫, 보고사, 1998.

24) 김부식, ≪삼국사기≫卷 第三十二 雜志 第一 祭祀條, "三山五岳巳下名山大川分爲大中小祀"

25) ≪고려사≫, 世家十一, 肅宗 一七年 九月　名山大川皆加德號라 했고, 또<同書>世家二十七, 元宗三 十四年五月條에는 "以先冊無等山 神陰助討賦命禮司加封爵號春秋致祭"라 한다.

26) ≪조선실록≫ 太祖元年 壬申 八月조에는 三軍癸酉春正月丁卯 吏曹請封境內名山大川城隍海島之神 松嶽隍曰鎭國公 利寧安邊完山城隍曰啓國伯 智異無等錦城啓龍紺岳三角白岳諸山晋州城隍曰國白其餘皆曰護國之神라 했다.

27) 박용식, ≪한국설화의 원시 종교사상 연구≫, 서울 : 일지사, 1984, p.22.

그리고 신화적 질서의 세계에서도 여신은 대지의 지모신으로의 상징기능을 지니고 있음을 알 수 있다. 이런 의미에서 볼 때 우리 나라 신화에 나타나는 여성의 상징은 결국 지모신임을 알 수 있다. 이 지모신과 관련된 속성은 바로 농경문화를 배경으로 하고 있어 수신, 대지신, 곡신 등의 원형상징[28]임을 말해주고 있다.

마을제의의 신이 되는 경우는 인간을 위해 위대한 일을 한 인물이 죽어서 되는 경우이다. 그러므로 이러한 인물은 국가를 수호하던 사람, 마을을 개척한 사람, 위기에 있는 나라를 지킨 장군, 위험한 동물을 퇴치한 영웅[29]등 많은 업적을 남긴 사람이 신이 되었다는 것이다. 다시 말하면, 살아서 훌륭한 일을 한 사람은 죽어서도 그러한 일을 할 수 있다는 믿음이다. 강릉 대성황사 12신 가운데 金異斯夫之神의 경우도 이러한 과정에서 좌정하게 된 장군신이다. 김이사부장군은 신라 지증왕 13년에 우산국을 정벌하였던 인물로 그는 이 지역과 관련이 있기에 神으로 좌정하게 되었다. 장군신은 무신(武神)으로서 외부로부터 들어오는 재난을 막아 주는 신이다. 이러한 장군은 신가에도 나타나는데 <군웅>으로 오방신장과 다른 장수를 청배하여 오신하게 된다.

성황신은 고려 때부터 一城一邑의 수호신으로 권장해 온 신으로서 지방의 주·군·부락의 지방관리, 또는 부락민이 제사를 지냈다.[30] <성황>은 중국 전래의 신앙으로 마을 수호기능과 명칭상의 발음이 비슷하여 우리 나라 <서낭>신앙과 같이 혼용된다. 대성황사의 12神 가운데 이 성황계열로 분류될 수 있는 신은 神武堂城隍과 범일국사이다. 신무당성황신은 <東國歲時記>의 五月 端午條에[31] 씨름(각력희)을 했는데 공간적 배경이 남산의 왜장(지금의 예장동)과 북악산 신무

---

28) 박용식, 앞의 책, p.57.

29) 최길성, 앞의 책, p.202.

30) 촌산지순, <조선의 귀신>, 동문선, 1990, p.126.

31) 홍석모, <동국세시기>五月 端午條. 丁壯年少年 會於南山之倭場 北山之神武門後爲 角力之戲

문(神武門, 경복궁 뒷문)이었다. 여기에서 신무문은 바로 대성황사에서 볼 수 있었던 神武堂城隍神의 명칭과 같고, 단오와 관련된 풍습인 씨름 놀이가 있었던 것으로 보아 여기에서 유래한 신이 아닌가 한다. 범일국사신은 현재 강릉단오제의의 主神인 대관령 국사서낭신으로 모셔지는데, 대성황사 철폐 이후 유일하게 대관령으로 성황사를 옮겨 단독으로 좌정하고 있다.

이러한 대성황사의 퇴락은 제의 의식 과정에도 그 영향을 주었다. 이는 추엽융이 처음 언급했던 팔단오(八端午)의 모습이 그것이다. 추엽융의 1930년 기록에서 자세하게 팔단오를 처음 언급하고 있다. 이후 단오제와 관련된 근대의 기록들도 음력 3월 20일 단오가 시작되는 것으로 그 기점으로 하여 전개 되는 것으로 기록하고 있으며. 팔단오는 추엽융의 1950년≪朝鮮巫俗の 現地硏究≫에서도 나타난다. 이후 임동권의 조사보고서에도 팔단오에 대한 언급이 있다. 추엽융의 팔단오[32]를 정리하면 다음과 같다.

3월 20일	:	神酒謹釀
4월 1일(初端午)	:	獻酒와 巫樂
4월 8일(再端午)	:	獻酒와 巫樂
4월 14일	:	奉迎出發
4월 15일(三端午)	:	山神奉迎, 大城隍祠 奉安
4월 27일(四端午)	:	巫祭
5월 1일(五端午)	:	花蓋, 官奴假面劇(本祭始作)
5월 4일(六端午)	:	官奴假面劇, 巫樂
5월 5일(七端午)	:	官奴假面劇, 巫樂
5월 6일(八端午)	:	火散(燒祭), 奉送

또한 4월 15일 대관령에서 영신을 하여 대성황사에 봉안 하여 4월 16일부터 5월 6일 단오가 끝날 때 까지 21일 동안 매일 날이 밝기 전에 호

---

32) 추엽융, <강릉단오제>, ≪일본민속학≫, 2권5호, 1930, p.287.

장, 도사색, 수노, 성황직, 내무녀가 배례를 행한다고 하였고[33] 1937년 村山智順의 ≪부락제≫에는 4월 27일에는 읍내의 시장이 열리는 장날을 기하여 걸립을 하며, 이는 무격의 한 무리가 신악을 울리면서 신간을 앞세워 시내를 행진하여 제사비용을 거둔다[34]고 기록하고 있어 퍽 흥미롭다. 이처럼 팔단오는 대성황사를 중심으로 진행되어 왔다. 제의의 기간과 내용 또한 다채롭게 행하여졌음을 알 수 있다. 그러므로 원래의 강릉단오제는 음력 3, 4, 5월에 걸쳐 대성황사 중심의 팔단오(八端午)민속대축제(民俗大祝祭)였음을 확인할 수 있다.

임동권의 1966년도 조사보고서[35]의 진행과정은 남대천 백사장의 가설당(假設堂)을 중심으로 되어 있다.

3월 20일	: 신주근양
4월 15일	: 봉영, 대관령성황제, 산신제
5월 3일	: 여성황제, 거화행진, 무악, 관노가면극, 농악
5월 4일	: 궁도대회, 체육대회
5월 5일	: 무악, 관노가면극, 농악, 그네대회, 씨름대회, 궁도대회, 체육대회
5월 6일	: 무악, 관노가면극, 농악, 그네대회, 씨름대회, 체육대회
5월 7일	: 무악, 소제

이 조사보고서의 강릉단오제 제의는 현재의 모습과 별반 다르지 않다. 다만 신주빚기가 음력 3월 20일이므로 현재의 4월 5일의 신주빚기 일자가 다를 뿐이다.

4. 대성황사복원과 그 의미

대성황사는 강릉 단오제의와 관련된 중요한 제의의 공간이었다. 이

---

33) 추엽융, <강릉단오제>, ≪일본민속학≫, 2권5호, 1930, pp.289~290.

34) 촌산지순, ≪부락제≫, 조선총독부, 1937, pp.61~71.

35) 임동권, <강릉단오제>≪중요무형문화재 지정자료≫, 서울 : 문화재 관리국, 1966. p.39.

대성황사는 일제의 강점기가 시작되면서 멸실되었다. 이러한 사정이 원인이 되어 이 시기를 거치면서 강릉단오제의의 모습도 변화를 맞게 된다. 대성황사에서 진행되었던 제의는 남대천으로의 이동이 불가피하게 되었고, 산신을 모시던 행차가 국사서낭신 행차로 변화되었으며, 대성황사에 안치되었던 신목은 국사여서낭당에서 그 기능을 담당하였다. 그리고 자연스럽게 국사여서낭의 의미가 부각되었다. 그러면서 이 시기에 대성황사의 12신 가운데 한 자리를 차지했던 범일국사지신만 유일하게 대관령국사성황사로 공간 이동을 했다. 대성황사에 모셔졌던 12신은 산신계 신, 지모신계 신, 장군신계 신, 성황신계 신 등으로 나누어 살필 수 있다. 12신은 대성황사에 좌정했던 신들이다. 이 12신들 역시 대성황당이 사라지면서 강릉단오제의 제의 대상에서 사라지는 운명이 되었고, 대성황사의 기능이 약화되거나 공간의 상실이 이루어지면서 단오제와 관련된 또 성황당에도 영향을 주어 그 기능과 공간의 상실을 가져왔다 할 것이다. 대관령산신행차에서 화개를 앞세우고 들러 굿을 하였다고 한 관련 성황당은 시내에서 북쪽의 약국성황과 시내 동쪽의 대창리 성황당이 그것이다. 음력 3, 4, 5월에 걸쳐 대성황사 중심의 팔단오(八端午) 민속대축제(民俗大祝祭)였던 강릉단오제는 대성황사을 잃어버림에 따라서 현재의 단오제 모습으로 축소되거나 개편되는 과정을 겪게 된 것이다.

강릉단오제는 2005년 유네스코 세계무형문화유산으로 등재되었다. 이는 강릉단오제의 여러 가지 측면에서 훌륭한 가치를 인정받은 쾌거가 되었다. 바로 세계화의 과정에서 강릉단오제의 전통문화적 우수성을 발견하게 된 계기가 되었다 하겠다. 이후 여러 측면에서 논의되고 있는 강릉단오제의 관광화, 세계화는 아직 이렇다 할 가시적 성과는 보이지 않는다. 그렇다고 그 결과가 전혀 없다는 이야기는 아니며, 하루아침에 이루어질 수 있는 것도 아니라는 이야기다. 다만 어떻게 이를 잘 꾸리는가 하는 문제가 남는다. 1967년 강릉단오제는 국가중요문화재지정 이후 많은 변모와 발전을 이룩하면서 오늘에 이르고 있다. 그러나 일제강점기를 지나면서 훼손된 단오제 관련 유적과 제의들은 다시 복원과 재현을 서둘러야 한다. 그 복원의 의미는 바로 단오제의 사상과 기층 민속의 가치를 복원을 의미 한다. 그 정점의 한 가운데에 있는 문제가 바로 대성황사이다. 대성황사는 팔단오의 유교 제의, 무속제의 뿐만 아니라 관노가면극, 민속놀이, 난장 등과 같은 강릉단오제의 중요 민속문화특소가 이 공간을 중심으로 전개되고 있었다는 것을 의미하는 것이다. 그리고 대성황사의 모셔졌던 12지신은 모두 강릉과 관련된 인격신들이다. 이러한 인물들을 통하여 역사적 교훈과 충, 효, 예의 가치를 기를 수 있는 중요한 역사의 교육 현장이며, 철학적 바탕이 되는 이 대성황사의 복원이야말로 강릉단오제의 잃어버렸던 복원을 의미한다 해도 과언이 아닐 것이다. 그리고 대성황사의 복원은 강릉단오제의 보존과 계승이라는 문제를 해결하고 새로운 발전을 모색하고 하는 중요한 핵심의 하나인 것이다. 이 대성황사의 복원을 중심으로 강릉단오제의 상설화 계획[36]을 도모하고 대성황사를 축으로 하여 강릉단오제박물관, 강릉단오제민속촌을 건립[37]하여 단오제의 중심적 역할을 감당하도록 해야 할 것이다.

5. 맺음말

강릉단오제는 오랜 세월동안 우리의 전통문화의 다양한 요소를 지니고 있어 중요한 문화재로 널리 각광을 받아왔다. 강원도를 대표하는 살아있는 민속문화의 결정체로 전국 유일의 오랜 전통과 규모를 자랑하며 확고한 자리매김을 하게 되었다.

---

36) 근자의 강릉단오제 상설화를 위해 사단법인 강릉단오제위원회가 설립되었다. 그러나 이는 단오제 행사를 위한 것이다. 장기적인 안목에서 강릉단오제 연구만을 위한 강릉단오제연구소 또는 연구원의 설립이 절실히 요청된다.
37) 김경남, <강릉단오제의 현대적 계승>, ≪강릉단오제백서≫, 강릉문화원, 1999. p.50.

강릉단오제의 튼튼한 역사적 뿌리는 고대 제천의식에 두고 있다. 이는 상고시대에 숭배되었던 다양한 자연신앙을 바탕으로 하여 이루어진 제의(祭儀)의 전통이다. 부족사회에서 숭배되었던 자연신은 천신, 산신, 해신, 부족장신 등이었는데 수렵, 농업, 가축, 전쟁에서의 승리, 풍어 등의 행운을 가져다 준다고 믿어왔다. 이러한 의식이 점차 부족단위에서 마을단위로 변모되었다.

옛 문헌을 통해 보면 강원도에서는 강릉 단오제의와 같은 양상의 전통의식으로 삼척의 오금잠제, 태백의 산신제, 양구의 단오서낭제 등이 있으며 퍽 흥미롭다. 강릉단오제의 중심공간이었던 대성황사(大城隍祠)에는 12신을 모셨는데 12신 가운데 태백산산신이 있어서 지역적 차이는 있지만 중요한 신앙의 대상이었던 것으로 파악할 수 있다. 그러나 삼척의 오금잠제와 태백의 산신제, 양구의 단오서낭제 등은 오늘날 그 흔적을 찾기가 어렵지만 강릉단오제는 역사, 지리, 환경상의 특성으로 인하여 수많은 역사의 굴절을 경험하면서도 질박한 우리의 전통문화를 느낄 수 있는 중요한 문화유산으로 오늘날까지 계승된 것이다.

그러므로 이제 강릉단오제는 세계무형문화유산으로 강릉이라는 한 지역을 벗어나 세계적인 문화의 장으로 승화되었다. 세계문화의 중심적 역할을 수행할 수 있게 된 것이다. 그러기에 강릉단오제의 중심역할을 수행했던 대성황사의 복원과 팔단오의 복원은 강릉단오제라는 우리의 전통문화가 다시 한 번 세계 속에 자리 잡을 수 있는 그 첫 단계임을 강하게 시사하고 있다 하겠다.

■ 참고문헌

강릉시, ≪강릉단오제 천년사 자료집≫, 2006.
김선풍, ≪한국시가의 민속학적 연구≫, 서울 : 형설출판사, 1977.
김선풍 · 김경남, ≪강릉단오제연구≫, 보고사, 1998.
롱택 성, ≪증수임영지≫, 강릉고적보존회, 1933.
박용식, ≪한국설화의 원시 종교사상 연구≫, 서울 : 일지사, 1984.
_____, ≪생활상태조사(기삼) 강릉군≫ 조사자료 32집, 조선총독부.
오청, ≪조선の년중행사≫, 조선총독부, 1931.
이행 외, ≪신증동국여지승람≫ 권 44, 1530.
임동권, <강릉단오제>, ≪중요무형문화재 지정자료≫, 서울 : 문화
        재 관리국, 1966.
_____, <강릉단오제>, ≪한국민속학논고≫, 서울 : 집문당, 1971.
촌산지순, ≪부락제≫, 조선총독부, 1937.
_____, <조선의 귀신>, 동문선, 1990.
추엽융, <강릉단오제>, ≪일본민속학≫, 2권5호, 1930.
_____, ≪조선무속の 현지연구≫, 양덕사, 1950.
허균, ≪성소부부고≫, 1611.

강릉단오제와 설화문학

김선풍*

1. 강릉단오제의 역사

강릉단오제는 강원도 강릉지방에서 매년 음력 5월 단오날에 거행하는 향토신제(鄕土神祭)이다.

대관령산신(大關嶺山神)과 대관령국사서낭신(大關嶺國師城隍神)을 제사하는 강릉단오제는 대관령의 험준한 행로(行路)의 안전과 생업의 풍요, 그리고 마을의 안과태평(安過太平)을 기원하는 제의이자 축제로, 우리나라에 현존하는 향토신제 중 그 규머가 가장 크고 단오날 행사로서는 대표적이라 할 수 있다.

이 제의는 음력 3월 20일 신주(新酒)를 빚는 데서부터 시작하여 5월 6일(八端午) 소제(燒祭)를 하고 신을 봉송하는 데까지 장장 50일 간에 걸친 대대적인 행사로 이어진다.

본격적인 제의는 음력 5월 1일부터 시작되는데, 단오굿과 관노가면극(官奴假面劇)을 중심으로 그네 · 씨름 · 줄다리기 · 윷놀이 · 궁도 등 각종 민속놀이와 기념행사가 벌어진다. 이 기간 동안에는 영동 일대는 물론 각지에서 수십만에 이르는 구경꾼들이 모여들어 강릉시는 온통 축제분위기를 이룬다.

강릉단오제가 언제부터 시작되었는지 정확한 연대는 알 수 없으나

---

* 한중대 석좌교수.

그 역사와 제의의 모습을 짐작케 해주는 몇몇 기록이 전하고 있다.

강릉단오제에 관한 문헌적 전거는 성종 때의 문신 남효온(南孝溫, 1454~1492)이 엮은 한문수필집 ≪추강집 秋江集≫에도 그 기록이 나타나지만, 조선 경종(景宗, 1720~1724) 때 간행된 ≪강릉지 江陵誌≫에 의하면, 그 역사가 고려초까지 올라갈 수 있는 오랜 전통을 지니고 있다. ≪추강집≫에는 다음과 같은 기록이 전한다.

> 영동민속에는 매양 3·4·5월 중에 택일을 하여 무당과 함께 산신에게 제사를 지내는 것이 있다. 부자는 음식을 말에 싣고, 가난한 자는 음식을 머리에 이고 가서, 귀신석에 제물을 진설한다. 연 3일 생황을 불고 북을 치고 비파를 뜯으며 놀다가, 취하고 배부른 연후에 산에서 내려온다.

이 기록은 반드시 강릉단오제만을 지칭한 것은 아니고 일반적인 영동 민속을 가리키고 있으나, 그 시기 중 5월이 포함되어 있고, 또 그 의식이 대관령서낭제의 진행과 흡사한 점으로 미루어 보아 강릉단오제를 추정케 한다.

허균(許筠, 1569~1618)의 시문집인 ≪성소부부고 惺所覆瓿藁≫(1613) 권14 문부(文部) 11 <대관령산신찬병서 大關嶺山神贊幷書>에 의하면, 저자가 계묘년 여름 강릉에 가서 단오제를 구경한 적이 있다는 기록이 있다.

> 계묘년 여름 내가 명주(강릉)에 있을 때, 명주 사람들이 5월의 길일을 택해서 대관령산신을 맞이하러 갔다. 내가 이속(吏屬)에게 물으니, 이속이 "그 신은 다름 아닌 신라대장군 김유신(金庾信)입니다."라고 대답했다. 공은 어렸을 때 명주에서 유학했고, 산신에게서 검술을 배웠고, 명주 남쪽에 있는 선지사(禪智寺)에서 검을 만들었다. 이 검으로 고구려를 멸망시키고 백제를 평정했다. 죽어서 대관령의 신이 되었는데, 지금에 이르기까지 남다른 영검이 있었다. 고로 명주 사람들은 매년 5

월초 길일에 제사를 지낸다.

　허균의 출생이 선조 2년(1569) 기사생(己巳生)임에 비추어 보면, 당시의 계묘년은 그의 나이 35세 때인 선조 36년, 곧 서기 1603년이 된다. 따라서 위의 기록이 지금으로부터 390여 년경인 것으로 보아, 강릉단오제는 이미 그 이전부터 성대한 향토제로서 전승되고 있었음을 짐작할 수 있다.
　경종 때 간행된 ≪강릉지≫는 작자 미상인 향토지 ≪임영지 臨瀛誌≫를 취사(取捨)해서 만든 것으로, 권2 풍속조(風俗條)에는 다음과 같은 기록이 있다.

　　왕순식이 고려 태조를 따라서 남쪽을 정벌할 때, 꿈에 승(僧)과 속인
　　(俗人) 두 신이 병사들을 이끌고 와서 구해 주었다. 문뜩 깨어 보니 싸움
　　에 이겼다. 고로 대관령에 사우(祠宇)를 지어 치제(致祭)케 하였다.

　위 기록에 나타난 바와 같이 이미 고려 태조 때 대관령산신에게 제사를 지냈다는 ≪강릉지≫의 기록에 따르면, 단오제의 역사는 거의 천여 년 전까지 소급될 수 있다.
　일제 때 간행된 문헌으로 강릉단오제에 관한 기록은, 이마무라(今村鞆)의 ≪역사민속조선만담≫(1931), 무라야마(村山智順)의 ≪부락제≫(1937), 오청(吳晴)의 ≪조선의 연중행사≫(1937), 그리고 아끼바(秋葉隆)·아까마쓰(赤松智城)의 ≪조선무속의 연구≫(1938)와 해방 이후에 간행된 아끼바의 ≪조선민속지≫(1954) 등에 나타나고 있다. 이 중 ≪부락제≫와 ≪조선민속지≫는 다른 문헌들이 단편적인 언급에 그치고 있는 데 비하여 비교적 상세하게 기록하고는 있으나, 고증보다는 사실 위주의 기술에 충실했고, 단오제의 기원에 관한 언급은 전혀 찾아볼 수 없다.

2. 강릉단오제의 근원설화

강릉단오제의 유래를 알려주는 근원설화(根源說話)로는 대관령산신으로 모시고 있는 김유신장군(金庾信將軍)에 대한 설화와 대관령국사서낭신인 범일국사(梵日國師)에 대한 설화가 있다. 그리고 후대로 내려와 국사서낭신과 부부신이 된 국사여낭서낭신에 대한 설화, 그리고 대성황사(大城隍祠)에 모신 12신에 관한 이야기가 전해지고 있다.

(1) 김유신장군신 설화

신라 장군 김유신은 어렸을 때 명주(溟州)에 유학하여 대관령산신(오대산신이라고도 함.)에서 검술을 배웠다. 그는 강릉의 남쪽에 있는 선지사(禪智寺)에서 명검을 만들었고, 그 신통한 검으로 백제와 고구려를 멸망시켜 삼국통일을 했다.

사후에 대관령의 산신이 되어 이 지방을 보호해 주었다. 임진왜란 때는 대관령과 송정(松亭)의 모든 소나무를 군사로 보이게 하여 왜군이 근접치 못하게 하였다.

(2) 범일국사신 설화

강릉에서 남서쪽으로 약 5km 떨어진 명주군 구정면 학산리(溟州郡 邱井面 鶴山里)에는 범일국사와 관련된 학바위[鶴岩]·석천(石泉)·굴산사지(屈山寺址) 등의 유적이 있는데, 다음과 같은 감생설화(感生說話)가 전하여지고 있다.

옛날 학산 마을의 대가집에 한 처녀가 있었는데, 아침 일찍이 굴산사 앞에 있는 샘에 가서 물을 뜨니 바가지 물 속에 해가 떠 있었다. 처녀는 물을 버리고 다시 떴으나 해가 또 물 속에 있어 버리고 다시 물을 떴다. 그래도 여전히 해가 바가지 물 속에 떠 있어 이상하게 여기면서 물을 마셨다.

그런 일이 있은 후 처녀의 몸에는 태기가 있었고, 달이 차자 옥동자를 낳았다. 그러나, 처녀가 아비없는 아이를 낳은지라 망발이라 하여 집안에서 몰래 그 아기를 솜에 싸서 뒷산 학바위 밑에 버렸다. 학바위는 큰 바위가 여럿이 포개져 있고, 그 밑은 동굴처럼 되어 있는 곳이다.

아기를 버린 산모는 밤을 뜬 눈으로 지새고, 며칠 후 모정(母情)에 못 이겨 아기를 버린 학바위를 찾아갔다. 그런데 이미 죽었거나 산짐승이 물어간 줄로 알았던 아기는 뜻밖에도 학들이 빨갛고 작은 구슬알을 아기 입에 넣어 주며, 날개로 아기를 따뜻하게 감싸주고 있는 것이었다.

이 광경을 보고, 이 아이는 보통 사람이 아니라 하늘이 점지해 주신 아이라 믿고 데려와 키우니 자라면서 점점 머리가 비범하였다. 당시의 서울인 경주로 보내 공부를 시켰다. 소년은 열심히 수학하여 마침내 국사가 되었으며, 그 이름을 중국에까지 떨치었다.

범일국사는 강릉에 살았는데, 난리가 났을 때 대관령에서 술법을 써서 적을 격퇴시켰고, 불법을 전파시키고 고향을 지킨 그는 죽어서 대관령의 서낭신이 되었다 한다.

후에 범일국사는 고향인 학산에 돌아와 자기의 지팡이를 던져 꽂힌 곳에 절을 지어 심복사(尋福寺, 또는 神福寺)라 불렀다. 또한, 현재 그의 유골을 안치한 부도(浮屠)와 함께 터만 남아 있는 굴산사도 그가 창건한 절이다.

세간에 범일국사를 뜰 범(泛)자, 해 일(日)자로 쓰기도 하는데, 이는 해가 뜬 물을 마시고 태어났다는 데서 연유된 것이고, 그의 원명은 범일(梵日)이다.

(3) 대관령국사여서낭신 설화

국사여서낭신은 옛날에는 강릉시 남문동(南門洞)에 있었으나, 현재는 홍제동(洪濟洞)에 자리잡고 있다. 단오제 때 대관령국사서낭당에서 국사서낭을 모셔다가 이 곳 국사여서낭과 합사(合祠)를 시키는데, 여기에는 다음과 같은 이류교혼(異類交婚) 설화가 전한다.

옛날 강릉에 살고 있는 정씨집에 나이 찬 딸이 있었다. 하루는 정씨 부부의 꿈에 대관령서낭신이 나타나 그들의 고명딸에게 장가를 들겠다고 강청(强請)했다. 그들 부부는 신에게는 딸을 줄 수 없노라고 거절을 했다. 그러던 어느날 정씨집 딸이 곱게 단장하고 마루에 앉아 있는데, 갑자기 호랑이가 나타나 처녀를 업고 달아났다. 처녀를 업고 간 호랑이는 산신이 보낸 사자[어마]였다. 서낭신은 처녀를 데려다가 아내로 삼았다.

딸을 잃은 정씨 부부는 당황하여 대관령국사서낭당으로 찾아갔다. 가 보니 처녀는 서낭과 함께 서있었는데, 이미 죽어서 혼은 없고 몸만 비석처럼 서 있었다. 정씨는 하는 수 없이 화공을 불러 딸의 화상을 그려서 붙이니, 처녀의 몸이 비로소 떨어졌다.

호랑이가 소녀를 업고 가서 대관령서낭과 혼배한 날이 음력 4월 15일이므로, 지금도 이 날 대관령에 가서 국사서낭을 홍제동에 있는 여국사서낭당에 모셔다가 두 분이 함께 있도록 합사시켜 제사를 지내고 있다.

이와 같이 강릉단오제 때 모시는 신들에 관한 근원설화는 이 고장 강릉과 관련된 인물이고, 주인공의 출생처가 학산 학바위 근방이요, 지금도 남아 있는 그 학바위와 석천을 구체적 증거물로 삼고 있다는 면에서, 이 세 신화는 신화적이면서도 전설적인 양식을 띠고 있다 하겠다. 그러나 구체적 시간, 곧 어느 대왕 시절이라고 밝히고 있지 않다는 점과 학바위 속에서 학이 주는 구슬 때문에 아기가 죽지 않고 살았다는 점은 신성한 장소를 제시한 신화적인 사고(思考)와 통하고 있다. 그러나 이들 신화가 부락신화로 머물 수밖에 없는 이유는 김유신이 실존했던 인물이고, 범일 역시 810년(헌덕왕 2)~889년(진성여왕 3)경에 강릉지방에서 살았던 실존인물이었기 때문이다. 범일국사와 김유신 장군을 신격으로 올려 놓은 이들 설화야말로 전설적 설화가 신화로 승화·정착된 전설신화(sage)인 것으로 보아도 좋을 것이다.

3. **강릉단오제의 12 주신**(主神)**설화**

강릉단오제 때 대성황사(大城隍祠 : 현 KBS 강릉방송국 자리에 있었다고 함.)에서 모셨던 신은 주로 신라 때의 인물들로 김유신장군신·범일국사신·김이사부장군신·창해역사신·초당리부인신·연화부인신 등 대개 강릉출신이거나 강릉 사회 내지는 강원도를 위해 봉사한 인격신들이다. 김유신장군신은 처음에 강릉시 서쪽에 있는 성황사에서 받들었다고 하는데, 지금은 김유신사당인 화부산사(花浮山祠)에서 김해 김씨들이 매년 단오날 제를 지내고 있다. 예국(濊國)에서 시월에 지내던 무풍속(巫風俗)이 신라 고려 조선조로 넘어오면서 김유신장군을 모시는 단오절 풍속으로 변질된 것임을 알 수 있다. 특히, 신라시대에는 단오제를 궁중에서도 중요시했고, 고려에 들어오면서 예종(睿宗)이나 윤관(尹瓘)장군 등 왕후장상이 김유신을 지극히 숭배했으므로 단오제의 주격신은 김유신장군으로 굳어지게 되었다.

문헌적으로 보더라도 허균의 ≪성소부부고≫에서 처음으로 김유신장군신이 산신임을 언급하고 있다. 범일국사가 서낭신이라는 기록은 어느 문헌에도 없다. 또 범일이 신라시대의 범일국사인 것으로 믿고는 있으나, 무라야마는 조선조 때의 승려라고 보고하고 있다. 시대적으로 보아도 범일은 김유신보다는 후대의 인물이니, 김유신지신의 신격설이 먼저인 것을 알 수 있다. 그러나 범일은 명주군 학산지방의 인물이었기에 불교숭배사상이 팽배했던 고려시대에 신격의 자리를 얻었을 것으로도 보인다.

그런데 김유신이 명주(溟州 : 지금의 강릉)에 유학한 일이 있고 대관령산신에게서 검술을 배웠으며 죽어서 산신이 되었다는 이야기를 보면, 대관령산신은 김유신 이전에 존재하고 있던 자연신(自然神)을 지칭할 수도 있다. 그러나 이것은 원래 자연신으로서의 산신이 인격신(人格神)으로 대체되는 과정을 보여주는 것이라 하겠다. 이는 단종(端宗)이 죽은 뒤 태백산산신이 되었다는 설화에서도 입증된다. 따라서 대관령산신으로 간주되는 것은 김유신이다.

또한 앞에서 인용한 ≪강릉지≫의 '승(僧)과 속인(俗人) 두 신이 병사들을 이끌고 와서 구해주었다'는 기록에서 그 두 사람, 즉 승과 속인은 병사를 이끌만한 지도력이 있는 인물로 추정된다.

서낭과 산신을 같은 위치에 놓는다면, 이때의 승속이신(僧俗二神)이란 승은 범일국사요, 속은 산신인 김유신이 되어야 들어맞는다. 대관령산신이 김유신이란 사실은 이미 ≪성소부부고≫에도 밝혀져 있다.

일본인 학자들의 설은 각기 다르다. 이마무라는 강릉서낭신은 '김유신'이라 했고, 아끼바는 '조선 초기의 범일국사'라고 조사보고서에 언급하고 있다. 또 아끼바는 그의 저서 ≪부락제≫에서 "대관령산신은 조선조 초기 강릉출신 인물 중의 한 사람인 범일국사이며, 노후에 대관령에 들어가 산신이 되어 그 영험자가 많고, 강릉 주민의 생명을 맡았다. 만일 노하면 어마(御馬)인 호랑이를 보내서 사람이나 짐승을 해하고, 한발·홍수·폭풍·악질 등 모든 재화(災禍)를 준다."고 했다.

필자는 현재도 강릉단오제 때가 되면 화부산사에서 김해김씨 종친회가 지내는 김유신장군 제사로 보나, 기원설로 보나 김유신장군이 더 오랜 신격(神格)임을 인정한다. 그리고 실제 허균이 생존했던 광해군 당시는 범일국사보다 김유신장군의 신화적 비중이 더 컸을 것으로 추정할 수 있다. 이유인즉, 만일 국사서낭신인 범일국사의 비중이 더 컸더라면 왜 ≪성소부부고≫에는 그에 관한 언급이 없었을까 하는 의문이 제기되기 때문이다. 앞에서 논급한 바대로 고려 예종 당시만 하더라도 김유신장군에 대한 숭배사상이 대단했다. 예종 자신은 물론 윤관

장군도 김유신을 흠모하고 숭배했던 인물들이다. 이로 본다면 고려 때만 해도 김유신을 섬기는 유풍이 강했으나 점점 후대로 내려오면서 범일국사신도 신화에 삽입되어 간 것으로 유추할 수 있다.

12신 중에는 중국 당나라 시대의 설인귀장군을 모시는 감악산신도 있으나 이 곳에서는 논외로 하고, 여기서는 김이사부장군신(金異斯夫將軍神)을 소개하기로 한다. 그는 신라 지증왕 13년에 우산국을 정벌했던 인물인 바 ≪삼국사기≫의 기록을 살피면 다음과 같다.

> 이사부는 신라 사람으로 성은 김씨고 내물왕의 4세손인데 지도로왕(지증왕) 때에 연해의 변관이 되었다. 그는 거도(居道)가 마련한 마희(馬戱)로서 가야국을 취하고 왕 13년에는 아슬라주(阿瑟羅州, 강릉)의 군주가 되어 우산국(울릉도)을 아우르고자 도모하였으나 그 나라 사람들이 어리석고 사나워서 위력으로 항복받기는 어려우므로 꾀로서 굴복시키는 것이 옳겠다 생각하고 나무로 허수아비 사자를 많이 만들어서 전선에 싣고 그 나라의 해안에 이르러서 거짓으로 속여 말하기를 "너희들이 만약 항복하지 않으면 곧 이 맹수를 내 놓아 모조리 밟아 죽일 것이다." 하니 우산국 사람들은 크게 두려워하여 곧 나와서 항복하였다. 진흥왕 31년에 백제가 고구려의 도살성을 빼앗자 고구려는 백제의 금현성을 함락시켰다. 왕은 이 두 나라와 싸우느라 피로한 틈을 타서 이사부에게 명령하여 군사를 내어 이를 쳐서 두 성을 빼앗아 성을 증축하고 군사들을 머물게 하여 수비하였다. 이 때 고구려는 군사를 내어 금현성을 침공하였으나 이기지 못하고 회귀하였는데 이사부는 이를 추격하여 크게 승리하고 개선하였다.

이상의 내용에서 알 수 있듯이 김이사부장군은 강릉·삼척에 와 동해안을 수호해 주었던 내방자신(來訪者神)이다. 우산국이 이미 한국땅이 되었던 시기가 바로 이 때였고, 정복신으로 승화된 것도 이즈음이었을 것으로 사료된다.

여신 중에서 흥미를 끄는 분은 초당리부인지신(草堂里夫人之神)과 연화부인지신(蓮花夫人之神)이다.

초당리부인은 원래 충청도 분으로 강릉 초당리에 와서 맨 처음으로 벼농사 방법을 주민들에게 알려주었던 분이라고 한다. 이 신은 제주도의 세경신에 해당하는 곡신(穀神)에 해당한다.

연화부인은 ≪고려사≫ 악지에 나오는 강릉지역의 노래인 <명주가> 전설의 주인공으로 성은 박이다. 고구려의 노래로 잘못 알려진 <명주가>는 신라 때의 화랑인 김무월랑(金無月郎·惟靖)이 지은 것으로 신라 경덕왕과 혜공왕 사이에 지어진 노래이다. <명주가>의 여주인공이 대성황사의 12신에 승화·삽입된 까닭은 왕이 될 뻔했던 그의 아들 김주원(金周元) 신화나 김무월랑과의 월승지사(月繩之事)와 무관하지 않다.

≪고려사≫ 악지에 나타난 설화 내용은 다음과 같다.

세상에 전하기를, 서생이 외지에 나가 공부를 하는데 명주에 이르러 한 양가의 딸을 만났는데 자색이 아름다왔고 서생을 꽤 알아주어 서생은 번번이 시로써 그녀를 도발하였다. 그녀가 말하였다. "여자는 망령되어 사람을 따라가지 않습니다. 당신이 과거에 뽑힌 후 부모님께서 명령이 계시면 일이 잘 될 것입니다." 서생은 곧 서울로 돌아가 과거 공부를 했다. 그런데 그 여자 집에서는 사위를 보려고 했다. 그 여자는 평소에 못가에 가서 물고기에게 모이를 주곤 했는데 물고기들은 그녀의 기침소리를 들으면 반드시 모이를 먹곤 했다. 그녀는 물고기에 모이를 주면서 말하기를, "내가 너희들을 오랫동안 길러주었으니 내 마음을 알 것이다." 하고 집에서 쓴 편지를 던지니 큰 물고기 한 마리가 뛰어올라 그 편지를 물고 유연히 가버렸다.

서생이 서울에서 어느 날 부모의 반찬을 마련하려고 장에서 물고기를 사가지고 돌아와 그 물고기를 가르니 깁에 쓴 편지가 나왔다. 서생은 놀라고 이상하게 여겨 곧 그 깁에 쓴 편지와 자기 아버지의 편지를 가지고 곧장 그녀의 집으로 갔더니 이미 사위가 그녀의 집 문에까지 와 있었다. 서생이 편지를 그녀의 집안 사람에게 보여주고 마침내 이 가락을 노래했다. 그녀의 부모가 이 일을 이상하게 여기고 이르기를, "이것은 정성에 감동되어 이루어진 일이지 사람의 힘으로 해낼 수 있는 것이 아니다."라 하고 그 사위를 돌려보내고 서생을 사위로 받아들였다.

기록문학(記錄文學)과 문헌			여주인공	남주인공	수학지	시대	비고
<a>	《고려사》, 1420		양가녀	서생	명주→경사	·	사기기록 전설
<b>	《강릉김씨파보》(춘)		연화	무월랑	사신	신라 진 평왕	족보기록 전설
<c>	(증보)《임영지》 (용택성), 1933	산천성지 편	양가녀	서생	명주→경사	·	향토지 기록전설
		누정편	연화부인박 씨	김무월랑	·	신라시	
<d>	《신천지》(박기원), 1954		신라여인(?) 백제여인(?)	명주군왕 (금주원)	서울→명주	·	현존구비 전설
<e>	《한국민간전설집》(최상수), 1958		연화	무월랑	명주→서울	신라 중 엽	현존구비 전설
<f>	《금사수록》(박일우), 1925		처녀(미녀 자)	서생 소년	명주→경사	고구려 시대	고려사기 록전설
<g>	《강릉향토자료》, 1966		연화	무월랑	명주→서울	신라 진 평왕	현존구비 전설

《고려사》에는 단순히 양가녀와 서생이라고만 나와 있으나 조선시대 경종 때 간행된 《강릉김씨파보》에는 구체적으로 여주인공이 박연화이고 남주인공이 김무월랑임을 적시하고 있다.

4. 강릉단오제 신화의 소설화 작업

신화 해석에 관한한 절대적 해석이나 방법론이란 있을 수 없다. 다만 자기가 처해 있는 상황과 자국의 기층적 서사체 문법에 따라 해석을 달리하게 되어 있다.

20세기는 정신분석 시대라고도 할 만큼 신화분석에도 의학 내지 과학이 도입되었는데 미르치아 엘리아데의 ≪신화·꿈·신비≫에 담긴 내용도 그 범주에 벗어나지 않는다.

그는 서문에 밝혔듯이 신화분석을 종교학적 입장에서 출발하면서도 인접학문과 종교학과의 만남의 가능성, 곧 정신분석에서 제시한 무의식과 종교학에서 거론하고 있는 신화의 세계를 상호 연관 짓는 시도에 관해 논급하고 있다. 신화는 '성스러운 이야기'로서, 실재와 성(聖)을 나타내는 신화는 범례가 되어 반복되며, 그것은 모든 인간행위의 모델로 사용되는 진실한 역사라고 보았다.

현대를 사는 인간은 그들의 꿈에서, 공상에서, 향수에서 신화를 느끼며, 신화 회복을 계속 기도하고 있다. 현대사회에도 세속적 축제가 많이 생겼는데 그것은 '시작[원초]' 또는 세계가 처음 시작되었던 '그 때'의 장엄한 시간을 의례로 주기적으로 회복하고자 하는 몸부림의 소산이라는 지적도 하였다.

태초의 낙원으로 가는 세 가지 방식을 엘리아데는 종교학에서 말해 온 신화와 가입의례(입사식, initiation)의 신비적 의례를 통해서뿐만 아니라 정신분석에서 말하는 꿈을 통해 가능하다고 말하고 있다. 마지막으로 그는 신화의 종착지인 가입의례를 강조하고 있다. 가입의례는 발생-죽음-부활이 회복되는 곳이다. 가입의례는 정신분석에서 말하는 퇴행(regression : 창조의 첫 시점으로 되돌아감)에 해당하는데, 그 곳에 돌아가기 위해서는 반드시 죽음이 선행되어야 하고, 또 죽음은 부활로 이어져야 함을 역설하고 있다.

카렌 암스트롱은 ≪신화의 역사≫에서 신화의 역사는 결국 인간의 역사임을 강조하고 있으며 신화를 잃는다는 것은 우리 자신과 우리 역사를 상실하는 것이라고 보았다. 신화란 우리가 인간으로서 겪은 곤경에서 헤어날 수 있도록 돕기 위해 만들어진 인간체험에 관한 것이고,

인간 존재에 내재한 영원성을 지향하는 '예술형식'이라고 보았다.

그러므로 우리들로 하여금 새로운 희망과 환희를 주고, 보다 알찬 삶을 살게 만들어주며, 행위의 지침서가 되는 그러한 신화가 가장 '유효한 신화'라고 강조하기에 이른다.

그의 신화론은 처음부터 끝까지 로고스(悟性)와 미토스(말)를 분석의 척도로 삼고 있다. 과학적인 로고스의 관점에서 신화는 말도 안 되는 어리석은 소리로 치부했다. 서구 현대사회의 영웅들은 미토스로부터 영감을 얻은 정신적 측면에서의 천재들이 아니라 로고스의 기술적 과학 천재였다. 다시 말해 직관적이고 신화적 사유방식이 무시된 과학적이고 실용적이고 논리적인 정신이 지지를 받게 되었다.

개신교 근본주의자들은 성경은 글자 그대로 읽혀야 하며, 과학적이고 역사적인 사실이라 주장하고 있는데, 이런 말도 안 되는 입장은 부정과 방어적 논쟁으로 그 후 이어지게 되었다고 강변한다.

오늘날 우리에게 필요한 신화는 모든 인간이 민족이나 국가, 이상에 따라 속해 있는 집단에 구애받지 않은 채, 서로에게 동질감을 느낄 수 있는 윤리적이고 정신적인 신화가 되어야 할 것인 바, 아마도 예술가들과 작가들이 이러한 성직자 역할을 맡아서 길 잃고 상처 입은 이 세상을 이끌게 될 것이라고 조심스레 결론짓고 있다.

두 저서를 대비해보면, 엘리아데의 입장은 종교가답게 신화를 순환과 회복의 의지로 점철된 로고스적 신화의 승화작용을 희원하는 데 있다. 이에 비해 암스트롱은 종교를 떠난 인본주의적 입장에서 신화에 접근하고 있다. 그리하여 오늘날 신화는 환희가 있는 축제나 예술 속에서 신화를 재창조하고 발견해야 할 것임을 넌짓 일깨우고 있다.

엘리아데와 암스트롱의 설 가운데 필자는 암스트롱의 설을 주목하게 된다. 곧, "오늘날의 신화는 환희가 있는 축제나 예술 속에서 신화가 재창조" 되어야 한다는 지적 말이다.

각박한 현대를 사는 이들에게 이같은 작업은 필요했고 뛰어난 작가는 좋은 소재를 놓치지 않았으니 황순원의 작품 <비늘>이 그것이다.

　명주의 양어지전설은 청춘남녀의 사랑의 사자(使者)였다는 것이 이색적이다. 이른바 월승지역(月繩之役)을 고기가 맡았다는 것이 매력적이다. 그래서 이것이 현대인에게도 영합될 수 있어 소설화의 가능성이 짙었다. 이 소설은 물고기가 전한 백서가 꿈으로 이행되어 옛 기적을 합리화한 작품이지만 별로 큰 사건은 없다. 낚시를 좋아하는 '나'는 금촌 근처에서 낚시질을 하다가 자가웃은 실한 잉어를 잡았다. "두 손아귀에 잔뜩 차고 남는, 미끄럽게 꿈틀거리며 펄떡이는 이 가슴 속까지 울려 놓는 선율, 잉어를 살려 갖고" 집에 와서 회를 쳐서 맛있게 먹었다. 이런 일이 있은 지 이틀 후에 강릉의 경포 마을에 사는 은영이에게서 편지가 온 것이다. 마치 옛날 명주의 처녀가 기른 고기가 백서(帛書)를 가지고 오듯이 은영의 편지는 퍽 길었다. 그러나 중요한 대목은 이런 것이다.

　그러다가 그만 깜빡 졸았어요, 보통 때는 그런 일이 통 없었는데 오늘은 유난히 노곤했던가 봐요. 어느 새 제가 잉어가 돼 있었어요. 마음대로 헤엄쳐 다녔습니다. 참 상쾌했어요. 그런데 어찌다 보니까 선생님이 뚝에 앉아 낚시질을 하고 계시는 거예요. 어찌나 반갑던지요. 물 속에서 아무리 선생님을 불러도 못 알아들으시데요. 그래 선생님께 잡혀 드려서 저라는 것을 알리려고 선생님의 낚시를 꽉 물었어요. 그리고는 잠이 깨었습니다. 혹 선생님 낚시질 다니시는지요.

　금촌 근처에서 잡은 잉어는 어쩌면 강릉 경포 마을의 '은영'인지도 모르는 이 현대판 기적을 작자는 조리있는 논리와 합리로 전개시키고 있다. '은영'이와 나와의 관계는 간단하다. '나'는 경포대에 여행한 일이 있다. 날이 저물어서 어부의 소개로 모녀가 살고 있는 호숫가 어느 조촐한 집에 묵게 되었다. 큰 어업을 하다가 실패, 신병을 얻어서 이 마을에 와 요양하다가 주인은 죽고, 그 미망인과 딸 '은영'만이 살고 있는 집이다. 나는 이 집 모녀의 따뜻한 인정으로 며칠을 묵으면서 정이 든 것이다. '은영'이와의 대화도 많았고 모녀가 동석한 자리에서도 따뜻한 얘기를 나누었다.

가을로 결혼 날짜를 정할 예정입니다. 오늘 꿈을 꾸지 않았더라면 이런 글도 안 올리게 되었을지 모릅니다. 새 생활로 접어들기 전 마지막 어리광 같은 거라고 여겨주세요. 잉어이긴 했지만 마음대로 헤엄쳐 다닌 것도 생각해 보면 제 헌 비늘을 털어버리기 위해서였는지도 모르지오.

읽는 이로 하여금 무엇인가 서운한 정서를 일으키게 하는 작품이지만 신화적 분위기 속에서 현대인의 호흡을 잘 살린 작품이라 할 것이다. <명주가>와 유사한 신화나 전설은 전국에 다양하게 나타나고 있으니, 전북 전주지방에 전하는 이야기는 처녀가 평소에 두꺼비를 길렀더니 그 두꺼비가 처녀의 위기를 구해주고 죽은 이야기도 이 계통이다. ≪유양잡조 酉陽雜俎≫에는 엽근(葉根)이라는 처녀가 물고기 한 마리를 얻어서 길렀더니 그것이 또 보은하는 설화가 있다. 명주의 전설과 비슷한 모티브를 이루고 있으나 이것은 신데렐라 형의 이야기로 발전하고 있다. 포아설화(蒲牙說話)에도 처녀는 아버지가 잡아 온 고기를 길러서 그 도움을 받은 신데렐라 계의 이야기가 전하고 있다.

5. 강릉단오제 설화와 콘텐츠

문화콘텐츠는 '문화'와 '콘텐츠'를 결합시켜 만든 신조어이다. '문화'는 자연 상태에서 벗어나 일정한 목적을 실현하기 위해 사회 구성원이 습득, 공유, 전달하는 행동양식이나 생활양식의 과정 및 그 과정에서 이룩하여 낸 물질적·정신적 소득을 통틀어 이르는 말이다. 즉 이러한 정의에서 볼 때, 문화는 의미를 만들어내는 것에 그 주안점이 있다고 할 수 있다. 그러나 문화에서 정작 중요한 것은 단순히 의미를 만들어내는 것만이 아니라 그것을 실천하는 행위이다. 따라서 문화는 '의미가 한 집단 안에서 생산되고 교환되는 실천들의 집합'이라고 정의할 수 있다. 여기서 문화적 실천 행위는 살아있는 인간의 일상생활 그 자체를 의미하게 되며, 이에 따라 문화의 개념은 인간과 관계를 맺는 모든 영역을 의미하는 것으로 확장된다.

한편, 콘텐츠는 '내용'이나 '목차'를 뜻하는 '콘텐트(content)'의 복수로, 디지털미디어의 출현과 정보통신 기술의 발달과 더불어 그에 맞는 내용물 전체를 아울러서 지칭하는 용어이다. 이러한 '콘텐츠'란 어휘가 '문화'라는 단어와 만나서 '문화콘텐츠'란 용어가 만들어진 것이다. 결국, 문화콘텐츠는 디지털미디어에 의해 예술의 개념이 바뀌고 그것을 향유하는 인간의 문화 환경이 달라지면서 새롭게 등장한 용어이다. 요컨대, 문화콘텐츠란 디지털콘텐츠에 의해 유통되는 것 중 영화, 방송, 애니메이션, 게임, 음반, 캐릭터, 전자책 등과 같이 미디어를 이용하여 저장, 유통하는 문화예술의 내용물들을 일컫는다. 문화콘텐츠는 디지털미디어, 정보통신기술, 문화 등이 지니고 있는 함의가 어우러져 만들어낸 것으로 21세기 미래 산업의 주역으로 등장하고 있다.

이렇게 볼 때 강릉단오제 설화는 어느 지방문화보다도 문화적 부가가치가 큰 자원이라 할 수 있다. 흔히 문화콘텐츠 중 원형 발굴과 개발의 중요성을 강조하고 있는데 이는 신화의 원형 개발을 의미하는 수가 많다. 그런 의미에서도 다수의 신화를 보유하고 있는 강릉사회는 복받은 사회라 할 수 있다.

문화는 유기적 생명체다. 그러기에 문화에는 문화소라 할 수 있는 문화유전인자(culture gene)가 있다. 어떻게 보면 콘텐츠 개발이라는 것도 문화유전인자 개발일 수 있다.

60년대 이전까지 박물관은 물품중심(object-oriented)의 진열뿐이었으나, 70년대에 들어오면서 내용중심(content-oriented)의 전시로 발전했고, 80년대 중반부터 공동체중심(community-oriented)의 표출에 관심이 높아졌으며, 90년대 중반으로부터 2000년대에는 체험과 이벤트 등의 프로그램 중심(program-oriented)으로 유비쿼터스 체제의 교육 위락을 위한 서비스 쪽으로 힘을 기울이고 있다.

박물관에는 유무형의 문화유산을 수집하고 보존하며 연구·전시하고 있다. 그 곳에서의 자료와 정보는 구전전승 곧, 신화·전설·민담 등이 주류를 이루고 있으며 그 밖에 의례전승과 물질전승이 주류를 이루고 있다.

신화의 개발은 구전전승의 주제라 할 수 있다. 특히 연화부인신, 범일국사신, 김유신장군신, 김이사부장군, 창해역사신에 대한 신화는 우선 개발을 서둘러야 할 강릉의 신화물임을 강조하고 싶다. 특히 김유신장군신화나 김이사부장군신화는 독도 문제가 심각한 오늘날 제1화두가 될 만한 신화라 할 수 있으며 창해역사(肉城隍) 신화는 중국의 동북공정에 원용할 만한 소재라 할 수 있다.

한국인의 고전문학 중 <춘향전>은 한국문학의 백미로 일컫고 있다. 그러나 <춘향전>의 모티프가 강릉의 <명주가>에 있다는 사실을 아는 이는 그다지 많지 않다. 강릉의 여신의 부활도 차재에 부언해 두기로 한다.

■ 참고문헌

김선풍 ≪한국시가의 민속학적 연구≫, 형설출판사, 1977.

김선풍·김경남, ≪강릉단오제 연구≫, 보고사, 1994.

김천영, ≪문화콘텐츠 기획을 위한 인문학의 활용방안 연구≫, 인문
사회연구회 한국교육개발원, 2002.

노준석, '세계는 지금 문화콘텐츠 전쟁 중', ≪울림≫, No. 11, 2007. 5
월호.

장덕순, ≪설화문학개설≫, 선명문화사, 1974.

장유정, '20세기 전반기 한국 가요와 문화콘텐츠', ≪한국민요학≫,
제17집, 2005.

최종호, '문화 콘텐츠와 U-Museum의 경영', ≪민속소식≫, Vol. 142,
2007. 6월호.

동해안 어촌 풍어제의 생생력 상징

김의숙*

1. 머리말

우리의 역사 이래로 부락제는 신성기간의 설정·통합의 기능·정치적 기능·예술적 기능 등 농어촌 사회의 사회적 기능과 유교나 자연숭배의 이념적 기능을 발휘하면서 전승되어 왔다.[1] 그러나 오늘날에 와서 이 고유한 전통적 부락제가 퇴색, 소멸되어 가고 있다는 것은 자타가 인정하는 바다.

이러한 퇴색과 소멸의 근본원인이 어디에 있는가를 밝힌다는 것은 상식적으로 어려운 일이 아니다. 그 가장 큰 이유는 시대의 추세에 따른 가치관의 변화라고 할 수 있다. 서구 사조의 유입으로 인한 세계화의 추구과정에 나타나는, 우리 것에 대한 천시와 신격에 대한 이경보다는 인격에 대한 가치부여에서 비롯된 것이다.

그러나 따지고 보면, 종교의 생성도 결국은 인간의 삶을 위한 과정에서 발생한 것이고, 가장 한국적인 것이 세계적이라는 진리에 의할 때 부락제의 가치는 높이 평가되어야 하고 또 보호, 육성되어야 할 것이다.

그런데, 온갖 한국적인 민속신앙을 미신으로 몰아부쳐 타부시하는 이 마당에 있어서도 부락제의 하나인 동해안어촌의 서낭제가 그 원초

* 강원대 스토리텔링링학과 교수

1) 장주근, ≪한국의 향토신앙≫, 을유문화문고 190, 1981, pp.51~53.

적인 원형을 유지하면서 전승되고 있다는 사실은 참으로 다행스러운 일이다. 이미 필자가 조사, 보고한 바가 있지만2), 지금도 동해안 어촌에서는 초월적인 존재와 한계적인 인간과의 만남의 장인 서낭제를 각 마을 단위로 활발히 시행하고 있다.

민중이라는 집단의 잠재능력을 원형이라 하고 이 집단의식의 움직임이 민중의식으로 살아남을 때 이것을 전승체계라고 한다. 동해안 어촌의 서낭제를 바탕으로 하는 풍어제야말로 현재 우리가 만날 수 있는 전승체계 중 가장 원초적이며 근원적인 의미를 내포한 원형이라고 할 수 있을 것이다.

이런 뜻에서 동해안 어촌의 풍어제는 분명히 인간존재론에 대한 한 시각을 필요로 하고 있다. 그것은 외형적인 제의가 지니고 있는 내적인 지혜의 총화를 헤아려야 한다는 당위성이다.

그럼에도 불구하고 이에 대해서는 "원초적인 원형을 내포하고 있는 풍요의식으로서의 한 존재형태"라는 추상적인 언급에 그쳤을 뿐, 이에 대한 본격적인 고찰이 없는 상태다.3)

본고의 목적은 이 동해안 풍어제의에 나타나고 있는 생생력상징, 즉 여성·남성서낭의 합위·목각생식기 봉헌·수소(雄牛) 공희(供犧) 등의 상징성을 고찰해 봄으로써 그것의 존재이유와 원시와 현대의 만남

---

2) 김의숙, <동해안 항포구 향토문화 조사보고(민속신앙부문)>, ≪강원문화연구≫ 3집, 강원대학교 강원문화연구소, 1983.

3) 이에 대해서는 김열규 교수의 선험적인 고찰이 있었다. 김 교수는 금성산 성황사에서 있었던 신부의 '가신'이나 혹은 '가산신'과 안동군 예안면 토계리 성황제제차에 남녀 성황의 상봉 그리고 우리의 외줄다리기 민속에 있어서 암줄과 수줄의 결합의 존재가 나무로 만든 고리의 결착과 그 당기기 경축으로 남녀신의 성적 결합이 표현되는 저 Ceylon의 Ankeliya제전과 상통하는 의식으로서 이는 제의적인 유사행위로서 제의 본래의 목적인 어렵의 풍요를 보장하였을 가능성을 검토하였고, 특히 강원도 삼척군 원덕면 신남리의 성황사에 매달린 남성성기상징은 원천적으로 여성황에게 바쳐진 유사성행위를 암시하고 있는 것이 아닌가하고 의심해볼 만하다고 하였다. (김열규, ≪한국민속과 문학연구≫, 일조각, pp.192~193.) 장수근교수도 동해안의 안인진리 해랑당에 바쳐진 목각생식기를 두고서 '섹스와 풍요기원'에 대해 언급한 바 있다.(장주근, ≪한국의 향토신앙≫, 을유문고 190, 1981, pp.11~12.)

을 찾아보자는 데에 있다.

일찍이 Malinowski는 "민간신앙에 관한 한 신성과 속사란 명확히 구분되기 어려운 것"이라고 말한 바 있지만, 민간신앙이란 단순히 종교현상으로만 끝나고 마는 것이 아니라 그 신앙자의 생활의, 그것도 가장 현실적인 생활의 종합적 표현이다. 신성을 바탕으로 하여 시공 일체의 것이 실재로서 인간 앞에 현현하는 것이라 해도 민간신앙은 생활과 유리된 피안이 아니라 그 신성을 통해서 생동하게 되는 생활의 현실에 접하게 되는 것이다.

강원도 동해안 어촌의 풍어제의도 비록 근원에서 흘러내려와 변형되고 개작된 흔적은 있다 하더라도 그 역사적 시간 속에서도 불변으로 남는 원형이라는 본질적 존재론을 내포하고 있음으로 그것을 통한 성속(聖俗) 간의 관계를 규명해 보는 것은 민족의 전통에 대한 새로운 인식의 한 계기가 될 것이다.

2. 동해안 어촌 풍어제

인간이 계절의 변화에 따라 씨를 뿌리고, 추수하고 그리고 축제를 행한다는 것은 고대 농경생활의 관습이었다. 희생을 신에게 바치는 제사에는 풍요를 바라는 인간의 소망과 기원이 가득히 담겨져 있는 것이다. 그리고 이 소망과 기원은 인간이 거행하는 제의와 하나가 되어 내면으로부터 제의에 가치를 부여하고 그것에 힘을 주었다.

집단의 소망을 신들에게 기원한 제의는 집단에서 집단으로, 세대에서 세대로 그리고 시대에서 시대로 전승되어 왔는데, 동해안 어촌의 서낭제도 이처럼 부락의 풍요를 바라는 소망과 기원이 담겨진 제의의 하나로서 새로운 생명과 형태와 보편성을 지닌 원형, 즉 낙원과 동일성의 회복이라는[4] 이상을 담고 있다. 다시 말해서 동해안의 어민들은

---

4) 노드롭 프라이는 원형을, 고대의 풍요의식에 나타난 죽음과 재생, 구약성서에 보이는 낙원, 그리스사상의 전통을 계승한 황금시대에서 추구하고 있다. 인류는 그 옛날

풍어제 곧 서낭제의로써 신과의 화해를 통한 낙원의 회복 즉 풍어를 확신하여 왔고, 풍어를 바탕으로 한, 그들의 유토피아를 그려왔던 것이다.(이후 풍어제를 서낭제로 칭명함)

특히 그들은 삶의 터전인 변화무쌍한 바다를 지배하는 신을 여성으로 상정하고서 그녀와의 화해를 위한 독특한 제의를 거행한다. 주가 되는 여서낭의 신위 옆에 남서낭의 신위를 옮겨와 합위시키며, 제수로는 수소를 쓰고(우랑을 쓰기도 한다), 또 어떤 마을에서는 해낭당에 목각의 남성 성기를 봉헌하기도 한다.

동해안의 서낭제에 있어서 그 전통이 가장 오래고, 그 규모면에 있어서도 가장 큰 것은 강릉단오제에 따른 서낭제의이다.[5] 강릉단오제는 음력 5월 5일의 단오를 절정으로 하는 것이기는 하나, 단오제의 시작은 3월 20일에 도가를 지정하여 제주(祭酒)를 주조하면서부터 시작된다.

그리고 예전에는 음력 4월 14일 술시(오후 8시)에 대관령국사성황을 봉영하기 위하여 행렬의 선두에 악대를 대동하고 출발하였는데, 지금은 음력 4월 15일에 제관들과 巫覡들이 아침 일찍 차편으로 대관령 정

낙원이나 황금시대를 소유하고 있었다는 것인데 그것을 상실한 것이니, 우리는 누구나가 그것을 다시 회복하려고 소망하고 있다는 것이다. 그리고 한 인간이 주위의 환경과 완전히 화해를 하고 일체가 되려고 하는 상태를 소망하기도 한다. 즉, 동일성(Identity)을 회복하려고 한다. 따라서 낙원상실은 동일성의 상실인 것이며, 낙원회복이란 이 동일성 혹은 화해의 회복을 의미하는 것이라고 보았다. (N. 프라이, ≪신화문학론≫, 김상일역, 을유문고(63) 참조.)

5) 2006년도에 세계무형문화유산으로 등재된 강릉단오제는 중요무형문화재 13호이다. 강릉단오제는 다음과 같은 특징을 지니고 있다고 할 수 있다. ① 오랜 전통을 지닌 향토신사. ② 대관령국사성황 및 혼배한 여성황, 대관령산신을 비롯하여 육성황을 제사하는 바 국사서낭은 범일국사요 여성황은 정씨가녀요 육성황은 창해역사요 소성황은 김시습으로 강릉출신 또는 강릉과 유관한 인격신이다. ③ 제천의식의 유풍으로서의 풍년제와 강릉의 육로가 대관령을 통과해야 한다는 데서 오는 행로안전제 및 어촌이 가까운데서 오는 용왕굿을 겸하고 있다. ④ 수십 명의 무격이 참여하는 대규모의 무속굿이다. ⑤ 무언극인 관노가면극이 연희되어 예술적 축제로서의 성격을 띠고 있다. (최승순 외, ≪강원의 예속≫(상), 강원일보사, p.225.)

상에 있는 성황사에 도착해서는 먼저 산신당에 제를 드리고 나서 우육 등을 진설하고 서낭에게 정성껏 제를 올린다. 서낭제사가 끝나면 무격들의 굿거리가 한바탕 벌어지고, 또 단풍나무 중에서 신목으로 쓸 나무를 도끼로 배어서는 거기에 신을 강림시키고자 굿을 한다.

이어서 맨앞에 대관령 국사성황의 위패를 받들고, 그 뒤에 신간, 그리고 제관과 무당 등의 굿거리 행렬이 뒤따르면서 강릉으로 내려온다. 오다가 잠시 구산 여성황당에서도 한바탕 굿을 한 후, 홍제동에 있는 국사서낭의 부인이라는 정씨 여성황사에 국사서낭의 위패를 합위시킨 후 봉안제를 거행한다. 단오제가 시작되는 음력 5월 3일에는 이 곳의 두 위패를 함께 받들고서 정씨가에 들러 간단한 굿거리를 행한 후, 강릉시내를 한바퀴 돌고서 남대천백사장에 마련된 가설제단에 두 위패를 나란히 모신다. 제단에는 제물을 진설하고, 뒤쪽에는 신간을 세우며, 천막 위에는 괫대(화개)를 높이 걸어 놓는다. 이로부터 갖가지 행사가 진행되다가, 5월 6일 오시에 대성황사의 뒤뜰에서 단오제를 위하여 만든 신간, 화개 등을 불사르는 효제를 거행함으로써 단오제는 막을 내린다.

이상에서 볼 수 있는 바와 같이 관·민·상이 삼위일체가 되어 거행하는 영동 제1일의 대제전은 생생력상징으로서의 남녀신 합배를 원형으로 갖고 있음을 볼 수 있다. 다시 말해서 강릉 단오굿의 핵심은 대관령 서낭신과 강릉시내 홍제동 여서낭신의 연1회 수일간의 성적결합으로 유감되는 풍요의 기원에 있다. 그것이 모내기를 끝내고 난 단오절을 중심으로 삼은 것은 성적 풍요제의라는 성격과 상당한 연관성을 갖는다.

그런데, 험한 바다에 직접 배를 띄워야만 생계를 꾸릴 수 있는 바닷가 어촌의 서낭제는 신과의 화해를 통한 생명의 보전과 보존이라는 엄숙한 문제에 직결되어 있기 때문에 축제적인 요소도 있지만 비할 바 없이 외경스럽다.

필자가 1983, 84년도에 걸쳐 조사한 강원도 동해안 11개 지역의 서낭

제(풍어제) 분포지는 다음과 같다.(모두 강원도에 속함)[6]

    ㉮ 고성군 토성면 봉포리
    ㉯ 고성군 토성면 아야진리
    ㉰ 속초시 대포동(외옹치)
    ㉱ 양양군 손양면 오산리
    ㉲ 명주군 강동면 안인진
    ㉳ 강릉시 견소동(안목)
    ㉴ 강릉시 강문동
    ㉵ 명주군 주문진
    ㉶ 동해시 어달동(대진리)
    ㉷ 삼척군 정라진
    ㉸ 삼척군 원덕면 갈남2리(신남)

이들 부락에서는 매년마다 마을사람끼리 남·여 서낭당에다 따로 1-2회의 유교식 제사를 간단히 드린다. 그리고 3-5년마다 무당을 초청하여 굿을 하는 무교식 풍어제를 드린다. 풍어제에서 주신은 서낭신이다. 따라서 이들 부락들은 공히 남서낭(할아버지성황)과 여성황(할머니성황)을 모시고 있다.[7]

제를 집행할 때는 세속과의 연이 끊어진 저녁 때나 밤에 진행하며, 먼저 여서낭에게 제를 올린 후, 남서낭의 위패를 모셔다가 여서낭과

---

6) 김의숙, 앞의 책.

7) ㉰의 외옹치의 경우는 당집이 하나뿐이다. 대신에 마을입구에 '골매기서낭'이라 부르는 장승이 두 개(천황장군·지하장군)가 있다. 제를 지낼 때는 밤 1시경에 당집에 올라가 서낭님께 치성을 드린 후, 장승이 있는 곳으로 내려와 제물을 바치고 축원한다. 당집에는 서낭님과 수부님을 모셨는데, 수부는 위패가 없고, '성황지신위'라고 쓴 위패만이 있다. 그리고 용마를 탄 용신과 용이 호위하고 있는 남성황신이 그려 있는 화상이 있다. 남서낭신이 그려있고 또 제의에서도 남·여 서낭의 구별이 나타나 있지 않으나, 골매기서낭을 남성으로, 서낭당의 주신을 여성으로 한 생생력상징의 변이형태가 아닌가 생각된다.

합위시킨다. 말머리 제수로는 우두나 우육을 바치고, 어물을 쓴다. 특히 ㉒의 경우에는 우두, 우족 그리고 우양이나 우견을 바치는데, 남서낭당 제사에는 우견을 제수로 쓰지 않는다. ㉓에서는 돼지머리나 해물을 제수로 쓰는 변모된 제사를 모시고는 있으나 예전에 크게 지낼 때는 소를 1마리 잡아서 썼다. 여기에서 특히 주목할 사항은 ㉙와 ㉚에서 여서낭당인 해랑당제를 지낼 때에는 목각의 남근을 봉헌했다는 사실이다. ㉙에서는 6·25전까지 남근을 봉헌했으나 그 후 해낭신을 금대부신과 혼인시킴으로서 그 풍속이 사라졌으나, ㉚에서는 지금도 진행되고 있으며 실지로 목격되고 있다.

이처럼 동해안 어촌의 풍어제에는 한 개만의 서낭당, 다양한 제수 그리고 남근봉헌의 풍습이 없는 태백산맥에 위치한 산간부락이나 내륙의 서낭제에는 나타나지 않는 생생력 상징을 지니고 있음을 볼 수 있다.

3. 풍어제의 생생력상징

1) 여성황(여서낭) 숭배

동해안 어촌의 주신은 남해안과 같이[8] 남성황이 아닌 여성황이다.[9]

---

8) 지금도 전남의 도서지방에는 동해안 어촌에서 여서낭을 위하는 것처럼, 2톤 이상 낚시질이라도 할 수 있는 배라면 여신인 배서낭을 다 모신다. 이에 대하해서 뱃사람들은 선체와 선원들의 평안무사 그리고 어운의 기원을 위해서라고 말한다고 한다. 그 신체로서는 삼색의 천과 가위, 실, 바늘 등을 놓는 수도 있고 여자옷을 개어놓는 수도 있다. 혹은 그냥 한지를 접어서 붙이는 수도 있고, 거기에 '선왕지위'라는 위패를 모셔 놓거나 조그만 종지에 쌀과 물을 담아서 선장실 한구석 선반에 매어 놓기도 한다. 그리고 배에는 절대로 여자를 태우지 않는다. 부득이 여자를 태우지 않을 수 없는 경우에는 남자선원 한 사람이 여자 속곳을 입는다. 근래에는 속곳 대신에 그 여자 사진을 선원이 품에 지니는 것으로 대체한다고 한다. 제주도나 오끼나와에서도 이와 같은 풍속이 있다고 한다.(장주근, 앞의 책, pp.104~108.) 이러한 사실은 지금도 범세계적으로 여객선 외에는 여성을 태우는 것을 금기로 삼고 있는 것과 관계가 있을 것이다. 이는 바다의 신인 여성신이 다른 여성을 질투할 것이라는 여성 특유의 본능을 헤아리고서 여신과의 화해를 통한 안전운항을 기원하는 데서 비롯한

풍년과 풍어의 상징은 여성·결혼·성교 그리고 생산이라는 유감상징으로 나타난다. E.Eliade가 물·달·여자를 풍요의 3대 원리라 한 것처럼 '여성＝풍년(풍어)'의 등식은 동서고금에 공통되고 있다. 원초 이래로 우선 시각적으로 뚜렷한 보름달 아래에서 여신에게 한 해 농사의 풍년을 비는 부락제의는 매우 상징적이다. 그것은 만월-여신-대지의 음성원리 곧 풍요원리를 상징하는 장면이다.

농경민족의 곡물의례에 관한 신화로서 가장 오래고 전형적인 것은 바빌로니아·앗시리아의 최고 여신인 이스타르에 관한 것이다.

> 생식과 풍요를 관장하는 이 여신은 배우자 탐무즈(젊은 곡물의 신)의 죽음을 슬퍼하여 지옥으로 내려가 사로잡혔다. 지상에서는 사랑의 여신이 어디론가 그 모습을 숨겨버렸기에 아기도 태어나지 않고 동물도 번식하지 않으며 식물도 번성하지 않아 큰 소동이 벌어졌다. 이것을 우려한 여러 신들이 회의를 열고, 지옥의 왕에게 이수타르와 탐무즈를 지상에 돌려보내도록 명령했다. 이에 이스타르와 탐무즈는 지상으로 돌아와 다시 결혼함으로써 지상에 다시 사랑이 소생하게 되었다는 것이다.

이 이야기는 이집트에서는 오시리스와 이시스의 이야기로, 그리이스에선 비너스와 아도니스의 이야기로 전해지고 있다. 어느 것이나 대지의 생생력을 상징한 신석시대 말기의 대모신 숭배를 상징한 것이라 볼 수 있다.

것이 아닌가 한다. 그런데 ≪심청전≫에서는 처녀를 인당수의 제물로 바치는 것으로 보아 서해안의 해신을 남성으로 인식한 것 같다.

9) 1967년도 장주근 교수가 전국의 동제당을 대상으로 조사한 기록에 의하면 740개의 마을 중 남신 93, 여신 229, 성 미상이 421명이다. (앞의 책, p.43.) 결국 이것은 고구려의 동맹제의 때에 여신의 신상을 나무로 깎아 만들어서 모셨다(刻木作婦人之像)고 하는 것에서 볼 수 있듯이 원초 이래로 풍요다산의 여신인 지모신을 신앙하는 풍속에 해당하는 것이라고 본다.

또 희랍신화에 보이는 달의 여신 다이아나도 풍요와 다산의 여신이다. 그 어원에 생산과 출산의 뜻이 내포되어 있는 다이아나를 표상한 신상은 생식력의 상징인 터질 듯 풍만한 유방을 갖고 있다.

이와같이 생식의 능력을 지닌 여성을 풍요와 연관지은 것은 우리의 민속에도 다채롭게 나타나 있다.

예전에 모내기를 할 때는 남자들은 못줄이나 잡아주고 주로 다산한 부인들이 모를 심었다.[10] 특히 아이를 열 이상 낳은 부인은 모내기 품삯이 배나 되었다. 그래서 다산부인들은 그저 상징적으로 몇 포기 모만 꽂아 주고 이 논 저 논 돌아다님으로써 한 몫 단단히 보기도 하였다. 그리고 농가에서는 안사람(여자)의 오줌과 바깥사람(남자)의 오줌을 따로따로 받아두었다가 모를 심기 사흘 전에 못자리에다가 거름으로 주었는데, 이는 바깥오줌보다 안오줌이 한결 생산력이 높다고 생각했던 것이다.

풍년을 망치는 가뭄이 들 때도 여성은 기우주술을 담당하였다. 가뭄이 들면 집집마다 호로병에다가 물을 가득 담고 소나무잎으로 병목을 틀어막은 채 정문에 거꾸로 걸어둔다. 그러면 빗방울처럼 솔잎 사이로 물이 방울져 떨어지는데, 그로써 비를 유감시켜 비슷한 것끼리는 같은 효과를 낸다는 유감축술기우를 하였던 것이다. 이때는 집집마다 부녀자의 수만큼 병을 걸었으며, 사나이들은 이 병 앞을 지날 때 부채로 몸을 가리고 가거나 등을 대고 가거나 가급적 피해 가야하는 금기가 있었다. 그리고 방뇨기우라 하여 일단의 부녀자들이 산상에 올라가 열지어 앉아서 일제히 '쉬이'소리를 내며 방뇨하는 것으로써 비를 빌기도 하였다. 또 다른 기우방식으로, 부녀자들이 강변에 가서 강물을 키

---

10) 특히 유별나게 키가 작은 사람이나 아이를 못 낳는 여자는 모꾼으로서 실격이었다 키가 작은 사람이 심은 모는 그 작은 키에 유감되어 모가 잘 자라지 않는다고 여겼으며,(모 심을 철이면 난장이는 외출해서도 안 되었다. <모 심을 철 난장이>라는, 괄시받는 사람을 빗댄 속담도 여기서 연유한 것이다) 아이를 못 낳는 여인을 그 불임에 유감시켜서 결실이 안 된다고 여겼기 때문이다.

에 떠 담고 백사장을 달림으로써 키 틈으로 새는 물줄기를 비에 유감시켰다. 이 기우제에 동원되는 조건으로는 딸만 낳은 부인이어야 한다. 그래서 특히 딸 쌍둥이를 낳은 부녀자는 효험이 크다고 하여 비싼 품삯을 받고 이웃동네에까지 원정을 갔다. 일부 지방에서는 무당들을 모아 놓고 속바지를 벗긴 채 집단난무를 추게 하였다. 곧 여자의 음기를 치맛바람으로 발산시킴으로써 가뭄의 원인인 양기를 중화시킬 수 있다는, 음양이원론의 합리주의적 발상에서 비롯한 것이다.[11]

이와 같이 지모신의 성격을 띤 여성은 농촌에 있어서 풍년 maker이었던 것처럼 어촌에 있어서도 어부와 선원의 수호신이면서 풍어 maker였다.

이는 남중국에서 가장 인기가 있는 신령 중의 하나가 어부와 선원의 수호신인 媽조라는 여성신이라는 점에서도 상통한다. 천후나 천비라는 이름으로도 알려진 그녀에 대한 허다한 설화 중 하나를 인용한다.

마조는 어느날 베를 짜다가 졸았는데 그 꿈에서 그녀는 고기를 잡으러 바다로 나간 그녀의 아버지와 두 오라버니의 배가 어떻게 전복되는지를 똑똑히 보았다. 이어지는 꿈에서, 그녀는 물속으로 들어가 두 오라버니를 양손에 잡고 아버지는 이빨로 그의 옷을 단단히 물었다. 바로 그때(꿈속에서) 그녀의 어머니가 그녀를 불러서 대답하려고 입을 벌리자 아버지는 그녀에게서 떨어져나가 파도에 휩쓸리고 말았다. 꿈에서 깨어난 그녀는 겁에 질려 꿈속의 이야기를 어머니에게 이야기하였으나 어머니는 그 이야기를 믿으려 하지 않았다. 그러나 고기잡이 나간 배들이 돌아오자 그녀의 어머니는 어부들에게서 두 아들은 건졌으나 그 아버지는 익사하고 말았다는 소식을 들을 수 있었다. 그런 일이 있고 나서 마조는 절대 결혼하지 않고 평생토록 어머니를 모시겠다고 결심하였다. 그러나 그녀는 28세로 죽었다. 선원들이 바다에서 그녀의 혼을 보았다거나 또 그녀의 혼이 많은 사람들의 생명을 건져주었다고 하

11) 이규태, ≪이규태의 에세이 한국학≫, 조선일보, 1981. 6. 20, p.9.

는 등의 이야기가 전한다.[12]

2) 남녀성황 신위 합배

앞에서 언급한 바와 같이 남녀서낭의 위패를 합하는 것은 남녀신의 혼인을 의미하는 것이며, 그것은 곧 성교를 통한 생식과 풍요를 상징하는 것이다. 다시 말해서 서낭신의 결혼의식은 본래 식물의 성장이나 부활을 촉진하기 위한 농경의례의 일환으로서, 어부의 생명보전과 풍어를 기원하는 주술로서 거행하는 것이다.

그리고 그 의식의 원리는 유감주술 즉 도종주술이나 모방주술이다. 사람들은 그들이 희망하는 결과를 모방함으로써 실제로 그것을 이루어낼 수 있다고 믿었다. 예를 들면 물을 뿌림으로써 실제로 비를 부르고, 불을 지름으로써 햇빛을 유도한다는 따위이다.

자연의 모든 생식력의 의인화인 위대한 모신은 그 이름은 비록 나라마다 지방마다 다르지만 풍요의례의 대상 신격은 하나 혹은 여러 애인들과 짝지어졌는데, 이는 결혼이 동물과 식물의 증식에 필수적인 것으로 생각된 데에 기인한 것이다. 아울러 이 신성한 한 쌍의 전설적 결합은 토지의 풍요와 인간과 동물의 증식을 확실하게 할 목적으로 일시적이기는 하나 그 여신의 성소에서 인간 남녀 간의 성교에 의해서 모방되기도 하였다.[13]

이러한 모방주술은 농경의 풍요의례로 지내는 우리의 줄다리기에서도 볼 수 있다.

일례로, 경남 영산의 줄다리기에서는 암줄 고리 속에 수줄 고리를 넣어서 비녀목을 꽂는데, 수줄 고리가 암줄 고리 속을 들어갔다 나왔다하는 것을 남녀 간의 성교로 의식하고, 정작 줄다리기는 낮에는 않

---

12) 중국의 판화에 나타나 있는 그녀의 모습은 예복을 차려입고 봉관을 썼으며, 손에는 규를 들고 가슴에는 일과 월의 글자가 붙어있다. 그녀의 네 수행원은 인장, 칼, 그리고 문서두루마리를 들거나 품고 있다.(G. 프루너, ≪중국의 신령≫, 정음사, p.93.)

13) 프레이저, ≪황금가지≫, 삼성출판사, p.424.

고 어두워져야만 한다. 그리고 그 줄의 짚을 베어 뜯어다가 논밭에 비료로 쓰면 농사가 잘 된다든가, 배의 돛대에 감으면 고기가 잘 잡힌다든가 해서 멀리 마산 등지의 어부들도 그 짚을 얻으러 온다.[14]

그리고 각 지방의 별신굿에 수반되었던 이른바 '난장'에 있어서의 성의 문란은 주로 여무를 두고 일어났던 일이지만, 이것도 단순히 직업적 매음으로만 다룰 수 없는, 성의 결합이라는 모방주술을 통한 생생력상징으로 볼 수 있다. 즉 이 무녀는 별신제 신사에 종사한 성창(聖娼)으로서 신성에 헌정된 그 무녀와의 교접을 통해 신성에 수용되고 그로써 생생력을 증대케 하는 것이 난장 중의 성의 주지였을 것이다.[15]

유럽의 각지에서도 양성 사이의 관계가 식물의 생육을 촉구하는 데 이용할 수 있다는 동일한 원시적 생각에 기초를 둔 관습이 봄과 수확 때에 널리 행해졌다.

우크라이나에서는 성조오지의 날(4월 23일)에 사제는 시종을 거느리고 농작물이 땅위에서 푸른빛을 보이는 때에 밭에 가서 축복한다. 그 후 갓 결혼한 사람들이 둘 씩 짝이 되어 씨가 뿌려진 밭 위에서 몇 번씩 뒹군다. 이렇게 하면 농작물의 성장을 촉진시킬 수 있다는 것이다.[16]

또 독일의 어떤 곳에서는 수확 때가 되어 보리를 수확하면 남녀가 밭에서 함께 뒹군다. 중앙아프리카의 바간다족은 남녀의 성교와 땅의 결실 사이의 긴밀한 관계를 굳게 믿고, 그 때문에 불임의 아내는 대개 쫓겨난다고 한다.[17]

풍천군 용궁면의 결혼식 제의절차에는 합예(合禮) 때 금요 아래에 종자로 쓰일 곡식을 까는데[18], 이것도 성적 결합을 통해서 그 종자를

---

14) 장주근, 앞의 책, p.12.

15) 김열규, 앞의 책, pp.193~194.

16) 프레이저, 앞의 책.

17) 위의 책, p.194.

18) 김열규, 앞의 책, p.194.

번식시킨다는 유감주술의 원리에 기초한 것이다. 그것은 남녀의 결합을 통하여 식물의 번식을 기원하는, 자연법칙에 따른 소박한 관념으로서 태고로부터 전승된 것임이 명백하다.[19]

한편, 고대인들은 남녀서낭신의 합위에서 보여진 것처럼 식물의 성장과 고사, 동물의 출생·죽음 등도 인간과 같이 태어나고 결혼하여 자식을 갖고 죽는 남신과 여신들의 성쇠하는 힘의 표현이라고 생각하였다. 원시종교의 원리에 의하면 자연을 풍요하게 하는 여신은 우선 자기자신이 다산해야 하는 관계로 필연적으로 배우자를 가져야 하였다.

풍요의 대여신인 아르케미스도 힙폴리투스를 배우자로 갖고 있다. 트로이젠의 남녀가 결혼 전에 그에게 바치는 머리카락은 그 여신에 대한 그의 계약을 강화하고, 토지나 가축이나 인간의 다산풍요를 촉진시키는 뜻을 가지고 있었다[20]고 한다.

또 다른 한 예를 들면, 옛날 러시아의 말미즈 지방의 위티아크족은 계속되는 흉작으로 인해 극단의 곤궁에 빠진 일이 있었는데, 그들은 힘이 세고 심술궂은 케레미트신이 결혼시켜 주지 않는 것에 노여움을 샀을 것이라 결론지었다. 그래서 원로들의 대표가 쿠라의 워티아크족들을 방문하여 이 문제를 상의하였다. 그들은 마을에 돌아와서 브랜디를 다량으로 만들고, 마차와 말을 아름답게 장식하여, 종을 울리면서 쿠라에 있는 신성한 숲까지 행렬을 지어 들어갔다. 거기서 밤을 세우면서 유쾌하게 먹고 마시다가 다음날 아침에 숲의 잔디를 네모나게 떠

---

19) 한편, 프레이저는 생생력 증대를 위해서 성의 결합을 금기시하는 예들을 기록하고 있다. 중앙아메리카의 어떤 인디안 부족들은 곡물의 성장을 촉진시키기 위해 성욕을 절제하는데, 즉 옥수수를 뿌리기 전에 켁치 인디안은 닷새 동안 물고기를 먹지 않으며, 그 아내와 떨어져 잔다. 또 트랜실베이니아의 게르만족 사이에서는 밭에 씨를 뿌리는 기간에는 아내와 잠자서는 안 된다는 규칙을 갖고 있다. 멜라네시아군도의 어떤 섬에서는 감자덩굴을 손질하는 동안에는 남자는 밭 근처에서 잠자며, 결코 아내에게 접근하지 않는다. 이 금욕의 규칙이 지켜지지 않으면 곡물에 곰팡이가 생긴다고 믿고 있다. 이것은 자연과 생명에 관한 원시적 관념으로부터 다른 통로를 통해서 방종의 규정이나 금욕의 규정을 만들어 버린 것이다. (프레이저, 앞의 책, p.195.)
20) 위의 책, p.41.

서 마을로 가지고 돌아왔다. 그 후에 말미즈 사람들에게는 운이 좋아
져서 음식물이 풍족해졌다.

이 결혼식이 의미하는 것은 친절하고 다산적인 '땅의 아내' 무킬친
과 케레미트를 결혼시켜서 그녀로 하여금 그에게 좋은 영향을 끼치게
하는 것이라 할 수 있을 것이다.

벵골(Bengal)에서는 우물을 팔 경우에 어떤 신의 나무상(목상)을 만
들어서 물의 여신과 결혼시켰다.[21] 또 벵골의 오라온족은 '대지'를 여
신으로 숭배하고 해마다 사알나무의 꽃이 필 때에 그 여신과 태양신 다
르매와의 결혼을 축하한다. 그 목적은 어머니인 대지를 움직여서 그 결
실을 풍족케 하는 데 있다. 따라서 많은 사람들은 하나의 목적을 위해서
유감주술의 원리에 입각하여 음란한 주연에 빠진다[22]라는 것이다.

그런데 신과 결혼하는 신부는 여신이 아니라 때때로 살과 피를 지닌
여자일 때가 있다. 알곤퀸인디안과 휴런인디안은 매년 3월 중순경에 고
기잡이가 시작될 때가 되면 그물을 6, 7세 가량의 두 소녀와 결혼시킨
다. 결혼식에서는 그물을 두 소녀 사이에 놓고, 기운을 내서 많은 고기
를 잡게 해 달라고 부탁한다. 이 관습의 기원은 다음과 같다.

어느 해인가 고기잡이 시기가 돌아왔을 때 알곤퀸족은 예년처럼 그
물을 내렸으나 조금도 잡히지 않았다. 이 실패에 아연실색한 그들은 어
떻게 해야 할지 알 수 없었는데, 그물의 정령이 건장한 남자의 모습으
로 나타나서 <나는 아내를 잃었다. 그리고 나 이외에 남자를 모르는 여
자를 찾을 수가 없다. 이것이 너희들이 성공하지 못하는 이유이며, 너
희가 나의 소망을 풀어 줄 때까지 너희는 결코 성공하지 못할 것이다.>
라고 매우 분노하여 말했을 때, 비로소 알아차렸다. 그리하여 그들은
회의를 열고, 처녀가 아니라고 구실 잡히지 않을 정도의 매우 어린 소
녀 둘과 결혼시켜서 그물의 정령을 유화시키자고 결정하였다. 그들은

---

21) 위의 책, p.20.
22) 위의 책, p.202.

그대로 행하고서야 고기잡이가 잘 되었다. 이 일이 이웃의 휴런족에게
알려져서 그들도 이 방법을 채택하였다.[23]

그리고 ≪심청전≫의 처녀 공희와 같은 경우가 이집트의 나일강에
서도 행해졌다. 한 젊은 처녀에게 화려한 의상을 입혀서 강물 속에 던
져 넣었는데, 이 관습이 의도하는 바는 남성의 힘으로 간주된 강과, 풍
요다산을 상징하는 그 신부로서의 경작자와 결혼시키기 위한 것이었
다고 보인다.[24]

결혼은 인간의 탄생뿐만 아니라 대지와 초목들을 생성시키기도 한
다. 일본열도의 생성신화는 남신 이나나기명과 여신 이나나미명의 합
궁에 의해 이루어지고 있다.[25] 이 일본신화는 외설적이라는 혹평을 듣
기도 하지만 만물의 창조와 발전의 근원이 섹스라는 사실을 암시하고
있는 것이다.

관습과 전설에 대한 여태까지의 개관에서, 신성한 결혼이 동물과 인
간의 생명이 궁극적으로 의존하는 대지의 풍요다산을 촉진하기 위해
서 많은 민족에 의해서 축하되어 왔다는 사실과, 그러한 의식에서 신
적인 신랑과 신부는 때때로 한 남자나 여자에 의해서 분장되었다는 사
실을 볼 수 있다.

동해안 어촌의 서낭제와 풍요원리는 대부분 남녀성황의 합위로써
이루어져 있으나, 안인진과 신남의 경우에 있어서는 여신에 대한 인간
남성의 성기를 모형으로 깎은 목각성기를 봉헌하는 것을 보아서 그 합
일이 인간남자에 의해서 분장된 것으로 간주된다.

---

23) 위의 책, p.202.
24) 위의 책, p.18.
25) 김열규, ≪동양의 신들≫, 능력개발 선서, p.58.

3) 목각 남근 봉헌

　원초사회로 올라갈수록 성에 대한 숭배는 인류공유의 한 문화유산
이었다. 실제로 인류의 문화나 생활을 발전시켜 온 최대 요소의 하나
는 사랑이요 성적본능이라 할 수 있다. 문학·예술뿐만 아니라 종교와
사상도 여기에 연유했던 바가 크다고 할 수 있을 것이다.[26]

　성과 종교의 결합은 한국이나 일본뿐만이 아닌 세계적인 문화현상
이나 특히 인도와 같은 나라에서 쉽게 찾아볼 수 있다.

　일본에서는 석기시대부터 유습으로 생각되는 성기숭배가 농경의
풍요기원과 결부되어, 남녀생식기 형상을 제사지내거나 또는 특정한
제일에 성적행위를 나타내는 신사와 춤을 추는 것이 연중행사로 전승
되어 왔다. 특히 성기숭배를 집중적으로 연구한 학자의 보고서에 의하
면 일본 전국에 현존하는 성적 유적 813개소, 성적 행사를 하는 곳이 87
개소, 합계 900개소라는 현별 통계가 나와 있다. 특히 애지현의 전현신
사에서는 생식기 형상의 도자기나 토산품을 만들어 판다.[27] 한국에서
는 성기신앙이 미신으로 간주되어 소멸되고 있는 반면에 일본에서는
이처럼 승화된 국가종교, 민족종교와 직결되어서 선전되고 보급되고
있음을 볼 수 있다.[28]

---

26) E. Ames는 식욕과 성욕의 2욕구, W.P.Paterson은 육체적·사회적·정신적·정서적
　등 그리고 우야원공은 식물적·육체적·사회적·정신적 등의 4욕구를 들어 종교의
　기본욕구로 삼고 있다. 여기에서 말하는 사회적 욕구 가운데는 성적 욕구를 포함하
　고 있는 것을 결국 종교의 기본욕구의 하나로서 성욕이 거론되는 것이다. 이러한 종
　교에서의 성적 요소를 확대경으로 바라보면서 일컬어지는 것이 종교의 성욕기원설
　이다. 이 설의 대표자인 T.schrader은 성욕 그것을 종교적으로 신성시하는 데서 성기
　숭배가 생긴다고 했고, 다시 법열 즉 종교적 황홀은 성적 황홀과 본질적으로는 같은
　데 외견상으로는 그것이 성욕적인 것을 자각하지 못하고 정신화하고 객관화해서 초
　월적인 것을 생각하고 있을 뿐으로서 일종의 심리적 자위에서 벗어나지 않는다고
　서술하고 있다. (福英藤尾, ≪불교의학신설≫, 홍원식 역, 의학사(1975), pp.325~8.
　참조.)

27) 장주근, 앞의 책, pp.15~16.

28) 하버드대학의 R.Bellah는 그의 저서 ≪Tokugawa Religion≫에서 일본 신도를 분석하
　고 다음과 같이 결론을 내린 바 있다. "일본인의 상위자에 대한 신격시, 일단 유사시

인도에 있어서는 Shiva신과 Lingam(남성기)숭배의 종교적 풍습이 각 분야에 영향을 미치고 있는데, 이 힌두교의 사상이 불교에 묻어 와서 한국의 남근숭배를 토착화시킨 것이 아닌가 하는 견해[29]도 있어왔다.

인도와 인도문화의 감화를 받은 이집트와 소아세아 등의 고대문명 국가들에서도 이 풍습이 있었으며, 특히 로마의 Mulinus 등의 농경신과 풍요신도 원래는 이 성기숭배에서 생긴 것이다.[30]

우리나라에 있어서는 <구지가>에 남근을 비유한 원초적인 기록이 보인다. 즉 거북의 목은 생명의 근원인 남근심볼(phallic symbol)로서, "거북아 머리를 나타내라(首其現也)"고 한 것은 곧 신령스런 생명의 근원을 나타내라고 한 것으로 보여진다.[31]

헌종 때 이규경(李圭景)의 ≪오주연문장전산고(五洲衍文長箋散橋)≫에는 다음과 같은 기록이 보인다.

> 음사 중 지금 서울의 각사에 신사가 있어 付근당이라 한다. 잘못 부군당이이라고 하기도 한다. 한번 제사에 드는 돈은 누백금에 이른다. 부근이라 함은 송씨저로, 접하는 곳의 사벽마다 많은 목각음경을 만들어 이걸 걸으니 음탕하기 이를 데 없다. 혹은 말하기를 부근이란 관사의 뿌리로서 목경을 거는 뜻은 사람의 뿌리가 견경이기에 그에 따른 것이라고도 한다.[32]

의 금욕윤리의 발휘, 소비억제 등의 종교윤리는 Max weber의 경제근대화이론과 합치되는 것이며, 그것이 패전 20여 년만에, 도탄 속의 일본을 경제대국으로 성장시킨 근대화의 원동력이요 민족의 에너지였다." 일본 신도의 주류는 한국의 동제와 무속이 건너가 국가종교로 승화한 것임을 감안할 때, 우리에게 시사하는 바가 크다고 할 것이다. (위의 책, p.54.)

29) 이규태는 남근봉헌의 습속에 대해서, 대체로 세 가름해서 그 원천을 찾고 있다. 그 첫째는 원시적인 유감주술에서 기인, 둘째는 인도의 시바신의 린검(남근)숭배의 풍습이 불교에 묻어 들어온 것이며, 마지막으로 음양풍수설의 영향에서 비롯되었다는 것이다. (이규태, ≪한국인의 기속≫, 기린원, pp.55~59.)

30) 유증선, <암석신앙전설>, ≪민속학≫ 제 2호, p.62.

31) 정병욱, ≪한국고전시가론≫, 신구문화사, p.49.

32) 이에 대해 이능화는 ≪조선무속고≫(1927, p.52.)에서 "이 목경물은 송씨저를 위한

≪문헌비고文獻備考≫에서도 "본조 풍속에 도하 관부들에는 으레 수호신을 모신 한 작은 숲을 두고, 그 사당에 지전을 걸고서는 부군이라 일컫는다."고 한 것으로 보아서도, 이 남근숭배의 장인 부근당은 궁중·관청·지방의 관가 등에 있었으며 특히 원한이 많이 도사릴 수 있는 형조나 감옥·병조 등에 근세까지 남아 있었음을 알 수 있다.

부군당은 앞서 말한 부근당이 중세에 변화하였을 것이다. 이는 부근의 음탕한 습속을 천시하는 뜻에서 이와 같은 이름의 정화작업이 은연중에 이루어진 것으로 추측된다.

섹스는 생식의 본이기에, 성기처럼 생긴 유형의 인조물을 숭배함으로써 생산의 소원이 이루어지는 것으로 믿었던 원시적인 유감주술이 우리의 사직신 숭배에 끼어들어 전승체계화된 기속임을 볼 수 있는 또다른 기록이 있다. 그것은 세종 13년에 황희·맹사성·허조 등 재상들이 사직신의 유래를 더듬는 토론에 나타난다.

이들은 사직신을 모실 때에 길이가 2·5척, 둘레가 1척인 둥그레한 양석을 사직단의 정남 중에 묻고 그 귀두 부분을 햇볕에 노출시킨다는 구습을 이야기하였고, 또 비장의 사직신에게 바치는 신물은 나무를 양경처럼 깎아 붉은 칠을 하고 푸른 글씨를 쓰는데 그 길이가 2·2척, 둘레가 4·5촌이라 하여 사직신 제사에 부근풍습이 곁들였음을 고증하였다.[33]

사직신은 왕궁뿐 아니라 각 관청, 지방관청에서도 모셨기로 이 부근풍습이 관아에서 그 명맥을 유지해 왔고, 이것이 다시 뻗어나가 동해안의 어촌에까지 파급되었을 것이다.[34]

것으로서, 부근이란 말은 이 목경으로부터 생긴 것이다. 송씨저라고 하는 것은 아마도 손각씨일 것이며, 민간에서는 죽은 처녀가 시집을 가지 못하고 죽은 것을 손각씨라고 하는데, 손과 송은 음이 가깝고 상통한다"고 평하였다.

33) ≪세종실록≫13년 11월조.

34) 1968년도 봄 서울의 여의도둑을 폭파할 때 그 곳에 있던 부근신당이 헐렸으며, 중앙청 앞에 있었던 옛 병조 건물에도 부근신당이 있었다 한다. 일제 때 서대문 형무소에서도 남근 형태로 깎은 목경(나무성기)과 여음부 형태인 조개를 모셨고, 1926년 서울

서부아시아의 신앙과 의식 속에 그 상징적인 죽음과 부활이 깊이 뿌리박고 있는 앗티스신의 신의에도 이 남근봉헌의 습속이 있었다. 앗티스는 아름다운 목동이다. 앗티스는 '신들의 어머니'인 키벨레, 즉 풍요의 여신에 의해서 사랑받는 젊고 아름다운 목동이다. 앗티스 제일의 셋째날은 '피의 날'로 알려져 있다. 아르키갈루스, 즉 대사제가 그의 팔에서 피를 뽑아서 제물로 바친다. 하급사제들도 광란의 춤과 음악에 빠져 고통을 느낄 수 없을 때에 토기그릇조각이나 칼로 자신들의 몸을 찔러서 피를 내었고, 종교적 흥분이 최고조에 달하면 생식기를 잘라 여신상에 던졌다. 이 절단된 생식기는 나중에 소중히 싸서 흙이나 혹은 키벨레에게 바쳐진 지하실에 매장되었다. 이것은 피의 제물과 같이 앗티스를 소생시키고 또 봄의 햇볕을 받아서 갑자기 잎과 꽃이 피어나는 자연의 일방적 부활을 촉진시키는 것으로 생각하였다.[35) 또 오스트 랄리아의 원주민들은 친구를 다시 소생시키기 위하여 그의 몸을 베고, 생식기를 제물로 바쳤다.[36)

그런데 한국에 있어서 부근이 있었던 장소는 대부분 성에 굶주린 원귀가 있다고 상정되는 곳이었다. 남편을 잡아 가둔 감옥이나 형조, 남편을 전쟁에 데려다가 죽인 병조, 또 성적인 굶주림에 원귀가 되었을 궁중과 풍파가 남편의 목숨을 빼앗아 간 바닷가나 강나루 등이다. 산 사람들은 이 원한의 터전에 사당을 짓고 이 원귀들에게 상징적인 성기를 바침으로써 신과 화해를 하고, 그 신력의 혜택을 받고자 하였을 것

정동의 궁터를 헐고 경성방송국을 지을 때도 그 터에서 나무로 만든 음경이 많이 나왔으며, 형조관아에도 이러한 부근신당이 있었다고 한다. 지금은 없어졌지만 서울에는 동서남북에 네 성황을 모셨는데 그 중 동대문 밖 낙타산 중턱에 자지성황당, 그리고 북문 바로 밖에 동락성황당이 있었다. 이름이 말해 주듯이 자지성황당은 성적인 남신을 모신 곳이고, 동락성황당은 두 남녀신의 신위와 화상을 모시고 원앙이 입맞춤하는 그림을 이 신전에 바침으로써 성적결합을 기원하던 곳이다.(조선일보, <개화백경>, 1968년 11월 26일, p.4.)

35) 프레이저, 앞의 책, p.445.

36) 위의 책, p.444.

이다.

이러한 사정은 안인진과 신남의 해낭당 전설[37]에서 분명히 찾아진다.

① 옛날에 약혼자인 도사공이 바다에 나갔다가 돌아오지 못하자 어부의 딸이 봉화산에 올라가 마냥 기다리다가 결국 바다에 떨어져 죽었는데, 그때부터 처녀의 원혼이 흉어와 조난을 몰고 왔으므로 그녀의 혼령을 모시게 되었고, 또 원혼을 위로하기 위해 남근을 봉납하게 되었다.

② 옛날 이 마을의 한 처녀가 미역을 따다가 지나가는 배에 타고 있는 미남 뱃사공을 보게 된 후, 상사병에 걸려 죽고 말았다. 그때부터 고기가 잡히지 않았다. 그러던 어느 날 밤 한 어부의 꿈에 그 처녀가 나타나서 남근을 바치면 고기가 잘 잡힐 것이라 하므로 나무로 만든 남근을 바쳤더니 고기가 잘 잡혀, 그 뒤로는 모두가 그렇게 하였다.

③ 해랑이라는 기생이 봉화산에서 그네를 타다가 줄이 끊어져 바다에 떨어져 죽었는데, 그때부터 해사가 안돼서 어디 가 물어 보니, 남근을 바치면 된다고 하여 그렇게 하였더니 고기가 잘 잡혀서 부자가 되었다.

④ 옛날 이 마을의 한 처녀가 미역을 따다가 파도에 밀려 바위에 올랐으나 끝내는 풍랑으로 죽고 말았다. 그 이후부터 마을 사람들은 그 바위를 애바위라 부르게 됐는데, 이는 죽은 처녀가 파도에 밀려 애를 쓰다가 죽었다고 해서 붙인 이름이다. 그런데 이상하게도 처녀가 죽은 후부터는 고기가 잡히지 않을 뿐 아니라 바다에 나간 젊은이들이 돌아오지 못하는 일이 자주 일어났다. 그래서 처녀를 서낭으로 모시고, 그 원혼을 위로하고자 남근을 봉헌하게 되었다.

이상의 ①, ②, ③은 안인진, ④는 신남의 해낭당에 얽힌 전설이다.

---

37) 김의숙, 앞의 책, p.173~183.

여기서 볼 수 있는 바와 이 처녀귀신들을 위해서 붉은 황토칠을 한 목경을 바친다는 소박한 관념을 통하여 생식과 풍어의 염원으로까지 승화시킨 것이며, 이것이 종교적 민속의 한 현장이 된 것이다.

4) 수소 공희

인간은 보다 넓은 자연환경 안에 하나의 작은 영역을 의지하여 살아오면서, 인간과 그 생활방식에 촛점이 맞추어진 신령들을 필요로 하였다. 그러므로 인간의 마을과 주택의 신령들은 단지 인간, 그리고 그에 의해서 만들어진 어떤 행위와의 관련 속에서만이 생각될 수 있는데, 인간이 신의 도움과 보호를 필요로 하는 것과 꼭 마찬가지로 신은 인간의 제물을 필요로 한다.

동해안 서낭제의 말머리(으뜸) 제수는 소다. 그것도 수소다. 이 수소의 머리나 고기 혹은 낭신(囊腎)은 특히 여서낭에게 바쳐지고, 이를 흠향한 여신은 생명의 안전과 풍어를 보장한다.[38]

그런데, 이러한 초월적인 존재에게 제수를 바치는 의식은 동물뿐만 아니라 비록 근대에 와서는 생략되거나 모의적으로 흉내를 내는 것으로 대신하게 되었지만 농작물의 성장을 촉진하기 위한 인간제물을 바치는 야만적인 의식도 고대의 세계에서는 흔히 있어왔다.

서부아프리카의 어떤 여왕은 3월경에 한 남자와 여자를 방금 밭갈이가 끝난 밭의 한가운데에 파묻었다. 기니의 라고스에서는 풍작을 확증하기 위하여 매년 춘분 직후에 나이어린 소녀를 산 채로 찔러 죽이는 관습이 있었다. 그리고 고대 멕시코인들은 옥수수의 성장단계마다 제물이 된 인간연령을 그 곡물의 연령에 상응하도록 하여 제물로 바쳤다. 즉 씨를 뿌릴 때는 갓난아기를, 곡물의 발아기에는 조금 성장한 어

---

38) 어떤 마을에서는 수소를 잡거나 혹은 살코기를 사서는 남녀서낭의 구별 없이 제수로 쓰는 경우가 있는데, 이는 전승되어 오면서 변이된 형태일 것이다. 그것은 소의 낭신은 결코 남서낭에게 제수로 바치지 않는 강문의 서낭제가 있고 보면, 수소는 여서낭의 제수로만 쓰여져야 되는 것이 많다.

린이를 그리고 익으면 노인을 바치는 일이 계속되었다고 한다. 또 에
쿠아도르의 구아야킬 인디언은 밭에 씨를 뿌렸을 때 사람의 피와 심장
을 제물로 바쳤다.[39)

많은 신화에 나타난 공희물로서는 신성 동물과 관련을 짓고 있으며,
이러한 동물들은 풍요 혹은 심지어 창조를 가져오게 하기 위하여 희생
되어 왔다. 특히 황소나 거세한 수소는 곡물정령으로 인식되었다.

디존 근처의 푸일리에서는 곡물의 마지막 이삭을 자를 무렵이 되면
리번, 꽃, 곡물의 이삭으로 치장한 거세된 황소를 밭에 끌고 다니다가
악마로 분장한 사나이가 최후의 이삭을 베고 즉시 그 황소를 도살한다.
고기의 반은 수확의 만찬 때에 먹고 나머지는 식초에 담가 봄 첫 씨앗
을 뿌릴 때까지 보존된다.[40)

페르시아인들은 태양신 Mithras에게 황소를 공희하여 부와 다산을
땅 위에 샘솟게 하려 하였으며[41), 중국의 농민들은 살아있는 소 대신에
빛깔을 칠한 토우를 입춘 때에 깨뜨려서 물의 재앙을 점치고 토신을
제사하였다.[42)

우리의 풍속에서도 여역(癘疫)이 유행시에는 소의 피를 문에 뿌렸
고[43), "풍기 풍속에 정월 보름날 읍의 우두머리 아전이 검은 소를 거꾸
로 타고서 거문고를 안고 관아의 뜰로 들어가 원님에게 절한다."[44)고
한 것으로도 미루어 볼 수 있는 생생력상징으로서의 소는 발양(祓禳)

---

39) 프레이저, 앞의 책(2권), p.91~93.

40) 위의 책(2권), p.121.

41) C.G.Jung, ≪인간과 무의식의 상징≫, 집문당, p.245.

42) 중국의 이 풍속을 모방하여 풍년을 기원한 사례가 우리나라에도 있었다. 즉 ≪동국
세시기(입춘조)≫에 "함경도 풍속에 이날이 되면 나무로 만든 소를 관청으로부터 민
가의 마을까지 끌고 돌아다닌다."(關北俗, 是作本牛自官府達于閭里, 遍出于路. 蓋倣
出土牛之制, 而所以示勤農祈年之意也.)고 하였다.(김운학, <오오도문학론>, ≪현
대문학≫(통권 293), p.336.)

43) ≪석담일기(권하)≫

44) ≪동국세시기(上元條)≫

에도 으뜸 제물로 쓰였다.

고대의 제천행사인 영고에는 소를 죽여 하늘에 제사하였고[45], 속칭 천왕당인 태백산사 제의엔 '퇴우(退牛)'라고 하는 의식이 있었다.[46] 해서지방의 풍어제인 대동굿에서도 꼭 소를 잡는다. 이러한 예는 ≪심청전≫에서도 보인다.

한 곳을 당도하니 닷을 쥬고 돗을 질으니 이는 곳 림당수라 광풍이 대작하고 바다가 뒤눕는데 어룡이 싸오는듯 대양바다 한가온대 돗도 씬쳐 로도 일코 키도 쌰져 바람줄고 물결쳐 안기 뒤셕겨자자진 날 갈길은 천리나 넘고 사면이 검어 어득졈을 쳔지지척 막막하여 산갓흔 파도 배젼을 쌍쌍쳐 경각에 위태하니 도사공이 가히 대겁하야 혼분백산하야 고사졀차 차리는대 셤쌀로 밥을 짓고 큰소 잡아 큰 칼 곳쳐 정하게 밧쳐 놋코 삼색실과 오색당속 큰소 잡아 동위술을 발위차려 갈나노코 심청을 목욕식혀 의복을 졍히 입혀 배머리에 안친후의 도사공의 고사를 올닐제 북치를 갈나쥐고 북을 둥둥둥둥둥 두리둥둥 두다리며……[47]

위에서 볼 수 있는 바와 같이 소를 공희로 하거나 또 다산의 ≪산림경제≫에 소뿔에 비단을 둘러 거기다 음식을 베푸는 농사의례가 있음을 보여주고 있는 바와 같이 소는 생생력상징의 동물로서 수많은 생식, 재생, 창조의 제물로 쓰여지고 있음을 볼 수 있다.

이러한 상징물인 소가 동해안의 여서낭에 바쳐질 때, 수소로써 대체한 것이야말로 원시종교의 원리인 동시에 동해안 풍어제의가 지니고

---

45) 名 曰迎鼓…(中略)…有軍事亦祭天殺牛以占其吉凶. 行人無晝夜好歌吟音聲不絶.

46) 太白山祠 在山頂 俗稱天王堂 本道及慶尙道傍邑人 春秋祀之 繫牛於神坐前 狼狽不顧而走 曰 如顧之 神知不恭而罪之 過三日府牧其牛 而用之 名之曰 退牛.

47) 원본≪심청전≫, 영창서관판. 이날치≪심청전≫에서는 큰소 대신 산돝(산 돼지)을 잡은 것으로 되어 있고, ≪고명 심청전≫에서는 큰 돗과 큰 쇼를 잡는 것으로 되어 있다. 강원도의 채삼인들이 산신당에 제사할 때는 산 돼지를 잡는데, 돼지가 생생력 상징과 연관성의 지니고 있었는지에 대한 고찰도 기대해볼 만하다.

있는 생생력상징 원리의 한 틀인 것이다.

4. 맺음말

오늘날, 한국의 전통적인 부락제인 서낭제는 미신으로 간주하는 무지 때문에 퇴락의 길을 걷고 있다. 우리의 전통신앙을 미신으로 단정 짓는 것은 이문화(異文化)를 보는 외국인의 견해이다. 원래 미신(superstition)이란 특정공동체가 보편적으로 믿고 있는 종교의 처지에서 용납될 수 없거나 믿음성이 없다고 믿어진 대상에 붙여진 이름이다. 타키루스가 기독교를 미신으로 부른 것이 그 좋은 보기이다. 따라서 서낭제를 미신이라고 부르는 것은 특정한 문화를 그 문화자체에 두고 이해하는 길이 아니다.

현재를 일컬어 신화를 상실한 시대라 한다. 신화가 없는 과학시대의 산물이 허무며 방황이라는 사실에서, 신성과 속사라는 혼합적 제의를 통해 살고 있는 사람들의 정신적 풍요를 볼 수 있는 것이 동해안 어촌의 서낭제를 기본으로 하는 풍어제이다. 그것은 신성과 속사가 빚은 변증법적인 논리를 지닌 것으로, 여성·결혼·성기숭배 및 수소공희라는 생생력상징을 지닌 제의이다.

옛사람들은 하늘과 태양을 남성으로 보고 온갖 곡물로 생식시킨 땅을 여성으로 보았다. 이러한 사고가 어촌으로 옮겨졌을 때 곡물에 해당하는 온갖 어류가 노니는 바다의 신도 여성으로 본 것이다. 그러다 보니 그녀와 화해할 필요성에 따라 남근을 봉헌하게 되었고, 남서낭과의 합배를 성취시켜 줌으로써 그 보상으로 풍어와 생명의 안전을 보장받고자 하였던 것이다.

동해안 풍어제는 온갖 민속제의가 그렇듯이 문화적 현실의 전체적 테두리 속에서 상징적이고 혹은 상징적일 수 있을, 보편성을 형성하고 있다는 점 때문에 중요하다. 그것은 성과 속의 대립을 조정하면서 보이는 자연주의적 이상주의다. 신성을 비세속적인 것으로 엄연히 구획

함으로써 성과 속의 화해를 기도한 것이다. 이러한 의도는 각종 제의의 기본구조 그 자체이기도 하다. 결연의 원리 아래 경쟁의 원리와 분리의 원리가 내재해 있던 신성결혼제의나 죽음과 함께 생이 연희되던 재생의례 등은 그 전형들이다.

이러한 원리들을 내재하고 있는 풍어제는 신앙자의 생활, 그것도 가장 현실적인 생활의 종합적 표현으로서, 이러한 원리는 현금에도 인간 생활의 현실 속에 머물고 있다. 그동안 세계는 끊임없이 변화하였으나, 또 한편으로는 변화하지 않고 있는 것이다. 이것을 이해할 때 오늘날의 동해안 풍어제의 참된 가치와 그 존재의의를 인식할 수 있게 될 것이다.

■ 참고문헌

≪동국세시기≫
≪석담일기≫
≪세종실록≫

김열규, ≪한국민속과 문학연구≫, 일조각.
＿＿＿, ≪동양의 신들≫, 능력개발 선서, p.58.
김운학, <오오도문학론>, ≪현대문학≫293.
김의숙, <동해안 항포구 향토문화 조사보고>(민속신앙부문), ≪강
　　　　원문화연구≫ 3집, 강원대학교 강원문화연구소, 1983.
복영등미, ≪불교의학신설≫, 의학사, 1975.
유증선, <암석신앙전설>, ≪민속학≫제2호.
이규태, <이규태의 에세이 한국학>, 조선일보, 1981년 6월 20일.
＿＿＿, ≪한국인의 기속≫, 기린원.
이능화, <조선무속고>, 1927.
장주근, ≪한국의 향토신앙≫, 을유문화문고 190, 1981.
정병욱, ≪한국고전시가론≫, 신구문화사.
최승순 외, ≪예속≫(상), 강원일보사.

C.G.Jung, ≪인간과 무의식의 상징≫, 집문당.
G. 프루너, ≪중국의 신령≫, 정음사.
N. 프라이, ≪신화문학론≫, 을유문고 63.
프레이저, ≪황금가지≫, 삼성출판사.

초곡단오굿의 전승양상과 의의

윤동환*

1. 서론

강원도 삼척의 단오굿은 미로면의 미로단오굿, 근덕면 교곡(다리실)의 단오굿, 초곡리의 단오굿이 있다. 삼척의 단오굿을 생업기반에 따라 분류하면, 농사를 기반으로 한 내륙에서 행해지는 미로단오굿이나 교곡단오굿과 어업을 기반으로 한 해안지역의 초곡단오굿으로 대별된다. 이 중 초곡단오굿은 동해안 큰무당이 하는 굿으로 동해안 단오굿을 대표할 수 있다.

이 글에서는 삼척의 단오굿 중에서 초곡단오굿에 대한 지역성과 굿의 특수성에 대해 연구하고자 한다. 기존 동해안 굿의 지역적 상황을 기록한 글[1]의 경우에는 대부분 동해안 굿의 보편성을 다루는데 치중

---

* 고려대 민족문화연구원 민속학연구소 선임연구원

1) 김태곤, <동해안지방무속>, ≪고문화≫ 5·6, 한국대학박물관협회, 1969, pp.56~80; 강용권, <부산지방의 별신굿 고>, ≪한국문화인류학≫ 3, 한국문화인류학회, 1970, pp.79~92; 최길성, <동해안지역 무속지 서설>, ≪한국문화인류학≫ 5, 한국문화인류학회, 1972, pp.107~120; 최정여·서대석, <경북 동해안지역의 무속연구>, ≪한국학논집≫ 1, 계명대학교 한국학연구소, 1973, pp.171~217; 김태곤, <영남지역의 무속실태>, ≪논문집≫ 11, 원광대학, 1977 ; 이두현, <동해안 별신굿 -경북 이가리와 백석동의 사례를 중심으로>, ≪한국문화인류학≫ 13, 한국문화인류학회, 1981, pp.159~189; 윤동환, <삼척지역 어촌 굿의 지속과 변화>, 실천민속학회, ≪민속문화의 지속과 변화≫, 집문당, 2001, pp.181~205; 이균옥, <기록을 통해 본 계원 1리 별신굿>, ≪2005 동계학술발표회≫, 공연문화학회, 2005, pp.29~33. 등.

하였다. 그러한 결과 각 마을에서 행해지는 굿의 특수성과 지역적 특징에 대한 부분이 소홀히 다뤄진 것은 기정사실이다.

현재 동해안별신굿이 지리적으로 동해안에 위치해있다는 점만으로 동해안 북부·중부·남부 지역에서 행해지는 굿 모두를 동일시하는 경향이 있다. 이는 동일한 무집단이 동해안 연안을 따라 옮겨 다니며 굿을 하는 현상을 보고 판단한 연구자들의 오류이다.

기존의 연구 성과에서 지역성에 대한 부분은 단편적으로 언급되었을 뿐이다.[2] 실제 큰무당들은 동해안의 여러 지역을 다니며 굿을 하지만 무당이 인식하는 굿의 절차를 일방적으로 강요하지 않고, 지역의 문화적 인식에 맞춰 굿을 구성한다. 동해안 지역은 지역문화사적 특수성과 개별성을 지니고 있기 때문에 지역적 특징을 살피면서 문화적 보편성을 확인하는 것이 필요하다. 동해안 굿의 특수성은 지역문화의 특수성과 보편성을 구성하고, 또 다른 지역문화의 특수성과 보편성과 비교되어야 한다. 그래야만 동해안별신굿의 정체성을 이해하게 될 것이다.

본 연구자는 집중적인 현지조사를 통해 얻은 민속지적 자료를 토대로 초곡단오굿의 특수성과 지역적 특징을 살펴보고자 한다. 이 글에서는 참여관찰과 심층면접(depth interview)을 통해 굿의 전승양상을 살펴보고, 초곡단오굿이 지닌 지역성과 의의를 주목하고자 한다.

---

2) 동해안 굿의 지역적 특성을 논한 글은 윤동환, <연행예술로서 동해안 굿의 변화 양상과 변화 요인>, 안동대학교 석사학위논문, 1999; 장휘주, <경남·경북 동해안 무악비교 연구>, 서울대학교 박사학위논문, 2002; 김형근, <동해안 오구굿 구조의 현장론적 연구>, 경기대학교 석사학위논문, 2005; 최성진, <동해안 별신굿의 계면굿 연구>, 대구대학교 석사학위논문, 2006 등이 있다. 이 중에서 장휘주는 경남과 경북으로 구분하여 무악을 비교했으며, 최성진은 경주에서 고성까지의 북부권과 부산에서 울산까지의 남부권으로 구획하였다. 이들의 경남 또는 남부권의 전승권 분류는 지역적 특성을 논한 연구자들의 견해와 모두 일치한다. 그러나 이들은 경북 또는 북부권에 대한 분류를 무악에만 천착하였거나 굿의 절차와 형식, 전승집단에 대한 세밀한 고찰이 없었기 때문에 통칭하는 오류를 범하였다.

2. 초곡리의 인문지리적 환경

　강원도 삼척시 근덕면 남단에 위치한 초곡리(草谷里)는 동쪽은 바다에, 서북은 매원리에, 남쪽은 용화리에 이웃해 있고, 반경은 동서로 3km, 남북 4km 정도이다. 마을 어른들은 마을의 형세가 말 모양의 형국이라고 말한다. 초곡리는 본래 원덕면 지역으로 '새일' 혹은 '새일골'이라고도 불리는데 이는 마을이 골짜기 사이에 위치하기 때문이며, 일설에는 속새풀이 많아서 '새일'이라고 불렸다고도 한다.[3] 또한 기록에서도 '사일(沙日)' 또는 '사곡(沙谷)'이라 적고 있어 지명유래담은 일견 타당한 면이 있다.

초곡리 마을 전경

　초곡리는 조선 인조 때(재위 1623~1649년) 경주 이동춘, 숙종 때(재위 1674~1720년) 염태봉이 이주하여 어업을 시작하였다고 하며, 이후 삼척 김응량 및 각 씨족들이 옮겨와 각성마을을 형성하였다. 초곡리는 본래 원덕면의 지역으로, 사곡(沙谷)·문암(文岩)·원평(院坪)·매리방(梅里坊)·희동(希洞)·개삼평(開三坪)의 6개 마을을 통칭하여 초곡이라 하였다. 1914년 행정구역 개편으로 문암과 합쳐 초곡리라 하였고, 1943년에는 원덕면에서 근덕면으로 이속되었다. 1950년에는 다시 초곡과 문암의 두개 행정구역으로 분리되었다.[4]

　마을 입구인 말굴재 중턱에는 일제강점기 철도를 개설하기 위해 굴을 뚫었으나, 지금은 철길로 이용하지 않고 이웃한 문암과 연결된 도로로 사용한다. 또한 이 곳은 1992년 올림픽 마라톤에서 금메달을 획득한 황영조의 고향이기도 하다. 현재 이 마을에는 황영조 기념공원이 있다.

---

3) 장정룡, 《삼척지방의 마을신앙》, 삼척문화원·삼척군, 1993, pp.101~102 참고.
4) 삼척시, 《삼척시지》, 삼척시, 1997, pp.1302~1303.

마을사람들 사이에서 마을의 역사에 대한 의견은 분분하지만 성황당이 100년 이상의 역사를 가지고 있는 것은 확실하다.[5] 주요 성씨로 김해 김씨와 삼척 김씨가 많이 살고 있으며, 그 밖에 김씨·박씨·정씨·안씨 등 각성들이 살고 있다. 그러나 정확하게 어느 성씨들이 먼저 들어와 살았는지 마을의 개척시조는 불분명하다.

마을사람들은 대부분 어업에 종사하고 있으며 어촌계원은 52명이다. 총 33개의 어선이 2종 어항인 초곡항을 이용하며, 이 중에서 정치망은 2척으로 13~14명의 선원이 타고, 나머지 배들은 1~2명의 선원이 타고 있다. 주로 연근해와 유지망 어업을 하며, 정치망과 공동어업항이 형성되어 있다. 초곡 앞바다에서는 오징어·새치(임연수어)·멸치·가자미·방어·게·대구·양미리·삼치·문어·고등어·낙지·우럭·명태·가오리·도미·우레기·상어·꽁치·전어 등이 잡히는데, 주로 봄에는 가자미, 가을 지나서는 오징어·양미리·도루묵 그리고 한치와 방어 등이 많이 잡힌다고 한다. 1종 공동어장에는 해삼·전복·백합(조개) 등이 양식되고 있다. 이 곳은 예전에 오징어와 방어가 특히 유명하였다고 하며, 방어는 수출상품으로 이 마을사람들의 주요 수입원이 되었다.[6] 그리고 주변 해안의 미역도 유명하다.

초곡1리의 호구 수는 1759년 50호 244명, 1916년 80호 300명, 1962년 142호 837명, 1982년 107호 536명, 1993년 108호 322명이 거주하였다. 이후 점차 마을에 젊은 사람들이 빠져나가면서 2004년에는 100여 호까지 줄어들게 되었다. 2004년 현재 초곡1리는 총 6개 반에 가구 수 104세대(남자 80명, 여자 110명)가 거주하고 있다. 마을에 교회는 없으며, 이 마을 6가구 정도의 교인들은 초곡 2리에 있는 교회에 다니고 있다.[7]

---

5) 화재로 소실된 성황당은 100년 전에 지어졌으며, 상량문에 '광제'라는 연호가 쓰여 있었다고 한다(김성복, 남, 1946년생, 2004년 당시 초곡1리 이장). 광제는 조선 고종 연간 1897년에서 1907년까지 사용한 연호인 '광무(光武)'를 지칭하는 것으로 추측된다.

6) 지금도 '영통상사'라고 하여 마을에 방어 어장을 크게 하고 있는 곳이 있다.

7) 초곡마을의 현장조사는 2002년부터 지속적으로 이루어졌으며, 단오제는 2004년 6월

　조사지인 초곡1리에는 천제당(天祭堂)과 성황당(城隍堂), 해신당(海神堂)이 있으며, 1년에 3번, 매년 음력 정월 보름·음력 5월 단오·동짓달 초사흘날 새벽 1시경에 마을치성을 드리고 있다. 이 중에서 음력 정월 보름에 지내는 마을제사를 '대고사'라고 하며, 음력 5월 단오굿이 있을 때에는 통돼지를 도살하여 제물(祭物)로 올린다. 동짓달 초사흘날 지내는 마을제사는 특별히 '성황님 생신'으로 불리는데, 이는 성황당을 처음 상량한 날짜에 치성 드리던 것이 '성황님 생신'으로 고착된 것으로 추측된다.

　이 마을 천제당은 마을의 담방산 산중턱에 자리하고 있으며, 성황당은 마을 서쪽에 위치하고, 해신당은 마을 동쪽 바닷가에 자리하고 있다. 성황당이 이전되었다는 이야기가 있어 확인해 본 결과, 성황당 우측 10m 지점에 주춧돌이 발견되어 현재 위치로 확장 이전한 것으로 보인다.

과거 당집 위치에서 본 현재 성황당　　　　　성황당 원경

　1970~80년대까지 단오굿을 할 때는 주변 인근사람들까지 모일정도의 규모로 사람들이 많이 운집하였다. 굿이 벌어지는 주변에서는 장수꾼과 구경꾼으로 붐비었고, 그네를 뛰거나 윷놀이를 하는 등 제의와 축제가 결합되어 난장을 이루었다.

　풍어제(豊漁祭)는 만 2년에 한 번씩 음력 5월 단오 때 행해진다. 풍어

21일~24일과 2008년 6월 8일에 조사하였다. 2004년 천신제와 성황제는 6월 21일, 단오굿은 6월 22일~23일에 행해졌다.

제는 예전에 '어령제(漁靈祭)'라고 불렸다. 어령제는 해상 작업 시 안전과 풍어를 기원하고, 또한 '바다에서 죽은 조상의 혼령을 자손들이 위로하는 조상제사'[8]로서 기능했다. 풍어제는 매년 행하였다고 하나, 경제적인 어려움으로 인하여 현재에는 격년으로 하고 있다. 성황굿은 성황당 안과 해신당에서 행해지며, 현재 김석출 무계의 김동열 씨가 굿을 담당하고 있다.

3. 초곡단오제의 구성과 절차

1) 마을제당과 제의과정

① 제당의 위치와 형태

초곡1리에는 천신제를 지내는 천제당과 성황제를 지내는 성황당, 해신당이 있다. 이 곳 천제당은 마을의 담방산 산중턱에 자리하고 있으나 현재 그 곳까지 가서 치성을 드리지는 않는다. 한편 성황당은 마을 서쪽에 위치하고 해신당은 마을 동쪽 바닷가에 자리하고 있다. 김성복 씨에 따르면 성황당은 지금의 위치로 이전되었다고 하는데, 원래 당집은 현재 위치에서 서쪽 방향으로 10m 정도 위쪽에 자리 잡았다고 한다.[9] 즉 자신의 윗대 할아버지 때 당집이 너무 낡고 오래되어 현재의 위치로 새로 옮겨지었다는 것이다.

성황당은 해신당보다 먼저 제를 올린다고 해서 '윗성황당'이라고도 하며 해신당은 '아랫성황당'이라고 불린다. 마을사람들은 성황신 내외분을 "성황할아버지, 성황할머니"라고 부르고 있으며 "성황님께 치성 드린다"고 이야기한다. 지금까지 한 번도 마을제사를 거른 적이 없으며, 일제강점기에는 촛불만 켜놓고 조용히 제사를 지냈다고 한다. 이

---

8) 김성복 제보.

9) 마을사람들이 예전의 성황당 자리라고 한 곳에는 현재에도 초석으로 쓴 바위가 땅에 파묻혀 있다.

곳 성황신은 초곡 마을사람들의 일상생활을 편히 해주고 질병을 제거하여 하는 모든 일이 잘 되게 복을 주는 신이라 하며, 제사를 지내면 동네가 편하고 태풍 시에도 피해가 없다고 한다.

　현재의 성황당은 2000년에 새로 신축한 것으로, 당시 강원도 삼척시에 큰 산불로 인해 성황당이 소실된 바 있다. 무신도 역시 산불로 소실되었으나, 김성복(당시 어촌계장) 씨가 당시 문화공보부에 전화하여 이 마을 성황당의 무신도를 찍은 사진자료를 구하려고 하였다. 다행히 무신도가 실린 책[10]을 구하여 실제 크기의 무신도로 확대하여 현 성황당에 걸어놓을 수 있었다. 이렇듯 성황당의 예전 모습은 자료를 통해서 확인할 수 있는데, 당의 규모가 조금 커진 것 말고는[11] 예전의 모습과 유사하다.

소실되기 전의 성황당 전경

신축한 성황당 전경

　전 마을이장이었던 이상희 씨에 따르면, 신축 당시 원래의 당집 모양을 복원하기 위해 애를 많이 썼다고 한다. 예전 모습처럼 당집을 짓기 위해 삼척에서 유명한 목수를 불렀으며,[12] 당집을 짓고 경비를 조달

---

10) 주강현·장정룡의 ≪조선땅 마을지킴이≫에서 2000년 산불에 소실되기 전의 성황당 모습과 원래의 무신도를 확인해 볼 수 있다(주강현·장정룡, ≪조선땅 마을지킴이≫, 열화당, 1993, pp.186~189. 참고).

11) "옛날에 집을 짓자고 하면, 늘궈(늘려) 짓는 것은 있어도, 줄궈(줄여) 짓는 법은 없다고."(이상희, 남, 1941년생, 전 초곡1리 이장 제보)

12) "우리가 (삼척시) 미로면에 있는 목수한테 의뢰를 했지. 그래서 뭔 나무를 어떻게 하고 여기는 어떻게 하고 일러주니까 그 사람들이 말귀를 알아듣고 거의 99% 가까이

하기 위해 마을 주민들이 서낭대를 앞세우고 걸립하여 자금을 모았다. 그러나 산불 진압 후 5월 단오 때까지 시간이 충분하지 않아 당집이 완성되지 못한 채 단오제를 지냈다고 하며, 당집이 완공된 후 다시 성황님을 모셔두었다고 한다.[13)

이 마을 성황당은 비교적 규모가 큰 편이며 정면 3칸, 측면 2칸 집에 북서쪽으로 문이 나 있다. 성황당 입구에는 '성황당(城皇堂)'이라는 현판이 걸려있으며, 왼새끼로 꼰 금줄이 쳐있다. 금줄에는 드문드문 한지를 끼워 놓았다.[14) 제당 근처에는 황토를 뿌려 놓는데 이틀 전에 사람이 밟지 않는 깨끗한 붉은 흙을 퍼서 세 군데씩 여섯 무더기를 뿌려 놓는다. 보통 6명이 가서 흙을 퍼온다.

성황당 내부 상량에는 '용 서기이천년 경진 음 사월 이십사일 오시 상량 비인간지오복 야천상지삼광 귀(龍 西紀貳仟年 庚辰 陰 四月 二十四日 午時 上樑 備人間之五福 夜天上之三光 龜)'이라는 글귀가 쓰여 있으며,[15) '성황 성주'를 접어 매달아 놓았다. 당 안의 중앙에는 성황신 내외분의 화상과 위패를 모신 감실이 따로 마련되어 있는데, 감실 안쪽 문에는 '건양다경(建陽多慶)', '입춘대길(立春大吉)'과 같은 입춘첩이 붙어져 있다. 성황신은 사모관대를 하고 단학흉배가 그려진 문관복 차림을 하였으며, 오른손에 깃털로 만든 백우선(白羽扇)을 들었다. 성황신의 부인은 성황신의 왼편에 위치하며, 봉잠(鳳簪)을 머리에 꽂고 짙은 색 회장저고리에 홍색치마를 입었으며, 왼손에는 매화 가지를 들

해 주더라고. 그래가지고 비슷하게 거의 똑같게 복원했지."(이상희 제보)

13) 2000년 산불이 났을 때 이 곳 성황신이 겁이 나서 마을 앞산에 있는 망제산의 소나무로 도망간 것을 마을사람에게 선몽하여 알려주었다. 이에 마을사람들이 길일을 택하여 성황님을 제당 앞의 소나무로 모셔두었고, 성황당이 완성된 후 다시 성황당 안으로 모셨다고 한다.

14) 금줄은 보통 이틀 전에 미리 도가집에서 만들며, 성황당·해신당·도가집에 치고 부정한 이의 출입을 막는다.

15) 상량문은 2000년 5월 27일(음력 4월 24일) 성황당을 신축하고 상량을 올렸을 때 새로 적어놓은 것이다. 상량식에는 총 270,660원의 비용이 들었다.

었다. 위패는 나무로 만들어 세웠는데 '성황양위대신(城皇兩位大神)'[16]
이라고 검은 글씨로 썼다.

상량문

성황당 감실의 무신도

감실 앞문에는 수부 2명의 무신도가 있는데, 머리에는 전립을 쓰고
무복(武服) 차림을 하였으며, 칼을 차고 활을 어깨에 걸쳤다.[17] 제실의
왼편에도 수부 2명의 무신도가 있는데, 이 곳은 '수부당'이라 하며 구
체적으로 성황신이 타는 말을 부리는 마부를 모신다.

마을사람들은 이 곳의 성황당 규모가 삼척에서 가장 컸다고 말하며,
영험이 있어 인근의 무녀들이 이 곳으로 치성 드리러 많이 왔다고 한다.
"지금 강릉단오제보다 굿이 더 크고 재미가 있어 인근 사람들이 이 곳으
로 모여들었다."[18]고 하는 말은 여러 제보자들에게서 공통적으로 확인
할 수 있는 이야기이다. 과거 굿이 펼쳐지는 성황당 주변에는 장난감·
눈깔사탕·빵을 파는 장사꾼들이 많이 왔으며, 그네를 뛰거나 윷놀이를
하는 등 많은 사람들로 붐비었다고 한다.

---

16) 2000년 강원도 삼척시 산불로 당집이 소실되기 전에는 '성황지신위(城隍之神位)'라
　　되어 있었다.
17) 산불로 당집이 소실되기 전에는 감실 앞문에 또 다른 수부 2명의 화상이 있었으나,
　　신축 이후 이 화상은 따로 마련되지 않았다.
18) "그때는 구경꾼들이 많으니까 돈을 막 내놓잖아. 돈이 나오니까 무당도 신이 나서
　　잘 놀잖아, 보면 신이 났다고. 그러니까 사람들이 다른데 안가고 이리로 왔다고."(심
　　일황, 남, 1927년생, 전 초곡1리 이장, 전 도가계장 제보)

또한 마을에 어떤 사람이 해신당에 있는 '바위옷'(바위에 붙은 넝쿨)을 베어 소에게 먹였는데, 얼마 지나지 않아 바위옷을 벤 사람이 시름시름 앓다가 죽었다고 한다. 마을사람들은 이를 두고 성황님이 노해서 벌을 받았다고 생각하고 있다. 마을제사 때 쓴 물건은 반드시 태우거나 버려야 하며, 만약 갖거나 집에 가서 쓰면 성황신에게 벌을 받는다고 믿고 있다.

이 마을 성황신은 영험함이 있어 마을의 길흉사를 선몽을 통해 알려준다고 한다. 성황신은 이번에 제사를 잘 지냈는지 못 지냈는지를 마을사람들 꿈에 선몽하여 일러준다고 한다. 이렇듯 마을사람들은 성황신의 영험함을 굳게 믿고 있으며, 지금까지 마을에 아무 일도 일어나지 않고 태풍 때에도 바다에 나가 죽어 온 사람이 없었던 것은 모두 성황신이 보호해줘서 그렇다고 믿고 있다.[19]

② 제의 준비과정

단오제는 '도가계장'을 중심으로 마을이장과 어촌계장 그리고 각 6개 반장들에 의해 준비된다. 2004년 도가계장은 최문옥 씨로, 젊은 시절부터 도가계장을 도와 마을치성을 드려왔다고 한다. 이 곳에서는 경제적인 어려움을 크게 겪고 있기 때문에 마을제사에 대해 잘 아는 사람이 도가계장이 되는 것도 중요하지만, 무엇보다 한정된 경비로 제사를 계속해서 지낼 수 있는 사람이 꾸려나가는 것이 중요하다. 그러므로 "돈을 야무게 잘 굴리고, 어렸을 때부터 도가계장을 도와 심부름을 해온 사람"이 도가계장이 될 수 있다. 이에 최문옥 씨가 이장의 지목으

---

19) "우리 성황님이 영검[영험]이 있어, 그때는 여기서 돛배를 타고 울릉도를 거쳐 일본까지도 가고 그랬단 말이야, 풍파에 거기까지 흘러가더라도 한번 죽어서 온 사람이 없어. 다른 마을은 보면 하루에 여러 집이 제사 지내고 그런단 말이야. 풍파에 한꺼번에 죽어서. 그래도 여기는 그런 일이 없어, 그러니까 이 동네는 이걸 안 지내면 안 돼, 다 바다에 나가서 돈 벌어서 사는 사람들이기 때문에 이거 안 지내면 다 나가서 죽는다고. 그래도 우리가 이거를 지내서 아직까지 바다에 나가서 죽어오는 사람이 한 사람도 없어."(심일황 제보)

로 김흥록 씨, 심일황 씨의 뒤를 이어 도가계장이 되었다.[20]

제관은 제사지내기 일주일 전에 미리 선정해 둔다. 도가계장과 이장이 제사를 지낼 말한 사람들의 명단을 적어 점바치(점쟁이)에게 보여주고, 이 중에서 부정하지 않고 생기복덕이 맞는 사람으로 제관을 선정한다. 이에 따라 제관과 제관의 인원수는 정해져 있지 않으며 1년에 세 번 제사지낼 때마다 달라진다. 반면 단오굿이 있을 때에는 외부에서 많은 사람들이 드나들기 때문에 제관 선출에 특별히 부정을 가리지는 않는다. 그러나 제관으로 선정된 사람은 부정한 것을 보지 않고 몸가짐을 바르게 한다.

한편 제사를 지내기 위해서 도가집을 선정하는데, 도가집은 서낭치성에 드릴 제물을 준비하는 집을 말하는 것으로 마을이장이 선정한다. 2004년 단오제에서는 당시 노인회장인 장성오 씨 댁이 도가집으로 선정되었다. 도가집은 두 내외분이 있는 곳에만 맡긴다고 하며 혼자 사는 집은 도가집이 될 수 없다. 또한 깨끗하고 부정이 없는 집으로 선정한다. 원래 도가집에도 금줄을 치고 황토를 뿌리지만 그해에는 생략되었다.

제물 준비는 주로 도가집 안주인이 하며 시장은 삼척 중앙시장을 이용한다. 제물을 장만하기 위해 보통 이틀 전에 삼척 중앙시장을 다녀오며, 마을이장과 도가집 내외, 부녀회 총무가 차를 타고 다녀온다. 시장에서는 절대 물건 값을 깍지 않고 크고 좋은 물건만 사온다.

제물 비용은 보통 30만 원을 책정한다. 2004년 단오제에서는 제물비용만 20만 원이 들었으며 나머지는 도가집에 수고비로 주었다. 제물은 천신제와 성황제 지내는 것을 함께 마련해 둔다. 천신제와 성황제의 제물은 동일하나 천신제의 경우 더욱 간소화하여 하나씩만 올린다. 이렇듯 경비가 부족하여 제물 구입에 어려움이 있으면 성황제 위주로 제물을 차린다고 한다. 그러나 마을사람들의 "약식이라도 정성을 들이는 마음은 똑같다."는 말을 통해 재물의 많고 적음에 차이가 있을 수 있

---

20) 심일황 제보.

으나, 제사를 지내는 신심은 같음을 알 수 있다.

천신제와 성황제의 제물로 사과·수박·배·참외·곶감·대추·밤·나물(콩나물·시금치·고사리)·메·탕(쇠고기 탕, 무 채국)·문어·열기·가자미·명태포·두부·계란 등이 사용되며, 통돼지의 머리와 제주(祭酒)·시루떡 등을 따로 마련한다. 제주(祭酒)의 경우 도가집의 안주인이 직접 거르는데, 보통 사흘 전에 미리 담가두었다가 부엌에 보관해 둔다. 제주는 천신과 성황신께 올릴 것을 각기 따로 준비해 둔다. 예전에 제주를 해두면 당집 안에 두었고 제관이 술을 걸러냈으나, 요즘은 제주를 만드는 도가집에서 술을 걸러내어 제장으로 옮긴다.

제주는 천신제와 성황제에 쓸 것으로 각각 한 항아리씩 마련하는데, 걸립 때 거둔 쌀 1되씩을 제주로 쓴다. 보통 제주를 만들 때 쌀 1되, 떡쌀 2되, 멥쌀 1되가 든다. 여기에 누룩과 술약(이스트)을 적당히 섞은 후 물을 붓는다. 제주를 만들 때에는 매우 조심하고 정성을 드리기 때문에 아직까지 낭패 본 적은 없었다고 한다.

초곡리 단오제에서는 반드시 돼지를 제물로 쓰는데,[21] 음력 5월 초나흗날 아침 일찍 통돼지를 잡는다. 돼지는 미리 봐두었다가 당일 아침에 도살하는데, 이번 단오제에서는 돼지 한 마리와 흑 돼지 한 마리를 제물로 썼다. 제물은 수퇘지로만 올린다. 제물로 쓸 돼지는 음력 4월 말일에 미리 봐 둔다. 돼지는 근덕면 맹방리에 있는 개인 양돈장에서 계약금 20만 원을 주고 골라둔 것이며, 되도록 깨끗한 돼지를 제물로 올리기 위해 개인적으로 친분이 있는 곳에서 돼지를 구입한다. 주로 도가계장과 이장 그리고 어촌계장이 돼지를 고르는데, 돼지는 너무 커도 육질이 안 좋아 "적당하게 손님들 대접할 만한 것"으로 고르며, 특

---

21) 마을제사 때 올리는 제물은 모두 동일하나, 생선포의 경우 철마다 잡히는 고기를 주로 올리며, 음력 정월 보름과 동짓달 초사흗날 성황님 생신 제사 때에는 간단히 돼지 머리만 구입해서 올린다. 즉 단오굿이 있는 해에만 통돼지를 도살하여 제물로 올리는 것이다. 예전에는 참석한 마을사람들이 먹기 위해 소를 잡기도 하였으나, 성황신에게 올리는 제물에는 반드시 돼지를 쓴다.

히 상처가 없고 깨끗한 것으로 고른다. 이번 단오제에서 제물로 쓴 돼지 2마리는 50만 원을 주고 구입하였다.

통돼지 도살은 음력 5월 단오 하루 전날 아침 9시경, 제당(祭堂) 아래쪽에 있는 작업대에서 이루어졌다.[22] 처음에 잡은 돼지는 성황신에게 올릴 제물로 쓰는데, 먼저 돼지 오른쪽 뒷다리를 떼 내서 제사를 마칠 때까지 제단 앞에 둔다. 다음으로 간을 떼 내어 생간을 성황당 내부의 오른편에 매달아 둔다. 이렇게 고기를 먼저 떼어내는 것은 가장 먼저 떼어낸 고기를 성황님께 올리기 위한 것이다. 성황님께 올리고 난 나머지는 삶아서 부위별로 나무에 매달아 식힌다. 그런 다음에 성황당 뒤편에 있는 냉장고에 보관한다. 두 번째 잡은 돼지는 주로 제사에 참석하거나 굿을 구경 나온 사람들에게 대접하기 위해 쓴다.

이 마을에서는 특별히 '과방'이라고 하여 돼지고기뿐만 아니라 생선포, 해물(멍게, 해삼) 등의 배분을 책임지는 사람이 따로 있다. 2004년 과방 일을 도맡고 있는 경재홍[23] 씨는 도살된 돼지를 가마솥에 끓이는 일부터 시작해서 제사가 끝날 때까지 고기가 부족하지 않게 조절하는 일을 한다. 돼지고기와 음식은 과방이 주는 만큼만 가져갈 수 있으며, 먹다 남은 고기는 과방에게 전달되어 양이 조절되도록 한다. 또한 과방은 직접 참나무로 '곰베'(갈구리)를 만드는데, 곰베는 과방이 돼지고기를 삶는데 필요하다.

---

22) 마을사람들은 예전부터 작업대가 필요하다고 생각해 오다가 2004년 단오제를 20여 일 앞두고 새로 작업대를 만들었다.

23) 경재홍 씨(남, 1942년생)는 초곡1리 3반에 거주하고 있으며, 현재까지 십여 년간 '과방' 일을 도맡아 하였다.

과방의 돼지고기 삶기　　　　　용선과 지화

　　과방이 돼지고기를 삶는 동안 마을사람들은 성황당을 청소하고, 천막을 치며 서낭대로 사용할 대나무를 잘라온다. 또한 부인회에서는 마을제사가 있을 때마다 무료봉사를 한다. 그리고 바닷가 해안도 미리 청소를 해둔다. 이렇게 함으로써 마을회관과 제당에서 마을어른들과 이웃사람들을 대접할 준비를 한 것이다. 무당들은 미리 마을에 도착하여 마을회관에서 허개등, 용선, 지화(紙花) 등을 만들며 다음날 굿을 할 준비를 했다.

　　밤 11시 경이 되면 도가집에서는 제물을 준비하였다. 제기를 닦아놓고 시루떡을 찌며 성황신께 올릴 메를 짓는다. 삼실과로는 고사리·시금치·콩나물을 준비하는데, 절대 맛을 보지 않고 대략 짐작해서 간을 맞춘다. 시루떡은 백설기로 하며 시루째 올린다. 쌀은 걸립 시 거둔 것을 쓰는데 각 한 되씩 미리 방앗간에서 빻아둔다. 시루떡을 찔 때에는 먼저 시루 밑에 한지를 깔고 빻아놓은 쌀가루를 한 되 정도 담는다. 그리고 솥에 얹힌 후 반드시 '시루병'을 붙이는데,[24] 만약 부정이 타게 되

---

24) '시루변' 혹은 '떡본'이라고도 불리는데, 이는 밀가루를 물에 반죽해 놓은 것으로 김이 새어나가 떡이 설익는 것을 방지하기 위해 시루 주변에 붙이는 것이다. 제보자가 어렸을 때에는 시루병을 쌀가루로 만들었기 때문에 어린 아이들이 시루병을 먹기도

면 시루병이 터져서 떡이 설익게 된다. 그러나 도가집 안주인이 항상 정성을 들여 떡을 찌기 때문에 "솔짝하게 잘 찌킨다."[25]고 한다. 시루병을 붙이고 약 30분쯤 가열하면 떡이 익는다.

자정이 되면 천신제와 성황제 때 쓰일 제물을 각기 나누어 담고 향과 초, 퇴주그릇 등을 차에 실어 성황당으로 향했다.

제사기금은 정월 초이튿날 걸립을 하면서 거두었다. 마을의 풍물패가 서낭대를 앞세우고 마을의 가가호호를 돌면서 거두는데, 형편에 따라 쌀을 내어 놓기도 하고 현금을 주기도 한다.[26] 걸립 시 들어온 백미(白米) 중 마을제사 때 쓸 제주와 시루떡, 메를 짓는데 드는 쌀 15되 정도를 미리 챙겨두었다가 제물을 준비하는데 쓴다.

예전에는 '도가바우'(미역바위)가 있어서 짬에서 나온 것을 판매하여 자금을 만들어 제물구입에 보태어 썼다. 그러나 바닷물이 오염되고 도가바위에서 나오는 수익금이 줄어들자 마을회의를 통해 도가바위를 어촌계에 내주어 일정액을 어촌계에서 지급받게 되었다.[27]

그러나 1년에 세 번 제물을 장만하여 제사지내고, 2년에 한 번씩은 단오굿을 하기 때문에 경비가 많이 소요되어 심한 재정난을 겪고 있는 실정이다. 어촌계에서 지원해 주고 있기는 하지만 매년 지속적으로 지원해 주는 것은 아니며, 외부에서도 특별한 지원이 없기 때문에 운영에 어려움이 있다. 만약 경비가 부족할 경우에는 어촌계장이나 이장이 수협이나 농협에서 돈을 대출하기도 한다.

마을사람들은 이렇게 재정적인 어려움을 겪고 있는 것은 이 곳 단오제가 강릉단오제처럼 문화재로 지정되지 않았기 때문이라고 생각하고 있다. 마을제사를 이끌어가고 있는 사람들은 외부에서의 경제적인

하였다(2004년 도가집 안주인 임화월 제보).

25) 떡이 맛있게 잘 익는다는 뜻이다.

26) 2004년 당시 걸립을 통에서 300만원 정도 수익금이 걷혔다고 한다.

27) 보통 100만원 정도 지원받아오다가 요즘은 최대 500만원까지 지원받고 있다(김성복 제보).

지원을 바라고 있었으며, 자신들의 마을제사가 문화재로 지정되어 경제적인 어려움에서 벗어나기를 간절히 바라고 있었다.

2) 유식제의 절차

① 천신제

성황당에 올라가면 먼저 천신제를 지내기 위한 상을 차린다.[28] 예전에는 자정 무렵에 직접 천제당에 올라가서 치성을 드렸으나 40년 전 이곳으로 새 길이 생기고 천제당으로 올라가는 길목이 끊어지면서 2004년에는 성황당 안에서 천제당을 바라보며 천신제를 지내고 있다.[29] 천제당은 성황당에서 남쪽방향에 있으며, 소나무 숲으로 둘러 싸여 있다. 그리고 크게 돌담을 쌓고 그 안에 큰 바위를 두어 제단으로 삼아 제물을 진설하였다고 한다. 천제당으로 지게를 지고 제물을 운반해야 했기 때문에 많은 제관이 필요했다고 하며, 천신제를 지낼 때에는 아무리 바람이 불어도 촛불이 안 꺼졌다고 한다.

먼저 천제당을 향해서 상을 차리고 제물을 진설하는데, 천제당이 있는 곳을 향해서 천신제를 지내는 것을 '망제(望祭)'라고 한다. 천신제의 상차림은 어촌계장과 도가집의 안주인 그리고 도가계장과 김형수 씨가 진설하였다. 참외·배·곶감·대추·밤·사과·수박·명태포·계란·두부·우럭·가자미 등이 올라가며, 돼지 오른쪽 갈비와 오른쪽 다리 삶은 것·탕·메·삼실과 그리고 시루가 통째로 올라간다. 그러나 천신에게 올리는 제상에는 성황제와 달리 돼지머리를 올리지 않는다.

---

28) 성황당 안으로 들어갈 때는 부정을 가시기 위해 제관들이 짚에 불을 붙여놓고 타넘고 들어가나, 2004년 단오제에서는 생략되었다.
29) 성황당에서 천제당까지는 약 1km 정도 거리라고 한다.

천신제 제상 차림

천신에게 소지 올리기

　2004년 단오제에서는 도가계장의 주도 하에 이장과 어촌계장이 제관을 맡았으며 천신제는 새벽 0시 40분경 성황당 안에서 행해졌다.[30] 먼저 이장이 부복 후 잔을 올리고 재배를 하였다. 그리고 나면 어촌계장이 부복한 후 재배한다. 정저 후 수저를 걸고 이장과 어촌계장이 재배를 한 후 부복하면 도가계장이 소지를 올렸다. 소지 후 재배하고 갱물을 가린 후 정저한 다음 모두가 사신재배하고 천신제가 끝났다. 천신제는 마을을 수호하는 성황신보다 상위신으로 성황제보다 선행되었다.

② 성황제

　천신제를 마치고 곧바로 성황제를 지내기 위한 상이 차려졌다. 성황제의 제물 진설은 이장과 어촌계장이 직접 하였다. 성황신의 무신도 앞 중앙에 작은 소반을 두고 흰 창호지를 깐 후 배·삼실과·밤·과질(유과)·밥·계란·곶감·퇴주그릇·메·포를 올렸다. 소반은 좌측에 또 한상 올렸는데, 여기에는 떡·대추·곶감·밤·계란·토마토·두부·메·삼실과·탕·포 등을 올렸다. 그리고 소반 앞에는 돼지머리와 시루를 통째로 올리고 참외·사과·문어·수박을 진설하였다.

───────────────

30) 2004년 천신제의 참가자는 최문옥(남, 1940년생, 도가계장)과 김성복(남, 1946년생, 초곡1리 이장), 김원하(남, 1953년생, 어촌계장)이다. 그리고 제물 진설은 김형수(남, 1969년생)와 임화월(여, 1936년생, 안도가, 부녀회장)이 도와주었다.

성황제는 새벽 1시경 시작되었다. 먼저 이장이 촛불을 밝히고 잔을 올린 후 재배를 하였다. 이후 퇴주하고 메를 열어 수저를 올렸다. 이장이 다시 잔을 올리고 재배한 후 잔을 물리고, 이어 어촌계장이 부복한 후 잔을 올렸다. 재배하고 퇴주하면 도가계장이 부복 후 잔을 올리고 재배하였다. 갱물을 가리고 나면 이장이 다시 잔을 올리고 모두 함께 재배하였다. 그러고 나서 도가계장이 소지를 올리는데, 먼저 성황님께 소지를 올리고 그 다음 마을에 관한 소지를 올렸다. 도가계장은 "저희는 아무것도 모릅니다. 성황님이 잘 돌봐주십시오" 하면서 마을의 안녕과 해상의 안전 그리고 풍어를 기원하였다. 도가계장은 그 다음으로 어촌계장에 대한 소지를 올려주며, 마을 어른들에게 사고 없게 돌봐달라는 소지, 마을의 젊은 사람들을 돌봐달라는 소지, 도가집에 대한 소지, 고기 많이 잡히게 해 달라는 소지 등을 차례대로 올렸다. 소지를 올리고 나면 모두 재배한 후 마지막으로 도가계장이 재배하고 성황제를 마쳤다. 성황제는 시작한지 15분 만에 끝이 났다.

성황제를 지낼 때에는 원래 도가계장이 축문을 읽었다. 그러나 약 10년 전부터 축문을 읽을 만한 사람이 없어 그 후로 읽지 않게 되었다고 한다.[31] 또한 예전에는 마을사람들이 성황당 안에 개인적으로 상을 차려서 성황신에게 치성을 드렸다. 먼저 좋은 자리를 차지하기 위하여 일찍부터 제물을 진설하려고 서로 경쟁이 붙었으나, 2004년에는 마라톤 선수 황영조 댁에서만 수부상 앞에 개인적으로 상을 올렸다. 그리고 이전에는 수부당 앞에도 많은 제물을 준비하여 진설했으나 2004년에는 술과 안주(두부)만 올려놓고 간단히 예만 갖추었다.

---

31) 초곡1리 축문은 장정룡, 앞의 책, 1993, 226쪽 축문 참고.

성황신에게 잔 올리기   황영조 개인상

제사를 마치면 천제당의 상은 물리고 성황당의 제물은 그대로 놓아 두었다. 그리고 객귀를 물리기 위해 제물의 일부를 떼어 성황당 밖으로 버렸다. 제관들은 상에 올린 시루떡과 제주로 음복한 후에 제사를 마쳤고, 사용한 제기(祭器)는 마을회관 창고에 보관해 두었다.

예전에 먹을 것이 없었던 시절 마을제사를 지낼 때에는 아이들이 돼지 삶은 국물이라도 먹으려고 많이 올라오곤 했는데, 이제 이러한 모습은 이미 사라진 지 오래이다.

3) 단오굿의 제차

2004년의 단오굿은 동해안 큰무당인 김동열과 1,000만원에 계약이 이루어졌다. 마을에서 무당과 굿 계약 당시 계약파기를 대비하여 일종의 선수금을 걸어놓게 되는데, 남무 김동열에게 250만원의 계약금을 주었다. 마을에서는 굿에 사용될 돈을 지전으로 바꿔 만원권, 오천원권으로 만들었다. 단오굿에는 여무(女巫)로 김영희·김동연·김동언·김영숙이 참여했고, 남무(男巫)로 김용택·김동열·김정희·김진환·이성철32)이 참가하였다.

초곡단오굿의 과정은 크게 성황굿33)과 풍어굿34)으로 대별된다. 굿

---

32) 이성철(남, 1956년생)은 현재 강릉 주문진에 살고 있으며, 여무처럼 선굿을 한다. 2004년 조사할 당시 이성철은 강신무이나 김석출 무계의 굿을 따라다니며 학습한 지 5년이 되었다고 한다.

거리에 대한 대략적 설명을 순차적으로 기술하면 다음과 같다.

① 성황굿

· 부정굿

부정굿은 굿당[祭堂]에서 신을 맞이하기 위해 미리 부정하고 불결한 것들을 소멸시킨다는 의미로 하는 굿이다. 신이 좌정할 장소인 굿당을 깨끗하게 치워야 한다. 이렇게 함으로써 제의의 장소가 속(俗)의 세계에서 성(聖)의 세계로 전환된다. 부정굿은 무녀가 앉은 채로 구연하기도 하나 김동언은 선굿으로 연행하였는데, 마을 서낭당 안에서 이루어졌다.

무녀는 부정을 가시기 위해 신칼로 바가지에 든 물을 찍어 서낭당 안의 부정을 쳤고, 다시 한지에 불을 붙여 부정을 쳤다. 부정을 친 후에는 동살풀이장단에 맞추어 "수부사재야~"하며 사자풀이[35]를 했다. 김동언은 바가지에 술과 밤 대추를 넣어 서낭당 밖으로 버리는 것으로 사자풀이를 마쳤다.

· 당맞이굿

당맞이굿은 초곡마을의 서낭당을 돌며 직접 신을 청하여 오는 굿거리이다. 보통 마을의 큰 서낭을 먼저 모시지만 큰서낭당이 굿당이기 때문에 바닷가에 모셔진 해서낭에 가서 당맞이굿을 한다. 해서낭에서 당맞이굿을 해서 큰서낭당으로 청하여 온다.

---

33) 2004년 6월 22일~6월 23일.

34) 2004년 6월 23일.

35) '사자풀이'는 보통 굿거리 마지막에 행하며, 부정한 잡귀잡신을 먹이기 위해 하는 의례이다. 사자풀이는 '수부사자풀이'라고 하는데 장단의 이름으로 '수부채'라고도 한다. 무녀는 오른손에 신칼을 들고, 왼손에 제상의 음식이나 술을 가지고 사자풀이를 한다. 매번 굿의 마지막에는 반드시 사자풀이를 한다. 무당은 동해안 무악장단 중 수부채나 동살풀이에 맞춰 수부사자풀이를 구연한다.

해서낭은 위로 바위에 뿌리를 두고 잘 자라지 않는 향나무가 신체인데, 어민들이 큰 고기를 잡으면 해서낭에 먼저 바친다. 향나무에는 고래를 잡았을 당시 올린 등지느러미 3개가 걸려있었다. 마을사람들 특히 어민들에게서 해서낭은 영험하다는 믿음이 있다. 1959년 사라호 태풍 때 인근의 어민들이 많은 피해를 입고 사상자가 났으나 초곡사람들은 아무 피해가 없었다고 하며, 이는 서낭님이 보호해준 덕택이라 생각한다. 이

당맞이굿

런 연유로 신을 받은 사람들이 초곡에 많이 와서 빌고 가며, 해수욕장을 개장해도 큰 인명피해가 없다고 한다.

무녀 김동언이 해서낭에서 부정을 친후 당맞이굿을 했다. 동해안 큰무당들은 신을 맞이하는 과정에서 어깨가 가볍게 떨리며 신이 실린다. 큰무당에게는 신력이 없으나 간접적으로 이 장면을 보고 강신무의 잔재를 볼 수 있고, 이 장면의 이후로는 무녀가 신의 말로 말한다. 무녀는 신의 말로 공사[36]를 주고, 굿을 마칠 때쯤 마을임원들은 해서낭에 재배 후 음복을 했다.

· 대내림굿

대내림굿을 통하여 서낭신이 서낭대에 강신한다. 대내림을 통해 마을의 대소사를 묻거나 서낭이 반갑게 굿을 맞이하였는지를 알아본다. 동해안 별신굿에서 서낭대를 잡는 것은 마을사람이 잡고 무녀는 서낭신을 내리는 집사 역을 한다. 이날 이장과 마을의 김공남 할머니[37]가 서낭대

36) 동해안 지역에서는 공수를 주거나 신의 말을 전하는 것을 '공사 준다'고 한다.
37) 김공남 할머니(여, 1923년생)의 고향은 삼척의 하마읍이 고향이다. 시집와서 현재까지 초곡1리 1반에 거주한다. 2004년에 마을에서 대를 잡은 지 7~8년이 되었다고 한다.

를 같이 잡았고, 서낭대가 흔들리며 신이
내려지면 김영희 무녀가 서낭에게 마을일
을 물었다. 대내림굿을 통해 서낭신을 강림
하고는 큰서낭으로 모시고 갔다.

대내림굿

 • 골매기성황굿

골매기성황굿은 마을의 수호신인 서낭
신을 위한 굿이다. 골매기성황굿은 '골매
기굿', '골매기서낭굿', '서낭굿' 등으로 불
리기도 한다. 골매기성황굿은 골매기서낭,
즉 고을을 지켜주고 액을 막아주는 마을의
최고신을 모시는 굿이다. 당맞이굿과 대내림굿을 통해 서낭신을 모셔
와서 마을의 안녕과 풍요를 위해 골매기서낭신에게 빈다.

김영희 무녀는 푸너리장단에 맞춰 춤을 춘후 청보장단[38]에 맞추어
무가를 구연했다. 골매기성황굿의 연행과정과 진행순서를 시간대별
로 보면 다음과 같다.

> 11:24 푸너리장단에 맞추어 무녀는 춤을 춘 후 서낭 신체를 보고 재배한다.
> 11:29 청보장단에 맞추어 "해동 대한민국~" 하며 무가 구연한다.
> 11:50 "골매기님 모시고 놀고 씨고 간다~" 하며 춤을 춘다. 이는 무가구연에
> 　　　서 쉴 틈을 주며, 다음 강신하기 위해 넘어가는 자연스런 과정이다.
> 11:52 오른손에 신칼 들고 왼손에 포를 들고 어깨를 떨며 토구름[39]을 한다.
> 11:53 "아 허으~, 여봅소" 하며 이때부터 무녀가 신의 말로 공사 준다.

---

38) '청보장단'은 동해안의 무악 중 하나이다. 청보장단은 서사무가를 제외한 축원무가
　　에 쓰이며, 무녀는 청보장단에 맞추어 무가를 구연한다.
39) 동해안 굿을 하는 무녀에게 신이 실리는 모습을 뜻한다. 동해안 굿을 하는 무당들은
　　대부분 신들린 무당들이 아니다. 그러나 무당은 토구름을 통해서 신이 강신한 모습
　　을 시각적으로 재현한다.

11:57 무녀가 마을 임원들에게 음복시킨다.

12:01 "계사생이 금년에 좋은 문이 열린다… 생각지 않은 동네 금전이 들
　　　어옴… 계사생 대주, 사람을 너무 믿지 말라… 정성을 잘들이면 좋
　　　은 일이 있음… 7, 8월 좋은 일이 있음… 내년에 좋은 때가 옮" 등
　　　의 내용을 공사 준다.

12:04 홍성순 근덕면장이 와서 마을사람들과 음복을 하고 갔다. 별신굿은
　　　지역의 행사로 많은 사람이 오가는 장이기도 하다.

12:06 "신아 축원아~, 성은 홍씨 면장입니더." 하고 근덕면장에게 축원을
　　　한다.

12:08 근덕면장에 대한 축원을 마쳤다.

12:09 악사들은 수부채를 치고, 무녀는 "골매기 수부사재~"라고 구연하
　　　며 사자풀이를 한다. 무녀는 오른손에 신칼, 왼손에 술잔을 들고 구
　　　연 후 술을 서낭당 밖으로 버렸다. 그 후 무업(巫業)을 하시다 돌아
　　　가신 분들에 대해서도 축원을 한다.

12:12 성황굿을 마쳤다.

　동해안의 무가 중에 청보장단에 맞춰 구연하는 것은 대부분 축원무
가에 속한다. 총 48분간 행해진 골매기성황굿을 통해 축원무가의 순차
적 구조를 살펴보면, 신을 맞이하는 푸너리장단과 춤이 행해지고, 청
보장단에 맞춰 무가를 구연한다. 무가의 앞부분에는 굿을 하는 장소와
굿을 하는 날짜를 구연한다. 그리고 나서 창세와 산천의 모양새, 성황
의 치장, 성황의 인세통치, 성황에게 기원 등을 한다.

　무녀는 축원 끝에 "골매기님 모시고 놀고 씨고(쓰고) 간다~" 하며 거
무장단에 춤을 추며 강신의 과정으로 넘어간다. 강신하는 과정은 무당이
든 신칼을 통해서도 파악할 수 있으며, 무녀가 신칼을 들고 토구름을 한
뒤에는 신의 말로 마을사람에게 공사를 준다. 토구름을 한 뒤부터 궁사
를 주는 과정은 마을사람들도 무녀에게 성황신 강신한 것으로 인식한다.

공사를 한 뒤에는 간단하게 축원 또는 놀음굿[40]을 하며 굿의 마지막 부분에는 잡귀잡신과 무사귀신을 위한 수부사자풀이를 한다. 또한 다른 축원무가와는 달리 골매기성황굿 끝에서는 무당들의 조상을 위한 축원을 반드시 한다.

이를 통해 개별 굿거리인 골매기굿을 통한 축원무가의 순차적 구조를 살펴보면, 신을 맞이하고 청하는 과정을 거쳐 신에게 기원하고, 신격을 모시고 놀고 쓰고 가는 신유의 과정이 행해진다. 이 과정에서 무녀가 강신한 후에 다시 축원과 놀음굿이 행해지고, 마지막에는 무사귀신을 위한 사자풀이가 행해진다.[41]

· 세존굿

세존굿은 '시준굿', '당금아기노래'라고도 부른다. 세존은 자식을 주는 산신(産神)으로, 또는 수명장수를 주는 신으로, 풍농(豊農)·풍어(豊漁)를 점지하는 신으로 알려져 있다. 일반적으로 세존굿은 자식을 점지하고 수명장수하게 하며, 자손들이 잘되도록 비는 굿이다. 장편의 서사무가로 구연되며, 동해안별신굿에서 서사무가는 제마수장단[42]으로 반주된다. 세존굿을 무녀 김영숙이 구연한 뒤 '중도둑잡이'라고 하는 남무들의 연행이 이루어지나 생략되었다.[43]

1950~60년대까지도 동해안의 남부·중부지역 별신굿에서도 세존굿거리가 있지만 동해안 북부지역에서처럼 서사무가로 구연하는 경

---

40) 놀음굿은 굿에서 무당과 관중이 함께 어울려 노는 굿이다. 민요나 유행가 등을 부르거나 춤을 추기도 해서 굿판이 난장판을 이룬다.

41) 동해안 큰무당의 필사본 골매기굿 무가에서도 굿 장소와 시간 설명, 창세와 산천의 모양새, 성황의 치장, 성황의 인세통치, 성황에게 기원, 성황신 강신, 수부사자풀이 순으로 기술되어있다(윤동환, <동해안 필사본 무가의 존재양상과 기능적 특성>, ≪동해안 필사본 무가≫ 한국의 무가 11, 민속원, 2007, p.33.; 147~157.).

42) '제마수장단'은 동해안 무악장단의 하나로 축원무가가 아닌 서사무가를 구연할 때만 사용된다.

43) 2008년 6월 8일에 행한 세존굿에서는 정연락과 김진환이 중도둑잡이를 연행하였다. 같은 지역에서 행해지는 굿이라도 연행상황에 따라 첨삭이 가해짐을 알 수 있다.

우가 없었다. 동해안 북부지역 세존굿에서의 당금애기풀이가 점차 확산되어 동해안 중부지역에까지 퍼져간 것이다.[44] 동해안 남부·중부지역 별신굿의 세존굿에서는 청보장단에 맞춰 축원무가로 구연하는 것이 일반적인 현상이었다. 또한 동해안 남부·중부지역 오구굿에서 세존굿거리를 서사무가로 구연하는 경우도 있으나, 동해안 북부지역에서는 반드시 서사무가로 세존굿을 한다.

· 성주굿

성주굿은 집안의 주신(主神)이다. 굿을 할 때 무녀는 집안의 대주(大主)를 상징하기 위해 갓을 쓴다. 집을 상징하는 갓머리(宀) 밑에 계집 여(女)가 있으니 편안하다(安)는 것이다. 해안가의 별신굿에서 성주에게 기원을 하는 것은 가옥을 관장하는 성주뿐만 아니라 배의 성주도 모신다. 집안의 성주는 집안의 안녕을 위하는 것이고, 배의 성주는 풍어와 인명의 피해가 없도록 해달라는 뜻으로 성주굿을 한다. 성주굿에서는 집을 짓는 과정을 구연하는데, 김동언 무녀가 성주 집짓는 과정에서 팔도 대목(목수)이 나오는 대목, 톱질하는 대목, 병신흉내, 벅구놀이, 상모놀이 등을 연행했다. 또한 성주굿에서는 농부가 등이 윤창(輪唱)되며, 놀이의 성격도 강하게 나타나는 굿이다.

· 조상굿

조상굿은 조상을 청하여 굿을 한다. 마을 신앙의 대상인 동신(洞神)을 모셔놓고 개인적 신앙의 대상인 조상에 대하여 굿을 한다. 유교에서의 조상과는 달리 집안에서 먼저 죽은 영혼은 모두 조상이 된다. 정상적 죽음뿐만 아니라 비정상적인 죽음을 맞이한 조상까지도 모두 굿을 해준다.

김동연 무녀가 조상굿을 마치고 마을 임원들(도가계장, 어촌계장, 이장)

---

44) 김석출의 경우 제마수로 반주되는 세존굿은 숙모인 이영파(여, 1893년생)가 만들었다고 주장했다. 특히 삼척지역을 중심으로 당금애기풀이가 전승되었다고 하는데 추후 세밀한 조사가 필요한 부분이기도 하다.

이 저녁식사 중에 마이크로 방송을 했
다. 금년엔 식권 없이 점심 저녁을 같이
먹게 되었다고 하고 몸이 불편한 분(노
인)들에게 음식을 날라주라고 부인들
에게 얘기했다. 마을사람들이 모두 협
조해줘서 고맙다는 인사를 했다. 방송
을 한 뒤 동네사람들끼리 노래를 부르
고 한바탕 놀았다.

조상굿

· 군웅장수굿

군웅장수굿은 '놋동우굿'이라고도 한다. 군
웅의 성격은 이중적으로 나타나는데, 농신을
상징하기도 하고, 장수신의 성격을 지니기도
한다. 지금은 군(軍)에 있는 자손들이 사고 없
이 지내게 해달라는 의미에서 군웅장수굿을
한다. 동해안의 큰무당이 연행하는 굿에서 무
극(巫劇)[45]을 제외하고 모두 무녀가 집례하나
신받은 무당이자 남무인 이성철이 구연하였
다. 이름 있는 장수들을 불러 모시는 무가가 끝

군웅장수굿

나면 놋동이를 입으로 물어 올려 신의 위력을 보여준다. 동해안 큰무
당의 굿중에서 강신적 요소가 강하게 나타나는 굿거리이다.

· 손님굿

손님은 마마와 홍역을 가져오는 신이다. 손님굿은 마마와 홍역같은
병을 막기 위해 하는 굿이다. 서사무가로 무녀는 손대[46]를 들고, 제마

---

45) 연극적 성격이 강한 중도둑잡이놀이, 원님놀이, 탈굿, 범굿, 거리굿 등의 굿거리를
　　뜻한다(이균옥, <동해안 지역 무극 연구>, 경북대학교 박사학위논문, 1996).
46) 굿상에 장식된 지화(紙花) 한 송이에 종이술을 단 막대를 '손대'라 한다. 그러나 초곡

수장단에 맞춰 구연한다. 손님 네 분이 조선땅에 당도했을 때 잘 대접해 준 집에 복을 주고 그렇지 않은 사람에게는 손님(마마)을 앓게 해 벌을 준다는 내용이다. 무가를 구연한 후 '손님배송놀이'를 하나 요즘 대부분은 생략한다. 김동언 무녀가 간략하게 연행하였다.

· 제면굿

제면굿에서 제면떡을 나눠주는 김영숙 무녀

거리굿에서 얼사촌 부조받는 장면

제면굿은 무당의 무조(巫祖)로 여겨지는 제면할머니를 위한 굿이다. 어떻게 해서 무당이 생기게 되었는가 하는 무당의 내력을 밝힌 굿거리이다. 제면굿은 서사무가로 행해지는 데 나쁜 당골네에게는 아이들 병을 주어 경계하고, 착한 당골네에게는 복을 준다는 내용이다. 제면굿은 '계면굿'이라고도 한다. 제면굿은 제면떡[47]을 농사를 짓거나 고기를 잡을 때의 '종자씨'라 하여 흰떡을 마을사람에게 나누어준다. 6월 23일(단오굿 둘째 날) 아침식사를 한 후 김영숙 무녀에 의해 굿이 시작되었다.

에서는 지화를 만들지 않았기 때문에 작은 시누리대에 종이술을 달아서 손대를 만들었다.

47) '제면떡'은 제면할머니가 걸립해서 만든 떡이라 하며, '계면떡'이라고도 한다.

· 대내림굿

서낭이 서낭대에 강신하여 굿을 잘 받았는지를 물어본다. 당맞이굿을 한 후의 대내림굿과 마찬가지로 대내림을 통해 마을의 대소사를 묻거나 서낭이 반갑게 굿을 맞이하였는지를 알아본다. 동해안 별신굿에서 서낭대를 잡는 것은 전날과 마찬가지로 마을이장과 김공남 할머니가 다시 잡았다. 김영희 무녀는 서낭신을 내리는 집사 역을 하였는데 서낭에게 마을일을 묻고 조심할 것을 당부하였다.

· 거리굿

거리굿은 굿에서 마지막 거리로 송신(送神)의식의 하나이다. 남무가 연행하는 거리로 연희성, 오락성이 강하다. 각 굿의 거리마다 마지막에 "신아 수부야~"하며 잡신들을 먹이는 절차가 있지만 마지막에 거리굿에서 모든 잡귀잡신을 다시 먹이며, 굿을 맺는다. 남무 김용택이 구연하기 전 거리굿에 대해 간단히 설명을 하고 시작했다.

김용택은 지짐말문[48]을 구연한 다음, 신칼을 들고 귀신을 맞이하러 갔다. 그리고는 관례거리, 귀신문 열기 거리, 자동차타다 죽은 귀신거리, 칼맞아죽은 귀신거리, 목매죽은 귀신거리, 애 낳다 죽은 귀신거리를 연행하였다. 거리굿은 약 21분간 짧게 축약되어 마쳤다.

② 풍어굿

점심식사를 마친 후 바닷가에 풍어굿(용왕굿)을 할 굿당을 새로 차려놓았다. 굿당은 방파제와 항구가 보이는 마을 모래사장에 꾸며 놓았으며, 사방은 틔워 있었다. 원래 용왕굿에서는 선주들이 개인상을 일일이 차려놓았으나, 2004년에는 경제사정으로 인해 정치망어선인 홍양호, 칠성호의 상만 차려져 있었다. 용왕굿은 용왕신을 위한 굿이다.

---

48) 터 다지는 소리를 '지짐소리'라고 하는데, 지짐 말문은 거리굿에서 '치국잡기 대목'의 무가 사설을 의미한다(윤동환, 앞의 글, 41~42쪽).

어업을 하는 사람들에게 특히 용왕신은 중요하게 인식된다. 동해안의 별신굿이나 풍어제에서 가장 중요한 거리 중의 하나이다. 풍어제는 오후 1시가 넘어서 무녀 김동언이 용단지를 꾸미고, 어촌계장은 마을에 선주들을 나오라고 방송한 후에 시작되었다.

풍어당굿 원경

풍어굿 제상 차림

· 부정굿

부정굿은 모든 굿에서 부정하고 불결한 것들을 소멸시킨다는 의미로 가장 먼저 하는 굿이다. 신이 좌정할 장소인 굿당의 부정을 없애고 깨끗하게 치워야 한다. 용왕굿을 하기 전에 무녀 김동언이 간단하게 6분정도 부정굿을 하였다.

· 용왕굿1

용왕굿은 용왕신을 위한 굿이다. 어업을 하는 사람들에게 특히 용왕신은 중요하게 인식된다. 동해안별신굿이나 풍어제에서 가장 중요한 거리로 인식되는 굿거리 중의 하나이다. 마을사람들도 용왕굿을 할 때는 무녀의 말에 귀를 기울이며, 어업에 종사하는 사람들은 더욱 정성을 드린다. 김동언 무녀는 선주와 배이름을 하나하나 부르며 축원하였다.

용왕굿 당시 부른 선주명단

1. 홍양1호 최문옥	2. 홍양2호 김봉문
3. 칠성호 이봉문	4. 옥수호 김정기
5. 성원호 강원호	6. 진승호 김영교
7. 유신호 김성만	8. 창영호 경재홍
9. 재성호 경재수	10. 신영호 김형수
11. 종성호 김형복	12. 병천호 최인순
13. 경진1호 김성복	14. 경진2호 김옥순
15. 효창호 최희자	16. 만복호 김형진
17. 명신호 김의식	18. 바우호 홍경식
19. 덕진호 김원하	20. 해변호 진장수
21. 승광호 박길순	22. 아진인슈 김상수
23. 한양호 강창업	24. 길목호 김인섭
25. 길영호 이기대	26. 동원호 김홍준
27. 광우호 김봉문	28. 성진호 김종열
29. 광덕호 이순선	30. 홍양호 임화월
31. 어선협회회장(선박총책임자) 경재수	

· 용왕굿2

보통 한 굿에서 축원굿[49]을 제외하고 반복해서 하는 경우는 거의 없
다. 그러나 초곡에서의 용왕굿은 무녀가 김동연으로 교체되어 연속적
으로 행해졌다. 앞서 선주나 선박에 대한 축원을 김동언 무녀가 하였
으므로, 김동연 무녀는 용왕굿에 대한 사설만 구연하고 굿을 마쳤다.

· 용동우굿

용동우굿은 용왕굿의 일부로 연행되나 초곡단오굿에서는 무녀가
바뀌어 독립된 거리로 연행되었다. 김영희 무녀는 '용단지' 또는 '용동
우'라고 하는 단지를 타고, 신의 말로 마을사람에게 신탁(神託)을 했
다.[50] 용동우를 탈 때는 어업에 종사하는 사람들은 무녀의 말에 귀를

---

49) 축원굿은 굿에서 시간적 여유가 있거나 부족하게 되면 추가하거나 생략하는 경우가
　　많다.
50) 용단지는 '용동우', '용동이', '용왕단지' 등으로 칭하기도 한다. 용왕굿에서 무녀가

기울이며, 더욱 정성을 드린다.

동해안의 북부지방으로 갈수록 용단지를 타는 것이 많이 나타나지만, 동해안 남부지역에서는 볼 수가 없다. 초곡마을에서 용왕굿은 세 부분으로 나누어 행함으로써 이채롭다. 같은 무집단이 하는 굿이라도 지역에 따라 달라지는 문화의 지역적 특수성을 알 수 있다.

김동연 무녀의 용왕굿

용동우굿

- 뱃노래굿

육지 쪽의 왼편에 매여진 용선(龍船)에 흰 천을 길게 늘여 뜨려 흔들며 뱃노래굿을 했다. 용선은 오구굿에서 망자가 저승으로 타고 가는 배이나, 별신굿이나 풍어제에서는 만선을 기원하는 배이다. 오구굿에서 망자 또는 신이 타는 배에서 마을굿에서는 풍농풍어를 기원하는 배로 목적이 전환되었다. 뱃노래굿은 풍어제에서 송신(送神)의 의미와 풍어를 상징하며, 유희성 오락성이 짙은 굿거리 중의 하나이다.

- 거리굿

거리굿은 굿의 마지막에 행하는 거리이다. 남무가 연행하는 거리로 연희성, 오락성이 강하다. 오전에 이미 성황굿에서 거리굿을 했기 때

대를 잡고 용단지에 올라서서 마을사람들에게 신의 말을 전해준다.

문에 주로 해업을 하다 죽은 귀신거리를 위
주로 거리굿을 연행했다. 성황제와 용왕제로
분리되어 거리굿이 재차 연행되는 것은 초곡
단오굿이 유일하다. 풍어굿에서 행해진 김용
택의 거리굿의 연행과정을 살펴보면, 성황굿
의 거리굿과 마찬가지로 지짐말문을 구연하
고 귀신을 맞이하러 갔다. 이후 관례거리, 고
기 잡다 죽은 귀신거리, 해녀 죽은 귀신거리,
애 낳다 죽은 귀신거리를 연행했다. 총 24분
간 연행했으며, 성황굿의 거리굿에서는 행하

거리굿에서 고기잡다 죽은 귀신

지 않은 고기 잡다 죽은 귀신거리, 해녀 죽은 귀신거리가 행해졌다.

4. 초곡단오굿의 특징과 의의

초곡1리의 단오제는 마을제의가 복합적으로 이루어지는 특색을 가
지고 있다. 천신과 마을신에 대한 제의가 있고, 제의 형식 또한 유식의
례와 무의례가 이중적으로 행해지며, 무의례는 성황굿와 풍어굿으로
분리되어 행하고 있다. 초곡단오제의 구성과 절차를 대별하고 순차적
으로 배열하면 다음과 같다.

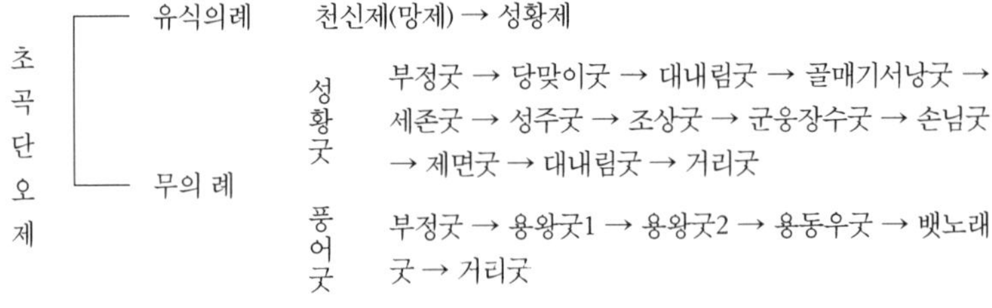

초곡단오제의 구성과 순차적 구조

대부분 동해안 어촌을 중심으로 한 마을굿이 마을에서 어촌계의 주관으로 옮겨지면서, 풍어제의가 강조되어 풍어굿 위주로 행사가 진행되고 있다. 반면 이 곳의 제의는 성황제의와 풍어제의가 구분되어 치제된다. 굿은 순차적으로 성황굿을 먼저 행하고 이어서 풍어굿을 한다. 삼척 초곡단오굿의 제차를 면밀히 살펴보면 해변에서 하는 풍어굿은 용왕굿의 다른 모습에 불과하다.

동해안 북부지역에서는 별신굿의 굿거리 중 하나인 용왕굿을 주목할 필요가 있다. 용왕굿에서 무녀가 대를 잡고 용단지에 올라서서 마을사람들에게 신의 말을 전해준다. 이 지역사람들은 무당의 공사를 주의 깊게 경청하며 미래에 닥쳐올 위험을 미리 감지하기도 한다. 노무들에 의하면 동해안 북부지역에서 행해지던 용단지타기는 점차 경북의 울진·영덕에 이르기까지 남쪽으로 전파되어 갔다고 한다.[51] 이 지역은 용왕굿에서 공사가 중시됨으로 인해 굿 순서 역시 동해안 중남부지역과 차이를 보인다.

동해안 북부지역 별신굿에서 용왕굿은 대부분 마지막 제차인 거리굿을 하기 전에 행해진다. 이 지역에서는 용왕굿을 당연히 뒷부분에 하는 것으로 인식하고 있다. 동해안 중부에서도 대부분의 거리가 행해지는 것은 유사하나 용왕굿이 행해지는 위치에서 차이가 있다. 해안을 접하고 바다에 생업을 전적으로 의지하는 사람들에게 특히 용왕굿이 중요한 거리의 하나로 인식되는 것은 당연한 현상이지만, 문화권역에 따라 굿을 구성하는 제차에 변화가 있는 것이다.[52]

---

51) 원래 경상도는 없었어. 삼척 땅에 있었거든. 그런데 거게(동해안 북부지역) 사람들이 여와(동해안 중부지역에 와서) 했기 때문에, 거게 사람들이 별신을 맡아 오게 되며는 금옥이가 이쪽(동해안 중부지역)으로 내려와 그 본(本)을 뵈어 놔가지고 그래 (생겼지). 원래 이쪽에는(동해안 중부지역에는) 그런 게(용단지 타는 것이) 없었어. 옛날에는 강구도 탔고, 병곡도 탔고 했는데 인제는 안타잖아. 그 사람들 하던 거 본보고 할 필요 없다 이기지(이거지). 예전에 이쪽 하던 데로 한다 이거지. 남 본보고 할 필요 뭐 있노(있어). 없던 거를 할 필요도 없고(1999년 5월 22일 경북 영덕군 영해면 자택에서 송동숙 구술).

초곡단오굿의 풍어제는 예전에 '어령제'라고 불렸다. 2004년 마을제사를 이끌어가고 있는 도가계장이나 마을이장 등은 예전에 마을의 어른들이 풍어제라 하지 않고 어령제라고 했음을 기억하고 있다. 그들의 말에 의하면 어업에 종사하다가 바다에서 죽은 자신들의 조상의 혼령을 위로하기 위해 그들의 자손들이 제물을 진설하여 제사를 지냈으므로 어령제라고 했다는 것이다. 그러다가 어선을 가진 사람들이 늘어나고 어촌계의 세력이 확대되면서 선주들이 제물 진설이나 상차림에 보다 적극적으로 참여하게 되었다. 이에 점차 '풍어'를 바라는 굿의 형태로 바뀌면서 명칭도 풍어제로 변경되었다.

동해안 북부지역 용왕굿의 용단지타기는 보통 굿청의 밖에서 연행되기 때문에 동해안의 중부지역처럼 굿거리의 중간에 삽입되어 행하기가 쉽지 않다. 그래서 굿의 끝부분에 용왕굿이 놓이게 된다. 또한 무녀가 용단지를 타고 공사를 주는 부분이 두드러지며 신술을 보이는 공사가 강조된다. 이러한 현상은 동해안 북부지역의 특성이 반영되어 나타난 결과이다.[53]

5. 결론

삼척 초곡단오굿에는 한 마을의 신앙에서 성황굿와 풍어굿이 따로 존재하며, 공간적으로 굿당이 전환되었다. 성황굿에서 마을 전체의 안녕을 위해 빌었다면, 풍어굿에서는 해상안전과 풍어를 위한 것으로 굿의 목적에 따라 세분화되었다. 대부분 동해안 지역에서 별신굿 안에 풍어굿인 용왕굿이 놓인 반면에 초곡마을의 경우 풍어굿이 분리되어 연행된다. 이는 성황당과 해안의 거리가 비교적 먼 까닭도 있지만, 거리굿을 분리하

---

52) 윤동환, <동해안 굿의 전승과 변화>, 고려대학교 박사학위논문, 2007.
53) 용단지타기 이외에도 동해안 북부지역 굿의 특징으로는 신력을 중시한다는 것과, 별신굿·오구굿 등에서 세존굿을 중시하여 굿의 앞부분에 위치한다는 등의 특징이 있다(윤동환, 위의 글, 2007, p.111~125.).

여 행하는 것으로 봐서 독립적 성격이 강한 것으로 볼 수 있다.

또한 초곡단오굿에는 동해안 북부지역의 특징인 세존굿의 서사적 전통, 용단지타기, 대내림에서 행하는 공사 주기[54] 등이 나타났다. 특히 용단지타기, 대내림에서 행하는 공사 주기는 신탁적 요소가 강한 것으로 전승집단이 신력을 강조하는 지역적 특성에 기인하기 때문이다.

초곡단오굿에는 다른 동해안별신굿과 달리 한 마을의 굿에서 성황굿과 풍어굿이 분리되어 행하기 때문에 동해안 마을굿의 비교연구와 지속과 변화를 살피는 데 중요한 사례의 하나이다. 초곡단오제는 유식의례와 무의례가 복합적으로 나타나고 지역적 특수성이 잘 반영되어 있다. 형태적으로도 큰 단위의 고을굿인 강릉단오굿과 달리 마을촌락을 중심으로 단오굿이 행해지는 해안 단오굿의 전형으로 볼 수 있다. 그러한 점에서 초곡단오제는 향후 치밀한 조사를 통해 주목해 볼 가치가 있으며, 마을신앙과 세시적 성격을 띤 굿 연구 자료로서 큰 의의를 지닌다고 하겠다.

■ 참고문헌

강용권, <부산지방의 별신굿 고>, ≪한국문화인류학≫ 3, 한국문화인류학회, 1970.

김태곤, <동해안지방무속>, ≪고문화≫ 5·6, 한국대학박물관협회, 1969.

김태곤, <영남지역의 무속실태>, ≪논문집≫ 11, 원광대학, 1977.

김형근, <동해안 오구굿 구조의 현장론적 연구>, 경기대학교 석사학위논문, 2005.

삼척시, ≪삼척시지≫, 삼척시, 1997.

---

54) 대내림을 할 때 공사주는 것은 동해안 어느 지역에서도 마찬가지로 행해지나, 동해안 북부지역으로 올라갈수록 공사가 많아진다.

윤동환, <동해안 굿의 전승과 변화>, 고려대학교 박사학위논문, 2007.

윤동환, <삼척지역 어촌 굿의 지속과 변화>, 실천민속학회, ≪민속문화의 지속과 변화≫, 집문당, 2001.

윤동환, <연행예술로서 동해안 굿의 변화 양상과 변화 요인>, 안동대학교 석사학위논문, 1999.

윤동환, ≪동해안 필사본 무가≫ 한국의 무가 11, 민속원, 2007.

이균옥, <기록을 통해 본 계원 1리 별신굿>, ≪2005동계학술발표회≫, 공연문화학회, 2005.

이균옥, <동해안 지역 무극 연구>, 경북대학교 박사학위논문, 1996.

이두현, <동해안 별신굿 -경북 이가리와 백석동의 사례를 중심으로>, ≪한국문화인류학≫ 13, 한국문화인류학회, 1981.

장정룡, ≪삼척지방의 마을신앙≫, 삼척문화원·삼척군, 1993.

장휘주, <경남·경북 동해안 무악 비교 연구>, 서울대학교 박사학위논문, 2002.

주강현·장정룡, ≪조선땅 마을지킴이≫, 열화당, 1993.

최길성, <동해안지역 무속지 서설>, ≪한국문화인류학≫ 5, 한국문화인류학회, 1972.

최성진, <동해안 별신굿의 계면굿 연구>, 대구대학교 석사학위논문, 2006.

최정여·서대석, <경북 동해안지역의 무속연구>, ≪한국학논집≫ 1, 계명대학교 한국학연구소, 1973.

황루시, <강릉단오굿>, ≪강릉단오제 백서≫, 강릉문화원, 1999.

삼척지역 미로 단오제의 전승양상

이창식*

1. 머리말

이 글은 미로 단오제의 현재적 전승양상을 고려하여 단오문화유산 관련 무형문화재의 가치를 분석하는 데 있다. 1994년과 2008년 미로 단오제 현장에서 처음부터 끝까지 현지관찰한 내용을 토대로 작성하였다.[1] 미로 단오제의 형태는 1994년 이후 영상자료 등과 2008년 연행양상을 확인하여도 무녀들의 넘나듦 이외에 별반 달라진 것이 없이 지속되고 있다. 변화의 측면보다 지속되면서 지역 정서 차원에서 인식의 정도 차이를 확인할 수 있었다.[2] 미로면 소재지 하거노1리 암서낭 마을과 하거노4리 숫서낭 마을에서 미로면 전체의 마을굿으로 확대되었다.

미로단오제의 근원에는 조선조 고형이 있다. ≪신증동국여지승람≫, ≪동국세시기≫ 등에는 '삼척조'마다 단오 중심으로 오금잠제(烏金簪祭)의 연행 상황을 드러내고 있다. 비녀신을 모셔다가 굿판을 벌이고

---

1) 강릉단오제와 아시아 단오의 지역적 양상'이라는 기획주제로 열린 강원도민속학회 국제학술대회(2008년 6월 6일)에서 이 글을 발표하고 다음 날(2008년 6월 7일) 삼척 미로에서 현지조사하여 추가·보충하였다. 발표 당시 토론해준 김기형(고려대)의 '복원, 재창조문제'와, 김태수(삼척시립박물관)의 '오금잠제 읍치성황제 관계와 산맥이 혈연 위주 문제' 질의에 대하여 답변을 수정 과정에 반영하였다.

2) 삼척시 지원이 확대되자 미로면문화체육회(회장 : 심의복)에서 게이트볼대회 등을 추가하여 면 단위 축제로 거행하고 있다.

다시 나무 밑에 감추어 둔다고 했다. 관련된 기록물마다 오늘날 강릉 단오제를 연상할 정도로 흥성하게 거행되었음을 보여주고 있다. 단오 문화권의 핵심적인 공동체 제의는 오금잠제임에는 틀림 없다. 그러나 오금잠제의 전통은 미로 단오제와 산멕이에 남아 있다고 해야 하나, 그 연관성을 밝혀야 할 과제다.

삼척지역 미로 단오제는 마을 단위로 전승되는 단오세시 관련 마을 축제다. 시장과 관련하여 사라진 뒷드르장 단오제도 언급한다. 같은 단오문화권역의 파종의례 관련 세시공동체 행사다. 최근까지 지속되는 보기 드문 단오제인데, 굿놀이 위주로 연행되었으며 개인신앙과 마을 공동체신앙이 결합된 형태다. 문헌 속의 오금잠제는 오늘날 단오제의 원형이고 이 고형의 고을축제가 문화적 유전자처럼 남아있는 것이 미로 단오제인 셈이다. 단오제의 원형을 온전히 간직하고 있는 셈이다. 단오문화권의 지역적 분포와 연대성 파악과 문화권역의 기초적 이해를 위해서라도 이러한 미시적인 단오제의 민속지(民俗誌)적 관심이 있어야 한다.

2. 삼척지역 오금잠제와 미로 단오제

삼척지역에서는 주지하다시피 단오날에 공동체 제의인 오금잠제가 18세기까지 전승되었다. 오금잠제는 ≪신증동국여지승람≫ 44권 삼척 도호부 풍속조[3]나 ≪척주지(陟州誌)≫, 김효원의 ≪성암유고≫, ≪척주선생안≫, 채제공의 ≪번암집(樊岩集)≫에 의하면 금비녀 모양의 신체(神體)를 신격화하여 단오날 굿단에 모셔다 놓고 올리는 마을굿이다. 이는 동해안 일대에서 나타나는 단오굿의 원형적인 것이다. 남효온 (1454~1492)의 ≪추강선생문집≫(1471)에서 강원도 영동 민속에는 매년 3~5월 중에 택일하여 무당과 더불어 산신에게 제사를 지내고 연이

---

3) 금비녀가 고려 태조 때 물건[王神]이라 하고 있다.

어 3일 논다고 기술해 놓은 사실과 맞물려 있다. 오금잠제는 18세기 이
전까지만 하더라도 동해안 일대에 거행된 단오제의 중에서 가장 널리
알려진 마을굿 보다 큰 고을굿이다.[4)]

> 옛날부터 삼척부에 오금잠(烏金簪)이 있었는데, 이 곳 풍속이 귀신
> 을 신봉한다고 한다. 이 오금잠은 고려 시조의 유물이라고 하는데 그렇
> 다면 거의 천년 동안 왕신(王神)으로 제향했던 것이다. 4월 1일에 잠신
> (簪神)의 제사를 시작하여 단오 전 3일에 3일간 큰 제사를 지낸다. 효종
> 4년(1653) 부사 정언황(丁彦璜)이 그 제사를 폐하게 하였고, 지금 잠(簪)
> 은 석실에 유폐시켰다 하고, 이것을 두랑당(杜郎堂)이라고 한다. 잠(簪)
> 은 이미 임진왜란 때에 잃어버려 지금 유폐시키고 있는 잠은 옛날 것이
> 아니고 후세 사람들이 만든 것이다.[5)]

오금잠은 큰비녀, 목상, 옷을 입힌 인형 등으로 나타나고 이를 단오
때 모셔다가 단오굿을 크게 하였다. 굿은 사월 초부터 단오까지 한 달
여 동안 거행하였다. 그러나 이 오금잠제는 조선시대 성리학적 지배
이념과 유교식 동제(洞祭)로 전환되는 과정에서 김효원(金孝元), 정언
황(丁彦璜), 허목(許穆)[6)] 등의 위정자들에 의해 중지되고 비판받다가
소멸되었다.[7)] 무속적 질서가 유교적 세계에 의해 잠식되어 가는 과정
을 보여주고 있다.[8)] 비녀신의 영험성은 신라의 호국적 기원, 고려 왕실
유물의 왕신적 흔적에서 찾을 수 있다. 이후 오금잠제는 간헐적으로
동해안 별신굿이나 '산멕이' 형태로 잔존하여 명맥이 유지되었는데 이

---

4) 이창식, <미로 단오굿놀이의 전승원리>, ≪민속문화의 정체성 연구≫, 집문당, 2001,
  pp.201~206.

5) ≪척주지≫ 말곡면 조.

6) 척주동해비(1661년 세움)와 기줄다리기(강원도 무형문화재)가 오금잠제 금지 이후에
  나온 유산인데, 이 시기에 주술적 공동체 문화유산의 등장이 주목된다.

7) 이창식, <삼척지방 오금잠제의 구조와 의미>, ≪강원민속학≫8 · 9집, 강원도민속
  학회, 1990.

8) 가장 강하게 금지시킨 시기는 김효온(1575) 부사와 정언황(1635) 부사 재임기간이다.

지역의 민속신앙 유형이 다양하다.

오금잠제는 1993년 오금잠놀이로 재현되었는데, 오금잠제 모시기(제례)-오금잠신굿(축원)-놀이굿(제수나눠먹기)-뒷풀이(화합) 과장으로 구성되었다. 미로 단오굿은 오금잠제가 거행되었던 삼척시내에서 서쪽으로 8㎞ 떨어진 미로 오십천 지류의 마을에 단오날 거행해온 마을굿의 형태를 보인다.9) 미로 단오제는 단오와 같은 세시일에 신을 맞이해서 마을 사람이 어울려 제의와 놀이를 동시에 연행하는 것이다. 소박한 단오 마을굿의 원초적 모습을 보인다. 미로 단오굿의 내용적 특징에 대하여 일찍 조사한 연구자가 "서당굿으로서의 무굿과 개인 치성제, 그리고 민속놀이가 함께 이루어지는 마을굿이란 점을 들 수 있다. 따라서 서낭당은 굿판, 제장(祭場), 놀이판으로서의 복합적 기능을 하는 공간이 된다."10)라고 하였다.

신을 잘 위하는 자체가 삶의 이상적인 가치 추구다. 신도 놀아야만 즐거울 수 있다. 이는 오신적(娛神的)기능이다. 신이 즐거워야 마을을 잘 지켜주고 고기도 잘 잡히고 농사도 잘되게 한다고 믿는 데서 나온 발상이다. 신이 잘 돌보아야 좋다는 믿음이다. 이를 확대하면 민중의 속신관념(俗信觀念)에서 나온 민속양식 형태이지만, 지역민의 삶의 실상에서 관찰해 보면 거기에는 전승방식의 필연성과 정체성을 드러내는 측면이 있다. 특히 산멕이 신앙권의 동제로서 특징이 있다.

---

9) 삼척지역 미로 단오굿놀이에 관한 1차 조사는 1992년 10월 3일 필자가 김의숙(강원대), 정윤수(한림정보대) 등과 함께 태백산 천제(天祭)행사를 끝내고 돌아오는 중에 이루어졌다. 이 행사의 실제 연행 현장의 2차 조사에는 1993년 6월 24일(음력 5월 5일) 단오날에 마을 사람들과 무당들을 집중적으로 만났다.(삼척 연지서실 솔이 원장 동행) 3차 조사는 1994년 강릉단오제 조사 참관을 겸해 단오날 강원도민속학회 회원들과 함께 수행한 바 있다. 이 글은 기본적으로 1994년 참관 자료와 최근 정보 자료를 바탕으로 작성하였다.

10) 삼척지역 미로 단오굿에 대한 첫 번째 보고서는 김지욱, <마을굿 연행양상고(演行樣相考)>(≪문화재(文化財)≫ 제25호, 문화재관리국, 1992년 12월)에서인데, 김지욱은 두 번에 걸친 현지조사를 통하여 당시 단오굿의 내용을 비교적 상세히 정리하고 있다.

전통사회에서 단오굿을 진행하는 무당은 신의 구실을 영매하고 굿 판에서 신과 마을 사람들을 위해 춤도 추고, 노래도 부르며, 기원도 대신 해준다. 단순히 여흥적 축제가 아니라 과거의 마을굿 형태를 전승해서 경로잔치와 주민화합의 성격도 가지고 있다. 무당은 단오굿판에서 인간의 갈등 경험을 풀어주기도 하고 신의 입장에서 주술성(呪術性)과 오락성을 통해 굿의 효과를 극적으로 나타내기도 한다. 여전히 지켜가야 할 전통문화로 공동체 담론이 형성되어 있다는 점이 주목된다.

미로 단오굿은 동제로서 마을 공동체의 파종의례(播種儀禮)적 형태를 띤 것이다. 농경주기로 보아 성장촉진의례에 해당된다. 무당이 주도하여 서낭굿을 하고 개인치성굿도 거행한다. 이어서 마을 사람 누구나 참여하는 그네뛰기, 윷놀이, 씨름, 노름 등의 민속놀이를 굿당 주변에서 한다. 최근에는 노래자랑, 게이트볼 대회, 게줄다리기 등도 한다.

단오제 전승원리의 핵은 신인동락(神人同樂)이다. 신을 위한 오신적(娛神的) 기능과 마을 전체 사람들이 어울려 노는 오락적 기능이 복합되어 있다. 신을 위한 제례인 굿을 하고 난장 형태의 놀이 종목이 보태어진 것이다. 곧 굿을 통해 남신과 여신을 즐겁게 하고, 이어서 마을 또는 개인의 안녕과 결속을 소망하고 농사의 다산과 재액의 방지를 신한테 기원하는 마을굿에 다름 아니다. 집집마다 개인치성도 같이한다.

제의 주도집단은 타신앙을 갖고 있지 않은 마을 사람들이 대부분이다. 제의 방식은 제주(祭主)가 결정되면 제물을 장만하고 이 때 엄격한 금기를 지켜야 하며, 무당이 굿판을 벌이면 서낭신에게 고하고 제사하는 것이다. 이어서 무당은 숫서낭당에 가서 할아버지 신을 모셔다가 실제 굿당이라고 할 수 있는 암서낭당에 와서 할머니 신과 결연시키면서 굿을 시작한다. 20년 가까이 미로 마을굿을 주도해온 무당은 이른바 샛별동자인 최분녀(여, 별명 부엉이, 1927년 생, 6년 전 작고)와 그 제자들인데,[11] 그들은 이전의 무당들에 대해서도 소상히 알고 있었고, 대물림

---

11) 1993년도 단오굿에 참가한 무당들은 최분녀(여, 67세, 당저리)가 주목되었다. 그 외

성격이 강한 듯하다. 과거에 널리 알려진 무당은 엄무당(할아버지)인데, 그는 소리와 춤시늉을 가장 볼거리로 제공하였다고 한다.

할머니 서낭당의 제의 공간은 마을과 오십천 사이의 숲이 있는 곳이고, 제단에는 성황대신, 토지지신, 단군대왕 세 신위가 모셔져 있다.[12] 암서낭 숲(땅은 개인소유)은 어머니의 고향같은 느낌이 든다고 지역민은 말한다. 숲은 신이 깃들어 있고 누구나 경외감을 갖는 공간이다. 그곳에는 신목이 있다. 서낭숲은 소도처럼 신성한 공간이다. 무당은 이곳의 굿상 앞에서 부정거리를 하고 생 대나무인 서낭대를 가지고 할아버지 서낭당[13]으로 간다. 할아버지 신을 모시는 굿은 신명을 쓴 벽면에 한지로 예단을 걸고 축원의식을 하고 이어 서낭신대에 할아버지 신을 받아 할머니당으로 온다.[14] 두 당 간의 원심적 공간은 단오굿을 통해 혼례식과 같은 구심력 공간으로 굿판이 된다. 공동체 구성원들의 경험은 이러한 이원론 공간구조 속에 성과 속을 동시에 경험한다.

할아버지 당으로 가는 일행들

할아버지당으로 오르는 일행들

에 신용철(남), 김순남(여), 김종식(남), 윤백철(남), 주영자(여), 박연자(여), 등이다. 1990년대 매년 최분녀 이외에는 바뀌는 경우가 많고, 이들은 굿의 절차에 따라 한 거리 또는 두 거리씩 담당하였다.

12) 제보자, 김진백, 남(70세), 상거노 1리, 1993. 6. 14.

13) 숫서낭당은 과거 예전의 자리에서 옮겼다. 원형 보존 문제로 보아 현장론적으로 검토해야 한다.

14) 제보자, 조석금, 남(77세)과 최용준, 남(76세), 미로 1리, 1992. 10. 3.

숫서낭인 할아버지당의 신 모시기와 대내림의 수행을 한다. 신대는 신의 몸체로 상징적 대상이다. 신대를 앞세우고 제관들, 무당패, 주인들이 숫서낭으로 가서 서낭을 모신다. 대를 내려 신의 뜻을 알아본 다음 잘 모시고 와서 암서당에서 합사한다. 신대에 태워 할아버지신을 암서낭으로 모시는 의례가 있다. 강릉 단오제 신목(神木) 봉안과 같다. 합사하는 행위가 신랑·신부 혼례처럼 잔치이고 축제로서 마을굿이다.

할머니당에서 서낭님굿을 시작하는데, 할아버지와 할머니를 합궁 의례하는 것으로 굿을 할 때만이 함께 좌정시키는 것이라고 하였다. 합궁의 상징으로 신대를 할머니당에 함께 세운다. 신들의 혼례를 통해 합방의 상징적 행위로 풍요를 가져온다고 믿고 있다. 이어서 무당은 무가를 구송하면서 마을 사람들의 운수대통과 풍농기원을 두 신에게 축원하게 된다.[15] 무당들은 자신들의 문제에 대해서도 축원하는 비손 절차를 가진다. 남녀신의 성희 의례는 풍성한 생산력 추구 상징으로 단오제 관련 통제의 한 유형으로 볼 수 있다.[16]

다음으로 조상굿 → 세존굿 → 놀이굿 → 성주굿 → 군웅굿 → 액멕이 → 말명굿 → 거리굿으로 진행된다.[17] 굿 방식은 동해안 일반적인 마을굿과 거의 동일한데, 다만 액멕이 절차에서 무당이 직접 주술적 역할을 담당한다. 뒷풀이에는 노래가락과 같은 일반노래도 부르고 메나리조의 민요도 부른다. 참여 무당에 따라 넘나듦이 있다. 액멕이 전에 점 치는 의식인 '잔받이'를 한다. 굿당에 나온 마을

할아버지당에서의 신내림

---

15) 장주근, '강릉단오제-내외신의 밀월', ≪민속사진에세이≫, 민속원, 2004, p.104.

16) 김의숙, '남여서낭 합위', ≪민속제의와 음양오행≫, 짐문당, 1993, pp.148~156.

17) 김지욱, 앞의 논문과 필자의 1994년 자료로 보아, 굿의 절차는 주무의 특징에 따라 조금씩 다르고 무가 구연 역시 동해안 별신굿 소재 위주로 이루어진다.

민들이 개인 조상상에 대한 치성을 하는 것인 바 '상다짐'이라고 한다. 이는 무당이 치성과 생년월일을 물어 소지를 올리며 축원해주는 대목이다. 잔받이를 하여 점괘를 내어보고 '액'이 낀 경우에는 그 자리에서 곧 액멕이를 하는 것이다. 이는 이 지역의 산멕이와 근본적인 성격이 같다고 볼 수 있다.

산멕이와 서낭굿이 결합된 형태로 전승 때문에 오랫동안 지속되었을 듯하다. 삼척지역의 산멕이는 매우 독자적인데,[18] 마을의 서너 집이 모여서 단체로 무당이나 경 읽기 부자를 데리고 가서 비손행위를 한다. 조상을 대접하고 자손의 반복을 비는 것이 대표적인 목적이다. 단오굿에서 산멕이 요소는 조상신 길가름 성격이 보인다. 실제로 굿판의 주체는 부녀자층이며, 그들의 개인치성제가 굿판의 중심을 이루고 있다. 잔받이와 상다짐은 서낭신을 통해 이루어지는데, 그 주관은 무당이 역할을 담당한다. 조상에게 첫 생선과 고기를 바치고 삼베줄로 좋은 길 가라고 하는 조상차림이다. 미로 단오굿의 전승력은 전형적인 동해안 강원 남부지역의 마을굿 형태를 띠며 확대되어 왔으며, 마을 부녀자층의 강한 신앙심과 이웃 마을 사람들의 구경거리에 힘입은 바 크다고 하겠다. 미로 단오제가 가지고 있는 제의성과 놀이성 그리고 난장 체험 등은 소박하나, 전통적 가치가 강원도 특성과 삼척 단오세시의 성격을 담지하고 있다.

3. 오늘날 미로 단오제와 공동체적 삶

미로 할아버지당은 이 지역에서 영험하다고 소문나 있었다. 도계, 황지, 영주, 제천, 원주 등지도 올라가는 길목에 자리한 이 곳 당은 말을 타고 지나갈 수 없었다. 현재 주민들도 대부분 이 사실을 믿고 있었다. 태백 사길령이나 천제단의 장소성을 지니고 있다. 예전에는 소를 바칠

---

18) 장정룡, <삼척지방의 마을신앙>, ≪강원도 민속연구≫, 국학자료원, 2002, pp.352~354.

정도로 천제(天祭)의 공동체적 성격을 지녔다고 한다. 현재로 옮긴 사정에 대하여 주민들 대다수가 아쉬운 정서를 드러내고 있다.

옛날에 최도철(복재)분이 있었는데 앞성황에 신을 모시고 혼자 마을 안녕을 위하여 동네분인 성황을 모신 분이 같이 빌었다고 합니다. 미로 초등학교 화단자리가 옛날 성왕 모신 자리라고 합니다. 그 뒤로 오죽대와 신울리대나무가 있었답니다. 또 그 자리가 옛날에 말이 오다가 발이 땅에 붙었답니다. 또 뱀이 그 자리 자주 나왔다고 하고 어떤 분이 그 뱀을 잡아서 먹고 풍파가 많았다고 합니다.

옛날에 성왕님을 모실 때 소를 잡아서 한 마리씩 올리고 그 고기를 대꼬지에 끼어서 주민에게 주면 1꼬지를 받으면 돈을 놓고 절을 하고 빌었답니다. 성왕고사 올릴 땐 금줄을 일주일씩 쳐 놓았답니다.

(성황 옮길 때 년도 약 50년 이전)그 뒤로 올라가 성왕님을 모신 것은 몇 년인지 잘 모른답니다. 그 다음 최명희 할아버지가 옛 일을 확실히는 몰라도 자기 알기에 200년 역사 일제시대 전부터 해온 것을 알고 조상님에 3대 위라고 하며 일제시대 때 잠시 중단하고 언젠가 다시 위로 올려서 지금까지 지내온답니다.

또 할머니 두 분은 김연옥 씨(89세), 김옥산 씨(78세) 등은 60여 년을 넘게 서낭님을 위하고, 이동훈 씨는 42년을 성왕님을 모시고 골말에 살았답니다. 남덕규 씨는 17세 이 곳으로 시집와서 77세로 성왕님을 모시고 계십니다. 김연자씨도 17세 이 곳으로 시집와서 85세로 성왕님 모시고 계십니다. 이인자씨도 18세에 시집와서 현재 74세 성왕님을 모십니다. 김순녀 씨도 20세에 시집와서 30년을 성왕님을 모셨다고 합니다. 골말집 호수는 60호가 넘답니다. 미로 초등학교 졸업생이 70회가 넘었답니다.

제관과 당주는 손가락 발가락이 없어도 제관을 못하고 몸이 불편해도 못하고 혼자 계신 분도 제관을 못하고 생기복덕이 반드시 맞아야 합니다. -무녀 이옥선 제공(2008. 5)[19]

---

19) 무녀 이옥선이 기억하고 있는 미로 단오제 관련 마을 정보다.

이옥선 무녀(삼척 출신)가 주도하는 굿은 동해안 마을굿의 형태를 지니고 있었다(2008.6.8. 단오날). 면사무소 가까운 서낭숲은 매차, 고욤, 소나무, 향나무 등 신목수가 주종을 이루어 있었다. 8시에 출발하여 할아버지당에 도착하여 부정굿부터 시작하였다. 소지 생산자였던 남덕규(여, 77세)의 비손행위 등 여러 마을 사람들이 소지를 올리고 절을 하였다. 다시 9시 40분부터 여서낭당에서 서낭굿이 시작되었다. 특히 마을 주민 심복순(여, 58세)의 상받이(대물림), 잔받이, 신내림 등은 단오굿 효험성을 높여주었다. 속초에서 온 최금희(여, 84) 무당의 무가와 액막이 항목 구연이 호응이 컸다.

부정풀이를 하는 이옥선 무녀

성주굿을 하는 최금희 무녀

미로 단오제의 신격은 인근지역에서 영험하다고 소문나 있었다. 함부로 모시지 못하고 뱀이 지키기도 하고, 부정한 것을 용납하지 않았다. 마을 주민들 중에 대를 이어 모시는 집도 여럿 있다. 확대되자 삼척시장, 시의원 등 지역 관계자들도 참석한다. 미로면장, 삼척시 문화공보실장 등도 관심이 크다. 전통축제 차원에서 행사가 진행되기를 희망하고 있다.

단오는 봄에서 여름으로 가는 생산성 관련 철갈이 축제다. 단오축제의 본질은 생산의 추구이면서 겉으로 마을의 질서를 부여하는 제의다. 그것이 표현되는 시간은 삼척지역의 환경생태와 농경 활동 간에 관계하는 자연의 법칙에 전적으로 따른다. 단오축제의 상징성은 풍요의 재현이면서 향유층에게 제의적 질서를 부여한다. 주도하는 사제자들로서 인정받은 사람들은 마을의 민속문법에 철저히 길들여진다. 단오는 이 세상 만물이 생동하는 기운이 뻗치는 날로 믿기에 액을 물리치는데 적절하다고 보았다.[20]

삼척지역 미로 단오굿은 이전의 오금잠제에 대한 잔존형태이거나 강릉 단오제의 원형 축소판인 듯한 인상을 준다. 또 이 지역에서 널리 행해지는 산멕이 신앙과 본질적으로 상통하고 있다. 주로 무당이 주도하는 서낭굿으로서 마을 공동제의에다가 잔받이와 액멕이 등의 개인 치성굿의 형태가 덧보태진 양상이다.[21] 집안내력의 치성 드리기와 더불어 하는 마을굿이 결합한 것이다. 산간 생업활동 상 시기별로 반드시 지내야 직성이 풀리는 공동체 행위다.

◦ 단오굿 기본사항

- 행사준비 - 시장보기 : 쌀 20kg 3포, 대구포 2마리, 팥시루떡 1개, 백설기 1시루, 과일 4가지, 과질 6개, 큰사탕 4개, 밤, 대추, 곶감, 성왕대 2개, 현수막, 청사초롱, 바닥깔기, 전기사방줄 띄우고 마이크 준비

- 굿 준비 - 굿청 마련하기 : 하루 전 미로에 가서 준비가정 자고 다음날 7시에 성왕당 나와서 준비 모두 마치고 8시에서 8시 30분까지 부정굿 하고, 골말로 남성왕님 전으로 이동, 굿 한거리 하고 내려와 굿당으로 이동, 다음 순서는 "무녀들 굿 순서대로 열심히 잘 하겠습니다"라고 치성, 오색천 15마 5가지, 오색천 1가 1개, 문종이 3권, 소지종이 50권, 초, 향, 컵 10개, 큰초 4개, 갑초 2개, 무녀들(장구사이 2명, 옆바지 2명, 징 1명, 무녀 5명), 보조 의례자들(소지 올리는 분)

---

20) 김의숙, 앞의 책, pp.173~182.

21) 1993년 이후에 삼척시에서 지원과 관심이 있었는데 학술조사가 총체적으로 이루어지지 못했다. 이 곳 이외에도 근덕, 가곡 등지에 단오맞이 굿이 연행되고 있다. 1970년대까지만 해도 5일장 큰 장이 섰던 곳에는 단오굿이 열렸다.

◦ 미로 단오제 행사준비

- 제단(제물) : 어물, 채소, 3가지 과일, 과질, 사탕, 포(2), 밤, 대추, 곶감, 쌀 20kg 3포, 팥시루떡(1), 백설기(1), 초, 향, 담배 3보루, 박카스 대 1박스, 남성왕 시루(1), 돼지머리(1)
- 굿당 : 소지 50권, 문종이 3권, 오색천 15마, 소창 1필, 마이크(4), 앰프, 삼색 2개, 성왕대 2개
- 행사장 외곽 : 청사초롱 달기(미로면)
- 주민 먹을거리 : 백설기 1가마, 제민떡 3말, 사탕, 요구르트 6박스
- 미로면과 협의사항 : 청사초롱 구입, 행사장 깔판, 전기시설(행사장), 현수막
- 굿 순서 : 부정(성황당) ⇒ 성왕굿 ⇒ 골말이동 성왕굿 ⇒ 화해굿 ⇒ 산신굿(놀이굿) ⇒ 조상굿 ⇒ 세존굿 ⇒ 손님굿 ⇒ 장군, 말명, 대감 ⇒ 해돋이 ⇒ 거리굿

암서낭 굿당을 중심으로 한 폐쇄된 제의공간이 단오날만 굿당 자체가 놀이판으로 전환된다는 것인데, 마을 주민들이 어울려 윷놀이, 씨름, 그네뛰기, 엿장수타령 부르기 등을 통해 축제를 향유하게 된다. 수릿날의 원초성과 다 어울리는 축제성은 단오문화권과 상통한다. 이를 통해서 단오문화권에서 생장의례의 모의 축제가 단오굿이고, 단오굿을 통해 농사의 생산력을 강화하는 속신관념과 민중의 생산사회에서 활력소를 갖게 되는 놀이 기능이 복합되었음을 거듭 확인하는 셈이다.

미로단오굿을 준비하는 무속인들

미로단오굿상의 용떡

단오제가 열리면 임시 난장거리가 섰다. 굿이나 보고 떡이나 먹듯이 굿도 보고 먹을거리를 체험하며 흥청나게 노는 난장이 존재한다. 신주를 비롯한 술이 있어 술판을 벌이고, 다양한 민속놀이가 있어 신명을 즐기며 느낀다. 과거에는 미로 단오제에는 인근에서 몰려온 장사꾼 때문에 흥청거리는 난장이 섰다. 엿장수, 떡장수 등 다양했다. 난장의 힘은 단오제의 또다른 한 축이다. 그 질펀한 난장은 단오제의 생명력이다.

단오굿은 이 시기의 볼거리이고 누구나 공유하여 누릴 수 있는 전승물이다. 부정굿, 시골굿, 성주굿, 군웅굿, 꽃등노래굿 등을 동해안 별신굿 무가 항목과 크게 다르지 않다. 굿당에 온 놀이꾼은 단순히 오락과 여가로서 굿을 보고 즐기는 것만 아니라 서낭신을 통해 개인의 문제를 해결하려는 신앙적 발상도 가지는 것이다. 무당은 이 지역 사정을 잘 알고 마을이나 개인의 문제를 해결하는 주술적 기능을 수행하고, 아울러 구경꾼에게 무가의 사설과 재담, 연기 등을 통해 웃음을 전달하는 오락적 기능도 적절히 수행한다. 이 때 무당은 마을신과 마을민들과의 사이를 이어주는 영매자이다. 마을신은 서낭신과 산신의 혼효적인 모습으로 민중에게 오랫동안 적층된 대상물이고, 그와 관련된 속신이 다양하게 전승되는 것이다. 이에 비해 마을 민중은 신을 의례화하는 주체자이면서 굿, 굿판을 향유하는 놀이꾼의 성격이 강하다. 이들도 단오제를 통해 여민동락(與民同樂)을 터득하는 경우가 아닐까 한다.

조상굿을 하는 무녀

세존굿을 하는 김종식 무당

미로 단오굿에는 조상탓과 자손덕을 해소하는 조상 모시기가 지연성과 함께 혈연성이 보태진다. 조상을 대접하기 위해 정성어린 제수상을 준비한다.[22] 조령관(祖靈觀)은 조상숭배를 통해 풍년을 바라는 것이다. 조상신을 통해 생기복덕과 발복기원을 다시 챙기고 뭔가 맺힌 것을 풀어낸다. 깨끗하고 생기복덕에 맞는 제관과 당주는 주민을 대표해서 암수신에게 제의를 행하는 사람이지만 아주 특별한 자부심의 심리가 있다. 이를 통해 좋은 일이 생긴다고 믿는다.

무당은 신의 세계를 빌미삼아 마을 민중을 한데 어울려 놀이판을 누리도록 하고, 실제로 신앙적 기능을 달성하는 데 있지 않고 오히려 마을주민과 어울리는 데 관심이 있다.[23] 윷판도 만들었고 그네를 타기 위해 그네줄도 매어 놓았고 예전에는 씨름판, 엿판, 음식거리도 있었다. 실제로 마을 굿판은 경로잔치를 연상할 정도로 마을축제 분위기가 났다. 단오에 그네를 뛰면 여름에 모기에 물리지 않을뿐더러 더위도 덜 탄다고 하였다. 도가집(제물을 준비하는 가정)이 준비한 음식과 마을 모임에서 마련한 국수와 막걸리, 떡, 부침개(적) 등을 구경나온 노인들에게 대접하였고, 그들은 일부 굿판 옆에서 술판을 통해 민요를 부르기도 하였다. 감자적, 부추전, 해물전 등이 나온다. 최근에는 부녀회에서 무료로 대접한다. 예전의 장사치들을 대신하여 마을 조직회가 움직이는 것이다.

1994년 당시 최분옥 등의 무당들은 웃음을 촉발하는 연행을 통해 부녀층의 성향에 부합하고 있다. 그러나 미로 단오굿놀이는 주기적 마을굿에서 의례를 전제로 하여 거행하는 만큼 아직도 예전 촌스러운 신앙성이 가하게 남아있는 것이다. 그 목적은 공동체 구성원의 결속이나 농업생산의 풍요를 달성하는 데 있으나 근본적으로는 퇴액(退厄)과 초복(招福)의 주술성을 기대하는 심리현상에 있다. 겉으로는 오락성이

---

22) 김열규, <민간신앙에 있어서의 부정과 금기>, ≪중앙문화≫, 중앙대, 1979, pp.78~79.
23) 조동일, <신명, 신바람, 신명놀이>, ≪탈춤의 원리 신명놀이≫, 지식산업사, 2006, pp.472~475.

강화된 듯하나 이면에는 여전히 효험성을 인정하여 과거 공동체 관심을 그대로 유지하고 있다.

암서낭신과 숫서낭신이 만나 즐기듯이 마을 사람들도 일상과 달리 들뜨게 마련이다. 단오굿판에 있는 것만으로 즐겁다고 하였다. 술과 노래, 춤이 신명나게 솟아오르는 가운데 사람들이 흡족하여 곡물도 잘 자라고 벽사진경도 이루어진다. 아주 예전부터 해오던 방식이다. 이런 점에서 단오굿놀이는 이 지역의 고대 실직국의 산신제, 조선시대 오금잠제 등 과거 제의 전승양상이나 산멕이 및 별신굿의 원형을 이해하는 데 중요한 현재 계승되는 자료가 아닐까 한다.

미로 단오제는 무형문화재로 지정되어 관리되어야 마땅하다. 그러나 미로 단오굿놀이를 지나치게 확대하거나 무형문화재 활용이라 하여 이벤트성으로 관광화해서는 안 될 것이다. 이는 이 마을에서 자율적으로 전승되는 방식을 원형대로 두면 굴절되거나 변형되지 않으리라는 것이다. 지나치게 외부에서 관여하면 마을의 자율성이 깨지고 자체 전승력이 약화된다. 경제적 지원은 하되, 고유의 전승문법과 마을 사람들의 고유성을 그대로 두어야 한다. 미로 단오제를 주도하는 사람들은 단오굿 자체를 실컷 즐기는 것이 보람이라고 하였다. 그 자율성과 전통성을 보장해 주어야 한다. 그러나 지원체계도 보다 합리적으로 이루어져야 한다.

4. 사라진 북평 뒷드르장 단오제와 복원 문제

미오 단오제는 강원 동해 남부지역 큰마을에 공통적으로 전승되었으나 대부분 사라진 마을단오굿의 본래 모습이다. 강원도 동해시 북평(당시 삼척 북평읍 북평리)은 장이 서던 곳으로 일명 뒷드르장이다.[24] 북평장은 강원 영동 남부지역에서 북평 인근의 농토와 동해바다, 그리고 산간에서 나오는 특산물들로 자연스럽게 장시가 형성된 곳이다. 북

---

24) 장정룡 · 이창식, ≪동해시 북평동 뒷드르장 민속조사보고서≫, 동해시, 1999, p.50.

평시장은 홍수가 난 이후에 남쪽으로 옮겼으며 1932년부터 교통이 편리한 북평과 구미 사이의 도로변인 지금의 장터로 옮겼다.

> 면사무소 앞에서 단오굿을 했는데 보통학교 1학년 때 단오구경 가서 엿을 사먹곤 했어요. 그때 내가 이도리에 살았으니까. 그때 보면 귀운, 삼화, 이도 등에서 장작을 지고 와서 팔고는 곡식, 고무신, 광목을 사서 갔는데 주로 생활용품으로 바꾸었으요. 당시 여기 농사철에는 호미, 괭이를 장에 내놓고 팔았는데 삼베는 여자가 짜면 남자들이 나와서 팔았지요. 여자들은 장에 나오지도 못했어요.(김영기, 남, 84, 1999.11.25)[25]

동해 북평시장은 동해시의 중심상권을 형성하고 북평장의 전통을 잇고 있다. 북평시장의 구 장터에는 느티나무가 있었는데 근처 서낭당에서 단오 때 제사를 지냈으나 장터가 옮겨지면서 지금은 지내지 않고 있다. 구장터거리가 없어지고 새 장터로 내려오면서 단오굿을 지내지 않게 된 것이다. 단절되었다. 시장번영회의 관심은 많았다. 시장통 사람들도 대체 다시 지내기를 바랐다.

구장터 뒷드르장 단오굿은 5월 단오에 구장거리 서낭당에 제의를 올린 후 부정굿부터 송신굿까지 연행하던 무속제의다. 앞서 살핀 미로 단오굿과 별반 다르지 않았다. 제보자들은 과거 뒷드르장의 장관을 말할 때 시장통 일대가 인산인해를 이루었다고 한다. 오늘날 강릉단오제의 또다른 동해안 일대의 마을굿 유형이었다.

강원도 남부 일대의 마을굿으로 뒷드르장 단오굿은 유명하였다. 유명세를 탔던 것이기에 울진까지 알려져 있다. 이는 북평 일대의 넓은 들로 인한 풍족한 마을을 거느리고 있는 것과 뒷드르장의 번창함 때문에 걸립이 잘 되었고 서낭신이 영험한 탓이라고 하였다. 전천을 중심으로 넓은 들을 배경으로 형성한 것이다. 단오터를 찾아 표지석도 세

---

25) 장정룡·이창식, 앞의 책, p.54.

워야 한다.

구장거리의 서낭숲은 느티나무와 엄나무를 비롯한 여러 수종의 나무가 빽빽하게 들어차 있었다. 지금은 퇴락한 서낭당을 다시 복원해 놓았지만 한 때 방치되다시피 한 서낭당이었다. 과거에는 서낭당 안에 화상이 있었는데 산신과 호랑이가 그려져 있고, 성황지신의 위패도 있었다. 어떤 제보자는 할아버지와 할머니가 함께 담뱃대를 물고 노랑말을 타고 있었다고 하였다.

단오굿이 열리던 구장터 자리에는 야바구패, 잡동사니를 파는 장사꾼과 인근 노인들로 인산인해를 이루었다. 지금도 미로단오굿에 가면 이런 광경을 목격하는데 시장터에 자리잡은 굿당이기 때문에 경로잔치를 연상시켰다고 한다. 당시 참여한 무당들은 재담이 뛰어났고 무가를 잘 구연하였다. 제보자들은 과거에 인상 깊었던 무당들 중에 기예가 매우 뛰어난 사람들을 기억하였다.

재수굿인 만큼 시장 사람들의 복을 비는 경우가 많았다. 개인이 상받이를 가져다가 놓기도 하고 상인들 중에 개인치성을 무당과 함께 올리기도 하였다. 별신굿 마당처럼 씨름판도 있었다. 황소 송아지 1마리를 우승상금으로 내걸었다. 인근 장사들이 모여 들고 이를 벼르고 미리 준비하는 젊은 씨름꾼도 있었다.

단오제에 올리는 제물은 제관과 축관, 당주집이 정해지면 관례대로 준비한다. 주로 백설기 시루, 삼실과, 포, 탕 등을 준비한다. 제의 참여자는 금기한다. 특히 당주는 반드시 생기복덕에 맞아야 하고 재계에 철저해야 한다. 무당은 정해진 인물이라 통보만 하면 와서 굿을 하였다. 논서 마지기를 관리하는 서낭계도 있었다고 한다. 병자년 개락 때문에 구장터가 좁다고 하는 여론에 현재의 신장터로 옮기면서 점차 단오굿이 시들해진 것이다.

한국전쟁을 전후하여 쇠퇴하고 그 후 간헐적으로 거행하다가 60년대 초에 사라진 것이다. 간혹 서낭당에 와서 무속인이 신내림 굿과 큰 고사굿을 하였다. 서낭목의 느티나무가 500년 이상의 수령이었기에 그네를 매어 타기도 하였다. 새 장터의 고사는 역대 시장번영회에서 제물을 차려 정월 초하루 새벽 1시에 지냈다. 뒷드르장 민속제의는 정월 고사와 5월 단오제에 부분적으로 남아 있다.

북평 단오굿의 쇠퇴와 관련하여 이것을 자원화하여 강릉단오굿처럼 지역경제나 문화부흥에 도움이 될 수 있는 방향으로 복원할 필요가 있을 것이다. 전국적인 단오제 난장은 비록 1년에 한 번 열리는 것이지만 전국의 상인이 몰려들어 대형으로 개최되고 있다는 점에서 북평 5일장이 갖는 장점에 문화적 행사가 보완이 된다면 금상첨화일 것이다. 북평장의 명성은 뒷뜨르 단오제의 재현과 재래시장의 매력을 동시에 살려야 한다.

북평의 문화유산으로 전통 5일장이며 재래시장인 뒷드르장이 새로운 전통과 현대문명이 만나서 새롭게 창조되는 문화공간으로 조명을 받을 수 있는 다양한 방안이 마련되어야 하겠다. 강원 영동 남부지역에는 근덕, 호산 등지에도 이와 유사한 단오굿이 폭넓게 전승되다가 단절되었다. 강릉 단오제[26]와 삼척 미로 단오제를 비교 검토하고, 증언하는 현존 마을 사람들의 담론을 정리하여 복원할 필요가 있다. 단오 문화권역 확대를 위해 이러한 단오굿의 조사와 복원방안이 논의되어야 한다.

5. 미로 단오제의 의미와 창조적 계승

2008년 단오에도 미로 단오제는 예전처럼 지냈는데 오락적 축제성이 더욱 강화되었다.[27] 주무 이옥선(1953년 생)[28]은 심의복 회장, 이종

---

26) 강릉 단오제는 1967년 중요무형문화재 13호로 지정되었고 2005년 11월 25일 유네스코 인류구전 및 무형유산 걸작에 등재되었다.-삼척 오금잠제가 김효원 등에 의해 중지되지 않았다면 또다른 전통성을 인정받았을 것이다.
27) 미로 하거리 암서낭당 숲 공터에서 2008년 6월 8일(음력 5월 5일) 오전 8시부터 오후

관 이장 등과 함께 단오제를 준비하고 있다. 그녀는 김칠성(장구잡이), 김종식(총무부장) 등 7-8명이 참여할 계획이라고 한다. 미로 단오제의 민속적인 의미는 오늘날 강릉 단오제와 달리 마을 단위 중심 위주의 특성을 담지하고 있다는 데 있다. 지나치게 확대 해석할 필요가 없듯이 그 자체로 강원도 일대의 단오제 예전 전통을 소박하게 유지해 왔다는 점에서 새롭게 인식해야 한다. 앞에서 논의된 부분을 통해 삼척 지방색과 주요 민속적 의미를 제시하면 다음과 같다.

1) 대동성 - '마카' 어울리는 신명 가치 획득

제관과 공양주는 마을 사람들에 선정되어 지극정성의 의무감을 지니고 단오제를 주도하고 있었다. 금기와 재계행위를 철저히 한다. 신들의 합방혼례를 집행하는 의례자답게 일체의 속됨을 누르고 성스러움의 행위로 일관한다. 주민의 기대감을 지키고 화합의 장을 만드는 노력을 하였다.

미로면 마을 대항 줄다리기

점심을 준비하는 마을주민들

7시까지 거행되었다.

28) 이옥선 강신무는 삼척 원덕읍 산양리 출신으로 20여년의 경력을 지녔고 수차례 미로 단오굿을 주도하였다.(1998, 1999, 2003, 2004, 2006 미로 단오제 참여). 성주굿, 손님굿, 세존굿 등 관련 무가 기능 보유.

2) 주술성 - '여불위[29])처럼' 비나이다로 몰두하는 영험력 확인

신들을 위한 잔치가 원초적이다. 그 밑바닥에는 옛 실직(悉直)의 숭산의식이 남아있다. 산을 믿고 서낭숲을 예우하고 서낭신을 함께 위하는 자체가 영험과 도움의 징표를 받든다고 생각한다. 비는 마음의 일체감은 주민들의 교감방식이다. 집안의 복락을 비는 행위가 강하다. 예전에는 조상예우가 더욱 강조되었다.

3) 세시성 - 일상의 탈을 벗고 비일상의 '달보 진시[30])같은' 몸짓으로 공동선 추구

단오 주기를 상징적으로 풀어 마을 사람들은 자신과 마을의 역사성을 이어간다. 농경파종 관련 생장의례의 효과를 십분 유감한다. 이러한 전통적 건강성과 사회적 결합기능은 타종교 타문화의 도전에도 불구하고 단오제가 지속되는 장치인 것이다. 보리가 여물고 벼가 잘 자라는 기원 속에서 주기적 전환성이 있다.

위 세 가지 특징이 미로 단오제만의 특징이라고 할 수 없으나, 본질적으로 내포하고 있는 국면임을 알 수 있다. 미로 단오제는 마을 주민들에 의한 민선식 자체 계승이 이루어졌다. 단오제 기간에는 마을 전체가 시공간의 성역화로 경험하는 것이다.[31] 숫서낭신과 암서낭신이 혼례하는 제당은 평소에는 신성한 공간이지만 단오굿판은 임시로 신이 강림하여 노는 굿이기에 누구나 신성하다고 믿는다. 욕구적인 의미로 보아 남녀신이 결합하여 노는 자체가 생산신의 효험성이 입증된다. 마을 사람들, 구경온 인근 사람들은 5월의 신록만큼 즐겁게 행사에 참여하고 있다.

마을축제 미로 단오제는 삼척지역의 매우 소중한 마을문화유산이

---

29) 여불위 : 전설 속의 진시황 아버지로 삼척 사투리에서 순진한 바보를 뜻함.

30) 진시 : 서불에게 불로초를 구하러 보낸 중국 진나라 시황제로서 어리석은 인물을 뜻함.

31) 김지욱, 앞의 논문 '결론' 참조.

다. 기줄다리기[32]와 함께 삼척지역 정체성을 보여주는 공동체 민속이
다. 앞으로 미로 단오제의 상징과 전통적 의미를 총괄적으로 연구해야
한다. 주요 의미양상을 다시 정리하면 다음과 같다.

- 서낭신의 의례적 결합 : 숫서낭과 암서낭의 단오날 합방.
- 단오제 주재집단 : 제관 3명, 당주 1명의 마을 사람들과 인근 강신무패,
  굿판의 상차림은 동네 할머니들과 며느리로 대물림.
- 단오제 주도 강신무 특징 : 신과 놀고 동네 사람들과 어울려 굿판으로
  즐김. 고 최분녀(과거)와 선녀보살 이옥선(현재) 등의 중요 굿거리가 밝
  음.
- 단오제 난장 : 임시 장이 서고, 그네뛰기와 씨름 등 놀이판이 굿판과 맞
  서 열림.
- 단오제에 나타난 민중의식 : 신을 공유함으로써 공동 관심사가 유지됨,
  공동체 구성원의 지역적 통합성이 강함. 조상 모시기의 공유적 합의점이
  보임.
- 단오제 연행의 지속과 변화 : 기본적으로 마을 지도자들과 대표 주민들
  의 전승 자부심이 있음.[33] 다만 준비과정이나 그 해 상황에 따라 부분적
  인 변화가 보임. 굿경비 지원과 모금 부분과 관련 사람들의 호응도가 영
  향을 미침. 다만 삼척시 지원책(최근 600만 원 정도)이 또 다른 변화의 요
  인이 되고 있음.[34]

미로 단오제의 보존과 창조적 전승방안 마련이 시급하다.[35] 필자는
미로 단오제가 온전히 전승되기를 바란다. 미로단오제보존회를 조직

---

32) 김의숙, <삼척죽서문화제>, ≪한국축제의 이론과 현장≫, 월인, 2000, pp.959~975.
33) 최근의 정황은 김도현(장성여고 교사, 고려대 박사과정 수료, 삼척지역 공동체 신앙
   연구 진행 중) 선생의 도움으로 작성하였고, 2008년 단오제는 함께 참관하였음.
34) 이종관(미로하거 4리 이장, 1949년 생)은 2년 전에도 제관으로 참여하는 등 행사 자
   체에 대한 긍지를 지님.
35) 복원과 창조는 민속 원형론에 바탕을 두고 전통적 맥락을 살려내야 한다. 그러나 미
   로단오제의 지속적 연행은 매우 높이 평가해야 할 것이다.

하여 의례의 전반에 대하여 다시 검증하고 강원도 지방무형문화재로 지정하여 전승기반을 유지해야 한다. 삼척지역에서는 기줄다리기나 삼척메나리 못지 않게 미로 단오제는 삼척시 문화유산적 가치가 매우 크다. 이를 보다 효과적으로 관리하기 위하여 다음 몇 가지 국면을 고려해야 한다.

① 마을 공동체 문화의 지속화 방안

· 주요 보존방안 : 제관, 당주 참여경험이 있는 고로(古老) 중심으로 '미로단오제보존회'를 결성해야 함. 제관, 당주, 무녀 등 참여자 위주로 조직화해야 함. 김연옥(여, 89), 최명희(남, 86) 등 제보자 확보. 이를 '강원도 무형문화재'로 지정하여 지원책을 장기적으로 마련하여야 함. 삼척시 실무자 현지실사 자료를 바탕으로 지정 신청 요청.

· 전승관 건립 : 기존 자료 수집과 보관, 단오 무당들의 무가 구송 연습과 굿놀이 연행 연습이 필요함. · 단오제 관련 놀이문화 정리와 전승기반 마련 : 놀이꾼의 놀이 종목 발굴과 전승 확대, 삼척 지방색이 반영된 윷놀이, 제기차기, 씨름, 그네뛰기, 게줄다리기 등 체계적 보존책 확보.

· 전통문화마을 지정 : 미로 단오제를 원형태로 유지하되, 생활 속의 유지를 위해 국가 차원 또는 강원도 차원에서 전승마을로 지정할 당위성이 있음.

② 삼척지역 전통문화 활성화 방안

· 삼척시 마을축제 문화자원 관리 : 이벤트 축제도 중요하지만, 무엇보다 단오굿의 원형적 구조 인식과 생산의례의 지역적 가치를 새롭게 의미해야 함.

· 단오제 전통문화콘텐츠 개발 : 전통문화 관광체험마을로 관리, 애니메이션 등 단오콘텐츠의 다양화를 통한 문화상품 개발, 전통문화학교

연계 방안 필요.

- 오금잠제의 복원과 미로 단오제 연계 : 삼척 오금잠제[36]의 종합적 학술회의 수행, 오금잠제의 연구서 편찬. 특히 오금잠제에 대한 조사보고서 작업[37]은 시급한 실정임.
- 미로 단오제 전승지역 보존과 전통문화마을 가꾸기 사업 : 강원도, 삼척시, 삼척문화원, 삼척시립박물관 등 관련 기관이나 단체에서 전통문화유산 기반구축 조성.
- 삼척시 대표민속예술 작품 형상화 : 오금잠제와 미로 단오제를 통합하여 공동체 굿놀이 연출[38], 삼척 오페라 형태 창작.[39]
- 삼척시 전통축제로서 삼척 오금잠제와 미로 단오제 구상 : 삼척시에서 축제추진위 특별팀 조직 필요.
- 강릉 단오제와 연계한 이른바 동해안 단오문화 체험공간 활성화 사업 : 단오문화특구 지정 문제, 강원도 남동부 전통관광자원 활성화.
- 오금잠제 재현과 오금잠 복원 사업 문제 : 오금잠굿 시연을 통한 오금잠 찾기와 오금잠 만들기

6. 맺음말 : 미로 단오굿놀이의 지속성과 변화성

필자에게는 삼척 오금잠제가 단오제의 문헌 속의 원형처럼 각인되어 있고, 삼척 미로 단오제가 살아있는 촌스러운 단오굿으로 깊이 새겨져 있다. 미로 단오제는 미래 문화창조의 유전자가 내재되어 있다.

---

36) 오금잠제는 오금잠놀이로 연출되어 민속예술경연대회에 선보인 바 있다. ≪강원의 전통민속예술≫(강원도, 1994, p.65.)

37) 오금잠제와 미로 단오제에 대한 문헌정보는 ≪실직문화≫(4집, 삼척문화원, 1993) 참조 바람.

38) 김태수, ≪삼척의 민속예술≫, 코라이루트, pp.24~189.

39) 오금잠의 실제 인물은 실직국왕, 수로부인, 창해역사 등을 거론할 수 있다. 역사적 고증이 필요한데 모두 개연성이 있다. 문화콘텐츠로 스토리텔링 할 경우에는 세 인물을 모두 활용할 수 있다.

미로 단오제는 누가 손대지 않아도 지속적으로 전승될 것인가. 미래의 전승현상에 대하여 아무도 장담할 수 없다. 실제로 10년 동안 의례 방식은 그대로 유지되었지만, 외연의 주체가 확대되었다. 미로면문화체육회가 마을 지도자들과 공동으로 주도함으로써 장단점을 노출하고 있다. 사회적 측면에서 삼척지역 지역문화유산으로 유지해야 한다는 논리다. 연행주체가 고스란히 지켜졌다고 할 수 없는 것처럼 앞으로 변모 역시 예측할 수 없다. 원형의 지속적 전승기반을 마련해야 한다는 당위성과 아울러 창조적 계승이라는 현대마을축제의 현재성과 변화성을 고려해야 한다.

세시축제란 해마다 일정한 시기에 반복하여 개인과 마을의 풍요를 기원하는 행사다. 단오축제는 지역민이 자연과 우주의 질서를 생명과 죽음의 주기적 반복원리에서 자신들의 우주적 믿음을 굿의례에 상징화하여 체계화한 것이다. 단오의 세시민속성이 미로 단오굿의 전승원리에 온전히 내재되어 있음을 확인한다. 풍요의 다산성은 단오굿의 기본적 성격인데, 단오의 양기복덕적 의미가 내재되어 있다. 마을축제 미로 단오제는 오늘날 강릉 단오제의 소박한 축제성을 간직하고 있다.

주술적 원리만 강조해도 공동체 마을신앙의례를 이해할 수 없다. 통합적인 원리가 강조된 이유도 여기에 있다. 미로 단오굿은 과거 전통사회의 동해안 일대 오월 단오행사의 동제 원형이다. 그 기능은 풍요와 다산을 축원하는 일면도 있지만, 마을 사람들의 결속과 화합을 위한 공동체 집단의례다. 미로 단오굿은 동해안 이른바 산간마을 단오제의 원초적 형태를 간직하고 있다. 생산의례의 기원성을 전제로 굿판의 운영도 민주적인 방식에 따라 행사되고 무당 역시 이런 마을 의례관행과 신앙관습에 충실히 따르는 것을 확인하였다. 단오제는 매년 주기적으로 행하는 것은 기존 상징성을 대물림하여 지속적인 믿음을 보장받기 위한 의례행위로 인식하고 있었다. 궁극적으로 파종성장적 생생의례의 효과를 내재하고 있었음을 확인할 수 있다.

미로 단오제의 특징은 오늘날 강릉단오제의 예전 마을 단위 단오굿 원형을 보인다. 서낭굿의 전형과 개인치성제의 잔존형태가 결합되어 나타난다. 뒷풀이로 다양한 민속놀이가 남아 있다. 단오굿제를 수행하는 마을 사람들은 공동체 신을 숭배하여 공동체 집단의 안정과 풍요다산을 기원하는 데 있다. 이러한 현재적 양상은 문헌 속의 삼척 오금잠제의 존재양상과 연계하여 보다 심도 있는 종합적인 연구가 필요하다고 보았다. 이처럼 중요한 공동체 문화유산이 종합적인 조사와 연구가 총체적으로 이루어지지 않은 것이 의외다. 뒷드르장 단오제 등 복원의 문제도 거론되어야 한다. 복원되어 경쟁력을 가진 마을굿도 최근 많다. 전통세시축제로서 미로 단오제는 복합적 성격을 띠며 다양한 요소를 담아내 보여주는 또는 대동놀이의 원전처럼 만들어오는 마을굿의 정체성을 지켜가야 한다.

필자는 강릉단오제 학술세미나(강원도민속학회)에서 발표한 후 최명환, 김도현 등과 함께 현지조사를 하였으며 자료 일부를 보탰다. 필자는 10년 넘게 다시 미로 단오제[40]를 현지조사하여 보강하였다. 준비하는 사람들이 반갑게 맞이하여 고향성(故鄕性)을 느꼈다. 설레임과 즐거움이 오십천 연어떼의 심정이었다. 연어의 귀향처럼 21세기 단오굿 속으로 빠져들었다. 기록의 증거 남기기와 함께 비망록의 감성을 찾아 간다. 미로 단오제의 실상 파악은 오늘날 마을굿의 현 주소를 확인하는 길이다. 단오제의 지속과 변화는 공동체 의례의 열린 에너지다. 옛스러움만 고집할 수 없고 그렇다고 지나치게 편의 중심으로 바뀌어가는 것도 바람직하지 않다. 단오제의 지역문화 형상화는 또다른 전통문화의 잠재력이다.

---

40) 2008년 6월 8일. 삼척시 미로면 하거노1리 서낭당, 서낭당 숲 현지조사.

■ 참고문헌

김문환, ≪지역문화 발전론≫, 문예 출판사, 1998.

김선풍 외, ≪강릉단오제 실측조사 보고서≫, 문화재관리국, 1994.

김의숙, ≪한국민속제의와 음양오행≫, 집문당, 1993.

______, <삼척죽서문화제>, ≪한국축제의 이론과 현장≫, 월인, 2000.

김일기 외, ≪삼척시지≫, 삼척시, 1997.

김헌선, ≪1988년 강릉단오제 무가집≫, 보고사, 2008.

김지욱, <마을굿 연행양상고>, ≪한국의 산간신앙≫, 민속원, 1996.

김택규, ≪한국농경세시의 연구≫, 영남대출판부, 1985.

민속학연구소 편, ≪법성포단오제≫, 월인, 2007.

윤광봉 역, ≪한국의 놀이≫(Stewart Culin), 열화당, 2003.

윤호진 편, ≪천중절에 부르는 노래-단오≫, 민속원, 2003.

이능화, ≪조선무속고≫, 동문선, 1991.

이창식, <삼척지방 오금잠제의 구조와 의미>, ≪강원민속학≫8·9
　　　　집, 강원도민속학회, 1990.

______, ≪민속문화의 정체성 연구≫, 집문당, 2001.

______, ≪마을축제 오티별신제≫, 집문당, 2002.

______, <수로부인-신물이 탐하는 매력적인 여사제>, ≪우리고전 캐
　　　　릭터의 모든 것≫4, 휴머니스트, 2008.

임재해, <굿의 주술성과 변혁성>, ≪비교민속학≫9, 비교민속학회,
　　　　1992.

장정룡, ≪강릉단오제의 현장론 탐구≫, 국학자료원, 2007.

______, ≪강릉단오제≫, 집문당, 2003.

______, ≪삼척지방의 마을신앙≫, 삼척문화원, 1993.

조춘호, <자인단오의 성격과 발전방아>, ≪경산문화연구≫7집, 경

산문화연구소, 2003.

주강현, ≪굿의 사회사≫, 웅진, 1992.

최길성, ≪한국민간신앙의 연구≫, 계명대출판부, 1989.

_____, ≪한국 무속 연구≫, 아세아 문화사, 1978.

한국문화관광정책연구원, ≪지역균형발전 시각에서 본 문화발전≫, 2005.

한양명, <민족예술을 통해 본 신명풀이의 존재양상과 성격>, ≪비교민속학≫22, 비교민속학회, 2002.

한준상, ≪지역공동체 문화발전론≫, 원미사, 2003.

편무영, <해방전 평양의 단오>, ≪강원민속학≫6, 강원도민속학회, 2002.

≪완역 척주집≫, 삼척시, 1997.

≪삼척시 미로지역의 기층문화≫, 삼척문화원, 1995.

≪삼척의 역사와 문화유적≫, 삼척시, 1995.

원주시 매지리 회촌마을
단오제에 있어서 신격의 정체*

이한길**

1. 들어가는 말

원주시 매지리에 있는 회촌마을은 중부권에서는 보기 드물게 단오절에 마을제의를 행한다. 전국을 통틀어 보아도 단오절에 마을제의를 거행하는 마을은 120여 곳에 채 지나지 않는다. 오늘날 전국적으로 단오절(5월4일경 포함)에 마을제의를 거행하는 마을의 분포를 보면 강원도가 82곳으로 가장 많고 그 다음은 경상북도가 27곳으로 두 번째를 차지한다.[1] 강원도와 경상북도를 합하여 110여 곳 가까이 되는데 이 110여 곳을 분석해보면, 강원도(강릉, 양양, 삼척, 속초, 태백, 동해, 정선, 평창), 경상북도(경산, 울진, 포항, 영덕) 등 동해안 일부 시군에 집중적으로 분포되어 있음을 알 수 있다.

동해안 지역을 제외하고 단오절에 마을제의가 거행되는 곳을 찾기는 만만하지 않다. 전남1곳, 충북1곳, 충남2곳, 인천2곳, 경기8곳이『한국의 마을신앙』CD에서 찾아낸 전부다. 본고에서 언급할 강원도 원주

---

 * 이 글은 2008년『한국무속학』제17집에 발표했던 글이다.

** 강릉대 국문과 강사

1) 2007년 발간한『한국의 마을신앙』에는 전국의 마을신앙을 CD로 제작하여 첨부하여 놓았는데, 이 CD에서 단오절 마을제의를 조사하였다.

시의 경우는 상기CD에서 조사되어 있지 않은데, 원주시 자체가 누락되어 있다. 이 부분은 조사가 되지 않았다기보다는 CD제작과정 상의 착오로 보인다. 하여튼 이 CD에 전국의 모든 마을제의가 수록되었다고는 볼 수 없지만, 그렇다고 하여도 단오절의 제의가 상당히 드물다는 사실은 부인하지 못할 것이다.

물론 단오절 제의가 있다가도 없어질 수도 있고, 반면 새로 생겨날 수도 있다. 또 기존의 마을제의에서 날짜가 단오절로 변경되거나 아니면 다른 날짜로 변경될 수도 있다. 이런저런 가능성을 염두에 둔다고 하더라도 단오절 제의가 동해안이 아닌 지역에서는 오늘날 쉽게 찾아볼 수 없는 것임은 분명하다. 더더구나 회촌마을에서 볼 수 있는 것처럼 오래도록 마을제의가 전승되어 오는 경우는 사실 드물다고 할 것이다.

회촌마을 단오 마을제의는 필자가 조사하기로도 상당히 오랫동안 단오절에 그 제의가 전승되어 온 보존할 만한 가치가 충분한 제의로 보여진다. 그럼에도 불구하고 그 제의의 내용으로 들어가 살펴보면 몇 가지 문제점이 나타나는데, 그중 가장 큰 문제점은 마을의 신으로 모셔진 신격이 변했다는 것이다. 신격이 변화했다는 것은 위패를 보면 알 수 있다. 과거에는 <백운산성황지신>이란 위패[2]가 있었는데, 12년 전부터는 <백운산회촌성황신위>[3]란 위패로 바뀌어 버렸다. 이 변화를 단순하게 생각할 수도 있지만, 곰곰이 생각해보면, 주민들이 생각하는 신격에 대하여 변이가 일어났다고 생각할 여지도 충분했다. '회촌'이란 두 글자가 더 들어갔는데 무슨 큰 변화가 있을 것인가 하고 생각하겠지만, 그러나 '회촌'이란 두 글자가 더 삽입됨으로써 인식의 변화가 발생한 것은 분명하다. 아니 인식이 변화했기 때문에 '회촌'이란 두 글자가 삽입되었다고 볼 수 있다. 따라서 이 변화는 기존의 마을신에 대한 관념에 혼동을 일으키거나 혹은 변화를 일으킬 만한 소지가

---

2) 본고 2장의 <자료1>과 <자료2> 등을 참조.
3) 본고 뒷면에 나오는 <사진1> 참조.

충분히 있다고 보여지기에, 이제 이에 관하여 살펴보고자 한다.[4]

2. 회촌마을 단오제에 대한 기존 조사 자료

원주시 흥업면 매지리 회촌마을 서낭제에 대한 선행연구자료를 찾아보았는데, 별도의 논문은 찾지 못하였고 이 마을의 서낭제에 대한 소개자료 세 편을 찾았다. 이에 그 자료를 아래에 기재하여 예전 이 마을의 서낭제에 대한 인식의 일단을 살펴보고자 한다.

<자료1>은 월간『태백』1993년 6월호(통권72호)에 실린 장정룡의 글이고, <자료2>는 1994년 발간된『원주군의 역사와 문화유적』에 실린 김의숙의 글이다. 실린 연도는 1994년이지만 조사연도는 1993년 이전으로 추정된다. 따라서 <자료1>과 <자료2>의 조사연도의 편차는 거의 없는 것으로 보여진다. <자료3>은 2000년 발간한『원주시사』에 실린 글이다.

<자료1> 원주 백운산 단오서낭제

이 마을은 이른바 백운산 아래의 매화낙지혈로서 명당에 속하는데 경치가 수려하다. 매지3리인 회촌마을에는 전나무가 많아서 그와 같이 불렀다는데, 요즘에는 민속마을로 인정받고 있다. 지난 해까지 10년째 강원도민속예술경연대회에 원주군을 대표하여 지경다지기, 논매기와 호미씻이, 터다지기와 성주풀이, 대동제놀이, 백중놀이, 매지농악놀이 등을 가지고 계속 출연하였기 때문이다.

또한 이 마을은 범죄 없는 마을로 지정되어 있으니 산천과 인심이 한데 어울려 미풍양속을 전승하고 있는 것이다. 매년 5월 5일 … 제사 준비는 우선 이 마을에 부정이 끼지 않도록 주의한다. 즉 해산하는 일

---

4) 필자는 회촌마을 서낭제를 2006년 11월 29일, 2006년 12월 6일, 2007년 2월 7일, 2007년 3월 27일 등 4회에 걸쳐 답사하였고, 강성태(姜聖泰)(1942년 생), 대동계장 고봉열(1946년 생), 현 노인회장 조익환(趙益煥)(1936년 생), 주상철(1939년 생) 등 4인을 채록하였다.

이 있게 되면 사람이나 우마나 일주일 전에 마을을 떠나야 한다. 그렇
지 않으면 흉한 일이 생긴다고 하며, 동네 아이들은 시냇가에서 가재도
못 잡게 한다. 성황당에는 이틀 전에 금줄을 치고, 황토를 뿌려 두는데
남과 다투지 않는다. 제물은 물건 값을 깎지 않고 깨끗한 것으로 준비
한다. 돈육을 제물로 쓸 때는 돼지털이 희거나 검거나 단색으로 된 것
을 택하며 털색이 섞인 것은 쓰지 않는다. 음력 5월 4일 자시가 되면 목
욕재계를 한 제관은 도포를 입고 마을 성황당에 주과포 제물을 진설한
다. 제관의 주관 하에 동네사람들이 함께 참여하는데 절은 네 번을 하
고 축문을 읽은 다음 각 호구 수대로 소지를 올린다.

　장문의 축문을 읽은 다음의 술잔을 올리고 한지를 불에 태워 하늘로
올려보내는 소지의식으로 끝을 맺는다. 이 마을에서 모시는 백운산 성
황당은 현재의 위치가 아니라 마을 입구에 있었는데 오래 전에 故조몽
천 씨의 꿈에 현몽하기를 "여기는 비가 와서 사태가 날 터이니 나를 산
등성이로 옮겨달라"고 했다고 한다. 실제로 산사태가 나서 성황당이
묻힐 뻔했다고 한다. 지금 성황당 안에는 백운산성황지신 신위라고 쓴
목판 위패와 함께 새로 그려서 달아놓은 남녀 성황신의 화상이 걸려 있
다. 전에 있던 화상에는 "4283(1950).5.1 오원세 화(畵)"라고 쓰여 있다.[5]

<자료2> 흥업면 매지리 산신제

　원주군의 민속신앙제의로서 전통성이 잘 보존되어 있는 것은 흥업
면 매지리 회촌(전어치)마을의 산신제이다. 백운산 자락에 서 있는 한
칸의 산신당에는 '白雲山城隍之神位'라고 쓴 위패 위에 부부신을 함께
그린 탱화를 모시고 있다. 남신은 위엄이 있어 보이는 젊은 신으로 호
랑이를 손으로 잡고 있으니 위패에는 성황이라 하였지만 산신이다. 성
황이라 한 것은 장소의 하향에 따라 천신→산신→서낭신으로 이동하
는 과정에서 유사한 관계로 차용하여 쓰고 있는 것이다.

　이곳의 신앙에서 특수한 것은 영서지역에서는 보기 드문 부부신이

---

5) 장정룡, 「원주 백운산 단오서낭제」, 월간 『태백』 93.6월호(통권72호)(강원일보사,
　　1993), pp.134-137.

함께 있다는 것이다. 동해안의 서낭제에서는 여서낭당에 할아버지서
낭의 위패를 합위하여 서낭제를 거행한다. 강릉 안인진의 해랑당에는
여서낭의 위패 옆에 '金大夫之神位'라는 위패를 함께 모셔놓고 있으니,
이러한 남녀신의 합위 현상은 음양의 결합을 통해서 빚어지는 생산과
풍요를 유감받으려는 의도에서 형성된 것으로 보인다.

　산신제사는 매년마다 단오날에 모든 주민이 다 참여하고 축문을 통
해 마을의 안녕과 신의 위엄을 기린다. 일제시대까지만 해도 여기의 산
제 때는 5-6명의 무당이 참여하여 당굿을 하였으며, 원주에서도 구경꾼
과 장사꾼이 모여들었다고 한다. 제주는 3년상이 나가고, 부인이 임신
하지 않고, 부정한 것을 보거나 부정한 행위를 하지 않은 사람으로 선
정하고, 바깥출입을 3일간 하지 않게 한다. 그리고 제기도 옛 풍습대로
나무와 떡갈나무잎만을 사용한다.[6]

<자료3> 회촌 단오제

　흥업면 매지리 회촌마을 사람들은 아직도 백운산 산신령은 이 마을
의 수호신이며 영험을 지닌 존재로 여긴다. 그래서 단옷날에는 성황당
에 제사를 지내고 마을 사람들은 모든 농사일을 쉬고 천렵을 하는 날로
잡고 있다. 1910년대 회촌의 단오제가 절정기였을 때는 단오굿을 3일
간 계속했고 교통이 불편했는데도 20㎞밖의 원주시내 사람들이 이 마
을 단오굿을 구경왔다고 한다. 그러나 일제강점기의 심한 단속과 70년
대의 미신타파운동의 소용돌이를 거치면서 단오굿은 쇠퇴하여 지금은
마을의 산신제로 축소됐다. 생기와 복덕이 좋은 사람을 제주로 정하여
산신을 모시는 행사로 끝나고 있다.

　단오제는 단옷날 백일 전에 시작된다. 단옷날 백일 전에 마을대동계
원 전부가 모여 단오제 비용을 정하고 추렴을 한다. 제의를 주관할 유
사도 정하고 제주도 정한다. 제주로 결정된 사람은 최소한 일주일은 금
욕을 해야 한다. 부부는 각방을 쓰고 매일 목욕재계를 하고 초상집이
생겨도 문상을 가지 않는다. 문병도 가지 않고 다른 사람과 다투거나

---

6) 김의숙, 「원주군의 민속」, 『원주군의 역사와 문화유적』(강원도·원주군, 1994), p.367.

욕을 해도 안 된다. 고기도 먹어서는 안 되고 죽은 동물을 만지거나 보면 부정이 탄다고 한다. 백운산 산신당에도 금줄을 매고 황토를 갈며 회나무를 꽂아 부정함을 막는다.

단오 전날인 음력 5월 4일, 해뜨기 전에 마을 입구에 있는 성황당에서 성황굿을 한다. 1910년대에 만해도 이름난 무당을 불러 굿을 했다고 한다. 성황맞이 굿을 마친 마을사람들은 무당을 앞세우고 산신당을 올라가서 다시 강신(降神)굿을 벌인다. 단옷날 자시에 제주와 유사를 비롯한 마을 사람들은 산신당에서 백운산 신령께 제사를 지낸다. 고축이 끝나면 소지를 올리는데 소지는 제사에 참여하는 사람마다 모두 올린다. 마을사람들은 단옷날 산신령에게 치성을 드리면 영험이 있다고 믿어 이날 치성을 많이 드린다.

회촌마을 성황당은 마을뒷산인 백운산 밑에 있는데 당 안에는 남녀 서낭이 함께 있는 그림이 걸려 있고 또 그 옆에는 서낭신이 타고 다니던 말 그림도 있다. 특히 남신(男神)은 위엄 있는 모습으로 호랑이를 거느리고 있다. 위패에는 '백운산성황지신(白雲山城隍之神)'이라 쓰여 있다. 그림으로 미루어 보아 남신은 산신이면서 서낭신인 것을 짐작할 수 있다. 호랑이와 함께 있다는 것은 산신을 의미하지만 그 옆에 말이 있다는 것은 성황신으로 변신한 것을 의미하기 때문이다. 이 성황당의 신격은 산신과 성황신이라는 이중의 성격을 갖고 있음을 보여주는 것으로 우리나라 성황신의 성격의 변천과정을 잘 보여주는 사례이다.[7]

이외에도 매지리를 언급한 글들이 몇 편 더 있으나 앞서 언급한 자료의 재인용이다. 1997년 발간한 『원주의 역사와 문화유적』에는 1994년 김의숙의 연구성과가 그대로 전재되어 있어 별다른 논의가 필요하지 않다. 이창식이 『강원민속학』 제19집에 발표한 「원주지역동제와 성신앙」에서도 회촌마을 서낭제와 관련한 부분은 김의숙의 연구성과를 인용하고 있다.[8] 신경철은 「지명에 나타난 원주의 토속신앙」에서

---

7) 『원주시사(민속·문화재편)』(원주시, 2000), pp.139-140.
8) 이창식, 「원주지역의 동제와 성신앙」, 『강원민속학』제19집(강원도민속학회, 2005),

산신제와 서낭제를 구분하면서 회촌마을의 제사를 산신제로서 언급하고 있는데, 그 자세한 내용은 상기 김의숙의 조사결과를 인용하고 있다.[9] 한편 국립민속박물관에서 1997년 편찬한 『한국의 마을제당(강원도편)』은 근래에 조사된 가장 방대한 보고서임에도 불구하고 회촌마을의 서낭제는 빠져 있다. 아울러 2007년 국립민속박물관에서 발간한 『한국의 마을신앙』에서도 찾을 수 없다.[10]

3. 신격의 정체

강릉단오제의 주신이 산신이냐 성황신이냐 하는 논의가 있다. 필자의 생각으로는 너무 어렵게 생각하지 않았으면 하는 생각이다. 주신이 한 명이라는 고정관념에서 벗어난다면 주신은 2위(位)가 될 수도 있고 3위가 될 수도 있는 것이다. 이런 논지가 회촌마을 단오제의 주신을 논의하는데도 유효하다고 필자는 생각한다.

앞서 언급한 기존자료를 보면, 자료1의 서낭제(이때는 성황제의 개념인 듯), 자료2의 산신제, 자료3의 단오제 등 다양한 명칭이 언급되었다. 이는 회촌마을의 신격이 무엇인지를 짐작하게 하는 단초가 된다. 즉 산신과 성황신의 혼용이 눈에 띤다. 이는 두 가지의 추론이 가능하다. 하나는 신격이 전승과정에서 산신에서 성황으로 변화된 것이고, 다른 하나는 회촌마을의 신격이 산신과 더불어 성황신, 즉 2위가 동시에 배향되었을 가능성을 말해주는 것이다.

본시 마을 공동체의 안녕을 희구하는 제의는 천제로부터 비롯하였다. 이후에 산신제, 성황제 등의 개념이 순차적으로 수입되었고, 서낭

---

pp.213-4.

9) 신경철, 「지명에 나타난 원주의 토속신앙」, 『원주얼』제6호(원주문화원, 1996), pp.214-215.

10) 2007년 발간한 이 책에는 전국의 마을신앙을 CD로 제작하여 첨부하여 놓았는데, 강원도 18개 시군 중에서 유독 원주시와 관련한 자료가 하나도 없다. 제작과정 상 실수로 보인다.

의 개념 또한 확충되었을 것으로 파악된다. 회촌마을의 제의도 이런 흐름에서 논의할 수 있다고 보여진다.

1) 산신제일 경우

상고시대부터 제천의례를 즐겨 행하였던 것은 우리 민족의 특징이었다. 이와 같은 천제의 전통을 이어받아 삼국시대나 통일신라시대에 산천에 제사를 지내는 것은 왕실로서는 당연한 권리이자 의무였다. 신라가 삼국을 통일하자마자 행정구역의 정비와 아울러 사전(祀典)을 서둘러 정비한 것도 이와 같은 맥락에서 살펴보면 쉬이 이해할 수가 있을 것이다. 물론 통일신라시대 사전(祀典)을 정비하면서 치제했던 대사·중사·소사 중에는 원주와 관련한 지명이나 치악산 등의 명칭을 『삼국사기』에서 찾을 수는 없다.[11] 그러나 5소경 중의 북원소경으로, 후에는 북원경으로 더욱 중요해진 원주가 치제의 대상에서 제외되었을 리는 없다고 생각한다. 이 부분은 당시 기록의 누락이 있지 않았을까 의심이 드는 대목이다.

조선조 시대 사전의 정비과정에서 치악산이 소사로서 보이기 시작했다. 조선조 시대는 고려조의 사전(祀典)을 이어받았다고 생각되기에 그렇다면 고려시대에도 치악산은 치제 되었을 것으로 추측된다. 하물며 원주의 지정학적 중요성이 통일신라시대보다 더 떨어

위패와 서낭 탱화

11) 『삼국사기』 잡기 祭祀조에 보면, 大祀로는 3산(내력, 골화, 혈례)를 들고 있는데, 이 3산은 대체로 경주 근처의 진산으로 추정된다. 中祀로서 5악(동쪽의 토함산, 남쪽의 지리산, 서쪽의 계룡산, 북쪽의 태백산, 중앙의 부악), 4鎭, 4海, 4瀆 및 기타(6곳)을 들고 있고, 小祀로서 霜岳(고성군 금강산), 雪岳(간성군 설악산), 花岳(경기도 가평) 등 24곳을 들고 있다. 이병도 역주, 『삼국사기(下)』[을유문화사, 1991(10판)], p.152.

진 고려시대에도 치악산이 치제 되었다면 지정학적 중요성이 더 강했던 통일신라시대나 삼국시대에 치악산은 당연히 치제 되었을 것이라 짐작하기는 그리 어렵지 않다. 그럼에도 불구하고 기록에 없는 것은 고려시대에는 대사, 중사, 소사의 구분을 지역명칭이나 산천의 명칭으로 구분하지 않았기 때문으로 보인다.

『고려사』 예지 길례 조에 보면 산천신(山川神)에 대한 제사는 잡사(雜祀) 항목에 해당한다. 천지(天地) 및 산천(山川)에 대한 제사를 초제(醮祭)라 하였다.[12] 『고려사』에서 잡사라는 항목을 설정한 이유는 중국의 유교식 제례에 속하지 않는 것들이기 때문이다.[13] 산천에 대한 제사가 있었던 것은 분명하므로, 치악산의 제사도 있었을 것으로 추정된다. 그렇지 않다면 조선시대에서 사전(祀典)의 정비 때 탈락되고 말았을 것이다. 원주문화원에서 편찬한 지방 향토자료인『원운곡거의(元耘谷居義)』[14]를 살펴보면 치악산에서 제사지냈음을 알 수 있는데, 이 내용이 워낙 장문이므로 이의 내용을 요약 기술한 김성찬의 글로 대신하여 살펴본다.

> 고려말에 이르러 운곡 원천석은 많은 지식인들과 함께 치악산에 단을 쌓고 매년 봄과 가을에 단군과 기자를 위시하여 고려조의 역대왕, 덕 있는 선비와 살신성사(殺身師義)하고 부강진기(扶綱振紀)한 성인자(成仁者), 조선왕조에 신복 노릇을 거절하고 절의를 지킨 사람들을 제사지내고 있음을 볼 때 치악산에 단을 설치하고 제사지냈던 유풍은 이미 오래 전부터 지속된 것으로 추정할 수 있다.[15]

또 『세조실록』에 보면, "五冠山鷄龍山雉岳山爲名山…依例致祭"라

---

12) 동아대 고전연구실 편, 『역주 고려사(제6)』(동아대, 1971), p.217.

13) 박호원, 「한국 공동체 신앙의 역사적 연구」(한중연, 1997), p.119.

14) 전석만, 『원운곡거의』(원주문화원, 1990), pp.12-45.

15) 김성찬, 「치악산사(雉岳山祠)에 대한 고찰」, 『원주얼』 제13호(원주문화원, 2004), pp.149-150.

는 구절이 있다. 오관산과 계룡산과 치악산은 명산이므로 과거의 예(例)에 따라 치제를 했다고 하였다.[16] 이로 미루어 보면 고려시대에도 분명히 치악산 산신에 관한 제의가 있었음은 분명해 보인다.

조선시대에 접어들면서 대사(大祀)는 중국과의 관계를 고려하여 지낼 때도 있었고 지내지 않을 때도 있었다. 본래 대사에 해당하는 것은 천제인데, 천제는 중국의 황제만이 지낼 수 있다는 것이 중국의 예법이기 때문이었다. 그래서 태종 때에는 중사와 소사가 주로 행해졌는데, 강원도 치악산은 중사였다. 그러나 세종 조에 이르러 사직과 종묘의 제례는 대사(大祀)로써 치제하였고, 중사와 소사의 내용에 있어서도 일부 변화가 있었고 더 확충되었다.

치악산 제사의 전통은 오늘날 동악제(東岳祭)라는 이름으로 전승된다. 여기에서 동악이란 이름이 붙은 연유는 알 수 없지만, 이때의 동악이 흔히 말하는 5악으로서의 동악이 아닌 것만은 분명하다. 그러나 이 동악제가 고래의 치악산 산신제를 계승한 것임은 분명해 보인다.

원주 관내 여러 산신제는 치악산제로부터 많은 영향을 받을 수밖에 없었다. 원주시 흥업면 매지리 회촌마을에 전승되고 있는 마을제의 역시 이 치악산 산신제의 맥락을 이어 받은 것으로 보인다. 회촌마을의 주신은 백운산 산신령이라는 말이 있다. 마을을 뒤로 휘감으면서 제천시 백운면으로 넘어가는 백운산 산자락이 원주시 치악산의 능선과 이어지는 곳에 위치한 마을이 회촌마을이다. 그래서 이 곳 회촌마을의 서낭당이 있는 지역은 백운산 신령과 치악산 신령이 만나는 곳이라는 풍수설도 전해진다. 회촌마을의 산신제는 과거 원주와 충주를 잇는 교통의 요지에 자리잡고 있어서 인근 근방에서 가장 유명했으며 아울러 단오절에 행해졌으므로 단오축제로서도 자리잡았던 산신제였다.

---

16) 최승순, 「치악산 동악단제의 고찰」, 『강원문화논총』(강원대출판부, 1989), p.320에서 재인용.

2) 성황제일 경우

원주에서 성황제를 지낸 기록은 성황사가 존재한다는 데서 알 수 있다. 성황사(城隍祠)가 원주에도 있었다는 기록은『신증동국여지승람』, 『동국여지지』, 『여지도서』 등에 '성황사재주남이리(城隍祠在州南二里)'라 하여 전한다.[17] 또한『관동지』에 보면, 정조 임자년(1792년) 장계를 들은 뒤 여단으로 옮겨 봉안하였다(城隍祠在州南二里矣 正廟壬子狀聞後移奉于厲壇)고 하였다.[18]

회촌마을의 신격은 <사진1>의 위패를 보면 '백운산회촌성황신위(白雲山檜村城隍神位)'라 적혀 있다. 표면적으로 이를 해석하면 백운산 자락에 있는 회촌마을의 성황신이라는 뜻이다. 이 위패를 만들어 봉안할 당시 이 위패를 만든 이도 이런 뜻을 품었던 것으로 보인다. 이 위패는 12년 전에 새로 만들어 봉안한 것이다. 이 위패 이전 위패에는 회촌이란 두 글자가 삭제된 백운산성황지신이란 문구가 들어가 있었음은 현지 주민들의 증언 및 자료1)과 자료2)의 기록에서도 알 수 있다.

이 회촌이란 이름 두 글자를 더 집어넣은 뜻은 백운산이 넓기 때문에 그 넓은 백운산의 여러 마을 중에서도 회촌마을의 성황만을 지칭하기 위한 뜻으로 이 두 글자를 집어넣은 것으로 보인다. 그런데 이렇게 회촌이란 두 글자를 집어넣음으로써 회촌마을의 성황이란 뜻은 명확해졌다고 하더라도 과거의 백운산성황이라 칭했을 시의 중의적인 뜻은 자연스레 소멸하게 되었다. 백운산성황이라 칭했을 당시에는 백운산의 성황이란 뜻도 되지만, 이보다는 백운산신과 성황신을 아울러 병칭한 개념으로 접근할 수 있다. 왜냐하면 백운산이란 글자에서는 산신의 개념을 떠올릴 수 있기 때문에 그 뒤에 오는 성황이란 글자와 더불어 두 명의 신위를 상정할 수 있기 때문이다.

본시 성황이란 마을을 지키는 새로운 신격으로 고대의 산신 개념을

---

17) 김성찬 역주,『원주지(건)』(원주시, 2003), p.71, p.118, p.185.
18) 김성찬 역주,『원주지(곤)』(원주시, 2003), p.56.

대체하여 만들어진 개념이다. 우리나라에서도 성황이란 개념이 처음 문헌에 보이는 것은 고려 성종 15년(996년)[19]이다. 그러나 산신의 개념은 앞 장(章)에서도 살펴보았지만 물론 그 이전부터 보인다. 그렇다면 치악산 자락인 이 곳에 처음에는 산신을 신봉하는 이들이 옹기종기 모여 살았을 가능성이 크지만, 그러나 마을이 발달하면서 차츰 성황신도 모셨으리라 생각하는데, 사실 이 마을은 1960-70년대만 하더라도 주민의 반은 화전촌이었다. 따라서 이 무렵에 성황을 모셨을까 의문이 얼핏 들기도 하지만, 그러나 성황굿이 1910년대에도 연행되었고(자료3), 또 이 행사를 주관하는 대동계가 몇 백 년의 역사[20]를 지니고 있다는 것을 상기한다면 적어도 이 마을의 성황신앙 역시 몇 백 년은 되었으리라 추정할 수 있다.

3) 산신과 성황신의 합좌

위에서 논의한 바처럼 회촌리 매지마을 단오제의 주신이 누구인가 하고 묻는다면 오늘날 성황이라고들 답은 하지만, 그러나 그 속내를

---

19) 기록을 보면, 왕욱이 죽기 전에 아들에게 縣성황당 남쪽 귀룡동에 장사지내 달라고 한다. 그 아들은 후에 고려 8대 임금 현종(1009-1031)이 되고 아버지를 추증하여 안종이라 하였다. 안종이 죽은 것은 성종15년이었다. 이종철・박호원, 『서낭당』(대원사, 1994), p.34 참조.

20) < 회촌마을 단오제의 대동계장 >

1대 이전 : 불명

1대 조종상 : 조익환의 증조뻘. 150여 년 전의 인물이다. 대동계장을 몇 십 년 간 했다.

2대 조영휘(=조몽천) : 조익환의 15촌 아저씨로 살아 계신다면 110세 정도 된다. 조종상의 대를 이어 대동계장을 역임했는데 젊어서부터 대동계장을 시작하여 상당히 오랫동안 대동계장을 역임했다.

3대 이상현 : 조영휘의 뒤를 이어 대동계장을 했는데 4년 간 역임했다. 원주 시내로 이사를 갔기 때문에 대동계장을 더 하지 못했다.

4대 조창환 : 조익환의 6촌 동생. 매지리 이장을 보면서 대동계장도 같이 겸직했다. 재임기간은 대략 20여 년[1]이다. 지금은 사망했다.

5대 조익환(1936년 생) : 7년 간 대동계장을 역임했다.

6대 고봉열(1946년 생) : 2008년 현재 7년째 대동계장을 역임하고 있다.

살펴보면 결코 성황이었던 것 같지는 않아 보인다. 산신에서 성황으로 어느 시점에서는 이전되었을 가능성이 있어 보였는데, 그 단초를 <백운산 성황지신>이라는 과거의 명패에서 찾을 수 있었다. 백운산과 성황이란 개념, 즉 산신과 성황신의 합좌가 이 위패에서 찾을 수 있는데, 본질적으로 산신이어야 할 동제가 성황제로 변한 것은 언제인지 확실하게 알 수는 없지만, 위패에 백운산과 성황이란 두 단어가 동시에 병기되면서부터 차츰 발생한 것으로 보인다. 이 무렵부터 산신과 성황을 동일한 신격으로 여겼을 가능성도 있다. 두 신격을 구분하지 못하는 것은 오늘날에도 종종 있는 일이다. 산신을 성황으로 오인하였던 오인하지 않았던 간에 중요한 것은 이 제의가 단오절에 행해졌고 그리고 오늘날에는 두 명의 신위가 모셔졌다는 것이다. 이 증거를 탱화에서 찾을 수 있다. <사진1>의 탱화를 보면 남성과 여성이 아울러 그려져 있는데, 마을주민들의 증언 중에는 마을의 신격에 대해 할머니(조익환, 주상철)라고 주장하는 분도 있었고, 할아버지(강성태)라고 주장하는 분도 있었다. 할머니라고 주장하는 측은 산신은 원래부터 여신이라 하였고, 할아버지라 주장하는 측은 치악산이 여신이니 그 옆 자락에 붙어 있는 백운산은 남신이라 주장하는 것이었다.

본시 치악산은 신라 이래로 국가의 치제 대상이었다. 백운산에 관한 기록은 고문헌에서는 찾을 길 없지만[21] 바로 인접한 치악산이 국가의 소사(小祀)로서 치제 되었던 것을 상기한다면 백운산도 그 영향권에서 벗어나지는 못했을 것이라 생각한다. 산신의 성적구별에 있어 고려 이전까지 산신은 대부분 여성이었다. 김유신에게 나타난 신라의 3여신을 비롯하여 고려 호경대왕 설화에 나타난 여신까지 산신의 성별이 여성이었으므로 치악산이 여신이었음은 분명해 보인다. 문제는 백운산

---

21) 조선조 문헌에는 백운산이 기록되어 있다. 『신증동국여지승람』과 『동국여지지』에는 白雲山在南三十里, 『여지도서』에는 白雲山在官門南三十里上有大井, 『대동지지』에는 白雲山南三十里幽深重阻라 하였다. 김성찬 역주, 『원주지(건)』(원주시, 2003), p.42, p.107, p.164, p.292.

에서 발생했다. 백운산과 치악산이 동격에 놓고 비견되는 산이라면 백운산도 여신이어야 한다. 이는 주민들이 서낭당 안에 안치해놓은 탱화에서도 짐작되는 바 있다. 주민들의 말로는 표독스럽게 그려놓은 여신이 바로 백운산 산신이라고 한다. 워낙에 험한 산이기에 기가 세고 암팡지게 그려놓았다는 것이다. 그렇지만 또 한편 의문이 생기는 것은 주민들에게 떠도는 말인데, 지금의 서낭당이 있는 곳이 치악산의 정기와 백운산의 정기가 만나는 곳이고, 그래서 치악산과 백운산의 신령을 각각 남녀신으로 표현했다는 것이다. 이럴 경우 치악산은 옛날부터 이미 여신으로 신봉되었기에 백운산은 부득불 남신이 되어야만 하는 것이다.

그렇다고 하여 백운산 신령을 남신이라 할 수는 없다. 앞서 언급했지만 대다수 주민들이 이미 여신으로 신봉하고 있기 때문이다.(물론 일부 남신으로 보는 주민도 있었지만 마을의 연장자들은 모두 여신으로 생각하므로 필자는 여신으로 규정짓는 게 온당하다고 생각한다.) 따라서 탱화 속 남신의 정체에 대해서 치악산과 관련지은 논의는 중단하고 다른 관점에서 탱화속 남신의 정체를 찾아야 할 것이다. 즉 치악산과는 별개로 백운산의 또 다른 남신으로 정의가 내려져야 할 것이다.

서낭을 음양으로 나누어 생각하는 것은 강원도 일대에서는 보편적이라 할 수 있다. 특히 동해안 어촌에서는 대부분의 마을이 음양으로 나누어진 서낭을 모시고 있었다. 이를 김의숙은 음(陰)이 지닌 풍요의 논리와 양(陽)이 지닌 재앙퇴치와 같은 힘의 논리로 나누어 분석한 바 있다.[22] 음양이 지닌 생생력(fertility)을 빌려와 풍요를 담보하고 진경제해(進慶除害)로 나아가려는 마음이 음양의 서낭으로 표현된 것이다. 이와 같은 논리를 빌려와 탱화 속에 구현된 남녀신의 모습을 굳이 서낭이나 산신으로 획일화할 필요는 없어 보인다.

애초에는 산신이든 성황이든 둘 중의 하나만 신봉했었을 것 같지만

---

22) 김의숙, 『한국민속제의와 음양오행』(집문당, 1993), p.137.

후대로 내려오면서 산신과 성황의 개념이 혼동되어 사용되면서 문제는 복잡해졌다. 진실로 산신내외분만이었는지 아니면 성황내외분만이었는지 궁금해진 것이다. 물론 산신과 성황을 동일인으로 생각하고 오늘날 쓴 것이라 생각은 하지만, 그러나 다른 마을의 사례에서 보듯이 산신과 성황을 별개로 여기는 마을들이 꽤 있는 형편이다 보니, 회촌마을에서도 과거에는 산신과 성황을 별개로 여겼을 지도 모른다는 추측 또한 가능하다. 그래서 진실로 이 마을의 산신과 성황이 별개였다면 이 부분의 전승이 마을에서 혹시 단절된 것은 아닌가 의심하게 하는 대목인 것이다.

그렇다면 탱화 속에 보이는 남녀신의 정체를 파악하는데 있어 굳이 산신의 범주만 상정하고 논의할 필요는 없다고 생각한다. 앞서 논의한 것처럼 성황신의 개념까지 염두에 두고 또 부부라는 음양의 상생력을 도모코자 한 것도 염두에 둔다면 남신을 성황신으로 파악할 수도 있을 것이다. 산신은 여신이고 성황신은 남신의 구도인데, 이와 같은 구도는 전남 순창의 성황제에서도 그 흔적을 찾을 수 있다. 순창의 성황제역시 단오제이면서 산신제이자 성황제이다. 성황사에 부부성황신을 配位하였는데 여성황은 대모산성에 있었을 것으로 추정23)했다. 이를테면 여신은 산신이었다. 이와 같이 남자성황, 여자산신의 구도가 아마도 회촌마을 탱화에서 찾을 수 있는 구도가 아닌가 생각한다. 또 다른 예를 들자면 강릉의 단오제이다. 이 행사도 역시 산신제이고 성황제이다. 강릉의 단오제의 경우는 조금 복잡한데 산신인 김유신이나 성황인 범일국사 모두 실재했던 역사적 인물로 남신이 분명하므로 정씨녀라 하여 여성황을 다시 배위시켰다. 이와 같은 산신제와 성황제의 습합은 사실 과거의 기록에서도 찾을 수 있다. 『세종실록』에 보면 산천성황(山川城隍)24)이라 기록해놓고 있는데 이는 산신성황으로 해석

---

23) 송화섭, 「<성황대신사적기>를 통해본 순창의 성황제」, 『성황당과 성황제』(한국종교사연구회, 1998), p.341.
24) 『세종장헌대왕실록』 권32 세종8년 4월 을유일 조항. 『세종장헌대왕실록5』 [세종대

된다. 산신제와 성황제의 습합 내지는 혼동이 발생한 대표적 실례다.

회촌마을 신격의 성적 정체성에 대해서는 주민들의 의견을 존중하여 일단 여신으로 정의를 내리면서, 한편으로는 백운산을 끼고 형성된 다른 마을[25]들도 모두 조사를 해본 후에야 인근 마을에서 백운산을 어떻게 생각하는지에 관한 정체성을 획득할 수 있을 것이라 생각한다.

4) 서낭제일 경우

산신제냐 성황제냐의 논의의 연장선에서 필자는 이 두 용어를 통어하는 용어로써 서낭제란 용어를 사용하고자 한다. 성황을 한글로 발음하는 차원에서의 서낭이 아니라 산신과 성황과 기존의 좁은 의미의 서낭을 모두 통어하는 개념으로써 사용하고자 하는 것이다.

서낭이란 용어가 처음 등장한 것은 이덕무(1741~1793)가 지은『청장관전서』에 처음 나타난다. 62권 <서해여언 19일>의 기록을 보면,

> 길가에 돌무더기가 있고 떨기나무가 앙상한 곳을 시속에서 선왕당이라 하는데, 그것은 성황사가 와전된 말이다(路傍聚石 叢樹婆娑 俗爲船王堂此城隍祠之訛也).[26]

이덕무의 손자인 이규경(1788~1856) 또한『오주연문장전산고』에서 서낭을 언급했다. 43권 <華東淫祠辨證說>에 보면,

> 우리나라 도처의 고갯마루에 선왕당이 있는데 곧 성황의 와전이다. 옛 총사에서 유래된 말로 중국의 고개 위에 있는 관색묘와 같은 것이

왕기념사업회, 1973(재판)], p.213.

25) 충청북도 제천시 백운면 방학2리는 백운산을 끼고 있는 마을이다. 이 마을은 10월 15일 산신제를 지내는데, 남신이라고 한다. 이창식,『충북의 민속문화』(푸른사상, 2003), p.368.

26)『국역 청장관전서Ⅹ』[민족문화추진회, 1989(중판)], p.210.

다. 혹 집을 지어 사당을 삼고, 혹 잔돌을 쌓기도 하고, 수풀의 고목 아래에 돌무지를 만들어 사당으로 삼기도 한다. 행인은 반드시 절을 하며 침을 뱉고 가야한다. 혹 실을 걸어놓기도 하고, 혹 종이를 군데군데 걸어놓기도 한다(我東八路嶺峴處 有仙王堂 卽城隍之誤 古叢祠之遺意歟 是如中國嶺上之關索廟也 或建屋以祠 或壘砂石 成磊磧於叢林古樹之 下以祠之 行人膜拜唾之而去 或懸絲緯 或掛紙條勃發累累然 其積磊以 祠者).27)

선왕당(船王堂) 혹은 선왕당(仙王堂)은 서낭당의 음차 표기가 분명하다. 그런데 이들은 이 서낭당을 성황당의 오기로 여겼는데, 앞서 살펴본 성황당과는 사뭇 다른 특징이 있음을 알 수 있다. 돌무지 혹은 고목 아래의 돌무지를 지칭하는데, 또한 침을 뱉고 가기도 했다는 것으로 보아 오늘날 말로 하면 국수서낭을 의미하기 쉽다. 돌무지를 지칭하는 경우 그 의미는 경계의 표시물일 가능성이 높다. 이럴 경우 돌무지 즉 서낭은 마을의 경계표로서 입석의 기능을 한다고 볼 수 있다. 신앙의 대상으로의 성황당과는 분명 다른 것이다. 본질적으로 서낭당이라 지칭되었던 것은 돌탑의 형태에 신수(神樹)가 결합된 것으로 보인다. 이를 김태곤은 5가지 형태로 구분한 바 있다.28)

A. 서낭나무 신수(神樹)에 잡석을 난적(亂積)한 누석단(累石壇)이 복합되고, 이 신수(神樹)에 백지, 청·홍·백·황·녹색 등의 오색 견직편(絹織片)이 현결(懸結)된 형태

B. 잡석을 난적(亂積)한 누석단(累石壇)의 형태

C. 서낭나무 신수(神樹)에 백지, 청·홍·백·황·녹색 등의 오색 견직편(絹織片)이 현결(懸結)된 형태

D. 서낭나무 신수(神樹)에 당집이 복합된 형태

---

27) 박호원, 앞의 글, p.258에서 재인용.

28) 김태곤, 『한국민간신앙연구』(집문당, 1983), p.92 참조.

E. 입석(立石) 형태

돌탑의 명칭은 돌무더기, 돌선왕, 돌서낭, 탑, 탑당산, 상당, 국수당, 서낭당, 서리탑, 수구탑, 수구맥이 등으로 불리고 있고[29], 손진태에 의하면 전남에서는 할미당, 경북에서는 천왕당, 경기도·황해도에서는 선왕당,·돌선왕, 평안도에서는 국사당·국수당, 함남에서는 국시당·산제당 등으로도 불리고 있다.[30] 그리고 조지훈은 서낭신앙은 전래의 것으로서 성황신앙과는 구별되는 것이라 언급하였다.[31] 그런데 이규경도 오해했듯이 후대에 내려오면서 성황당과 서낭당의 구분은 쉽지 않아 보인다. 위 이규경의 언급처럼 당집 형태의 서낭당도 있었기 때문이다. 이럴 경우 이 서낭당집은 성황당일 수도 있고 산신당일 수도 있다. 이런 점에서 산신제와 성황제와 서낭제의 혼효가 발생한 것으로 짐작한다.

오늘날 강원도에서 많이 볼 수 있는 것으로서 신목만 신앙의 대상으로 삼는 마을이 상당하다. 이 경우 신목이 성황이기도 하지만 서낭일 가능성도 많다. 왜냐하면 마을 어귀의 신목이거나 혹은 마을 뒷산의 신목들인 경우가 많은데 대부분 마을과 마을간의 경계를 표시하는 기능도 아울러 하기 때문이다. 이런 점에서 역시 성황과 서낭의 혼효가 발생한 것으로 짐작한다.

4. 맺음말

오늘날 대다수의 마을에서 공동체신앙으로서 마을제의를 올리는

---

29) 이종철, 「장승과 솟대에 대한 고고민속학적 접근 시고」, 『윤무병박사환갑기념논총』 (1984), p.511.

30) 손진태, 「조선의 누석단과 몽고의 악박에 취하여」, 『조선민족문화의 연구』(을유문화사, 1948), p.167.

31) 조지훈, 「누석단·신수·당집신앙 연구」, 『문리논집(문학부편)』 제7집(고려대 문과대학, 1963), p.58.

데, 강원도지역에서는 특히 서낭제란 용어로 통칭되고 있다. 1967년도 문교부에서 조사한 자료를 바탕으로 정리한 장주근의 통계에 의하면 1024건 중 722건이 성황당 혹은 서낭당이었다.[32] 물론 장주근의 이 통계는 성황과 서낭을 동일한 것으로 보고 정리한 통계자료임으로 좁은 (혹은 본래) 의미로서의 서낭당의 정확한 개수를 짐작하기에는 무리가 있으나 실제 오늘날 성황당과 서낭당을 거의 같은 것으로 강원도 사람들이 간주하고 있으므로 큰 문제가 되지는 않은 것으로 보인다. 언제부터 그렇게 되었는지 그 유래를 세밀히 파악하는 것은 불가능하지만 산신제이건 성황제이건 간에 모두 서낭제라 지칭하고 있는 것은 필자의 현지조사로 여러 마을에서 확인한 바 있었다.[33]

원주 회촌마을 마을제사도 학자들간에 지칭하는 명칭이 달랐다. 장정룡은 월간태백 1993년 6월호에 <원주백운산 단오서낭제>라 하여 설명하고 있으며(아마도 이때의 의미는 성황제의 의미로서가 아닌가 추측된다), 김의숙은 1994년 2월 발간된『원주군의 역사와 문화유적』에서 산신제라 하여 설명하고 있다. 실제 조사연도에 있어 1993년 이전으로 추정되는 두 학자간의 시각이 하나는 서낭제[성황제]요, 하나는 산신제였다. 또한 필자가 2006년과 2007년 주민들에게 조사한 바로는 성황제라 불렀다. 따라서 이 흥업면 매지리 회촌마을의 마을제사에 대한 통일된 명칭이 필요하다. 이를 위해 필자는 넓은 의미로서의 서낭제란 용어를 사용하고자 한다. 앞서 언급한 것처럼 강원도에서 서낭제란 용어가 보편적으로 사용되고 있고, 또한 성황제와 산신제를 아우를 수 있는 용어라고 생각하기 때문이다.

세월이 흐르면 사용하던 언어의 정의도 바뀌는 것이 상용이다. 과거

---

32) 장주근, 「강원지역 마을제당의 성격」, 『한국의 마을제당(강원도편)』(국립민속박물관, 1997), p.1393.

33) 필자는 강원도 18개 시군 중에서 강릉, 동해, 삼척, 속초, 태백, 고성, 양양, 인제, 정선, 원주, 평창 등지의 마을들 일부를 조사한 바 있다. 이때 서낭제란 용어를 써도 별반 무리가 없었음을 찾아낼 수 있었다.

의 산신제와 성황제의 정의는 앞서 필자가 설명한 바와 같지만, 오늘날 회촌마을의 마을제사가 산신제인지 성황제인지 성격이 불분명하기 때문에(사실은 이 양자가 혼합되어 있음) 아예 새로운 용어로 서낭제란 용어를 사용하는 것은 어떤가 하는 것이다. 그리고 이미 서낭제란 용어가 별반 무리 없이 학계에 이미 사용이 되고 있다. 다만 그 개념상 의미하는 바의 외연이 필자와는 조금 다를 따름이다. 또 다른 예를 하나 더 들겠다. 태백산 당골의 제사는 예전부터 산신제가 대부분이었다. 그럼에도 불구하고 2007년 2월 현지 주민들에게 직접 조사한 바로는 성황제 혹은 서낭제라 불렀다. 세월이 흐름에 따라 사용하는 언어의 정의가 바뀌어가고 있음을 알 수 있게 해준다. 따라서 필자는 강원도의 마을제의를 통칭하는 용어로서 서낭제란 용어를 사용하고자 한다.

한편 이와 같은 개념의 습합 탓에 동제 혹은 마을제의란 명칭을 사용하면서 내부적으로 성황제와 산신제를 구분하고자 하는 학자들도 있다. 이창식은 2005년 『강원민속학』제19집에 원주군의 마을제의를 통칭하여 동제란 용어를 사용하기도 했으나 실제 세부적으로는 성황제와 산신제의 유형 구분을 시도하고 있었다.[34] 필자의 생각은 이미 세부 마을의 마을제의가 성황제인지 산신제인지 구분이 잘 안가는 판국에 거시적으로 동제요, 세부적으로 산신제 혹은 성황제란 규정은 맞지 않는다고 생각했다. 이미 세부적으로 들어가 특정마을의 제의가, 예를 들어 회촌마을의 제의가 이미 산신제와 성황제가 습합되어 있는 마당에 이를 둘 중 어느 하나의 용어로 사용한다는 것은 그 마을제의의 성격을 제대로 드러내기가 어렵다는 것이다. 이에 필자는 서낭제란 용어로 그 위상을 대신하고자 하는 것이다.

---

34) 이창식, 앞의 글, pp.207-235(이중 매지리 회촌마을 산신제를 언급한 부분은 pp.213-214).

■ 참고문헌

국립민속박물관 편,『한국의 마을신앙』, 2007.

국립민속박물관 편,『한국의 마을제당(강원도편)』, 1997.

김성찬 역주,『원주지(건)』, 원주지, 2003.

김성찬 역주,『원주지(곤)』, 원주지, 2003.

김성찬,「치악산사(雉岳山祠)에 대한 고찰」,『원주얼』제13호, 원주
　　　문화원 부설 원주얼심기협의회, 2004.

김의숙,「원주군의 민속」,『원주군의 역사와 문화유적』, 강원도 · 원
　　　주군, 1994.

김의숙,「원주의 민속」,『원주의 역사와 문화유적』, 강원도 · 원주시,
　　　1997.

김의숙,『한국민속제의와 음양오행』, 집문당, 1993.

김태곤,『한국민간신앙연구』, 집문당, 1983.

동아대 고전연구실 편,『역주 고려사(제6)』, 1971.

민족문화추진회 편,『국역 청장관전서Ⅹ』, 1989(중판).

박호원,『한국 공동체 신앙의 역사적 연구』, 한중연 박사학위논문, 1997.

세종대왕기념사업회 편,『세종장헌대왕실록5』, 1973(재판).

손진태,「조선의 누석단과 몽고의 악박에 취하여」,『조선민족문화의
　　　연구』, 을유문화사, 1948.

송화섭,「<성황대신사적기>를 통해본 순창의 성황제」,『성황당과
　　　성황제』, 한국종교사연구회 편, 민속원, 1998.

신경철,「지명에 나타난 원주의 토속신앙」,『원주얼』제6호, 1996.

원주시 편,『원주시사(민속 · 문화재편)』, 2000.

이병도 역주,『삼국사기(下)』, 을유문화사, 1991(10판).

이종철,「장승과 솟대에 대한 고고민속학적 접근 시고」,『윤무병박사

환갑기념논총』, 1984.

이종철·박호원,『서낭당』, 대원사, 1994.

이창식,「원주지역의 동제와 성신앙」,『강원민속학』제19집, 강원도 민속학회, 2005.

이창식,『충북의 민속문화』, 푸른사상, 2003.

장정룡,「원주 백운산 단오서낭제」, 월간『태백』93.6월호(통권72호).

장주근,「강원지역 마을제당의 성격」,『한국의 마을제당(강원도편)』, 국립민속박물관, 1997.

전석만,『원운곡거의』, 원주문화원, 1990.

조지훈,「누석단·신수·당집신앙 연구」,『문리논집(문학부편)』제7집, 고려대 문과대학, 1963.

최승순,「치악산 동악단제의 고찰」,『강원문화논총』, 강원대출판부, 1989.

화천 어부식 제의양상과 전승고찰

장정룡*

1. 머리말

강원도 북서부에 위치한 화천군은 고구려 때는 생천군(牲川郡) 또는 야시매(也尸買)라 하였으며, 통일신라 때 낭천(狼川)이라 불렀다. 고종 32년(1895) 낭천은 춘천부에 속했으며 이듬해 전국은 13도로 나눌 때 강원도 소속이 되었다. 조선 광무 6년(1902) 지금의 '화천'으로 군 명칭을 바꾸었는데 용화산의 높고 아름다움을 본받고자 한 뜻이라 한다.[1]

옛 지명에서 '내'와 연관된 지명은 내(乃) 잉(仍) 매(買) 그리고 오늘날 쓰이는 천(川) 등으로 지명을 표시했다. 여기서 '내'와 '잉'은 모두 내[川]나 나루[津]를 뜻하고 '매'는 고구려와 후백제 때 물이나 내, 우물 등을 일컫던 옛 말이다.[2]

화천의 옛 이름인 '야시매'(也尸買)의 '매'도 내 천(川)자와 통하듯이 신라시대 생천(牲川), 조선시대 낭천(狼川), 그리고 조선 고종부터 화천(華川)으로 이어지는 옛 지명처럼 예나 변함없이 물의 고향으로 불린다.[3]

이처럼 화천의 고지명이 모두 내 '천(川)' 혹은 강을 뜻하는 '매(買)'

---

* 강릉대학교 국어국문학과 교수

1) ≪화천군의 역사와 문화유적≫, 강원대박물관, 1996, p.17.
2) 김명환, ≪강원지방 옛지명≫, 강원지방옛지명연구소, 1991, p.31.
3) 김동섭, <화천의 肖像>, ≪화천문화≫제3호, 1992, p.21

가 붙는데 관형어로 붙는 '야시' '낭'의 경우 '여우'로도 뜻풀이하나 이
것은 필자의 관견으로 향찰식 표기로 보인다. 그러므로 '야시' 또는 '여
시'는 '아시' '어시'와도 유사하여 아침, 처음, 태양, 광명 등을 상징하
는 것으로 볼 수 있다.[4]

　이처럼 동쪽, 처음, 밝음을 상징하는 '아시'는 '아시아' '아스라이' '아
침' 등의 어원을 갖고 있는데 화천군의 옛 지명인 '야시'도 그 의미가 심
장하여 '야시매'는 '생명의 강' 또는 '광명의 강'임을 의미한 것이다.

　대부분 산지로 구성된 화천은 산자수명의 맑고 깊은 물로도 유명하
다. 산간문화와 강문화가 어울려 미풍양속이 전승되는 화천지역은 지
형적으로 내금강 장안사 앞 골짜기에서 흘러온 물이 북한강 상류를 이
루어 화천군 동북쪽에서 서남쪽으로 흐르며, 마현천과 봉오천 등이 지
류를 형성하고 있다.

　화천군은 총 909.03㎢에 774.48㎢인 85%가 임야로서 논밭이 전체의
8%정도에 지나지 않으며 대부분 밭이다. 또한 강을 끼고 있어서 조선
시대에는 '화천 뗏목'이라 하여 이 곳의 목재를 뗏목으로 묶어 서울로
반출되었다. 이들 목재는 품질이 뛰어났을 뿐 아니라 수량도 많은 까
닭에 마을 이름에 다목리(多木里)가 있다.

　조선시대 북한강은 나루와 조운의 기능을 지녔는데 강을 이용하여
목재와 도자기를 운송하였고, 강변에서 생산된 미곡과 어물 등을 실어
날랐다. 일제강점기에는 수운을 이용한 여객선도 운행되었다. 산악지
대를 관통하는 북한강은 강안에 근대적 도시를 형성하는데 결정적 역
할을 하였는데 대부분의 철로와 신작로가 북한강 연안을 따라서 형성
되었기 때문이다.

---

4) 렴종렬, ≪조선말 단어의 유래≫, 금성청년종합출판사, 2001, p.188. "아침은 날이 밝
　을 무렵으로부터 해가 뜬 다음 오전의 거의 반나절 동안이다. 이 단어는 다음과 같이
　이루어졌다. '아침'의 '아'는 처음의 뜻을 가지는 '아시'가 줄어진 것이다.…'아침'의
　'침'은 일정한 시간을 나타내는 단어 '참'이 변화된 것이다. 그러므로 '아침'은 '아시
　참' 즉 날이 밝은 다음의 첫 시간이며 그것이 줄어 굳어져 '아침'이 된 것이다. '아침'
　은 '아시참'의 준말이다."

　1943년 청평댐의 건설로 인해 북한강은 수운의 용도를 갖지 못하게 되고, 더욱이 한국전쟁이후 북한과 대치되어 수력발전과 수자원 공급처로 바뀌었다. 하지만 오늘의 북한강은 새로운 문화관광자원으로 부각되고 있어 지역발전의 그치지 않는 상수원으로 자리매김하였다.

　화천군은 약 백년의 행정사를 지니고 발전해 왔는데 전체 1개읍 4개면 81개리로 화천읍과 간동면, 하남면, 상서면, 사내면 등으로 구성되어 있으며 2007년 현재 9,754세대 23,457명이 거주하고 있다.[5] 화천군이 '산과 강'이라는 자연환경과 화전과 뗏목의 전통적 문화환경을 통해서 '활인산수'(活人山水)의 독창적인 화천다움을 발견할 수 있다고 지적한다.[6]

　근래 들어 화천군에는 외부로 통하는 길이 넓어지고 터널이 생기는 등 접근성이 좋아지면서 정주인구가 늘어나고 있으며 문화마을을 조성하여 문인작가와 예술가, 노후에 전원생활을 즐기는 은퇴자도 많이 찾고 있다. 또한 축제기간 내 백만이 넘는 인파들이 모여드는 한국의 대표적 겨울축제인 산천어축제를 비롯하여 청정 하천에서 개최되는 여름 쪽배축제도 널리 알려졌다. 아울러 곡운구곡 등 청정자연자원과 박물관 등 다양한 문화자원 유적지에 관광객들이 몰려들고 있어 그 전망이 밝다고 하겠다.

　어부식이 전승되는 화천 여름쪽배축제의 원형은 냉경지 난장의 뱃놀이로서 그 전통을 계승하여 2003년부터 개최되었다. 화천군은 한강의 최상류지역으로 일찍이 수운이 발달하여 소금배가 다녔다. 이러한 과거의 강변 생활풍습을 되살리고 선조들의 한과 마음이 담긴 소금배를 현대적 감각과 쪽배라는 동화적 이미지를 통해 부활한 것이다.

　지난 1770년대부터 1938년까지 북한강변 낭천에서는 오일장이 열렸으며 한강에서 이 곳까지 소금배가 왕래하였으며 뗏목문화도 번창

<hr>

5) 화천군, ≪화천군통계연보≫제47회, 2007, pp.33~49.
6) 이창식, <화천문화의 정체성과 계승방향>, ≪강원민속학≫제17집, 2003, pp.166~167.

하였다. 이처럼 산과 물이 어우러진 화천은 에코다라다이스로 물의 나라 화천만들기라는 지역발전 전략을 추진하고 있다.

이러한 측면에서 화천군에 전승되고 있는 어부식 제의는 강의 전래민속으로 그 가치가 높고 대체적으로 그 원형을 유지하고 있어 문화재적 가치도 높다. 본고에서는 화천어부식에 대하여 조사한 내용을 바탕으로 원형과 유형 등을 살피고 어부식 강민속의 전승적 가치를 논하고자 한다.

2. 화천 어부식 전승과 유형

1) 어부식의 원류와 연구

화천군은 물의 고장으로 강변문화(江邊文化)의 원천지(源泉地)이고 강상문화(江上文化)의 발원지, 강을 통한 물류(物流)와 인류(人流)의 중심지다. 이 곳을 흐르는 북한강은 예로부터 수운(水運)이 발달하였다. 한강하류에서 화천의 남강나루까지 소금배가 올라왔는데 이 '남경지'를 '냉경지'라 불렀다. 춘천의 신연강나루를 거쳐 올라오는 배들은 오무나루를 거치고, 모나루를 통과하였다. 하남면 거례리 앞 가마소 거례배터에서 순풍을 만나면 쇠꼬리 여울, 솔캐여울을 지나서 냉경지에 도착하였다.

<한강수타령>에도 "양구화천 흐르는 물, 소양정을 감돌아, 양수리를 거쳐서, 노들로 흘러만 가노나, 아아하 에헤요, 에헤요 어허야, 얼사함마 둥게디여라 내사랑아"하고 노래 불렀다.[7] 북한강을 거슬러 올라올 때 강마을사람들은 용왕신에게 제사를 올리고 정성을 다해 치성을 올렸다.

정월대보름날은 만월주기 풍요관에 입각한 민속이 많은데 '수(水)-여(女)-월(月)-용(龍)-지(地)'의 상징적 생산민속을 보여준다. 대보름날

---

7) 임동권, ≪한국민요집≫Ⅲ, 집문당, 1975, p.389.

의 달맞이를 하면 행하는 거화희(炬火戱)는 달과 불의 생생력(生生力)
에 의존한 민속이며, 달이 물의 여신이므로 이날 거행하는 용알뜨기와
달밤에 물고기에게 밥을 주는 어부시(魚鳧施)도 풍년과 흉년을 점치는
'이험풍렴(以驗豊斂)'과 한해의 길흉을 점치는 '점세미오(占歲美惡)'행
사다.8)

화천읍 상중하리가 속한 냉경지에 소금배가 오는 날이면 북한강변의
화천사람들은 정월 대보름날에 전해오는 방식으로 어부시를 계속하였
다.9) 이러한 북한강변 강마을 사람들의 심성이 반영된 어부식은 냉경지
일대에서 지금도 국내에서 유일하게 행해지는 민속신앙으로 그 문화적
고유성을 간직하고 있다.

정월대보름날 '방수' '뱅이' '맥이'라는 말로 어부식의 액막이를 표
현하고 있듯이 화천인의 신앙적 기저는 곧 방액(防厄)·소액(消厄)·
도액(渡厄)등에 있음을 알 수 있다.10) 또한 짚으로 사람모양을 만들어
던지면서 대신 액을 막아달라는 대액(代厄)행사도 있으니 화천주민들
에게 강은 생활이고, 물은 신이 거주하는 신성공간이었다. 그러므로
물고기도 잡고 동시에 민간전승의 어부식을 통해서 삶의 건강성, 신성
성을 획득했다.11)

---

8) 장정룡, ≪한·중 세시풍속 및 가요연구≫, 집문당, 1988, p.158.

9) 어부시(魚鳧施)는 조선시대 세시풍속지인 김매순의 ≪열양세시기≫에 표기된 것이
다. 이외에도 강원도 강릉일대에서는 '어부식(魚付食)', 최영년의 ≪해동죽지≫에는
한자로 '살어식(撒魚食:물고기밥을 뿌리다)'라 하고 한글로는 '어부슴'으로 표현하
였다. 화천지역에서는 어부식(魚鳧食)으로 쓰고 있으므로 본고에서도 이를 따른다.
올해 95세인 김종수 할머니도 '어부식'이라 말했는데 그 방식은 오곡밥 세 숟가락을
떠서 하나씩 달을 쳐다보면서 만산동 계곡물이 흐르는 마을 앞의 강물에다 던진다
고 증언했다. 예전의 돌다리나 섶다리 아래에서 이렇게 다리도 밟고 달뜨는 구경을
하고 나서 이런 의식을 했다는 것이다. 다리밟기, 달맞이, 어부식이 합쳐진 우리민속
의 현장이다.

10) 필자조사 : 김춘자(여.83) 화천군 상서면 구운리, 2008. 5. 16

11) 필자조사 : 정병춘(남.77) 화천군 상서면 구운리, 2008. 5.16 "개리, 탱가리(물갱이) 종
개, 수수종개, 뚝지, 꺽지, 버들쟁이, 쉐리, 쏘가리, 미기(메기), 산천어, 가재 등이 많
아요. 그런데 맥이 해주자 면서 오곡밥에 수수 팥을 넣어서 만든 밥을 강에다 던져

이미 200년 전 한양의 세시풍속을 기록한 ≪열양세시기≫에 노들강 변 어부식에 대한 자료가 전승되듯이 다행스럽게도 화천과 이어지는 춘천 강나루에서 강의 신에게 행했던 어부식 민속자료가 전한다. 춘천 출신 해관 홍종대(1905~1951) 선생의 '영액방추기(咏厄防追記)'는 정월대보름날 강의 신에게 행한 도액(禱厄)의 모습을 기록한 것으로 액막이 기도를 하는 모습을 그린 북한강 주민의 어부식 풍속시다.

액막이를 읊노라 -咏厄防追記-

오늘 아침 보름날에 강의 신에게 축원하니	今朝望日祝江神
음식 던져 집집이 액운 물리치는 기도하네	抛食家家禱厄人
축원하는 사람마다 모두 효험이 있다면은	禱厄人人皆有驗
세상에는 질병으로 죽는 사람이 없으리라	世無疾病死亡民
둥그런 보름달은 온 천지 냇가를 비추는데	一輪望月百川神
달에게 축원하는 사람은 과연 몇이나 될까	祝願人間果幾人
어느 곳에나 재앙 있고 어느 곳 복 있으니	何處有災何處福
분명 이 풍속은 백성들을 미혹되게 하리오	分明此俗惑於民

이 한시에는 음식을 던져 액운을 물리치는 방식을 구체적으로 기록한 어부식 행사시다. 지은이는 이 행사가 백성을 미혹하게 할 것이라고 언급했으나 민속신앙에 대한 이해가 부족한 것에서 나온 것일 뿐, 실제로 강의 신에게 축원하는 모습을 그린 것이다. 이 어부식 행사는 중도 밑 신용연(新龍淵)에 제사지낸 용신제 모습을 형상화한 것으로 보기도 하고[12] 다른 한편으로 춘천에는 강이나 호수가 많아서 예전에

요."

12) 권혁진, <'해관자집' 연구>, ≪온지논총≫제16집, 사단법인 온지학회, 2007, p.254. "위 시는 강가에서 생활하는 지역민의 풍속을 잘 보여준다. 이 풍속은 新龍淵에 제사지내던 龍神祭의 모습을 형상화한 것 같다. 中島 밑에 昭陽江과 紫陽江이 합수되는 곳에 깊은 물의 소용돌이가 있었는데, 소용돌이 물이 왼쪽, 오른쪽 어느 쪽으로 도느냐에 따라 그 해의 한발과 장마를 점쳤으며 봄이냐 여름이냐에 따라 그해 농사의 풍년과 흉년까지 내다보았다. 여기서 지역민은 한 해의 농사를 잘 짓게 해달라는

어부식을 거행하던 풍속으로 당시 집집마다 행했던 어부식을 지칭하
는 것으로 파악하기도 한다.

> 필자가 조사한 바로는 그리고 시 작품을 통해서 보면 이것은 특정한
> 용신제를 뜻하기 보다는 집집에서 행했던 어부식을 지칭하는 듯하다.
> 보름이면 액막이 행사로서 집집마다 인형과 음식을 물에다 던지면서
> 액막이를 했다는 것이다. 춘천 신남의 경우는 화천강 지류인 북한강에
> 다 그러한 의식을 했다고 한다. 즉 인형을 만들고 음식을 만들어서 식
> 구들의 안녕을 빌면서 액막이 의식을 거행했다.(제보자:박화용, 남.71,
> 춘천시 신동면 한개월리 2구)[13]

해관 선생이 언급한 것과 같이 강의 신에게 음식을 던져 집집마다
액운을 물리치는 액방(厄防) 즉 액막이 시는 유학자의 눈으로 본 대보
름 어부식이다. 이러한 행사를 혹세무민하는 것으로 폄하했으나 북한
강변의 어부식과 대보름 달맞이 행사가 보편적인 것임을 반증하는 것
이다.

화천군에서 어부식 놀이가 민속행사로 재현된 것은 지금부터 25년
전이다. 화천군의 축제인 제1회 군민의 날과 용화축전(龍華祝典) 기간
인 1983년 10월 5일 오후 7시부터 하리 뱃터 부교 위에서 화천여중고생
들에 의해 전야제 행사로 어부식 관등놀이를 실시하였다.[14]

이 놀이는 물고기에게 밥을 주고 촛불을 강물에 띄우며 소원성취를

부탁과 액운을 물리치게 해달라는 부탁을 하면서 한마당 놀이를 펼쳤던 것이다. 비
록 작자는 미신이라 여기며 이 풍속이 지역민을 미혹시키는 것이라 비판하고 있지
만, 마을사람들은 용신제를 통하여 마을공동체를 유지시키는 유대감과 일체감을 느
꼈고, 이러한 점에서 龍神祭의 의미를 찾을 수 있을 것이다. 마을신앙은 생활공동체
를 형성해 왔던 촌락사회의 단합을 강화시키는 기능으로 작용하면서 행해졌던 것이
다."

13) 강명혜, <역주'해관자집'에 나타난 제의양상 및 특징>, 《온지논총》제17집, 사단
법인 온지학회, 2007, p.367.
14) 《화천군지》, 화천군, 1988, p.654.

빌고 액을 멀리 띄워 보내는 뜻으로 행하였다. 현재 행해지는 화천 어
부식 민속놀이는 종전의 어부식 관등놀이를 계승한 것으로 새로운 고
증과 내용보강을 통해 문화재적 가치를 제고하였다.

　주지하듯이 강물은 문화의 유선(乳腺)이며 생활의 원천이다. 지혜의
상징이기도 한 물은 역동성으로 흘러가면서 산을 끼고 돈다. 깊은 산
골짜기에서 흘러내리는 물은 인자함으로부터 출발하여 지혜로움을
풀어낸다. 그러므로 ≪논어(論語)≫의 인자요산(仁者樂山), 지자요수
(知者樂水)라는 표현은 바로 자연을 통해서 본 인성의 표출이다. 따라
서 사람들은 강이나 하천의 흐름을 바꾸어 살기 좋은 명당으로 만들기
위하여 수계(水系)를 바꾸는 수계변경형 비보풍수(裨補風水)를 실천하
기도 한다.[15]

　이처럼 물은 모든 생명체의 존립을 위해서 없어서는 안 될 필수불가
결한 요소이며, 삶의 적응적 측면뿐만 아니라 관념적 측면까지 관련되
어 물을 통한 상징적 사고는 인간으로 하여금 우주를 향한 열린 상태
의 실존적 삶을 갖게 한다는 주장도 나오고 있다.[16]

　일반적으로 하천을 뜻하는 '물길'은 자연적인 것과 인위적으로 것으
로 나눌 수 있는데 가장 작은 물길은 인공적인 인수록(引水路) 도랑이
나 자연적으로 형성된 산간의 작은 물길인 개울이 있다.[17] 이 보다 조
금 더 큰 것은 시내, 시내보다 더 큰 것은 내, 내 보다 더 큰 것을 강(江)
이라 부른다.

　계곡에서 흘러내리는 강물은 식수, 농업용수, 생활용수로 활용되며

---

15) 김의숙, <비보풍수연구>, ≪강원민속학≫17집, 강원도민속학회, 2003, p.119. "안동
　　은 안동댐의 수계인 분천과 임하댐 수계인 와부천이 시가지 앞에서 합쳐 낙동강을
　　이루는데 그 모양이 '人'자가 거꾸로 서 있는 모습이어서 부내에 화액이 끊이지 않
　　았다. 그래서 '人'의 수계를 '仁'으로 바꾸었으니 곧 영남산의 산맥이 서로 내달려 생
　　긴 각 골짜기의 자연 수로를 두 군데나 직선 곧 '二'자형으로 수정하여 '人'자 수로에
　　연결하여 '仁'자 수계로 만들어서 비보하였다."
16) Eliad,M.,이은봉 옮김, ≪종교형태론≫, 한길사, 1996, p.571.
17) <동아일보>, 2008년 5월 13일(화), p.16. '지구의 실핏줄 도랑을 살립시다'

그 물이 지닌 상징내용은 생생력, 정화, 봉헌물, 주술물 등으로 다양하다.[18] 물의 실용적 기능은 먹고 섭취하여 생명을 유지하는 것과 씻음의 기능이다. 따라서 물길인 강은 그냥 물이 아니고 그냥 길이 아니다. 바로 생명이며 활인(活人)의 유수(流水)다.[19]

물 이미지는 동양사회의 정치사상과 정신에 깊숙이 작용하고 있다.[20] 따라서 물이 흐르는 젖줄인 강은 인류에게 신성의 대상이었으며 한민족에게 있어 한강 역시 그러하다. 그러므로 강은 태양신을 상징하는 신화에서 중요한 화소로 우리의 건국신화에서 공통모티프를 찾을 수 있다. 즉 하늘의 영기를 받는 것으로 고구려 시조인 고주몽은 태양의 빛, 신라의 박혁거세는 하늘의 백마, 가락국의 김수로왕은 하늘의 상자에서 출생하는데 이들 모두 강과 깊은 연관이 있다는 점이다.

고구려는 금와가 우발수에서 하백의 딸을 만나며, 신라에서는 알천 안상에 모여 군주 모시기를 의논하며, 가락국은 삼월 삼일 계욕일에 신들과 만나는 것이다. 이처럼 고대 건국신화에서 강이나 물은 농경문화를 상징하며 물은 생명이기에 따라서 강은 신성한 자연의 숭배물인 셈이다.

강에 대한 우리의 민속신앙은 이승과 저승을 가르는 경계로 보는데 추격에 쫓긴 고주몽은 물고기와 자라의 도움으로 강을 건너 졸본부여를 건설했으며, 서사무가인 바리공주는 고난 끝에 강을 건너 서천서역 국에서 생명수를 구해다가 아버지 오구대왕을 환생케 하였다.[21] 사람

---

18) 김재호, <산골사람들의 물 이용과 민속적 분류체계>, 안동대학교 대학원 박사학위 논문, 2006, pp.112~145.에는 '제의에서 물의 이용과 의미분류'에서 (1)물에 대한 존재 인식과 생생력의 의미 (2)물로 씻음과 정화의 의미 (3)물바치기와 봉헌물의 의미 (4)물의 주술적 이용과 의미로 나누어 살폈다.
19) 장정룡, <주문진과 신리의 민속문화적 고찰>, ≪신리천살리기 심포지엄≫, 2007.10.26, 강원도립대학 주문진신리천살리기운동본부, p.5.
20) 전영숙, <한자와 신화 속에 깃든 고대 동아시아의 물숭배 관념>, 화천강문화국제학 술회의 자료집, 2007, p.207.
21) 장정룡, <강원도바리공주 무가의 미학>, ≪강원도민속연구≫, 국학자료원, 2002, p.271.

이 죽으면 강을 건너간다고 하는데 이러한 의식에서 강은 이쪽과 저쪽을 가르는 신성성(神聖性)의 상징물로 입증된다.

고대가요 <공무도하가>(公無渡河歌)는 백수광부(白首狂夫)의 처가 강을 건너는 사랑하는 임을 말려도 결국 그 강을 건너고 마는 정한과 안타까움의 극치이다. 그러나 이 가요는 신화적 발상에서 나온 것으로서 강을 생명으로 표현한 것과 다름 아니다.[22]

산천은 고대부터 국가의 치제대상이었는데 봄과 가을 명산대천에서 제사가 행해졌고 기우제도 강에서 지냈다. 우리의 민속행사가 가장 집중된 정월대보름날은 만월 풍요상징을 추구하는데, 이 날 달이 뜨면 생명의 상징인 강에서 밥을 싸서 강물에 던지는 어부식을 하며 한 해의 액막이를 하고 풍요를 기원하는 것이다.

1930년대 서울 한강변의 용궁당에서도 '용궁맞이'라는 이름으로 유사한 행사가 열렸다. 정월 열사흘 날 저녁에 용궁에 부녀자들이 모이면 무녀들이 소지축원하고, 할머니들은 자손의 장수를 빌기 위해 명다리와 명실을 바쳤다. 그리고 작은 배를 타고 나가 용신에게 바치는 공물을 강 속에 던지며 소지를 올렸다고 한다. 당시의 기록은 다음과 같다.

용궁맞이는 정월 14일, 낮부터 밤까지 한강변의 용궁당 및 강 위에서 행해진다. 그 날 강 위에는 많은 작은 배들이 뜬다. 남자 아이를 데리고 나온 어머니, 할머니 등이 배를 타고 용신에게 바친다는 뜻에서 제물을 강 가운데로 던지고 소지를 올린다. 용궁당에는 가족 동반의 기원자로 가득 차고 무당은 소지 축원에 정신이 없다. 모인 사람들은 모두가 자기 자손들의 장수를 빌기 위하여 '명다리' '명줄'이라는 흰 광목, 흰 실을 바치는데 그렇게 함으로써 자손들은 용신의 아들로 삼게 하는 것이다. 따라서 당내에는 그러한 명다리, 명줄이 많이 쌓인다. 이러한 습속을 일컬어 아이를 '신당에 판다'고 한다. 한층 원시적인 형태로서

---

22) 장정룡, <동강의 설화와 전설>, ≪동강생태가이드 육성을 위한 자료조사 및 교재제작≫, 강원지역환경기술개발센터, 2005, p.28.

는 산 속의 신암(神岩), 신석(神石) 등에 아이를 빌고, 아이를 팔아서 신
의 아들로 삼게 하면 암석처럼 장수할 수 있다고 믿는 신앙이 있다.

　남부지방의 액막이, 거리굿 같은 풍습도 서울의 횟수막이처럼 1년
의 재앙을 예방하는, 집에서 행하는 정월의 제의이다. 전라남도 나주지
방에서는 1월 15일에 각 가정에서 무당을 불러 재앙방지를 위한 행사
를 행하는데, 그것은 서울의 횟수막이에 해당한다. 충청남도 공주지방
에서는 정월 보름에 제웅[草俑]을 만들어 그날 밤 노방에서 불태우는
굿이 있는데 그것이 넘어지는 방향을 보아 그 해의 풍흉을 점친다고 한
다. 정월 보름날의 달맞이, 다리밟기는 거의 전국적으로 볼 수 있는 풍
습이다. 함경남도 함흥에는 보름날 밤 만세교를 건너는가 하면, 또 각
가정에서는 주부가 며느리, 딸을 데리고 해안에 나가 밥상에 쌀밥 한
그릇, 정한수 한 그릇을 떠놓고 달맞이를 한다. 가족의 이름과 생년월
일을 외면서 재앙방지 기원을 한다. 이 경우는 가족을 위해 주부가 행
하는 제의이긴 해도 그 제의 장소가 가정이 아니고 제신도 가신이 아닌
일예이다. 또 달맞이 때 월색에 의해 그 해의 풍흉을 점치는 풍습도 거
의 한국 전역에서 찾아 볼 수 있다.[23)]

　정월대보름날 액막이로서 여성들이 강 물위에 놓인 다리를 밟으며,
하늘에 흘러가는 달과 땅위를 흘러가는 물, 그리고 여성은 음성적(陰
性的) 원리에 입각하여 생명을 추구하고 동시에 풍요를 신앙한 놀이상
징이다. 그러므로 어부식은 수신행사이며 수신은 용으로 상징되기에
용과 관련된 대보름 민속이 다양하게 전승된다.

　이러한 점에서 화천의 어부식은 민간신앙의 치제로 전승되나 강물
의 신성성과 생명력에서 기원한 고대 수신제의 성격을 갖추고 있으며,
‘고시레’나 ‘방생’과 같은 나눔 민속, 즉 ‘분여(分與)의 전통’에서 출발
하였다. 어부식의 전승형태를 ‘고시레’와 불교의 방생(放生)이 민간신
앙화한 본보기로 보는데 미물인 물고기나 오리에게 밥을 먹이는 것은

____

23) 추엽융, ≪조선무속の현지연구≫, 양덕사, 1950, pp.71~72.

고시레의 유풍이며, 생명 사랑을 기반으로 하는 방생 정신의 발로라 한다.[24)]

고시레는 '고시래'(高矢來)라고도 하는데 최영년은 "단군 때 고시래라는 사람이 황야를 개척하고 농사짓는 법을 가르쳤다 하여 오늘도 농부들이 밭에서 밥을 먹게 되면 먼저 한 술을 떠서 던지며 '고시래' 하고 감사를 드린다"고 하였다.[25)]

화천군 어부식 민속은 액막이 풍습으로 일찍이 관심의 대상이 되었다. 그러나 이에 대한 연구는 비교적 늦게 시작되었는데 근래 들어 여러 학자들에 의해 집중적으로 논의되고 있다. 조선시대 민속지에는 간략한 전승실태만 언급되어 있으며 1920년대 최영년, 1950년대 경성제대 일본인 학자 추엽융 교수의 조사를 비롯하여 민속학자 장주근 교수는 어부식 민속에 대해서 비교적 진전된 논의를 하였다.[26)]

이후 강원도 민속을 천착하고 있는 김의숙 교수는 어부식 민속의 사례와 의미를 밝혔고, 이학주 교수는 화천 어부식의 전승양상을 중심으로 살피는 등 보다 체계적인 연구 성과를 보였다.[27)] 또한 권혁진, 강명혜 교수는 북한강 용왕제 어부식에 대하여 해관선생의 한시를 통해서 이를 방증하였다.[28)]

---

24) 김의숙, <어부슴>, ≪한국세시풍속사전≫정월편, 국립민속박물관, 2004, p.176.

25) 최영년, ≪해동죽지≫중편, 장학사, 1925. "闢盡萊蕪四野開(앞뜰 뒤뜰 우거진 쑥대밭을 쳐내고) 春星九扈共相催(봄가을 밭 갈며 의좋게 농사짓네) 家家舍哺恩難忘(집집마다 배불리 먹고 사는 고마움) 一飯必呼高矢來(그 은혜 못 잊어서 고시래를 외치네)"

26) 최영년, ≪해동죽지≫중편, 장학사, 1925, p.13.
추엽융, ≪조선무속の현지연구≫, 양덕사, 1950.
장주근, <어부슴>, ≪한국민족문화대백과사전≫한국정신문화연구원, 1993.

27) 이학주, <화천의 세시풍속 어부식(魚鳧食)에 대한 고찰>, ≪강원민속학≫제21집, 2007, pp.277~314.

28) 권혁진, <'해관자집' 연구>, ≪온지논총≫제16집, 사단법인 온지학회, 2007.
강명혜, <역주 해관자집에 나타난 춘천의 세시풍속>, ≪강원민속학≫21집, 강원도민속학회, 2007, p.218.

필자 역시 화천 어부식의 사례, 특징과 의의, 세시풍속, 용문화 등을 집중적으로 접근하였으나[29] 아직도 어부식 강신앙 민속에 대한 연구는 미흡하며, 전반적인 전국실태조사도 이뤄지지 않은 형편이다.

이러한 현실에서 화천군과 국제아시아민속학회는 아시아 강문화의 소중함을 인식하고 매년 국제학술대회를 개최하여 성과를 거두고 있다.

지난 2006년 처음 개최한 발표에서는 '아시아 강문화의 보존과 발전'이라는 주제에서는 아시아 7개국 학자들이 참가하여 논문을 발표하였고, 2007년에는 '아시아 강문화의 다양성과 구비문학'을 논의하였으며, 2008년도에는 '아시아 강문화의 용상징과 민속현장'을 주제로 하였다. 이러한 아시아권의 강문화에 대한 체계적 논의는 학계에서 처음으로 시도된 것이다.

화천군의 적극적 지원으로 이루어진 이 학술행사를 통해서 아시아 강문화에 대한 본격적인 협력연구와 학술교류를 추진하고 강문화의 발전에 학문적 기반을 마련한 것으로 평가받고 있다. 참고로 2006년 처음으로 개최된 아시아 강문화 국제학술대회의 발표논문 제목과 발표자를 소개하면 다음과 같다.[30]

> (1) 한국의 강과 민속문화 -화천 · 인제 · 영월 · 목계 · 노들지역의 강변
>   축제와의 연계성을 중심으로(김선풍, 한국 중앙대)
> (2) 일본의 강축제와 배(사쿠라이 타쯔히코, 일본 나고야대)
> (3) 마(Ma)강과 나룻배와 민요(응오 죽 틴, 베트남 사회과학원)
> (4) 대만 한인 민간습속과 신앙의식 가운데 수변행사(임미용, 대만 중앙연
>   구원)
> (5) 메콩강 본   휘 축제 -배 경주축제(본팅 숙사왓드, 라오스 사회과학연

---

29) 장정룡, <화천북한강변 어부식 민속고찰>, ≪강문화국제학술대회 발표집≫, 강원도민속학회, 2006.7.29~30, pp.281~289., 장정룡, <한국세시풍속의 강문화와 용민속>, 강문화국제학술대회, 강원도민속학회, 2007.7.28~29, pp.423~436.
30) 2006 화천쪽배축제 강문화국제학술대회, 2006.7.28~30, 주최:화천군 · 국제아시아민속학회, 주관:강원도민속학회,

구원)

(6) 중국 한강과 초문화(양만연, 중국 중남민족대)

(7) 치(Chi)강 유역 이싼(Isan) 농촌사회의 고유한 천연자원 관리체계를 위한 전통적 권위로서의 종교의례 및 신앙(수리야 스뭇뭄트, 태국 치앙마이대)

(8) 강, 어로 그리고 음식 -19세기에서 20세기 사이 한국에서의 변용과정(주영하, 한국 한국학중앙연구원)

(9) 이계로서의 강 -죽음과 재생의 문화지리(사사키 타카히로, 일본 교토가쿠엔대)

(10) 대만 원주민의 다양한 물고기 관념 -아미·타오족(사세충, 대만 대만대)

(11) 중국 고대의 물숭배 및 그 문화적 의미(관언파, 중국 사회과학원)

(12) 일신정 제례로 보는 하노이의 기우예속(완취연, 베트남 사회과학원)

(13) 종족과 국가 명칭에 반영된 물(연호택, 한국 관동대)

(14) 북한강 문화의 정체성(김의숙, 한국 강원대)

(15) 일본의 강문화와 그 의미(류경재, 일본 아시아경제문화연구소)

(16) 한자와 신화 속에 깃든 고대 동아시아의 물숭배 관념(전영숙, 중국 북경사범대)

(17) 화천지역 물 관련 민속연구(이창식, 한국 세명대)

(18) 남·북한강 뗏꾼 비교연구(이한길, 한국 강릉대)

(19) 강 민속에 나타난 여성(강명혜, 한국 숭실대)

(20) 유두절과 현대 강축제의 상관성연구(정연수, 한국 강릉대)

(21) 화천 북한강변 어부식 민속고찰(장정룡, 한국 강릉대)

2007년 두 번째로 개최된 아시아 강문화 국제학술대회의 발표논문 제목과 발표자는 다음과 같다.[31]

(1) 중국의 해신신앙과 민간의 조신(造神)심리(도립번, 중국 중앙민족대)

---

31) 2007 화천쪽배축제 강문화국제학술대회, 2007.7.28~29, 주최:화천군·국제아시아민속학회, 주관:강원도민속학회

(2) 강문화를 통해 본 민요의 접변현상과 굴절현상(김선풍, 한국 중앙대)

(3) 지하수맥을 둘러 싼 전설과 제사(사쿠라이 타쯔히코, 일본 나고야대)

(4) 수상인형극 -베트남의 독특한 민간예술(응오 죽 틴, 베트남 사회과학원)

(5) 강의 슬픔, 대만 원주민의 익사이야기(사세충, 대만 대만대)

(6) 파몽전(본텅 숙사왓드, 라오스 사회과학연구원)

(7) 파댕낭이 전설을 통해 인간, 나, 가족 및 물(누타우트 싱콜, 태국 실아파곤대)

(8) 캄보디아의 문화 -메콩강을 중심으로(섬 춤 범, 캄보디아 국립 아카데미연구소)

(9) 21세기 문화산업의 환경변화와 성공모델(카사이 노부유키, 일본 대동문화대)]

(10) 중국 운남성 소수민족의 기우의식과 물숭배 신앙(관언파, 중국 사회과학원)

(11) 대만 운림현구호 만선사의 견수차장 의식과 관련된 전설(진익원, 대만 성공대)

(12) 강물과 라오의 문화(타송손 시본헝, 라오스 정보문화센터)

(13) 베트남의 강물 전통문화(트란옥탬, 베트남 호치민대학)

(14) 용선경도(시합)의 민속상 의미 -수상벽사와 음양(임미용, 대만 중앙연구원)

(15) 태국 일산마을의 번벙파이축제(수리야 수뭇붑트, 태국 치앙마이대)

(16) 챔 마을 사당에서 모시는 옹트렁 신에 관한고찰(완취연, 베트남 사회과학원)

(17) 중국 상해 남전진의 용선놀이 풍속과 상관 민간전설 연구(추명화, 중국 사회과학원)

(18) 두만강 하류 연안의 수역문화(한광운, 중국 연변조선족자치주박물관)

(19) 물의 신앙과 제의고찰(김의숙, 한국 강원대)

(20) 강과 시장 -북한강·남한강·한강본류를 중심으로(주영하, 한국 한국학중앙연구원)

(21) 일본의 하천문화의 구조 -하천문학에 대한 고찰(류경재, 일본 동붕대)

(22) 강과 금기(이기태, 한국 디지털대)

(23) 강문화의 축제성과 수상유희의 표출양상(이창식, 한국 세명대)

(24) 급수계 유역의 문화적 다양성(곽영삼, 대만 성공대)

(25) 전통시대 화론과 회화작품에서의 물의 의미(전영숙, 중국 북경연합대)

(26) 살원강의 소수민족과 풍물(함영문, 한국 아시아영상민속연구소)

(27) 비류백제 도읍지로 추정되는 미추홀에 대한 언어학적 분석(연호택,
      한국 관동대)

(28) 영월지역 떼꾼연구(이한길, 한국 강릉대)

(29) 한국세시풍속의 강민속과 용문화(장정룡, 한국 강릉대)

2008년 8월 2일에는 세 번째로 아시아 강문화 국제학술대회와 워크
숍이 개최되었다.[32] 본고에서는 이러한 그간의 연구 성과를 바탕으로
다각적으로 의미와 전승을 살피고자 한다.

2) 어부식의 어원과 대상

방액(防厄)과 분여(分與), 봉헌(奉獻)의 민간전래 의례속인 어부식의
전승 기록이 가장 이른 시기에 기록된 것은 지금부터 약 200년 전이다.
조선시대 대산(臺山) 김매순(金邁淳, 1776~1840)이 쓴 ≪열양세시기
(洌陽歲時記)≫(1819) 상원조에 처음으로 '어부시'라는 기록이 전한다.
즉 "정결한 종이에 흰 밥을 싸서 물에 던지는 것을 어부시(魚鳧施)라고
한다."(淨紙裏白飯投水 謂之魚鳧施)는 것이다.

조선시대 서울 근방인 열양은 남·북한강 유역에서 이러한 어부시
가 행해졌음을 잘 보여주는데 이외에도 용알뜨기와 액땜[代厄]하는 제
웅치기, 다리밟기가 소개되어 있는데 모두가 정월 대보름날 어부시와
맞물린 일련의 행사로 파악된다. 문헌에 소개된 내용을 소개하면 다음
과 같다.

---

32) 2008 화천쪽배축제 강문화국제학술대회, 2008.8.1~2, 주최:화천군·국제아시아민
    속학회, 주관:강원도민속학회

이른 새벽에 정화수 한 그릇 길어오는 것을 용알뜨기[노룡자(撈龍子)]라 한다. 정결한 종이에 흰밥을 싸서 강물에 던지는 것을 어부시라고 한다.…보통의 서민들은 점쟁이에게 명수를 물어 흉한 별자리가 든 해라는 점이 나오면 제웅[추인(芻人)]을 만들고 뱃속에 엽전을 넣어 길가에 버린다. 그러면 이를 기다리던 아이들이 제웅을 치고 부수어 엽전을 빼간다. 이를 대액(代厄) 즉 액땜이라 부른다. 보름날 밤에 열두 다리를 걸어서 건너면 열두 달 액을 모두 없앨 수 있다고 하여 재상과 구인으로부터 여항 백성들까지 늙거나 병든 사람을 제외하고는 모두 다리밟기를 하러 나온다. 가마나 말을 타고 오기도 하고, 지팡이도 짚고 나막신을 끌고 나오기도 하여 거리가 사람들로 꽉 찬다. 악기와 술병이 사람들 모인 곳마다 펼쳐져 있다.

조선시대 가장 방대한 세시풍속지를 작성한 도애 홍석모(洪錫謨, 1781~1857)는 《동국세시기(東國歲時記)》상원조(上元條)에서 구체적으로 어부식의 민간신앙 형태를 적시하고 있으며, 물과 관련된 직성(直星)인 수직성이 처음 언급되어 있다.

직성은 사람의 나이에 따라 그 해의 운수를 맡아보는 별자리로, 9년에 한 번씩 돌아오는데 남자는 10세, 여자는 11세 때 처음으로 든다고 한다. 속언으로 소원이나 욕망이 이루어져 마음이 흡족해지면 "직성이 풀린다."고 하는데 이러한 용어도 신앙적 기반에서 나온 말이다.

홍석모는 "물의 직성을 만난 사람은 종이에다 밥을 싸서 밤중에 우물 속에 던져 액을 막는다."고 하였다. 위와 같이 어부식 행사가 단지 액을 막는 방액(防厄)보다 강력하게 여러 가지 재액을 소멸해달라는 소액(消厄)의 신앙적 기반임을 보여준다.

따라서 소액의 대상으로 용왕의 아들인 처용을 액댐의 상징으로 하고 있으며 이는 물과 관련된 것으로 물을 수신(水神) 즉 용왕신의 거처로 파악했음을 시사한다. 동시에 '종이에 밥을 싸서 던지는 행위'는 그것이 재액소멸을 위한 공물(供物)의 성격을 가졌음을 보여준다.

남녀의 나이가 사람의 운수를 맡고 있다는 라후직성(羅睺直星)을 만나면 짚 풀로 만든 허수아비인 추영(芻靈)을 만든다. 이것을 방언으로 제웅[처용]이라고 한다. 제웅의 머리통에 동전을 집어넣고 보름날 하루 전인 14일 초저녁에 버려 액막이를 한다. 이때 아이들은 두루 집집마다 몰려다니며 문밖에서 '제웅을 달라'고 외치고 그것을 얻으면 즉시 머리통을 파헤쳐 다투어 돈을 꺼낸 다음 제웅을 길바닥에 끌고 다니고 두드린다. 이것을 제웅치기놀이[타추희(打芻戲)]라고 한다. 처용이라는 말은 신라 헌강왕 때 동해바다 용왕의 아들 이름에서 나온 것이다. 지금 장악원의 향악부에서 하는 처용무가 바로 이것이다. 그러므로 추령을 제웅이라고 부르는 것은 이 처용이란 말에서 빌린 것이다. 세속에서는 점쟁이 말을 믿어서 나이가 일월직성을 만나 이가 종이로 해와 달 모양을 만들어 나무막대기에 끼워 지붕 용마루에 꽂아 두었다가 달이 뜰 때 횃불을 밝혀 그것을 맞이한다. 나이가 수직성(水直星)을 만난 사람은 종이에 밥을 싸서 밤중에 우물 속에 던져 액막이를 한다. 세속에서는 처용직성을 가장 꺼린다.

위에서 말한 라후직성은 연암 박지원 한문소설 호질(虎叱)에도 나오듯이 호랑이에게 물려가는 호환(虎患)의 직성이다. 중국 운남성과 태국 치앙마이 일대에는 라후족이라는 산간민족이 있다. 이들을 호랑이족이라하는데 풍습이 한민족과 유사하여 호랑이를 산신으로 섬겨 제사를 지내는 '제호위이신(祭虎以爲神)'의 동예족과 고구려 사람들로 짐작된다.

라후족은 고대 한반도에 거주했던 예맥족(濊貊族)과 풍습이 유사하므로 당나라 때 청해성(靑海省)으로 끌려간 고구려 종족 20만 명의 일부로 보는 학설도 있다. 실제로 태국 라후족은 한민족과 혈청, 손금, 치아구조 등이 같다는 체질인류학적 보고가 있으며, 음악·민속·언어적으로 유사점이 많다. 이들은 용감하고 근면한 종족으로 알려져 있으며, 차와 춤과 음악을 좋아한다. 필자는 1993년부터 중국, 태국, 베트남, 미얀마 등지의 라후족 조사를 했으며 이와 관련된 몇 편의 글을 발표

한 바 있다.[33]

유득공(柳得恭, 1748~1807)의 ≪경도잡지(京都雜志)≫에는 수신제의 형태로 수직성에 든 사람이 재액을 막기 위해 종이에 밥을 싸서 밤중에 우물 속으로 던진다고 하였다. 이것은 정월 대보름달이 떴을 때에 밤중이라도 환하게 밝았으므로 우물 속을 들여다보고 던지는 방식의 어부식이라 하겠다.

정월 14일 밤에 짚을 엮어 인형을 만들고 이를 '제웅'[處容]이라고 부른다. 제웅 머릿속에 동전을 감추어 둔다. 아이들이 밤새 남의 집 문을 두드리고 다니다가 주인이 문을 열고 제웅을 던져주면 이것을 잡아당기며 끌고 하다가 제웅 머리를 뜯고 다투어 그 속에 둔 동전을 꺼내간다. 내 생각에는 문헌비고에 '신라 때 헌강왕이 학성에서 유람할 때 동해바다 용이 일곱 아들을 거느리고 임금 행렬 앞에서 노래를 하고 춤을 추었다. 그 중 한 아들이 행렬을 따라 서울로 들어왔는데 그 이름이 처용으로 지금 장악원 향악부에서 공연하는 처용무가 이것이다. 풍속에 맹인의 점을 믿어 그가 일월성과 수성(水星)이 명궁(命宮:사람의 사주방위)에 든 사람은 모두 재액(災厄)이 있다고 하면 해당자는 종이를 잘라 해와 달 형상을 만들어 나무에 물려 지붕 용마루에 꽂기도 하고, 종이에 밥을 싸서 밤중에 우물 속으로 던져 액막이를 한다. 제일 꺼리는 것은 처용으로 이것이 명궁에 들면 짚으로 제웅을 만들어 길에 버려 액을 제거한다.

최영년의 ≪해동죽지(海東竹枝)≫(1925)에는 어부식 행사를 '살어식'(撒魚食:물고기밥 뿌리기) 또는 '어부심'이라 불렀다.

---

33) 장정룡, <라후족의 원시문화>, ≪남방문화≫창간호, 남방문화연구회, 1995.
장정룡, <라후족 호신숭배와 색동문양 고찰>, ≪남방문화≫2호, 남방문화연구회, 1996.
장정룡, <태국 라후족의 신년축제고찰>, ≪제2회 아세아민속학회 국제학술대회 논문집≫, 1997.
장정룡, <라후족의 역사와 농경생활>, ≪제5회 국제아세아민속학회 논문집≫, 2002.
장정룡, <라후(Lahu)족의 신년제 비교고찰>, ≪강원도민속연구≫, 국학자료원, 2002.

옛 풍속에 정월보름날에 물고기들이 먹으라는 뜻에서 조밥을 우물에 뿌렸다. 이것을 어부심이라고 한다. '집집의 조밥은 무엇을 하는 것인가, 물의 직성 가진 사람 베풀기를 좋아하여 옛 우물에 물고기 없건만 밥을 뿌리니 차라리 천하를 방생하는 연못으로 파게 함이 어떠리[34]

이 기록에 따른다면 1920년대에도 '어부심' 또는 '어식'(魚食)이라는 명칭이 사용되었으며 수직성에 든 사람이 '조밥'을 우물에 뿌려 액막이를 했음을 알 수 있다.

최영년은 이밖에도 정월 대보름날의 제웅치기, 용알뜨기, 달맞이, 다리밟기에 대해서도 자세히 소개하였는데 이 내용은 현재까지 전해지는 세시풍속으로 값진 자료다. 차례로 언급하면 다음과 같다.

타제용(打祭俑), 옛 풍속에 정월 보름날 풀을 묶어서 인형을 만들고 머리에는 돈을 넣어 헤어진 옷을 입혀 좁쌀죽으로 제사 지낸다. 그리고 아이들이 라후직성을 타고난 사람의 생년월일을 써 가지고 돌아다니면서 구걸하며 인형을 친다. 이것을 '제용치기'라 한다. "한 묶음 풀로 만든 인형에 패랭이 씌워, 온 거리 밝은 달 아래 좋게 서로 보낸다. 세상 사람들은 허수아비의 참 두뇌 없음을 비웃지만 나는야, 세상 사람이 도리어 허수아비임을 웃는다."

급용란(汲龍卵), 옛 풍속에 정월 보름날 새벽에 정화수를 긷는데 물 위에 방울 거품이 있으면 이것을 '용의 알'이라고 하고 이것을 보면 재수가 좋다고 한다. 이것을 '용의 알뜬다'고 한다. "어여쁜 색시 희미한 달빛 비치는 새벽에 정화수를 길으니, 돌우물 난간머리에 두레박틀 소리 울려 퍼진다. 파뿌리 머리의 늙은 어머니 나직한 소리로 '용의 알 몇 개나 떴느냐?'하네."

---

34) ≪해동죽지≫撒魚食 "舊俗上元 以粟蒸飯 撒于井泉 以寓魚食之意 名之曰어부심, 家家粟飯問何爲 水直星人好捨施 古正無魚猶撒食 寧開天下放生池"

망원월(望圓月), 정월 보름날에 달을 바라보고 수재, 한재, 풍년, 흉년을 점치는 풍속이 있는데 농사짓는 노인들이 가장 잘 알았다. 심지어는 떡봉우리, 밥봉우리, 죽봉우리라는 참서(讖書)가 있다. 대개 세시기에도 달을 보고 점치는 일에 대해서 기록이 하였다. 이것을 '달맞이'라고 한다. "달을 기다려 동쪽을 바라보니 눈이 부시며, 순식간에 온 하늘은 광휘가 퍼진다. 일시에 머리 들어 달을 바라보니, 사해의 풍년을 약속하는 올해의 달"

답교행(踏橋行), 옛 풍속에 정월 보름날 밤에 열두 다리를 밟으면 각기(脚氣)가 없다하여 남녀가 모여 들어 성시를 이룬다. 성종 때에는 관가에서 금하여 다만 남자들만이 하였다. 지금은 그것마저도 전하지 않는다. 이름은 '답교'이다. "한해의 첫 번째 보름날 밤에 얻으면, 새봄에는 즐거운 일로 적적하지 않다. 스물 네 개의 다리마다 뜬 달, 맑은 빛이 광릉 다리의 것과 비교하여 어떤가?"

어부식은 지역에 따라 여러 가지로 불린다. 어원적 측면에서 살피면 신앙의 주요 대상은 '어'(魚)임을 알 수 있다. 또는 '부'(鳧)가 들어가므로 물고기와 오리가 대상이지만 실체적인 면은 '용'(龍) 또는 '용신'(龍神) '수신'(水神) '강신'(江神)등을 상징한다. 실제로 '용에게 밥을 준다' '용밥주기'라는 사례도 화천군에서는 전승된다.

어부식 행위는 대상에게 제의를 봉헌하는 방식으로 '시(施)'와 '식(食)' '슴' '섬' 등으로 나타난다. '어부슴'의 '슴' 또는 '섬'의 경우 그 의미가 정확하지는 않으나 '식'과 '시'의 중간적 발음으로 추정되며 동시에 두 가지 의미를 포괄한 명칭으로 추정된다. 그 의미를 분석하면 '어부시'의 베풀 '시'(施)는 '제의' 또는 '제례'의 절차나 과정 혹은 그 양상을 표현한 어법으로 보이며, 어부식 제물인 오곡밥이나 조밥의 '식'은 '공물(供物)'의 의미를 강조한 것이라 할 수 있다.

따라서 '어부슴'은 제물과 제의를 아우른 복합명칭으로 판단되는데 그것의 함의는 수직성 액막이를 위한 '제물' 또는 강신에게 바치는 '공물' 등이다.

어부식 전승 형태를 고시레의 풍속과 불교의 방생(放生)이 민간신앙화한 본보기로도 파악하는데 미물인 물고기나 오리에게 밥을 먹이는 것은 고시레의 유풍이며, 생명사랑을 기반으로 하는 방생 정신의 발로라는 측면이 내재해 있다. 이처럼 분여(分與)의 신앙적 측면과 함께 한편으로 간과할 수 없는 것은 액막이라는 개념이다.

또한 이러한 어부식이 추구하는 목표는 세시풍속지에서 여러 갈래로 나타나듯이 재액과 관련한 이를 제어하기 위한 방법도 방액(防厄:액막이)·소액(消厄:액소멸)·도액(渡厄:액넘기)·대액(代厄:액땜)등으로 다종다기하다.

특히 화천지역의 정월대보름 액막이 풍속은 다양한 방식을 보여주는데 어부식 이외에도 홍수맥이, 허수아비버리기(제웅치기), 쑥대궁태우기, 액연날리기, 엄나무걸기, 물고기방생 등이 있다.

[홍수맥이] 살아있는 닭에다 이름 나이를 써서 산에 가서 버린다. 이것을 대수대명 보내는 것이라 한다. 그러면 어느 짐승이 물어가든지 한다. 삼재가 들었든가 죽을 운명에 있는 사람만 한다. 그러니 닭이 죽을 사람 대신에 죽는 것이다.(간동면 용호리)

[허수아비버리기] 정초에 점을 봐서 그 해 운이 나쁜 사람으로 죽을 운에 있는 사람은 액막이를 한다. 짚으로 허수아비를 만들어 사람 죽었을 때처럼 묶어서 그 곳에다 성명 생일 주소를 써서 몸에 묶은 후에 밖에서 빌면서 태운다. 이때 비는 사람을 모셔서 하기도 한다. 요새는 허수아비 대신 북어에다 오색천을 묶어서 밖에 나가 태운다.(간동면 용호리)

[액막이제웅태우기]제웅은 14일날 만들어서 저녁에 갖다놓는데 달마중하는 데나 횃싸움하는데 갖다가 세워놓고 춤도 추고 한잔하고 액

막이한다. 크기는 그게 뭐 일정하지는 않고 제각기 만드니까 애들 키만한데 일미터 오십 정도로 만든다. 짚으로 만드는데 이게 집집이 하나 꼴로 만들어서 나온다. (하남면 삼화리)(하남면 삼화리)

[물고기방생]물고기를 액이 낀 사람의 나이 수만큼 잡아서 강에 놔주는 방생을 한다. (간동면 용호리)

[쑥대궁태우기] 쑥대를 나이 수대로 베어서 쑥대 안에 관솔을 쪼개서 넣고 손잡이 부분에는 나무막대를 끼우고 빗자루처럼 묶는다. 그리고 달이 떠오르면 달을 보고 절을 하고 나서 쑥대를 태우는데 이것을 액막이 한다고 했다. 이때 쑥대 끝에 불을 붙이고 자루를 손으로 잡고 돌리면서 태운다. 아이들은 어른이 태워주고 큰애들은 본인이 직접 태운다.(사내면 삼일리)

[저릅태우기] 어부식 하고 횃불놀이도 하는데 홰는 그전에는 대마를 많이 심었으니까 저릅으로 하는데 그걸 쪼개서 한 여덟 가닥으로 쪼개고 밑에는 삐죽하게 깎고 거기에 홰를 맨다. 그래서 달이 뜰 때쯤 되면 불을 질러서 붙여 놓고 귀를 붙들고 달을 보고 절을 한다. 달맞이를 하는데요. 그때 그 의미는 모르는데 귀를 붙들고 한다. 소원성취인데 세번 절을 하고 무사안녕하게 일년 나게 해달라고 빈다. 그 담에 패를 갈라서 횃싸움을 하는데 주로 횃싸움을 해가지고 지면은 이 논물을 가지고 한다. 천수답이 있고 하니까, 아래 위동네 갈라서 지면 밑에서 논물을 마음대로 따가지고 간다. 용암리 1구고 현재 용암리고 삼화리가 용암리 2구인데 경계를 두고서 횃불싸움을 한다. 광목, 무명가지고 옷을해 입고 농악을 하는데 중의적삼입고 했다. 횃불싸움을 하고 지면 물을마음대로 따가지고 간다.

[액연날리기] 연날리기는 섣달에는 하지 않는다. 정초에 시작해서 대보름까지만 한다. 15일에 '액연'이라고 하여 연에 이름을 적어 날려

서 연줄을 끊어 날려 보내기도 하고 태우기도 한다.(상서면 구운리) [엄나무걸기] 정초에 대문 위에 엄나무를 걸어둔다. 귀신이 범접하는 짓을 예방하기 위한 것이다. 정용순의 집은 위에 엄나무를 걸어놓았다.(상서면 구운리)

화천 어부식의 경우 이를 주관하는 개인에 따라서 여러 가지 불려진다. 이는 하나의 전승 민간신앙행사를 강조하되, 대상은 표상적(表象的) 호칭인 물고기나 오리에 먹이를 던져주는 것이 아니라, 물을 상징하는 신에게 제물을 바치는 의식이라는 이면적(裏面的) 상징성을 갖고 있으며 그 원초성은 액막이의 신앙적 행위에서 비롯된 것이라 할 수 있다.

화천지역에서도 먼 곳에 강이 있으면 그 곳에서 행하고, 아니면 마을의 우물 속에 어부식을 던지는데 이러한 이유는 용이 배가 부르면 수재(水災)가 없다고 믿기 때문이라고 한다. 어부식이 모성애의 한 상징적 표현으로 여성들에 의한 액막이라는 원초성을 지니고 있음은 장주근 교수의 정의에서도 잘 나타난다.

> 어부슴, 음력 정월대보름날 그 해의 액막이를 위하여 조밥을 강물에 던져 고기가 먹게 하는 일, 한자로 魚鳧施로 표기한다.…대보름 달빛 아래, 강 위에서 촛불을 켜고 기원하는 이러한 일련의 신앙현상들은 전통적인 모성애의 깊은 염원의 대표적인 상징의 하나라고 할 수 있다.

위와 같이 어부식은 물과 여성, 풍요라는 방정식에 의해서 여성중심의 모성애가 깊든 전통적 신앙현상이다. 그것은 어부식이 용왕제의 특징을 갖추고 있기 때문이다. "용왕은 가신이 아니지만 가신에게 하는 것과 마찬가지로 달래고 위해 주며 정성을 다한다. 경배하는 차원까지는 아니지만 위협이나 협박도 하지 않는다. 집안의 제의를 주관하는 여성이 열 나흗날 저녁이나 대보름날 첫 새벽에 부정이 타지 않도록,

다른 집과 함께 가지 않고 단독으로 가서 용왕에게 제물을 바친다."는
이성희의 견해가 이를 말해준다.[35]

강명혜는 물과 여성의 관계를 살폈는데, 태고적부터 밀접하다고 하
면서 수신이 지모신과 연관되는데 물이 대지의 피이며 대지의 생명이
기 때문이다. 결국 물은 정신적·육체적인 죽음과 생명탄생, 풍요, 정
화, 재생이 모두 가능한 상징물이라 언급하고, 강민속의 여성원형은
물과 같은 생생력 및 생명력을 지닌다는 점에서 인류 집단무의식의 반
영화로 보았다.[36]

김의숙 교수의 '어부슴' 자료는 신앙적 기층을 이해하는데 도움이
된다. 참고로 이 내용을 인용하면 다음과 같다.

음력 정월대보름에 그 해의 액막이를 위해 깨끗한 종이에 밥을 싸서
물에 던져 넣는 풍속. 새해에 운수가 대통하기를 기원하는 가정의 안택
(安宅)행사인 어부슴은 물고기나 오리에게 밥을 베풀어 먹이므로 '어
부시'(魚鳧施) 또는 '어부식'(魚鳧食)이라고 한다.

≪열양세시기≫상원조에는 "깨끗한 종이에 흰밥을 싸서 물에 던
지는 것을 어부시라 한다."고 하였다. 영동지역에서는 주로 어부식
이라는 용어를 사용한다. ≪동국세시기≫정월 상원조에는 "물의 직
성을 만난 사람은 종이에다 밥을 싸서 밤중에 우물 속에 던져 액을
막는다."고 하였다. 영서 지방의 계변촌(溪邊村)에서는 대보름날 만
월이 뜰 때 자기 밥그릇에서 밥 세 숟가락을 떠 깨끗한 한지에 싸고
거기에 생년월일을 써서 냇물에 던진다. 아직 얼음이 녹지 않았을
경우에는 얼음을 깨고 그 밑에다 넣는다. 어부식 관등놀이에 해당하
는 행사가 1930년대에 서울 한강변의 용궁당에서 용궁맞이라는 이

---

35) 이성희, <어부심과 여성>, ≪한국민속학≫39집, 민속학회, 2004, p.271.
36) 강명혜, <죽음과 재생의 노래>공무도하가, ≪우리문학연구≫18집, 우리문학회,
   2005, p.118.
   강명혜, <강민속에 나타난 여성>, ≪2006화천쪽배축제 강문화국제학술대회논문
   집≫, 2006, pp.251~261.

름으로 열렸다. 정월 열나흘 날 저녁에 용궁당에 부녀자들이 모여들 었다. 무녀들은 소지축원에 여념이 없고 손자를 동반한 할머니들은 자손의 장수를 빌기 위해 명다리나 명실을 바쳤다. 그리고 작은 배 를 타고 요신에게 바치는 공물을 강 속에 던지며 소지를 올렸다. 현 재 그 용신당은 없으나 보름이 되면 지금도 한강대교 남쪽 언덕의 큰 나무에는 부녀자들이 명실을 걸고 촛불을 밝힌다.

가정의 안녕을 축원하는 민간신앙의례인 어부슴은 농어촌에서 두 루 행하나 특히 어촌과 영동지역에서 일반화된 액막이 풍속이다. 새해 가 오면 그 해의 무사평안을 위해 토정비결을 보거나 점을 친다. 그 결 과 금년 운수가 불길하다고 하면 미리 예방하기 위해 더러 무당에게 푸 닥거리나 굿을 시키지만 대개는 자신이 방편을 써서 액막이를 한다. 그 중 하나의 방편이 어부슴이다. 어부슴을 할 때는 대개 밥 세 접시를 떠 놓고 달에게 빌고 나서 짚으로 만든 허수아비와 밥을 물에 띄워 보낸 다.[37]

3) 어부식의 방식과 장소

어부식은 강물이 흐르거나 우물이 있는 곳, 바닷가 등이 인접한 마 을에서는 대체로 했으나 근래는 많이 줄어들었다. 대부분 정월 대보름 날을 전후로 14일~16일 사이에 물이 있는 곳이면 어디서든지 행하는데 화천군에 사는 주민들 가운데 여성들은 여전히 어부식의 전통을 인식 하고 있으며, 과거 전승문화의 잔존적 형태로 지금까지 전승되고 있다.

화천군의 어부식 장소는 주제자가 살고 있는 곳에 인접한 지역을 택 하고 있다. 따라서 호수나 우물, 개울, 강물 등으로 다양하여 물이 있는 곳이면 어디든지 전승된다. 따라서 냉경지, 파로호, 사내천, 마을 앞의 작은 개울이나 인근 강변에서 등에서도 행하고 있지만, 절차나 방법은 다소간 개인차가 난다.[38]

---

37) 김의숙, <어부슴>, ≪한국세시풍속사전≫, 국립민속박물관, 2004, p.175.
38) 2007년 이학주 교수가 조사한 화천군 사내면 용담리 이귀순(여.82), 간동면 용호리

어부식의 주체는 대부분 여성들이다. 집안의 할머니로부터 대물림을 했다는 언급이 많은데, 경북 영주시에서는 남녀의 역할을 분담하여 남자들이 산신제를 지내는 동안 여성들은 강에 나가서 어부식을 한다. 화천지역의 경우도 서낭제나 산신제의 경우 대부분 남성들 위주로 하고 있으며 여성들의 참여를 꺼리는 편이다. 그러므로 정월대보름날 섶다리밟기나 달맞이를 하고 난 다음에 여성들은 어부식을 하고 남성들은 자시(子時) 무렵에 마을서낭제의에 참가한다.

어부식 방식은 크게 나누어 강에 띄우는 방식, 뿌리는 방식 그리고 강변에 갖다 놓는 방식 등이 있다. 또한 어부식의 밥은 오곡밥, 흰밥, 조밥 등으로 대보름날과 관련된 오곡밥이 가장 많은 편이다. 가장 보편적인 방식은 한지에 봉숭이밥처럼 싸는 것인데 경기도에서는 김에 싸기도 하고, 가랑잎에 싸기도 한다. 화천군에서도 바가지나 함지박에 담아서 뿌리기도 하여 전승방법은 다양하다.

어부식을 하는 대상은 특별히 정하지 않고 정월대보름날 가정의 안녕을 위해서 의례적으로 하는 경우가 있는데 이러한 예는 줄어들었다. 현재까지 행해지는 경우 대체로 정초에 토정비결을 봐서 물의 직성을 만난 사람, 그 해에 삼재나 액운이 끼었다고 하는 사람 또는 정초에 신수점을 쳐서 그해 운수가 불길하다는 사람, 나이가 9나 7이 든 사람이 대상에 해당된다. 이외에도 가족의 안녕과 물놀이 사고 방지를 위해서도 매년 하기도 한다.

특히 화천에서는 대부분 강을 끼고 살고 있으므로 물가에 나가서 아무 탈이 없게 해달라고 비는 경우가 많고 다리를 건널 때도 무사하게 해달라는 뜻도 있다. 이것은 물을 관장하는 용왕신, 수신에게 기원하는 의미를 갖고 있음을 암시한다. 화천 조사에서도 나왔지만 철원의

주점숙(여.68), 상서면 구운리 김춘자(여.82), 그리고 필자가 2008년에 조사한 상서면 구운리 정종수(남.74),정병춘(남.77), 김종수(여.95), 김춘자(여.83) 화천읍 하리 안정자(여.68) 하남면 삼화리 길병갑(남.74) 제보자로부터 확보한 자료를 중심으로 논의하고자 한다.

어부섬이나 양구의 어부식도 주부가 자녀들의 여름철 물놀이 안전과 물에 빠지지 않고 다리를 무사히 건너기를 빈다.

화천군에서 어부식을 띄우는 방식은 밥을 한지에 싸서 물에 뜨도록 하거나 바가지에 촛불을 붙여 띄우는 것이 있다. 뿌리거나 던지는 방식은 조밥을 한지에 싸서 강에 던지기도 하고 손으로 한 줌씩 밥을 잡아 강에 흩어지도록 뿌리는 방식으로 나눌 수 있다. 그리고 어부식을 차려 놓고 제사지내는 방식 등이 전한다. 구체적인 예를 들면 다음과 같다.

① 강물에 띄우는 방식

[사례] 화천의 대보름 방예 액막이로 어부식을 한다. 화천은 화천댐과 춘천댐의 두 댐이 있어 물의 고장이다. 지금은 호수로 둘러싸여 있으나 댐이 생기기 전에는 북한강의 금강산 물이 이 곳으로 흘렀으므로 어부식을 하기에 알맞은 곳이고, 지금도 이 행사의 잔영으로 군의 문화제 때에는 용왕제를 지내고 있다. 어부식은 대보름 액맥이의 방예행사로, 가족의 수대로 숟가락에 밥을 떠서 백지에 싸서 그 겉에 "동해 조선국 강원도 화천군 화천읍 某里 ○○○"라 써서 물에 띄운다. 이때 어부식이 잘 떠내려가면 그 해는 운수가 대통하고 쉽게 가라앉거나 떠내려가지 아니하면 그 해의 운수는 막힌다고 한다."[39]

[사례] 최순옥 씨는 14일 오곡밥을 지어서 가족들의 밥을 담은 후 각자 밥그릇에서 밥을 세 숟가락씩 떠서 따로따로 이름과 생일을 적고 종이에 싼다. 이것을 저녁에 장독대 위에 놓고 동서남북으로 세 번 절을 하고, 14일 저녁에 개울에 띄우고 다시 사방으로 절을 세 번 한 후에 돌아온다. 최순옥 씨는 최근까지 자신이 매년 이렇게 한다고 한다. 과거 시어머니 때부터 내려온 방식이어서 오임순 씨는 14일 종이에 위와

---

39) ≪화천군지≫, 화천군, 1988, p.303.

같이 오곡밥을 싸 두었다가 15일 저녁에 달이 뜰 때 강에 버린다고 한다. 각 가정마다 약간씩 차이가 있다.(화천군 간동면 유촌리)[40]

[사례] 토정비결을 봐서 그 해 운수가 나쁘다고 하면, 정월 14일에 오곡밥을 해서 물에 띄운다. 달이 오를 때 쯤 밥 세 덩어리를 띄우는데, 먼저 달을 향해서 양손으로 자신의 귓불을 잡고 절을 세 번 한다. 이때 용왕님께 일년 신수 좋게 해달라고 빈다.(화천군 상서면 구운리)[41]

[사례] 물에다 띄우면서 일년 신수 좋게 만수무강하게 해달라고 한다. 신수가 나쁘다고 하면 이렇게 하면 좋다고 해서 하며 마음에 쓰이는 자식이면 해준다. 해마다 하는 것도 아니다. 문창호지 종이다가 나, 생년월일을 써서 밥을 싸서 물에다 뿌리는데 밥을 딱 세 숟가락을 한다. 아이들 셋이면 셋 다 하는 것이 아니고, 한 애가 일년 신수가 안 좋다고 하면 숫갈로 세 숟가락을 해서 개 이름을 써서 넣고 밥을 싸서 개울에다 어부식이라고 해서 넣으라고 해서 할머니가 하라고 해서 했다. 말하자면 그게 '방수'라고 해서 하는데 애들이라고 다 하는 것이 아니다. "어부식이 넣어라" "막아주는 거다" 그걸 방수, 뱅이한다고 했다. (상서면 구운리)[42]

[사례] 창호지로다 오곡밥을 해다가 떠서 접어서 강물에다 "뱅이한다"고 띄운다. 식구가 다섯이면 다섯 봉다리를 싸다가 넣는데 "지지밥 내물린다"고 "액맥이한다"고 말한다. 집안 우환이 없게 한다. 어부식은 옛날에 물을 건너다니는데 그걸 잘 건너 댕기게 해달라고 어부식은 그래서 띄운다. 옛날에 다리가 많지 않고 걷구서 건너다니니까 장마철에도 물가에 사니까 어부식을 그래서 띄운다. 정월 보름께 오곡밥을 빚어

---

40) ≪강원도 세시풍속≫, 국립문화재연구소, 2001, p.542.
41) 제보자:김춘자(여.82), 2007.7.5, 이학주 채록
42) 제보자:김춘자(여.83) 2008.5.16, 장정룡 채록

서 그날 저녁에 가서 "이건 큰 아들 거다. 이건 큰손주 거다" 이렇게 하면서 할머니들이 물에다 넣는다. 물에 떠내려가면 고기가 먹고 그랬다. 그걸 어부식이라고 한다. 우리 어머니가 95세인데 몇 년 전까지도 날 보고 갖다 넣으라고 해서 내가 넣었다. 여기는 다 오곡밥을 넣는데 글씨는 어떤 사람은 큰 아들, 큰손주 이름 적어서 넣는다.(상서면 구운리)[43]

[사례] 글씨를 쓰는데 해동조선이라고 쓰고 생년월일을 쓴다. 밥이 귀하니까 많이 하지는 않고 숟가락으로 밥을 떠서 주먹 만하게 문종이에다 싸는데 흰 쌀밥을 싼다. 어머니는 밥을 지어주고 할아버지가 그걸 써주시면서 "니가 그걸 던져야 된다"고 그런 말씀을 해가지고 어려서 던졌다. 던질 때 그냥 '어부식이요' 그냥 그랬다. 애들이 멀리 던지지는 못하고, 물에다 던지는데 용암천 거기 개울에다 했다.(하남면 삼화리)[44]

② 강물에 뿌리는 방식

[사례] 바가지 안에 촛불을 커서 물에 띄우면서 일년 내내 나쁜 액을 막아달라고 조밥을 뿌린다. 이때 쳐드는 사람은 '아무개, 나이 몇 살, 주소'를 부르면서 한다. 조밥은 뭉친 것이 아니라 그냥 손으로 쥐어서 물에다 뿌린다. 이때 액이 낀 사람의 나이 수만큼 물고기를 잡아서 강에 놔주는 방생을 한다. 순서는 촛불을 바가지에 넣어 물에 띄우고, 창호지에 이름과 나이 주소를 써서 태우고, 고기를 액 낀 사람의 나이 수만큼 잡아서 방생하고, 마지막으로 조밥을 손으로 쥐어서 강물에 뿌린다.(화천군 간동면 용호리)[45]

---

43) 제보자:정종수(남.74) 2008.5.16, 장정룡 채록
44) 제보자 : 길병갑(남.74) 2008.7.11, 장정룡 채록
45) 이학주, <화천의 세시풍속 어부식에 대한 고찰>, ≪강원민속학≫21집, 강원도민속학회, 2007, p.297., 제보자:주점숙(여.68) 2007.7.5, 이학주 채록

[사례] 정월 14일 '용에게 밥을 준다'고 해서 강에다가 밥을 떠서 넣었다."(화천군 사내면 용담리)

[사례] 용밥준다고 하는데 '용밥주세' 하면서 밥덩어리 뭉쳐서 던딘다. 냉경지 강에다 첨에는 그릇에다가 해서 가지고 가서 던지고, 그 담에는 돌맹이 휙 던지듯이 뭉쳐서 '용밥주세'이렇게 하면서 던진다.(화천읍 하리)[46]

③ 강에다 놓고 비는 방식

[사례] 아기를 기르는 사람은 14일 아침에 일찍 여름날이라고 해서 하얀 쌀밥을 창호지에 싸가지고 강가에 가서 나이 몇 먹은 애 물가에 가더라도 아무 탈 없게 해달라고 빈다. 이때 아이들은 따라오지 못하게 한다. 비는 사람은 할머니가 했다. 오곡밥은 함지박에 담아갔다.(화천군 사내면 용담리)[47]

[사례] 정종수 씨 집에서는 모친 김종숙 씨가 14일 저녁에 '어부식'을 하였다. 김종숙 씨는 가족들의 밥그릇에서 오곡밥을 각각 세 숟가락씩 떠서 이름과 생년월일을 적어 놓은 창호지에 식구 수대로 싸서 개울에 가서 놓는다. 어부식을 15일 아침에 하는 사람도 있다."(화천군 상서면 구운리)[48]

이상과 같이 화천지역에서는 나름의 독특한 전승양상을 보이는데 바가지 안에 촛불을 켜서 물에 띄우고 자신의 인적사항을 쓴 종이에 밥을 싸서 물위에 놓으면서 액을 멀리하고 운수가 좋기를 용신에게 빈

---

46) 제보자:안정자(여.68) 2008.7.11, 장정룡 채록
47) 제보자:이귀순(여.82), 2007.7.5, 이학주 채록
48) 김의숙·이창식, 《화천민속지》, 화천군, 2004, pp.241~242, 이하 사례는 같은 책에서 인용함.

다. 이때 밥은 가족 수대로 하거나 세 덩이, 혹은 세 숟가락을 넣어 '삼'
이라는 숫자에 집착하기도 한다.

밥의 경우도 한지에 뭉치기도 하고 함지박에 담아가서 뭉치지 않고
뿌리기도 한다. 밥을 뭉치는 경우 액운이 있는 사람의 인적사항을 쓰
고 종이로 밥을 싸는 경우이나 그렇지 않은 경우는 종이는 소지를 올
리고 말로 인적사항을 구술한다. 이때 달을 향해 절을 하며 자신의 귓
불을 양손으로 잡는 것이 무엇을 뜻하는 지 알 수 없다.[49] 액이 낀 사람
이 물고기를 나이 수대로 방생하는 것이라든가 밥을 장독대 위에 놓고
세 번 절을 하는 방식도 있다.

3. 맺음말

첫째, 화천 북한강 냉경지의 어부식은 ≪열양세시기≫ 등 민속지에
기록된 어부시 전통적인 모습을 계승유지하고 있다. 또한 북한강 어부
식을 기록한 해관의 어부식 방액시는 이 지역 어부식의 전승을 확실하
게 증언하고 있다. 화천 북한강 어부식은 대보름 강민속제의와 액막이
라는 신앙적 원형을 유지하고 있다.

둘째, 어부식은 밥을 종이에 싸서 강물에 띄우거나 던지고, 비는 방
식은 조선시대 세시풍속지에 기록된 방식과 동일하다. 이외에 용밥던
지기, 제웅태우기, 실불점치기, 액막이배띄우기, 쑥대궁태우기, 저릅
태우기 등은 화천지역 대보름 민속과 강문화를 계승하고 물의 소중함
과 강변문화의 중요성을 보여주는 자료다.

셋째, 화천에서는 어부식이 잘 떠내려가면 그 해는 운수가 대통하고,

---

49) 이 방식에 대해서는 하남면 삼화리 길병갑(남.74) 제보자도 같은 증언을 하였다. "어
부식 하고 횃불놀이도 하는데 홰는 그전에는 대마를 많이 심었으니까 저릅으로 하
는데 그걸 쪼개요. 한 여덟 가닥으로 쪼개고 밑에는 삐죽하게 깎고 거기에 홰를 매
요. 그래서 달이 뜰 때쯤 되면 불을 질러서 붙여 놓고 귀를 붙들고 달을 보고 절을 하
지요. 달맞이를 하는데요. 그때 그 의미는 모르는데 귀를 붙들고 하지요. 소원성취인
데 세 번 절을 하지요. 무사안녕하게 일년 나게 해달라고 빌어요."

쉽게 가라앉거나 떠내려가지 않으면 그 해의 운수가 막힐 것으로 점치는 점복행사(占卜行事)의 의미를 지니고 있다. 화천 어부식이 민간신앙으로 전승되나 강의 신성성과 생명력에서 기원한 고대 수신제의 성격을 갖추고 있으며, 액막이와 나눔, 그리고 제물 바침이라는 전통을 계승하고 있다.

넷째, 화천 어부식은 잊혀져 가는 강문화축제를 발전시키는 소중한 동력이며, 어부식 민속은 소중한 강변문화를 계승하는 문화재적 가치가 높은 민속자원으로 평가된다.

■ 참고문헌

김매순, ≪열양세시기≫, 1819.

홍석모, ≪동국세시기≫, 1849.

최영년, ≪해동죽지≫, 장학사, 1925.

이능화, <조선무속고>, ≪계명≫ 제19호, 1927.

방종현, ≪세시풍속집≫, 연학사, 1946.

이윤희, ≪우리나라 세시기≫, 금룡도서주식회사, 1948.

추엽융, ≪조선무속の현지연구≫, 양덕사, 1950.

최상수, ≪한국의 세시풍속≫, 홍인문화사, 1960.

이석래, ≪풍속가사집≫, 신구문화사, 1974.

임동권, ≪한국민요집≫III, 집문당, 1975.

임동권, ≪한국세시풍속연구≫, 집문당, 1985.

금택규, ≪한국농경세시의 연구≫, 영남대학교출판부, 1985.

제교철차 원저, 정희 역, ≪십이생초적고사≫, 대북성광출판사, 1986.

화천군, ≪화천군지≫, 1988.

윌리암스 저, 이용찬외 역, ≪중국문화 중국정신≫, 대원사, 1989.

≪민속지≫, 강원도, 1989.

장정룡, ≪한·중 세시풍속 및 가요연구≫, 집문당, 1989.

장정룡, <강릉갱금마을의 용물달기>, ≪월간태백≫, 강원일보사, 1990년 2월.

화혜윤 외, ≪십이생초총서 용≫, 상해과학기술출판사, 1990.

양 석, ≪십이생초신춘련≫, 중국문연출판공사, 1990.

방송령, ≪중국민속중적숭배≫, 심양출판사, 1991.

하배금, ≪중국용주문화≫, 삼환출판사, 1991.

왕홍기, ≪신묘적생초문화여유희≫, 삼련서점출판사, 1992.

구미래, ≪한국인의 상징세계≫, 교보문고, 1992.

이혜화, ≪용사상과 한국고전문학≫, 깊은샘, 1993.

임기중, ≪우리세시풍속의 노래≫, 집문당, 1993.

길야유자, ≪십이지≫, 인문서원, 1994.

김선풍외, ≪민속학적으로 본 열두띠이야기≫, 집문당, 1995.

김의숙, ≪강원도 민속문화론≫, 집문당, 1995.

≪화천의 역사와 문화유적≫, 강원대학교 박물관·강원도·화천군, 1996.

왕자금, ≪문신여문신숭배≫, 상해삼련서점, 1996.

전경수, ≪문화시대의 문화학≫, 일지사, 2000.

이창식, ≪삼척지역의 민속문화≫, 삼척문화원, 2000.

강대덕 편저, ≪조선시대 사료를 통해 본 화천≫, 화천문화원, 2001.

장정룡, ≪강원도 민속연구≫, 국학자료원, 2002.

장정룡 외, ≪아시아의 단오민속≫, 국학자료원, 2002.

리정순, ≪열두달 민속이야기≫, 평양 근로단체출판사, 2002.

천진기, ≪한국동물민속론≫, 민속원, 2003.

김의숙·이창식, ≪화천민속지≫, 화천군, 2004.

국립민속박물관, ≪한국세시풍속사전≫정월편, 2004.

국립민속박물관, ≪한국세시풍속자료집성≫ -조선전기문집 편-, 2004.

장정룡 외, ≪강원민속학≫제18집, 강원도민속학회, 2004.

장정룡 외, ≪강원민속학≫제19집, 강원도민속학회, 2005.

장정룡, ≪인제뗏목과 뗏꾼들≫, 인제군, 2005.

장정룡, ≪강릉단오제 현장론 탐구≫, 국학자료원, 2007.

서해안 일대의 해신(海神)과 해신설화

최명환*

1. 머리말

바다(海)는 물 가운데서도 신화적 원수(原水)로서의 관념을 지니고
있다. 우주만물이 비롯되고 생성되는 원천인 물이 곧 원수이지만, 신
화에서 바다는 원수 자체로 여겨지기도 한다. 또한 바다는 그 끝없음
과 끝없이 펼쳐진 수평선 때문에, 수평축의 끝에 자리 잡고 있을 피안
(彼岸)의 세계를 내포한 공간을 의미한다. 신화에서 바다는 하늘과 짝
지어져 또 다른 신들의 세계 또는 영토를 상징하는 것이다.[1] 물이 정적
(靜的)이라면 바다는 동적(動的)이고 율동적이다. 달과 맺어진 조수의
들고 남, 그리고 바람과 맺어진 파도의 일어남 등으로 표상되는 바다
의 역동성은 하늘 못지않은 경외감을 불러일으키게 한다. 바다가 변화
를 대동하는 항구성(恒久性), 순간이 뚜렷이 부각되는 영원성(永遠性)
등을 상징하는 것은 이 때문이다. 바다는 물과 공통성을 나누어 가지
지만, 물과는 달리 피안과 영원을 상징하고, 그 밖에 죽음도 상징한다.
이 때 바다는 한바다, 곧 대양(Ocean)과 동격화 된다. 하늘이 수직의 최
정상이므로 피안이 되듯이, 바다는 수평의 최극단이므로 피안이 될 수
있는 것이다.

---

* 한국외대 문화콘텐츠학과 강사

[1] 신격화된 신라의 탈해왕과 가락국의 허황후는 모두 바다 건너편에서 온 것으로 알려
　져 있다.

　한편, 바다라고 하는 특수한 환경은 육지에 비해서 훨씬 불안정하고, 기상과 바람 등의 자연력에 의해서 변화가 예측할 수 없을 정도로 다양하다. 이러한 불안정한 환경에서 살아가야 하는 어부(漁夫)나 선원(船員) 또는 바다를 터전으로 살아가는 사람들의 의식 속에는 항상 불안정에서 벗어나고자 하는 심리적 열망을 지니고 있다. 곧 안정에 대한 희구와 갈망이 강렬하고, 이러한 심리적인 특성이 그들로 하여금 신앙에 의지하는 경향을 강화하였다. 현재 우리나라의 전통마을 중에서 아직도 제의가 엄격하게 전승되고 있는 마을이 육지보다 도서(島嶼) 지역이 더 많다는 사실에서도 이러한 특성을 확인할 수 있다. 항해의 안전과 수확물의 풍요를 빌며, 질병으로부터 벗어나려는 바다 사람들의 소원들이 이러한 신앙적인 면으로 표출된다.

　필자는 지난 2년 동안 우리나라 도서(島嶼)지역에 대한 민속과 설화를 조사하였다. 서해안 지역은 물론 동해안, 남해안 일대의 마을과 섬마을을 다니면서 현장 속에 남아 있는 해양과 관련된 민속과 설화를 찾아 다녔다. 우리나라 해안 지역은 내륙지역보다 다양한 형태의 바다의 신[海神]과 바다의 신과 관련된 설화[海神說話]가 남아 있는 것을 확인하였다. 이 글에서는 서해안 지역 바다신과 바다신 관련 설화가 어떻게 전승되고, 또한 서해안 지역민들의 인식 속에 그들이 어떠한 모습으로 자리하고 있는 가를 살펴보려 한다. 이를 위한 기초자료로 (사)장보고기념사업회에서 용역 발주한 2005년과 2006년의 '한국 해양 및 도서 신앙의 민속과 설화'의 조사 내용을 토대로 하였다. 또한 바다신(神)에 국한된다는 점에서 '마을신(洞神)', '당신(堂神)'이라는 용어를 대신하여 '해신(海神)'이라는 용어를 사용하였으며, 그와 관련된 이야기이므로 해신설화(海神說話)라고 명명해 보았다.

2. 서해안 해신제(海神祭)의 유래

서해(西海)는 동쪽으로 한반도에, 남쪽으로 동중국해와 서쪽으로 중국의 산동반도(山東半島), 북쪽으로 요동반도(遼東半島)에 둘러싸여 있다. 중국 황하(黃河)에서 유입되는 황색의 점토로 인해 '황해(黃海)'라고 부르기도 한다. 한반도의 서해안은 압록강 입구에서부터 전라남도 해남에 이르는 직선거리 650km로, 해안선의 길이는 육지부 4,719km, 도서 지역 3,700km에 이른다. 서해안 지역은 낮은 평지가 넓으며, 벌이 발달되어 있어 해양생물(海洋生物)이 풍부하여 고대로부터 인간생활의 중심지가 되어 오고 있다.

서해를 비롯하여 바닷가에 인접해 거주하였거나, 거주하는 사람들은 그들의 생업활동에 터전이 되는 바다[海]를 그 자체로 또는 인격화한 바다로 신앙의 대상으로 여겨왔다. 현재 전하는 문헌 속에서 바다 자체가 신앙의 대상이 된 사례는 신라시대의 국가적 제례에서 찾을 수 있다. 신라에서는 삼산(三山)에 제사를 지내고, 오악(五嶽), 사진(四鎭), 사독(四瀆)에 제사를 지내는 것과 함께 네 바다(四海)에서도 제사를 지냈다.

> 사해는 동쪽은 아등변(또는 근오형변이라고도 함, 퇴화군)이라고도 하였다. 남쪽은 형변(거칠산군), 서쪽은 미릉변(시산군), 북쪽은 비례산(실직군)이었다.[2]

위의 기록은 ≪삼국사기≫에 수록되어 있다. ≪삼국사기≫에는 신라는 물론 고구려와 백제의 국가제사까지도 언급하고 있는데, 이들 나라에서의 바다와 관련된 제사 모습은 확인할 수 없다. 다만, 신라의 국가제사에 사해(四海)가 포함되어 있어, 바다가 신앙의 대상이 되어왔

---

2) ≪삼국사기≫ 권32, 잡지1, 제사. "四海 東阿等邊(一云斤烏兄邊 退火郡) 南兄邊(居柒山郡) 西未陵邊(屎山郡) 北非禮山(悉直郡)"

음을 확인할 수 있다. 신라의 사해에 대한 제사는 중사(中祀)에 포함되어 있었다.[3] 서해에 국한해서 언급하면, 서해의 경우 '미릉변(시산군)'에서 제사를 지냈다고 하였다. 미릉변의 경우 구체적인 장소를 확인하기 어렵지만, 시산군의 경우는 현재 전라북도 군산시 임피면에 해당한다.[4] 임피면은 군산시 동부부에 위치해 있는 면이다. 그러나 ≪삼국사기≫에서는 제의의 장소만 언급되어 있고, 국가제사에 있어서 제사의 대상이 되는 해신에 대한 구체적인 모습을 확인하기는 어렵다.

- … 해, 독, 산천, 신들의 훈호를 붙이고 …[5]
- 해신에 비를 빌었다.[6]
- 용왕 도장을 정주 바다의 배 위에 차려 놓고 7일간 비를 빌었다.[7]
- 사해의 신은 동해지신, 남해지신, 서해지신, 북해지신이라고 칭한다.[8]
- 현종 16년 5월에 해양도 정안현에서 두 번이나 산호수를 진상하였으므로 남해신을 사전에 승격시켰다.[9]

이상의 기록들은 ≪고려사≫에 수록되어 있는 바다와 관련된 제사에 대한 기록들이다. 고려시대의 경우 바다는 정기적인 국가제사에는 포함되어 있지 않았다. 고려시대에는 신라시대와 달리 바다를 비롯하여 악

---

3) 중사(中祀)는 국가적인 규모의 사전(祀典)에서 대사(大祀) 다음가는 제사이다.

4) 임피면(臨陂面)은 백제의 시산군(屎山郡 또는 陂山·所島·失鳥出郡)이었는데, 757년(경덕왕 16)에 임피군으로 고치고 옥구, 회미, 함열을 관할하게 하였다. 고려시대에는 현으로 강등하고 현령관을 두어 회미, 옥구, 만경, 부윤을 다스리게 하였다. 조선시대에도 계속 현으로 있다가 1895년(고종 32) 군이 되었고, 1914년 옥구군에 병합되었다가, 군산시에 포함되었다.

5) ≪고려사≫세가4, 현종 5년 12월. "(甲寅)五年 十二月 海瀆山川神祇各加勳號"

6) ≪고려사≫세가11, 숙종 3년 4월. "祈雨于海神"

7) ≪고려사≫세가17, 의종 17년 7월. "設龍王道場於貞州船上禱雨七日."

8) ≪고려사≫세가42, 공민왕 19년 7월. "四海稱東海之神南海之神西海之神北海之神."

9) ≪고려사≫63 지 17 예 5 잡사. "顯宗十六年五月以海陽道定安縣再進珊瑚樹陞南海神祀典"

(嶽)·독(瀆)과 명산대천이 대사(大祀)·중사(中祀)·소사(小祀)의 분류체계에 따라 등재되어 있지 않았다. 특히 바다와 관련해서는 잡사(雜祀)에 '남해신사(南海神祀)'가 포함되어 있을 뿐이다. 그것도 현종 16년(1025)년 정안현[현 전라남도 장흥군]에서 산호수(珊瑚樹)를 두 차례에 걸쳐 진상하였기 때문에 '남해신사'를 국가제사에 포함시켰다고 한다. 다만, 이상의 기록들을 통해 고려시대에도 서해를 비롯하여 동해, 남해, 북해의 해신에 대한 인식은 있었으며, 특히 해신의 경우 기우(祈雨)의 대상으로 인식하고 있었음을 확인할 수 있다. 비록 고려시대에 와서 바다가 국가제사에서 제외되었지만, 바다에 대한 인식이나 바다에 대한 상징성이 퇴색한 것은 아니다. 이를 고려의 건국신화에서 확인할 수 있다.

> … 작제건은 어려서 총명하고 지혜가 있었으며 용맹하였다. 그는 나이 대여섯 살이 되자 아버지가 누구인지를 어머니에게 물었다. 이에 어머니는 아버지의 이름을 모르는 까닭에 단지 "당나라 사람"이라고만 하였다. 작제건이 16세가 되자 어머니는 아버지가 남겨준 화살과 활을 주었다. 그가 이것으로 활을 쏘니 백발백중이었다. 그는 아버지를 찾으려고 장사배를 타고 중국으로 향했다. 그러나 한바다에 이르자 구름과 안개가 끼어 배가 3일 동안 나아가지 못했다. 뱃사람이 점을 치더니, "고려 사람이 있으니 죽여야 한다."고 하였다. 작제건이 혼자 바다에 뛰어들었는데 밑에는 바위돌이 있었다. 그가 바위에 서자 안개가 걷히고 배가 나아갔다.
>
> 이윽고 노인이 나타나 그에게 절하며 말하였다. "나는 서해용왕이니라. 매일 늙은 여우가 부처님 모습을 하고 하늘에서 내려와 북을 치고 풍악을 울리며 이 바위에 앉아 불경을 외면, 나의 머리가 매우 아파지오. 듣자하니 그대가 활을 잘 쏜다고 하니 나의 이 재앙을 물리쳐 주오." 이에 작제건이 허락하고 때를 기다렸다. 문득 공중에서 풍악이 들리더니 부처님이 내려오는 것이 아닌가. 그가 부처님인 줄 알고 활을 쏘지 못하는데, 그 노인이 와서 의심하지 말고 빨리 쏘라고 하였다.

작제건이 활을 들어 쏘자 과연 늙은 여우가 떨어졌다. 노인이 기뻐하고 그를 서해 용궁으로 안내하였다. "그대의 힘으로 나의 재앙을 물리쳤으니 이 큰 은혜를 보답하려 하오. 그대는 장차 당나라에 가서 천자인 아버지를 만나겠소, 아니면 재물을 얻어 돌아가 모친을 봉양하시겠소?" "제가 바라는 것은 동쪽 나라의 왕이 되는 것입니다." "그것은 불가하오. 그대의 자손 대에 가서야 왕이 나올 것이오. 다른 소원을 말하시오." 작제건이 말을 못하고 있을 때 곁에 있던 노인이 말하였다. "어찌하여 그의 딸에게 장가들지 않는가?" 작제건이 알아차리고 장가들기를 원하자, 용왕은 할 수 없이 맏딸을 아내로 삼게 하였다.
…

고려시대에 바다와 관련해서 중요한 신화 한 편이 전승된다. 바로 고려의 건국신화다. 원래 고려를 세운 태조 왕건(王建)의 조상에 관한 기록은 상세하지 않다. 왕건은 신라 말에 개성을 중심으로 군사적 힘을 가졌던 호족으로서 그의 조상은 별로 두드러진 벼슬살이를 하지 않았기 때문이다. 따라서 고려시대에 이루어진 <태조실록>에도 왕건의 3대조 조상까지만 왕호를 부여한 것으로 되어 있다. 그러나 고려 왕실의 힘이 미약해진 중엽에는 왕실의 신성한 힘을 과시하기 위하여 왕건의 6대 조상에 관한 행적이 새로 만들어지게 되고, 그 때 나온 것 가운데 하나가 ≪편년통록(編年通錄)≫[10]이었다. 조선시대 초기에 정인지는 ≪고려사≫를 편찬할 때 고려 태조의 선조에 관한 기록이 없음을 알고 이 ≪편년통록≫을 하나의 역사물로 받아들여 ≪고려사≫속에 수록하였다.[11]

고려의 건국신화 가운데서 작제건(作帝建)이 가장 영웅적인 행적을 보이고 있다. 그러나 위의 신화는 기존에 전승하던 설화들을 대부분

10) ≪편년통록(編年通錄)≫은 의종 때 김관의(金寬毅)가 편찬한 역사책으로 현존하지는 않는다. 다만 ≪고려사≫에 상세한 내용이 수록되어 있다. 설화 중심의 신이(神異)한 내용을 많이 담고 있다.

11) 이지영, ≪한국의 신화 이야기≫, 사군자, 2003, pp.132~139.

차용한 것이다. 우선 작제건이 서해용왕을 도와 늙은 여우를 활로 쏘아 죽인 뒤 그 대가로 용녀(龍女)와 결혼한다는 내용은 신라 진성여왕 때의 영웅 <거타지설화>와 서사구조가 동일하다.12) 그리고 그가 활을 잘 쏘았으며 아버지가 남긴 활과 화살을 어머니로부터 받아 아버지를 찾아 떠나는 것은, 고구려 건국신화에서 유리가 부러진 칼을 찾아 아버지인 주몽을 찾으러 떠나는 것과 서사구조가 동일하다.

위의 신화가 기존의 설화들을 차용하였다고 하는 여부를 떠나서 바다와 관련해서 위의 신화에서 주목해 보아야 할 부분이 있다. 바로 고려의 시조인 왕건의 할머니가 서해용왕의 딸로 묘사하고 있다는 점이다. 고려 왕조가 시조의 할머니를 '용녀(龍女)'라고 부르고, 그 출생지를 '서해용궁'이라고 한 것은, 장차 기틀을 잡을 고려 왕국의 번영과 힘의 원천을 바다에서 구하고자 한 발상이라고 할 수 있다. 바다가 고려 왕국의 성스러운 발상지로, 또는 바다 속에 그와 같은 성역이 있다고

---

12) 거타지설화(居陀知說話)는 ≪삼국유사≫ 권2 기이(紀異) 진성여왕대 거타지조에 실려 있다. 거타지는 진성여왕의 계자(季子)인 아찬 양패가 당에 사신으로 갈 때 그들을 호위하던 궁사(弓士) 중의 한 사람이었다. 항해 도중 일행은 곡도(鵠島)에서 풍랑을 만났다. 사람을 시켜 점을 치게 하니 섬에 있는 신지(神池)에서 제사를 지내야 한다는 점괘가 나왔다. 일행이 못 앞에서 제사를 지내자 물이 높이 솟아올랐고, 그날 밤 양패의 꿈에는 한 노인이 나타나서 활을 잘 쏘는 사람 하나만 섬에 두고 떠나면 순풍을 얻을 것이라고 말했다. 섬에 남을 자(者)를 가리기 위해 각자의 이름이 씌어진 목간(木簡) 50쪽을 물에 놓자 거타지라 씌어진 목간만이 물에 잠겼다. 거타지가 홀로 섬에 남아 있을 때 한 노인이 못에서 나와 말하기를, 자기는 서해의 신인데 매일 해가 뜰 때마다 하늘에서 한 중이 내려와 다라니[眞言]를 외며 못을 3바퀴 돈 후 자기 가족들을 모두 물 위에 뜨게 하여 간을 빼먹어서 이제는 자신과 부인 그리고 딸 하나만이 남아 있다고 하며, 그 중이 나타나면 활로 쏘아달라고 했다. 거타지가 승낙하자 노인은 물속으로 들어갔는데, 그는 용이 둔갑한 사람이었다. 다음날 아침 중이 내려와 노인의 간을 먹으려고 했다. 그때 거타지가 활을 쏘자 중은 늙은 여우로 변해 죽었다. 노인은 이에 대한 보답으로 자기의 딸을 아내로 삼아달라고 했다. 노인은 딸을 한 가지의 꽃으로 변하게 해 거타지에게 주고, 두 마리 용에게 명하여 거타지를 받들고 사신으로 가는 배를 뒤쫓아가 당까지 그 배를 호위하게 했다. 당나라 사람들은 두 마리의 용이 배를 호위하고 있는 것에 놀라 임금에 아뢰니 당 임금은 신라의 사신을 비상한 사람이라고 여겨 성대히 대접하고 후한 상까지 내렸다. 신라에 돌아온 거타지는 꽃을 여자로 변하게 하여 행복하게 살았다고 한다.

생각한 것이다. 곧 서해바다가 고려 왕국 성립의 정신적 기반이 되었
다고 할 수 있다.

> 동해(東海)는 강원도(江原道) 양주(襄州)의 동쪽에 있고, 남해(南海)
> 는 전라도 나주(羅州)의 남쪽에 있고, 서해(西海)는 풍해도(豊海道) 풍
> 천(豊川)의 서쪽에 있다.[13]

조선시대에 와서 다시 국가제사가 정비되었다. 이 때 해신제는 신라시
대와 마찬가지로 중사에 포함되었다. 서해에 국한해서 보았을 때, 신라
시대와 다른 점은 국가제사의 장소가 바뀌게 된 것이다. 이는 행정구역
의 변천으로 이해할 수 있다. 조선시대 서해에서 중사에 해당하는 해신
당이 있던 곳은 풍해도 풍천[14]으로 지금의 황해도 송화지역이다. ≪신증
동국여지승람(新增東國輿地勝覽)≫에 의하면 서해신사(西海神祠)는
'임해봉(臨海峯)'에 위치해 있었다고 한다.[15] 풍천지역은 북부와 동부
에는 산들이 위치하고 있으며, 북서부의 바다에는 초도(椒島)·석도
(席島)·가도(駕島) 등의 섬들이 위치해 있다. 고려 말에는 홍건적과 왜
구의 침입이 있어 많은 피해를 보기도 하였던 지역이다. 조선시대에는
이 곳이 대동강 하류의 해안지대이므로 군사적으로 중요시되던 곳이
었다.

해신제와 관련된 문헌기록을 통해서 신격으로서 해신의 구체적인
모습은 확인할 수는 없다. 다만, 바다가 삼국시대 이래 국가제사의 대

---

13) ≪세종실록 오례의≫세종 128권 오례, 변사. "東海, 江原道襄州東; 南海, 全羅道羅州
南; 西海, 豊海道豊川西"

14) 풍천(豊川)은 고구려의 구을현(仇乙縣, 또는 屈遷縣)이었는데 고려 초에 풍주(豊州)
로 고쳤다. 1413년(태종 13)에 풍천으로 바뀌어 군(郡)을 설치하였다가 은율현(殷栗
縣)과 합하여 풍률군(豊栗郡)이 되었으나 얼마 지나지 않아 다시 분리되었다. 1469년
(예종 1)에 도호부로 승격되어 풍천도호부가 되었다. 1895년(고종 32)에는 풍천군으
로 바뀌었다가 뒤에 송화군에 편입되었다.

15) ≪신증동국여지승람≫43 황해도. "西海神祠在古立所臨海峯 春秋降香祝致祭."

상이 되고 있음을 확인할 수 있고, 국가제사의 장소를 확인할 수 있을 뿐이다. 서해신사가 있던 신라시대의 시산군[현 전라북도 군산시]과 풍천[현 황해도 풍천면]지역은 강과 바다가 만나는 교통의 요충지라는 공통점을 지니고 있다. 군산시는 금강과 만경강의 하류이며, 호남평야의 일부를 이루고 있다. 고려 때 12조창(漕倉)의 하나인 진성창(鎭城倉)이 있어서 만경강 남쪽의 운반하던 곳이었으며, 풍천은 대동강 하류에 위치하며 조선시대 해창(海倉)·둔창(屯倉) 등이 있어 한강으로 수송하는 곳이었다. 이들 두 나라의 경우, 바다와 강물이 만나는 군사적 요충지 곧 바다에서 육지로 이어지는 곳에 해신당을 만들고, 바다를 신앙의 대상으로 삼아, 국가수호를 기원하였던 것이다.

3. 서해안 해신과 해신설화의 현황

지난 2005년과 2006년에 걸쳐 서해안 지역에서의 현지조사는 모두 21개 마을에서 이루어졌다. 현지조사 내용 중 이 글에서는 지역민들이 해신에 대한 구체적인 인식을 가지고 있으며, 특히 좌정담(坐定談)을 중심으로 한 해신 관련 설화가 전승되는 지역인 5개 마을을 중심으로 언급하려 한다. 문헌기록과는 달리 현지조사를 통해서는 현재 전승되고 있는 민중들의 다양한 해신에 대한 인식과 해신과 관련된 설화들을 확인할 수 있다. 마을이나 특정지역을 전승범위로 해서 전승되는 신화는 그 지역의 제의(祭儀)와 깊은 상관관계를 지니고 있으며, 제의의 의미를 부여하는 차원에서 전승되고 있다.

		길상면 동림마을 꽃향나무당제
		내가면 외포리 곶창굿
인천광역시	강화군	교동면 부군당제
		교동면 사신당제

		교동면 읍매리 산단제
		내가면 황청리 풍어제
		화도면 내리 후포 당굿
충청남도	당진군	**송악면 안섬 풍어당굿**
전라북도	고창군	**해리면 동호리 영신당제**
	부안군	계화면 당상리 당산제
		계화면 궁안리 당산제
		계화면 창북리 당산제
		계화면 돈지마을 당산제
		변산면 격포리 수성당제
		위도면 대리 띠뱃놀이
		위도면 치도리 당산제
		위도면 상왕등도 산신제
		진서면 진서리 구진마을 당산제
전라남도	영광군	법성면 입암리 매향비
	신안군	증도면 우전리 신당산 당제
		지도면 사옥도 당촌 당제

1) 인천광역시 강화군 내가면 외포리 곶창굿

강화군 내가면 외포리의 포구는 현재에도 삼산, 교동, 서도 등 3개 면을 잇는 해상교통의 요충지다. 옛 이름은 정포(井浦)다. 서해에서 강화도로 들어오는 입구이므로 전략적 중요성이 매우 컸던 곳이다. 조선 시대에는 이 곳에 정포보가 설치되어 만호(萬戶)를 두고 있었으며, 정포에는 정포진(井浦鎭)을 비롯하여 망양정돈(望洋亭墩), 정창(井倉), 정포보(井浦堡) 등의 군사시설이 있었다.[16] 강화군 내가면 외포리에서 전승되는 곶창굿(인천무형문화재 8호)은 경기도당굿의 형태를 띠고

---

16) 김용국, <강화도 외포리 곡창굿의 현지 연구>, 경기대 박사논문, 2005, p.36.

있는 마을굿이다.[17] 곳창굿이라는 명칭도 경기도 일대에 전하는 마을 굿을 지칭한다.[18]

내가면 외포리 곳창굿의 정확한 유래는 전해지지 않는다. 다만, 1940년대 초부터 소임을 맡아 곳창굿을 주재해 오고 있는 마을 주민들이 어렸을 적에도 이 굿이 벌어졌던 것을 기억하는 것을 보면 그 역사가 오래되었음을 짐작할 수는 있다. 곳창굿의 중심이 되는 '상산당'의 당주를 따져 보아도 이를 확인할 수 있다. 지역민들의 전승에 따르면 상산당의 당주는 고기운(1879-1944년), 조복음(1980년대 중반-1930년대 말), 유성(1810년대-1880년대 말) 등으로 거슬러 올라간다. 이는 외포리 곳창굿이 조선시대 후기인 18~19세기에도 전승되고 있었음을 말해준다.

곳창굿은 2-3년마다 한 번씩 음력 2월 초에 길일(吉日)을 선택하여 3일 동안 벌어진다. 마을대표와 당주가 협의하여 길일을 택하고 소임을 결정한다. 대개 음력 2월 초에 곳창굿을 거행하는데 이 때 마을대표와 주민들이 사흘간의 굿 일정동안 상·중·하 소임별로 역할을 맡게 되며, 소요경비는 각 가정의 형편에 따라 추렴한다. 굿은 매일 오후 4시까지로 밤에는 마을 주민들의 놀이판이 벌여져 전통적인 마을축제의 모습을 보이고 있다. 곳창굿은 바다에서 사고를 막게 해 달라며 용왕을 맞이하는 수살굿을 시작으로 초부정 초가망 장군 대신굿, 제석굿, 선주굿, 별상대감굿, 군웅굿, 뒷전 한마당 놀이굿 등으로 진행된다. 외포리 곳창굿은 전체적으로 서울 경기 지역의 도당굿 형식을 취하면서도 풍어를 위한 선주굿 한거리를 별도로 잡고 있는 독특함을 보인다.[19]

---

17) 외포리 곳창굿에 대한 조사 및 연구는 이선주, ≪인천지역무속≫Ⅱ, 미문출판사, 1988. 문광영, <강화도 외포리 곳창굿 연구>, ≪기전문화연구≫24집, 기전문화재연구소, 1996. 김용국, <강화도 외포리 곡찾굿의 현지 연구>, 경기대 박사논문, 2001. 등이 있다.

18) 김용국, <강화도 외포리 곳창굿의 현지 연구>, 경기대 박사논문, 2005, p.8.

19) 2006년에는 첫째날(3월 22일) 수살굿, 돌돌이, 초부정 초가망거리, 기올림, 제석거리, 성주모심, 둘째날(3월 23일) 장군거리, 별상거리, 성주왕신거리, 대감거리, 창부거리,

득대장군은. 신이 아니고 사람이었죠. 여기서 인저 어부로 있다가
그 분이 하도 유명한 분인데 말이죠. 그 분이 돌아가시니까 신격화해가
지고 신으로 모시게 된 거죠. 그러니깐 너무도 이제 저 바다에 대해서
배에 대해서 잘 알고, 힘도 세고 남달리 인제 옛날에 장사가 하여튼 있
었는데, 그런 식으로 장사에 가까운 그런 이제 덕망도 높고. 남달리 힘
도 세고. 그러니까 이를테면 사람을 몇 명 건제하다시피 이렇게 했던
분이죠. 득대죠. 득대. 그 양반이 돌아가시니까 그때 인제 신으로 모시
게 된 거죠. 시대적으로. 아마 거 너무 오래 되가지고 지금 아마 한 천
년 이상 전 이야기 같죠? 그렇게 오래된 거니까.[20]

곳창굿에서 모셔지는 주신(主神)은 '득제장군[득대장군, 득태장군]'
이다. '득제장군'이라는 명칭에서도 확인할 수 있듯이 '장군신'이다.
우리 민속에 있어서 장군신은 마을을 보호해준다는 지역민들의 현실
적인 욕망과 부합하여, 마을신앙의 대상으로 많이 자리 잡고 있다. 그
러나 외포리 곳창굿에서 모시고 있는 득제장군이 어떠한 인물이었는
지는 구체적으로 밝혀지지 않고 있다. 지역주민들의 제보에 따르면 마
을에 지대한 영향을 미치고, 그가 사망한 후 마을의 주신으로 모셨다
고 하는 것을 동일하게 들을 수 있다. 간혹, 제보자에 따라서 그를 '임
경업장군'이라 말하기도 한다.[21] 이는 임경업 장군이 강화일대에서 마
을을 수호하고 선업의 번성을 도와준다고 믿기에 막연히 '득제장군'을
임장군과 동일시 한 결과로 생겨난 현상이다. 외포리 곳창굿의 주신은
엄연히 '득제당군'이라는 고유명사로 굳어져 있다. 조기잡이의 신인
임경업장군이 강화도 일대에 널리 퍼져있음이 분명하나 득제장군이
곧바로 임경업장군은 아닐 것이다. 이 곳에 뿌리를 내린 어떤 장군의
흔적이 당신으로 정착한 것으로 보여진다. 또한 외포리를 수호하다가

셋째날(3월 24일) 선주굿, 군웅굿, 뒷전, 고사 등으로 진행되었다.
20) 제보자 : 김병기, 남 · 71세, 인천광역시 강화군 내가면 외포리, 2006년 6월 24일 채록.
21) 강화도의 마을 제당에서 주신(主神)으로 임경업 장군을 모시고 있는 마을은 강화읍
　　갑곶리 진해마을의 현충당, 매음리 어유정마을의 긴대 서낭당 등이다.

전사한 의병이나 병졸의 한 사람으로 추정하기도 한다. 서해안 일대에 왜구의 노략질이 심하였고, 따라서 장군신이 널리 받아들여졌던 역사를 반영하는 것일 수도 있다.

한편, 외포리 곳창굿에서는 득제장군 외에도 여러 명의 당신들을 모시고 있으며, 시대에 따라서[상산당 보수] 주신인 득제장군을 제외하고는 모시는 당신들이 변화되어 간다. 외포리 상산당의 화상(畵像)들이 변하는 것을 통해서 모시는 당신들의 변화가 있음을 확인할 수 있다. 이와 같은 현상은 마을 주민들 스스로가 대상신을 변화시켰다고 보기보다는 무속집단이 마을 신을 관장하거나 당집 관리와 주체를 주관하면서 원래 마을 당신에 다양한 무속신이 편입하게 되고, 주재하는 무속집단의 성향에 따라 변한 것으로 보아야 할 것이다.

1940년	1944년	2003	2004
창부	**창부**	**창부**	**창부**
대감	**대감**	**대감**	**대감**
도당할머니	도당할머니	·	·
군웅	**군웅**	**군웅**	**군웅**
장군마누라	·	·	·
득제장군	**득제장군**	**득제장군**	**득제장군**
산신부부			산신부부
별상	**별상**	**별상**	**별상**
제석	**제석**	**제석**	**제석**
성주			·
·	도당할아버지	·	·
·	군웅마누라	·	·
·	·	군웅마누라	군웅마누라
·	·	칠성	칠성
·	·	·	대신할머니(조화순)
·	·	·	오방신장
·	·		용왕
10개 화상	9개 화상	8개 화상	12개 화상

위의 표를 보면 조화순 당주만신이 생존해 있을 당시에는(1940년)

'창부', '대감', '도당할머니', '군웅', '장군마누라', '득제장군', '산신부부', '별상', '제석', '성주'등의 당신을 모셨다. 그러다 조화순 당주만신이 사망한 직후인 1944년에는 '도당할아버지', '군웅마누라' 등 두 분의 당신을 더 모시게 되었다. 그러면서 '장군마누라', '산신부부', '성주' 등이 당신에서 빠진다. 그 뒤 2003년에는 '도당할아버지', '도당할머니'가 당신에서 빠지게 되고, 새롭게 '칠성'이 당신으로 추가된다. 그러다가 2004년 새롭게 당을 지으면서 화상을 새로 모시게 되었는데, '산신부부'가 다시 당신으로 추가되었고, '대신할머니(조화순 당주만신)', '오방신장', '용왕' 등을 새로 모시게 되었다. 특히 조화순 당주만신이 외포리 당신으로 모셔지게 된 것은 현대사회에 있어서 당신의 좌정이라는 측면으로 주목된다.

외포리 상산당

외포리 상산당 내부의 당신도

2) 충청남도 당진군 송악면 내도리 안섬 풍어굿

내도리(內島里)는 안섬 마을의 한자 표기로 일제강점기 이후 행정구역상 표시에 사용하고 있으며, 마을주민들은 대부분 '안섬'이라고 부른다. 안섬마을은 지명에서 확인할 수 있듯이 당진군 송악면 북단에 위치한 섬마을이었다. 마을주민들에 따르면 1965년도에 연육교가 가설되어 사람이 왕래하다가, 1976년 새마을 사업의 일환으로 연육교가 확장되어 버스가 왕래하게 되었다고 한다. 그 후에는 간척이 되어 지명만 섬의 모습을 하고 있을 뿐, 이제는 육지가 되어버렸다.

　조사 과정에서 당굿의 유래에 대해 정확히 알고 있는 제보자는 없었다. 다만, 안섬 풍어당굿 기능보유자 지운기 씨는 당제의 역사가 400년 -450년 정도 되었을 것이라고 추정하고 있다. 그런데 이러한 내력도 추정이어서 정확치는 않다. "시간이 아무리 흘러도 항상 400년에서 450년 되었다."라고 이야기를 하기 때문이다. 안섬 동제의 명칭은 '당굿' 또는 '풍어당굿' 등으로 부르며, '당제'라고 하기도 한다. 당굿을 하는 날은 새해의 첫 용날인 진일(辰日)로 정해져 있다. 다만, 새해 첫 진일이 정월 초하루 날에 닿으면, 그 다음에 찾아오는 용날 당굿을 올린다. 마찬가지로 새해 첫 진일이 병진(丙辰)일 경우에도 두 번째 찾아오는 용날에 당굿을 지낸다. 이는 병진(丙辰)에서 병(丙)의 발음이 병(病)과 동일한 데에 그 이유가 있다. 당굿이 소제(小祭)인 경우 1박 2일에 걸쳐 이루어지고, 대제(大祭)인 경우 2박 3일에 걸쳐 진행된다.

　안섬 당집 내부에는 왼쪽으로부터 장군당, 본당, 소당이 자리 잡고 있다. 장군당은 특별히 지정된 장군의 이름이 보이지 않지만, 마을 주민들은 '임경업장군'이라고 인식하고 있다. 소당은 '각시당'이라고 하는데 역시 각시의 명칭에 대한 구체적인 언급이 없다. 본당은 마을 사람들에 의해 '당할아버지'라고 불리며, 당굿에서의 중심이 되는 신격이다. 그런데, 본당신인 당할아버지는 '용왕' 또는 '용'이라고 한다. 제당 중앙에 용을 그려놓음으로써 본당신이 '용신'임을 보여주고 있다.[22] 본당신이 용이라고 하는 인식은 제의의 있어서의 금기에 까지도 영향을 미친다. 안섬 당굿 금기 중에서는 '돼지고기를 먹지 않는다.'라는 것을 강조한다. 안섬을 비롯해 해안가의 마을에서는 당굿과 관련하여 돼지고기를 금기의 대상으로 삼는다. 이것은 이들 당굿에서 모시는

---

22) 옛 당집은 1994년 화재를 만나 소실되었다. 그 자리에 지금과 같은 당을 새로 건립하였다. 그리고 그 중앙에 용을 그려 걸었다. 예전 당의 벽면에는 별도의 신체(身體)가 없었다. 그러면서도 마을 사람들은 이 당을 용당(龍堂)・용신당(龍神堂)이라 칭하였다.

신격이 용인 데에 그 이유가 있다. 우리의 전통적인 관념 상 용은 뱀(구렁이)이 일정한 수련을 거친 연후에 변신하는 것으로 이해된다. 따라서 용과 뱀이 동일시되기도 하는데, 이 뱀이 돼지와 상극을 이룬다는 것이다. 따라서 돼지나 돼지고기는 뱀 곧, 용이 싫어하는 것으로 '부정'의 상징이라는 것이다. 본당신과 관련해서는 다음과 같은 설화가 전승된다.

> 예전 어르신들 이야기를 들어보면 여기가 남편이고 한진이 본마누라, 성구미가 첩이라고도 해. 그 마을에서도 그렇게 생각해요. 안섬이 남편이래유.

곧, 안섬을 중앙에 두고 오른쪽의 한진 마을에서 모시는 신격이 본부인이고, 왼쪽에 위치한 성구미 마을에서 모시는 신격이 첩이라고 인식하고 있다. 이러한 주장은 상당한 설득력이 있는 설화로 안섬 마을 일대에 널리 퍼져 있다. 그래서 제당의 명칭도 안섬에 있는 당을 '할아비당'이라 하고, 한진에 있는 제당을 '큰할미당', 성구미에 있는 제당은 '작은 할미당'이라 칭한다. 이와 같은 현상은 서해안을 비롯한 해안지역이나 내륙지역에서도 동일하게 나타나는 현상이다. 곧 '할아버지당'과 '할머니당'이 동일한 마을이나 이웃마을에 항상 위치한다. 이는 음(陰)과 양(陽)의 조화를 통해 생산력의 극대화를 이루려는 마을 주민들의 인식이 반영된 것이다.

> … 배가 섬에 닿자 장군은 먹을 물로 소연평도와 연평도 사이에 있는 바닷물을 담으라고 하였다. "상인들은 바닷물을 짜서 먹을 수 없는데…"하고 이상하게 생각하였다. 그러나 이 곳의 바닷물은 짠소금물이 아닌 담수(淡水)였다. 그러나 선원들은 식량만은 어쩔 수 없어 육지로 돌아갈테지 라고 생각하였는데 아니 이게 웬일인가! 장군께서는 선원들을 시켜 가시나무(엄나무)를 많이 꺾어 오라 하셨다. 선원들이 이상

히 여기며 가시나무를 꺾어오자 장군께서는 그것을 물이 나간 간조시
에 안목어장터에 꽂아 놓고 오라고 하였다. 선원들은 장군이 이상한 일
만 시키는 것에 불만이 많았으나 임장군의 위엄어린 태도에 꼼작할 수
없었다. 선원들이 시키는 대로 하자 장군은 물이 들어온 만조가 지나고
다시 물이 나가는 간조가 되자 선원들에게 어장터에 나가보라고 하였
다. 선원들이 나가 보니 수많은 고기가 가시눈마다 걸려 있는 것이었
다. 장군은 이 고기로 양식을 삼아 명나라로 계속 갈 수 있었다. ⋯23)

한편, 장군당에 모셔 놓은 당신에 대해서는 '임경업 장군'이라고 인
식하고 있다. 연평도를 비롯한 인근지역에서 조기잡이를 나갈 때 임경
업 장군에게 당제를 지내는 것과 같다고 한다.24) 임경업 장군의 관할지
에서 고기를 잡는 것이기 때문에 임경업 장군에게 허락을 받아야 하고,
임경업 장군이 조기 잡는 방법을 가르쳐 준 것에 대해 보답해야 한다
는 것이다. 또한 임경업장군에게 안전과 풍어를 기원한다. 6.25 이후 피
난 내려왔을 때에도 연평도 조기잡이를 가면 가장 먼저 임장군 장군을
모신 당에 가서 당제를 지낸 뒤에 고기를 잡았다고 한다. 소당은 '각시
당'이라 불리는데, 각시당에 대해서는 분명하게 유래를 기억하고 있는
지역민들은 없다.

---

23) 경기도, ≪전설지≫, 경기출판사, 1988, pp.499~501.

24) 황해도 지역에서는 몽금포, 소화초도, 장산곶, 용호도, 육개머리, 용매도, 대수압도,
소수압도 등에서, 경기도 지역에서는 대청도, 산탄동, 연평도 소청도, 덕적도, 문갑
도, 강화도, 모도 등에서, 충청남도의 경우 서산의 창리와 돗곶, 황도 등에서 모셔지
고 있다.(서종원, <서해안 지역의 임경업 신앙 연구>, ≪경기 해안도서의 역사문화
와 동아시아≫, 동아시아고대학회, 2006, p.137.)

안섬 당집

안섬 당집 내부 당신도

안섬 당집 입구의 장승

3) 전라북도 부안군 변산면 격포리 죽막마을 수성당제

'죽막'이라는 마을은 전체가 대밭이었다. 밭마다 '시누대'가 있었는데, 현재는 많이 없어지고 흩어져 남아 있다. 그 후 마을이 조성이 되어, 마을 이름을 대 죽(竹)자, 장막 막(幕)자 을 써서 '죽막'이라고 지었다고 한다. 현재 수성당(水聖堂)이 위치해 있는 곳에서 '부안 죽막동 제사유적'이 발견되었다.[25] 19세기 후반부터 독립된 건조물로 '수성당'이라는 제당을 짓고서 제사를 행하였다. 제보자에 말에 의하면 1856년경이라고 한다.[26] 수성당 내부에는 수성당 할머니와 할머니가 낳은 여덟 명의 딸인 팔선녀를 그린 화상이 모셔져 있었다고 한다.

수성당에서는 음력 정월 대보름 전날인 열 나흘날 낮 12시쯤 제사를

---

25) 부안 죽막동 제사유적은 바다와 관련된 독립된 제사유적으로 4세기 중반부터 현대에 이르기까지 제사 행위가 이루어지고 있는 곳이다.

26) 제보자 : 정동옥, 남 · 68세, 전라북도 부안군 변산면 격포리 죽막마을, 2005년 07월 10일 채록.

지낸다. 제물로 돼지머리를 올릴 때도 있고, 소머리를 올릴 때도 있다. 어민들 전체가 육지로 와서 배를 그 앞에다 띄어놓고 종일 제사를 모신 다. 오는 사람마다 소지를 올리고 소원을 빈다. 이 마을에서는 할아버지 당은 없다. 격포리 격상리라는 데 할아버지 당이 있었으나 폐쇄되었다 고 한다. 음력 장월달에 제사를 지내는 것 말고, 마을에서 개인이 가서 모시는 경우도 있었다. 집안에 우환이 있을 때 무당을 모셔서 비는 사람 들도 있었다. 조기를 잡으러 나가기 전에 수성당에 가서 빌었는데, 그렇 게 하면 배가 가라앉을 정도로 고기를 많이 잡았다고 한다. 만선으로 돌 아와서도 수성당에 가서 먼저 감사의 표시를 했다고 한다. 한편, 수성당 에 모셔진 신격은 '개양할미' 또는'수성당할미'라고 불린다.

> 아주 먼 옛날 이 水聖堂 옆의 여울굴 속에서 '개양할미'가 나와 딸 8
> 형제를 낳아서 일곱 딸은 각도에 한 명씩 나누어 주고 막내딸만을 데리
> 고 이 水聖堂에서 살았다하여 九娘祠라고도 하였다 한다. 그후 '개양할
> 미'는 바다의 聖人 같은 존재로 漁民들이 받들어 모시게 되어 水聖堂이
> 라 하였다 하며 또 '개양할미'를 '水聖할미'라 부르기도 한다. 이 '개양
> 할미'는 키가 어찌나 크던지 굽나막신을 신고 西海바다를 걸어다니며
> 깊은 곳을 메우고 위험한 곳엔 표시를 하여 어부들의 생명을 보호하여
> 주고 고기도 많이 잡히게 하였는데 곰소[熊沼]앞 바다의 '게란여'라는
> 곳에 이르러 이 곳이 어찌나 깊던지 치맛자락이 조금 물에 젖었다고 한
> 다. 이에 화가 난 '개양할미'가 육지에서 흙과 돌을 치마에 담아다 '게
> 란여'를 메웠다고 한다. 그래도 이 곳은 지금도 깊어서 이 지방의 속담
> 에 깊은 곳을 비유하여 말할때에 '곰소 둠벙속 같이 깊다'라는 말이 있
> 다.27)

'개양할미' 신화는 전국적인 범위로 전승되는 전형적인 거인형 여성 설화의 모습을 지니고 있다. 위의 신화는 거인 형상의 여신이 수성당

---

27) 전라북도, ≪전설지≫, 대광출판사, 1990, pp.522~523.

에서 모시고 있는 신격임을 말해준다. 개양할미는 격상리 '할아버지당'과 연계하여 전승되기도 하지만, 지역민들이 전승하는 설화와 인식 속에는 독신(獨身)으로 여덟 명의 딸을 낳은 어머니이면서 할머니로 남아 있다. 그리고 일곱 명의 딸을 각 처 혹은 인근 섬으로 시집보낸 인물이다. 시집간 딸들도 시집간 곳에서 당신으로 좌정하였다고 한다. 곧 수성당은 각 처 또는 인근 섬 당신(堂神)들의 '원당(元堂)'이면서 '어머니당'인 셈이다. 이를 통해 수성당에 대한 지역민들의 인식이 어느 정도였는지를 확인할 수 있다. 수성당에서는 개양할미 이외에 막내딸과 산신, 장군신도 함께 모셔졌다고 하는데, 이러한 다신성(多神性)은 강화군 내가면 외포리처럼 후대적 변모나 무속과의 복합 과정 등에서 비롯되었을 것으로 보인다. 한편, 예전에 '개양할미'를 그려놓았다던 당신도에서 주목해 보아야 할 것이 있다.

> 필자가 조사한 바에 따르면, 수성당 할머니는 옷감을 재는 자를 들고 있으며, 딸 8명은 옷감으로 時針을 뜨면서 옷을 만들고 있다.[28]

그 자가, 주민이 고기 잡으러 나갈 때는 그 할머니가 자를 갖고 나가서 물 길이를 쟀다는 거야. 그 전설이 있어요. 그런데 그 자를 다 훔쳐간 거야. 탱화도 훔쳐가고. 할머니 바느질 하는 탱화였었거든. 그 할머니가요. 주민이 고기 잡으러 나간다 하면은 그 자를 갖고 나가셔서 물의 깊이를 재셨대요. 음 그래갔고 만조다 이번에는 아니다. 이거를 이야기 하셔 가지고 만조 때는 고기를 못 잡으러 나가게 하고 그러셨대요. 그래서 그 옛날에는 탱화에는 할머니가 바느질을 하는 탱화였었대. 그 옛날 탱화는 그런데 어느 날 그 탱화하고 자가 없어졌다는 거지. 예. 대나무. 하여튼 그때는 조그만 했었으니까. 그 길이가 천장에 이렇게 닿았었어요.[29]

---

28) 송화섭, <서해안 해신신앙 연구>, ≪도서문화≫23집, 목포대학교 도서문화연구소, 2004, p.53.
29) 제보자 : 김명숙, 여 · 51, 경기도 수원시 장안구 영화동 3-23호 영덕그린 빌라 201호,

위의 기록과 설화를 통해서 지역민들이 개양할미를 거인형 여신으로 인식하고 있을 뿐만 아니라, 창조신적(創造神的)인 존재로도 인식하고 있었음을 확인할 수 있다. 지금은 소실되었지만 수성당 내부에 그려진 화상에서 개양할미가 자(尺)를 들고 있었다고 하고, 실재로 2m 가량 되는 자가 보관되어 있었다고도 한다. 개양할머니는 이 자를 이용해 조기잡이 선단을 안내하고 앞바다 깊이를 재면서 어부들을 이끌어 준다고 여겼다. 신화에서 '자'는 왕권을 상징[30]하기도 하지만, 생명력과 새로운 규범을 상징한다. 곧 창조자를 상징하는 물건이다. 창조자가 지니고 있는 자는 세상 만물의 측량과 조절이라는 역할을 수행하게 된다. 한편 개양할미가 바느질을 하고 있었다라고 하는 데서는 직물신(織物神)적인 성향을 보인다. 우리의 창세신화인 <창세가>에는 창조신의 행위로서 옷의 제작과 베짜기 신화소가 등장하고 있다.[31] 그러므로 개양할미의 '옷을 만드는 행위'는 창조신으로서의 의미도 포함하고 있는 것이다. 이런 의미에서 개양할미를 바다를 창조한 '개양(開洋)할미'로 인식하고 있었다는 것을 알 수 있다.

2005년 7월 10일 채록.

30) 신라의 시조 혁거세의 꿈에, 신인이 하늘에서 내려와 금척(金尺)을 주면서 "그대는 문무(文武)에 뛰어나고 신성하여 백성이 바라본 자가 오래이니, 이 황금자로 강토를 바로잡으라."하였다. 꿈에서 깨 보니, 황금자가 있었다고 한다. 조선시대의 태조 또한, 왕위에 오르기 전에 "천명(天命)을 모른다."하여 대권에 대해 결심하지 못하고 있을 때, 꿈에 신인이 나타나 "공이 문무를 겸비하여 민망(民望)이 높으니, 이 자[金尺]러써 나라를 바라 잡으라." 하였다. 이에 마음을 정하고 왕위에 올랐다. 여기서 금척은 신성한 왕권의 상징물로 인식되고 있다.

31) 이지영, <직물신의 전승에 대한 시론적 연구>, ≪구비문학연구≫14집, 한국구비문학회, 2002, p.305.

개양할미와 딸들을 그린 당신도

격포리 수성당

수성당 내부의 당신도

4) 전라북도 부안군 위도면 치도리 당제

치도리에서의 당제는 매년 음력 정월 초하룻날에 지낸다. 제물을 섣달 그믐날 만들어 정월 초하룻날에 지내는 것이다. 당제를 지낼 때 예전에는 선주들이 기(旗)를 들고 당제에 참여하기 위해 찾아왔었지만, 현재는 고기잡이배가 없고 관심이 적어져 마을 사람 몇 명만 참여해서 조촐하게 당제를 지낸다. 예전 당제에서의 제물준비는 걸립을 해서 마련하였다. 걸립은 당제를 지내고, 그 날부터 보름동안 했다고 한다. 당제를 지내고 80호 정도 되는 마을의 집집마다 방문해 풍물을 치면, 돈을 내는 사람도 있고, 보리나 쌀을 내놓는 사람도 있었다. 제물로 육고기는 쓰지 않고 나물하고 메, 술, 떡, 탕 등 간단히 올렸다. 나물은 보통 도라지나 무나물을 올리고, 탕은 생선을 이용해서 만들었다.

치도리에서도 대리와 마찬가지로 단골이 와서 용왕굿을 하고 띠배를 띄웠는데, 6. 25이후부터 중단되었다고 한다. 그 이후부터는 마을 사람들이 주체가 되어 당제를 지내고 있다. 화주가 제물을 만들기 위해 먼저 올라가고, 화장이 짐을 지고 올라갔다. 그믐날은 샘굿을 치고 초하룻날 당에 올라갈 때 장승제를 지냈다. 장승은 마을 입구 세 군데에 있는데, 한 상을 차리고 메는 두 공기를 놓는다. 당제를 지내고 섬에 물이 빠질 때쯤 내려온다. 그리고 섬에 있는 위령탑 앞에서 위령제를 지낸다.[32] 위령제는 바다에서 어업 중 사망한 사람들의 넋을 위로하기 위한 것이다. 현재 위도면 치도리 마을에는 당집이 위치해 있다. 당집 안에는 제기(祭器)와 화상 세 폭이 보관되어 있다.

대개 아는 분들이 관심 있어 하는 분들이 당은 뭣이냐 하면. 임경업 장군을 모시는 곳이다 그러지. 일반인들은 그냥 고기잡이하는데 풍어를 기원하고, 사고 없이 잘 해 달라. 그런 동네의 안녕을 빌고. 그런 곳으로 알고 있지. 임경업 장군을 모신다 그런 것까지는 아는 분이 좀 드물겁니다. 임경업 장군이 군을 먹여 살리기 위해서, 고기잡이 기술을. 그래서 옛날에는 고기잡는 어선들이 봉죽이라고. 봉죽. 이렇게 대막가치 이렇게 해가지고 거기다가 백지로 이렇게 해서 했는데. 그 백지로 한 것이 탱자나무. 탱자나무 가시를 형상한 것이다 그래요. 그래서 탱자나무로 갖다가 배에다 할 수 없으니까 종이로 이렇게 만들어다. 탱자나무에 고기가 걸려 가지고 그놈을. 먹여 살렸기 때문에 그런 형상을 그렇게 만든 거래요. 지금은 봉죽이 없고, 옛날에 안강망들 많이 있을 때, 그때 했는데. 지금은 그런 것이 없어졌어. 배에다가 봉죽을 만들어서 해 놓고. 다 꽂아 놨지. 이런 조그만 배들 말고 큰 배들. 조기잡이 하는 배들은. 칠산바다 와서 고기잡이하는 배들은 다 그런 것을 했었지.[33]

제보자에 의하면 현재 당집에 모셔놓은 화상은 예전의 화상이 퇴색

---

32) 1931년 위도면 치도리 앞 어장에서 조업 중 3회에 걸친 강한 태풍으로 인하여 500여 척의 어선이 전복되어 익사한 600여 어부의 넋을 위로하기 위하여 1932년 3월에 건립하였다.

33) 제보자 : 박종환, 남 · 67세, 전라북도 부안군 위도면 치도리, 2005년 07월 11일 채록.

되어 알아볼 수 없게 되자, 마을 주민 중에서 송기훈이라는 분이 30여 년 전에 새로 그린 것이라고 한다. 그러나 조사자가 보기에는 화상 세 폭 중 두 폭의 경우, 동일한 인물이 다시 그린 것이라고 할 수 있으나, 가운데 모셔 놓은 화상(임경업 화상이라고 추정)은 새로 그린 것 같지 않다. 치도리당은 임경업 장군을 주신으로 모시고 있다고 한다. 칠산 바다로 조기를 잡으러 온 경기도, 충청도 배들도 바다에서 치도리당을 바라보며 고사(告祀)를 지냈다고도 한다. 치도리당에서 모시고 있는 신격이 임경업 장군이라고 하는 것은 매우 중요하다. 지금까지 임경업 장군을 신격으로 모시고 있는 지역이 서해안 일대에서는 황해도, 인천 광역시, 경기도, 충청남도에 국한된다고 알려져 있었다. 치도리당에서 주신으로 임경업 장군을 모신다는 것은 임경업 신앙권역이 전라북도 까지 확대될 수도 있다는 것을 시사해 주기 때문이다. 임경업 장군을 마을의 주신으로 모시게 된 이유는 서해안 일대에서 임경업 장군을 주신 으로 모시는 다른 마을들과 동일하다. 곧 조기 잡는 방법을 알려주었기 때 문이다.

치도리 당집

치도리 내부 당신도(임경업)

5) 전라북도 고창군 해리면 동호리 영신당제

동호리(東湖里)는 전라북도 고창군 해리면에 속해 있다. 영신당은 구동호마을에 위치해 있다. 북쪽으로는 멀리 부안 수성당이 보이며, 수성당과 마주하여 그 안쪽으로 만(灣)을 형성하고 있다. 동호리에서는 당산제(堂山祭)와 영신당제를 매년 나누어서 지낸다. 곧 당산제와 영신당제를 별개의 제의로 인식하고 있다. 당산제는 마을 수호 기원을 위한 제의이고, 영신당제는 풍어(豊漁)를 기원하는 제의의 특성이 강하게 나타난다. 당산제는 음력 정월 초사흘날 제관과 마을 청년들이 중심이 되어 '할아버지당산', '할머니당산', '큰당산', '작은당산'을 모시고, 제비는 갹출해서 지낸다. 한편, 칠산바다가 내려다보이는 곳에 위치한 제당을 마을 주민들은 '영신당'이라 부르고, 그 곳에 '영신당할머니'를 모신다고 한다. 그리고 영신당에서의 제(祭)를 '영신당제'라고 불러 마을의 당산제와 구별한다. 영신당은 군부대 해안초소 뒤에 있어, 영신당을 가기 위해서는 해안초소를 통과해야 한다.

　영신당제는 매년 음력 이월 초하루에 지낸다. 영신당제에서는 현재 제관을 특별히 선정하지는 않는다. 어촌계장을 중심으로 한 선주와 마을 기관장들을 중심으로 구성이 되는데, 배향하는 순서가 정해져 있는 것도 아니다. 2006년 영신당제에서도 그 순서가 정해져 있지 않았으며, 제의 현장에 도착하는 순서대로 배향하였다. 영신당제의 경우도 부안군 위도면 대리처럼 1970년대까지 단골이 주관하는 '영신굿'을 하였다고 한다. 그러나 현재는 전승이 중단되었다.[34] 영신당제에서의 제비는 마을 어촌계에서 충당한다. 예전에는 배를 가지고 있는 선주들이 갹출하였다고 한다. 제물로는 백설기, 돼지머리, 전, 과일, 뫼, 술, 나물, 어물 등을 올린다. 영신당제에서의 제물을 진설하는 곳은 모두 세 곳이다. 영신당 내부 중앙에 '당할머니'에게 올리는 제물을 진설하고, 좌측면에 '당할아버지' 또는 성주에게 올리는 제물을 진설한다. 그리고 외부에도 한 곳 진설한다. 제의의 진행은 영신당제 - 용왕굿(수륙제)의 이중

---

34) 이기화 고창문화원장의 제보에 의하면 영신굿이 1970년대 배성녀 단골에 의해서 마지막으로 있었다고 한다.

구조로 이루어져 있다.

> 300년 전 당할머니가 바다에 안개가 자욱하게 끼면 불을 밝혀 주어 동호라는 곳을 알려 어부들의 무사귀환을 도왔다 하여 할머니를 모시고 제사를 지낸다. 또한 바다에서 돌아가신 어부들의 영을 위로하는 위령제이기도 하다.[35]

> 칠산바다에 머무르고 계시는 해왕신을 모시는 데라고. 동호에서 그 주신을 안 모시면은 바다가 늘 노해서. 수산업에 큰 지장이 오니까. 그래서 그 동호만은 해왕신을 꼭 주신으로 모시고. 그 신을 위로해 주려고 그랬다고.[36]

영신당 건물은 6칸 기와집으로 서해를 바라보고 서 있다. 영신당 내부에는 화상이 1폭 모셔져 있다. 꽃을 들고 앉아 있는 '영신당할머니'를 중심으로 좌측에 1명, 우측에 2명이 서 있는 형태의 화상이다. 격포리의 수성당처럼 영신당제의 신격은 '당할머니'라고 지역민들 대부분이 인식하고 있다. 제보자들의 말을 종합해 보면, '당할머니'는 칠산바다에 거처하고 있는 여신이며, 어부들이 처한 어려움을 해결해 주는 역할을 담당한다. 그로 인해 영신당의 신격으로 자리 잡았다고 한다. 곧 '당할머니'는 바다에 거처하고 있는 해신이며, 여성으로 인식하고 있는 것이다. 또한 '당할머니'는 마을 수호보다는 풍어와 관련 있는 신격으로 인식한다. 그러나 부안군 변산면 격포리의 수성당과 달리 거인형 여신의 모습을 지역민들의 전승 속에서 확인할 수는 없다. 또한 '당할머니'의 구체적인 모습에 대해서도 현재 전승되지 않고 있다.

---

35) 송화섭, <서해안 해신신앙 연구>, ≪도서문화≫23집, 목포대학교 도서문화연구소, 2004, p.64.
36) 제보자 : 이기화(남), 고창문화원장, 2005년 7월 13일 채록.

동호리 영신당

동호리 영신당 내부 당신도

4. 서해안 해신과 해신설화의 특징

마을의 신(神)으로 모셔지게 되었을 때는 그 이유가 분명히 존재한다. 물론 시간의 흐름으로 사람들의 기억 속에서 지워지기도 하고, 새롭게 형성되기도 한다. 그리고 해당 마을의 마을신을 모시게 된 연유를 설명하는 이야기를 전승하기도 하는데, 이들 이야기는 신화에 포함된다. 비합리적이고 직관적인 신화는 그 실체가 잡히지 않지만, 신화를 전승하는 특정 민족이나 집단 또는 마을의 원형적인 무의식의 표출이며, 그들의 이상을 보여준다. 뿐만 아니라 신화는 시간을 초월하여 과거와 맺어지며, 현재와 더불어 존재하고, 미래에 이르게 하는 가장 순수하고 가치 있는 정신유산이라고 할 수 있다.

바다사람들이 신앙하는 바다신, 곧 해신(海神)은 자연신, 반인반자연신, 인격신 등에 이르기까지 매우 다양하게 나타난다. 자연신은 바람, 바위, 수목, 하늘과 땅, 별, 바다, 동식물 등의 모든 자연물이 신적인 대상이 되었으며, 추상적인 자연물로서는 아마도 '용'이 대표적인 신체일 것이다. 자연의 능력과 인간의 지혜가 결합된 반인반자연신이 등장하기도 한다. 반인반자연신은 인간과 동식물의 형상이 결합된 형태로 신적인 능력의 상징적인 모습이었다. 반인반자연신의 단계를 넘어서 인격신이 등장하여 권능이 있는 역사적 인간이나 인간의 형상을 한 신의 모습을 신적인 대상으로 섬기기도 한다. 신선의 모습이나 선녀의 모습은 바로

인간의 형상을 빌어서 신을 드러내고 있는 것이다.[37]

서해안 지역의 해신제에는 내륙에 비해 다양한 신격이 등장하며, 제의 진행에 있어서도 복잡한 성향을 보인다. 특히 국가차원에서의 해신제나 문헌에 기록되어 있는 해신제의 경우에는 모셔진 신격에 대한 구체적인 언급이 없지만, 지역의 현장에서 전승되고 있는 해신제의 경우, 마을에서 모시고 있는 신격이 누구인지에 대한 언급이 보이고, 거기에는 다양하고 '획기적인' 상상력을 담은 설화도 함께 전승한다. 이는 문헌적 기록이 지니고 있는 한계이기도 하지만, 민중들이 구비전승을 통해서 다양한 상상력을 도출해 낸 결과라고 할 수 있다. 황해도와 경기도·충청남도 일대에서는 임경업장군이 신격으로 많이 등장하고, 전라북도와 전라남도에서는 마을신앙의 보편적인 신격인 '당산할아버지'나 '당산할머니'가 많이 등장한다. 또한 개양할미와 같은 다른 명칭의 신격도 많이 나타난다. 전라북도 부안군 위도면 대리 원당제의 경우, 원당부인, 본당부인, 옥저부인, 아가씨, 문수장, 장군, 산신 등과 같은 다양한 신들의 모습을 보이기도 한다.

서해안 일대의 해신당은 바다의 뱃길이나 어장을 조망할 수 있는 곳에 위치해 있다는 공통점을 지니고 있다. 강화군 외포리 당산, 부안군 변산면 격포리 수성당, 위도면 대리 원당, 치도리 당산, 고창 해리면 동호리 영신당 등 입지조건이 거의 비슷하다. 또한 제당의 경우 상당과 하당으로 나뉘는 이중적 구조를 지니고 있다. 이에 따라 제의의 진행도 이중구조를 지니게 된다. 해신당에서 해신제를 지낸 뒤 부둣가나 바닷가로 내려와 용왕제를 지낸다. 서해안 일대의 해신제는 제의 진행에 있어서 남자 제관들에 의해 치러지는 엄숙한 의례와 여자와 단골들을 포함한 마을 사람들이 함께 참여하는 축제적 의례가 공동으로 이루어진다. 물론 시대의 흐름에 고창군 해리면 동호리 영신당제처럼 단골

---

37) 이준곤, <한·중 해양민속의 비교연구>, ≪논문집≫8집, 목포해양대학교, 2000, p.8.

에 의해 주관되는 굿이 소실되어 유교식의 엄숙한 의례만 남아 있는 곳도 있다.

서해안 일대 해신의 경우 여성신의 모습이 강하게 나타난다. 그것도 거인의 모습을 하고 있으며, 할머니로 인식된다. 인간에게 다양한 방법 곧 '고기잡이', '인명구조' 등으로 도움을 주거나 인간이 처한 문제를 해결해 준다. 곧 어부들의 현실적인 문제인 '생명'과 '풍어'를 도와주게 된다. 또한 '당할머니'는 며느리나 딸들과 함께 등장하기도 한다. 부안군 변산면 격포리 수성당의 경우, 여덟 명의 딸들을 함께 살다가 각각 다른 섬에 시집을 보낸다. 수성당을 중심으로 인근 섬들의 당신(堂神)을 좌정시켜 수성당이 원당(元堂)이라는 것을 강조하며, 변산반도 일대 해신신앙의 중심적인 역할을 담당한다. 이는 고창군 해리면 동호리 영신당에서도 확인할 수 있다. 또한 창조신적인 모습도 보이기도 한다.

신화가 지니고 있는 일류 보편적인 특징은 시대의 흐름에 따라 신화의 내용도 변화가 일어난다는 것이다. 고대의 신화일수록 생산성과 연계하여 풍요(豊饒)를 주된 내용으로 하고 있으며, 국가의 성립과 발을 맞춰서는 '국가건설', '왕의 명성', '운명' 등의 내용을 담게 된다. 서해안 일대에서 전승되는 해신과 해신관련 설화의 경우, 비록 후대로 내려오면서 중국의 마조신앙과 관음신앙의 영향을 받기도 하였지만[38], 풍요를 상징하는 고대의 여성신의 면모가 그대로 남아 있다고 보아야 할 것이다. 특히 태안반도 일대에서 그러한 경향이 강하게 나타난다. 이는 서해안 일대에서 해상생활을 하는 어민이나 선원들의 신앙의식이 다른 지역보다 더 절박한 경우가 많아서 고대적인 신앙형태를 후대까지 고수하고 있다고 보아야 할 것이다.

한편, 서해안 일대의 해신설화에 거인형 여성만 등장하는 것이 아니다. 임경업 장군 같은 남신도 등장한다. 이들은 주로 인천광역시, 경기

---

38) 송화섭, <서해안 해신신앙 연구>, ≪도서문화≫23집, 목포대학교 도서문화연구소, 2004 참조.

도, 충청남도 일대에서 전승되며, 전라북도 일부 지역에서도 그 모습을 확인할 수 있다. 그러나 이들의 경우 여신들처럼 거인의 형상으로 전승하는 것이 아니라, 구체적인 실존인물을 지향하며, 인간들이 지니고 있는 문제 곧 '해적의 침입', '조기잡이' 등을 해결할 수 있는 초인간적인 능력과 힘을 지니고 있는 실존 인물로 묘사되고 있다는 특징을 보인다.

서해안 일대의 해신은 여성이든 남성이든, 또는 거인의 형상을 하고 있든 인간의 형상을 하고 있든, 공통적으로 인간의 문제를 해결해 줌으로써 해신으로 좌정하게 되고, 해신설화도 인간의 문제들을 해결해 주는 해신의 모습을 담고 있다. 임경업을 당신으로 모시고 있는 마을들의 경우도, 임경업의 원혼을 달래준다는 무속신앙과는 달리 조기 잡는 방법을 가르쳐 준 임경업 장군에 대한 '감사의 뜻'이 더욱 강하게 나타난다. 이와 같은 서해안 일대의 해신과 해신설화가 지니고 있는 특징들은 동해안 일대에서 전승되는 해신과 해신설화와 구별된다.

안인진 바닷가에 가난한 어부의 딸이 살고 있었다. 가난에 쪼들려 살면서도 늘 자기의 배필 된 신랑만은 훌륭한 사람을 구하려고 했다. 그렇기 때문에 마을에 있는 총각들은 이 여자의 마음에 차지 않았다. 그런 가운데 이 여자는 혼기를 놓쳐 나이가 많아졌다. 그 때 마침 이 동리에 살던 한 어부가 있었는데 늘 이 처녀를 생각했다. 처녀도 혼기를 놓친지라 하는 수 없이 이 남자와 약혼을 하기에 이르렀다. 약혼한 다음날 젊은 이 사공은 바다에 고기 잡기 나갔다가 돌풍에 싸여 그만 죽고 말았다. 그러나 이 처녀는 약혼한 사공이 언젠가는 꼭 돌아 오리라고만 믿고 늘 봉화산에 올라 기다리고 있었다. 그런 가운데 나중에는 지쳐서 실신(失神)해 죽게 되었다. 처녀의 원혼은 이 마을 앞바다의 고기 떼를 몰리지 못하게 했다. 계속하여 바다에는 흉어와 사고가 일어났다. 마을 사람들은 아마 죽은 여인의 원혼 때문에 이 바닷가에 재앙이 온 것이라 믿고 사람들이 모여 원혼을 풀어주기위해 사당을 짓고 처녀

를 신주(神主)로 모셨다.[39]

위의 설화는 동해안 일대에서 해신으로 여성, 그것도 처녀가 모셔지게 된 이유를 설명하는 당신화의 대표적인 유형이다.[40] 지역민들이 처녀의 원혼(冤魂)을 달래 줌으로써, 풍어를 이루게 되었다는 서사구조를 지니고 있다. 삼척시 원덕읍 신남리에서는 원혼을 달래기 위해 해랑당을 둘러 싼 당숲 나뭇가지에 나무를 깎아 만든 남근(男根)을 걸어두기도 한다. 이는 우리 민속이 지니고 있는 보편적인 현상이기도 하다. 우리 민속에 있어서 한(恨)을 지니고 사망하게 되면 신(神)의 세계로 들어가지 못하고, 귀(鬼)의 세계에 머무르면서 인간을 해코지하게 된다. 원혼을 달래는 행위는 인간에게 닥쳐올 수 있는 문제 곧 귀의 해코지를 사전에 방지하려는 의도를 지니고 있다. 그리고 여기서 더 나아가서 음양(陰陽)의 조화로 풍어(豊漁)행위와 연결시키기도 한다. 서해안의 경우에도 강화군 교동면 부군당에서 남근을 공양하는 형태의 제의의 모습이 남아있지만, 인간의 원혼과 관련된 설화의 전승은 보이지 않고 있다.

5. 맺음말

한국인들은 원래 다양한 신을 섬기는 다신론(多神論)적인 성격을 지니고 있으며, 신앙이 두터웠다. 온갖 미물들에까지도 신령이 있다고 보았고, 생활 터전 주변의 여러 공간에도 신을 설정하고 있다. 마을 단위로 해신당을 비롯하여 산신당, 서낭당의 신당(神堂)들이 있고, 신당이 있는 주위를 신성시 하였다. 그러나 마을마다 전하는 당신화나 조상신화, 그 외 무당의 굿에서 노래되는 신의 본풀이는 때에 따라, 필요

---

39) ≪태백의 설화≫, 강원일보사, 1974, p.109.
40) 원혼으로 인해 당신으로 좌정한 경우는 강릉시 주민진읍 소돌마을, 강동면 안인진리, 삼척시 원덕음 신남리 등에서 전승된다.

에 따라 많은 변이가 이루어졌다. 특히 당신화의 경우 제의와 관련된 설화로서 신화적 특성을 지니고 되었으며, 어떤 대상이 마을 공동체 신앙의 대상이 당신으로 좌정되고 제의가 행해지는 경우도 지역에 따라 매우 다양하다.

이 글은 2005년에서 2006년에 걸쳐 이루어졌던 '한국 해양 및 도서 신앙의 민속과 설화'조사를 토대로 서해안 지역에 국한해서 살펴 본 것이다. 물론 조사 자체가 서해안 모든 지역에 걸쳐 이루어진 것이 아니라 속단하기 어렵지만, 현재까지의 조사내용을 토대로 서해안 일대에는 다양한 해신과 해신설화가 전승되고 있다는 것을 확인하였다. 그리고 서해안 일대의 해신과 해신설화가 지니고 있는 특징들을 추출해 보았다. 서해안 지역의 해신에는 내륙에 비해 다양한 신격이 등장한다. 서해안 일대 해신의 경우 여성신의 모습이 강하게 나타난다. 그것도 거인의 모습을 한 할머니다. 인간에게 다양한 방법 곧 '고기잡이', '인명구조' 등으로 도움을 주거나 인간이 처한 문제를 해결해 준다. 한편, 서해안 일대의 해신설화에 거인형 여성만 등장하는 것이 아니다. 남신도 등장한다. 그러나 이들의 경우 여신들처럼 거인의 형상으로 전승하는 것이 아니라, 구체적인 실존인물을 지향한다. 인간들이 지니고 있는 문제 곧 '해적의 침입', '조기잡이' 등을 해결할 수 있는 초인간적인 능력과 힘을 지니고 있는 실존 인물로 묘사되고 있다. 이러한 특징들은 동해안 일대에서 전승되는 해신 및 해신관련 설화와 구별되는 특징이다.

서해안 일대의 해신과 해신설화가 고대의 모습을 비교적 잘 간직하고 있다고 보았을 때, 한국 해신설화의 원형을 서해안 일대에서 전승되고 있는 해양설화에서 찾을 수도 있을 것이다. 현장에서 전승되고 있는 해신과 해신설화는 해신제와 밀접한 관계를 지니고 있다. 해신제는 해신설화를 통해 그 정당성을 보장받을 수 있고, 해신설화는 해신제를 통해 그 전승력을 확보할 수 있다. 시대의 변화 속에서 현장에서

전승되는 해신제는 점점 소실되고 있고, 해신제의 소실과 함께 해신설
화의 전승력도 점점 약화되고 있는 것이 현시점이다. 이러한 문제는
서해안 지역에만 국한되는 것이 아니라, 다른 해안 지역과 내륙 지역
에서도 마찬가지다. 특히 '구비전승(口碑傳承)'이라고 하는 전승방법
으로 인해 해신제의 소실은 해신설화의 소실을 가중시키고 있다.

■ 참고문헌

강원일보사, ≪태백의 설화≫, 강원일보사, 1974.

경기도, ≪전설지≫, 경기출판사, 1988.

김용국, <강화도 외포리 곡창굿의 현지 연구>, 경기대 박사논문, 2005.

문광영, <강화도 외포리 곳창굿 연구>, ≪기전문화연구≫24집, 기
전문화재연구소, 1996.

송화섭, <서해안 해신신앙 연구>, ≪도서문화≫23집, 목포대학교
도서문화연구소, 2004.

이준곤, <한·중 해양민속의 비교연구>, ≪논문집≫8집, 목포해양
대학교, 2000.

이선주, ≪인천지역무속≫Ⅱ, 미문출판사, 1988.

이지영, <직물신의 전승에 대한 시론적 연구>, ≪구비문학연구≫14
집, 한국구비문학회, 2002.

이지영, ≪한국의 신화 이야기≫, 사군자, 2003.

전라북도, ≪전설지≫, 대광출판사, 1990.

주강현, <동아세아 해양과 해양신앙>, ≪도서문화≫27집, 목포대학
교 도서문화연구소, 2006.

제2부
민속제의와 민속신앙

광산민속과 제의*

강명혜

1. 머리말

시멘트나 석탄은 광공업에 해당하는 분야로서 민속신앙과는 거리가 먼 듯이 보인다. 하지만 시멘트나 석탄은 땅속에서 채굴을 해야 얻을 수 있는 생산물로서 채굴이 이루어지는 작업 공간은 지극히 위험하며 안전하다고 할 수 없다는 점에서 민속 신앙, 민속 제의, 금기 등이 발달할 필요충분 요건을 갖추고 있는 분야라고 할 수 있다.

현재는 광산에서의 채굴 활동이 비교적 안전한 편이지만 예전 광산 채굴 활동은 목숨을 내놓고 해야 하는 위험한 작업이었다. 특히 시멘트 광산이 폭약을 사용해서 평지에서 채굴을 하는 것에 비해, 땅 속에 들어가서 채굴을 해야 하는 석탄 광산 쪽이 위험부담율이 더 높았을 것이라고 추정할 수 있다. 또한 시멘트 광산 사고보다는 석탄 광산에서의 사고가 더 빈번했음은 주지의 사실이다. 이런 점에서 '막장인생'이라는 말도 나왔다. 이렇듯이 위험한 작업환경에 노출되어 채굴을 하는 석탄 분야는 금기사항이나 민속 신앙이 더 발달할 수밖에 없는 요건을 지닌다. 따라서 '석탄광산'은 민속학자들이나 관심있는 연구자들의 관심의 대상이 되었으며 석탄 광산에서의 금기사항이나 민속 신앙, 제의 등의 채록은 단편적으로나마 이루어졌다.[1] 특히 2005~6년도에

---

* 한국민속학회 제 163차 발표(2003. 12. 6), 《강원도 인문학 기초 자료 조사 연구》, 북스힐, 2005.에 수록된 원고를 일부 수정함.

는 전문적, 총합적인 연구가 이루어지는 등 석탄 민속에 대한 연구는 어느 정도 진척되어 있는 상태라고 할 수 있다.[2]

하지만 시멘트의 경우는 조금 다르다. 석탄업이 활성화되면서 도시 전체에 영향을 미친 것과는 달리 시멘트 광산이나 공장은 관계 종사자 외에는 거의 유출되지 않다시피하여 시멘트 광산에서 행해지는 민속신앙이나 제의에 관한 정보에 대해서는 거의 알려지지 않았음이 그간 이 사정이다. 따라서 시멘트 광산이나 공장에 대한 민속신앙이나 민속적 제의에 대해서는 학계에 거의 밝혀진 바가 없다. 필자가 과문해서인지는 모르겠지만, 필자가 2002-3년에 답사를 해서 한국민속학회에 발표(2003년 12월)를 하고, 그 원고를 <강원도 인문학 기초 자료 조사 연구>(2005년 출간)에 수록하기 전에는 시멘트 민속 신앙이나 제의에 대한 실상 보고나 연구가 거의 이루어진 바가 없다.

이런 점에서 本考에서는 비록 한번 수록이 된 논문이지만 '시멘트 생산'에 대한 부분은 소략하게 다루고, '시멘트 민속과 제의'에 주로 초점을 맞추어서 '시멘트 공장'의 실상과 거기에서 시행되고 있는 민간 신앙 및 '금기사항', '제의' 등에 관한 제반 사항에 대해 다시 한번 논의해서 그 의미를 좀더 부각하고자 한다. 그러나 '시멘트 민속'과 동일한 분야인 '석탄 민속'에 관해서는 그간 여러 연구자들에 의해 여러 가지 측면('석탄 채굴과정', '신앙', '금기' 등)에서 이미 다양하게 다루어져서 그 정보가 어느 정도 알려졌기에 본고에서는 소략하게 다루고자 한다. 따라서 본고에서는 시멘트 공장에서 이루어지는 민속 제의 및 신

---

1) 대한석탄공사 편, ≪대한석탄공사 50년사≫, 2001; 삼척군, ≪삼척군지≫, 1988; 강원도 ≪민속지≫, 강원도청, 1989.

2) 최명환·이창식, ≪탄광촌 사람들의 삶과 문화≫, 민속원, 2005; 김도현, 삼척시립박물관 편, ≪탄광촌 사람들의 삶과 문화, 민속원, 2005; 김대진, <삼척탄전의 광업발달 연구>, ≪탄광촌의 정체성과 문화≫, 태백석탄박물관, 2006; 정연수, <탄광촌 금기어 연구>,≪탄광촌의 정체성과 문화≫, 태백석탄박물관, 2006; 이한길, <탄광촌 정체성에 관한 연구>,≪탄광촌의 정체성과 문화≫, 태백석탄박물관, 2006; 강원대 사회과학연구소 편, ≪폐광촌과 카지노≫, 일신사, 2005. 등 다수가 있다.

앙, 금기 사항 등에 주로 주목해서 이를 다루고자 하며, 가능하면 그 의미나 의의까지도 규명하고자 함을 목적으로 한다. 또한 현재까지 보고되어 있지 않거나 변모된 석탄 광산의 실상이나 신앙, 금기 등에 관해서도 얼마간 다룰 것이다.

2. 광산민속의 실제

1) 강원도 광업 및 시멘트, 석탄광산의 실태

강원도의 광산물 생산은 대략 무연탄, 철, 란타늄, 운모, 연옥, 활석, 강석, 고령토, 석회석, 백운석, 규사, 규조토, 규석 등인데, 이중 석회석이 광산 수도 48군데이고 생산량도 57,619,149톤으로 가장 많다. 그 다음 무연탄인데 광산 수는 7군데로서 생산량은 3,297,250톤이며 고령토는 광산 수는 12군데이지만 생산량은 1,691, 801이다. 연옥이 가장 적게 생산된다. 2군데서 29톤만을 생산할 뿐이다. 철은 연 208천 톤으로 전국 생산량의 99%를 차지한다.

양양 지역의 암석분포는 해안은 대부분 해안 화강암이고 태백산백에 접한 山脈은 화강암과 편마암으로 구성 조직되었고, 서면 장승리 일대에는 흑운모 화강암, 흑운모 편마암, 화강암이 분포되어 있다. 정선, 영월, 태백 등은 무연탄이 많이 매장되어 있는데, 특히 정선은 석탄이 면 1,279천 톤으로 전국 생산량의 28%에 이른다. 삼척, 동해, 강릉 등은 면적의 대부분이 山地로 형성되어 시멘트의 원료인 석회암의 매장량이 풍부하다. 석회석은 100억 톤 매장으로 전국 매장량의 25%를 점하고 있다.[3]

이 중에서도 본고에서는 삼척시에 있는 '동양시멘트'와 역시 삼척 도계에 소재한 '경동탄광'에 관해서 살펴보고자 한다. 삼척, 양양, 동해시 근처는 석회암 지대로서 시멘트 공장이 여러 곳에 분포되어 있다.

---

3) ≪강원도 생산 전반에 관한 실태≫(강원도 도청, 2000)

즉, 동해시에는 쌍용시멘트가 있고, 강릉시에는 한라시멘트(옥계)가
있으며, 삼척에는 한라시멘트(구 고려 시멘트), 동양시멘트가 있다. 본
고는 이 중 제일 먼저 세워진 동양시멘트(삼척시 사직동 114번지)에 대
해서 답사, 조사, 연구하고자 한다.[4] 또한 강원도에서 탄광촌으로 꼽을
수 있는 지역은 태백, 삼척, 정선, 영월 지역이지만 현재는 정선과 영월
지역에서는 더 이상 채굴이 이루어지고 있지 않기에 우선적으로 삼척
소재의 경동탄광을 답사, 조사, 연구하고자 한다.[5]

석회석 채굴은 석탄 채굴과 마찬가지로 일제시대부터 시작했다. 그
러나 석탄분야는 어느 정도 조사되어 있으나 시멘트 분야는 이제껏 조
사된 적이 없다. 이번 '동양시멘트'를 조사하면서 현대적인 시설에서
대규모로 이루어지는 최신식 공장에서 많은 제의를 지내는 것을 보고,
우리의 전통이 이런 곳에서까지 면면히 이어지고 있구나 하는 생각이
들었다. 동양 시멘트는 1957년 6월 15일에 세워졌는데 그 전신은 1942
년 오노다 시멘트 공장에서부터 시작되었다. 오노다 시절 초기에는 생
산능력 8만 톤 정도였다. 당시 북쪽에는 3군데 있었는데, 남한에는 동
양시멘트뿐이었다. 후에 쌍용시멘트가 생기면서 서너 군데 더 생기게
되었다. 현재는 8차 확장공사(1993년)로 인해 생산능력 1,100톤으로 증
가시켜 연간 1억 6000톤 정도 생산하며, 생산에 참여하는 종사자는 610
정도로, 협력업체 인원 320명을 합하면 약 930명 정도의 규모이다. 이
중 관리직 100~150명 외에 생산직은 대부분 삼척에 거주한다. 2000년
6월에 동양시멘트에서 동양메이저로 社名을 변경했다.

탄광업은 거의 도태되어 현재에는 태백 장성의 대한석탄공사(국영),
태백 통리의 한보(민영), 삼척 도계의 경동(민영) 등 세 곳뿐이다. 이중

---

4) 동양시멘트(삼척시 사직동 114번지)
　지덕규과장(37), 강문기과장, 김태진 대리, 문경균(38), 문경호, 장동건 대리, 채중삼 차
　장, 김진헌(40) 등의 제보자를 통해서 채록함
5) 삼척시 도계 황조리 경동탄광(黃鳥本抗-황새가 많아서-)을 대상으로 한다. 이병하(남,
　57), 김용래(남, 48), 강석중(남, 41), 김시연(58, 공양보살)을 통해서 채록함.

석공이 가장 오래되었고(일제 때 형성), 그 다음이 경동으로 40여 년 되었으며, 한보는 약 20년 정도 되었다. 경동석탄은 흥국탄광을 인수했는데 석탄의 질이 높아서 연 110만 톤을 거의 다 소비한다고 한다. 그러나 정부보조가 끝나면 문을 닫아야 할 것이라고 추정하고 있었다.[6]

2) 시멘트 광산에서 행해지는 민속 제의 및 금기사항

시멘트는 석회석을 채굴하여 이를 제조함으로써 얻어지는 광물이다. 따라서 석회석 채굴 공정과 이를 제조하는 과정이 모두 중요하다고 할 수 있다. 석회석 채굴 과정은 석회석을 파쇄한 후, 이를 혼합해서 저장하는 과정이 포함되며, 시멘트를 제조하는 과정은 석회석만을 갖고 하는 것이 아니라 다른 원료와 함께 조합하여 건조, 분쇄해야 하며, 이를 저장하는 원분 공정과, 원료를 가열하여 분해, 소성한 후 냉각하여 반제품인 클링커를 생산하는 소성공정, 그리고 클링커에 석고와 분쇄조제를 가하여 분쇄된 시멘트를 저장 및 출하하는 제품공정이 모두 포함된다. 이 중 가장 위험도가 높은 과정 및 장소는 아무래도 채굴할 때의 채굴장소와 소성할 때의 소성장소라고 할 수 있다.

채굴할 때는 보통 자른(커팅) 다음 폭파의 과정을 거친다. 그러나 석회석의 채굴 장소는 탄광처럼 지하 속 갱도가 아니라 지상의 노천이므로 탄광에 비해 비교적 위험 부담률이 적다. 채굴 시 현재까지는 벤치 컷 공법이 가장 일반적으로 사용되는데, 벤치 공법은 산을 계단식(Bench)으로 평면 채굴을 행하는 작업으로 안정성이 높아서 대규모 채굴이 가능하기 때문이다. 채굴방법은 착암기로 계단면에 구멍을 뚫고 화약을 넣어 발파시키며, 발파된 크기는 보통 400mm~1,000mm정도로서 대형 트럭으로 운반되어 파쇄공정으로 나간다. 석회석을 파쇄할 때는 1, 2, 3차를 통해서 원석을 잘게 부수게 된다. 잘게 파쇄한 후에는 채광산에 석회석을 쌓아두거나 조합분쇄기용인 호퍼라는 곳에 저장하

6) 이하 모두 주6)의 제보자에 의한 기록임.

기도 한다.

시멘트로 제조할 때는 석회질 원료에다가 점토질 원료, 규산질 원료, 산화철 원료를 혼합 조합해서 예열기를 거친 후 소성로(Klin)에서 1400-1800℃의 열로 굽게 된다. 잘 구어진 원료를 냉각기(Cooler)에서 냉각시키면 덩어리가 되는데 이와 같은 시멘트 반제품을 크링커(Clinker)라고 한다. 현재 원료를 소성하는데 사용되는 소성로는 대부분 로터리 킬른이 사용된다. 로터리 킬른은 그 용량에 따라 차이가 있지만 2~6m에 길이가 40~10m의 원통형 설비(爐)이며, 3~5°의 경사를 가지고 있으며 2~4rpm의 속도로 회전한다. 예열기로 유입된 원료가 소성기 출구로 이동하면서 계속 1,450℃까지 상승한다. 소성기에는 원료를 소성하기 위하여 버너(Burner)가 설치되어 있으며, 연료로는 유연탄 및 재활용 연료 등을 사용한다. 즉 소성로는 시멘트 원료인 석회석이 소성되어 시멘트화 되는 핵심설비이다. 소성로는 석회석과 부원료를 혼합하여 투입하는 설비(프리히터)와 소성 후 냉각과 분쇄를 거쳐 시멘트 완제품이 되는 과정으로 이어지는 설비 사이에 연결되어 있다. 냉각기기는 소성로에서 배출된 클링커를 냉각하는 설비이다. 하지만 시멘트 제조공정에서 로터리 소성로와 함께 가장 중요한 부분이라 할 수 있다. 냉각기는 약 1,300~1,450℃ 정도의 크링커를 냉각하는 곳으로써 소성로 운전에 제동 역할을 하는 장치이다. 냉각기에서 냉각된 크링커는 3~5%의 석고를 첨가한 후 시멘트 분쇄기(Cement Mill)에서 분쇄를 거쳐 생산된다. 이러한 미세한 분말가루가 바로 시멘트이다. 시멘트 분쇄기에서 생산되어 시릴로에 저장된 시멘트는 시릴로 하부에서 인출되어 백(Bag)으로 포장 또는 Bulk Cement 상태로 출하된다. 운송수단으로는 선박, 화차와 트럭이 있는데 일반인들이 간혹 생소한 BCT라는 운송수단도 있다. 이는 시멘트 트럭의 약어이다. 시멘트는 소비자(대형업체 등)에게 직접 또는 대리점을 통해 판매되는 형식으로 출하된다. 수출은 미국과 일본이 主市場으로 운송기관은 항구에서 배로 운반하며, 육지에서는 열차, 혹은 뻘크차로 운반한다. 광산에서 채굴한 것은 공정과정을 거쳐서 싸이론에 저장했다가 선박, 육로나 철도로서 운반한다.

시멘트가 생산되기 위해서는 대략 앞에서 기술한 단계를 거치게 되는데, 이러한 시멘트 광산이나 공장에서 이루어지는 민속제의는 첫째, 공장 전체로 하는 대규모 제의가 있고, 둘째, 각 공정별로 각각 해당처에서 행하는 소규모제의가 있다.

대규모제의는 현재 동양시멘트 공장에서 일정한 날짜를 정해 정기적으로 시행하고 있는 것을 지칭할 수 있는데, 음력 1월 1일과 9월 9일 이렇게 2번 지내는 것이 이에 해당된다. 그 외에도 양력 1월 1일에 지내는 '출하제의'도 큰 제의에 속한다. 이 때에는 광산 및 공장의 모든 사람들이 모여서 지내는데, 현재는 직원수가 워낙 많아서 임원진과 생산 팀장만 모여서 지낸다고 한다. 대규모제의는 동양시멘트를 인수한 초대 회장인 李洋球회장에 의해서 처음 시작되었다. 이회장은 새로 시작하는 사업의 출범에 앞서 그 자신의 의지를 다시 한번 다지고 아울러 사업의 무궁한 번영을 기원하고자 1959년 4월 공장 북서쪽 2Km 떨어진 양지바른 곳에 '六慶壇'을 건립했다. 그 곳에 '開基鐵拳文'이란 제목의 비문을 새겨 놓았는데, 이는 '집터를 닦으며 신에게 맹세하는 글'이란 의미로 창립자의 의지가 잘 반영되어 있는 글구이다. 즉, 국내 최초로 시멘트산업에 투신하면서 겸허한 마음으로 기업 운영에 대한 신의 도움을 기원하는 자신의 의지를 祭文 '開基鐵拳文'에 반영시켰던 것이다. 이것이 시발점이 되어 현재까지도 그 유지가 잘 받들여져서 지속되어 오고 있다. 이렇듯이 일년에 2번 지내는 대규모 제의는 '육경단' 앞에서 하는 것으로 끝나는 것이 아니라, 시멘트 생산 과정에서 가장 중요한 부분인 '광산(채굴하는 곳)'과 공장 내 '소성로' 앞에서도 지낸다. 즉 일년에 2번씩 3곳의 장소에서 제의를 지내는 것이 대규모 제의에 해당된다.

대규모제의(1月 1日, 9月 9日)에는 임원들과 생산팀장이 모여서 지내게 되는데, 보통 새벽 6시에 六慶壇 앞에서 제일 먼저 지낸다. 제의를 지낼 시 初獻과 亞獻, 終獻官이 달라지며 初獻官은 사장이 하고, 그 다음 서열에 따라 하게 된다. 降神祭 때는 공장장이 향을 피우고 잔을 올리고 나서 두 번 절한 후 '고시레' 하면서 술을 뿌린다. 제의 음식은 삶은 돼지머리, 다섯 과일(밤, 대추, 사과, 배, 감), 다섯 포(대구, 명태, 오징어, 상어포, 가오리), 오색실(오색실은 육경단 단에 묶는다), 오곡(쌀, 보리, 콩, 수수, 조를 각 祭器에 담는다), 삼색채소(도라지, 고사리, 시금치) 등이다. 이 때 두부는 데쳐서 놓는다. 생물 가자미 한 손도 올린다. 술은 청주를 쓰며, 소지는 그 곳에 모인 모든 사람이 올린다. 제의 시에는 祝文도 읽는다. 또한 제의 참가자들의 의복은 옛날에는 한복을 착용했지만 지금은 양복을 입는다고 한다.

六慶壇 앞에서 제의를 올린 후, 자리를 옮겨 공장 내 소성로(킬른) 위와, 광산(적노동에 소재)에서도 제의를 지낸다. 따라서 시멘트 공장에서의 정기적인 큰 제의는 1년에 두 번, 세 군데에서 지내는 것을 지칭할 수 있는데, 첫 번째는 육경단 앞, 두 번째는 사직동 공장 소성로 위(소성로 위는 자연스럽게 구릉부분이 형성되어 있으므로 편의상 이 곳에서 지낸다), 세 번째는 광산(적노동에 소재)에서 지내는 것이 포함된다. 그 외도 정기적인 큰 제의는, 양력 1월 1일에 지내는 첫 출하 제의를 들 수 있다. 양력 1월 1일, 즉 새해 아침에는 첫 짐이 나가는 곳, 이를테면 부두나 철도에서 첫 출하 제의를 반드시 지내기 때문이다. 이것은 짐(시멘트)를 적재한 채 그 앞에서 지내는 제의로서, 이 제의에서는 무사고와 풍요를 기원한다. 사고 없이 사업이 번창하기를 바라는 의미인 것이다. 이 때, 그 해의 첫 출하가 기차로 이루어지면 철도에서, 선박으로 나가게 되면 부두에서 지낸다는 특징이 있다. 2003년도에는 부두에서 지냈다고 한다.

그 외에 소규모 제의는 각 부서에서 필요할 때에 지내는 제의들과 고사, 치성들이기 등이 모두 해당된다. 이 크고 작은 告祀는 무수히 있는데 각 분야별로 그 특성에 맞게 지내고 있다. 따라서 큰 제의 외의 고사는 정해진 날짜에 하는 것이 아니라 그냥 지내야 된다고 생각할 때(분위기가 조성되거나, 일이 잘 안 풀리거나, 때가 되었다고 생각), 새 공장이 만들어졌을 때, 새 기계가 들어왔을 때, 보수를 했을 때 등 필요에 의해서 비정규적으로 공장장이 주관이 되어 지낸다. 그렇다고 해도 고사에 따른 비용은 총무과에서 담당한다. 그러나 최근 들어서는 제의나 고사가 너무 많다는 지적이 쇄도해서 점차 줄어드는 형국이라고 한다.

소규모제사 중에서도 생산 안전팀(기계 보전부서)이 지내는 風具祭(풍고제)는 아직도 성대하고 지내는 제의 중 하나에 속한다. '풍구'는 옛날에 불을 잘 연소시키기 위해 돌리던 도구였는데, 그 이름을 따와서 아직도 사용하고 있다. 생산 안전팀에서 행하는 풍구제는 '안전고사'의 형태로 전행되어 왔다. 시멘트 산업이 장치산업이라 과거에는 사람들이 부상당하는 일이 많았기 때문이다. 告祀를 지내는 날은 미리 정해져 있거나, 특별한 날을 받거나 정한 날짜에 하는 것이 아니라, 분위기가 자연스럽게 조성되었을 때와 기계의 보수가 끝나고 새로 돌릴 때 지낸다고 한다. 이 때에는 생산안전을 위한 '안전고사'의 형태로서 진행된다. 우선, 부서 내에 '일심회'라는 상조회가 있는데 그 해의 회장을 담당하는 분이 몸을 깨끗이 한 후 점보는 집에 가서 날짜를 정해 오지만 특별한 일이 없는 한, 음력 10월경 길일을 택해 날짜를 선정하고 있다. 준비하는 음식은, 돼지머리, 시루떡, 대구포, 과일(곶감, 대추, 밤, 사과) 등을 祭床에 올리고 향과 정종을 준비한다. 물론 고사가 끝나고 음식을 나누어 먹을 수 있을 정도의 음식들(술, 과일, 돼지고기, 안주류 등)도 충분히 준비한다.

고사를 지내는 장소는 과거에는 대장간에서 볼 수 있는 풍구라고 하는 기계 앞에서였는데, 현재는 풍구가 없기 때문에 기계과의 공작실 건물 안에서 지낸다. 그리고 공작실에 있는 모든 기계들 마다 부정을 방지하고 사용하는 사람들의 안전을 위해서, 깨끗한 종이(화선지) 위에 소금을 올려 놓는다. 또한 기계과에 근무하는 분들 뿐만 아니라 공장에 근무하는 참석 가능한 분들을 모셔다 풍구제를 거행한다. 생산안전팀의 속신으로는 옛날에는 개고기를 먹고 기계를 돌리면 기계가 선다는 속신 때문에 기계 앞에서는 '개'자도 꺼내지 않았다.

그 외에 환경안전팀은 공장 입구에서 安全告祀를 1년에 한 번 지낸다. 역시 현장 분위기가 고조되었을 때, 큰 사고가 났을 때, 공장장의 판단에 의해 고사를 지낸다. 고사를 지낼 때는 공장이 다 보이는 공장 정문 경비실 앞의 물탱크 위를 祭壇으로 해서 지낸다. 공장장이 初獻官이 되며, 모든 사람들이 참여한다. 대략 50명 정도 참여한다. 고사 음식은 돼지머리, 팥시루 떡을 시루 째, 대추, 곶감, 밤, 3색 과일(사과, 배, 감), 3 포(대구, 명태, 오징어), 청주 등인데 초헌, 아헌, 종헌 등 3잔(담당부서의 장들이 獻官)을 올리고, 모인 사람들 모두 소지를 올린다. 옛날에는 祝이 있었는데 요즈음은 祝 없이 그냥 지낸다.

또한 집 지을 때 사람들이나 공구를 올리는 로프로 된 크레인 외줄, 파이프, HB, 철, 에치빔 위에서 작업하는 사람을 도비(飛械工)라고 하는데, 이들의 일은 공중에서 하는 일인 만큼 극도의 긴장을 요구한다. 위험부담이 많기 때문이다. 이렇듯이 하는 일이 위험한 만큼 터부나 금기사항도 제일 많았다고 한다. 그러나 현재는 예전처럼 금기사항이 많지 않다. 특히 젊은 사람들로 교체된 후에는 거의 금기사항이 없어졌다고 한다. 예전에는 아침 일찍 여자가 앞을 거쳐 지나가면 출근을 하지 않았다거나 개고기를 먹지 않는다거나, 꿈자리가 뒤숭숭하면 일을 꺼린다거나 까마귀가 지나가거나 우는 것을 꺼린다거나 하는 등이 있었다고 하는데, 상세한 사항은 현재는 나이든 분이 없어서 채록을 할 수 없었다. I.M.F를 지내면서 나이든 직원을 거의 다 해고하고 젊은 직원들로 교체했기 때문이다. 또한 다른 곳과 마찬가지로 여성들에 대한 금기가 이 곳에서도 깨지고 있었다. 지금은 현장에서 여자들과 함께 일하기 때문이다.

'동양시멘트'에서 행하는 제의 중 가장 중요하며 가장 큰 제의인 <육경단> 제의에 대해서 좀 더 살펴보고자 한다. <육경단>은 동양 시멘트 공장 내에 있는데, 앞에서도 언급했듯이 공장을 단독 인수한 李회장은 곧 공장 북서쪽2Km 떨어진 양지 바른 곳에 六慶壇이라는 이름의 碑閣을 건립했다. 현재 故人은 육경단 바로 위에 묻혀있다. 처음 <육경단>을 지을 때, 잿빛 시멘트공장에 난데없는 六角亭 공사가 시작되어 기왓장이 올려지고 붉은 기둥이 세워지며 처마에 오색현란한 단청이 칠해지자, 사람들은 '李회장이 괴짜라더니 과연 그렇구나'라고 했다고 한다. 그러나 그렇게 육경단 건립을 무슨 奇行 쯤으로 여기던 이들도 정작 碑가 건립되고, 그 碑文의 내용을 알게 되자 옷깃을 여몄 다고 한다.

六角柱, 六角지붕의 작고 단아한 碑閣 안에는 '開基鐵券文'이라는 제목의 碑文이 烏石의 碑身에 새겨져 세워졌다. 그것은 '집터를 닦으 며 신에게 맹서하는 글'이라는 의미로서, 곧 동양시멘트를 인수한 李 회장의 공고한 의지가 담겨져 있다. 비석은 백암온천에서 가져왔다고 한다.「開基鐵券文」의 내용은 다음과 같으며, 그 외에 '9, 9절 제의'의 절차나 '풍구제'를 지내는 절차, 축문 등에 대해서 간략히 소개하면 다 음과 같다.

「開基鐵券文」

"大韓民國 檀紀 4292년 己亥 2월초 2일에 서울특별시 서대문구 3가 3번지 109호에 거주하는 祭主 李洋球는 이제 정부의 허가를 받아 삼가 洋灰製造工場을 설치하게 되었습니다. 이제 강원도 삼척군의 廣津, 萄 野, 與震, 陽野, 靑王 등 여러 산을 점령한 바 점을 쳐보며 神에게 물어 보아도 다 좋다 합니다.

武洋僊士에게 의뢰하여 금, 은 등 재물과 돈 99,999환과 각색 예물을 놓고 정성을 다하여 開皇后土元君에게 공경을 올리며 本山을 매입하여 東으로 靑龍, 西로 白虎, 南으로 朱雀, 北으로 玄武, 위로는 하늘, 아래로는 땅 밑에까지 이르렀습니다.

사방에는 句陳의 신이 사방의 경계선을 분장할 것입니다. 여기에 사업공장을 차리고 경계를 삼아 引受하오니 도로를 관장하는 장군을 엄숙히 보호하며 役夫 수천 명이 부상을 당하는 일이 없게 하시고 산에서 사는 妖怪나 들판의 도깨비들을 모두 쫓아버리시고 天災地變, 水火盜賊은 사방 멀리로 쫓아버리시고 재운이 대통하게 하여 주옵소서.

만일 도둑이 나타나거든 장군이 風伯에게 명령하여 쫓아버리시고 수재가 나거든 장군이 河伯에게 명하여 제거해 주십시오.

有司 今山이 이제 짐승을 잡고 술을 차려놓고 함께 冥祭를 올리어 땅속에까지 알립니다.

삼가 하늘이 화창하고 땅이 화평하여 닭이 울고 개가 짖는 좋은 날인 기해 2월초 5일 천지가 개통하여 날도 좋고 시간도 좋은 때를 택하여 처음으로 흙을 파고 농사를 시작합니다. 산과 물로 힘을 모아주시고 천지의 신도 도와주시어 영구히 행운을 주시옵소서. 만일 이 盟約을 어긴다면 땅속을 주관하는 관리가 殃禍를 받을 것이며 잘되지 않을 때에는 나는 太上皇帝에게 고할 것입니다.”

단기 4292년 4월 세움[7]

‘九.九節 祭祀 節次’

0 지금부터 구구절 제사를 시작하겠습니다.

0 먼저 초헌관이신 부사장님께서 분향하시겠습니다.

부사장님께서 나오셔서 자리에 꿇어앉으시고 분향(성냥준비).

右 執事가 잔을 들어 부사장님께 드리고 술을 1/2잔 따라 드림.

부사장님께서 분사에 세 번 잔을 돌린 후 우 집사가 잔을 받는다.

부사장님께서는 그대로 계시고 우 집사는 퇴주그릇에 세 번 나누어 따른다.

부사장님께서 두 번 절을 하시고 다시 꿇어앉음.

---

7) 동양그룹 종합조정실 홍보팀, 동양보다 큰 사람(북·아트리에, 1995), pp.77~79Passim.

다시 우 집사가 잔을 부사장님께 드려 술을 가득 따르면 부사장님
께서 분사에 세 번 잔을 돌린 후 우집사에 주면 잔을 받아 제상에 올
려놓음.

잔을 퇴주그릇에 비움.

0 다음은 아헌관이신 노조위원장님께서 배례하시겠습니다.

0 다음은 종헌관이신 관리 담당께서 배례하시겠습니다.

0 마지막으로 함께 배례하시겠습니다.

0 배례는 목례를 두 번 하시겠습니다.

0 일동배례.

0 이것으로 구구절 제사를 모두 마치고 소지를 올리겠습니다.

'풍구제 절차'

0 개회사- 지금부터 2003년도 기계 설비 보수유지를 담당하는 직원
들의 안녕에 감사하며 2003년도 무사고를 기원하기 위해 풍구제를 시
작하겠습니다.

0 의식- 먼저 초헌관인 000 부장의 배례가 있겠습니다.

　　　아헌관인 000과장의 배례가 있겠습니다.

　　　종헌관인 000차장(대리)의 배례가 있겠습니다.

　　　일동 배례

0 이것으로 풍구제를 모두 마치고 소지를 올리겠습니다.

'풍구제 祝文'

維歲次 00 0月 00朔 00日 00

獻官 敢昭告于

土地之神 今以吉辰 伏以發願至誠

東洋시멘트 工場之內 千餘人名

三災八亂 官災口舌 病苦之厄

神其令退 水下消滅 我等人類

神其保佑 卑無後艱 自此以後

生産順調 無事故工場作業

日新月盛 所願成就 尊神之下
至誠祝願 謹以淸酌 酒果庶羞
祗薦于神 尙饗

유세차 모월 모일
헌관이 감히 밝혀 고하나이다.
토지신이시여! 오늘 길일에 업드려 정성을 다해 발원합니다.
동양시멘트 공장내부 천여인명
삼재팔란 관재구설 병고와 같은 액운을
신께서 물러나게 해 주시고 물아래로 소멸시켜 주십시오.
　저를 비롯한 모든 사람들에게 신의 보살핌과 도우심으로 어려움을
없게 해주시고 지금 이후로 생산은 순조롭고 사고가 나지 않으며 공장
작업이 나날이 번성하게 해달라는 소원 성취를 존귀하신신께 정성을
다해 축원합니다.
　삼가 맑은 술과 주과를 많이 바치니 바라건데 흠향하시길.

3) 석탄 광산과 관련되는 민속 제의 및 금기사항

　주지하다시피 강원도 생산활동에 있어서 석탄채굴이 차지하는 위
치는 적지 않다. 국내 석탄 매장량의 74% 정도가 강원도 지역에 매장
되어 있어 예전부터 석탄채굴에 활기를 띠었기 때문이다. 이에 따라
이러한 석탄광산에 대한 민속은 여러 가지 측면(채굴과정, 석탄 매장
량에 대한 정보, 금기사항 등)에서 많은 정보가 알려져 있어서 새삼스
럽게 언급할 필요는 없다. 하지만 최근에는 석탄 산업이 사양길에 접
어들면서 석탄 공장이 3 곳밖에 남지 않았고 또 기존에 조사된 내용과
는 차이가 있기에 새로운 부분에 대해서 소략하게 다루고자 한다. 또
한 본고에서 중점적으로 다루고 있는 시멘트 산업과 동일한 분야로서
함께 조망하는 것도 의의가 있을 것이라 생각된다.
　석탄 채굴은 특별한 기술이 있는 것은 아니지만 견습공을 바로 투입

시키지는 않는다. 부서는 굴진부(탄을 태기 위해서 맥을 잡는 부서), 채탄부(탄진을 해서 산맥이 걸리면 채탄), 간접부(채탄, 굴진을 보조해 준다), 삼갑반(삼교대로 직접 탄을 캔다) 등이 있으며, 옛날에는 명절에만 쉬었는데 현재는 빨간 글씨가 있는 휴일은 다 쉰다고 한다. 최근에는 주 5일제가 대두되고 있다. 현재, 갱부는 갑단 350명, 을·병이 각 156명으로서 약 600-700명이다. 갱부는 갑(7-15시), 을(15-23시), 병(23-7)조가 교대로 갱(=항)내로 들어가서 일한다. 월급은 도급제이기에 능력별로 받는다. 정년퇴임은 55세인데 희망에 의해 2-3년간 더 일할 수 있다. 기술이 있으면 선산부, 없으면 후산부(아다먹기)에서 일한다. 선산부는 포크레인을 사용해 앞에서 캐고 후산부는 뒤에서 보조하는 보조인으로 삽으로 캔다. 채굴하기 위해서는 경력이 없으면 4주 교육 후 투입되며, 2주간은 막장에서 견습한다. 요즈음은 갱목을 소나무에서 쇠로 교체했기에 사고가 거의 없다고 한다. 단지 주위해야할 위험요인은 중장비를 운반하는 것과 개스나 물, 그리고 전차이다. 전차가 40㎞로 달리며 80개 정도가 다니기 때문이다. 좁은 갱도에서 여러 개가 빠른 속도로 다니기에 특별히 조심할 필요가 있다고 한다. 그리고 처음 온 갱부는 간혹 길을 잃기도 한다. 항이나 갱이 여러 군데로 뻗쳐있기 때문이다. 항에 갈 때는 권양기로 갱을 내려가는데, 모니터를 보면서 작동을 손수 조작한다. 전차도 2명이 한 조가 되어 손수 운전한다. 채탄한 것은 산너머 통리로 운반된다.

　또한 예전에는 수건을 쓰다가 70년대에 마스크가 생겼다. 현재는 면을 가공한 광 마스크를 쓴다. 음식은 최근에는 개고기를 조금 삼가기는 하지만 그 외의 모든 고기를 즐긴다. 젊은 사람들은 개고기도 가리지 않는다. 특히 건강을 위해서 돼지고기를 많이 먹는다고 한다. 옛날에는 집에서 도시락을 가지고 다녔지만, 지금은 회사에서 나누어준다. 도시락 업체에서 매일 갖다 주면 한 개씩 들고 갱으로 들어간다. 갱 안에는 간이 탁자(식당)가 있어서 이 곳에서 모여서 먹는다(각 조끼리).

화장실은 없어서 알아서 처리한다. 8시간이기 때문에 대변을 보는 일은 거의 없다고 한다.

안전등, 안전장화, 작업복, 방진 마스크 그리고 전차 자동조정기, 갈쿠리(광차연결시 필요) 등이 갱 안으로 들어가기 위한 준비 차림이다. 작업복은 새로 바뀌어서 교체되는 중이었다. 천은 순면이며 회색과 연한 국방색으로 되어 있었다. 갱이 더워서 하루 작업복을 3번씩 갈아입기도 한다. 신발은 안전장화와 안전화가 있는데, 장화는 고무로, 안전화는 가죽으로 되어 있다. 모두 발등의 안쪽 부분이 쇠로 덮혀 있다는 특징을 보인다. 신발과 옷은 배급되는데, 험한 일의 강도에 따라 일년에 1컬래 혹은 3컬래가 배급되고 있었고, 배급되기 전에 헤지면 돈을 주고 구입한다. 돈을 아끼기 위해 거의 사지 않고 남는 사람 것을 빌려서 사용한다.

일의 특성상 협동이나 단결은 아주 중요한 덕목이므로 각종 단체 생활을 유지하며 우애를 돈독히 한다. 즉 모두가 삼삼오오 계나 단체를 형성해서 활동하고 있다. 친목계, 향우회, 낙찰계가 성행하며 운동모임도 많다. 상포계도 잘 발달되어 있는데 월 10,000-20,000씩 걷는다. 특히 어려운 사람을 도와주는 '한마음회'가 유명하다.

이러한 석탄광산에서의 제의는 1월 1일에 해돋이도 할겸 '태백산 천제단'에 가서 지내는 제의가 가장 성대한 규모에 해당된다. 1월 1일 새벽 3시에 태백산 천제단으로 가서 제의는 4시에 지낸다고 한다. 이때에는 회사에서 차를 보조해 준다. 희망자와 지위 높은 사람이 주로 참석한다. 옛날에는 告祀를 자주 지냈는데 현재는 1년에 한 번 지낸다고 한다. 큰 사고가 났을 때는 특별히 巫女를 3-4명 불러와서 祝文을 외면서 사고가 나지 않기를 기원한다. 주로 돼지머리, 팥시루떡, 주과포, 소지를 올린다. 최근에는 소장이 천주교 신자라 고사에 더 신경을 쓰지 않는다고 한다. 육 개월 전에 지냈는데 노조의 간부급이 평복을 입고 저녁 7-8시쯤 지냈다. 향, 초, 돼지머리, 떡, 과일, 포, 소지를 올린다.

　하지만 무엇보다도 경동탄광의 가장 큰 민속적 제의의 특징은 탄광 옆 300~400m에 '道德精舍'라는 절을 지어서 탄광식구들의 명복을 빌고 있는데, '도덕정사' 내에는 산신전뿐만이 아니라 '산당(＝성황당)'이 함께 공존하고 있다는 점이었다. '사찰과 성황당'이 같은 장소에 동시에 공존하고 있는 셈이었다. 이 점이 특히 경동탄광의 제의의 특성이라고 할 수 있다. 두 장소간의 제의도 왔다갔다하며 같이 지내는 듯했다. <도덕정사>는 1987년 11.1일 기공하여, 1989년 4.30 착공했는데 경동석탄주식회사 대표이사 손도익 회장의 발의에 의하여 이루어졌다. '道德精舍創建有功碑'의 내용을 보면, "1974년 경동탄광을 설정하여 15년 후 초창기 생산량이 40여만 톤이었으나 88년도부터는 연 생산 백만 톤을 돌파하였고 현재는 2천 오백여 가구의 안전된 터전이 되었다. 여기까지 오는 동안 불의의 사고(災禍)가 발생하여 순직하기도 했다. 그들 넋을 진혼하고 명복을 빌기 위해 이 곳에 道德精舍를 창건한다. 50,000여평의 부지에 大雄殿, 冥府殿, 寮舍體, 山神閣, 鐘樓, 四天王門 등으로 이루어진다. 이 중 명부전의 회장의 獨擔으로 이루어졌다. 불교의 폭와 이웃 주민들의 기원과 수련의 도장으로 활용된다"라는 내용으로 되어있다.

　이렇듯이 경동탄광에서 세운 '道德精舍 冥府殿'에는 매월 18일 날 탄광 일을 하다 세상을 떠난 분을 위한 명복을 비는 예불이 있다. 이 때에는 회사관계자들이나 유가족들이 참가한다. 또한 <도덕정사> 내에는 특이하게 山堂과 대웅전, 명부전, 산신전 등이 공존하고 있는데, 山神殿에는 호랑이와 황새가 사이좋게 놓여있는 그림이 있었다. 전설이 있을 법한데 채록하지 못했다. 또한 음력 매달 16일 날은 山神祈禱를 한다고 한다. 언급했듯이 주목할만한 것은 山堂이 절 내부에 함께 배치되어 있다는 점이다. 원래 있던 곳에 도덕정사를 세워서 그런 듯했다. 필자가 갔을 때에는 금줄을 쳐놓고 있어서 접근할 수가 없었다. 절에서 일하는 봉양 보살에 의하면 정월 초하루, 정월 대보름, 동지 등에

告祀를 지낸다고 한다. 또한 자신들도 단오와 동지에는 山堂에다가 떡이나 팥죽을 갖다 놓는다고 했다. "좋은 것이 좋지 않느냐"는 말도 빼놓지 않았다.

요즈음 탄광에서의 금기사항으로는 "술먹고 갱에 가면 안 된다. 싸움은 절대 안 된다. 부부싸움을 했거나 기분이 나쁠 때에는 마음을 진정시키고 들어간다. 작업조는 담배, 라이터는 일체 갖고 가지 않는다. 해빙기나 우기에 특히 출수예방 기간을 정해서 주의한다. 굴 안에서 휘파람 부른 것을 아주 싫어한다(휘파람 불면 맞아 죽는다). 꿈자리가 뒤숭숭하거나 나쁠 때는 쉬기도 한다. 꿈 이야기는 하지 않는다" 등이다. 개인적인 타부도 있어서 예를 들어 아침에 4자가 신경이 쓰이게 눈에 들어오면 꺼림직 해서 쉬기도 하며, 찜찜하면 조심한다고 한다. 그러나 대체적으로 젊은 갱부들은 이러한 것도 거의 개의치 않는다고 하며, 긍지를 갖고 있었다. 황조리 경동 석탄 공사는 아주 깨끗하고, 공기도 좋고, 경치도 좋아서 채굴하는 분위기를 거의 느낄 수 없었다.

4) 광산 민속 신앙의 의미 및 의의

동양 시멘트회사 구내에 위치한 六慶檀 碑文인 '開基鐵券文'에는 초대 회장인 李洋球 회장의 宇宙觀과 企業觀이 잘 나타나있다. 비문 작성은 자유당 때 대통령 비서실장을 역임했으며 한학자로도 유명했던 尹錫五 선생이 썼다는 설과 전통문화에 조예가 깊었던 김형극 선생이 썼다는 설이 있다. 누가 抄했든 비문에는 李회장의 사상이 짙게 스며 있음을 부정할 수 없다. 비문의 내용은 전서체로 쓰여 있다.

주지하다시피 시멘트 생산은 기간산업으로서 광산개발에서부터 최종 제품의 포장까지 정교하고 엄밀한 기계에 의존하는 과학적 인식이 지배하는 장소이지, 呪術이나 信仰, 요행에 의지하며 일하는 生産處는 아니다. 이렇듯이 과학에 기초한 생산 현장에 제단을 쌓고 정기적이고도 지속적으로 제의를 지내고 있다는 것은 인간으로서의 모든 노력을

다한 후 天命을 기다린다는 겸허한 신심, 그리고 사업이 인간의 의지
에 좌우되는 것이 아니라 절대자의 관장 아래 놓여 있다는 것을 인지
하고 있다는 증거이며, 우리 민족의 원형의식이 잘 반영되고 있음을
반영하는 일례이다.

특히 '開基鐵券文' 내용을 살펴보면 우리 민족의 원시신앙 의식이
그대로 면면히 이어지고 있음을 알 수 있다. 내용 뿐 아니라 화법도 주
술 화법인 '청원과 명령, 위협'으로 구성되어 있음에 주목할 필요가 있
다. 이러한 주술적 화법은 고대시가인 <龜旨歌>, <高麗 處容歌>라
든가 巫歌 등에 나타나는 특징이다.

내용을 천착해 보면, 우선 신에 대한 서열 의식이 확연히 나타나고 있
다. 청원자가 가장 신뢰하고 직접 청원하는 대상은 '后土神', 즉 土地神
이다. 그 휘하에 山神, 句陳神, 道路神, 風伯, 河伯 등이 토지신의 일을 돕
고 있다. 그리고 그 토지신 위에는 '太上皇帝'라는 더 우위의 신이 좌정
하고 있다.

청원자가 토지신에게 요구하는 사항은 다음과 같다. ①도로를 관장
하는 장군을 엄숙히 보호해 달라. ②役夫 수천 명이 부상을 당하는 일
이 없게 해 달라. ③妖怪나 들판의 도깨비들을 모두 쫓아 달라. ④天災
地變, 水火盜賊은 사방 멀리로 쫓아버려 달라. ⑤재운이 대통하게 해
달라. ⑥만일 도둑이 나타나거든 風伯에게 명령하여 쫓아버려 달라.
⑦수재가 나거든 河伯에게 명하여 제거해 달라. ⑧영구히 행운을 달라
등이다.

이러한 요구사항을 관철시키기 위하여 청원자는 토지신한테 다음
과 같은 대가를 지불한다. 즉, 武洋儒士에게 의뢰하여 금, 은 등 財物과
돈 99,999환과 각색 예물을 놓고, 짐승을 잡고 술을 차려놓으며, 정성을
다하여 開皇后土元君한테 공경을 올린다는 것이다. 冥祭를 드리는 것
이다. 여기에는 청원자의 온갖 정성이 다 들어있다. 儒士에게 의뢰한
다는 것은 이 분야에서는 가장 권위 있는 인물은 선정했다는 것을 나

타내며, 금과 은은 가장 귀중한 보물을 대변하는 것으로서 귀중한 재물을 獻納한다는 의미를 내포한다. 또한 돈은 상서로운 숫자인 9가 5개 들어가는 액수로 채워져서 상서로움과 풍요로움을 상징하고 있다. 게다가 각종 예물과 신이 흠향할 짐승제물과 술을 바침으로서 그 정성을 극대화시키고 있다.

자신의 온갖 정성에 답해 자신이 청하는 소원을 모두 들어달라는 관계를 청원자는 '盟約'이라고 표현하고 있다. 청원자와 토지신은 맹약 관계를 맺고 있다고 보는 것이다. 따라서 이를 어길 시 어떤 일이 발생할 것이라는 추정도 예측하고 있다. 자신이 어길 경우는 지하에서 일하는 '관리가 殃禍'를 받을 것이며 만약 토지신이 어길 경우는 '太上皇帝에게 고해서 이르겠다'고 하고 있다. 엄포를 놓고 있는 것이다. 그렇게 본다면 청원자는 토지신 위에는 태상황제가 군림하고 있다고 보고 있는 셈이다. 이러한 과정에서 토지신에게 기원과 청원, 축수와 더불어 협박과 위협을 하고 있는 어투와 어법이 사용되고 있다. 이는 주술적 담화방식이다.

청원자가 가장 의지하는 신을 토지신으로 본 것도 의미심장하다. 시멘트는 광물이고 땅과 연결되어 있으니 가장 우위를 점하고 있는 태상황제 즉 하늘의 신보다 '토지신'을 더 중요하다고 본 것은 어쩌면 당연하다고 볼 수 있지만, 사실 원형 상징으로 볼 때 토지신은 社稷神으로 豊饒를 상징하기에[8] 번영을 기원하는 청원자에게는 가장 적합한 神이라는 점 때문이다. 碑文에서도 청원자는 '공장 시작하는 것'을 '흙을 파고 농사를 시작'하는 것으로 告하고 있다. 시멘트 사업을 농사를 짓는 일로 인지하고 있는 것이다. 이는 농사에 있어서 풍요를 기원하는 제의와 비견되는 의식으로 환원시킬 수 있는 것으로 고래로부터 내려온 원형상징이 녹아있다고 할 수 있다.

---

8) 강명혜, <社稷의 본질 및 의미>, ≪고려속요 · 사설시조의 새로운 이해≫, 북스힐, 2002, pp.71~73Passim.

<육경단>에서 동해를 내려다보면, 정라동 포구 입구에 동그라니 섬처럼 떠 있는 '六香山'이 보인다. 지금은 복개가 되어 도로가 되었지만, 2, 30년 전만 해도 육향산 밑둥까지 바닷물이 차 있었다고 한다. 바로 그 육향산 정상에 한국 金石文化史에서도 아주 중요하게 취급되는 '陟州東海碑'가 서 있다. 陟州東海碑는 1661년 삼척부사로 부임한 許穆이 동해의 풍랑으로 바닷가에 사는 백성들이 피해를 입자 이를 막고자 동해를 칭송하는 글인 '東海頌'을 짓고 자신의 독특한 전서체로 비문을 새겨 풍랑을 진정시켰다고 한다.

허목의 호는 眉叟, 南人 중에서도 淸南의 영수로서 특히 전서에 뛰어나 '동방 제1인자'라고 찬사를 받은 바, 육향산의 척주동해비는 그의 대표작이다. 영조 때의 학자 洪良浩는 "지금 동해비를 보니 그 文辭의 크기가 큰 바다와 같고, 그 소리가 怒濤와 같아 만약 바다에 神靈이 있다면 그 글씨에 황홀해질 것이니, 허목이 아니면 누가 다시 이 글과 글씨를 썼겠는가,"하고 감탄하였다고 한다. 또한 허미수가 아주 異人的 풍모가 승한 사람이라 척주비와 관련하여 다음과 같은 설화도 전해져 내려오고 있다.

세월이 흘러 선생은 부사 임기가 완료되어 이 곳을 떠나게 되었다. 선생에게는 선경지명이 있으므로, 만일 다음 날에 어떤 우매한 부사가 오면 일개 碑 하나로 풍랑을 진정 시킬 수 있겠느냐며, 반드시 이 비의 철폐 명령을 내릴 것이라고 했다. 그러면서 豫備로 碑 하나를 더 만들어 동헌 마루 밑에 숨겨놓았다. 이 곳을 떠나게 되었다. 세월이 흘러서 선생은 떠나고 후임 부사가 오자, 곧 비에 얽힌 이야기를 듣고 비웃으면서 철패를 명하였다. 그리하며 새 부사의 명에 따라 비를 철폐하기 바쁘게, 해일이 일어 육지가 바다가 되어 백성들에게 커다란 피해를 주게 되었다. 부사가 당황한 나머지 우왕좌와할 때, 한 늙은 관속이 동헌 마루 밑에 다른 碑가 있다고 하여, 그 비를 立碑하자 해일이 물러갔다 지금도 비석 원본에 "兩本 중 大字用은 舊本이고 小字用은 新本이다"라고 새겨져 있다고 한다. 더욱이 허미수의 이 척주동해비문을 지니고 있으면, 三災八亂, 憂患, 질병, 도난까지 제거시켜 준다는 전설이 있다. 그러한 속설로 인해 지금도 탁본을 해서 많이들 지니고 있는 것으로 알려져 있다.

동해예찬을 통해 용왕에게 풍랑을 잠재워 달라고 비는 허미수 선생이나 온갖 우주삼라만상의 諸神들을 칭송하며 무사와 안전, 풍요를 빌던 李회장이나 동일한 발상에서 비롯되었음을 알 수 있다. 또 한 가지 척주동해비와 육경단 건립과 무관하지 않을 것으로 짐작되는 데에는 척주동해비가 서 있는 곳이 '육향산'이라는 점과 '開基鐵券文'이 모셔져 있는 곳이 '육경단'이라는 점도 빠뜨릴 수 없다. 이런 점에서 볼 때 아마도 의식적으로 허목의 세계관이나 그 의식세계를 인정하고 존중하여 그 사상을 잇고자 하는 의지가 반영된 것이 아닌가 한다.

특히 이회장은 육경단을 건립한 후 삼척 공장에 내려오면 사람들을 만나기 전에 祭日이 아니어도 석회석을 캐는 광산에서 내려오는 길에 꼭 육경단에 들르곤 했고 그 후에야 회의를 소집하곤 했다고 한다. 지금도 매년 한해 한 차례씩 동양시멘트 전임직원들은 정성스럽게 제물을 준비하여 李회장 생전에 그러하였듯이 기도를 올린다. 그러한 문화적 이벤트를 통하여 직원들은 우리가 이 곳에서 오늘 '누구'를 위해 '왜' 일하는가 하는 아이덴티티를 은연중에 확립하게 되는 것이다.[9]

이렇듯이 '開基鐵券文'에는 주로 道敎와 巫사상이 주류를 이루고 있음을 알 수 있다. 이는 우리 원시신앙의 기본틀을 근저에 내재시켜 뿌리를 이루고 있는 현상이라 할 수 있다. 즉 한국인의 원형상징이 기본 이념으로 깔려있는 것이다. 다시 말하면 巫, 道 사상은 우리 민족의 기본적인 원시신앙의 모습으로서, 이에는 우리 민족의 원형성이 근간을 이루게 되고 여기에서 한국인으로서의 아이덴티티를 확인하고 은연

---

9) <동양보다 큰 사람>, Op. Cit., pp.79~80Passim.

중에 간직케하는 의의를 찾을 수 있다. 따라서 이러한 의식과 행위는 우리 고유의 원형상징을 간직하는 일이고 자신의 고유성과 정체성을 부지불식간에 확립하고 유지하는 일이 된다.[10]

석탄채굴 근처에 道德精舍를 세운 경우도 마찬가지다. 승려가 머무는 절이지만 '寺'라는 대신 '精舍'를 붙이고 그 내부에 '山堂' 함께 공존한다는 것은 그 근저에 우리 민속신앙적 의식을 거부감 없이 받아들이고 있음을 의미한다. 특히 冥府殿에서 한달에 한번(18일) 탄광일을 하다 세상을 떠난 사람을 위한 명복을 비는 예불이 시행되고 있다는 것과 冥祭를 지내는 그 근본 뿌리는 한 곳으로 수렴된다고 할 수 있다. 이렇듯이 광산산업현장에서도 우리의 원시신앙을 지켜지고 있음을 시멘트 광산과 석탄 광산을 통해서 확인할 수 있다. 이러한 의식은 상고시대부터 시작되어 오랜 전승을 거친 잠재된 原初的 信仰 형태로서 상고시대의 원형적 틀을 그 기본 근저로 깔고 있음을 입증하는 것이다. 이렇듯이 산업현장에서도 우리의 원시신앙이 지켜지면서 한국인으로서의 아이덴티티를 고수하고 있음을 시멘트 광산과 석탄 광산을 통해서 확인할 수 있다.

3. 맺음말

本考에서는 비록 한번 수록이 된 논문이지만 '시멘트 생산'에 대한 부분은 소략하게 다루고, '시멘트 민속과 제의'에 주로 초점을 맞추어서 '시멘트 공장'의 실상과 거기에서 시행되고 있는 민간 신앙 및 '금기 사항', '제의' 등에 관한 제반 사항에 대해 다시 한번 논의해서 그 의미를 좀더 부각하고자 했다. 또한 현재까지 보고되어 있지 않거나 변모된 석탄생산 실황이나 신앙, 금기 등에 관해서도 언급하고자 했다.

그 결과 시멘트 생산은 기간산업으로서 정교하고 엄밀한 기계에 의

---

10) 강명혜, <江原道 民俗信仰의 特性과 起源 및 文學作品과의 關聯性>, ≪江原文化研究≫ 제 19집, 강원대학교 강원문화연구소, 2000, p.97.

존하는 과학적 인식이 지배하는 장소이지, 呪術이나 信仰, 요행에 의지하며 일하는 생산처는 아님에도 많은 祭儀와 告祀가 시행되고 있다는 특징을 보이고 있었다. 특히 <六慶壇>이라는 제단을 쌓아서 정기적이고도 지속적으로 제의를 지내고 있었다. 시멘트 공장에서의 정기적인 큰 제의는 1년에 두 번, 세 군데에서 지내고 있었다. 그 외에도 정기적인 큰 제의는 양력 1월 1일에 지내는 첫 출하 제의였다. 그 밖에도 크고 작은 告祀가 무수히 있는데 각 분야별로 그 특성에 맞게 지내고 있었다. 그 중에서도 생산안전팀에서 지내는 풍구제와 환경안전팀에서 지내는 안전 고사 등이 큰 고사에 해당된다.

육경단 비석에 새겨진 碑文인 '開基鐵券文' 내용을 살펴보면 우리 민족의 원시신앙 의식이 그대로 면면히 이어지고 있음을 알 수 있었다. 우선, 신에 대한 서열 의식이 확연히 나타나고 있었다. 청원자가 가장 신뢰하고 직접 청원하는 대상은 '后土神', 즉 土地神이었는데, 그 휘하에 山神, 句陳神, 道路神, 風伯, 河伯 등이 토지신의 일을 돕고 있으며, 토지신 위에는 '太上皇帝'라는 더 우위의 신이 좌정하고 있었다. 청원자가 가장 의지하는 신을 토지신으로 본 것도 의미심장했다. 시멘트는 광물이고 땅과 연결되어 있으니 가장 우위를 점하고 있는 태상황제 즉 하늘의 신보다 '토지신'을 더 중요하다고 본 것은 어쩌면 당연하다고 볼 수 있지만, 사실 원형 상징으로 볼 때 토지신은 社稷神으로 풍요를 상징하기에 번영을 기원하는 청원자에게는 가장 적합한 신이라는 점 때문이었다. 비문에서도 청원자는 '공장 시작하는 것'을 '흙을 파고 농사를 시작'하는 것으로 告하고 있었다. 시멘트 사업을 농사를 짓는 일로 인지하고 있는 것이다. 이는 농사에 있어서 풍요를 기원하는 제의와 비견되는 의식으로 환원시킬 수 있는 것으로 고래로부터 내려온 원형상징이 녹아있다고 할 수 있었다.

내용 뿐 아니라 화법도 주술 화법인 '청원과 명령, 위협'으로 구성되어 있음에 주목할 필요가 있었다. 토지신 한테 기원과 청원, 축수와 더불어 협박과 위협을 하고 있는 어투와 어법이 사용되고 있기 때문이다. 이는 주술적 담화방식인 것이다.

이러한 모든 것에는 巫, 道 사상이 녹아있는 것으로, 이는 우리 민족의 원시신앙의 모습이며, 우리 민족의 원형성이 근간을 이루고 있는 것으로, 한국인으로서의 아이덴티티를 확인하고 은연 중에 간직케하는 면모를 지니게 한다는 의미를 보유한다.

석탄채굴 근처에 <道德精舍>를 세운 경우도 마찬가지다. 승려가 머무는 절이지만 '寺'라는 대신 '精舍'를 붙이고 그 내부에 '山堂'이 함께 공존한다는 것은 그 근저에 우리 민속신앙적 의식을 거부감없이 받아들이고 있음을 의미한다. 특히 冥府殿에서 한달에 한번(18일) 탄광일을 하다 세상을 떠난 사람을 위한 명복을 비는 예불이 시행되고 있다는 것과 冥祭를 지내는 그 근본 뿌리는 한 곳으로 수렴된다고 할 수 있다. 석탄광의 경우에는 巫와 道와 佛가 아울어진 신앙세계가 주류를 이루고 있었다. 이 역시 우리 민족의 원시신앙의 형태로 그 원형성을 내재하고 있다고 할 수 있었다. 이러한 의식은 상고시대부터 시작되어 오랜 전승을 거친 잠재된 原初的 信仰 형태로서 상고시대의 원형적 틀을 그 기본 근저로 깔고 있음을 입증하는 것이다.

이렇듯이 산업현장에서도 우리의 원시신앙이 지켜지면서 한국인으로서의 아이덴티티를 고수하고 있음을 시멘트 광산과 석탄 광산을 통해서 확인할 수 있었다. 그러나 광산민속에 대해 좀 더 체계적, 종합적으로 고찰하기 위해서는 모든 시멘트, 석탄광산을 대상으로 해야하는 바 본고는 여러 가지 여건상 우선 각각 한 장소밖에는 답사를 하지 못했음이 이 글이 지니는 미진한 점이며 한계점이다. 여건이 허락된다면 나머지 광산도 답사 채록해서 보다 완벽한 광산민속의 특성을 결론 맺고자 한다.

■ 참고문헌

동양시멘트(삼척시 사직동 114번지) : 지덕규과장(37), 강문기과장,
　　　김태진 대리, 문경균(38), 문경호, 장동건 대리, 채중삼 차장,
　　　김진헌(40) 등의 제보자
경동탄광(黃鳥本抗) 황새가 많아서(삼척시 도계 황조리) : 이병하(남,
　　　57), 김용래(남, 48), 강석중(남, 41), 김시연(58, 공양보살) 등
　　　의 제보자

삼척군 ≪삼척군지≫, 1988.
강원도, ≪민속지≫, 강원도청, 1989.
강원도, ≪ 강원도 생산 전반에 관한 실태≫, 2000.
강명혜, <강원도 민속신앙의 특성과 기원 및 문학작품과의 관련
　　　성>, ≪강원민족문화≫, 강원민족문화소, 2000.
강명혜, <社稷의 본질 및 의미>, ≪고려속요・사설시조의 새로운
　　　이해≫, 북스힐, 2002.
박도식, ≪태백시의 역사와 문화유적≫ 관동대 박물관 편, 1997.
동양그룹 종합조정실 홍보팀, ≪동양보다 큰 사람,≫ 북・아트리에, 1995.
대한석탄공사 편, ≪대한석탄공사 50년사≫, 2001.
사북청년회의소 편, ≪탄광촌의 삶과 애환≫, 도서출판 선인, 2001.

동해시 동호동 천제단 운영과 그 성격*

김도현**

1. 머리말

필자는 지난 2007년 2월 강원도 비지정 석조 문화재 전수 조사차 동해시 지역을 조사하던 중 동해시 동호동에 '천제단길'이 있음을 발견하여 동호동 대동회 총무인 심봉록씨의 안내로 천제단을 사전 조사한 이후 祭日인 음력 1월 1일(2007년 2월 18일)과 섣달 그믐날(2008년 2월 6일) 천제단 고사와 제물 준비과정을 조사할 수 있었다.

동해시에서 '天祭壇' 또는 '天祭堂'이라 불리우는 마을 제당은 동호동 골말에 있는 천제단과 함께 부곡동에 천제당이 있었고,1) 삼화동 천제봉에 천제당이 있다.2) 인근에 있는 삼척에도 갈야산 천제당·사직

---

* 이 논문은 다음에 실은 논문을 수정·보완한 것이다.
  김도현, <동해시 동호동 천제단 운영과 그 성격>, ≪박물관지≫제 14호, 강원대학교 중앙박물관, 2007, pp.47~72.
** 강원대학교 강사, 태백 장성여자고등학교 교사
 1) 1967년 조사 자료에 의하면 명주군 묵호읍 부곡 1리에 '현역지신·토지지신·선왕지신·고천지신'을 모시고 매년 정월 초정일에 고사를 올린 '천제당·성황당'이 있었다고 기록되어 있다.
  국립민속박물관(편), ≪한국의 마을제당(강원도)≫, 1997, p.188.
 2) 삼화동 천제봉은 웃숯가마골과 아래숯가마골 사이의 봉우리로서 이 봉우리는 마을의 어디에서도 보이는 곳으로 주민들은 매년 5월 단오날 아침에 이 곳 천제봉에 있는 천제당에서 한 해의 액을 소멸해 달라는 제례를 올렸다고 한다.
  장정룡, ≪동해시 삼화동의 기층문화≫, 동해문화원, 1998, p.128.
  박성종, ≪東海市 地名誌≫, 동해문화원, 2000, p.220.

동 천제당·마달동 천제당·초곡리 천제당·호산리 천제당·월천리 천제당·내미로리 천제단·점리 천제당, 태백시 태백산 천제단·함백산 천제당·연화산 천제당, 영월군 하동면 외룡리 천지당 등 여러 곳에서 발견할 수 있다.

이와 같이 현재 마을신앙의 대상으로 믿어지는 ‘天神’에 대한 의례는 고대사회에서 주재 집단을 기준으로 3가지 유형으로 구분할 수 있다. 먼저 부여의 迎鼓, 고구려의 東盟, 백제의 祭天地, 신라의 祭天에서 알 수 있는 바와 같이 주재자가 국왕으로 대표되는 최고 지배세력에 의해 행해짐으로서 왕의 통치권을 강화하고, 공동체 성원들 간의 통합을 강화하려고 행한 유형이 있다. 둘째는 濊의 舞天에서 보이는 읍락 단위의 공동체 의례로 지속되어 읍락민들의 일체감 조성이라는 긍정적인 역할과 다른 읍락에 대해서는 배타적인 의례로 작용한 유형이 있다.3) 셋째는 馬韓에서 天君이라 불리운 별도의 사제자가 주재하는 天神祭가 행해진 유형이 있다.

이후 제천 의례는 고대 국가의 발전 과정에서 왕권이 강화됨에 따라 왕권 강화에 대한 이념적 표출로서의 제천의례보다는 건국시조와의 연관성을 통해 정당한 왕권 계승자라는 의식의 확립과 왕권을 이념적으로 뒷받침하는 유교·불교와 같은 외래사상의 수용이 더해져 제천 의례는 쇠퇴하였다.4)

이후 고려시대에 와서 하늘에 대한 제사가 다시 중시되었다. 도교 의례의 일환으로 행해진 醮祭는 왕이 직접 주관한 親醮·大醮가 있었고, 祭天壇에서 天地 제사를 지냈다. 당시 고려에서는 고려 왕실의 권위를 확보하고, 왕실의 무병장수와 祈禳, 원구제를 통해 祈穀과 祈雨

---

3) 박호원, <한국 공동체 신앙의 역사적 연구>, 한국정신문화연구원 박사학위논문, 1997, p.33.
4) 최광식, ≪고대 한국의 국가와 제사≫, 한길사, 1994.
  박호원, <한국 공동체 신앙의 역사적 연구>, 한국정신문화연구원 박사학위논문, 1997, p.47.

를 기원하며, 天祥祭를 통해 하늘에서 오는 나쁜 것을 막아 달라는 염원으로 하늘에 대한 제사를 중시하였다.[5]

조선시대에는 기곡과 기우를 위해 원구제를 행하였으나, 세종 31년에 폐지되었다. 이후 세조대에 부활하였으나, 세조 10년까지 원구제를 행하였다는 기록만 남아 있다. 이와 함께 국가 사전에 등재된 '風雲雷雨神'도 천신의 범주로 인식할 수 있고, 대한제국시대에 원구제를 지냄으로서 조선시대에도 천신 신앙의 전통은 계속 이어져 왔음을 알 수 있다.

이와 함께 굿거리 중 '천왕굿·제석거리·세존굿' 등에서도 천신 신앙의 전통을 확인할 수 있으며, 가정신앙과 관련하여 '세존주머니'를 모시는 경기도 화성 사례, '제석'을 안방에 모시는 충청도 사례, 남쪽지방의 '제석단지·세존단지·천왕독' 등은 천신신앙 확산의 또 다른 모습을 보여주고 있다.[6]

이와 같이 고대부터 다양한 목적과 전개 양상을 지니며 이어진 天神 신앙은 마을신앙에서도 예외없이 나타나고 있다. 그 사례가 전국적으로 풍부하게 나타나지는 않지만 영동 남부 지역을 중심으로 위에서 열거한 마을 이외에도 많은 마을에서 확인할 수 있다.

이 글에서 필자는 마을신앙의 대상으로 致祭되는 天神에 대한 연구를 진전시키기 위한 사례 연구 차원에서 동해시 동호동 천제단을 현지 조사하여 마을 연혁·천제단 고사 준비와 지내는 과정을 소개하고, 이의 성격을 간략하게 정리해 봄으로서 '서낭신' 위주로 운영되는 이 지역 마을 제당 神格의 또 다른 면을 소개하여 동해시 마을신앙 연구와 각 지역에서 나타나는 '천제당'[7]의 기능과 성격을 분석하는데 일조하려 한다.

---

5) 김철웅, <고려 국가제사의 체제와 그 특징>, ≪한국사연구≫118집, 한국사연구회, 2002, pp.136~160.

6) 조흥윤, <天神에 관하여>, ≪동방학지≫, 77·78·79합집, 연세대 국학연구원, 1993, pp.13~39.

7) 천제당은 마을에 따라 천지당·천지단·천제단 등 다양하게 불리우고 있다. 그 명칭에서 구분되는 점은 '天神'만을 위한다는 명칭이 있는 반면에 '천지당·천지단'과 같이 '天神'과 '地神'을 함께 위하는 예도 있다.

2. 마을개관

골말은 현재 동호동 내에 있는 마을인데, 18세기 중반에 현재의 동호리는 望祥里·晩遇里·大津里 중 晩遇里에 속하였다고 볼 수 있다. 당시 晩遇里는 75호에 남자 162명, 여자 172명이었다.[8] 1911~1912년 사이에는 강릉군 망상면 동호리라 불리웠다.[9] 1916년 행정구역 통폐합으로 발한리에 흡수되었다가 1929년에는 '망상면 동호리'라 불리워졌고, 동호리 내에 '瓦洞村·谷村·西湖村·碑石街'라 불리운 자연 마을이 있었는데, 천제단이 있는 골말은 '谷村'이라 불렀음을 알 수 있다. 당시 谷村[골말]은 8가구 37명의 주민이 거주하였다.[10] 1942년 망상면이 묵호읍으로 승격되면서 발한리에 속하였고, 1980년 4월 1일 북평읍과 묵호읍을 통합하여 동해시가 만들어지면서 발한 5·13·14리가 동호동으로 개편되었고, 1984년 6월 향로동 일부를 동호동에 편입하여 현재 15개 통과 91개 반으로 구성되어 있다.

마을에는 토박이로 수대에 걸쳐 살고 있는 전주 이씨와 진주 강씨, 삼척 심씨, 정선 전씨가 주축이며, 진주군 심동로의 묘도 느릅골 양지 바른 언덕에 있다.

천제단이 있는 능선은 '재궁등'이며, 마을 주민들은 골말·질골과 재궁등에 주로 거주하고 있다. 천제단 동쪽으로 질골이 있으며, 북서 방향으로 길게 뻗어 만우동에 이르는 골은 '느릅골'이라 부른다.[11] 재

---

8) ≪輿地圖書≫江陵都護府 方里 望祥面條. <晩遇里自官門南距七十里編戶七十五男一百六十二口女一百七十二口>

9) 신종원(편), ≪강원도 땅이름의 참모습 -≪朝鮮地誌資料≫江原道篇-≫, 경인문화사, 2007, p.587.

10) 先生永助, 임호민(譯), ≪(國譯) 강릉생활상태조사≫, 2002, p.117.

11) 이 골짜기는 1911~1912년 사이에 발간한 ≪朝鮮地誌資料≫에 '直谷[고든골]'로 표기되어 있는데, 원래의 지명인 '고든골'이 한자로 표기하면서 '直谷'으로 부르다가, 이를 다시 한글로 읽으면서 현재의 '질골'이란 지명이 만들어진 것으로 보인다.
신종원(편), ≪강원도 땅이름의 참모습 -≪朝鮮地誌資料≫江原道篇-≫, 경인문화사, 2007, p.585.

궁등과 질골 사에에 있는 계곡에 예전에는 많은 물이 흘러 골이 깊었으나, 지금은 많이 메워져 골짜기로서의 면모는 상실한 상태이다.

동호동 천제단 고사는 이전에는 마을 대표자들이 주도하여 지냈으나, 지금은 동호동 대동회가 주관하여 지내고 있다. 동호동 대동회는 회원이 2007년 기준으로 62명이며, 건물 임대료 수입을 기반으로 동호동 천제단 고사와 천제단 관리를 주로 하면서, 마을 현안을 논의하는 자치단체이다.

3. 동호동 천제단 고사 내용

동해시 동호동 10통 2반과 4반의 마을 제당으로 기능하는 천제단은 동호동 골말에서 매년 동호동 대동회가 주관하여 음력 섣달 그믐날 아침부터 도가, 제관과 집사들이 천제단 내 공터에서 犧牲인 돼지를 잡아 부위별로 해체한 후 피제사를 지내고, 제수 준비를 하여 밤 12시가 지나면 천제단 고사를 지낸다.

예전에는 밤 하늘의 별 중 북두칠성의 물을 담는 쪽에 길게 비스듬히 늘어선 세 쌍의 별이 일직선으로 일치하면 '삼태가 올랐다' 고 표현하는데, 이 때 제사를 지내기 시작하여 제사를 마치면 첫 닭이 운다고 하였다.[12]

1) 제당의 명칭과 형태

마을 제당은 천제단과 서낭당이 있었다고 전하는데, 1967년 조사 자료에 의하면 '천제당'이라 불리운 堂이 상당과 하당, 총 2곳이 발한 5리 즉, 지금의 동호동 골말에 있었다고 기록되어 있다.[13] 마을 주민들도

---

12) 첫 닭이 울 때까지 제사를 지내면 '제사를 잘 지냈다'고 여겼다고 하다.
13) 국립민속박물관(편), ≪한국의 마을제당(강원도)≫, 1997, pp.184~185.
  1967년 조사 자료에는 제당 명칭이 '천제당'이라 하였으나, 지금은 도로 명칭이나 마을에서 부르는 명칭이 '천제단'이므로 제당 명칭을 현재 통용되는 '천제단'으로

마을고사를 지낼 때, 천제당을 상당으로 여기고, 서낭당을 하당으로 여겼다고 기억하는 것으로 보아 1967년에 조사된 동호동 제당 자료는 현존하는 천제단에 대한 기록으로 볼 수 있다.

이중 상당으로 불리운 천제당은 마을의 북쪽에 海巖 동쪽 방향으로 있었다. 돌담으로 둘러진 6평 1칸 크기의 제당이었고, 내부에는 25자 길이의 성왕대 1개가 있었다고 한다. 그리고 神木으로 모신 3m 길이의 나무가 2株 있었다. 현재 남아있는 천제단을 이르는 것으로 볼 수 있다.

하당으로 불리운 천제당은 마을의 서북쪽에 남쪽 방향으로 있었다. 돌담으로 둘러진 3평 1칸 크기의 제당이었고, 내부에는 15자 길이의 성왕대 1개가 있었다고 한다. 그리고 神木으로 모신 2.5m 길이의 나무가 1株 있었다. 이 곳은 마을 주민들이 서낭당이라고 기억하는 곳으로서, 현재 그 흔적이 남아있지 않다.

현재 남아있는 천제단과 서낭당을 소개하면 다음과 같다.

① 천제단

마을에서는 '천제단' 또는 '천제당'이라 부르는 제당은 재궁등 정상 바로 아래쪽에서 동쪽 경사면에 있다. 천제단을 정비한 것은 지금으로부터 50여년전 쯤이라 하는데, 당시 천제단 주위에는 소나무가 많았으나, 자연 고사하여 지금은 4그루만 남아 있다. 당시 천제단은 흙으로 다져서 만든 제단이었고, 돌담이 없이 능선을 이용하여 자연 활개처럼 담의 역할을 한 형태의 제단이었다.

이후 제단을 수리하면서 막돌 흐튼층 쌓기를 하여 세멘트로 마감한 ㄷ자형 돌담으로 둘렀고, 다섯 층계의 돌계단을 올라 제단에 이르고, 제단에 상석을 배치한 형태로 정비하였다. 제단 정면에는 神木으로 여기는 300여년된 소나무 1그루가 있고, 중앙에 천지신, 오른쪽에는 토지신, 왼쪽에는 여역신을 위한 상석이 일렬로 놓여 있다. 이들 상석은 동

통일한다.

쪽을 향해 있다. 그리고 돌 층계 왼쪽에는 준비한 제수를 임시로 놓아 두는 별도의 제단이 세멘트로 마감된 장방형의 형태로 만들어져 있었 다.

그리고 천제단 앞에는 슬라브 지붕으로 만들어진 1칸 규모의 기물 고가 있어, 천제단 고사에 사용하는 각종 제기와 의복, 준비물 등을 보 관하고, 고사를 올릴 때는 이 곳에서 제수를 준비하고, 제관들이 대기 하는 장소로 이용한다.

1967년 조사 자료와 비교해 본다면 이 곳은 상당에 해당하는 천제단 으로 여겨지며, 40여년이 지난 지금도 돌담 형태의 제당을 그대로 유지 하고 있음을 알 수 있다.

2007년에 동호동이 동해시로부터 천제단과 관련하여 웅녀마을로 명명되어 2007년 11월 26일부터 천제단과 주변에 대한 보수 공사를 하 여 천제단을 둘러싸고 있던 돌담을 제거하였고,[14] 북서서 방향으로 있 던 상석 3개를 북북서 방향으로 옮겼으며, 기물고를 천제단 뒤쪽에 새 로 지었다. 그리고 토지신과 여역신을 위한 상석 배치를 서로 바꾸어 놓았다. 2007년 12월 20일 천제단 상석 이전 고사를 지낸 후 주변 경관 정비를 계속하여 12월 31일 준공식을 하여 필자가 2007년 2월에 조사 한 천제단과 비교하였을 때 많이 달라진 모습을 보여주고 있다.

② 서낭당

동호동 골말의 서낭은 '강씨 서낭'이라 전해지는데, 지금은 복개되 었으나, 원래 물이 흘렀던 개울 옆에 수령이 수백 년 이상 된 느티나무 를 神木으로 한 서낭당이었다. 7~8년 전부터 서낭고사를 지내지 않았 다고 하는데, 그 이전에는 천제단에서 고사를 올린 후 별도로 준비한

---

14) 돌담을 제거한 이유는 보호수로 지정된 소나무가 돌담으로 인해 생육에 지장이 있
   다는 전문가의 지적에 따라 제거하였다고 한다. 이후 신목으로 여기는 소나무의 생
   육 상태가 좋아졌다고 한다.

제물을 천제단과는 별도로 선정된 도가가 임명되어 천제단 고사를 주관한 제관들이 서낭고사를 지냈다.

이 곳 서낭당은 현재 집주인이 8~9년 전에 구입한 이후 마을에서 더 이상 서낭고사를 지내지 않고 있다. 다만 집 주인이 이사 온 이후부터 매년 정월 초하루에 술·포·(메) 만 준비하여 간단한 제를 지낸다. 이와 같이 제를 지내는 이유는 비록 지금은 마을 사람들에 의한 서낭고사가 사라졌으나, 느티나무를 마을 사람들이 위하였고, 현재는 집의 터주대감으로 인식하여 간소하게나마 매년 위해주어야겠다는 생각으로 새해 초하루에 술을 한 잔 올린다고 하였다.[15]

神木을 모신 서낭당은 현재 천제단 옆에 있는 아파트 자리에 있었고, 나무 내부가 궁근 상태였는데, 무당이 기도 드리러 왔다가 초를 켜둔 채 가서 소실되었고, 이후 골말 끝에 있는 느티나무를 신목으로 모셨다고 한다.

동해시 동호동 천제당 전경(2008)

옛 서낭당 자리와 신목

---

15) 2007년 2월 18일 조사. 제보자 : 김종기(여, 70세, 이사온지 8~9년 됨, 친정 강릉)

2) 동제의 준비

① 제관 선정

제관은 매년 1월[음력 12월 말]에 열리는 동호동 대동회에서 1년 결산 총회를 한 이후 선정한다. 제관 3명, 축관 1명, 도가 1명, 집사 3명을 선정하였다. 2007년 천제단 고사를 위해 선임된 초헌관은 천지신 제관으로 백원기(84세), 아헌관은 토지신 제관으로 박영근(69세), 종헌관은 여역신 제관으로 강진원(72세)이다. 각 신위별로 제관을 정하였는데, 이에 덧붙여 '초헌·아헌·종헌'을 붙인 것은 유교식 제관 명칭을 혼용하여 지낸다는 것을 알 수 있다. 그리고 초헌관은 제관 중 연장자가 담당하는 것이 관례이나, 회장이 새로 선출된 경우에는 신임 회장이 첫해 초헌관을 담당한다.[16]

축관은 이용모(59세)가 담당하였으며, 도가는 한태준이 담당하였다. 축관은 천제단 고사를 지낼 때 홀기를 읽으며 집례로서의 역할을 함께 하였다. 도가는 메를 짓는데 사용하는 새우[새옹]를 깨끗이 닦고, 제관들과 함께 금줄을 만들어 치고, 떡을 준비하며, 그믐날에 희생인 돼지를 잡는 등 祭需 준비를 할 때 제관과 집사들을 위한 식사를 준비하는 등의 일을 한다.

집사 또한 각 신위별로 지정되었는데, 천지신 담당 집사는 김상구(74세), 토지신 담당 집사는 정강화(59세), 여역신 담당 집사는 강성진(55세)이 담당하였다. 이들 집사는 담당한 신위에 올릴 메를 짓기 위해 각각 쌀을 씻어 새우에 알불을 이용하여 메를 지어 올리고, 각자 담당한 제단에 제수를 진설하고, 고사를 지낼 때 제관을 보좌하는 역할을 수행하였다.

이들 제관과 도가, 축관, 집사들은 천제단 고사가 끝날 때까지 늘 몸

---

16) 2008년 제관을 선정한 회의(2008. 1. 28. 동호동 사무소)에서 초헌관을 새로 선출된 대동회 회장님이 당연히 담당하여야 한다는 의견이 있었고, 이전에도 신임 회장님이 초헌관을 담당하였다고 회원들 모두가 생각하고 있었다. 이에 2008년 초헌관은 대동회 회장으로 선출된 전두호, 아헌관은 황해남, 종헌관은 이윤주씨가 담당하였다.

과 마을을 깨끗이 하며, 나쁜 것을 접하지 않아 부정이 들지 않도록 한다. 고사를 지낼 때 제관들은 도포를 입었고, 집사들은 후루메를 입었으나, 지금은 제관과 집사 모두 도포를 입고 지낸다. 1967년 조사 자료에 의하면 제관은 고사를 올리기 전에 계곡물에 목욕을 하

동호동 대동회 정기총회(2008년 1월)

여 부정을 가셔낸 후 고사를 지냈다고 한다.

그리고 1967년에는 당시 마을에서 선출한 제관 1명이 고사를 주도하였는데, 40세 이상 남자 중 부정이 없고 생기가 맞는 사람을 선정하였다고 한다. 이외에도 이장 이하 연로자 12명이 참여하였다고 기록되어 있는데, 이는 최근 동호동 천제단 고사에 참여하는 인원과 비슷하다. 12명이라고 기록된 것으로 보아 당시에도 제수 준비와 고사 운영에 많은 인원이 참여하였음을 알 수 있다.

② 제비와 제물

동호동 대동회에서 주관하는 동호동 천제단 고사에 소요되는 祭費는 마을 재산을 임대하여 얻는 수익금으로 충당한다.

매년 100근 정도 크기의 깨끗한 수퇘지를 북평에서 구입하여 그믐날 오전 9~10시 사이에 천제단 내 공터에서 직접 각을 떠서 제수로 올린다. 그리고 깨끗하고 좋은 쌀 8되를 구입하여 방앗간에 가져가서 떡도 하고, 메를 짓는데 사용한다.

쌀을 비롯한 과일과 포 등 제수 구입을 위한 장보기는 대동회 총무와 제관들이 단체로 발한동 시장에 가서 구입하는데, 2007년에 올린 제수는 5일 전에 구입하였다.

구입한 제수 목록을 소개하면 다음 [표 1]과 같다.

[표 1] 2007년 천제단 고사용 祭需 구입 목록

품 명	수 량	금 액	비 고
수퇘지(제수용)	1두 (약 100근)	360,000	돼지 310,000, 교통비 50,000
백미	8되	32,000	
명태	7미	35,000	
대추	5홉	10,000	
밤	5홉	15,000	
건시	4꼬지	24,000	
한지	6매	4,000	
소지	10매	3,000	
제주 (정종)	1되	9,000	
제분료	5되	20,000	
장갑	2 타	4,000	
천제당 제물 구입시 식대	9명		
고사 행사요원 수당	9명	450,000	
천제당 고사후 청소비	2명	50,000	
기타 구입(커피·소금·전등)	2되, 1개	20,000	
화목 대금	2명	100,000	
계		1,136,000	

참고로 1998년에 천제단 고사를 위해 구입한 제수 목록을 소개하면 다음 [표 2]와 같다.

[표 2] 1998년 천제단 고사용 祭需 구입 목록

품 명	수 량	금 액	비 고
제수	1두	200,000	돼지
백미	7되	23,100	
명태	7미	21,000	
대추	5홉	4,000	
밤	5홉	4,000	
건시	4꼬지	16,000	
사고지	20매	12,000	
한지	10매	6,000	
선화지	20	4,000	
초	1갑	1,800	
제수 정종	1되	9,000	
왕소금	1되	1,000	
연초	2 보루	20,000	

제분료	5되	5,000	
수세미	4장	1,200	
장갑	2타	5,000	
트리오	2병		
행주	10장	10,000	
양말(남 / 16, 여 / 1)	17장	34,000	
부인 방화	1장	6,000	
제수 운임		30,000	
제수 구입시 경비	식대 등	30,000	
제물 구입시 경비	식대	36,000	
천제당 청소비	식대	30,000	
제 집사 수당		250,000	
프로판 가스	2개	14,000	
제물 구입 인쇄비		6,500	
전기 가설 및 철거비	식대	12,000	
기타 경비		9,000	
후왕		25,000	
망치		4,000	
계		829,600	

1998년과 2007년에 구입한 제수 목록은 10년이 지났어도 변함이 없음을 알 수 있다. 다만 도표를 비교하여 알 수 있는 것은 10년간 돼지 값을 비롯한 祭需들의 가격 변동 양상을 알 수 있어 이들 자료들이 축적된다면 제수를 통한 물가와 그 변동 양상을 정확하게 파악하여 경제 상황을 파악하는데 많은 도움을 줄 수 있다.[17]

그리고 1967년 자료에 의하면 당시에 준비한 祭需는 白餅·白飯·生肉·과실이다. 이 자료로 보아 40년 전에도 지금과 비슷한 제수를 준비하였음을 알 수 있다. 또한 현재 祭需 비용을 공동기금으로 충당하나, 당시에는 각 호에서 현금을 걷어 충당하였는데, 대략 15,000원이 소요되었다고 한다.

---

17) 이와 관련하여 필자의 다음 글이 있다.
　　김도현, <삼척지역 마을신앙 분석- 삼척시 조비동 城隍祭 祭需 物目記 분석을 중심으로 ->, ≪悉直 文化≫제 14집, 삼척 문화원, 2003.

③ 제수 준비

천제단 고사에 올리는 犧牲인 돼지는 100근 정도 크기의 수퇘지를 항상 천제단 공터에서 잡아 해체하였다고 한다. 이 돼지를 마을에서는 '제수'라고 하였는데, 천제단 고사에 올리는 최고의 제수로 여겼기 때문이다.

하늘에 제사지낼 때 돼지를 희생으로 쓴 기록은 ≪三國史記≫高句麗本紀와 雜志 祭祀條에 여러 번 언급되어 있으며, ≪東國歲時記≫에도 조선시대에 산돼지를 臘享에 제물로 올렸다는 기록이 있다. 당시 하늘에 제사 지낼 때 제단 옆에서 희생인 돼지를 잡았고, 이 과정에서 피를 제단 주변에 뿌려 최고의 제수를 올림과 함께 제당을 정화하겠다는 의지를 보여 주었다고 한다.

마을에 전하기를 예전에는 소를 잡았다는 얘기만 있었지 실제 40년 전까지도 犧牲으로 돼지를 잡았으며, 마을 주민들은 큰일을 할 때는 소를 잡지 않고 돼지를 잡는다고 인식하고 있는 것으로 보아 오래전부터 돼지를 犧牲으로 올렸음을 알 수 있었다. 인근 마을인 사문동과 매동 마을에서는 犧牲으로 1970년대 초까지 소를 사용하였다고 한다.

2008년 섣달 그믐날(2월 6일) 낮에 제수를 준비하는 과정을 현지 조사한 내용을 바탕으로 소개하면 다음과 같다.

犧牲인 돼지를 잡는 일은 경험이 가장 많은 집사가 주도하였는데, 2008년에는 집사인 강성진씨가 주도하였고, 제관인 이윤주씨와 축관·도가·집사들이 참여하였다. 이 때 제관인 전두호·황해남씨와 도가인 이우진씨는 제수 준비를 도우며, 주변 청소와 제기 준비를 하였다. 돼지는 10일 전인 1월 28일 동호동 대동회 회의를 마친 후 삼척 미로에서 25만원을 지불하고 구입하였다, 이후 2월 5일 저녁에 천제단 옆 공터로 옮긴 돼지를 다음 날인 2월 6일 오전 10시경 돼지의 명을 끊고, 목을 딴 후 피제사에 올리기 위한 피를 빼서 국자에 담아 제단 옆에 뚜껑을 덮어 보관하였다. 이후 뜨거운 물을 조금씩 부어 털을 벗긴 후 가스 버너로 잔털을 완전히 제거하였다.

머리를 치고, 껍질을 벗긴 후 앞 발과 뒷 발을 잘라 내고, 앞다리와 뒷다리를 해체하여 미리 마련한 걸이에 걸었고, 배를 갈라 내장을 꺼내어 대야에 담았다. 이후 목살을 떼어 내고, 갈비를 좌우로 분리하여 떼어 낸 후 나머지 부위들을 떼어내어 걸이에 걸었다. 이후 내장 중 생으로 올리는 부위인 간, 지라, 콩팥을 떼어 내어 쟁반에 담아 별도로 보관하였다. 내장은 작은 창자만 깨끗이 씻어 가마솥에 삶은 후 잘게 썰어 그릇에 담아 올리는데, 탕 대신 작은 창자를 삶아 올린다고 하였다. 나머지 부분은 삶아서 제관과 집사들이 안주로 먹었다.

희생[돼지] 피제사용 피받기(2008년)

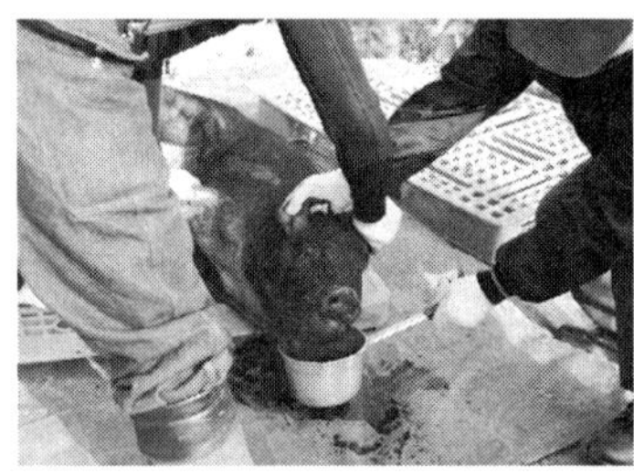

해체한 희생을 부위별로 걸기(2008년)

피제사를 지낸 후 도가가 준비한 점심을 먹고 걸어 둔 제수용 고기의 뼈를 부위별로 도려내어 소반에 담아 교자상에 올려 준비하였는데, '천지신 - 토지신 - 여역신' 순으로 올렸다. 목살과 엉덩뼈살 등을 꼬지용으로 사용하였는데, 이를 위해 도가가 싸리 꼬지[18] 7개를 준비하였고, 꽂은 후 작은 창자와 함께 가마솥에 넣어 삶았다.

오후에 제수를 구분하여 준비하면서 정확을 기하기 위해 진설도를 그린 액자를 가져와서 직접 확인하면서 각 신위별 제상을 준비하였다.

---

18) 꼬지용 싸리나무는 초록봉 너머 사람이 안 다니는 곳에서 깨끗한 것을 가져와서 사용하는데, 총 7개의 꼬지를 48cm 길이로 만들었다.

돼지를 기준으로 좌·우측을 구분할 때 오른쪽 다리와 갈비·간·콩팥은 천제단에 진설하고, 왼쪽 부분은 절반씩 나누어 토지신과 여역신에게 올린다. 지라는 절반을 잘라 천지신용 제상에 올리고 절반을 다시 이등분하여 토지신과 여역신을 위한 제상에 올렸다. 돼지고기는 생고기 형태로 큰 소반에 올려 진설하고, 내장과 꼬지용 고기만 삶아서 3그릇으로 나누어 담아 각각의 신위에 올렸다.

돼지 머리는 진설하지 않고, 도가가 정월 초하루 경로당에서 실시하는 합동 세배에 모인 주민들을 위해 푹 삶아서 안주로 내어온다.

메는 소나무 장작을 저녁 내내 태워 알불을 만든 후 새우를 삼각 받침대에 걸어 알불로 메를 짓는다. 메는 신위별로 3그릇을 준비하는데, 새우에 메를 지어 그대로 제단에 올린다. 이 때 각 신위별 담당 집사들이 각각 쌀을 씻어 눈대중으로 물을 맞춘 후 새우별로 메를 짓는데, 이 과정에서 집사가 입에 한지를 물어 잡스러운 것이 들어오지 않게 주의하며, 새우의 뚜껑을 열어보지 않으며, 밥물이 넘으면 깨끗한 행주로 새우를 계속 닦아주는 등 정성을 다하였다.[19] 새우메를 짓는 집사들은 정성을 다해 메를 잘 지으면 1년 신수가 좋다고 하여 정성을 다한다고 하였다. 메를 잘 지었는지는 수저를 걸어보면 알 수 있다고 하는데, 메가 타도 그대로 제단에 올린다고 한다.

祭酒는 마을에서 직접 담아서 술이 잘 익으면 맨 위의 청주를 떠서 올렸으나, 지금은 정종을 구입하여 올린다.

떡은 쌀 5되로 만드는데, 백설기를 하여 각 신위별로 접시에 담아 진설한다. 이외에도 밤·대추·곶감과 명태[20]를 준비하여 장방형 나무 소반에 함께 담아 올린다.

---

19) 이와 같이 각 신위별로 올리는 메를 집사들이 새우에 지어 올리는 예는 인근의 매동과 사문동 서낭고사 준비과정에서도 발견할 수 있다.

20) 대부분의 마을에서 대구포나 명태포를 올리는데, 동호동에서 올리는 포는 통포 형태의 명태포이다. 인근의 매동과 사문동 서낭고사에서도 이와 같이 통포 형태로 올린다.

수저는 놋수저를 사용하며, 탕과 나물은 올리지 않는다. 수도가 설치되기 전에는 천제단 위에 있는 우물에서 물을 져다가 제수를 준비하였기에 많이 힘들었다고 하였다.

그리고 지금은 지내지 않지만 8~9년 전까지 천제단 고사를 지낸 후 마을 서낭당에서도 제를 지냈는데, 이를 위한 제수 준비는 별도로 선정된 도가가 준비하였다고 한다. 1967년 조사 자료에 의하면 서낭당에 올린 제수 또한 白餠·白飯·生肉·과실이다. 당시 각 호에서 현금을 걷어 제수 비용으로 충당하였는데, 대략 10,000원이 소요되었다고 한다.

저녁 식사는 제관과 집사들이 교대로 집에 가서 만두 제사를 지낸 후 집에서 식사를 한 후 다시 천제단에 와서 고사 준비를 하였다.

3) 동제의 진행

① 제의 절차

부정을 막고 잡인의 출입을 금하기 위한 금줄은 제관과 집사들이 섣달 25일 오전 9시경 기물고에 모여 금줄을 만들어 12시쯤 금줄을 쳤다. 2곳에 금줄을 친 후 시장에 가서 제수를 구입하였다.

마을에서 가장 중요하게 여기는 제수인 돼지를 잡은 후 긴 바가지에 처음 나온 피를 받아서 가마솥의 뜨거운 물에 중탕하여 익힌 후, 식혜 굳힌 피국 3그릇을 준비하여 각 신위별 교자상에 술 한잔과 피국 한그릇 씩을 진설하여 집사들이 해당 상석 위에 올린다. 젓가락을 피국이 담긴 대접 위에 걸고 술을 올리고 재배한다. 재배 후 술과 젓가락을 내리고, 재배한 후 음복을 하고, 상을 내림으로서 피제사를 마친다.[21] 피제사를 지낸 후 점심을 먹는다.

이와 같이 소나 돼지를 犧牲으로 올리는 경우 피를 제단에 뿌리거나

---

21) 동호동과는 그 방법이나 의미는 다르지만 삼척시 마달동에서는 천고사를 지낼 때 제당에서 닭 3마리를 희생으로 잡아서 그 피를 제단과 주변에 뿌림으로서 부정을 막아 제당을 정화한다고 하였다. [삼척시 하장면 부면장인 이영목(45세) 제보]

그릇에 담아 올려 제를 지내는 예는 다른 지역에서도 많이 발견되고 있다. 이와 같이 동호동에서 犧牲儀禮를 하는 이유는 오늘 천제단 고사를 지내는 과정에서 제일 먼저 돼지를 잡아 올려 정성을 다한다는 의미와 함께 각종 부정을 방지한다는 의미로 주민들은 인식하고 있다. 제단에 올린 피를 예전에 삶아서 먹었으나, 지금은 먹지 않는다.

피제사 진설(2008년)

피제사 중 재배(2008년)

　제수는 미리 제 신위별로 교자상 각 2개씩에 진설하여 한지로 덮어 제단 아래에 별도로 만들어진 단에 준비하였는데, 모든 제물과 술을 각각의 신위별로 준비하였다. 제수는 천지신에 제일 좋은 것으로 많이 올리고, 그 좌우의 여역신과 토지신에는 천지신의 절반씩 올린다. 제수 준비가 끝나면 제관과 집사들은 기물고에서 마을 현안과 일상사 등에 대한 담소를 나누며 고사 시간이 될 때까지 기다린다.

　밤 11시 20분에 집사들은 자신들이 담당한 제단에 올릴 새우메를 짓기 시작하여 11시 40분 경에 메를 다 지었다. 이후 메와 함께 각각의 신위별로 준비한 제수를 집사들이 제단으로 옮기고, 제관과 집사들은 고사를 지낼 옷으로 갈아 입는다. 이 때 제관들은 청포를 입고 갓을 쓰며, 집사는 청포를 입고 유건을 썼다. 제수 진설은 약 15년 전에 노인회장님이 만들어 기물고 벽에 걸어둔 진설도를 참고하여 진설하였다. 진설도는 다음과 같다.

　그러나 2007년 천제단 고사에서의 실제 진설은 위의 진설도와는 약간 다르게 진설되었는데, 구체적으로 살펴보면 다음과 같다.

陳　設　圖

	地神			別床	天神			別床	癘神			別床
	後脚半	前脚半	後足 1	鯿	後脚 1	前脚 1	後足2	鯿	後脚半	前脚半	後足 1	鯿 (尸禹)
	肋半	腎	肝		肋 1	腎	肝		肋半	腎	肝	
	楮眂		全體1/3		楮眂		殘全部		楮眂	全體1/3		
「後床」												
「前床」	明太脯2	棗	栗乾柿		明太脯3	棗	栗乾柿		明太脯2		棗 栗 乾柿		
參考												
祭酒	肝湯	羹			肝湯	羹			肝湯	羹		
菜盤												
香爐	匙	箸			匙	箸			匙	箸		
香盒												

기물고 벽에 걸려있는 제물 진설도

진설을 마친 후 밤 12시가 지나면서 축관[집례 역할을 같이 함]이 홀기를 읽으며 천제단 고사를 진행하여 12시 20분 경에 고사를 마쳤다. 1967년 자료에 의하면 상당인 천제당에서는 1월 1일 오전 1~2시 사이에 고사를 지냈고, 하당에서는 오전 2~3시 사이에 별도로 준비한 제수를 진설하여 고사를 지냈음을 확인할 수 있다.

새우메 짓기(2007년)　　　　　제단에 제수 진설하기(2007년)

고사 진행과정을 구체적으로 소개하면 다음과 같다.[22]

제관들과 집사들이 제물을 진설한 후 집례가 모두를 뒤로 물러서게 한 후 집사들로 하여금 앞으로 나아가 초에 불을 켜게 하였다. 이후 헌관과 집사들이 각각의 신위 앞에 꿇어앉은 후 집사들로 하여금 향을 피우게 하였다. 향을 피운 후 헌관이 든 술잔에 집사가 술을 따르고 이를 집사가 받아서 제단에 올리고 제관과 집사 모두가 재배하였다.

재배를 마친 후 머리를 숙이고 앉아 있자 집례가 마을의 안녕과 개인별 건강과 태평을 기원하는 축문을 읽었다. 축문을 읽은 후 집례의 지시에 의해 모두 일어서자 집사들은 메의 뚜껑을 열고 숟가락을 꽂고, 젓가락을 바로 놓았다. 이후 집사가 다시 각 신위 앞에 술을 올린 후 俯伏하였다.

부복하자 집례의 지시에 의해 헌관들이 소지를 올렸는데, 동호동 전체·고사에 찬조한 사람들·제관과 집사·마을 주민들이 모두 잘 되길 기원하였다.

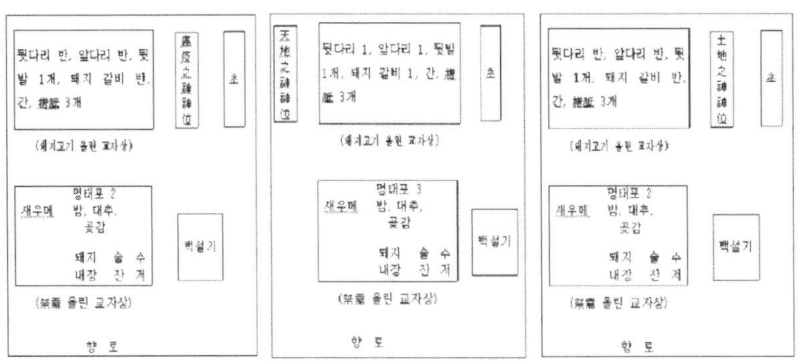

2007년 천제단 고사 제물 진설도

소지를 모두 올린 후 집사들이 메의 뚜껑을 덮고 자세를 바르게 한 후

---

22) 천제단 고사는 집례를 담당한 이용모씨에 의해 진행되었는데, 집례가 읽은 홀기는 약 10년 전에 만든 것으로 유교식 절차를 기반으로 만들어진 것이다.

다시 집례의 지시에 의해 모두 재배하였다. 재배가 끝난 후 헌관과 집사들이 음복하고 제수를 모두 내림으로서 천제단 고사를 모두 마쳤다.

제단에서 내려진 제수와 돼지 뼈를 기물고로 가져와서 천제단 고사를 지내기 위해 봉사한 동호동 대동회 간부와 제관·집사·도가·축관들을 위해 각 제수를 골고루 나누어 담은 '봉개[봉애, 반포]'를 준비하여 나누어 주었다.[23]

남은 제수와 돼지 머리 등을 다시 조리하여 설날[2007. 2. 18] 동호동 골말 경로당에서 열린 합동 세배를 마친 후 참여한 사람들에게 식사 대접을 하였다.

② 축문

집례와 축관을 겸한 이용모씨가 축문을 읽었는데, 주요 내용은 해방 이전부터 있었던 것이라고 한다. 소개하면 다음과 같다.

維歲次丁亥正月癸未朔初一日癸未幼學獻官
白原基
姜振遠
朴連根 等

敬告于
天地之神
土地之神
癘疫之神
前曰伏以
日月光華 風露篩穚

---

23) 초헌관이 봉애를 나누어줄 명단을 제수를 준비하는 와중에 작성하였다. 이와 같이 고사에 올린 제수를 제관 등에게 나누어 주는 사례를 경북 울진군 기성면 구산리, 삼척시 마달동 등에서도 확인할 수 있다.

昆虫殖蕃　草木蕞盃

天道流行　資生萬物

國有郊祀　成蒙陰騭

正月孟春　羗卜吉日

上下人民　齊沐誠竭

雨順風調　百穀興潑

千箱滿盈　萬庫充溢

太平至樂　到務引越

記山錄水　靜如太請

尙

饗

　이 축문은 천지신·토지신·여역신에게 마을 주민들이 정성을 다해 제사를 지내는데, 원하는 바는 농업 생산의 안정과 풍요, 마을 주민들의 안과태평을 바라는 내용을 담고 있다.

　축문으로 보아 제단 이름이 천제단이지만 실제는 천신과 토지신을 같이 모시면서 토지신을 이중으로 모시고 있음을 발견할 수 있다.[24] 이와같이 이중으로 모시는 이유를 알 수 없지만 축문 내용 중에 ‘郊祀’라는 용어가 있는 것으로 보아 하늘에 대한 제사를 중시하면서, 동호동 주민들은 천제단 고사를 통해 마을의 안과태평과 경제적 풍요를 염원하였음을 알 수 있다.

4) 천제단과 관련하여 전하는 이야기

　동호동 주민들은 태백산에 모신 천신을 할아버지로 인식하고, 천제

---

24) 고려시대에는 祭天壇에서 天神과 地神을 위한 제사를 지냈는데, 이는 천제단에서 天神에 대한 제사뿐만 아니라 地神에 대한 제사를 지낸 것이 매우 오래된 전통이었음을 보여주는 것으로, 동호동 천제단에서 모시는 ‘天地神’은 이러한 전통의 영향으로 볼 수도 있다.

단에 모신 천지신을 이와 관련하여 태백산 할머니로 여기고 있다. 이와 함께 동호동의 인근 마을에서도 동호동 천지신의 신격을 높이 여겨 옛날에는 동호동 골말 천제단 고사를 지낸 후 횃불을 올리면 묵호 어달산 봉수에서 이를 받아 주변 마을에 알리면 다른 마을에서도 제사를 지낸다는 말이 전하고 있다. 이를 직접 본 사람은 없으나, 인근에서 정월 초하루에 마을 제사를 지내는 곳이 부곡동·매동·사문동·승지골 서낭당이고, 이들 이웃 마을에서도 동호동 천제단이 지역 중심 제단으로 인식하고 있으며, 만우동에서 느릅재를 지나 동호동 시장으로 다녔다는 현지 조사 결과를 종합해 본다면 천제단 고사를 지낸 후 횃불을 올리면 이웃 마을에서 제사를 지냈다는 이야기는 동호동 천제단이 이 지역의 중심 제단이었음을 달리 표현하는 것으로도 볼 수 있다.

천제단 내에 있는 300여년 된 소나무와 관련하여 전하는 전설은 천제단의 성립에 대하여 일부 알려주는 요소가 되고 있다. 내용은 마을의 어느 촌로의 꿈에 웅녀가 나타나 내가 소나무로 환생하여 마을 뒷산에 있으니 옮겨와 모셔줄 것을 요청하기에 소나무를 마을로 옮겨와 언덕 위에 심게 되었으며, 이후 매년 섣달 그믐날에 소나무를 神木으로 모셔 천제단 제례를 봉행한 것이 현재에 이르고 있다고 전해지고 있다.[25]

천제단의 영험과 관련하여 전두호 회장님의 아버지인 전영진씨가 17세에 결혼하여 21세 되던 해에 국가 임용 시험에 합격하였는데, 당시 부친이

---

[25] 2007년 6월 22일 강원도 보호수[강원-동해-8]로 지정되어 안내판을 설치하면서 기록한 내용이다. 그러나 이에 대한 정확한 내력을 알고 있는 사람은 없다. 그리고 현재 동호동은 동해시로부터 '천제단'의 神格이 태백산 할머니과 관련이 있다 하여 ≪삼국유사≫의 단군신화에 등장하는 '곰[웅녀]'과 연관지어 '웅녀마을'로 명명되어 각종 민속놀이나 마을 가꾸기 사업을 추진하고 있으나, 이 또한 정확한 내용을 알고 있는 사람은 없다.
동호동 대동회를 주축으로 2006년 동해시 무릉제에 천제단의 신격이 할머니[여성]임에 착안하여 마을 고사를 '웅녀제'라 하여 시연해 보임으로서 2등을 하였고, 2007년에는 1등을 하여 2008년 강원도 민속경연대회에 참가하게 되었다.

천제단 고사 제관을 하여 그 영험으로 공직에 진출하였다고 여러 번 강조
하였으며, 이에 아드님인 동호동 대동회 회장인 전두호씨도 평소에 천제단
고사에 정성을 많이 드려 하는 일이 모두 잘 되었다고 하였다.

합동 재배(2007년)

축문을 읽음(2007년)

5) 운영과 결산

설날 오전 11시 경에 골말 경로당에 마을 전체 주민들을 불러 제관
에게 먼저 도배한 후 마을 어르신과 함께 합동 세배하였다. 세배를 끝
내고 동호동 대동회 회장님이 덕담을 하였고, 이후 마을 현안과 천제
단에 대한 안건 및 기타 내용을 소개하고 참석자들의 의견을 구하였다.

천제단 고사는 동호동 대동회 주관으로 회원들만 관여하였으나, 도
배는 대동회에서 주관을 하지만 회원이 아니어도 참가할 수 있다. 그
리고 제관들은 청포에 유건을 쓰고, 다른 사람들은 평상복을 입고 도
배에 참여하였다.

회의를 마친 후 대동회에서 천제단 고사를 지내고 나서 남긴 생고기
·밤·대추·꼬치·떡 등으로 음식을 마련하여 도배에 참가한 사람
들과 함께 음식을 들면서 한 해의 건강과 행복을 서로 기원해 주었다.

4. 맺음말 : 동호동 천제단의 성격을 중심으로

동호동 천제단을 이해하기 위하여 다른 지역의 천제당과 함께 이웃한 마을의 제당에 대한 조사를 통해 동호동 천제단 나름의 특징을 규명해 보고자 2008년 1월 중에 인근의 부곡동과 발한동·만우동에 대한 현지 조사를 실시하였다. 현지 조사 결과를 토대로 주요 항목을 도표로 작성하여 비교해 보면 [표 3]과 같다.

[표 3] 동해시 동호동 천제단 주변 마을 제당 현황

구 분	제일 (음력)	제당 명칭	제당 형태	신위	주요 제수	특기 사항	비 고
동호동 천제단	1.1	천제단	신목+야외 제단	토지신 천지신 여역신	수퇘지, 통포, 떡, 막걸리, 3실과, 새우메 / 3상	· 神의 성을 여성으로 인식. · 수퇘지를 희생으로 올림 · 제수는 제당 내에서 준비함.	
부곡동 서낭당	1.1	서낭당	神木+당집	오른쪽 방(성황신) 왼쪽방(여역신-토지신-성황신)	메,포,청주,어물, 꼬지 형태의 소고기, 나물, 떡(총 4상 준비)/예전에는 소를 희생으로 올림	· 성황신-왼쪽 방(성황-토지-여역) - 수부신 위함 · 제수는 제당 내에서 준비함.	神木은 현재 枯死
부곡동 도 두 [매동] 서낭당	1.1	성황당	神木+당집	토지-성황-여역	소고기(고기, 천엽, 간), 떡, 새우메, 명태 통포,3실과, 술, 탕 / 3상	· 절할 때 항상 8배함. · 제수는 제당 내에서 준비함.	
부곡동 승지골 서낭당	1.1	성황당	당집	여역-성황-토지	메, 술, 고기, 3실과, 포, 떡 / 3상		
사문동 서낭당	1.1	성황당	당집	여역신-성황신-토지신	새우메, 고기, 3실과, 술, 건명태, 물명태, 문어 등 / 3상	물명태를 제수로 사용	

구분	제일 (음력)	제당 명칭	제당 형태	신위	주요 제수	특기 사항	비 고
발한동 서낭당	1.14	성황당	당집	성황, 토지, 여역	메, 술, 돼지머리, 3실과, 떡, 나물, 어물, 대구포 등 / 3상	· 제사 순서 : 토지-성황-여역 · 할아버지 서낭으로 인식	
만우동 서낭당	1월 初丁 日	서낭당	神木 + 당집	토지-성황 -여역	포, 고기 (꼬지 형태로), 메, 어물, 탕, 나물, 떡 / 3상	· 예전에 금줄 칠 때 닭피를 뿌려 부정 방지 · 술을 신위별로 3잔씩 총 9잔 올림	神木은 현재 枯 死

위의 표를 보면 알 수 있는 바와 같이 동호동 주변 마을의 祭日은 발한동과 만우동을 제외하고 1월 1일(음력)임을 알 수 있다. 1967년 조사한 동해시의 옛 묵호지역 21개 마을 제당 중 만우동과 초구동, 부곡 1리에서 매년 음력 정월 初丁日에 마을 제사를 지냈으며, 정월 15일에 마을 제사를 지내는 마을은 2곳, 11월 중에 지내는 곳은 3개 마을이며, 이를 제외한 대부분의 마을에서 1월 1일(음력) 고사를 지낸다고 하였다.[26]

삼척시 갈야산 천제당 · 남양동 천제당 · 원당리 천제당에서도 1월 1일(음력) 고사를 지내고 있다. 그러나 3월 3일이나 5월 단오에 고사를 올리는 사례도 여러 곳에서 발견되고 있다. 고대 사회에서 1월 1일 하늘에 제사 지낸 기록을 찾기는 힘들다. 따라서 동호동 천제단 제일인 1월 1일(음력)은 동호동 천제단만의 특징으로 볼 수 없고 오히려 동해시의 옛 묵호지역 祭日에 나타난 1년의 시작을 정월 초하루로 여겨 이 때 마을 고사를 지내는 지역적 배경에 의해 정해진 祭日로 볼 수 있다.

동호동과 인근 마을에서 모시는 神位는 동호동을 제외하고, '토지신-성황신-여역신'을 모시고 있음을 알 수 있다. 이에 비해 동호동 천제단

---

26) 국립민속박물관(편), ≪한국의 마을제당(강원도)≫, 1997, pp.171~193.

에서는 '토지신-천지신-여역신'을 모시고 있다. 중앙에 모신 '天地神'은 하늘과 땅에 정성을 드린다는 의미로 보았을 때, 좌측에 협시하는 '土地神'의 존재는 마을에서 토지신에 대한 이중의 정성을 드리고 있음을 알 수 있다.[27]

동호동 인근 마을에서는 한 제당 내에 공통적으로 '성황신·토지신·여역신'을 함께 모신다. 이러한 예는 인근의 삼척시나 태백시에서도 그 예를 많이 찾을 수 있다. 이와 같이 합사한 이유에 대하여는 좀 더 많은 사례 조사와 분석이 있어야겠지만, 동호동 천제단에서도 천지신과 함께 토지신과 여역신을 모시고 있다. 이와 같이 천제당에 다른 신위를 함께 모시는 예는 태백시 삼수동 절골 천제당에서 天神과 咸白山神을 함께 모시고[28], 태백시 백산동 천제당에서 연화산 神靈과 天神을 함께 모셨으며, 삼척시 원당동에서도 오십천 변에서 天祭를 지낼 때 '天神·地神·龍神'을 함께 모시고 있는 것으로 보아 마을의 여건을 고려하여 天神과 마을에서 위하는 神位을 함께 모시는 것은 동호동만의 특별한 사례로 보기는 어렵다.

마을신앙의 구조를 고려하여 매동 서낭당과 만우동 서낭당에서 토지신에 먼저 고하고 성황신에 고한다는 점에 주목한다면, 이는 제당과 마을이 위치한 땅에 대한 정성을 먼저 드린 후 천지신이나 성황신을 본격적으로 위한다는 의미로 볼 수도 있다. 왜냐하면 마을신앙은 기본적으로 상·하당신으로 구성되었다고 본다면[29] 동호동 인근 마을에서의 신앙 구조는 한 제당 내에 상당신과 하당신이 합사된 것으로 볼 수 있기 때문이다. 그러나 동호동에서 마을 제의를 진행하는 과정에서

---

27) 이에 대하여 인근 마을의 서낭고사와 비교하였을 때 '天地神'은 보편적으로 여기는 '天神'과 '地神'에 대한 제사이고, '土地神'에 대한 제사는 마을과 제단이 위치한 한정된 땅에 대한 위함으로 볼 수도 있다. 이에 대한 다양한 사례가 모여진다면 그 의미에 대한 이해를 심화할 수 있다고 본다.

28) 김도현, <민속과 지명 유래>,《태백 서학레저단지 문화재지표조사 보고서》, 강원대 중앙 박물관·태백시, 2003, 48~53쪽.

29) 이필영, 《마을신앙으로 보는 우리문화 이야기》, 웅진닷컴, 1994, 16~17쪽.

지난 10여 년 전까지 천제단 고사를 지낸 후 마을 서낭당에서 다시 고사를 지냈다는 점은 천제단이 상당, 서낭당이 하당으로 기능하였음을 알 수 있다. 그러나 다른 지역과의 차이는 마을 제당이 '상당과 하당'으로 구분지어질 때 각 제당 내에는 보통 하나의 신위만을 모시는 것이 일반적인데, 동호동에서는 상당인 천제단에서 '천지신·토지신·여역신'을 모시면서, 하당인 서낭당에서도 '성황신·토지신·여역신'을 모셨음을 알 수 있다.[30] 마을에서는 천제단에서 모시는 천지신을 '하늘신'으로 인식하여 이를 '성황신'의 상위 신으로 인식하고, '성황신'은 마을 수호신으로 인식하고 있다.

한 마을 내의 두 제당에서 이와 같이 '토지신·여역신'을 함께 모시는 예를 찾기는 쉽지 않다. 이에 대한 좀 더 다양하고 세밀한 현지 조사와 분석이 전제된다면 그 이유를 밝혀낼 수 있으리라 생각한다.

인근 마을의 제당은 '당집' 형태 또는 '당집+신목' 형태인데 비해 동호동 천제단은 이와는 달리 산등성이 편평한 곳을 선정하여 神木 아래에 제단을 설치하였다는 점은 인근 마을과 분명히 구분되는 특징으로 볼 수 있다. 그리고 이러한 제단 형태는 삼척시 갈야산 천제당, 호산 해망산 천제단, 풍곡리 천제단 등에서도 볼 수 있다.[31] 그러나 신목 아래에 제단을 설치하여 서낭당으로 불리우는 마을 제당 또한 다른 지역에서 많이 발견할 수 있다. 태백시 함백산 천제당이나 연화산 천제당, 삼척시 남양동 천제당의 경우 당집 형태로 운영되고 있다. 따라서 동호동 천제단의 제단 형태는 동호동 내에서 천제단으로서 나름의 특징적인 면모를 보여주는 것으로 볼 수 있다.

犧牲에서 부곡동 서낭당·매동 서낭당·사문동 서낭당 고사를 지

---

30) 1967년 조사 자료와 마을 주민들을 대상으로 한 현지 조사 결과를 종합하였을 때 서낭당에서도 3분 신위를 모셨음을 알 수 있다.
   국립민속박물관(편), ≪한국의 마을제당(강원도)≫, 1997, 184~185쪽.
31) 김도현, <삼척의 봉수와 관련 민간신앙>, ≪강원사학≫19·20합집, 강원대학교 사학회, 2004.

낼 때 소를 잡았다고 하였으며, 이들 마을에서 소를 희생으로 하지 않은지 수 십년 이상이 되었지만 여전히 그 전통을 이어서 생 고기와 내장을 제수로 올리는 마을이 많다. 그러나 돼지를 犧牲으로 올리는 마을은 동호동 이외에는 없으며, 특히 피제사를 지내는 마을 또한 없다. 犧牲으로 돼지를 잡아 피제사를 지낸다는 점은 천제와 관련한 역사적 사실과 다른 지역 천제당 운영과 비교하였을 때 나름의 전통을 잘 계승하고 있음을 보여준다고 볼 수 있다.

그리고 대부분의 마을에서 제수로 올리는 포는 대구포나 명태포로서 납작하게 말린 포를 올린다. 그런데, 동호동과 인근의 매동·사문동에서 올리는 포는 말린 통명태이다. 이는 다른 지역과 구분되는 점으로서 동호동 천제단 고사가 지닌 천제단으로서의 특징을 나타내기보다는 매동·동호동·사문동으로 이어지는 마을의 전통을 보여주는 사례로 볼 수 있다.

1967년 자료에 의하면 동호동 천제단에서의 고사를 이장과 마을에서 뽑힌 제관들이 주재하였다고 기록되어 있으나, 지금은 동호동 대동회에서 주재하고 있다. 인근의 매동 서낭당 운영도 마을의 성황계원들이 주도하여 지내며, 사문동 서낭당 운영 또한 마을 노인회에서 주관하고 있다. 마을 주민 단위로 마을의 대표자인 이장이나 통장이 주도하고, 별도의 제관을 선정하여 지내는 대부분의 마을들과는 달리 마을 자치단체에서 제비를 마련하여 천제단 고사를 매년 주재한다는 점은 인근의 매동과 사문동 사례와 함께 이 지역 나름의 특징으로 볼 수 있다.[32]

동호동 인근에 있는 만우동·사문동·부곡동·발한동의 서낭당에서 모시는 主神인 성황신은 마을 수호신으로서의 위상을 지닌 것으로 믿으며 致祭되는 것에 비해 동호동 천제단에서의 하늘신에 대한 제사

---

[32] 노반계나 성황계 등을 조직하여 이들 계원을 중심으로 마을 고사를 주관하는 사례를 다른 지역에서도 발견할 수 있지만 보편적인 현상은 아니어서 동호동 나름의 특징으로 소개하였다.

는 그 위상이 단위 마을을 넘어서서 주변 마을 모두를 아우르는 상당
으로서의 위상을 지녔다고 볼 수 있다. 이와 함께 太白山 天神을 할아
버지신으로 인식하고 동호동 천제단에서 모시는 天地神을 할머니신
으로 여기는 것은 이 지역이 태백산 천제 문화권에 속하였음을 알려주
는 좋은 사례이다.[33]

과거에 국가 단위나 지역 단위로 致祭되던 제당이 시대의 변화에 따
라 단위 마을 제당으로 운영되어 해당마을 주민들만을 위한 제당으로
그 위상이 격하된 예가 매우 많다. 동호동 천제단 고사 또한 주변 마을
을 아우르는 상당으로서의 격을 지닌 제당에서 현재는 동호동 주민들
만을 위한 제당으로 축소 운영되어, 동호동 마을에 들어오는 모든 액
을 막아주고, 마을의 평안과 주민들의 건강과 복을 기원해주는 제당의
역할을 하고 있다는 것은 다른 지역 천제당 위상의 변화와 유사한 변
동 양상으로 볼 수 있다.

---

33) 이와 유사한 사례는 삼척시 천은사·영은사·신흥사와 동해시 삼화사 등의 창건 설
   화에 범일국사가 등장한다. 이는 이 지역 불교문화가 강릉의 사굴산파와 일정한 관
   계 속에서 형성되었음을 보여주는 사례이다. 이와 함께 울진 12령의 샛재 성황사에
   서 모시는 城隍神은 대관령 서낭을 받아온 것이라 전해지는데, 당 내부에 여자 화상
   이 있었다고 한다. 이 또한 백두대간과 낙동정맥이 연결되는 고갯마루 성황당을 통
   해 일정한 세력권의 범위를 알려주고 있다. 이로보아 동호동에서 모시는 천지신이
   할머니신이고, 이를 태백산 천제단에서 모시는 천신과 연결하려한 것은 이 지역이
   태백산 천제단 문화권임을 표현한 것으로 볼 수 있다.
   김도현, <울진 12령을 넘나드던 선질꾼과 그 문화 연구>, ≪울진 내성행상불망비 보
   존처리 보고서≫, 울진군·(주)비산문화재, 2006, 101쪽.

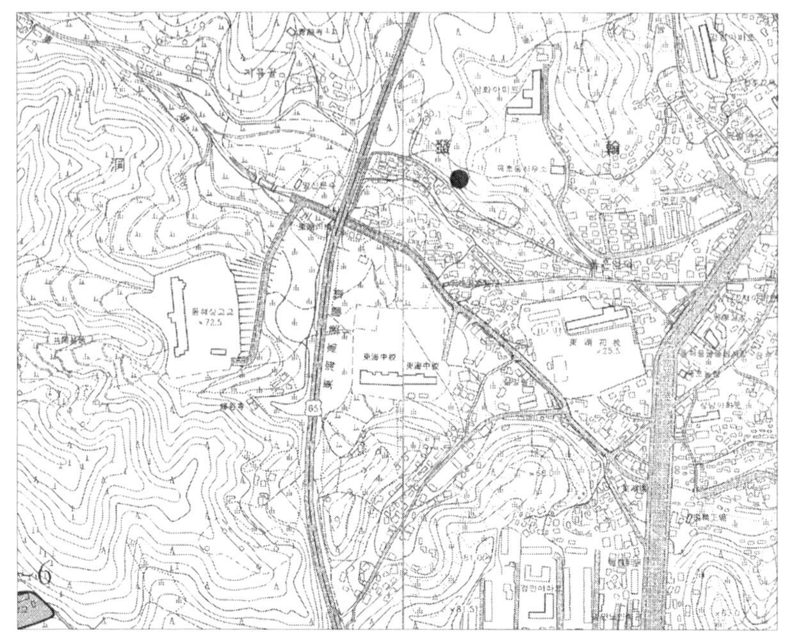

[지도] 동해시 동호동 천제단 위치 (1 : 5,000)*

---

* 관동대 박물관, ≪문화유적분포지도(동해시)≫, 동해시·관동대 박물관, 2004, pp.40~41.

홍천군 팔봉산 당산제

김의숙*

1. 머리말

강원도 홍천군 홍천읍에서 화양강을 따라 서쪽으로 60여 리 가면 강변에 8개의 봉우리로 된 자그마한 산이 나타나는데, 이것이 금강산의 일원이 되기 위해 가다가 폭풍우를 만나 지체하는 바람에 그만 그 자리에 머무르게 되었다는 부래설화(浮來說話)를 지닌 팔봉산이다. 홍천군에 속하기는 해도 오히려 춘천에서 가까운 이 산은 해발 3백여m, 둘레 4Km쯤 되는 작은 산이지만 산봉이 모두 기암괴석이고, 아래로는 백석청탄(白石淸灘)의 홍천강(화양강)이 휘감아 흐르므로 산수의 조화를 이루고 있다. 그리고 인근에는 용담과 교룡동, 산중에는 용마굴, 장수굴, 백운대, 은선암, 구암 등이 있으며, 지금은 없어졌으나 장락사·성방사 등의 사찰이 있었으니 이들이 팔봉산의 멋과 예스러움을 말해준다.

이렇게 명산인 팔봉산에서는 예로부터 당을 짓고 당산제를 지내왔다. 지금은 2봉에 있으나 옛날에는 8봉에 삼선당(三仙堂)이라는 팔봉산사가 있어서 해마다 홍천현이 주관하여 봄가을로 제사를 드렸다(春秋本縣致祭)는 기록이 ≪신증동국여지승람≫에 있는데, 이는 지금으로부터 4백여 년 전의 일이다. 이후로 이 당산제는 매년마다 춘추로 2

---

* 강원대 스토리텔링학과 교수

회, 곧 음력 3월 보름과 9월 보름에 제사를 지내고 굿을 하여왔으며, "일제 때에도 왜놈의 반대를 무릅쓰고 이 당굿을 지내왔다." 그리고 현재는 무속단체인 대한승공경신연합회 강원도지회의 춘천 및 홍천지부가 주관하여 100여 명 이상의 무속인이 참여하는 대단위의 굿판을 화양강변에서 3일간 벌이고 있다.

한편 여기 팔봉산 당산제의 주신은 삼부인신이다. 2봉에 있는 삼부인당에 쇠로 만든 말(馬) 형상의 신주(神主)들이 있는 것으로 보아 삼부인당은 서낭당이고 삼부인은 서낭신격이다. 그들은 시어머니 이씨, 딸 김씨, 며느리 홍씨의 영혼이라고 한다. 민간전승에 의하면 세 부인은 팔봉산 주변마을의 세거씨족인 이씨, 김씨, 홍씨인데, 이웃혼을 하여 한 마을에 살았던 여인들이다. 이씨는 마음씨가 인자하였고, 김씨부인은 더욱 착하고 자상하였으나 홍씨는 너그럽지 못하였다. 그래서 당굿을 하며 빌 때 먼저 이씨가 강신하면 풍년이 들고, 김씨가 내리면 대풍년이요, 홍씨가 내리면 흉년이 든다고 해서 홍씨가 내리면 주문을 외워서 홍씨를 달랜다고 한다.

당산제는 이 세 부인을 모시고 그들을 위하는 당굿을 벌이고 수명(壽命), 재복(財福), 안녕과 액막이를 빈다. 예로부터 팔봉산 당굿을 보면 자녀를 많이 두게 되고, 상팔자를 누리게 되므로 도처에서 너도나도 보려고 모여들었다. 또 안택·혼인·이사를 할 때, 문상이나 먼길을 떠날 때도 인근 마을 사람들에게는 돈독한 민간신앙의 대상이 되어왔다.[1]

본고는 이렇게 그 역사는 오래되었으나 잘 알려지지 않은 팔봉산 당굿을 학계에 소개하고, 몇가지의 차별성 내지는 특징을 찾아보려는 것이 주안점이다. 그리고 위에서 본 것처럼 다소 막연한 당산제의 주신(主神) 곧 삼부인에 대하여 그 본질을 고찰하여 팔봉산 당산제의 제의적 의미를 찾아보고자 한다.

---

1) ≪민속지≫, 강원도, 1989, p.646.

2. 팔봉산 신앙과 당산제

1) 팔봉산의 신성성

예로부터 사람들은 산을 신의 거주처로 여겨 신성하게 여겨왔으며, 특히 명산은 靈山이라 해서 제사를 지내왔다. 따라서 영산이라 일러온 산에는 숱한 이적담이 전래하여 오기 마련이다. 팔봉산은 현(縣)에서 춘추로 치제(致祭)할 정도로 중요시한 영산이어서 많은 기이한 이야기가 전래하여 온다.

> 팔봉산이 있는데, 참 옛날부텀 그 산이 참 내려오는 영산이에요. 옛날엔 무슨 면장이니 군수나 이런 대관도 그 앞으로 그 산 밑으로 말을 타고 못댕겼대. 왜 못 댕겼느냐 하면 내려서 가지 않으면 산신령이 노해서 말발굽이 떨어지지 않았거든. 그래 그 신령이지. 그때 이괄이 역적으로 몰려서 삼일정승 가기로 했는데, 말을 타고 가는데 말이 굽이 붙어서 가지 못하는지라 이괄이 말에서 내려 창을 꺼내어 말을 퍽퍽 찔러 각을 떠가지고 팔봉산에다 피칠을 했대. 그 뒤로부터 그런 신령의 행패가 없어졌다는 게야. 그러게 옛날엔 명산은 명산이지.[2]

서두에서 언급하였듯이 팔봉산은 본래 남쪽에 있었는데 금강산의 일원이 되기 위해 8명의 장사가 이 산을 메고 가다가 이 곳에 이르러 쉬고 있었을 때 갑자기 뇌성벽력과 함께 강물이 넘쳐 잠기게 되어 할 수 없이 거기에 머물게 되었다는 부래설화를 지니고 있을 정도로 수려한 산이고, 또 이 산은 신령의 거주처이다. 그런데 그 신령은 사람들이 말에서 내려[下馬]를 해서 가야할 정도로 영험도 있고 또 해꼬지도 잘하는 신격인데, 결국은 이괄 장군의 처방으로 행패가 사라지게 됐다는 것이 위의 내용이다.

주지하고 있는 바대로 이괄은 인조반정의 큰 공신이었으나 논공행

---

2) ≪강원도 홍천군 학술조사보고서≫(2차), 한림대 국어국문학과, 1987, p.241.

상의 결과에 불만을 품고 반란을 일으켰다가 결국 3일천하로 생을 마감한 역적으로 알려져 있다. 그 이괄에 대한 전설이 인근의 홍천·양평·횡성 등지에서 다수 전승하고 있는데, 팔봉산과의 관련도 거기에 따른 연유일 것이다.

역사적 기록에 의하면 이괄은 3일 만에 한양에서 쫓겨 이천으로 도주하였으며, 그 과정에서 대세가 기운 것을 본 기익현, 이수백 등의 부장들이 자기네 목숨을 부지할 생각으로 이괄, 한명련 등 9인의 목을 베어 투항하였다. 그때에 이괄을 따르던 부하들이 이탈하여 여기 근방에서 웅거한 것으로 보인다 이것은 당시 이괄의 아장이었던 이자립의 묘가 팔봉산에 있어서 지금도 그 후손이 제례를 지내고 있다는 이야기에서도 인지된다. 따라서 위의 전설은 그때 이괄을 개혁의 메시아로 생각하였으나 혁명이 좌절됨을 아쉬워한 사람들에 의해 부각된 이괄의 영웅담 중의 하나일 것이다.[3]

이 곳에는 이괄과 관련되어 있는 또다른 전설들이 있다. 곧 팔봉산의 머리인 삼성산과 면봉산의 사이가 인위적으로 잘라놓은 것처럼 되어 있는데, 애초에는 그렇지 않았다고 한다. 천하를 꿈꾸던 이괄이 천

---

[3] 전승하는 다수의 이괄 전설은 그의 초월적인 능력을 다룬 것, 그리고 그의 좌절은 능력이 부족해서가 아니라 풍수지리상의 문제로 말미암은 것이라는 두 가지로 대별된다. 따라서 본문에 있는 전설은 그의 비범한 능력에 관한 것이다. 후자에 해당하는 것을 요약하면 다음과 같다. "이괄은 어려서부터 성질이 난폭하여 부친의 말에 사사건건 거스렸다. 괄의 부친은 풍수에 밝아서 아무곳에 시신을 묻으면 시신이 용이 되는 형국이므로 묘를 쓰면 왕이 날 곳임을 알았다. 그러나 장례를 지낼 때는 보통의 장소와는 달리 시신을 거꾸로 매장해서 머리가 강을 내려다 보게 하여야 할 곳이었다. 부친은 그 곳을 자신의 매장지로 점찍어놓고 아무리 거스리는 아들이라 할지라도 마지막 유언이야 들으리라고 여겨 거꾸로 묻으라고 부탁하고 죽었다. 장사를 지내면서 괄이 생각하기를 '시신을 거꾸로 묻는 법도 없거니와 생전에 늘 거스리니 사후에도 거스릴 것을 생각해서 반대로 말한 것이니 어찌 그리 하겠는가'하고는 똑바로 매장하였다. 훗날 괄의 반역으로 3족이 죽임을 당하고 부친의 묘까지 파총당했을 때 보니 시신이 반은 용이 되었는데 반은 썩어있더라는 것이다. 부친의 말대로 거꾸로 묻었더라면 용이 되어 하늘로 승천하였을 것이고, 그렇게 되면 이괄이 왕이 되었을 것이라는 것이다."

하를 평정하지 못하고 역적으로 몰리어 이 곳에 잠시 머물러 있을 때였다. 이 곳 도룡굴에 살던 용이 장군에게 내기를 걸어왔다. 그것은 이괄이 아침식사 전에 한양에 가서 반찬을 마련하여 이 곳에 도착하는 것이고, 용은 그 사이에 삼성산과 면봉산의 산맥을 잘라놓는 내기였다. 그래서 용이 절맥하고 '장군이야' 하니 이괄이 '멍군이야' 하면서 도착하여 서로 비겼다는 것이다.

그리고 현재 이 곳 삼성산에는 용이 승천한 곳이라는 도룡굴이 있는데, 예로부터 여기가 이괄의 묘라고 구전되고 있다. 이처럼 신이한 전설이 서려있는 팔봉산에다 신을 모시고 굿을 하게 된 연유에 대해 밝힌 이야기도 있다.

> 팔봉산에는 그 무슨 사고가 나려고 하면 배를 타고 갈 때 낮에는 안 보이나 달밤에는 물빛에 금이 보인데요. 아주 금이 물 속에서 환허구 그리고 보기좋게 아주 도화덩어리처럼 그냥 무슨 해가 솟아나온 것처럼 그렇게 금이 보인데요. 그런데 이게 임자가 없어가지고 찾지를 못한데잖아요. 그런데 꼭 금만 보이면 꼭 사고가 나가지고요 일 년에 한 번씩 아주 무당을 그냥 많이 모집을 해가지고 크게 굿을 한데요.[4]

한편 여기의 당집에서 굿을 하고 나면 산에서 굴러도 다치지 않고, 호환(虎患)을 당하지 않는다고 한다. 또 산 정상에는 돈궤짝이 있었는데 서울에서 배가 들어와 돈을 시주하지 않으면 배가 꼭 파선했다고 한다.[5]

팔봉산의 이적은 최근에도 일어나 사람들의 입에 오르내리고 있는데, 그 내용은 다음과 같다.

· 가뭄이 들면 아낙네들이 팔봉산 앞 강에서 키를 들고 나와 물에 씻으면

---

4) ≪강원도 홍천군 학술조사보고서≫(2차), 한림대 국어국문학과, 1987, p.21.
5) ≪홍천군지≫, 1989, p.163.

비가 온다고 하여 92년도에 행하였다.
- 팔봉리 구이장님의 여동생이 한 살짜리 아이를 데리고 친정나들이를 왔는데 아이가 갑자기 없어져서 동네사람을 동원하여 찾아보니 마을에서 1Km가 되는 팔봉산의 칡덩쿨 위에 있었다.(현재 36세)
- 팔봉산에서 87년도에 등산객의 부주의로 산불이 났는데 삼부인을 모신 신당만은 무사하였다.
- 인근의 용늪에서 구렁이가 멧방석만 하게 또아리를 틀고 있는 것을 본 사람이 여러 명 있다.
- 팔봉산 당굿날 청년들이 산에 올라 술을 먹고 높이 50m의 바위에서 떨어졌으나 다치지 않은 분이 현재 화천에서 63세로 살고 있다.[6]

2) 팔봉산당(八峯山堂)과 당신(堂神)

지금 이 산의 제2봉 정산에는 와가(瓦家)인 2개의 당집이 있는데, 2칸 크기의 당은 3부인을 모신 곳이고, 그 옆의 작은 당은 산신·칠성·후토신을 모신 칠성당이다. 원래 이 당집들은 8봉에 있었으나 2봉으로 옮겼는데, 구전상으로는 뗏목꾼들이 당쪽을 향하여 소변을 보는 것이 보기 싫은 때문이라고 하나 분명한 이유가 무엇인지 확인되지 않는다.

칠성당에는 제물과 함께 한지가 현납되어 있고, 중앙에 위패가 있는데, 七星七君·八峯山后土神靈이라고 쓰여 있으며 산신의 것은 범이 노인을 시립하고 있는 작은 산신도로 대신하고 있다. 삼부인당에는 제단 중앙 벽면에 좌로부터 홍씨부인신위, 김씨부인신위, 이씨부인신위라고 쓴 위패가 부착되어 있다. 그리고 제단에는 제물과 함께 손바닥에 올려놓을 수 있을 정도 크기의 작은 철마 3구가 모셔져 있는데, 제조연대가 오래고 또 당집의 화재로 인해서인지 녹이 슬고 상해 있다. 마루바닥에는 놋쇠로 만든 큰 마상(馬像)도 3구가 있다. 말의 형상이 사실적으로 조각된 큰 마상은 20여년부터 당을 지켜온 당직이 조정순(어유포리 거주) 보살의 제자가 만들어온 것인데 삼부인이 싫어해서 제사

---

6) 최광석(대한경신협회강원도지부장)채록, 팔봉산 당산제 차례집(1993-4집).

때만 올려놓았다가 평상시에는 내려놓는다고 한다. 여기서 삼부인전에 마상을 모시고 있다는 것은 호랑이를 모신 곳이 산신각이듯이 그 삼부인당이 서낭당이라는 근거가 된다.

그런데 팔봉산은 원래 여성의 형상이기 때문에 이 삼부인신을 모신다는 것이다. 삼부인의 위치는 제보자의 기억력에 따라 달리 나타나기도 하지만 정설은 이씨·홍씨·김씨부인 순이다. 이씨가 시어머니이고, 홍씨가 며느리, 김씨는 딸이라고 한다. 이들에 대한 제사는 춘추로 年 2회, 3월 팔봉산 주변의 주민들이 모여 팔봉 중 제2봉의 당집에서 행제하였다. 이 당산제의 주신인 삼부인전에 대해서는 뒤 3장에서 좀더 구체적으로 본질을 고찰하고자 한다.

한편 신성성이 깃든 팔봉산 일대는 도교적인 색채도 강해서 지명에 은선암·현선암이 있으며, 또 인근의 모곡리에는 노고산이 있는데 중국의 천태산 마고할미봉과 비슷하다고 해서 그렇게 부르며, 산 밑의 도리소도 천태산의 도리소와 같다고 해서 붙인 이름이다. 또 이러한 도교적인 지명과 함께 후토·칠성 그리고 관운장에 대한 신앙이 그것을 대변한다.

특기할 바는 팔봉산 인근의 두미리 필곡(붓굽이)마을에는 관운장을 모신 사당이 있다는 것이다. 거기에는 지금은 다 없어졌지만 거기에는 관운장의 화상과 길이 2.5m, 무게 58Kg의 청룡언월도(10여 년 전에 도난)를 모셨었다. 관운장을 잘 모시던 그 시절에는 말을 타고 지나가면 말발굽이 붙었으므로 꼭 하마(下馬)하여야 했다. 특히 무슨 이유인지는 모르나 여씨(呂氏) 성을 가진 사람이 앞을 지나가면 발이 붙어서 움직이지 못했다는 것이다.

1칸(2평)으로 된 당집은 본래에 있던 사당이 5·16군사혁명 후 새마을 사업 때 벌였던 미신타파운동으로 헐리게 되자 춘천에 사는 분의 시주로 다시금 지은 것이다. 그런데 원래의 사당은 이 곳으로 피난온, 조선 말기 고종의 왕후 민비의 총애를 받던 무당인 진령군(眞靈君) 이씨의 말을 듣고 지은 것이라고 한다.

진령군은 조선 말기에 권세를 휘두른 무당이다. 고종 때에 두 무녀가 있었는데 하나는 이가이고, 다른 이는 윤가였다. 그들은 스스로 말하기를 관운장[關聖帝君神]이 자신들의 몸에 내렸다고 했다. 그리고 그 신령이 붓을 내려 이름을 지어주었다고 주장하면서 이가 성을 가진 이는 진령군, 윤가 성의 무당은 현령군(賢靈君)이라고 하였다. 현령군은 이궁동에 있는 관왕묘를 모셨기 때문에 흔히 이궁대감전내신(二宮大監殿內神)이라 하였고, 진령군은 내명(內命) 의해 숭동(崇洞)에 있는 북관묘에 살았는데 보통 진령군대감이라고 불렸다. 이들은 궁중에 출입하면서 권세를 희롱하고 멋대로 일을 꾸몄으므로 그 폐해가 심하였다. 그래서 정언 벼슬의 안효제(安孝濟)가 상소했으나 민비의 미움을 받아 오히려 추자도로 유배를 당할 정도였으며, 대궐의 안팎으로 졸개며 양아들이 무수히 많았고 지방장관이나 고을수령도 그 옷소매에서 많이 생겨났다. 이들 외에도 수연(壽蓮)이라는 여무가 있어 궁중에 출입하면서 복을 빌고 재앙풀이를 하였으며 그의 아들 둘은 높은 벼슬아치가 되었다.

도교는 본래 장생불사를 목적으로 하는 신선사상을 근간으로 하는 중국의 토착종교로서 원시천존·옥황상제·현천상제(북극성)·칠원성군(칠성)·문창제군·성황신·조왕·재복신·동악대제(태산신)·관우 등을 신으로 섬긴다. 도교는 삼국시대 고구려의 연개소문이 외교적인 방편으로 당나라로부터 받아들인 이래 일종의 신선술인 장생불사의 비법이 은밀히 논의되거나 성신(星辰) 신앙, 부적의 사용, 경신수야(庚申守夜) 정도에 머물렀을 뿐 민간종교로서 자리잡지 못하고 주로 왕가에서 숭상되어 왔다. 고려 때는 개성의 북쪽에 복원관(福源觀)을 세우고 도사와 도관이 삼청상(三淸像)을 모시었다. 조선시대에는 경복궁 북쪽에 소격서(昭格署)를 두어 거기에 태일전 삼천전을 세우고 천존·성군·신장 등 수백위를 모셔놓고 때때로 치제하였으며, 임진란

때부터는 명군에게서 배운 관우를 숭배하여 곳곳에 관제묘를 세웠다.

관우는 촉한의 장수로서 중국민족에게 무운과 재운의 수호신이며 유계(幽界)의 유력한 신으로 신앙되어 왔으며, 관제·관왕·관성제군·관보살 등의 이름으로 신격화되었다. 관우가 무신으로 제사를 받기 시작한 것은 당나라 중기부터이다. 관우가 왕조의 존경과 숭상을 받기 시작한 것은 명의 영낙제가 타타르를 정복할 때와, 청의 강희제가 타이완을 정복할 때 영험을 가져다 준 것으로 믿은 데서 비롯한다. 또 비도(匪徒) 등 민간의 비밀결사들도 수호신으로 믿었으며, 청나라 초기에 명나라의 유민들은 부흥운동의 우상신으로 삼았다. 관우가 재신이 된 것은 그가 조조에게 잡혀있을 때 조조가 상마금·하마금 등의 푸짐한 상을 내렸는데도 사퇴하고 유비에게 돌아간 고사에서 연유한다. 특히 관성교에서는 그는 지상지존이며 삼계의 복마대성(伏魔大聖)이어서 모든 질병을 몰아내고, 자손을 주며, 소원을 달성하여 주는 축복자로 여긴다.

우리나라에서는 1598년(선조31년)에 명군이 안동과 성주에 무묘(武廟)라 하여 관제의 묘를 세웠고, 1600년(선조33년)에는 명나라 신종의 칙령으로 동관왕묘가 서울 동대문 밖에 세워졌는데, 지금도 남아있다. 두미리 필곡의 관우 사당은 바로 이러한 도교적 신앙의 잔재로서 팔봉산과 연결되어 있다.

3) 팔봉산 당산제

팔봉산 당산제는 예전에 현에서 치제할 때는 유교식으로 행제하였을 것이나 민간신앙으로 자리잡으면서 무당에 의해 무교식으로 치루었을 것이다.

예전부터 팔봉산의 칠성당(산신·칠성·후토)당과 삼부인당에서는 화재로 걸른 때도 있었으나 매년 음력 3월보름과 9월보름에 주변 마을의 주민들이 모여 풍년과 안택을 기원하는 당제를 지내고 당굿을 하여 왔다. 특히 1993년부터는 전국 무속인의 단체인 대한승공경신연합회 강원지부가 주관하여 봄철에만 당굿을 크게 한다. 1993년에는 4월5일(음 3월14일)부터 6일(음 15일)까지 2일간, 94년도에는 4월23일(음 3월 13일)부터 25일까지 3일간(오전 10시에서 오후 5시까지) 큰 굿판을 벌였다.

1993년도에 있었던 춘제 때의 당굿은 팔봉산의 화양강변에서 2일간 열렸고, 주관은 대한승공경신연합회강원도지회 및 홍천지부가 하였다. 후원은 홍천군문화원, 협찬은 巫具와 佛具를 판매하는 춘천 소양 만물사가 맡았다. 당제를 지낸 후 강변에서 있었던 그때의 굿 순서는 다음과 같다.

14일 : 부정굿-가망굿-터전굿(대감굿)-작두굿
15일 : 신목점지-신목하산-칠성굿-당산굿-작두굿(3층작두, 그네작두)

이때의 당제에 대해 당시의 상황을 언급한 신문기사를 인용하면 다음과 같다.

경신연합회 강원도지부가 주관하여 팔봉산에서 음력 3월14일(양력 4월5일)-15일 양일간 홍천·춘천지역 무속인 백여명과 주민과 관객 5 백여명이 참여한 가운데 <팔봉산당굿놀이>가 열렸다. 당굿은 매년 음력 3월 보름과 9월 보름에 팔봉산 정상의 당집(서낭당)에서 민속제의 의 하나로 인근 어유포, 반곡, 팔봉, 두미, 구만리 주민들이 합심하여 마을의 수호신인 3부인神에게 풍년과 안녕을 기원하는 축제를 벌여오고 있다. 이 축제는 4백 년 전부터 전래되어 온 것으로 보고 있으나 정확히 밝혀지진 않고 있다. 당굿은 하루 한 마당씩 총 3마당으로 구성되어 있는데, 첫마당은 당지기인 조정순 보살(63세)이 행하는 칠성칠군을 향한 기원을 시작으로 부정굿·가망굿·터전굿놀이로 펼쳐진다. 제2마당인 둘째날은 당산굿으로 풍요와 수호의 신인 3부인신에게 빌고, 마지막날 만신굿 및 작두굿으로 절정을 이루며 막을 내렸다. 이 날 당굿놀이를 주관한 대한승공경신연합회 도지회장인 최광석 씨(46)는 이 당굿놀이는 팔봉산 주변 마을 주민들이 오래전부터 안과태평(安過泰平)을 기원해온 전통민속행사라면서 보존차원에서 무형문화재로 지정되어야 한다고 하였다.[7]

94년도의 당산제는 경신연합회 강원도지회와 홍천군지부 그리고 팔봉산 당직이 조정순 보살이 주관하여 음력 3월13일(양력 4월23일)부터 15일까지 3일간 열렸다. 후원은 대명스키장, 홍천군 서면사무소, 서면지서, 그리고 협찬은 팔봉산 상인조합, 제일만물사, 소양만물사 등이 하였다. 본래 팔봉산 당제는 팔봉산정에 있는 당집에서 당직이가 주관하여 지내던 제의였으나 작년부터 경신연합강원도지회가 홍천군지부와 협력하여 활성화한 것이다. 이때의 당산굿의 집행위원회의 구성은 1.팔봉산당직이-조정순, 2.집행위원장-최광석(도지회장), 부위원장-김경종(부회장), 최종국(부회장), 3.준비위원-신인묵 외 9, 4.지도위원-엄봉군 외 9, 5.실행위원-방삼석 외 92명이 참여하고 있으니 총인원이 117명이나 된다.

1994년도의 춘계 팔봉산 당산제는 당직이 조보살이 삼신당에서 징을 울리며 재수소망, 직장승진, 공부성취 등의 축원을 하고 이어 3부인당에서 시작되었다. 이때에는 전날 밤에 차가운 강물에서 목욕재계한 3무녀가 선녀처럼 성장하고서 등장하여 흰 천에 이씨부인, 노란 천에 김씨부인, 붉은 천에 홍씨부인이라고 쓴 신위를 받아서 읍하는 자세로 팔짱껴 안는다. 그리고 신목을 앞세우고 하산한다. 신대잡이인 김경종 씨(65세, 경신연합회 강원지회 부회장)는 가파르고 험한 돌산을 내려오면서도 신목이 기울거나 땅에 끌리지 않도록 하기 위해 정성을 다한다. 물론 3무녀가 신위를 안거나 신목에 강신시키는 등의 제의는 3년

전까지 조보살이 아래쪽의 굿당에서가 아니라 정상의 당집에서 굿을 하였으므로 없던 절차이다.

신목과 3부인 신위가 강변에 이르면 대기하고 있던 영신맞이 조가 맞으며, 행진대열을 갖춘다. 대열은 맨앞에서부터 팔봉산 신령님기-오색기-신목-홍씨, 김씨, 이씨 신위-장구·바라·징·피리 등의 악대-무녀들의 행렬 순이다. 그리고 거기서 400여m 떨어진 주차장에 마련된 굿당까지 풍악을 울리며 행진하는데, 원색의 움직임이 화려하다.

이윽고 굿당에 이르면 산신기, 오색기를 당에 설립하고 당직이 조보살이 축원하면서 3무녀에게 신위를 받아 굿당의 중앙에 위치한 제단에 안치한다. 제단에는 제물이 가득하고 삼색의 지화가 화려하다. 중앙의 옆칸에는 3신을 모셨다. 역시 紙花와 제물이 놓인 위 벽에 신위를 써붙였으니 오른쪽으로부터 天皇上帝天尊大王·北斗大聖七元星君神·五行名山靈山王大神이다.

신목은 조보살이 받아서 축원하고 각 제단에 接神시키고 나서 제단에 세운다. 굿당의 좌측 젯상에는 희생물인 돼지가 놓이고, 오른쪽은 장구·징·피리·바라 등의 악대와 내빈의 자리이다. 이렇게 팔봉산의 푸르른 영봉을 배경으로 하여 설치된 굿당에서 1994년도 춘계 당산제의 굿판이 벌여졌다.

1994년도에 벌인 3일간의 당산제의 순서를 프로그램책자에서 인용하면 다음과 같다.

> 1일째 : 4월23일(1994년, 음력 3월13일)
> 　　　삼부인전 기도-신목점지(하산)-행사 기원사-용신제-당산제-작
> 두굿
> 2일째 : 4월24일
> 　　　터전굿(대감)-산신굿-작두굿(남·여)-그네작두굿
> 3일째 : 4월25일
> 　　　칠성굿-장군굿-작두굿-대신굿-한마당굿(뒷전굿)

그러나 이 순서는 굿거리의 종류가, 20여 거리를 벌이는 강릉단오제
와는 달리 단순하기 때문에 순서에 구애받지 않고 매일 반복되는 실정
이다. 실제로 진행된 제차는 다음과 같다.

　　1일째 : 三夫人전기도-신목점지-부정굿-가망굿-칠성굿-산신굿-장군
굿-대감굿
　　- 작두굿
　　2일째 : 산신굿-칠성굿-대감굿-장군굿-대신굿-장군굿-작두굿-대
감굿
　　3일째 : 부정굿-행사기원사-당산제-청좌굿-칠성굿-산신굿-작두굿-대
장굿
　　-대감굿-한마당굿(뒷전굿)

한편 2일째에는 별도로 굿당에서 2Km쯤 떨어진 밤골 유원지 앞의
용늪에서 '키씻김'을 하였다. 이것은 예전에 가뭄이 들면 3성씨의 과부
와 여인들을 동원하여 키를 씻고 물을 퍼올려 비오는 형상을 유감시킴
으로써 비를 유도하려는 기우의식을 재현한 것이다. 그리고 3일째에
는 아침 10시에 강변에서 용신제를 행하였다.

4) 팔봉산 당산굿거리

당산제의 전체적인 진행과정을 보면 프로그램에 있는 순서와 꼭 일
치하지 않거나 또 실제의 굿에서는 연희하고 있으나 나타나있지 않은
것도 있으나 당굿의 전체적 과정을 일반적인 굿의 제차에 따라 구체적
으로 기술하면 다음과 같다.

① 3부인전 기도

팔봉산 당직이인 조보살이 3신(산신 · 칠성 · 후토)당과 3부인(이 ·

김·홍씨)에게 기도한다. 3부인이란 팔봉산 주변 마을의 세거씨족인 이씨·김씨·홍씨의 부인으로 이웃결혼을 하여 한 마을에 살았다고 한다. 이씨는 마음씨가 인자하였고, 김씨부인은 더욱 착하고 자상하였으나 홍씨는 너그럽지 못하였다고 한다. 그래서 당굿을 하며 빌 때 이씨가 강신하면 풍년이 들고, 김씨가 내리면 대풍년이요, 홍씨가 내리면 흉년이 든다고 해서 홍씨가 내리면 주문을 외워서 홍씨를 달랜다. 특히 홍씨는 마을사람들이 개를 잡아먹는 등의 심한 살생을 하거나 도박 등 부정한 일을 하였을 때 내리는 신이라고 한다. 금년에는 이씨부인이 내렸다 한다.

② 신목점지 및 하산

미리 점찍어 둔 나무를 베어서 거기에 3부인신과 제신(諸神)을 강신시킨다. 신대잡이가 된 김경종씨가 제신들이 하위동참하시기를 열렬히 기도하자 이윽고 강신하였음을 알리는 징조인 신목의 떨림이 온다. 그는 3부인의 신위를 받아지닌 3무녀와 함께 신령을 아래의 굿당에 모시기 위해 하산을 시작한다. 하산하여 신맞이 조(組)와 함께 굿당에 이른다. 비단에 쓴 3부인의 신위와 신목을 제단에 모신다.

③ 부정굿

쾌자차림의 무복을 입은 한 무녀가 등장하여 젯상에 배례하고, 가무한 후에 바가지의 물을 신칼로 다스린다. 그리고 그것을 주위에 뿌려 굿당을 정화하고 부정을 가린다. 여기서부터 본격적인 춤사위의 굿이 시작되었다.

④ 행사기원사

지회장인 최광석 씨가 이 당제를 합심해서 성공시키자는 개회사를 하였고, 이어서 서면 면장과 서면 지서장이 감사의 축사를 하였다.

⑤ 용신제

행사기원사가 시작되기 전 오전 10시부터 강가에서 용신제를 지냈다. 강물을 향해 백설기와 북어 등의 제물로 제단을 만들고, 신목을 잡았던 김경종씨가 제주가 되어 장구를 치면서 용신을 달랜다. 그리고 매 여름철마다 수십 명의 인명이 희생되는 이 곳의 강에서 아까운 인명이 희생되지 않도록 도와달라는 축원을 하였다.

⑥ 당산굿

괘자차림으로 흰 고깔을 쓴 당직이 조정순 보살이 혼자 등장하여 연희하는 독특한 굿거리로서 경신연합회가 이 당굿을 주관하기 전에는 조보살이 단독으로 연희하여 오던, 팔봉산당굿만의 특색이다. 그녀는 징을 울리면서 동네 할머니(이필순, 71세)가 붙잡고 있는 소나무 신대(다라에 가득 담은 쌀에 꽂혀있다)에 3부인이 하위 동참하시라고 축원을 한다. 주위의 보살들도 강신하기를 비손한다. 이윽고 떨림이 오는데, 금년에는 이씨부인이 먼저 내렸다고 한다. 그러자 조보살이 격렬하게 무무(巫舞)를 춘다. 그리고 신대로 제단과 굿당의 곳곳에 접신시키고 관중들을 그것으로 쓸어내림으로써 신통력을 감염시킨다. 이어서 수명장수를 빌기 위해 헌공한 수십 필의 광목, 곧 '명다리'를 안고서 춤을 춘다. 그것에 일일이 신력을 감염시켜 내려놓으면 여러 주민들이 잘 개어서 포개여 쌓는다.

⑦ 서낭굿

여무2, 남무 1인이 등장하여 상하좌우로 오색기를 흔들면서 춤을 춘다. 그리고 남무가 무가를 선창하고 여무가 후창을 하는데, "아시자, 모

시자, 팔봉산서낭님, 팔도서낭님, 춘천서낭님…전라도서낭님…" 등의
하위동참을 축원한다.

⑧ 산신굿

6명의 무녀가 붉은 도포를 입고 머리에는 전립을 쓰고, 손에는 부채
와 방울을 들고 나와 원무를 춘다. 그리고 중앙의 3부인전 옆에 설치한
산신전에 절을 한 후에 우순풍조와 재화초복을 비는 축원을 한다. 산
신은 통돼지를 좋아하기 때문에 돼지를 헌공한다. 그리고 돼지를 업고
춤을 춘다. 또 흔쾌히 받으셨는지를 알아보기 위해 돼지를 삼지창에 꽂
아 세운다. 그것이 성공하니 창부타령을 부르며 신바람나게 춤을 춘다.

⑨ 칠성굿

남무 1, 여무 6인이 흰 고깔을 쓰고 등장하여 먼저 칠성신의 신위에
절하고 나서 부채와 방울을 들고 원무를 춘다. 그리고 "아시자, 모시자,
칠성님을 모시자…"고 주무를 선창하면 일행이 따라서 후창을 한다.
그리고 주무(권계숙, 홍천)가 떡시루를 이고 춤을 추고, 시루 취에 밥통
을 포개는 무예를 펼친 후에 시루 위에서 각성받이의 수명장수, 풍년,
상업번창을 도와주겠다는 공수를 내린다.

⑩ 대감굿

1인의 여무(조창순, 춘천)가 전립을 쓰고, 전복을 입고, 손에는 방울
을 들고 등장하여 '산룡대감·용신대감·터주대감…' 등을 부르면서
빠르게 춤을 춘다. 그리고 모자를 푸른색 천으로 묶은 후에 북어를 목
에 걸고 술잔을 관중석으로 돌린다. 이때 당직이 조보살이 '키씻김'에
서 사용하던 키를 들고 굿당을 돈다. 이윽고 주무는 모자를 벗고 치마
를 뒤집어 쓴다. 그리고 '호구신' 운운하면서 재수문을 열어주겠다고

한다. 다른 날에는 5인의 무녀가 전립을 쓰고 나와 3부인전에 재배한 후 부채를 들고 춤을 춘다.

⑪ 장군굿

신장굿이라고도 하는 장군굿은 남무 2, 여무 3인이 머리에 띠를 두르고 전복차림으로 등장하여 부채와 방울을 들어올리면서 춤을 춘다. 그리고 장군님을 모시자는 교설무가를 부른 후에 칼춤을 춘다. 또 오방신장기를 들고 춤을 춘다. 다른 때는 1인의 남무(노원표, 춘천)가 갑옷에 투구를 쓰고 등장하여, "사바세계는 28수, 각 나라의 열두 장군, 오방장군, 도당장군, 경복궁·창덕궁에서 놀으시던 장군, …수궁장군, 용궁장군, 최영장군, 이괄장군…"등을 노래하며 칼과 삼지창을 들고 춤을 춘다. 그러다가 동해안 풍어굿에도 보이는 놋동이굿처럼 떡이 든 양판을 들고 춤을 추다가 입으로 무는데 입술이 양판에 딱 붙었다. 이는 신의 감응이 있다는 증거라 한다. 잘 떨어지지 않자 주위에서 비손을 하니 떨어졌다. 이어서 "지하장군, 천하장군 장군님이 아니신가. 신장님은 못 오시나…"하면서 작두대가 있는 곳으로 가서 작두를 탄다.

⑫ 작두굿

구성단계로 볼 때 작두굿은 장군굿의 일부에 속한다. 이 굿거리는 위의 노원표 씨 외에도 남무의 그네작두, 여무의 작두굿이 있다. 그네작두는 19세 때 신이 내려 23년간 무업에 종사한 손병수 씨(42세, 춘천 효자동)가 연희하였다. 그는 붉은 두건을 쓰고 조끼를 입고 나와 제단에 떡시루와 술을 바친 후 4방을 향해 절한다. 그리고 신이 잘 받으셨는지의 여부를 알아보기 위해 상 위에 정종병과 사이다병을 포개어 세우고 또 그 위에 시루를 얹는 '병사슬'을 행한다. 그런 후에 작두칼로 온갖 재액을 다 막아달라는 뜻에서 작두굿을 하기 위해 천을 가르고 나가는 길닦음을 하고 그네줄에 달린 작두대에 오른다. 작두에 발을 얹고 간단한 춤을 추어보이고, 이어서 그네를 탄다. 그네작두에서 내린 그는 고깔로 바꾸어 쓰고 또 괘자를 갈아 입고서 긴 베에 한쪽 다리를 묶은 닭을 들고 시루 위에서 춤을 추는 '용사슬'을 탄다. 이윽고 닭을 내던지니 닭이 베줄을 길게 끌고 나간다.

작두굿에는 3개의 드럼통 위에 작두대를 설치하고 그 위에서 칼춤을 추는 굿놀이도 있는데, 거기에서는 앞에서 소개한 노원표 씨와 여무 정숙희(60세, 춘천군 삼포) 씨가 연희한다. 노씨는 장군복을 입고 투구를 쓰고 나와 춤을 춘 후에 작두대에 올라 칼춤을 춘다. 정보살은 머리에 띠를 두르고 붉은색의 괘자를 입고 등장하여 작두를 타면서 시주하는 사람들에게 오색기를 뽑게하고 그것으로 공수를 내려주기 때문에 인기가 좋다. 작두대에서 내려온 정보살이 오색기를 당직이 조보살의 치마에 넘겨주면 그것을 제단에 놓는다.

⑬ 한마당굿

남무 2, 여무 9인이 머리띠를 두르고 손에는 방울과 부채를 들고 등장하여 원을 돌면서 힘차게 춘다. 지금까지의 여러 굿거리 중에서 가장 발랄하고 적극적이며 힘차다. 이 굿은 사설 중에 '별상대감' 운운하는 것으로 보아 별상거리 또는 손님굿으로 여겨진다. 이 과정에서 관중과 무당 그리고 신령이 함께하는 한마당의 춤판이 벌어졌다. 이후에는 제신을 따라온 모든 수비(下位神)들에게도 제단의 음식을 풀어서 먹이는 '뒷전풀이'를 하였는데, 제단에 놓인 여러 음식들의 일부를 떼어와 춤추면서 함지박에 담거나 뿌린다.

⑭ 소제

굿의 마지막은 뭇 신령을 본래의 곳으로 보내드리는 송신굿에 해당하는 소제(燒祭)를 행하였다. 이는 굿에서 사용한 지화나 신위 등을 불태우는 것으로서, 이것이 끝나야 굿이 완전히 마무리 되는 것이다.

3. **부인의 정체**

팔봉산 당산제는 그 역사는 오래 되었으나 알려지지 않다가 최근에 있었던 '민속경연대회'와 향토지인 ≪민속지≫ 및 ≪홍천군지≫ 등을 통해서 비로소 모습을 드러내기 시작하였다.

1983년 6월17일부터 20일까지 원주 치악체육관에서 거행된 제1회 강원도 민속예술경연대회에 민속놀이 경연종목으로 출연한 팔봉산 당굿은 3마당으로 이루어져 있었다. 제1마당은 후토신령·칠성칠군에게 축원을 올린다. "팔봉산신, 칠성칠군, 당산지신 들으시오"로 시작한다. 2마당은 3부인놀이로서 "땅 위의 이씨부인, 하늘의 김씨부인, 강남의 홍씨부인, 조선국 나오실 때 3부인이 나오시다"로 시작된다. 그리고 3마당은 만신굿놀이로서 "가구 강강 얼시구 절시구나"하며 마을의 안녕과 풍년을 비는 놀이로 끝난다. 이를 좀더 구체적으로 기술하면 다음과 같다.

   ○ 제1마당 : 칠성칠군, 후토신령 축원

  팔봉산신·칠성칠군·후토신령·당산지신 들으소서. 이네 동네 동민들은 남녀노소를 막론하고 박복자는 부귀공명, 무자자는 자손창성, 병든자는 즉시 낫고, 농사자는 농복받고, 사업자는 재제수대통 주옵소서…라고 무가를 읊으며 축원한다.

   ○ 제2마당 : 3부인놀이

  땅 위에 이씨부인, 하늘에 김씨부인, 강남에 홍씨부인 조선국에 나오실 때 3부인이 나오시다. 조선국 좁다는 말 들으시고 3부인이 모이시어 무쇠배를 타실려니 무거워서 못 타시고, 돌배를 타시려니 갈아앉아 못 타시고, 종이배를 타시려니 미어져서 못 타시고, 수양버들 버들잎을 타시고 나오실 때 홍두개피를 바르시고 원돗잡아 꽁지접어 받드시고…라고 무가를 읊으며 축원한다.

   ○ 제3마당 : 만신굿놀이(따라온 여러 귀신들에게 풀어 먹이는 제차)

가구강강 얼시구나 절시구나 욕심많은 내대감 나갈 적엔 맨발이고
들어오실 적엔 찬발이라 얼시구나 절시구나 낮이면 의사들고 저녁이
면 순행돌고 여대감은 여디래시고 남대감은 저디래시고 재수나 소망
을 섬겨줄 적에 남기게 챙겨주마 쓰고 남게 챙겨주마…라는 해설을 늘
어놓으면서 춤을 춘다.[8]

그런데 이보다도 앞서 팔봉산당산제를 학계에 처음으로 알린 이는
지금부터 20여 년 전 ≪한국민속종합조사보고서≫(강원도편, 1977)에
조사 보고한 장주근 선생이다. 그 내용을 가려서 요약하면 다음과 같다.

팔봉산 위에는 당집이 둘이 있다. 하나는 칠성과 산신을 모신 당이
고, 또 하나는 3부인당이다. 3부인은 시어머니 이씨, 딸 홍씨, 며느리 김
씨라는데 각자의 위패가 모셔져 있다. 그래서 팔봉산을 여산이라 하며,
또 3부인신은 욕심이 많은 신이라고 일러온다. 당집은 3부인당이 더 크
다. 이 당이 5년 전에 제사를 지내고 내려오던 사람들의 담뱃불로 화재
가 나서 모두 타버렸다. 그 후는 당직이 무녀도 없었으나 동네에서 의
논이 되어 천 원 내외씩 정성껏 돈을 12만 원을 모아서 당이 재건된 것
이 금년(1976)이다. 그래서 그간 4-5년간 무당굿을 못했다. 그래도 금년
1976년 3월15일에 당은 없지만 150여 명의 사람들이 모여 산치성을 지
냈다. 여기에는 외지인들이 많이 참여하였으며, 여자가 훨씬 많았다.
인근에 팔봉산을 숭상하는 사람들이 많기에 참가자는 동네사람들 외
에도 늘 많다고 한다. 팔봉산의 산제사는 일제의 강압 속에서도 별신굿
까지 해왔다고 한다. 이때는 동네에서 제비를 걷는 일도 없었다. 굿상
에 각자가 정성을 들이며 돈을 낸다는 것이다. 그래서 다시 무당을 두
어야 할 방향으로, 또 3월15일의 제사는 무당이 하게 해야 할 것이 아니
겠느냐는 방향으로 여론이 지배적으로 기울어가고 있다는 것이다. 그
리고 화재 전에는 춘천의 40대 무녀가 당직이로 있었는데, 지금은 홍천
사람인 45세 정도의 무녀가 당직이로 있다.[9]

---

8) ≪민속지≫, 강원도, 1989, pp.645~647.

위에서 대략 살펴본 바와 같이 팔봉산당산제에 대한 논의는 그에 대한 대강의 내력담에 대한 것이 있을 뿐 심층적인 연구가 없었다. 따라서 주신인 3부인에 대한 검토도 없었으므로 여기서는 이 3부인의 정체성에 접근하여 보고자 한다.

이미 언급하였듯이 3부인은 인근 마을의 세거씨족인 이·김·홍씨네의 여인들이다.[10] 이들은 한 마을에서 결혼한 부인들로 이씨는 시어머니, 김씨는 딸, 홍씨는 며느리라고 한다. 특히 며느리 홍씨는 마음이 곱지 못한 여인이어서 홍씨의 신령이 먼저 내리면 흉년이 들므로 홍씨가 내리지 않기를 기도한다고 한다. 그리고 3부인신은 시샘이 많은 여인들이어서 시집가는 가마가 이 곳을 통과하자면 가마가 떨어지지 않기 때문에 새색씨들이 옷을 벗어서 나무에 걸어놓고서야 지나갈 수 있었다고 한다.[11]

이러한 3부인이 팔봉산의 서낭신으로 모셔진 것에 대해서는 대체로 우리 동제신이 그렇듯이 신격의 정체성이 불확실하고 그 신화체계가 막연하다. 게다가 3부인이 마을에 선행을 하였다는 것만으로는 신격의 격조가 약하고, 더구나 홍씨는 나쁜 부인이었다는 점에 있어서는 전후의 논리전개가 맞지 않는다. 그들은 한국적 신앙의 대상이 치술령의 치술신이나 지리산의 노고할미도 아니고, 강릉의 대관령 국사서낭인 범일국사나 산신인 김유신과 같은 위인도 아니다. 그렇다고 드러난 신화로만 보면 한국적 여신의 조건인 비극적인 것, 곧 동해안의 주문진·신남·안인진의 여서낭들, 고갯마루에 있는 누석단의 서낭인 강태공의 부인이라는 마씨 등이 지닌 한(恨)의 실체로서 등장한 존재도

---

9) ≪한국민속종합조사보고서≫, p.182.

10) 실지로 팔봉리의 세대 134가구 중, 원주 이씨가 47세대, 풍산 김씨가 18가구, 제주 고씨와 해주 최씨가 각 8가구, 남양 홍씨와 죽산 박씨가 각 6가구, 문화유씨가 2가구, 그밖에 반·추·목·진·서·윤씨 등의 가구가 어우러져 마을을 이루고 있다. (≪홍천군지≫, p.166 참조.)

11) ≪강원도 홍천군 학술조사보고≫(2차), p.22.

아니다.

결론적으로 그들은 전승신화의 구조로 보아 농사신격으로 믿어온 풍신(風神)인 영등신의 전이형태인 지모신격(地母神格)으로서의 농신(農神)으로 보인다.

이미 주지하고 있는 바대로 영등신은 바람신으로 알고 있어서 어업과 관련이 있는 어민과 제주도 해녀들의 신앙의 대상이 되고 있으며, 내륙지방에서는 이 영등신을 농신으로 보는 경향이 강하다. 이에 대한 근거를 홍석모의 ≪동국세시기≫에서 찾아볼 수 있다.

> 영남의 풍속에 이월이면 집집마다 신에게 제를 올리는데 이 신이 영등신(靈登神)이다. 이 신이 무당에 내려 동네에 나타나면 사람들이 이를 맞아 즐긴다고 한다. 사람 만나는 것을 꺼리며, 그것이 15일 혹은 20일까지 계속된다. 제주도 풍속에 2월 초하룻날 귀덕·금녕지방에서는 장대 12개를 세워놓고 신을 맞이해다가 제사를 지낸다. 애월에서는 나무를 말머리[馬頭] 모양으로 만들어 채색비단으로 꾸며 약마희(躍馬戲)를 행하는데 신을 즐겁게 하기 위해서다. 이런 놀이를 보름까지 하는데, 이것을 연등(然燈)이라고 한다.[12]

이능화도 그의 ≪조선무속고≫에서 영등신에 대해 다음과 같이 언급하고 있다.

> 尹廷錡의 東寶錄에는 嶺燈神이 2월에 祀風神으로 불린다고 한다. 대개 영동신이란 영남에서 호남에 이르기까지 농가에서 신으로 모신다. 이 신의 기원은 모든 설이 같지 않다. 혹은 永同郡 知印(속칭 通印)의 화신이기에 영동이라 했는데, 嶺童은 靈童과 음이 비슷하며, 또 경산군 田童神이기에 嶺童이라고 한다. 그 신에게 제사하면 가정이 이롭다하여 농가에서 많이 신봉하여 널리 또는 속칭 영등신이 딸을 데리고

---

12) ≪동국세시기≫, 2월조 참조.

하강하면 그 해는 바람이 많이 불고 며느리를 데리고 하강하면 그 해는 비가 많이 온다고 하여 風靈登, 雨靈登이라고 칭한다. 속칭 이 신은 노여움을 잘 타기에 노하기를 잘하는 사람을 영등신할머니라고 한다. 대개 그 신을 姑라 칭하는 것도 痲姑와 같은 것이다.

《조선왕조실록》에 의하면, 조선 종종 10년 병오에 掌令 柳河源의 상소에 "嶺南 靈童의 설은 50년 전 연해의 한 읍에서 처음 시작되었는데 지금은 상주·선산 등지의 주에 이르러 집집마다 영동신을 신봉하고 있는 실정입니다. 이 때문에 사람과 신이 마구 섞여 요사스럽고 망령됨이 생겼으니 이는 마땅히 영을 내려 도민으로 하여금 금단하도록 하십시오"라고 하였다. "이에 답하기를 영남의 일은 마땅히 금지하고 백성들이 동요하지 않게 마땅히 처벌하되 道伯은 알아서 하라"고 하였다.
한편 영조 때 蔡濟恭(1720-1799)은 그의 《樊巖集》'風神歌'에서 다음과 같이 풍신에 얽힌 풍속을 노래하였다.

신부는 떡 만들고 아이는 고기 사오며
옹파는 재배하고 신 앞에 엎드렸네
신이 와서 이르기를
먹을 것이 없음을 가난 때문이라 하지 말라
지난날 分糶를 얻지 않았는가
황토를 마당에 놓고 북을 울리며
온 마을 다 함께 정성 바치네
소와 양이 즐비하게 새끼를 낳으니
자손에게 나누어 生理를 삼게 하네
동파에 심은 곡식 새들이 모여드니
신이여 새 쫓아 우리를 도우소서
가을에 추수하여 官倉에 넣어두니
굶지 않도록 미리 대비하도다

두서너 살 손자들이
황구첨정(黃口簽丁)에 기명될까 두려우니
신이여 일가를 도우소서
내년 이월 다시 맞이하겠나이다.

대체로 옛날에는 모든 자연현상을 신격화하는 것이 예사였다. 특히 바람과 비는 '우순풍조'라 해서 농사와 고기잡이에 중요한 역할을 하므로 제사의 대상이 되어왔다. 여기서 바람은 신격화되어 풍신으로서 존재하게 되었는데, 그 대표적인 것이 '영등바람'과 '손돌바람'이다. 손돌바람은 음력 10월 20일경에 부는 바람으로 손돌이라는 어부의 한을 품은 바람이어서 매우 매몰차므로 이때에는 어부들이 출어를 하지 않고 근신한다. 이 손돌바람은 경기도 김포군과 강화군 사이에 있는 손돌목이라는 지명에 얽힌 설화로 구전하여 오고 있다.

옛날에 손돌이라는 사공이 있었다. 언젠가 왕이 강화로 피난을 하게 되어 손돌의 배에 오르게 되었다. 손돌은 추격하는 적을 따돌리기 위해 초지라는 곳으로 뱃길을 돌렸다. 초지를 조금 지나니 그 곳의 지형이 산으로 막혀 길이 없는 것처럼 보여 왕은 손돌이 자기들을 유인하려는 것으로 알고 의심하여 죽이게 하였다. 손돌은 자기의 진심을 호소했으나 소용이 없자 바가지 둘을 주면서 위험이 처하면 처음에는 붉은 바가지, 다음에는 푸른 바가지를 물에 띄우라고 전하고 죽었다. 손돌이 죽자 곧 적이 뒤따라와 급박하자 붉은 바가지를 띄웠다. 적들이 번쩍이는 바가지를 보자 보물인 줄 알고 건져 열어보니 수많은 벌떼가 쏟아져나와 혼란을 겪는 틈에 왕은 멀리 도망할 수 있었다. 그러나 적이 다시 추격하여 근접하자 푸른색의 바가지를 띄웠다. 적들이 이번에는 속지 않으려고 바가지에 불화살을 쏘았다. 그러자 꽝! 하면서 터져 적의 배가 침몰하였다. 그 바가지에는 화약이 들어 있었던 것이다. 위기를 벗어난 왕은 손돌의 충성을 기리기 위해 무덤을 만들고 제사를 지내었다. 그런데 손돌이 죽은 날은 음력 시월 스무 날이었는데, 이 날이 되면 매년 큰

바람이 불고 날씨가 매우 추웠다. 그래서 이는 손돌의 원한 때문이라고
하여 이 때의 바람을 '손돌바람(손돌풍)'이라고 부른다.[13]

영등바람은 대개 2월 초순부터 중순 사이에 내습하여 심한 추위를
일으키는데, 이때의 추위는 꽃피는 것을 시샘한다고 해서 꽃샘추위라
하고, 또 바람을 꽃샘바람으로 부른다. 그런데 바람과 추위가 이때에
모질게 엄습하는 것은 '영등할매'라는 바람신이 하늘에서 땅으로 내려
와 초하루부터 보름까지 머물기 때문이라고 한다.

전설에 의하면, 달 속의 계수나무에 숲에서 사는 영등할머니는 인간
세상을 살피기 위해 2월 초하룻날 강림하였다가 2월 보름 또는 2월 20
일에 승천하는데 하강시에는 며느리나 딸을 동반하고 내려온다는 것
이다. 이때 영등신이 딸을 데리고 세상에 내려오면 걱정이 없어서 일
기가 순조롭지만 며느리를 데리고 오면 며느리가 노하여 일기가 불순
하고 풍파가 일어나서 전답을 휩쓸어버린다고 한다. 딸을 데리고 올
때는 영등신이 기분이 좋아 딸의 치마자락을 가벼이 휘날리게 하기 위
함이요, 며느리와 동반시는 기분이 나빠서 며느리의 옷을 비바람으로
얼룩지게 하기 위함이다. 또한 영등할머니가 내려올 때 비가 오면 자
기의 딸이 베를 잘 짜라고 며느리를 데려오고, 바람이 불면 베올이 떨
어져서 베를 조금만 짜라고 딸을 데려온다는 것이다. 그런가 하면 초
하루에 바람이 불면 그해는 농사가 흉년이므로 먹을 것이 없는 것을
염려하여 딸을 데리고 와 배불리 먹고 올라가는 것이고, 비가 오면 풍
년이 들므로 그렇게 서둘러 딸을 데리고 오지 않아도 일년내내 배불리
먹을 수 있기 때문이라는 것이다.

그래서 민간에서는 바람의 피해를 막기 위해 '바람 올린다'고 하여
어촌에서는 그해에 처음 잡은 생선을 저장하였다가 팥밥을 하여 제사
지내고, 농촌에서는 장독대에 정한수와 팥밥과 고기국 및 정한수를 차

---

13) 김명자, <되는 집안은 장맛도 달다>, ≪열린문화≫, 1994, pp.68~70.

려놓고 빈다. 이때는 농가에서는 1년 동안 큰 비, 큰 바람이 불지 말고 풍년이 깃들기를 기원하며, 어촌에서는 바닷바람으로 조난사고 없이 만선하게 하여 달라고 빈다.[14]

이상에서 살펴본 바와 같이 영등신은 다양한 호칭 곧 영남의 풍속에서는 靈登神, 제주도의 迎燈神, 이외에도 靈童神이라고 하는 3가지의 명칭이 있으며, 또 嶺燈神, 嶺東神 등으로도 표기하므로 어느 것이 정확히 맞는 것인지는 확인할 수 없지만 대체로 민간에서 풍농의 신으로 돈독히 신앙되어 왔음을 알 수 있다. 그런 의미에서 팔봉산 인근의 마을이 농촌이고, 설령 손돌바람처럼 바람의 신령으로 인식하였더라도 화양강에는 바람을 중요시하는 배와 뗏목이 자주 오르내렸으므로 풍신신앙이 유입되었을 가능성은 많다. 이는 앞에서 보인 설화, 곧 뱃군이나 뗏목꾼이 당집에 있는 돈통에다 돈을 넣고 가지 않으면 화를 당했다는 이야기도 그러한 가능성을 거들어 준다.

특히 영등신의 전승신화를 구조적인 면에서 살펴볼 때 영등신은 팔봉산당의 신격과 공통점을 지니고 있는데, 첫째로 각각 3부인이 등장한다는 것이다. 둘째로 딸과 함께 온 경우는 풍년, 며느리와 함께 오면 흉년이라는 구조가 유사하다. 그리고 영등신이 풍신이지만 풍요의 신격인 농신으로서의 기능을 지니고 있다는 것으로 보아서 팔봉산의 3부인은 예로부터 신앙하여 오던 영등신의 추상적이며 막연한 행적을 구체적으로 인식하고자 하는 인간심리의 발로에 의해 영등신화의 구조에 맞게 마을의 조상을 주인공으로 끼워넣어 구체화한 것으로 보인다.

4. 맺음말

지금까지 고찰하고 논의한 팔봉산 당산제는 같은 강원도내의 민속제의로서 우리나라 최고·최대의 민속제의인 강릉단오제와 비교하여

---

14) ≪한국민속종합보고서≫(강원도편), p.163.

공통점과 차별성을 찾아봄으로써 그 특징을 확연히 파악할 수 있다.

(1) 당산제는 그 역사와 동제로서의 성격으로 강릉단오제와 함께 강원도를 대표하며, 단오제가 영동을 대표하는 제의라면 당산제는 영서를 대표하는 무속제의이다.

(2) 당산제는 동원되는 구경꾼의 숫자에 있어서는 단오제를 훨씬 미치지 못하나 참여하는 무속인의 숫자는 오히려 단오제를 훨씬 능가한다.

(3) 강릉단오제는 강릉권의 민·관·상이 주관하는데 반해 당산제는 경신연합회강원도지회 및 춘천·홍천지회가 주관하고 인근의 주민과 面에서 협조하는 식으로 이루어지고 있다. 그러므로 단오제는 지역사회가 주도하고 당산제는 무속인들이 주도하는 제의이다.

(4) 단오제가 남·여 서낭의 性的 合位를 근간으로 하는 음양화합의 상생론에 입각하여 생산번영, 행로안전, 제액질병을 성취하려는 데에 비해 당산제는 삼부인이라는 지모신의 신력을 통해 풍요를 비롯한 인간의 소망을 성취하려는 제의이다.

(5) 단오제가 유교식·무교식의 혼합적 제의라면 당산제는 무교식만의 제의이다.

(6) 단오굿이 세습무들에 의해 주도되는 데에 반하여 당산굿은 강신무들에 의해 주도된다.

(7) 단오굿은 굿거리가 24거리 정도로 다양하나 당산제는 굿거리의 수는 10여 거리 정도로 단순하다.

(8) 단오굿에서는 축원·공수만이 아니라 무속신화가 구송되어 문학적이나 당산제는 신화의 구송이 없고 축원과 공수만이 있다.

(9) 단오굿은 신화와 사설이 위주여서 춤사위가 느슨한데 비해 당산제는 춤을 위주로 하기 때문에 발랄하고 역동적이다. 따라서 예술적인 면에서 볼 때 단오굿이 문학적이라면 당산제는 무용적이다.

(10) 단오제는 신판을 중심으로 하여 난장판이 형성되어 있으나 당

산제는 신판만 있을 뿐 난장판이 없다.

한편, 팔봉산 당산제의 주신(主神)은 본래 농업과 어업에 관련된 풍신으로서의 영등신이었던 것이 팔봉산 당산제의 신격인 3부인으로 변이된 것으로 여겨진다. 그것은 3부인이 인근마을에서 살았던 부인들이기에 행적이 뛰어나거나 한이 절절이 맺힌 존재도 아니어서 풍요와 수호의 신격으로서는 미흡한 측면이 있다. 또 예로부터 명산으로 알려진 팔봉산의 주신이라면 영험성과 신성성이 뛰어난 존재이어야 할 터인데 거기에도 미치지 못하는 감이 있기 때문이다.

그리고 3부인신은 등장인물과 행적이 영등신의 신화구조에 들어맞는 점으로 미루어 팔봉산당의 주신은 본래 영등신이었으나 추상적인 영등신에 대해 구체적인지를 요구하는 인간심성의 발로에 따라 현실적이며 인격적인 3부인신으로 대체된 것으로 보인다.

이상에서 논의한 팔봉산 당산제는 1993년도와 1994년도에 행해진 제의를 기반으로 정리하고 고찰한 것이다. 따라서 2000년도에 들어와서는 어떻게 행제(行祭)되고 있는지 추후의 고찰이 반드시 필요하다. 그러한 과정에 대한 주시(注視)는 민속현상의 한 성격인 변화성을 감지할 수 있는 한 방안이기에 후학들의 관심을 기대한다.

■ 참고문헌

≪강원도 홍천군 학술조사보고서≫(2차), 한림대 국어국문학과, 1987.
≪동국세시기≫
≪민속지≫, 강원도, 1989.
≪한국민속종합조사보고서≫
≪홍천군지≫, 홍천군, 1989.

김명자, <되는 집안은 장맛도 달다>, ≪열린문화≫, 1994.

<강원일보>, 1993.4.8일자 기사.

송경 축원 연구*
– 이상춘의 '송경 축원문'을 중심으로

박관수**

1. 머리말

2, 30여 년 전만 해도 무녀들만이 무속행위를 하지는 않았다. 이들과 대립적 위치에 있었으면서[1] 당대의 무속행위에서 대등적인 위상을 점했던, 경쟁이, 경바치, 복재 등으로 불렸던 복술은 경을 읽으며 악귀를 내쫓기도 했고 잡아가두기도 했었다.[2]

이러한 송경에 대해 학계는 굿[3]에 비해 논의를 축적하지 않은 편이다. 그 이유는 첫째 송경이라는 장르 자체에 대한 학계의 무관심에 있지 않나 생각한다. 무녀들의 굿이 사회 변화에 대응하며 생존하고, 복술들의 송경은 그 변화에 적응하지 못하고 소멸되어 가는 상황이 무속

---

* 한국무속학회, ≪한국무속학≫ 제16집, 2008. 2에 발표된 논문이다.

** 민족사관고등학교 교사

1) 최길성, ≪한국무속의 연구≫, 아세아문화사, 1990, pp.12~13. 4,50년 전에는 무녀와 판수는 분명히 대립적인 위치에 있었으나, 최근의 굿판은 판수와 무녀가 서로 일정한 역할을 담당하는 가운데 조화를 이루며 진행되기도 한다.

2) 심우성 역, 赤松智城 · 秋葉隆 편, ≪조선무속의 연구≫ 상, 동문선, 1991.
  이규창, <무경고>, ≪전라민속논고≫, 집문당, 1994.
  이창식 · 안상경, ≪충북의 무가, 무경≫, 충북학 연구소, 2002.
  박관수, ≪강원도 송경 연구≫ 1,2,3, 민속원, 2005~2007.

3) 송경을 주재하는 복술들은 주로 남자들이었지만, 간혹 여자들도 있었다. 이에 비해, 굿을 주재하는 무녀는 주로 여자들이다. 이런 관점에서 '송경'의 대립 용어로 '굿'을 사용하였다.

연구의 흐름과 맞물려, 송경보다는 굿 연구에 학자들이 더 관심을 기울였으리라 생각한다. 또한, 무속에 대해 주로 문학적 측면에서 논의를 하다 보니 한문투의 경문서보다는 한글로 된 무녀 문서에 더 관심을 기울였기 때문이라고도 생각한다.

송경이라는 장르 자체에 대한 논의가 부족한 상황이기 때문에 그 하위 구성 요소인 송경의 축원에 대한 논의는 더욱 소원할 수밖에 없었다. 각각의 굿거리가 청배 → 축원 → 공수 → 오신 → 퇴송의 과정을 밟는 무녀들의 굿에 대한 연구[4]에서도 축원에 대한 단독 논의는 쉽게 발견되지 않는다. 송경이란 장르 자체에 대한 논의가 부족하기에 송경의 축원에 대한 논의가 축적될 수 없었음은 당연하다.

축원은 굿이 진행되는 과정에서 빠져서는 안 될 요소다. 이와 마찬가지로 송경에서도 축원은 그 진행에 필수적인 요소다. 송경에서 축원이 어느 다른 문서보다 관심의 대상이었음을 필자는 이미 논의하였다.[5] 축원은 송경을 주재하는 복술들뿐만 아니라 송경을 의뢰한 병자 및 주인, 구경꾼들에게도 관심의 대상이었다.

필자는 강원도 지역을 답사하는 동안 복술들로부터 송경에서는 무엇보다도 축원이 중요하다고 말하는 것을 누차 들었다.[6] 일반적으로 복술들이 여러 종류의 축원문을 암기하고 있음도 축원 자체의 중요성을 방증하는 자료다. 강원도 양양군 손양면에 사는 이상춘 복술이 1948년에 필사했다는 자료를 보면, 축원문이 7종류가 나온다.[7] 그리고 오래 전부터 송경을 하지 않은, 강원도 양구군 동면에 사는 박춘성 복술은 8종류의 축원문을 기억하고 있다.[8] 그러한 축원문들의 사설들은 서로

---

4) 박경신, <동해안 별신굿 축원무가의 작시 원리 - 김동언 구연 '가망거리'를 중심으로>, ≪울산어문논집≫ 제11집, 울산대 국어국문학과, 1996, p.4.

5) 박관수, <20세기 초 유성기음반에 실린 잡가계 가요의 무속 수용양상>, ≪한국민속학≫ 제44호, 한국민속학회, 2006.

6) 본고에서 논의의 바탕이 되는 증언들은 모두 필자가 답사를 하여 획득한 바를 사용하였다. 이러한 내용들은 박관수, 앞의 책들에 채록되어 있다.

7) 박관수, ≪강원도 송경 연구≫ 3, 민속원, 2007, pp.38~58.

중첩되기도 하면서도, 병자 축원, 조상 축원, 신장 축원, 안택 축원, 청수 축원, 매석 시작할 때 하는 축원, 퇴송 축원 등으로 구별되기도 한다.

본고에서는 송경 축원문 중에서도 '병굿 축원문'에 관심을 갖고자 한다. 강원도 복술들은 안택등과 같은 무속 행위도 하지만, 병굿에 관심을 많이 기울인다. 이는, 강원도에서 사람들이 병이 들면 무녀들보다는 상대적으로 복술들을 많이 찾기 때문이다. 굿은 돈이 많이 들고 송경은 돈이 많이 들지 않기도 하지만, 주변에서 무녀보다는 복술들을 접하기가 더 쉬웠기 때문이기도 하다. 그리고 병굿을 하여 병자를 치료하게 되면, '명을 얻어' 여타 무속 행위의 안전적 확보가 가능했기 때문이기도 하다. 이러한 사회적 현상과 함께 대부분의 복술들이 송경자가 된 동기가 친족의 병을 고치기 위함이었다는 증언을 통해서도, 그들의 병굿에 관한 관심을 추측할 수 있다. 병굿에 대한 적극적인 관심과, 송경 행위에서 차지하는 축원의 위상 때문에 병굿 축원문의 이해는 송경의 전반에 대한 이해를 도울 것이다. 그리고 송경에 대한 전반적 이해를 바탕으로 축원문을 분석하고자 한다.

2. 송경 축원의 지향

복술들은, 하나의 축원문이더라도 송경의 종류에 따라 그 문구를 조금씩 바꿔야 한다고 한다. 아니면 송경의 종류에 따라 여러 축원문을 준비해야 한다고 한다. 병굿 축원문, 안택 축원문, 퇴송 축원문 등이 같을 수는 없기 때문이라고 한다.

그런데 전승 현장에서 복술들이 각 개인별로 사용하는 송경 축원문은 그리 다양한 편은 아니다. 보통은 귀신잡이를 할 때 사용하는 축원문을 다른 축원 상황에서도 사용하기도 한다. 강원도 횡성군 둔내면에 사는 복술인 오복환은 평소 귀신잡이를 할 때 읽는다는 축원문을 2003

년 이웃집 아기가 상문이 들려, 귀신잡이는 하지 않고 퇴송만으로 그 상문을 내쫓는 축원에서도 사용하기도 했었다.[9] 이러한 방식의 축원 문 사용은 여타 지역에서도 발견할 수 있다.

병이 들어 송경을 할 때 귀신잡이를 하기도 하고 하지 않기도 한다. 경을 읽어 병을 일으킨 잡귀들이 순순히 물러가 병이 낫게 되면, 귀신 잡이를 할 필요가 없다. 그렇지만 송경이 진행되어도 잡귀들이 나가지 않아 병이 낫지 않으면, 신장을 불러 잡귀들을 잡아 귀신통에 가둔다. 복술들에 따라서는 부모등과 같은 조상 귀신들도 말을 듣지 않으면, 잡아가둔다고도 한다.[10] 이와 같이 서로 다른 상황이지만, 복술들은 동 일 축원문을 사용한다. 그러므로 '병굿 축원문'은 귀신을 가두지 않은 상황만을 고려하거나 가두는 상황만을 고려하여 그 의미를 분석할 필 요는 없다.

송경 현장에서는 귀신잡이를 할지 안 할지를 사전에 점을 통해 결정 하기도 하지만, 송경을 하면서 결정을 하기도 한다. 송경을 하는데도 악귀가 나가지 않으면, 그때 귀신잡이를 결정하기도 한다. 대잡이에게 귀신잡이를 할 것인지의 여부를 물어 결정하기도 하지만, 복술이 스스 로 결정하기도 한다. 이러한 현장적 상황에서 병굿 축원문의 이질성은 의미를 갖지 못한다. 병굿을 할 때 병굿 축원문은 송경이 시작하면서 맨 처음에 한 번만 한다. 이러한 사정을 고려하면, 병굿 축원문은 귀신 잡이를 하지 않는 상황을 고려하여 만들었다가, 다시 귀신잡이를 하는 상황에 적합하게 개작하여 만들어 사용할 수는 없다. 이보다는 차라리 귀신잡이를 하는 상황까지를 고려한 축원문을 만들어 귀신잡이를 하 지 않는 송경에도 사용하는 것이 현실적이다. 그리고 송경이 굿과는 근본적으로 귀신을 잡아가두냐 아니냐에 차별성이 있으므로, 귀신을 잡아가둔다는 전제 하에서 송경 축원문을 만드는 것이 합당하다.

---

9) 박관수, ≪강원도 송경 연구≫ 1, 민속원, 2005, pp.389~405. 필자는 2001년부터 오복 환을 많이 만나 대담을 했다.

10) 천장수(남), 강원도 삼척시 가곡면 풍곡리, 78살, 2008년 1월 22일.

사정이 이와 같기 때문에 송경 내에서의 축원의 의미를 검토하기 위해서는 귀신잡이를 하는 상황까지 고려해야 한다. 그런 가운데 축원 → 경읽기 → 귀신잡이 → 송신의 순서로 진행되는 송경의 과정 속에서 축원이 어느 정도의 의미와 비중을 지니고 있는지를 검토해야 한다.

그런데 송경의 각 단계를 좀 더 구체적으로 말하면, 다음과 같다. 우선, 축원은 보통 송경을 처음 시작할 때 1번만 읽는다. 그 다음 석부터는 대체로 신장을 초빙하고 잡귀를 위협하는, 한문투의 여러 경문들만을 반복해서 읽는다. 그렇게 며칠을 진행하다가 귀신을 잡아 가두는 귀신잡이를 진행한다. 그런 다음, 귀신잡이가 끝나면 신장을 돌아가게 하고, 집안 존신들을 위로하여 제 자리를 잡게 한다.

송경의 진행이 이렇기 때문에 축원 → 경읽기 → 귀신잡이 → 송신의 진행 과정을 하나의 연결된 단위로 검토할 경우 축원의 의미를 올바로 접근하는 데 난점이 따른다. 3일, 5일 혹은 1주일 이상 진행되는 송경 현장에서는 축원, 경읽기, 귀신잡이, 송신 등은 분리되어 진행되고, 각 과정이 진행되는 일자도 서로 다른 것이 통상적이기 때문에 일관된 진행이라는 측면보다는 다른 관점에서 각각의 위상을 파악할 필요가 있다.

송경의 각 과정에서 복술들이 구송하는 문서는 그 문서와 복술과의 관계 속에서만 존재하지는 않는다. 그러한 문서들은 병자, 주인, 구경꾼 등과의 연관 속에서도 존재한다. 복술과, 복술이 구송하는 문서가 송경의 중심에 위치하기는 하지만, 그 주변적 존재들의 참여 없이는 송경이 완성되지 않는다. 그렇기 때문에 송경의 문서들도 병자, 주인, 대잡이, 구경꾼들과 연계되어 이해될 때, 그 본질적 모습을 온전히 드러내게 된다.

송경에 대해서는 복술 못지 않게 주변적 인물들도 관심을 기울이게 마련이다. 병자는 물론 주인은 병의 쾌유에 대해 관심을 기울일 수밖에 없을 것이다. 동네 구경꾼들도 복술의 모든 행위에 관심을 기울이며, 송경의 주변적인 일을 도우며 송경에 동참한다. 이러한 주변적 인물들은 송경 과정 중 축원, 경읽기, 귀신잡이보다는 송신에는 덜 관심을 기울이게 마련이다. 이는, 귀신잡이를 통해 송경의 실질적 목표는 달성되었으므로, 송신은 일종의 뒷처리 정도에 지나지 않기 때문이라고 할 수 있다.

축원, 경읽기, 귀신잡이 과정은 두 부분으로 구분할 수 있다. 축원과 경읽기, 그리고 귀신잡이다. 축원과 경읽기에서는 이미 암기한 문서들을 구송하지만, 귀신잡이 과정에서는 암기된 문서대로 구술하지 않는다. 귀신잡이에서는 일정한 문서에 의거하지 않고 복술, 대잡이, 삿대잡이, 구경꾼 등의 참여 하에 행위 중심으로 이루지는데, 복술은 상황 상황에 알맞게 구술하며 귀신잡이를 이끌어갈 뿐이다.

이처럼 일정한 문서의 존재 여부에 따라 송경 과정을 구분하는 것은 다른 장르의 무속 행위가 아니라 송경이라는 장르의 정체성 파악에 도움이 된다는 점에서 설득력을 가진다. 송경 현장에서는 문서의 중요성에 대한 언급을 자주 듣는다. "이 문서는 나 이외의 다른 사람은 알지 못한다.", "문서를 한 자라도 잘못 읽으면 송경이 효험을 얻지 못한다.", "내가 사용하는 문서는 어느 대복술로부터 받은 것이다.", "동일한 문서를 반복하지 않으면서 며칠이라도 송경을 하는 복술도 있다." 이처럼 특별한 문서의 소지 내지는 기억 여부가 다른 복술들과의 능력을 판가름하는 하나의 중요한 요소가 된다. 그러니까 복술의 송경 능력은 악귀를 구축하고 포착하는 능력에 앞서 문서 획득 능력에서 어느 정도 결정되는 셈이다. 축원이나 경읽기에서 문서를 사용하기는 마찬가지다. 그러나 양자는 송경에 참여하는 사람들의 문자 해독 가능성이라는 측면에서 보면 확연히 구별된다. 전자는 한글투이지만, 후자는 한문투이다. 전자는 복술이나 주인들도 그 의미 이해가 가능하나, 후자는 전문가라고 할 수 있는 복술들마저도 거의 해독을 하지 못한다. 과거 문맹이 대부분인 일반인들에게 한글은 말할 것도 없고 한문투의 글은 경외의 대상이다. 이러한 문자에 대한 선망 현상과 관련하여 복술들의 문서 중시 현상을 이해할 수도 있다.

복술들은 송경을 하면서 문서를 한 자라도 그릇 읽어서는 안 된다고 말한다. 송경을 할 때 입는 복장은 평상시에 입는 한복을 깨끗하게 하면 된다. 고깔을 쓰고 하는 경우도 있지만, 이는 필수적인 준비 사항은 아니다. 고깔을 안 쓴다고 해서 송경이 진행되지 않는 것은 아니다. 귀신잡이라는 행위도 조용히 앉아 문서를 읽는 행위에 비해서는 폄하된다. 귀신잡이를 하면서 두세 명의 대잡이들이 신장대로 온 방안을 휘젓고 다니며 먼지를 휘날리기 때문에, 귀신잡이를 하는 행위를 '먼지털이'라고 부르는 데서 그 폄하의 모습을 엿볼 수 있다. 그리고 그러한 행위를 하는 대잡이가 죽으면 '지랄말명'이 된다는 언급[11]에서도 행위보다는 상대적으로 문서를 중시하는 송경의 모습을 감지할 수 있다. 이처럼 송경에서는 문서가 중시된다.

복술의 입장에서는 축원문과 경문 양자 모두 틀리지 않게 구송해야 할 대상이다. 그러나 송경이라는 연행이 이루어지는 전체적인 입장에서 양자가 갖는 의미는 다르다. 즉, 병자나 주인 등이 양 문서에 대해 가지고 있는 입장은 복술이 양자에 대해 가지고 있는 생각과는 다르다.

병자나 주인 등은 복술들처럼 문서를 기억하여 구송할 필요는 없다. 문서는 듣고 이해하면 좋을 대상일 뿐이다. 복술들이 양반 자세로 앉거나 말 위에 걸터 앉아 북을 두드리며 별다른 동작을 취하지 않고 청좋게 구송을 할 때 주변 인물들은 조용히 이를 경청한다. 일반인들은 축원문의 내용은 이해할 수 있으나, 경문의 내용은 이해할 수 없다. 경문에서 나열되는 신장이나 귀신들의 이름들 정도만이 평소 귀에 익은 대로 들릴 뿐일 것이다. 그 사설들은 한문투로 구성되어 있기 때문에 그 내용은 전혀 이해할 수 없기도 하다. 다만, 특정 경문을 구송할 때 그

---

11) 천장수, 강원도 삼척시 가곡면 풍곡리. 2007년 1월 19일. 천장수는 과거 복술을 했었다고 했다.

직전에 어떤 경문을 구송한다는 설명 정도로만 그 내용을 가늠해볼 따름이다. 이러한 점은 전술한 바와 같이 복술들의 경우도 마찬가지다.[12]

주변적 인물들은 축원문의 내용을 어느 정도 정확하게 이해하고 있으나, 경문의 구체적인 내용은 거의 이해하지 못한다고 했다. 이러한 점은 복술들도 안다. 그렇기 때문에 경판의 행위 주체를 복술로 삼을 때 복술은 이러한 점을 사설 구성에 활용할 수 있다. 복술들도 그 내용도 모르는 한문투의 경문을 구송할 때는 그 경문 앞에는 그 경문의 이름을 표시한다. 예를 들면, "속속이 조림하실 적에 '옥추경'으로 고축이요"[13], "풍우겉이 모를적에 '철망경'으로 읽어낼제"[14] 등과 같이 경문에 대한 사전 설명을 한 후 각각 '옥추경'과 '철망경' 등을 읽는다. 이러한 사전 설명은 주변적 인물들이 경판에 참여하는 데 돕는 역할을 한다. 비록 경문의 구체적인 내용은 모르더라도 경문 제목을 안내하여 경판의 진행을 드러낸다.

주변적 인물들이 축원의 축원문을 이해하지만, 경읽기의 경문은 이해하지 못한다고 했다. 이러한 몰이해는 주변적 인물들의 한자 해독 능력과도 관련이 있지만, 이는 송경의 본질적 특성과 관련이 있다. 송경에서 복술들은 경문을 한 자의 '외서'[15]도 없이 읽기만 하고, 나아가 '독수가 차' 신이 그 경문에 응하도록 자꾸 반복하여 읽으면, 신이 응하게 된다. 그렇기 때문에 신과 접응하는 것은 복술이라는 인간을 통해 직접 이루어지는 것이 아니라 경문이라는 문서를 매개로 해서 이루어

---

12) 복술이나 주변적 인물들이 경문의 정확한 의미를 모르는 것은 마찬가지이나, 경문을 이해하고자 하는 적극성에서는 다르다고 할 수 있다. 주변적 인물들은 경문의 이해를 시도하지 않으나, 복술들은 자신의 지식이나 주변의 언급을 참고하여 경문의 내용에 대한 이해를 시도한다.

13) 앞의 책, p.322.

14) 위의 책, p.337.

15) 강원도 복술들은 경문을 원본대로 읽지 않는 것을 '외서'라고 한다. 그들이 가장 금기시하는 것이 외서이지만, 실제로 그들은 외서를 많이 하는 편이다. 이는 무엇보다도 한자의 의미와 음을 정확히 알지 못하기 때문에 발생하는 현상이라고 할 수 있다. '외서'는 오서(誤書)의 와음이다.

진다. 복술들은 무녀들과 달리 신내림에 의해 복술이 되지 않는다는 사실도 복술들이 신과 직접 소통하지 않음을 방증한다.

이처럼 경문 자체가 신성시됨은 복술들이 경문을 대하는 태도를 통해서도 추정해 볼 수 있다. 복술들이 소지하고 있는 경문서를 복사하고자 하면, 그들은 문서를 '하루밤 재우고 오면 안 된다'고 한다. 그날 복사를 한 다음에 가져오든지 그 집에서 필사를 하든지 하라고 한다. 경문서가 하루밤 집을 떠나게 되면, 그 신성성에 문제가 생긴다는 것이다. 그리고 복술들이 소지한 경문서는 그들이 죽을 때 태워야 한다고 한다. 만약 태우지 않으면, 경문에 있는 신이 자손들에게 내려 자손들이 복술이 된다고 생각한다.

송경 현장에서 주변적 인물들이, 복술들이 문서들을 제대로 구송하는가를 감시하기도 한다고 한다. 이러한 언급은 주변적 인물들의 문서에 대한 관심을 간접적으로 보여준다. 그들이 경문에 접근할 수 없음은 문자에 대해 해독력과도 관련이 있지만, 보다 근본적인 것은 경문 자체의 신성 때문이다. 경문은 그들이 감시해야 할 대상이 아니다. 경문은 한 자의 '외서'도 없이 구송되어야 하기 때문에 감시할 필요도 없다. 주변적 인물들이 자신들의 능력이 닿는 범위에서 관심을 가지고 감시할 수 있는 문서는 축원문이다.

이러한 상황에 놓여 있기에 송경에서 축원문이 갖는 의미는 각별하다. 경문의 경우는 복술들에게만 관심의 대상이지만, 축원문은 복술은 물론 주변적 인물들에게도 관심의 대상이 된다. 축원문과 경문이 놓여 있는 상황적 의미는 같을 수 없다. 이러한 결과는 축원문과 경문 자체들만을 비교하여 발생한 것이 아니라, 축원과 경읽기의 주변 상황을 고려하면서 양자를 비교할 때 발생한 것이다.

축원은 경읽기와 1:1 대응 관계 속에서만 파악할 수는 없다. 복술의 입장에서만 송경을 고려할 때는 축원과 경읽기에 대해 대등한 의미를 부여할 수 있다. 그렇지만 병자나 주인의 입장을 고려할 때 양자는 동일한 관심의 대상일 수 없다. 동일한 조건 하에 있을 때 양자는 일정한 기준으로 그 위상을 파악할 수 있으나, 축원문과 경문을 통해 지향하는 바는 같지 않다. 송경에서 축원문을 통해서는 주변적 인물인 인간과의 소통을 지향하고, 경문을 통해서는 악귀를 제압할 신과의 소통을 지향한다.

3. 송경의 전반을 반영한 축원문 구성

송경이 굿과 다르듯이, 송경의 축원도 굿의 축원과 다르다. 송경은 귀신을 협박하고 가두기도 하지만, 굿은 귀신을 위무한다. 이처럼 귀신을 대하는 태도가 다름에 따라, 그 축원문들도 다르기 마련이다. 그리고 축원문의 내용이 다름과 동시에 축원문들이 구송되는 상황도 다르다. 송경 축원은 송경자가 조용히 앉아 북을 두드리며 축원문을 구송하며 진행되지만, 굿 축원은 잽이, 구경꾼들과 축원에 대해 현장적 소통을 하면서 진행된다.

이러한 차이점은 축원문 사설 구성에도 반영되리라 생각한다. 본고에서는 송경과 굿의 축원문을 비교하면서 논의를 진행하지는 않고자 한다. 송경 축원문의 특성을 추출하기 위해 굿 축원과 비교를 시도하기도 하겠지만, 이러한 진행에 초점을 맞추기보다는 송경 전체와, 그 하위 구성요소인 축원문과의 연관성을 밝히는 데 초점을 맞추고자 한다.

축원문은 강원도 양양군 손양면에 사는 맹인 이상춘 복술이 소지한 '송경 축원문' 필사본을 연구 대상으로 삼고자 한다. 이 필사본은 이상춘이 1948년 인제에서 온 복술인 박동명에게 품값을 주고 필사한 것이라고 한다.[16] 필사 시기가 분명하고 복술들이 사용한 축원문임이 분명하게 드러난 것이기에 본 연구의 대본으로 삼기에 적합하다고 생각한다. 그리고 최근에 이상춘이 필자에게 구술한 축원문들[17]과 그 내용이 거의 유사한 점을 보면, 그가 실제로 사용한 축원문의 모본이었을 것

---

16) 박관수, ≪강원도 송경 연구≫ 3, 앞의 책, p.38.
17) 위의 책, pp.32~38.

이라는 점에서도 대상 자료로 적합하다고 생각한다.

필사본에 들어 있는 송경 축원문은 총 6편인데, '誦經 祝願文'이라고 제목이 붙은 축원문은 축원문으로서 갖추어야 할 틀을 갖추고 있다고 할 수 있고, 나머지 축원문들은 각각의 축원문을 구성하는 모든 요소가 담겨 있는 것이 아니라 일부의 요소들에 대해 좀 더 자세하게 기술해 놓은 형태를 띠고 있다. 그렇기 때문에 그 6편 중에서 '송경 축원문'이라고 제목이 붙은 축원문을 대상 자료로 삼은 것이다.

축원문의 구조를 이해하기 위해 '송경 축원문'을 순차적으로 줄거리별로 요약하면, 다음과 같다.

①. 송경 일자와 송경자를 제시하다.
②. 주인집의 주소를 제시하다.
③. 병의 원인 중 하나일 가능성이 있는 다양한 요인들을 제기하다.
④. 병자 생년일시와 이름 제시하고 병의 고통스러운 증세 나열하다.
⑤. 여기저기 물어보니 이 귀신 저 귀신이 난다 하고 이를 방책을 해도 효험이 없다.
⑥. 여러 약을 먹어도 효험이 없다.
⑦. 칠성, 지부왕, 부처님, 용왕 등에 빌려고 해도 너무 멀리 있어 빌지 못하다.
⑧. 문복자를 불러 산괘, 삼전법, 사괘법, 육효 등 여러 가지 점을 치다.
⑨. 문복자는 여러 잡귀들이 말을 일으켜 인간의 힘으로는 고칠 수 없으니 송경을 해야 한다고 말하다.
⑩. 병자집 주인이 바삐 송경자를 찾아와 송경을 원하다.
⑪. 주인이 방안을 청소하고 병풍을 둘러치고 곡미상등을 마련하여 그 위에 촛불을 켜고 실, 광목, 돈, 향불 등을 올려 놓다.
⑫. 재배를 하며 신장, 존신, 송경자 등은 다투지 말고 순서대로 경당에 강림하기를 빌다.
⑬. 옥추경
⑭. 부정경

⑮. 천수경

⑯. 천존, 신장, 장군, 산령, 성황, 용왕, 가내 존신 전에 병을 낫게 해 달라
고 기원하다.

⑰. 천존, 신장, 장군, 산령, 성황, 용왕, 가내 존신이 병자, 주인, 송경자를
보신해 달라고 기원하다.

⑱. 박살경을 읽어 잡귀들을 박살내겠다.

⑲. 태을보신경.

위의 축원문의 내용을 보면, 단순히 병자의 치병만을 기원하고 있지
는 않다. 즉, 치병 기원과는 직접적인 연관이 없는 내용들이 많이 포함
되어 있다. 이는 굿의 축원[18]과 비교해 보면, 선명하게 드러난다. 위의
축원문의 여러 내용들은 기원과는 직접적인 관련이 없다. 이들에는 송
경의 과정을 설명하는 내용들도 담겨 있다. ⑤, ⑥ 줄거리의 원문은 아
래와 같다.

1) 저기가서 무르면 져귀神이 난다하여
저귀신을 방칙해도 효감효차 바이웁고
여기와서 무르며는 이귀신이 난다하여
이귀神을 방칙해도 효 효차 웁고
三神山 不老草는 늘지말난 약이웁고
봉늬산 不死약은 죽지말난 약이웁고
人蔘녹용이 조타해도 百약이 무효고로[19]

위의 내용은 병자가 아파 여러 무녀들을 찾아다니며 굿을 했으나 낫
지 않았고, 이어 여러 의원들을 찾아다니며 약을 먹었으나 낫지 않았
다는 것이다. 이런 내용은 ⑩처럼 결국에는 병자들이 복술들을 찾아올

---

18) 박경신, ≪동해안 별신굿 무가≫ 1,2,3,4,5, 국학자료원, 1993.
19) 박관수, ≪강원도 송경 연구≫ 3, 앞의 책, p.39.

수밖에 없다는 내용으로 이어진다. 이처럼 무녀들에게 굿을 해도 병이 낫지 않고 이어 의원들에게 약을 지어도 병이 낫지 않는다는 내용은 상투적으로 여타의 송경 축원문에서도 사용된다. 이는 아래 인용문들을 통해 확인할 수 있다.

> 2) 이鬼神을 여데하고 저귀신을 피되하여
>   여대피대 하야도 不退病故로
>   濟衆聖편 약상가에 약한제로 약을써도 百약이 무호고로[20]

> 3) 무녀전에 문복하니
>   저귀신이 난다기로 그귀신을 퇴송하고
>   이귀신이 난다하야 이귀신을 퇴송할제
>   사마상녀 거문고와 탁문군의 월녀성에
>   능마천 보화천에
>   화랑박사 무녀불러 대마전 도리전에
>   해원퇴송 하여도 종불차도 하온고로
>   가는이슬 불러들어 오는이슬 모셔들어
>   화퇴지에 약을쓰고 편작이 침을놔도
>   종불차도 하온고로[21]

2)는 1)이 실려 있는 필사본에 들어 있는 또 다른 축원문의 일부 구절이고, 3)은 강원도 횡성군 둔내면에서 활동했던 오복환 복술이 구술한 축원문의 일부 구절이다. 위의 구절들을 통해서도 병자들이 복술들에게 오기 전에는 무녀와 의원에게 들린다는 사실을 확인할 수 있다.

그러나 이러한 내용들은 현실에서 일어나는 사실을 그대로 기록한 것일 가능성도 있지만, 그보다는 단지 송경문에서 사용되는 공식적인

---

20) 위의 책, p.45.
21) 박관수, ≪강원도 송경 연구≫ 1, 앞의 책, pp.32~33.

표현으로 해석하는 것이 더 합리적이다. 그 이유는 송경이 행해지는 현장적 상황을 파악하면, 이해가 가능하다. 2)의 송경문을 필사한 이상춘 복술이나 3)의 송경문을 구송한 오복환 복술의 증언에 의하면, 4,50년 전 병자들 중 대부분은 병이 들면 복술들을 주로 찾는다고 한다.[22] 물론, 이러한 증언은 그들의 입장 내지는 경험만을 대변하는 것일 수 있다. 읍내나 도회에 사는 사람들은 그들이 놓여진 상황이나 성향에 따라 무녀를 찾을 수도 있고 의원을 찾을 수도 있다. 그러나 시골 마을 대부분에는 무녀도 없고 의원들도 없었다고 한다. 그러므로 병자들이 나중에 무녀나 의원들을 찾아갈 수는 있으나, 병이 들어 시시각각이 급한 상황에서는 복술들을 먼저 찾는 것이 그 당시의 현실이라는 것이다.

병자들의 치병 방법은 여러 가지다. 무녀나 의원을 먼저 찾은 다음 복술들을 찾을 수 있다. 그 역도 가능하다. 그리고 무녀나 의원이 없어 어쩔 수 없이 복술들을 찾을 수 있다. 이러한 여러 가지 가능성 중 송경 축원문에 등장하는 방식은 대부분 무녀와 의원을 거쳐 마지막으로 복술을 찾는 순서의 방법이다.

축원문에 기록되어 있는, 치병을 위한 순서가 무녀의 굿 → 의원의 의술 → 복술의 송경으로 순차적으로 이루어진다는 것은 병자가 치병을 위해 다양한 방식을 취한다는 사실을 반영한 것이 아니라고 했다. 축원문의 그와 같은 기록 내용은 사실을 반영하지 않은 오류다. 그렇지만 그러한 오류는 송경이 이루어지는 전반적인 상황의 층위에서 보

---

22) 필자가 만난 대부분의 복술들이 이와 같은 증언을 했다. 그러나 그들 중에는 굿을 여러 번 하고 이 병원 저 병원에 다녀도 낫지 않아 병을 치료하기 위해 병자가 자신들을 찾아오는 경우도 있다고 한다. 그런데 이는 4,50년 전의 상황을 말하는 것이라기보다는 1,20여 년 전의 상황을 말하는 것이라고 할 수 있다. 1,20여 년 전에는 병원도 들어서고 무녀들도 많아지는 상황에서 여기저기 다녀보다 치료가 되지 않아 결국에는 마지막으로 복술들을 찾아왔던 것이라고 해석하는 것이 합당하다. 이를 위의 축원문에 나온 대로 무녀에게 가도 낫지 않고 의원에게 가도 낫지 않자, 신을 의지해 귀신을 가둠으로써 병을 치료하게 하는 능력을 가진 그들에게 병자가 갔다고 해석하는 것은 타당하지 못하다.

면, 이는 오류라고 할 수 없다.

위의 치병 순서는 실제 생활을 적확히 반영하는 것은 아니지만, 복술들의 전반적인 의식을 반영하는 것이라고 생각할 수 있다. 복술들의 의식이 어떠한지를 파악하기 위한 하나의 방법으로 복술들 사이에 광포하고 있는 설화를 검토할 수 있다. 필자가 만난 대부분의 복술들도 복술들의 치병에 관한 설화를 알고 있었는데,[23] 그 줄거리는 대체로 다음과 같다. 옛날에 어떤 왕이 무녀, 의원, 복술들의 치병 능력을 시험했다. 입속에 밤을 물고 혹이 난 척하며 이들에게 고치라고 했다. 무녀가 굿을 해도 고쳐지지 않았다. 의원은 약을 쓰니 밤이 삭았다. 복술이 경을 읽으니, 신장대가 왕의 입을 때려 밤이 튀어 나왔다. 이 설화의 줄거리는 복술들마다 약간씩 차이가 있기는 하지만, 치병에 있어서는 무녀보다는 의원이 낫고, 의원보다는 복술이 더 낫다고 말하는 점에서는 일치한다. 이러한 내용은 사실 여부를 떠나 복술들의 관념에 내재하고 있고, 그러한 관념이 설화에 드러난 것이다. 무녀들이나 의원보다는 치병 능력에 있어 더 나을 수 있다는, 아니면 그러한 소망을 담은 복술들의 대타적인 생각 혹은 위의 설화에 담긴 내용을 통해 형성된 관념을 축원문에 그대로 반영한 것이라고 할 수 있다.

이처럼 사실에 부합하지 않은 내용이더라도 다른 관점이나 층위에서 접근했을 때는 타당성을 획득할 수 있다. 그러므로 축원문의 일부 내용은 송경 전반과 관련하여 이해의 폭을 넓힐 때 합리적이 된다.

복술들의 치병 능력이 무녀나 의원보다 나을 수 있다는 내용들을 기술한 것은 축원문의 본질인 기원 자체를 위한 기술이라기보다는 복술들의 생각 자체를 드러내는 데에 관심을 기울인 것이라고 판단할 수 있다. 물론, 축원문에서 복술들의 남과 다른 능력을 보여줌으로써 복

---

23) 필자가 2006년도에 여러 차례 전라북도 고창에서 만난 박종환 복술도 강원도 복술들이 말한 내용과 유사한 설화를 말했었다. 평안도에서 채록되었다는, 이와 유사한 설화가 심우성 역, 앞의 책, 27~29쪽에도 기록되어 있다. 이들로 보아, 이러한 설화는 전국적으로 유포되어 있었다고 할 수 있다.

술들의 축원 또는 송경에 대한 병자나 주인의 신뢰를 확보하기 위한 전략이라고 말할 수도 있다. 그러나 송경 축원문의 또 다른 기술 내용들을 검토하면, 축원문은 기원보다는 복술들의 입장을 반영하는 데에 초점을 맞추고 있음을 확인할 수 있다.

> 4) 명신다틈 마르시고 존신다틈 마르시고 강싱다틈 마르시고
> 　좌도틈 마르시고 고하다틈 마르시고 원근다틈 마르시고
> 　차리차릭 쾌차릭로 차릭차릭 연차릭로
> 　차가중 차경당으로 서기강임 하시라고[24]

위의 인용문은 ⑫의 원문이다. 여러 신들이 경당에 강림하여 기원에 응해 달라는 내용은 축원에 담길 만하다. 그러나 신들끼리 다툼을 하지 말고 경당에 내려오라는 내용은 축원에 담길 만한 것은 아니다. 우선 신에게 기원을 하는 마당에 신들끼리 다툼을 한다는 내용을 피기원자가 듣는 축원 현장에서 그에게 말할 필요는 없다. 더구나 송경자(강생)끼리 다툼을 한다는 내용은 더욱 그렇다. 신들이나 송경자가 온 정성을 모아 치병에 열중해야 하는 상황에서 무슨 이유에서건 다툼을 하는 송경자들에게 병자는 자신의 치병을 맡기고 싶지는 않을 것이다. 이러한 송경자들끼리의 다툼은 병자나 주인 앞에서 보여서는 안 될 일이다. 신들끼리의 다툼은 눈에 보이지 않지만, 송경자들끼리의 다툼은 눈에 보인다는 면에서, 송경자들끼리의 다툼은 더욱 피기원자들 앞에서 드러낼 수는 없는 것이다. 이러한 모습은 신들을 절대시하며 신들에게 자신의 치병을 맡기는 상황에는 어울리지 않는다.

4)의 축원문 내용은 축원 자체만으로 이해할 수 있는 범위를 넘어선다. 그렇다고 해서 이러한 내용이 담긴 축원문을 가치 절하하여 평가할 수는 없다. 이러한 축원문이 송경 현장에서 사용된다는 점을 고려하면,

---

24) 박관수, ≪강원도 송경 연구≫ 3, 앞의 책, p.41.

다른 방향에서 이해의 틀을 마련해야 한다. 즉, 그러한 축원문이 통용된다는 사실 하에서 축원문에 대한 이해가 이루어져야 한다.

축원의 본질적 측면과 관련하여 송경 축원문 이해에 문제가 있을 때, 이를 극복하는 방안으로 송경 축원 이외의 축원과 비교를 통해 그 이해에 접근할 수 있다. 즉, 굿의 축원과 비교를 통해 송경의 축원을 이해하는 방안을 생각할 수 있다. 또 다른 한 가지 방법으로는 송경 축원문을 송경 행위 전체와 관련하여 즉 층위를 달리하여 접근하는 방안을 생각해 볼 수 있다. 이 두 가지 방안 중 본고에서는 전자의 방안은 일부 사안에만 적용하고, 후자의 입장에서 문제 해결에 접근하고자 한다고 했다.

송경자끼리의 다툼은 치병을 원하는 병자나 주인 앞에 드러낼 수 있는 것은 아니라고 했다. 그럼에도 불구하고, 이러한 사안이 드러난 것은 축원문 자체에서 이해의 틀을 마련하는 것보다는 송경이라는 행위 전반에서 일어나는 사항과 관련하여 이해의 틀을 마련해야 한다. 즉, 축원문 자체의 층위에서는 해명이 되지 않지만, 송경 전반의 층위에서는 이해가 가능할 수 있다. 실제 송경 현장에서 그러한 다툼들이 발생한다는 사실을 확인하면, 이해의 토대는 마련된다.

송경을 통해 복술들이 얻을 수 있는 경제적 이득은 적다고 한다. 송경을 통해 밥이나 얻어 먹고 담배값이나 얻는 정도에 지나지 않았다고도 한다. 그러나 며칠 일하고 곡미쌀로 놓아두었던 쌀을 가져가고 상위에 올려 놓았던 시루떡을 지게에 지고 가는 것을 보았다는 증언이나, 어떤 복술은 이 마을 저 마을에 불려 다니고 또 다른 복술은 송경 행위가 많은 곳으로 이사를 간다는 증언 등을 종합하면, 복술들끼리의 경쟁이 심했을 만함을 추측할 수 있고, 실제로 그랬었다는 증언도 있다. 주인이 다른 마을에서 복술을 불러온 경우 그 복술 혼자만이 송경 전체를 담당할 수 없기 때문에 그 마을에 있는 다른 복술을 조경자로 부르는데, 이들끼리 알력 즉 다툼이 심심찮게 있었다고 한다. 이러한 알력은 그들이 각자 모시는 신들끼리 알력으로 이어지기도 한다고 한다. 이러한 점은, 조경자가 주경자를 대신해 경을 읽을 때는 주경자가 모시는 신에게 자신이 대신 경을 읽게 되었다는 사실을 신고하여 양해를 구하는 축원을 한 다음에 경을 읽는다는 증언을 통해서도 짐작할 수 있다. 그리고 다른 마을에서 온 복술이 그 마을의 대잡이를 부를 때도 알력이 일어나는 경우가 있다고 한다. 그럴 때 복술이 모시는 신과 대잡이가 모시는 신도 알력이 생긴다고도 한다.

그러므로 축원문에서 신들끼리, 복술들끼리 다툰다는 사실을 축원문 자체의 층위보다는 송경 행위 전체의 층위에서 보면, 그러한 내용의 존재에 대한 이해의 토대가 마련된다. 그렇더라도 그러한 내용이 왜 축원문에 들어갔는지에 대한 해명이 이루어진 것은 아니다. 여전히 병자나 주인의 입장에서 그러한 다툼이 용납되는 것은 아니기 때문이다.

송경에서 복술은 행위의 중심에 선다.[25] 행위에 직접적으로 참여하는 대잡이나 삿대잡이가 있기는 하지만, 이들은 보조자일 뿐이다. 복술은 송경의 전 과정에 참석하지만, 대잡이나 삿대잡이는 귀신잡이를 할 때만 일시적으로 참석한다는 사실을 통해서도 복술이 송경의 행위 중심자임을 알 수 있다.

복술의 이런 성격은 축원문 구성에도 반영된다. 축원문의 줄거리를 보면, 전체적으로 복술이 송경 행위 중 주도적으로 이끌어갈 수 있는 사안들로 구성되어 있다. 대잡이 행위도 송경 과정에서 생략될 수 없는 중요한 과정임에도 어느 축원문에도 그에 대한 언급이 없다는 점도 축원문 구성의 방향을 드러낸다.

위의 인용문에서처럼 신들이 이런 저런 다툼을 하지 말고 순차대로 강림하라고 한 것은 다툼 자체를 드러내는 데 초점을 맞춘 것이 아니라, 순차대로 신들이 강림하라고 하는 데 초점을 둔 표현이라고 할 수 있다. 이렇게도 해석할 수 있고 저렇게도 해석할 수 있는 상황에서 후

---

25) 박관수, <횡성군 지역의 복술 연구>, 《한국민속학》 제35호, 한국민속학회, 2002.

자의 경우처럼 해석이 가능하게 하기 위해서는 송경 행위 중 복술이 주도적으로 이끌어갈 수 있는 사안들로 송경문의 줄거리가 구성되었다는 점을 판단의 준거로 삼을 필요가 있다. 경판에서는 신들끼리, 존신들끼리, 복술들끼리의 다툼이 실제 일어나는데, 이러한 다툼은 복술들은 당연히 인식하고 있고 병자나 주인도 어느 정도 인지할 수 있다. 이런 상황에서 복술들이 주도적으로 '다툼을 하지 않게' 조정하여 차례대로 신들이 경판에 강림하게 하면, 병자나 주인은 그 공을 송경자에게 돌릴 수 있다.

이처럼 송경의 축원문은 축원문 자체의 층위만으로는 온전하게 이해할 수 없고, 송경 전체의 층위에서 이해할 때 효과적으로 접근할 수 있다. 복술들이 처한 상황, 관습적 사고 등을 이해하면, 축원 자체와는 무관한 여러 구체적인 사안들이 왜 축원문에 담겨 있는지를 알 수 있고, 나아가 축원문 전체에 대한 이해의 폭을 넓힐 수 있다.

⑧에서 ⑪까지의 원문을 보면, 다음과 같다.

5) 원자請문 願자 卜문 하와도 미릉사지 하옵길닉
　　올나가는 틱세관과 네러온난 문 卜者을 請위청닉 안치우고
　　거북산통 양억기 놉히들어
　　삼견四卦 八八六十四卦을 부처놋코 卦상문을 살펴보니
　　하존신는 침별되고 하신는 발복되고 하귀는 침칙이라
　　상문살리 난동하고 조긕살리 발동이요
　　황천문이 반기라 하옵기로
　　人間手로 막야닐길 바이웁서
　　송경문이 벽사라 송경문 길통이라 하옵기로

　　차가중에 모씨 건명딕主신이 쳔동거름 지동거름차
　　모씨弟子 강싱을 　닉하야 송경당을 빅설하옵자고
　　절당갓흔 이방안을 분통갓치 쇄소하고 금수병풍 둘너치고

여러명신 여러존신임을 보위안증 씨기옵고

정성분비 가추올　에

공미상을 도도놋코 명미상을 도도놋고

명사상을 도다놋코 명포일필 거러놋코 명전상을 도다놋코

일月갓치 발근초불 명낭하게 도다놋코

분향지비 갓춰놋코 무수재비을 드리온니

위 인용문의 전반부는 이 마을 저 마을에 돌아다니며 점 치는 사람을 불러 점을 쳤더니 귀신의 침책으로 병이 들었으니 송경을 해야 된다는 내용으로 구성되어 있다.

이러한 내용은 송경 현장을 고려하면, 사실에 부합하기도 하고 부합하지도 않는다. 과거에는 이 마을 저 마을 돌아다니면서 점 쳐 주고 복비로 생활을 영위하는 문복자가 있었다. '문복자'는 이름 그대로 점을 보는 사람이다. 이러한 문복자가 존재했다는 사실을 고려하면, 위의 내용은 사실이다. 그러나 실제는 대체로 복술들이 점을 쳐 병의 원인을 진단한 다음 병자집을 찾아가 송경을 하였는데[26], 이러한 점을 고려하면, 위의 내용은 일부 사실에만 부합한다. 그리고 문복자와 송경자가 동일하다는 점을 고려한 축원문을 통해서도 그러한 사실을 확인할 수 있다. 이상춘 복술은 "차가중에 모생모씨가 모면 모리 모씨 제가강생을 불원천리하고 찾어가서 삼전사과를 붙여놓고 괘상문을 열어놓고 육효를달아 길흉화복을 판단하온즉"[27]라고도 축원문을 구술하기도 한다. 이는, 송경자가 문복자 역할까지 겸하면서 송경 행위가 이루어진다는 사실을 반영한 축원문 구절이다.

이처럼 이상춘 복술은 현장 상황을 반영하여 축원문을 구송하기도

---

26) 강원도 송경 현장에는 일반적으로 복술을 '복재'이라고 하고 간혹 '문복자'라고도 하는데, 이는 이와 같은 견지에서 이해할 수 있다. 그리고 필자가 수집한 여러 경문집에는 경문만이 있는 것이 아니라 '단시법'등 여러 점치는 방법이 함께 기록되어 있는 사실로 볼 때도 복술은 점도 함께 쳤었음을 알 수 있다.

27) 박관수, ≪강원도 송경 연구≫ 3, 앞의 책, p.36.

하지만, 다른 축원문에서는 "올라가는 태세관과 내래가는 문복자를 찾아가서 길흉화복을 알고자 하실라고 삼전사과를 붙여놓고 육효로 길흉판단을 하온 즉슨은"[28]라고 하면서 필사본 '송경 축원문'의 원래 구절을 그대로 유지하며 구송하기도 한다. 이처럼 자신이 점도 치고 송경도 동시에 하면서도 점 치는 사람과 송경자의 존재를 구별하여 축원문 사설을 구술하는 사례[29]는 여러 지역에서 발견된다.

복술들의 사설 구성 능력은 뛰어나다고 할 수 있다. 문서 구비 능력이 복술의 능력을 판단하는 주요한 기준이 되기 때문에, 대체로 복술들은 많은 문서들을 기억하고 그를 적재적소에 활용하는 능력을 지니고 있다. 이러한 전제 하에서는 복술들이 사설 구성 능력이 부족하거나 기왕의 사설을 그대로 습관적으로 구송하기 때문에 송경 현장과 어긋나는 기왕의 축원문의 사설을 그대로 구송했다고 하기에는 그 설명이 불완전하다.

현장 상황과 부합하지 않는 내용으로 사설이 구성되는 것은 5)의 후반부에서도 확인할 수 있다. 여기에는 경당을 준비하는 과정이 비교적 자세하게 기술되어 있다. 경당 준비를 위해서는 경당을 배설할 방을 청소하고 병풍을 치고 광목을 걸어놓고 곡미상, 명사상, 명전상 등을 구비해야 한다. 그렇지만 실제 송경에서는 병풍이 없으면 병풍을 치지 않아도 되고, 아주 가난하여 쌀이 없으면 곡미상을 안 차려도 된다. 그럼에도 불구하고, 복술들은 어떠한 경판에 가서도 갖은 준비를 다한 상황을 서술하고 있는 축원문을 구송한다.

현장 상황과 다른 내용의 축원문 구성을 이해하기 위해서는 그러한 구성이 송경 현장에서는 통용된다는 자체를 인정하는 입장에서 출발해야 한다. 병풍을 치지 않았는데도 병풍을 쳤다고 구송을 해도 문제가 발생하지 않고 송경은 진행된다. 그렇기 때문에 축원문 구성은 그

---

28) 위의 책, p.34.
29) 박관수, 《강원도 송경 연구》 1, 앞의 책, p.33. 《강원도 송경 연구》 3, 앞의 책, p.185.

내용을 듣는 자보다는 말하는 자의 입장에서 일방적으로 이루어진다는, 복술과 송경 의뢰자 사이에 암묵적 동의가 전제된다.

송경 중 축원에서는 복술과 주변적 인물들이 축원문을 통해 소통한다고 할 수 있다. 그러나 기본적으로 축원은 복술의 일방적인 구송에 의해 이루어진다. 굿의 축원에서와 같이 주변적 인물들과 소통하면서 구송이 이루어지지 않는다. 그리고 축원문은 송경이 시작할 때 한 번만 구송된다고 했다. 또한, 송경은 자신이 배운 문서에 대해 한 자도 틀리지 않고 구송해야 한다고 했다. 이처럼 송경 축원문의 성격에는 일회성, 고정성, 일방성 등이 있다.

앞에서 축원문은 한글투이기 때문에 경문에 비해 주변적 인물들의 이해도가 높다고 했다. 이렇기 때문에 복술들은 최대한 축원문을 통해 주변적 인물들과 송경에 대한 신뢰를 구축해야 할 필요가 있다. 이러한 기회는 일회에 이루어지기 때문에 송경 전반을 축약적으로 제시하여 보여줌으로써 주변적 인물과 신뢰 구축을 시도한다고 할 수 있다. 그리고 축원문의 고정성은 각 경판에 대한 특수성이 축원문에 담기는 것을 제한한다. 앞에서 설명한 것처럼, 실제의 구체적 상황은 축원문에 반영되지 않는다. 이런 상황에서 축원이 갖는 일방성은 축원문 구성의 가변성과 구체성을 제한한다.

4. 송경자의 능력에 따른 축원문 확장

복술들은 자신을 옆집에서 부르는데, 어떻게 돈을 받고 송경을 하느냐고도 말한다. 병자의 집안이 가난한 것을 뻔히 아는데, 어떻게 돈을 받느냐고도 한다. 그렇지만 복술들은 전문인이다. 어려운 시절 곡미쌀로 밥을 해 배를 채우고 신장 시루떡을 지게에 지고 가 가족끼리 나누어 먹는 것은 영업의 결과다. 하루밤을 새우든 며칠간 밤낮을 가리지 않든, 수고의 댓가는 치루어지게 마련이다. 무료로 해주는 송경마저도 다음 기회의 바탕이 된다.

복술은 선천적 능력과 후천적 능력을 구비하는데, 선천적 능력은 타고난 청의 구비를 말한다. 청은 복술이 되는 데 일차적 조건이 된다. 복술은 민요의 가창자와는 다르다. 병자나 주인의 귀에 거슬리는 청은 송경의 장애 요인이다. 병자가 밤새도록 귀에 거슬리는 소리를 들을 수는 없는 일이다.

복술의 송경 소리는 북소리를 뚫고 병자의 귀에 정확히 전달되어야 한다고 한다. 그래야 송경의 효과가 난다고 말한다. 그러니 발음을 명확히 하면서도 소리가 힘을 지니고 병자의 귀에까지 전달되어야 한다. 이러한 소리 능력은 선천적으로 지니고 태어남과 동시에 조경을 하면서 가다듬어진다.

후천적 능력은 경문서의 확보 능력을 말한다. 이를 위해 스승을 따라 다니며 배우기도 하고 돈을 주고 필사를 하기도 한다. 좋은 스승이란 신통력이 있기보다는 문서 능력이 풍부한 복술을 의미한다. 자신이 사용하고 있는 문서 중 일부는 그 지역에 사는 다른 복술들에게는 없음을 자랑하기도 한다. 양양군 지역에서는 '천수경'을 외울 수 있으면, '대복술'이라는 칭호를 들었다고 한다.[30] 동일한 문서를 반복하지 않고 구송을 할 수 있는 능력을 겨루는 시합을 하기도 한다고 한다. 문서를 많이 구비했다는 자체가 능력의 기준이 되는 것이다.

문서 능력이 풍부해야 상황상황에 알맞게 문서를 사용할 수 있다. 이런 점에서도 많은 문서를 확보할 필요가 있다. 신장대가 잘 내리지 않을 경우 '자동경'을 읽으면 대가 잘 내린다고 하는 것이 그 예이다. 귀신잡이를 하면서 귀신을 부를 때 한두 개의 귀신만을 불러도 그 귀신이 틀림없다고 신장대가 반응을 보이기도 하지만, 신장대가 반응을 보이지 않으면, 복술은 다양한 귀신의 이름을 부를 수 있어야 한다. 그래야 엉뚱한 귀신도 그 정체가 파악된다. 이처럼 귀신의 이름을 다양

---

30) 위의 책, p.23.

하게 부를 수 있는 능력을 문서를 통해 확보함으로써, 송경의 진행이 원활하게 이루어지게 된다.

　문서 능력 확보가 복술에게 무엇보다 중요한 이유는 송경의 기본적 성격과 관련이 있다. 송경은 굿과는 달리 다양한 옷을 입고 춤도 추지 않고, 구경꾼들과 대화도 나누지도 않고, 반주도 없다. 간간히 울리는 북소리를 반주 삼아 오직 경문서 구송만으로 송경이 진행된다. 그러므로 전문가로서의 능력은 일차적으로 경문서 구송 능력으로 드러낼 수밖에 없다. ⑬ '옥추경', ⑭ '부정경', ⑮ '천수경', ⑲ '태을보신경' 등은 단독 경문이다. 이러한 경문들은 한문투의 경문들로 한글투로 이루어진 축원문과는 문자적으로 볼 때 이질적이다. 이러한 이질적 요소가 축원문에 개입한 것은 복술들의 문서 능력을 과시하고자 하는 욕구의 결과라 할 수 있다. ⑬에 나오는 "범송경者는 결手직계하고 엄正衣冠하야 定心定기하고 고치연음 연후에 낭송신물리 경만교담컨딘 접어무지 하온니"와 같은 구절은 내용상 ⑪ 이전에 들어갈 만하다. 이는 ⑫에서처럼 신장들의 하강을 축원한 다음에 나올 내용은 아니다. 그리고 ⑭ '부정경'의 경우도 대체로 축원문에 들어가기 전에 경당의 부정을 씻어내기 위해 읽는데, 축원문의 뒷부분에서 '부정경으로 강림하라'고 하면서 '부정경'을 읽는 것은 상식적인 사설 구성이 아니다.

　다시 말하자면, 복술들의 사설 구비 능력은 복술들의 송경 능력을 보장한다. 나아가 복술들의 치병 능력과도 연결된다. 송경은 복술들의 인간적 능력보다는 문서에서 나오는 힘을 이용하여 이루어지기 때문이다. '신장 축원'이 그럴 듯해야 신장이 그 문서에 반응을 하여 경판에 하강한다. 대잡이가 귀신을 잡으러 나갈 때는 '행마경'을 읽어주어야 하고, 귀신을 잡아가두는 상황에서는 '철망경'을 읽어야 한다. 이처럼 적재적소에 해당하는 경문을 읽을 때, 송경 행위가 원활하게 이루어지고 치병이 된다고 생각한다. 이렇기 때문에 다양한 경문의 확보는 치병 능력과 연결된다.

다양한 경문의 구송은 암기 능력이 전제된다. 복술들은 이런 암기 능력을 바탕으로 여러 문서를 조합하여 축원문을 창출한다. 이는, 이상춘 복술이 필자에게 구술한 축원문에서 확인할 수 있다.

> 6) 복이축왈 남산부주 해동조선국
>
> 모도 모군 모면 모리에 사는 모씨 모생이
>
> 모년 모일부턴 우연히 득병하여
>
> 방자 고통고로 내외신 복통이라
>
> 시난절을 놓아삽고 고난절을 놓사오니
>
> 바람같이 약한몸에 태산같은 병이걸려
>
> 천동같은 저방안에 지동같이 닙혀놓고
>
> 밤이면은 구시오 낮이면은 열두시라
>
> 시시때때로 변화변복이 많이 되어
>
> 구들뻬로다 지남석을 쌓겨서 누었사오니
>
> 일시가 멸망하고 한시가 아득하다 하옵길래서
>
> 여기가서 물어보니 이귀신이 난다하고
>
> 저기가서 물어보니 저귀신이 난다하야
>
> 이귀신 저귀신을 퇴송하야도 별로 효함효책이 없고
>
> 삼신산에 불로초는 늙지말란 약이옵고
>
> 봉래산에 불사약은 죽지말란 약이옵고
>
> 인삼녹용이 좋다고 하야도 백약이 무효고로
>
> 하나님전에 명을빌고 칠성님전에 복을받자 하오니
>
> 구만리 장천이 멀어있어 못비옵고
>
> 부체님에 빌자하니 서천서역국이 멀어있어서 못비옵고
>
> 사해 용왕님전에 빌자하니 약수삼천리 멀어있어 못비온 연고로
>
> 청문에 원자복문 하실적에
>
> 올라가는 태세관과 내래가는 문복자를 찾어가서
>
> 길흉화복을 알고자 하실라고 삼전사과를 붙여놓고
>
> 육효로 길흉판단을 하온 즉즉은

가내명당 병자신에 만병지액을 짊어노는 것이

몸으로 솟은 병인지 자시로 생긴 병인지 귀신의 침책인지

마전에 동토살이 발동되고

삼재팔란 구궁수액이 난동돼서 그렇사웁는지

우연히 득병하여 여러날을 신곤하실적에

사지일신도 불손하고 일심정기 어지럽고

시시때때로 변화변치가 물러들고 나와들어서

밤낮없이 고통할제 낮이면은 조금 멀정하고 밤이면은 숨어들어서

몽중에는 잡귀잡신이 빗겨 보이고

사지두통도 들어치고 태산겉은 지질이고 골수에는   여넬적

침구약이 무효된다 하웁 길래서

근자에 문복하고 원자에 물어본즉은

이귀신 저귀신을 막어낼길이 별로 도리없다고 하웁길래서

송경당을 배설하여 놓고 여러날을 송경하였다가

잡귀잡신을 소멸시기시고 여러 귀신귀명을 제살시겨 달라고

축귀대살을 시기오면은

병자신에 회생회차가 빨리된다 하웁길래서

오늘날로 독경하는 중이오니

여러 신명신장이 이자리에 서서히 하강내림 하시라고

우리제자 강생이 축원으로 소이다[31]

　위의 축원문은 이상춘이 16살 때인 1943년 경부터 2년 동안 스승으로 모신, 황해도 출신의 신태운으로부터 배운 것이라고 한다. 그럼에도 불구하고, 전반부는 1948년 인제 출신의 박동명으로부터 필사했다는 축원문의 초두 일부 구절들을 제외한 것과 거의 똑같다. 그리고 후반부의 일부 구절들은 박동명으로부터 필사한 축원문에는 들어 있지 않지만, 이상춘이 필자에게 구술해 준 또 다른 축원문에 있는 구절들[32]

---

31) 위의 책, pp.32~34.

32) 위의 책, pp.35~36.

과 거의 유사하다.

이와 같은 축원문 구성은 복술들이 여러 축원문을 암기하여 이를 재조합하여 새로운 축원문을 구성한다는 점을 보여준다. 그러니까 복술들은 일정한 문서들을 암기한 다음 이를 상황상황에 맞게 암기한 구절들을 재구성하여 사용한다. 병자축원문 중 일부 구절을 퇴송 축원문에 사용할 수도 있고, 용왕 축원문에도 사용할 수 있는 것이다.

5. 맺음말

복술들은 여러 무속 행위 중에서 '병굿'을 중시한다. 병굿은 보통 축원 → 경읽기 → 귀신잡이 → 송신의 순서로 진행되지만, 병을 일으킨 잡귀들이 쫓겨가 병이 나으면, 귀신잡이를 하지 않아도 된다. 병굿을 하면서 귀신잡이를 할 수 있고, 하지 않을 수도 있지만, 모든 준비는 귀신잡이를 한다는 전제 하에서 이루어진다. 그러니까 축원도 귀신잡이를 한다는 전제 하에서 이루어진다.

경읽기 과정에서 구송하는 문서인 경문은 한문투이지만, 축원에서 구송하는 축원문은 한글투이다. 복술들은 경문을 통해 신들과 소통하지만, 축원문을 통해서는 병자, 주인 등 주변적 인물과 소통한다. 그리고 복술들은 경문에는 신적인 능력이 담겨 있지만, 축원문에는 그렇지 않다고 생각한다. 이러한 사정을 고려하면, 축원문이나 경문이 복술에게는 대등한 의미를 가질지 모르지만, 주변적 인물에게는 대등적일 수 없다.

축원문은 기원하는 글이다. 그러므로 송경 축원문에는 송경 현장에서의 기원과 관련된 내용이 담겨 있어야 하는데, 그러한 기원과 무관한 내용들이 많이 담겨 있다. 즉, 현장적이지 않다는 의미다. 이러한 점은 축원이라는 점에서만 보면, 오류라 할 수 있다. 그러나 송경이 이루어지는 전반적인 상황을 고려할 때는 오류라고 할 수 없다.

축원은 송경을 할 때 맨 처음에 한 번만 구송된다. 그리고 구송은 주변적 인물과 소통하면서 이루어지지 않는다. 또한, 복술들은 스승으로부터 습득한 문서를 한 자도 틀리지 않게 구송하려고 한다. 이러한 상황을 고려하면, 축원문은 일회적이고 고정적이고 일방적인 성격을 갖는다. 이러한 성격 때문에 축원문은 현장적이지 못하다.

복술들은 현장적 상황을 축원문에 담지는 않는다. 그러나 그들은 문서를 소지하고 암기하는 능력을 통해 전문성을 발휘한다. 그들은 여러 축원문들을 암기하여 이를 재조합하는 선에서 상황상황에 맞게 축원문 사설을 구성하고 그들의 능력을 발휘한다.

■ 참고문헌

천장수, 강원도 삼척시 가곡면 풍곡리. 2007. 1. 19, 2008.1.22. 대담.

박경신, ≪동해안 별신굿 무가≫ 1,2,3,4,5, 국학자료원, 1993.

박경신, <동해안 별신굿 축원무가의 작시 원리 - 김동언 구연 '가망거리'를 중심으로>, ≪울산어문논집≫ 제11집, 울산대 국어국문학과, 1996.

박관수, <횡성군 지역의 복술 연구>, ≪한국민속학≫ 제35호, 한국민속학회, 2002. 6.

박관수, ≪강원도 송경 연구 1,2,3, 민속원, 2005~2007.

박관수, <20세기 초 유성기음반에 실린 잡가계 가요의 무속 수용양상>, ≪한국민속학≫ 제44호, 한국민속학회, 2006. 12.

赤松智城・秋葉隆 편, 심우성 역, ≪조선무속의 연구≫ 상, 동문선, 1991.

이규창, <무경고>, ≪전라민속논고≫, 집문당, 1994.

이창식・안상경, ≪충북의 무가, 무경≫, 충북학 연구소, 2002.

최길성, ≪한국무속의 연구≫, 아세아문화사, 1990.

울릉도 마을신앙의 전통과 지역적 특수성 연구

안상경*

1. 머리말

울릉도는 6세기 초엽부터 우산국(于山國)의 지위로서 반도와 조공 관계를 맺어 왔다. 당시 우산국의 지배자는 신라하대나 후삼국기의 성 주와 같은 존재였던 것으로 보인다. 이후 우산국은 11세기에 접어들면 서 동북 여진족의 침략으로 급격히 쇠퇴하였다. 15세기 초엽부터는 공 도정책(空島政策)으로 말미암아 공식적인 차원에서 울릉도의 입도 및 거주가 금지되었다.[1] 이러한 이유로 울릉도의 역사와 문화를 반도와 불연속적인 것으로 이해하는 측면이 있다. 그러나 울릉도는 국가 정책 과 별도로 어떤 이유에서든 사람들의 발길이 끊이지 않았다. 관련한 자료는 공도정책이 발효된 상황에서도 울릉도에 뭇 사람들이 입도하 여 거주하였음을 드러내고 있다. 그들이 촌락을 구성하고 누대에 걸쳐 '울릉도의 삶'을 영위하였다고 확언하기는 어렵지만, 어느 시기든 특 정한 계절을 기해 지속적으로 교체·거주하였음을 간접적으로 확인 할 수 있다.[2]

지금까지 울릉도와 관련한 연구는 '일본의 독도 영유권 주장'에 따른 대

---

* 충북대학교 국어국문학과 강사

1) 송병기, <조선후기의 울릉도 경영>, ≪울릉도와 독도≫, 단국대학교출판부, 1999, p. 19.

2) 박성용·이기태, <독도·울릉도의 자연환경과 도민의 문화>, ≪울릉도·독도의 종 합적 연구≫, 영남대학교 민족문화연구소, 1998, pp. 242~234.

응논리를 개발하기 위한 전략으로서 문헌자료를 통시적으로 추적하는 데 초점을 맞추었다. 일종의 민족주의적 연구라고 할 수 있을 것인데, 이러한 경향은 비단 1952년에 일본이 독도 영유권 문제를 본격적으로 제기한 데 서 비롯된 것이 아니다. 17세기 말엽, 1693년(숙종 19)에 동래(東萊) 노군(櫓軍) 안용복(安龍福)의 도일(渡日 ; 피랍) 사건과 일본[對馬島主]의 죽도(竹島 ; 울릉도) 영유권 주장에 따른 조선의 대응으로부터 비롯된 전통이라고 할 수 있다. 물론 1980년대부터 고고학적 지표조사를 통한 생활사의 복원, 구비전승 및 방언의 특성, 내륙·해양생태계에 대한 분석 등 다양한 시각 에서 울릉도의 총체를 분석하는 연구가 이루어지기도 하였다.[3] 그러나 이 러한 연구들도 종국에는 한민족의 생활·문화권으로서 울릉도를 부각시 키려는 노력의 일환이었다고 할 수 있다.

필자는 기왕의 연구 성향을 수용하는 차원에서, '울릉도의 마을신 앙'을 단일 주제로 삼아 울릉도에 언제부터 마을신앙이 존재하였으며, 오늘날 전승되고 있는 마을신앙은 어떠한 양상이며, 또 그것이 조선 초기 공동정책에 따른 수토정책이나 일본인의 침어(侵漁) 및 일제강점 기라는 질곡의 세월을 거치면서 어떻게 변질되었는지를 밝히려고 한 다. 우선 국가 정책과 관련한 문헌자료는 물론이거니와 아직도 강한 생명력을 발휘하고 있는 구비자료를 통해 울릉도 마을신앙의 흔적을 추적할 것이다. 문헌자료와 구비자료를 동시에 헤아려야만 실체의 형 성과 변화는 물론 그것에 대한 당대인의 믿음까지 가늠할 수 있다는 기본 입장을 전제로 한 것이다. 울릉도 마을신앙의 전승과 관련해서는, 1980년대와 1990년대에 한 차례씩 이루어진 선학들의 현지조사 자료 및 2006년도에 필자가 현지조사 한 자료를 바탕으로 객관적인 차원에 서 그 존재 양상을 정리할 것이다. 그리고 일련의 논의는 울릉도 마을 신앙의 지역적 특수성으로 귀결될 것이다.

---

3) 김윤곤, <우산국·우산도인의 해상활동과 한동해문화권>, ≪울릉도, 독도, 동해안 어민의 생존전략과 적응≫, 민족문화연구총서 제26권, 영남대학교 민족문화연구소, 2003, pp. 9~10.

2. 울릉도 마을신앙의 역사적 근거

울릉도에 언제부터 사람이 살기 시작하였고, 언제부터 내륙 연해민(沿海民)으로 짐작되는 이들이 우산국이라는 작은 나라를 세웠는지 확실하지 않다. 우산국이 신라에 귀복(歸服)한 것은, 잘 알려진 바와 같이, 이사부(異斯夫)가 정벌을 단행한 512년(지증왕 13)이었다. 이때부터 우산국은 신라에 매년 토산물을 바쳤다.[4] 그러나 현실에서는 울릉도의 역사를 공공연히 '개척 100년사'로 공표하고 있다.[5] 이러한 시각은 울릉도의 역사·문화적 진실을 축소 또는 왜곡시킬 수 있는 소지가 있다. 울릉도와 관련한 기록물은 '울릉도가 어느 때든 무주지(無主地)가 아니었다'고 웅변하고 있다.[6] 울릉도는 국가의 정책과 별도로 익명의 한국 농민이나 어민들이 행하였던 농·어업 관행과 생활 경험이 복합·다층적으로 축적된 삶의 공간이었다. 울릉도의 마을신앙과 관련한 문헌자료 및 구비자료를 통해서도 이러한 사실을 증명할 수 있다.

---

4) ≪삼국사기≫, 신라본기, 智證麻立干 13年 6月, 列傳 4, 異斯夫.

5) 울릉군지편찬위원회, ≪울릉군지≫, 울릉군, 1989, p. 40.

6) 서기 244년 위나라의 장수 관구검(毌丘儉 ; ?~255)이 1만의 군사를 이끌고 고구려를 공격했다. 관구검은 고구려 동천왕의 군사 2만과 싸우다가 6천의 군사를 잃는 등 처음에는 힘들게 싸웠다. 그러나 결국 고구려 군사를 섬멸하고 수도 환도성까지 함락하였다. 동천왕은 남옥저까지 쫓겨갔으나, 장수 밀우와 우유 등의 활약으로 위기를 넘겼다. 고구려의 환도성을 함락한 관구검은 현도군의 태수 왕기에게 동천왕을 남옥저까지 추격하도록 했다. 남옥저에 들어간 왕기는 동천왕이 어디로 갔는지 조사하기 시작하였다. 동해바다 근처까지 도착한 왕기는 지방 사람에게 물었다. "바다 동쪽에도 사람이 사느냐?" 그 지방의 한 늙은이가 이렇게 말했다. "언젠가 풍랑을 만나 동쪽 바다 한 가운데 있는 어떤 섬에 도착한 적이 있었습니다. 그 섬에는 사람이 살고 있었지만 말이 통하지 않았습니다. 섬에 사는 사람들은 매년 칠월이 되면 나이 어린 처녀를 골라 바다에 빠뜨리는 풍습이 있었다고 들었습니다." ≪삼국지≫ 위지, 동이전, 옥저 조. 이예균·김성호, ≪일본은 죽어도 모르는 독도 이야기≫, 예나루, 2005, pp. 17~18. 재인용.

1) 문헌자료

공도정책을 본격적으로 펼 때, 즉 1402년(태종 12)의 기록을 통해 당시 울릉도에 140여 명이 거주하였다는 사실을 확인할 수 있다. 그리고 이들 대부분이 울릉도에서 생장하였다는 데에서 전 시기부터 울릉도에 사람들이 거주하였다는 사실을 짐작할 수 있다.[7] 한편 17세기 말에 작성된 삼척(三陟) 영장(營將) 장한상(張漢相)의 보고서를 보건대,[8] 장한상은 첨사(僉使)와 역관(譯官) 등 150여 명을 대동하고 1694년 9월 20일부터 10월 3일까지 울릉도에 보름간 체류하였으나 인적을 발견하지 못했다. 결국 장한상은 실질적인 보고를 하지 못했다.[9] 그렇다고 이때 울릉도에 사람이 살지 않았다고 단정할 수 없다. 울릉도의 선주민은 대개 약초를 캐는 일에 종사하였다. 봄부터 여름까지 약초를 캐다가 가을부터 겨울까지 원주지(原住地)로 돌아갔을 가능성을 제기할 수 있고, 공도정책으로 인해 조정의 관리들을 피했을 가능성을 제기할 수 있다.

개척 이전에 울릉도의 실상을 확인할 수 있는 자료로서 단연 1882년(고종 19)에 작성된 이규원(李奎遠)의 '울릉도검찰일기(鬱陵島檢察日記)'를 꼽을 수 있다. 이 자료는 울릉도 개척령을 반포하기 위한 사전 준비작업으로 울릉도에 대한 인문·지리적 정보를 구하기 위해 고종의 명을 좇아 이규원이 울릉도를 검찰하고 작성한 보고서이다. 말하자면 공도정책을 실시한 이후 울릉도에 대한 공식적이고 본격적인 최초의 '조사보고서'인 셈이다. 이규원의 '울릉도검찰일기'는 검찰 당시 울릉도에 사람들이 거주하고 있는지의 여부를 포함해서 그들이 하는 작업의 내용을 상세히 기록하고 있다. [표 1]은 이규원이 울릉도에 도착하여 도보에 의한 내륙 답사 5박 6일의 일정과 선편에 의한 해상 답사 1박 2일의 일정 속에서 만난 울릉도의 선주민과 그들의 출신지 및 작업

---

7) 김정숙, <울릉도·독도의 역사지리적 인식>, ≪울릉도·독도의 종합적 연구≫, 영남대학교 민족문화연구소, 1998, p. 110.

8) 장한상, '울릉도사적', 1694.

9) 김정숙, 앞의 논문, p. 90.

내용을 정리한 것이다.

[표 1]. 이규원, '울릉도검찰일기'의 검찰 내용[10]

검찰일	대표자 / 관련자	대표자의 출신지	작업 내용	장소 / 현재 지명
4월30일	김재근(金載謹) / 격졸 13명	전라도 흥양 삼도	미역 채취	소황토구미 / 학포
5월 2일	최성서(崔聖瑞) / 격졸 13명	경상도 평해	배 건조	대황토구미 / 태하
	전서일(全瑞日)	경상도 함양	미상	소황토구미 / 학포
	경주 사람 7명	경상도 경주	약초 채취	대황토구미 / 태하
	연일 사람 2명	경상도 연일	연죽 채취	대황토구미 / 태하
5월 3일	이경칠(李敬七) / 격졸 20명	전라도 낙안	배 건조	왜선창포 / 천부
	김근서(金謹瑞) / 격졸 19명	전라도 흥양 초도	배 건조	왜선창포 / 천부
	박기수(朴基秀)	경상도 대구	미상	중봉(中峰) / 미상
	성명 미상 40~50명	미상	약초 채취	중봉(中峰) / 미상
	정이호(鄭二祜)	경기도 파주	약초 채취	중봉(中峰) / 미상
5월 4일	김석규(金錫奎)	경상도 함양	약초 채취	성인봉 10리 / 미상
5월 5일	김내언(金乃彦) / 격졸 12명	전라도 흥양 초도	배 건조	장작지포 / 사동
5월10일	변경화(卞敬花) / 격졸 13명	전라도 흥양 삼도	미역 채취	보방청포구 / 도동
	김내윤(金乃允) / 격졸 20명	전라도 흥양 삼도	배 건조	통구미 / 통구미
	일본인(日本人) 내전상장(內田 尚長) 등 78명	일본 낭카이도(南海道) 및 도카이도(東海道) 등	벌목	도방청포구 / 도동

이규원이 울릉도에서 직접 만나거나 거주 여부를 확인한 사람들은
조선인과 왜인(일본인)이었다. 조선인은 전라도 출신이 103명, 경상도
출신이 26명, 경기도 출신이 1명, 출신지 미상이 약 40~50명으로 총
172~182명을 직접 만나거나 주변 사람들로부터 거주하고 있다는 사
실을 구두로 확인하였다. 왜인은 낭카이도(남해도), 도카이도(동해도)
출신으로 총 78명을 확인하였다. 그러나 이들 대부분은 단기 거주자였

---

10) 이규원, '울릉도검찰일기', 1882. 신용하 편, ≪독도영유권 자료의 탐구≫제2권, 독도
  연구보전협회, 1999, pp. 36~74. 정광중, <이규원의 '울릉도검찰일기'에 나타난 지
  리적 정보>, ≪지리학연구≫제40호, 국토지리학회, 2006, p. 221 재인용.

다. 이러한 사실은 그들이 울릉도에서 행하던 작업이 미역이나 약초 채취 및 배의 건조 등을 목적으로 삼고 있다는 데서 쉽게 이해할 수 있다. 조선인은 미역 채취와 배의 건조를 주목적으로 울릉도를 출입하였다. 왜인들은 검찰 당시의 정황으로 미루어 울릉도에 입도하여 지속적으로 벌목을 행하였다. 왜인들은 울릉도가 마치 자신들의 영토인 양 착각을 하고 벌목을 행하였다.[11]

울릉도에 대한 정보를 확인하고 정리·보고하였다는 사실은 울릉도 전역을 대상으로 이규원의 검찰이 매우 면밀하게 이루어졌다는 것을 의미한다. 그리고 내륙 조사 5박 6일의 일정과 선편에 의한 해상 조사 1박 2일의 일정은 매 이동마다 울릉도의 산신에게 검찰단의 신변 안전을 기원하는 것으로부터 시작하였다. 이와 관련한 자료를 정리하면 다음과 같다.

(가) - 1. 5월 1일. 소황토구미[학포]에 풍랑이 몹시 일어 포구에 매어 놓은 배 3척의 닻줄이 끊어질 지경이라 선원들을 모두 동원하여 …… 다행이 위급한 상황을 면하고 산신당에 기도를 드렸다.

(가) - 2. 5월 2일. 대황토구미[태하]에 도착하였다. 다음 날 산신당에서 일행 전체가 제사를 지낸 후 흑작지[현포]로 출발하였다.

(가) - 3. 5월 4일. 성인봉 기슭에 위치한 산신당에서 기도를 하고 최고봉에 오르니 일컫되 성인봉(聖人峰)이라.

(가) - 4. 5월 5일. 저동의 산신당에서 기도를 하고 대령(大嶺)을 넘어 험준한 계곡을 지나 바닷가에 당도하니 포구 이름이 장작지포[사동]이다.

(가) - 5. 5월 9일. 소황토구미 산신에게 기도를 하고 배를 타고 출발하여 노를 저어 동쪽을 향해 약간 지나 십여 리를 가니 향목구미(香木邱

---

11) 정광중, 위의 논문, pp. 221~222.

尾)라 하나 …… 죽암[대바우]에 도착하였다.

> (가) - 6. 5월 11일. 동풍이 서서히 일고 있는데 사공들이 배에 풍장비(風裝
> 備)를 한다기에 산신에게 기도를 하고 식사를 재촉하여 승선하니
> …… 13일에 무사히 구산포(울진군 기성면)에 도착하였다.

(가)를 통해 학포, 태하, 저동 등지에 산신당이 존재하였음을 알 수 있다. 이규원은 울릉도 선주민의 집단 제의처인 산신당을 검찰 활동에서 닥칠 수 있는 신변의 위협을 제거하는 기원의 대상으로 섬겼다. 이 중에서 (가) - 1의 기록이 시사하는 바가 크다. 울릉도에 정박한 이후에 선박이 풍랑으로 유실될 위기에 처하자, 이규원은 타개책으로 산신에게 기도를 드렸다. 풍랑을 관장하는 신격을 으레 '용신[해신]'으로 인식하였을 터에, 산신에게 풍랑의 진정을 요구하였다는 것은 울릉도 선주민의 신앙으로서 대상 신격이 오직 산신밖에 존재하지 않았다는 것을 의미한다. 입도한 이튿날이자, 본격적인 검찰로서 첫날에 겪은 풍랑 때문인지, 이규원은 검찰 일정에 따른 매 이동마다 산신에게 치제하는 것을 잊지 않는다.

울릉도에 산신의 제의처가 가설되었다는 사실을 통해, 선주민의 정착이 비록 계절에 따른 일시적인 것이었다고 하더라도, 정착하고 있는 동안에 울릉도의 산신을 신봉하였음을 짐작할 수 있다. 그리고 제의처를 '산신당'으로, 신격을 '산신'으로 표현하고 있다는 데에서 선주민의 생업 현장이 '바다'가 아니라 내륙 즉 '산야'였다는 것을 짐작할 수 있다. 거주 공간이 바다에 둘러 싸여 있지만, 생업 활동은 주로 산야에서 이루어졌던 것이다. '울릉도검찰일기'에서도 선주민의 거주 가옥을 결막(結幕)이나 삼막(蔘幕)으로 표현하고 있다. 그들의 주요한 생업 활동은 밭농사 또는 산삼 등의 약초를 채취하는 일이었다.[12] 따라서 선주민

---

12) 울릉도의 여러 가지 토산품 중에서 특히 산삼이 주목된다. 산삼은 산림이 매우 풍부한 곳이 아니면 서식하지 않으며, 더욱이 웬만한 도서지역에는 거의 서식하지 않는

의 울릉도 이주와 함께 전라도나 경상도 등 원주지(原住地)의 산신신
앙이 울릉도로 이주·정착했다고 볼 수 있다.

> (나) 나리동에는 성황화상(城隍畵像)을 모신 정결한 산신당이 세워져 있
> 었다.

한편 (나)를 통해서 나리동에 일종의 무신도(巫神圖)로서 성황의 화
상(畵像)까지 갖춘 산신당이 존재하였음을 확인할 수 있다. 선주민의
산신에 대한 신앙이 일시적인 정착에 따른 일시적인 믿음이 아니라,
경우에 따라 영구적인 정착에 따른 지속적인 믿음이라는 데 큰 의미가
있다. 나리동은 성인봉 아래 50여 정보에 불과한 작은 분지이다. 오늘
날에는 선주민의 흔적만 남아 있지만, 개척 이전에 나리동에는 사족
출신으로서 함양에서 이주한 김석규(金錫奎)와 파주에서 이주한 정이
호(鄭二祜)가 초막을 짓고 생활하였다고 한다. 그들의 영향인지는 확
인할 수 없지만, 개척 초기에 비교적 큰 규모의 서당이 나리동에서 운
영되었다.[13] 여느 지역에 비해 사족 출신이 입성하였다는 사실에서, 비
교적 큰 규모의 서당이 운영되었다는 사실에서, 나리동은 특별한 의미
를 갖는다. 산신에 대한 치제가 엄격한 유교 원리에 입각해서 치러졌
을 것으로 짐작할 수 있기 때문이다.

오늘날 자료의 현실에서는, 지금까지 살펴본 이규원의 '울릉도검찰
일기'가 옛 울릉도의 마을신앙을 증명할 수 있는 최고(最古·最高)의
자료일 수밖에 없다. 이 자료를 통해 조선시대의 공도정책 및 이에 수

것으로 알려져 있다. 울릉도의 산삼은 18세기 중엽부터 잠상들에 의해 비밀리에 채
취된 후 반도에 판매되기도 하였고, 관원들도 탐내어 사람을 보내 비밀리에 캐오도
록 했던 것으로 나타난다. 이러한 사실로 보아, 검찰 당시 이규원이 만난 사람들 중
에서 약초를 캐러 왔다는 사람들의 상당수는 다분히 산삼 캐기를 목적으로 하고 있
었을 것으로 여겨진다. 송병기, <조선후기의 울릉도 경영>, ≪울릉도와 독도≫, 단
국대학교출판부, 1999, pp. 57~58.

13) 울릉군지편찬위원회, ≪울릉군지≫, 울릉군, 1989, p. 125.

반한 수토정책에도 불구하고, 어떠한 이유에서든 울릉도에 사람들이 이주·거주하였으며, 이주·거주와 더불어 원주지의 마을신앙이 이주하여 정착·전승되었음을 짐작할 수 있다.

2) 구비자료

울릉도의 마을신앙은 구비자료를 통해서도 그 역사성을 증명할 수 있다. 울릉도의 민요 '우리고장' - "에헤라 좋구나 좋다 / 지화자 좋구나 좋다 / 명승의 울릉도 자랑이로다 / 삼선암 선녀경 비친 물결은 / 태하 신당 산마루 전설이 애달파라" - 에서도 확인할 수 있는 바,[14] 태하신 당에 좌정한 울릉도의 수호신으로서 '성황할배'와 '성황할매'가 겪은 애달픈 사연을 설명하는 전설이 전승되고 있다. 각편으로서 10여 편이 이미 채록되었다. 또한 울릉도의 주산(主山)인 성인봉(聖人峰) 산신당 의 연원 및 성인봉 산신의 신격을 설명하는 전설이 전승되고 있다.

(가) 조선 태종 때(1417년) 삼척인 김인우는 울릉도 안무사(按撫使)로 명하여져 울릉도 거주민의 쇄환(刷還)을 위하여 병선 두 척을 이끌고 태하동에 도착하여 이 곳을 유숙지로 정하고 도내 전반에 대한 순찰을 마쳤다. 그가 돌아가고자 하는 날 밤에, 해신(海神)이 나타나서 일행 중 남녀 두 명[童男童女]을 이 섬에 남겨두고 가라고 현몽하였다. 안무사 는 이에 관심이 없었다. 그러나 그들 일행은 생각지 못했던 풍파가 돌 발하여 출발을 못했다. …… 수일간 그렇게 기다리던 중 안무사는 문득 전일의 현몽이 생각나 혹시나 하는 생각에 일행 전원을 모아놓고 동남 동녀 두 명에게 일행이 유숙하였던 장소에 필묵(筆墨)을 잊고 왔으니 찾아 올 것을 명하였다. …… 그들이 돌아오기 전에 배를 출발시켰다. …… 한편 안무사는 무사히 본국으로 귀착하여 울릉도 현황을 복명하 였으나 항시 동남동녀에 대한 연민의 정과 죄의식이 마음 한구석에서

---

14) 여영택, ≪울릉도의 전설·민요≫, 정음사, 1978, p. 196. '우리고장', 1971년 선창에 서 홍말분 제보.

떠날 날이 없었다. 그러던 중 수년 후 재차 울릉도 안무의 명을 받고 입도하게 되었다. 안무사는 혹시나 하는 기대에 태하동에 도착하여 수색을 하였으나 전년에 유숙하였던 그 자리에는 두 동남동녀가 꼭 껴안은 형상으로 백골이 되어 있었다. 김인우는 동남동녀의 영혼을 달래기 위해 그 곳에 성황당을 세웠다. 이후 이 곳을 드나들 때 반드시 성황당에 제를 올려 무사 안녕을 기원하였다.

- 울릉문화원, ≪울릉문화≫ 창간호, 1996, pp.120~121.

(가)는 태하신당[성황당]의 유래를 설명하고 있는 전설로서, 논자의 시각에 따라서 신화로도 상정할 수 있겠으나 차치하고, 시간과 인물이 매우 구체적이다. 전설의 시간은 공도정책을 한창 진행하던 조선 초기이며, 전설의 인물은 울릉도 안무사(按撫使)의 임무를 수행하던 김인우(金麟雨)이다. 김인우는 태종~세종대에 울릉도 안무사의 임무를 전담했던 실존인물이다. 그와 관련한 실록의 기사에서 (가)의 배경이 되고 있는 '두 차례의 울릉도 검찰'과 '풍랑' 모티브를 확인할 수 있다.

안무사 김인우는 울릉도에서 풍랑으로 큰 어려움을 겪은 끝에 1417년(태종 17) 2월에 본도로 돌아왔다. 이때 대죽(大竹), 수우피(水牛皮), 생저(生苧), 면자(綿子), 검박목(檢樸木) 등의 토산물과 함께 선주민 수십 명을 수포(搜捕)하여 왔다.[15] 그리고 잔여 선주민을 쇄환하기 위하여 1425년(세종 7) 8월에 다시 울릉도 안무사에 임명·파견되었으며, 두 달 뒤에 사명을 마치고 복명하였다. 이때 남녀 20여 명을 수포하여 왔다.[16] 당시 김인우는 2척의 병선을 이끌고 울릉도로 향했다. 그런데 1척이 풍랑으로 침몰하여 36명이 익사하였다. 1명은 일본 석견주(石見州)에 표류하였다가 동년 12월에 대마도를 거쳐 귀국하였다.[17] 역사적 사실에 문학적 장치가 덧대어져 전설이 생성되듯이, 두 차례에 걸친

---

15) ≪태종실록≫, 太宗 17年 2月 壬戌.

16) ≪세종실록≫, 世宗 7年 10月 乙酉.

17) ≪세종실록≫, 世宗 7年 12月 癸巳.

울릉도의 검찰과 그 과정에서 겪은 풍랑을 모티브로 해서 (가)의 전설이 생성되었음 짐작할 수 있다. 따라서 태하신당의 건립 및 성황제의 시발을 액면 그대로 인정할 수 없을지언정, 어느 정도 신뢰할 수 있는 요소는 담지하고 있다고 할 수 있다.

태하신당의 연원을 밝힐 수 있는 또 다른 단서로서 태하동의 입지 조건을 고려할 수 있다. 이규원이 울릉도를 검찰할 때, 조선인의 수는 대략 140여 명이었다. 조선인 대부분은 포구 가까이 막을 치고 살았다. 포구는 소황토구미, 대황토구미, 외반창, 도방청 등이었다. 지금의 태하동이 바로 '대황토구미'이다. 이른 시기부터 태하동에 울릉도 선주민이 거주하였다는 근거이다. 그것은 태하동이 자연 포구로서 출입이 용이하다는 점, 산야의 분지로서 비옥한 토지가 펼쳐져 있다는 점에 기인한다. 즉 반도의 길목으로서 각종 어류나 해산물을 얻을 수 있는 것은 물론 논·밭농사가 용이한 울릉도 최고의 입지 조건을 갖추고 있는 것이다. 오늘날에도 이러한 여건 속에서 주민들이 반농반어(半農半漁)에 종사하고 있다. 결국 태하신당의 건립과 성황제의 치제가, 그것이 조선 초기이든 간에, 선주민의 울릉도 정착 및 거주와 더불어 시작되었다는 데에 이견이 없을 듯하다.

태하신당은 태하동의 천제당, 법화당, 동제당, 해신당과 더불어 울릉도의 명소로 알려져 있다. 특히 울릉도 사람이라면, 배를 새로 건조했을 때 반드시 태하신당에서 제의를 먼저 올린다. 그리고 전설의 영향인 듯, 태하신당의 신격을 '성황할배'와 '성황할매'로 인식하고 있다. 전설 속의 동남동녀가 풍랑을 관장하는 울릉도의 수호신으로 좌정하여 치제의 대상이 된 것이다.

(나) ① 울릉도 사람들은 옛날부터 성인봉에서 약초를 캤다. ② 한 할머니가 손녀딸과 함께 성인봉에 올라 약초를 캤다. ③ 정신없이 약초를 캐고 있자니 손녀딸이 보이지 않았다. ④ 할머니는 마을로 내려가 동네

청년들에게 손녀딸의 구조를 요청하였다. ⑤ 청년들이 성인봉에 올라 벼랑 아래에서 잠을 자고 있는 손녀딸을 구조하였다. ⑥ 손녀딸이 깨어나 "벼랑으로 떨어져 나뭇가지를 잡고 있었는데, 어떤 할아버지가 나타나 구해주고 자장가도 들려주었다."고 말했다. ⑦ 사람들은 성인봉의 산신이 손녀딸을 구한 것이라고 믿었다. ⑧ 이에 성인봉에 산신당을 건립하였다. ⑨ 이후 약초를 캐러 갈 때는 성인봉의 산신당에 들러 많은 약초의 채집과 신변의 안전을 기원하였다.

- 여영택, ≪울릉도의 전설·민요≫, 정음사, 1978, pp.43~46.

(나)는 성인봉의 산신과 관련한 전설이다. 성인봉은 울릉도의 주산(主山)이다.[18] 전절에서 "5월 4일 성인봉 기슭에 위치한 산신당에서 기도를 드린 후 곧바로 성인봉으로 올랐다."는 '울릉도검찰일기'의 내용을 예시하기도 한 바, 이 자료를 통해 조선시대 성인봉 산신당의 유래 및 성인봉 산신의 신격을 확인할 수 있다. 무엇보다 성인봉의 산신이 약초의 채집은 물론 선주민의 신변을 보호하는 수호신이라는 믿음이 투영되어 있다는 사실에 주목할 필요가 있다. 믿음의 투영이 믿음의 확산으로 이어지고 있기 때문이다. 즉 성인봉 산신에 대한 선주민의 믿음을 전제로 전설이 형성되었고, 전설의 전승으로 인해 성인봉 산신에 대한 믿음이 확산되었다는 논리이다. 그렇다면 성인봉 산신당의 건립과 치제도 믿음의 확산에 기인한 결과로 볼 수 있다. 울릉도 선주민이 주로 성인봉에서 약초를 채집했던 터라, 신라 이래로부터 형성된 산신에 대한 믿음이[19] 전설을 통해 자연스럽게 투영되어 구체적인 신앙으로 확산·발전·전승되었을 것으로 추정하는 것이다.

울릉도에는 지리적 규모나 인구에 비해 상대적으로 많은 전설이 전승되고 있다. 신화적 인물로서 울릉도를 점령했던 장수의 이야기, 기인한 암석이나 고유의 토산물과 관련한 이야기가 전승되고 있다. 그러

---

18) '울릉도아리랑', http://www.ulleung.go.kr/Ullung_Tourism/introduction43.html.

19) ≪삼국사기≫ 권32, 雜誌1, 祭祀.

나 '태하신당의 성황할배 · 할매 전설'이나 '성인봉의 산신 전설'만큼 전승력이 강한 것은 아니다. 두 전설이 아직도 강한 전승력을 발휘하고 있는 것은 근간의 내용이 선주민의 삶을 배경으로 삼고 있기 때문이다. 즉 선주민의 울릉도 입도라든지, 약초 채취와 같은 생업 활동에 바탕을 둔 사건이 전개되고 있다. 전설에 대한 신뢰는 미뤄두고, 일단 이들 자료를 통해 울릉도의 열악한 환경과 비례하여 성황이나 산신에 대한 믿음이 형성 · 강화되었을 것을 추정할 수 있다.

3. 울릉도 마을신앙의 전승 양상

울릉도의 마을신앙은 산신제 계열과 해신제 계열로 대별할 수 있다. 물론 산신제 내지 해신제와 성향을 달리하는 기타 계열의 제의가 전승되고 있지만,[20] 전체적으로 매우 미미한 실정이다. 울릉도의 마을신앙

20) ① 도동 사직제 : 도동 대덕사(大德寺) 입구에 제당이 위치하고 있다. 한일합방 이후에 일제가 전국의 사직단을 철폐할 때 도동의 유지들이 동리신(洞里神)을 사직단에 합사하고 동제(洞祭)인 양 사직제를 거행하였다. 이러한 전통이 1960년대까지 지속되다가 새마을운동과 더불어 단절되었다. 전승 당시에, 제일은 1월 15일로 고정되어 있었다. 제관으로 덕망 있는 인사 가운데 생기복덕을 가려 두 명을 선출하였다. 제물은 개고기를 제외한 일체의 해륙산물을 진설하였다. ② 태하동 성하신당 성황제 : 태하동을 흔히 '황토구미'라고 부른다. 마을의 제당은 천제당, 법화당, 동제당, 태하신당, 해신당 등으로 구분되어 있다. 예전에는 각 제당마다 제관과 제일이 달랐는데, 1960년대 후반 마을 주민들이 번거롭다고 해서 법화당과 동제당을 합했으며, 제일도 삼월 삼짇날로 통합시켰다. 또한 제관도 동일한 제관이 모두 가서 제를 올린다. 동제당에서는 메를 두 그릇 올린다. 그러나 지금에 와서는 제일을 삼월 초하룻날로 다시 변경하였다. 제의의 진행은 천제당 - 동제당 - 성하신당 - 해신당 순이다. 법화당은 산신당이었을 것이라고 추정된다. 성하신당의 경우 동남동녀를 모시고 있는데, 1960년대 현재의 자리로 옮겨오면서 영혼결혼식을 치렀다고 한다. 원래 제당이 위치해 있던 자리는 현재의 자리에서 10여 미터 떨어진 계곡이다. 전설에 의하면 그곳이 동남동녀가 목숨을 잃은 곳이라고 한다. 그러나 수해로 인해 훼손이 되어, 현재의 자리로 옮기게 되었다. 마을 주민들은 예전에 성하신당으로 부르지 않고, '성황당'이라고 불렀으며 모시고 있는 신도 울릉도를 지켜주는 '성황할배 · 할매'라고 불렀다고 한다. 제의에 드는 비용은 갹출을 하며, 제를 지내는 날은 "쇠소리를 내야 좋다."라고 해서 풍물을 친다. 성하신당에는 전국에서 많은 사람들이 찾아오며, 특히

은 대부분 산신제와 해신제가 공존하고 있는 형태이다. 산신제는 마을 전체가 신봉하는 대단위 규모의 제의로서, 해신제는 어업 종사자가 신봉하는 소단위 규모의 제의로서 별개로 전승되고 있다. 그리고 울릉도의 마을신앙은 각 마을의 생업 활동과 직결되어 전승되고 있다. 주로 농업이나 약초 채취 또는 선박 건조에 종사하는 사람들이 많은 마을에서는 산신제의 전승이 활발하며, 어업에 종사하는 사람들이 많은 마을에서는 해신제의 전승이 활발하다. 예컨대 본천부동이나 남서동은 해신제의 흔적을 찾아볼 수 없으며, 도동에서는 산신제의 흔적을 찾아볼 수 없다. 상대적이지만 내륙[반도] 마을신앙의 단절 및 훼손에 비해, 울릉도의 마을신앙은 생업 활동과 직결되어 있는 자연환경에 대한 믿음을 바탕으로 비교적 온전한 형태의 전승이 이루어지고 있다.

1) 산신제 계열

울릉도에 산포하고 있는 자연마을은 나리분지를 제외하고 대부분 성인봉(894미터)을 정점으로 하여 뻗어 내린 500~900미터 안팎의 크고 작은 봉우리의 중간지대나 산록에 위치하면서 바다를 향하고 있다. 즉 마을 뒤쪽에는 산이, 앞쪽에는 바다가 펼쳐져 있는 전형적인 산간·해안마을이라고 할 수 있다. 성인봉을 중심으로 한 전체 공간 속에서 파생한 독립적인 내부 공간과 사방을 둘러 포진하고 있는 동해라는 외부 공간이 어우러져 울릉도의 각 마을을 형성하고 있는 것이다. 이러한 입지 조건에 부합하여, 마을마다 성인봉으로부터 파생한 개개의 진산에 산신이 깃들어 있다고 믿고 있다. 이러한 사실은 '울릉도검찰일기'를 통해 확인하였듯이, 개척 이전부터 전승되었던 전통이라고 할 수 있다. [표 2]는 산신제 계열의 울릉도 마을신앙을 발생 시기 순으로 정리한 것이다.

울릉도 사람 중에서 배를 새로 건조했을 때는 반드시 성하신당에 와서 제를 먼저 올린다고 한다.

[표 2] 산신계 계열의 울릉도 마을신앙

	전승 지역	발생 시기	제당 형태	제의 일시	신위 명칭
1	학포	개척 이전	가설제당 (가설 ; 시기 미상)	1월 15일	城隍神之位 土地神靈之位 癘疫之神位
2	저동 3동	개척 이전	가설제당 (가설 ; 시기 미상)	1월 15일	山神位 洞神位
3	중간모시개	개척 초기	자연암석	3월 3일 · 9월 9일	山靈神位
4	작은모시개	개척 초기	가설제당 (가설 ; 시기 미상)	3월 3일	山神位 洞神位
5	남서동	개척 초기	후박나무 → 가설제당 (가설 ; 1930년대)	1월 15일	洞神之位

	전승 지역	발생 시기	제당 형태	제의 일시	신위 명칭
6	통구미동	개척 초기	후박나무 → 가설제당 (가설 ; 1960년대)	1월 15일	本府山靈之位
7	굴암동	개척 초기	가설제당 (가설 ; 시기 미상)	1월 15일	山王大神之位 龜岩洞社神
8	현포동	개척 초기	가가호호 → 가설제당 (가설 ; 1950년대)	3월 3일	山神主之位 洞社主之位 洞社之神位 山靈之神位
9	사동 2동	1910년대	골짜기 → 가설제당 (가설 ; 1930년대)	3월 3일	山神大王之位 洞神之位
10	사동 3동	1930년대	고목 → 가설제당 (가설 ; 1935년)	3월 3일(~1934년) 1월 15일(1935년~)	山靈位
11	남양동	1930년대	제당 (가설 ; 시기 미상)	1월 15일	山神之位 洞神之位
12	큰모시개	1950년대	자연암석	3. 3일 · 9. 9일 (~1964년) 3. 3일(1965년~)	山王神位

① 학포동 산신제

마을 뒤편 산등성이에 제당이 위치하고 있다. 내부에 "城隍神之位"·"土地神靈之位"·"癘疫之神位"라는 세 기의 위패가 있다. 개척 초기부터 원로들의 발기로 산신제를 치러 오늘에 이르고 있다. 제일은 정월 15일로 고정되어 있다. 제관의 선출, 제물의 진설, 행례의 절차 등은 학포동 해신제와 동일하다. 몇 해 전까지 산신제를 올릴 때 풍물을 동원하였다는 것이 해신제의 제의 형태와 다르다. 제비는 60~70만원이 소요되는데, 집집마다 5~10만원씩 갹출하여 충당한다. 입대한 아들이나 대입 시험을 앞둔 자녀가 있는 집에서는 반드시 제의에 참여한다. 제관 이외에 군수나 면장이 참여하여 헌작하고 배례하기도 한다. 또한 산신을 여신(女神)으로 여겨, 제의 때마다 치마저고리를 새로이 지어 바친다.

② 저동 3동 산신제

마을 뒤편 후박나무 숲속에 제당이 위치하고 있다. 내부에 "山神位"·"洞神位"라는 두 기의 위패가 있다. 제일은 정월 15일로 고정되어 있다. 제관으로 동리 사람 중에서 덕망이 있고 다복한 자를 가려 선출한다. 제물은 일체의 해륙산물을 진설한다.

③ 중간모시개 산신제

동리 뒤편의 산 중턱 절벽 암석을 제당으로 삼고 있다. 제당의 암석 앞에 "山靈神位"라는 위패가 있다. 개척 초기에 10여 호의 발기로 치제되어 오늘에 이르고 있다. 개척 초기부터 지금까지 3월 3일과 9월 9일을 고정으로 두 차례의 제의를 치르고 있다. 제관으로 동리 사람 중에서 덕망이 있고, 한 해 동안 부정이 없는 자를 가려 두 명을 선출한다. 제물은 산나물 위주로 진설한다.

④ 작은모시개 산신제

선치장 뒤 숲속에 제당이 위치하고 있다. 제당 내부에 "山神位"·"洞神位"라는 두 기의 위패가 있다. 개척 초기 이주민의 증가와 함께 중간모시개 산신당의 원신(元神)으로부터 분리하여 작은모시개 단독으로 산신을 섬기게 되었다. 제일은 3월 3일로 고정되어 있다. 제관으로 동리 사람 중에서 덕망이 있고, 한 해 동안 부정이 없는 자를 가려 선출한다. 제물은 일체의 해륙산물을 진설한다.

⑤ 남서동 산신제

마을 한복판에 제당이 위치하고 있다. 내부에 "洞神之位"라는 위패가 있다. 개척 초기에는 마을의 후박나무를 신목으로 섬겼다. 제당의 건립은 1930년대 중반에 이루어졌다. 제일은 정월 15일로 고정되어 있다. 제관은 따로 선출하지 않는다. 제의에 참여하고 싶은 사람이면 누구나 참여할 수 있다. 제의는 이장이 주재한다. 제물은 수퇘지와 수탉 및 일체의 해산물을 진설한다.

⑥ 통구미동 산신제

통구미동에서 남양동으로 넘어가는 길목에 제당이 위치하고 있다. 내부에 "本府山靈之位"라는 위패가 있다. 개척 초기에 마을의 안녕을 기원하기 위해 후박나무를 신목으로 섬겨 산신제를 치르다가, 1960년대에 신당을 새로이 건립하여 오늘에 이르고 있다. 제일은 정월 15일로 고정되어 있다. 제관으로 마을 사람 중에서 한 해 동안 부정이 없는 자를 가려 두 명을 선출한다. 제관은 금기로서 '3일정성'을 드린다. 제물은 일체의 해륙산물을 진설한다.

⑦ 굴암동 산신제

굴암초등학교 뒤편 산중에 제당이 위치하고 있다. 내부에 "山王大神之位"·"龜岩洞社神"이라는 두 기의 위패가 있다. 개척 초기에 여느 마을에 비해 질병으로 인한 사망자가 많이 발생한 데 따라 산신제를 올려 오늘에 이르고 있다. 제일은 정월 15일 자정으로 고정되어 있다. 제관은 동장과 반장 및 유지가 주축이 되어 한 해 동안 부정이 없는 자를 가려 두 명을 선출한다. 그리고 마을 구성원 중 부정한 자들, 예컨대 임산부 등을 제의 보름 전부터 마을에서 추방한다. 제물은 일체의 해륙산물을 진설하는데, 특히 수탉을 가장 정결한 제물로 인식한다. 오늘날에도 병자가 발생하면 먼저 산신에게 치병의 기원을 할 정도로 산신에 대한 믿음이 대단하다.

⑧ 현포동 산신제

현포에서 태하동으로 넘어가는 길목에 제당이 위치하고 있다. 내부에 "山神主之位"·"洞社主之位"·"洞社之神位"·"山靈之神位"라는 네 기의 위패가 있다. 개척 초기에 가가호호에서 산신을 섬기다가 1950년대에 신당을 새로이 건립하여 오늘에 이르고 있다. 제일은 3월 3일로 고정되어 있다. 제관은 마을 원로회에서 한 해 동안 부정이 없는 자를 가려 세 명을 선출한다. 돼지와 닭을 비롯하여 일체의 해륙산물을 진설한다.

⑨ 사동 2동 산신제

장흥초등학교 뒤편 골짜기에 제당이 위치하고 있다. 개척 이후 10여 년이 지나 사동 2동에 이주민이 정착하였다. 정착과 더불어 산신제를 치렀다. 처음에는 골짜기 자체를 제당으로 삼아 치제하였다. 제당의 건립은 1930년대에 접어서 이루어졌다. 이후 1946년에 제당이 홍수로 유실되자, 지금의 자리에 제당을 새로이 건립하여 오늘에 이르고 있다. 내부에 "山神大王之位"·"洞神之位"라는 두 기의 위패가 있다. 제일은 3월 3일로 고정되어 있다. 제관으로 동리 사람 중에서 한 해 동안 부정이 없는 자를 가려 두 명을 선출한다. 제물은 일체의 해륙산물을 진설하는데, 특히 수탉을 선호한다.

⑩ 사동 3동 산신제

마을 뒤편 가파른 언덕 위에 제당이 위치하고 있다. 내부에 "山靈位"라는 위패가 있다. 개척 초기에는 마을 앞에 있는 고목을 신목으로 섬겼다. 제당의 건립은 1935년에 이루어졌다. 제일은 1934년까지 3월 3일을 고정으로 삼다가, 1935년부터 정월 15일을 고정으로 삼고 있다. 제관으로 동회(洞會)에서 한 해 동안 부정이 없는 자를 가려 두 명을 선출한다. 제물은 일체의 해륙산물을 진설하는데, 특히 수탉을 선호한다.

⑪ 남양동 산신제

통구미로 넘어가는 길가에 제당이 위치하고 있다. 내부에 "山神之位"·"洞神之位"라는 두 기의 위패가 있다. 1930년대 남양동 인구의 증가와 더불어 산신제가 치제되었다. 제일은 정월 15일로 고정되어 있다. 제관으로 한 해 동안 부정이 없고, 다복한 자를 가려 선출한다. 제물은 일체의 해륙산물을 진설한다.

⑫ 큰모시개 산신제

동리 뒤편의 자연암석을 제당으로 삼고 있다. 제당의 암석 앞에 "山王神位"라는 위패가 있다. 1950년대 개척 이주민의 증가와 함께 중간모시개 산신당의 원신(元神)으로부터 분리하여 큰모시개 단독으로 산신을 섬기게 되었다. 1964년까지 3월 3일과 9월 9일을 고정으로 두 차

레의 제의를 치렀으나, 1965년부터 3월 3일을 고정으로 한 차례의 제의
를 치르고 있다. 제관으로 동리 원로 중에서 한 해 동안 부정이 없는 자
를 가려 선출한다. 제물은 쇠고기, 닭고기, 개고기를 제외한 일체의 해
륙산물을 진설한다.

2) 해신제 계열

해신제 계열의 제의는 산신제 계열의 제의에 비해 비교적 근래에 들
어 형성·발전했다고 볼 수 있다. 예컨대 이규원이 울릉도를 검찰할
때, 일정의 매 이동마다 검찰단의 신변을 안전하게 보장받기 위해 기
원하던 제의처는 산신당이었다. 의당 항해의 안전을 기원하는 제의처
라면 '용신[해신]'을 섬기는 제당이어야 할 것인데, 그렇지 않았다는
것은 해신제 계열의 제의처가 1882년(고종 19) 당시에 존재하지 않았
다는 것을 짐작케 한다. 해신제 계열의 제의는 대부분 일제강점기 때
일본인에 의해 형성된 것이다. [표 3]은 해신제 계열의 울릉도 마을신
앙을 발생 시기 순으로 정리한 것이다.

[표 3] 해신제 계열의 울릉도 마을신앙

	전승 지역	발생 시기	제당 형태	제의 일시	신위 명칭
8	통구미동	해방 이후 한국인	자연암석	3월 3일	·
9	저동 3동	1950년대 한국인	자연암석	1월 15일	·
10	중간모시개	1960년대 한국인	자연암석	3월 3일	東海海神之位
11	사동 3동	미상	자연암석	1월 15일	·
12	남서동	미상	가설제당 (가설 ; 시기 미상)	3월 3일	城隍大王神位

	전승 지역	발생 시기	제당 형태	제의 일시	신위 명칭
1	큰모시개	1910년대 일본인	가설제당 (1910년대 → 해방이후 철폐 → 1960년대 가설)	3. 3일 · 9. 9일 (~1962년) 3. 3일(1963년~)	東海海神位
2	사동 2동	1910년대 일본인	가설제당 (1910년대 → 해방이후 철폐 → 1955년 가설)	3월 3일	·
3	남양동	1910년대 일본인	가설제당 (1910년대 → 해방이후 철폐 → 1946년 가설)	3월 3일	海大王神位
4	천부동	1910년대 일본인	가설제당 (1910년대 → 해방이후 철폐 → 1946년 가설)	3월 3일	四海龍王神位
5	학포동	1920년대 한국인	가설제당 (가설 ; 시기 미상)	3월 3일	鬱陵島 山神大王神位
6	현포동	1930년대 일본인	가설제당 (가설 ; 시기 미상)	1월 14일	東海保命神位
7	도동	해방 이후 한국인	가설제당 (신사 → 1966년 가설)	3월 3일	東海海神神位

① 큰모시개 해신제

선치장 뒤편 100미터 지점에 제당이 위치하고 있다. 내부에 "東海海神位"라는 위패가 있다. 1910년대 일본인의 주도에 의해 해신당이 처음 건립되어 치제되었다. 해방 이후에 일제의 잔재로 여겨 제당과 제의를 철폐하였다가, 1960년대 어업의 활성화를 기해 제당과 제의를 복원하였다. 1962년까지 3월 3일과 9월 9일을 고정으로 두 차례의 제의를 치렀으나, 1963년부터 3월 3일을 고정으로 한 차례의 제의를 치르고 있다. 제관으로 어민 중에서 덕망이 있고, 한 해 동안 부정이 없는 자를 가려 선출한다. 제물은 쇠고기, 닭고기, 개고기를 제외한 일체의 해륙산물을 진설한다. '날씨가 불순하다가도 제의 일시에 맞추어 날씨가 순조로워진다'며 해신의 영험을 굳게 믿고 있다.

② 사동 2동 해신제

선치장 뒤편 산기슭에 제당이 위치하고 있다. 일제강점기 때 일본인에 의해 신사에서 해신제가 치러졌다. 해방 이후에 신사를 철거하고 해신제를 금하였다. 이후 1955년에 어업의 활성화를 기해 제당을 새로이 건립하고 해신제를 복원하여 오늘에 이르고 있다. 제일은 3월 3일로 고정되어 있다. 제관으로 어업 종사자 중에서 정결한 자를 가려 두 명을 선출한다. 제물은 산나물과 해산물을 위주로 진설한다.

③ 남양동 해신제

서면사무소 뒤편 언덕에 제당이 위치하고 있다. 내부에 "海王大神位"라는 위패가 있다. 일제강점기 때 일본인에 의해 신사에서 해신제가 치러졌다. 해방 이후에 신사를 철거하고, 현 위치에 제당을 새로이 건립하여 오늘에 이르고 있다. 제일은 3월 3일로 고정되어 있다. 제관으로 마을 원로 중에서 한 해 동안 부정이 없고, 다복한 자를 가려 선출한다. 제물은 일체의 해륙산물을 진설한다.

④ 천부동 해신제

현포로 향하는 마을 뒤편에 제당이 위치하고 있다. 내부에 "四海龍王神位"라는 위패가 있다. 일제강점기 때 일본인에 의해 신사에서 해신제가 치러졌다. 해방 이후에 신사를 철거하고, 현 위치에 제당을 새로이 건립하여 오늘에 이르고 있다. 제일은 3월 3일 자시로 고정되어 있다. 제관으로 '깨끗한 사람'과 '음식하는 사람'을 선출한다. 1년 동안의 부정을 가려 선출하며, 제의 1주일 전부터 찬물로 목욕재계하며 금기를 준수한다. 제관으로 선출되었으나 금기를 준수하지 않아, 제관과 제관의 어린아이가 함께 죽었다는 영험담이 전하고 있다. 제물로서 오징어(말린 포), 생선(가지미, 명태 등), 삼색실과, 흰 시루, 검은 수퇘지 머리, 메, 나물 등을 진설한다. 특히 메는 키로 7번을 까불고, 7번을 씻는 등 정성을 다한다. 제비는 집집마다 갹출한 기금으로 충당한다.

⑤ 학포동 해신제

마을의 바닷가 언덕 위에 제당이 위치하고 있다. 내부에 "鬱陵島山神大王之位"라는 위패가 있다. 1920년대 한국의 어업 종사자들이 주축이 되어 해신제를 치러 오늘에 이르고 있다. 흔히 '풍년기원제'라고 일컫는다. 제일은 3월 3일로 고정되어 있다. 행례는 자정을 기점으로 제물을 준비하여 새벽 5시~6시 즈음에 해신당에서 치른다. 제관은 제관과 제주를 각 1명씩 선출한다. 마을 계원 중에서 한 해 동안 부정한 일이 없는 사람, 즉 제보를 그대로 인용해서 "청렴한 사람"을 선출한다. 제관은 제물을 마련하며, 제주는 제의를 주재한다. 다른 계원들은 조역의 역할을 담당한다. 제관은 보통 1주일 정도 금기를 준수한다. 제물로서 돼지고기, 소고기, 오징어 포, 전복, 소라, 문어, 메 등을 진설한다. 행례는 고축과 소지가 중심을 이룬다. 축문은 계원 중에서 비교적 연세가 많은 분이 읽는다. 작업하는 배의 무사와 풍어를 기원하는 내용이다. 소지는 16가구의 개인소지를 모두 올린다.

⑥ 현포동 해신제

마을의 바닷가 언덕 위에 제당이 위치하고 있다. 내부에 "東海保命神位"라는 위패가 있다. 현포는 개척 초기부터 천연어항으로서 어업 종사자들이 많았다. 1930년대부터 어업 종사자들이 부쩍 늘어남에 따라 제당을 신축하고 해신제를 치러 오늘에 이르고 있다. 제일은 정월 14일 자정으로 고정되어 있다. 제관으로 어업 종사자 중에서 한 해 동안 부정이 없는 자를 가려 두 명을 선출한다. 돼지머리를 비롯하여 일체의 해륙산물을 진설한다. 제의 다음 날 어업 종사자들이 한데 모여 음복하며 하루를 즐긴다.

⑦ 도동 해신제

어업협동조합 옆 산기슭에 제당이 위치하고 있다. 내부에 "東海海神神位"라는 위패가 있다. 해방 이후에 일본의 신사를 해신당으로 섬겨 오다가, 1966년에 해신당을 새로이 건립하여 오늘에 이르고 있다. 제일은 3월 3일로 고정되어 있다. 제관으로 초헌관, 아헌관, 종헌관, 축관을 선출한다. 보통 초헌관은 어협조합장이, 아헌관은 군수가 일임한다. 종헌관과 축관은 어협 직원 중에서나, 동리 어민 중에서 한 해 동안 부정이 없는 자를 가려 선출한다. 제물은 산나물, 채소, 과일, 해산물 등을 진설하며, 희생물로서 돼지 온마리를 생으로 진설한다.

⑧ 통구미동 해신제

마을 앞 해변 바위를 제당으로 삼고 있다. 해방 이후에 어업 종사자의 증가와 함께 해신제를 치르기 시작했다. 제일은 3월 3일로 고정되어 있다. 제관으로 어업 종사자 중에서 한 해 동안 부정이 없는 자를 가려 두 명을 선출한다. 제관은 금기로서 '3일정성'을 드린다. 제물은 일체의 해륙산물을 진설한다.

⑨ 저동 3동 해신제

마을의 바닷가 바위를 제당으로 삼고 있다. 1950년대 어업 종사자의 증가와 더불어 어업의 활성화를 기해 해신제를 치르기 시작하였다. 제일은 정월 15일로 고정되어 있다. 제관으로 동리 사람 중에서 덕망이 있고, 다복한 사람을 가려 선출한다. 제물은 일체의 해륙산물을 진설한다.

⑩ 중간모시개 해신제

저동초등학교 뒤편 자연암석을 제당으로 삼고 있다. 제당의 암석 앞
에 "東海海神之位"라는 위패가 있다. 1960년대 어업 종사자의 증가와
더불어 어업의 활성화를 기해 해신제를 치르기 시작하였다. 제일은 3
월 3일로 고정되어 있다. 제관으로 어민 중에서 덕망이 있고, 한 해 동
안 부정이 없는 자를 가려 선출한다. 제물은 일체의 해륙산물을 진설
한다.

⑪ 사동 3동 해신제

마을의 바닷가 바위를 제당으로 삼고 있다. 유래는 미상이다. 제일
은 정월 15일로 고정되어 있다. 제관으로 동회(洞會)에서 한 해 동안 부
정이 없는 자를 가려 선출한다. 제물은 일체의 해륙산물을 진설한다.

⑫ 남서동 해신제

마을 중간 지점에 제당이 위치하고 있다. 제당이 일본 신사와 매우 흡
사한 형태를 취하고 있다. 내부에 "城隍大王神位"라는 위패가 있다. 제
일은 3월 3일로 고정되어 있다. 어촌계원들을 중심으로 전승되고 있다.

4. 울릉도 마을신앙의 지역적 특수성

울릉도의 마을신앙은 애초 산신신앙밖에 존재하지 않았다. 조선 초
기의 안무사 김인우나, 조선 후기의 검찰사 이규원이 오직 산신에게
신변의 안전을 기탁했던 것도 기원의 내용에 따라 신격을 선택할 여지
가 없었던 데 기인했다고 볼 수 있다. 개척령이 반포되기 이전에 거주
했던 선주민의 생업 활동과 그들의 신앙은 뒤이어 입도하는 이주민에
게 삶의 메커니즘으로 작용하였다. 그러나 일본인의 침어(侵漁) 및 일
제강점기라는 역사적 흐름은 울릉도의 마을신앙을 크게 변질시켰다.

근세기로 접어드는 과정에서, 정치적인 의미를 차치하고 볼 때, 울릉도에는 한국인과 일본인이 공존하였다. 한국인은 내륙이나 계곡 같은 대지대를 거점으로 전통의 생활 방식을 유지하였고, 일본인은 해안을 거점으로 새로운 생활 방식을 개척하였다. 자연히 삶의 터전이 분리되었고, 산신제와 해신제가 공존하게 되었다.

이규원의 검찰 보고에 따라 울릉도의 개척이 시작되었다. 특히 1888년(고종 25) 이후부터 울릉도 개척에 심혈을 기울인 결과, 갑오경장을 전후하여서는 제법 많은 이주민들이 입거하게 되었고, 이들에 의해 농지가 상당히 개간되었다. 그리하여 1896년(건양 원) 9월에 울릉도에서 작성한 통계에 의하면 울릉도 내 동리의 수는 11동(저포동·도동·사동·장흥동·남양동·현포동·태하동·신촌동·광암동·천부동·나리동), 호구수는 277호, 인구수는 1,134명(남 662·여 472), 개간 농지는 4,774.9 두락(斗落)에 이르고 있다. 1900년(광무 4)에는 호구수가 400여 호, 인구수가 1,700명, 개간 농지는 7,700 두락으로 증가하였다.[21] 앞서 살펴보았듯이 울릉도 선주민이 거주했던 지역에는, 예컨대 학포·저동·태하·나리동 등지에는 개척 이전부터 산신제가 존재했다.

주목할 것은 개척 이전에 형성되었던 태하동 성황제나, 학포 및 저동 3동 산신제의 대상 신격이 성황(城隍), 토지신령(土地神靈), 여역지신(癘疫之神), 산신(山神), 동신(洞神) 등인 데 반해, 개척 이후에 형성된 산신제의 경우에는 대상 신격이 동신(洞神) 및 마을명과 부합하는 신격이라는 사실이다. 구체적으로 작은모시개, 사동 2동, 남양동에서는 동신(洞神)을, 통구미동에서는 본부산령(本府山靈)을, 굴암동에서는 구암동사신(龜岩洞社神)을, 현포에서는 동사지신(洞社之神)을 섬겼다. 해당 신격의 변화는 개척 이전에 이루어졌던 선주민의 삶이 일시적인 것 내지 안정적이지 못한 것이었다가, 개척 이후에 이루어졌던 이주민의 삶이 영구적인 것 내지 안정적인 것으로 변모되었다는 것을 시사한

---

21) 송병기, <고종조 울릉도 경영>, ≪울릉도와 독도≫, 단국대학교출판부, 1999, p. 88.

다. 즉 고대로부터 섬겨왔던 반도의 수호신으로서 성황이나 산신을 대신해서 '우리 지역'이라는 영구적인 인식을 바탕으로 동신을 섬기게 되었다고 볼 수 있다. 그러나 성황이든, 산신이든, 동신이든, 비록 신격이 달라도 그것은 분명히 한국의 신이며, 한국의 신앙이다.

울릉도의 해신제는 산신제와 성향을 달리한다. 울릉도 선주민의 생업 활동이나, 개척 초기 이주민의 생업 활동은 주로 농업이었다. 농업 위주의 생업 활동은 일제강점기를 거쳐 1960년대까지 지속되었다. 농민이 어민보다 선민(選民)이라는 전통적인 인식에 토대를 둔 생업 활동이었다. "옛날 사람들은 고기 잡는 사람들을 얕잡아봤어요. 우리 조상들이 농민이었으니까, 누가 그렇다고 시킨 건 아니지만, 농민이 어부보다 낫다는 생각을 한 거죠. 고기 잡는 사람들을 보면 뭐 잘 못한 것이 없는 데도 막 소리 질러 내쫓아버리기도 하고 그랬어요."[22]라는 제보와 같이 어업을 천민의 생업 활동으로 여겼다. 이러한 배경에서 마을 집단의 공동제의로서 해신제는 애초부터 울릉도에 존재하지 않았다. 다만 성하신당 성황제에 한해 '성황할배'와 '성황할매'에게 풍랑으로부터 뱃사람의 신변의 안전을 기탁하였을 뿐이다.

그렇다면 울릉도의 해신제는 언제 어떻게 형성·전승되었는가? 1896년(건양 원)에 울릉도 및 압록강·두만강 유역의 삼림벌채권을 러시아의 부호 부린너(Brynner, Y. I)에게 특허하면서 이규원의 검찰로 잠시 주춤했던 일본인의 울릉도 잠입이 재개되었다. 이때 울릉도에 입도한 일본인 수는 200여 명 내외의 선을 유지하였고, 단독으로 촌락을 형성하였으며, 대부분이 벌목에 종사하였다. 1901년(광무 5)에는 울릉도에 상주하는 일본인의 수가 550여 명에 달했다. 이밖에도 매년 채어(採魚)나 벌목 등을 위해 일시적으로 입도하는 수가 300~400명에 달했다. 울릉도 내 일본 선박의 수는 어선이 7척, 잠수부정(潛水夫艇)이 13척이었다.[23] 이른 시기부터 울릉도에 잠입하여 벌목은 물론 주변 해역에서

---

22) 최영수 (남, 1925년 울릉군 출생, 서면 태하 2리 414번지) 제보. 2006년 9월 필자 채록.

침어(侵漁)까지 벌였던 일본 선주민의 생업 활동이, 이후 1902년에 일본 경찰관주재소가 신설되고 또 합방 이후에 일본 신사가 건립되면서,[24] 국가적인 차원에서 공식적으로 인정받게 되었다.

울릉도의 해신제는 이러한 역사적 배경에서 시발되었다. 단적으로 말하자면, 울릉도의 해신제는 일제강점기에 형성된 일본인의 전유물이라고 할 수 있다. [표 3]에서 확인할 수 있듯이, 해방 이전까지 학포동 해신제를 제외한 나머지 일체의 울릉도 해신제가 일본인의 주도에 의해 형성·전승되었다. 이러한 사실은 같은 기간에 한국인에 의해 형성·전승되었던 학포동 해신제가 일본인에 의해 형성·전승되었던 해신제와 신격을 달리하고 있다는 데서도 확인할 수 있다. 학포동 해신제는 '울릉도산신대왕(鬱陵島山神大王)'을 해당 신격으로 섬기고 있다. 한국인은 현실적 요구에 따른 풍어 내지 풍랑으로부터 신변의 안전을 해신이 아닌 산신에게 기탁했던 것이다. 실질적인 기원의 내용과 부합하지 않는 해당 신격의 괴리는 발생 시기를 구체적으로 확인할 길이 묘연하지만, 해당 신격을 '성황대왕(城隍大王)'으로 섬기고 있는 남서동 해신제에서도 찾아볼 수 있다. 일제강점기에 어업을 생업으로 삼더라도, 한국인은 울릉도 선주민이 섬겨왔던 산신이나 성황을 내륙의 수호신은 물론 바다의 수호신으로까지 확대 인식하여 섬겼던 것이다.

울릉도 도처에 산포하고 있는 해신당의 신위에서 '해신(海神)'은 한국의 신이 아니다. 해방 이후에 울릉도에서 삶을 지속했던 한국인 거주민도 이러한 사실을 인식한 듯하다. 예컨대 해방 이후에 한국인에 의해 형성·전승되고 있는 통구미동 해신제와 저동 3동 해신제는 해당 신격의 신위가 따로 설치되어 있지 않다. 일제강점기에 형성·전승된 일본인의 해신제를 수용한 지역의 경우에는 일본식 제당을 철폐하는 차원에서 해신을 계승시켰지만, 해방 이후에 한국인에 의해 새로이

---

23) 송병기, <울릉도 연표>, 위의 책, pp. 239~246.

24) ≪울릉도우편소연혁부≫, 울릉군 우체국소장. 김호동, <개항기 울릉도 개척정책과 이주실태>, ≪대구사학≫제77집, 대구사학회, 2004, p. 92. 재인용.

형성·전승한 독립적인 차원의 해신제는 일본의 신위를 받아들이지 않았다. 일제강점기를 거치면서 일본인에 의해 활성화되었던 어업을 한국인이 이어받았지만, 그래서 풍어 내지 풍랑으로부터 신변의 안전을 기원해야 했지만, 일본인의 신으로서 해신을 조상의 유훈으로 보지 않았던 것이다. 일종의 이념으로서 문화적 자존의 표현으로 볼 수 있다.

5. 맺음말

공도정책으로 점차 잊혀져 갔던 울릉도가 17세기 말엽부터 다시 주목을 받기 시작하였다. 직접적인 계기는 1693년(숙종 19)에 안용복의 도일(渡日 ; 피랍) 사건 및 일본[對馬島主]의 죽도(竹島 ; 울릉도) 영유권 주장에 따른 조선의 대응논리 모색이었다. 근래까지도 일본은 독도 영유권 문제를 제기하고 있다. 영토권 분쟁은 단순히 영토로서 지리적인 문제가 아니다. 지리를 둘러싼 인문으로서 역사·문화적 실상이 더욱 중요하다. 물론 그것에 대한 해명을 통해 분쟁의 실마리도 찾을 수 있다. 이러한 인식에서, 필자는 울릉도 마을신앙을 단일 주제로 삼아, 울릉도 마을신앙의 역사적 근거와 전승, 그리고 지역적 특수성을 밝히고자 했다.

울릉도 마을신앙의 역사적 근거는 관련한 문헌자료와 구비자료에서 찾을 수 있다. 우선 문헌자료로서 이규원의 '울릉도검찰일기'를 통해 고종연간에 학포, 태하, 저동, 나리동 등지에 산신당이 존재하였음을 확인할 수 있다. 그리고 제당의 형태와 위치 및 대상 신격을 통해 울릉도 선주민의 생업 현장이 '바다'가 아니라 내륙으로서 '산야'였다는 것을 짐작할 수 있다. 한편 구비자료로서 '태하신당의 유래'를 통해 태하신당의 건립 시기와 대상 신격 및 믿음의 확산 등을 확인할 수 있으며, '성인봉의 산신'을 통해 성인봉 산신당의 유래 및 대상 신격, 선주민의 생업 활동 등을 확인할 수 있다. 이들 자료를 통해 조선시대의 공도정책 및 이에 수반한 수도정책에도 불구하고, 어떤 이유에서든 울릉도에 사람들이 이주·거주하였으며, 더불어 원주지의 마을신앙으로서 산신신앙 및 성황신앙이 이주하여 정착·전승되었음을 짐작할 수 있다.

울릉도 마을신앙의 전승 양상은 산신제 계열과 해신제 계열로 대별할 수 있다. 산신제는 마을 전체가 신봉하는 대단위 규모의 제의로서, 해신제는 어업 종사자가 신봉하는 소단위 규모의 제의로서 별개로 존재하고 있다. 주로 농업이나 약초 채취 또는 선박 건조에 종사하는 사람들이 많은 마을에서는 산신제의 전승이 활발하며, 어업에 종사하는 사람들이 많은 마을에서는 해신제의 전승이 활발하다. 그런데 현상과 달리, 울릉도에는 조선 후기까지 해신제가 존재하지 않았다. 선주민들은 어업을 생업으로 삼더라도, 풍어 및 풍랑으로부터 신변의 안전을 해신이 아니라 산신이나 성황에게 기탁하였다. 단적으로 말해 해신제 계열은 대부분 일제강점기를 기점으로 일본인에 의해 형성된 일본인의 신앙이다. 근세기로 접어드는 과정에서 일본인의 침어 및 일제강점기라는 질곡의 세월이 울릉도 마을신앙을 크게 변질시켜 놓은 것이다.

울릉도 마을신앙에 대한 통시적·공시적 연구는 울릉도가 한민족의 영토로서 한민족의 생활·문화권이라는 사실을 해명하는 것으로 확대할 수 있다. 울릉도 선주민이 영유하였던 해양·도서신앙의 지속 및 계승 차원에서 울릉도 마을신앙에 대한 조사 및 연구가 더욱 활발하게 이루어져야 할 것으로 믿는다.

■ 참고문헌

≪三國史記≫.

≪高麗史≫.

≪朝鮮王朝實錄≫.

張漢相, '鬱陵島事蹟', 1694.

李奎遠, '鬱陵島檢察日記', 1882.

김윤곤, <우산국·우산도인의 해상활동과 韓동해문화권>, ≪울릉
　　　　도, 독도, 동해안 어민의 생존전략과 적응≫, 민족문화연구
　　　　총서 제26권, 영남대학교 민족문화연구소, 2003.

김정숙, <울릉도·독도의 역사지리적 인식>, ≪울릉도·독도의 종
　　　　합적 연구≫, 영남대학교 민족문화연구소, 1998.

김호동, <개항기 울릉도 개척정책과 이주실태>, ≪대구사학≫제77
　　　　집, 대구사학회, 2004.

김호동, <조선 초기 울릉도·독도에 대한 공도정책 재검토>, ≪민
　　　　족문화논총≫제32집, 영 남대학교 민족문화연구소, 2005.

박성용·이기태, <독도·울릉도의 자연환경과 도민의 문화>, ≪울
　　　　릉도·독도의 종합적 연구≫, 영남대학교 민족문화연구소,
　　　　1998.

서원섭, ≪鬱陵島 民謠와 歌辭≫, 형설출판사, 1982.

송병기, ≪鬱陵島와 獨島≫, 단국대학교출판부, 1999.

송병기, <안용복의 활동과 울릉도 쟁계>, ≪역사학보≫제192집, 역
　　　　사학회, 2006.

신용하 편, ≪독도영유권 자료의 탐구≫제2권, 독도연구보전협회,
　　　　1999.

여영택, ≪울릉도의 傳說·民謠≫, 정음사, 1978.

울릉군지편찬위원회, ≪鬱陵郡誌≫, 울릉군, 1989.

울릉문화원, ≪울릉문화≫창간호, 1996.

이기태, <울릉도 사람들, 지금껏 무엇을 믿고 살았을까>, ≪민속문화의 새 전통을 구상한다≫, 실천민속학회, 1999.

이예균·김성호, ≪일본은 죽어도 모르는 독도 이야기≫, 예나루, 2005.

정광중, <이규원의 '울릉도검찰일기'에 나타난 지리적 정보>, ≪지리학연구≫제40호, 국토지리학회, 2006.

양구 지역 마을신앙의 분포와 전승 양상*

유명희**

1. 전통사회와 마을신앙

인간은 사회적 동물이다. 태어날 때도 혼자이고 죽을 때도 혼자이지만 살아가는 동안은 혼자일 수 없다. 태어나자마자 가족이라는 틀에서 자유로울 수 없고 자라면서 마을이나 국가라는 공동체에서 자유로울 수 없기 때문이다. 가족은 그 자체로 공통체이다. 혈연이라는 강한 유대감으로 얽혀있기 때문이다. 그렇지만 마을은 사정이 다르다. 피로 맺어진 것이 아니기에, 여러 가족이나 씨족이 모여 살기에 공동체를 강화하기 위한 장치가 필요하게 된다.

현대사회에서 마을이라고 불려질 만한 것이 없다. 전통적인 마을은 이제 시군 지역에서도 외곽지역에나 가야 온전한 형태가 남아있을까 싶다. 현대에 다시 새롭게 태어났다면 아파트단지에 '00마을'이니 하는 모습일 뿐이다.

현대사회에서 산업화, 자본화에 따른 급격한 변화는 도시와 농촌을 가리지 않고 진행되어 왔다. 기존의 마을 모습을 거의 파괴하다시피 하면서 새로운 질서를 형성한다. 도시야 말할 것도 없고 농촌에서조차 이제는 꼬불꼬불한 흙길을 찾아보기 힘들게 되었다. 손모를 심으며 논

---

* 이 글은 강원대학교 중앙박물관에서 발간한 ≪박물관지≫ 14호에 실린 글에 미처 싣지 못한 사진만 첨부했음을 밝힌다.
** 한림대 국어국문학과 강사

을 매면서 함께 노동의 기쁨을 나누던 시대에서 트랙터와 제초제를 이용하여 혼자서 농사를 짓는 시대가 되었다. 공동체의식은 약화되고 개인주의와 가족이기주의가 팽배해 진다.

전통사회에서 마을공동체신앙은 마을 공동체의식의 핵심이라 말할 수 있다. 공동체의식은 공동체신앙을 통해, 그 의례를 통해 공고해 진다. 가족이나 성씨에 구애받지 않고 모두 함께 의례를 행함으로써 개인적인 혹은 가족적인 이기주의에서 벗어나 마을 공동의 안녕과 평화를 위하게 된다. 이렇게 함으로써 마을의 평화와 질서가 유지된다.

도시화, 산업화가 진행되면서 마을에 있던 많은 산제당과 서낭당들이 사라졌다. 도시에서는 찾아보기 어려우며 그나마 남아있는 곳은 박제화되어 '죽은 민속'이 되었다. 아무도 제사를 지내지 않는 당집이나 당목만이 덩그렇게 남아있는 경우에 우리는 그것을 살아있는 민속으로 인정할 수 없다. 이럴 경우 살아 숨쉬는 민속이 아니라 남아있는 문화유산이라 봐야 할 것이다.

우리는 현재를 알기 위해, 현재 일어나고 있는 현상이나 상황을 이해하기 위해 과거로 회귀하곤 한다. 산제당이나 서낭당이 거의 사라진 도시에서 그것들을 연구할 수는 없다. 사라지기 전의 상태나 상황을 우리는 짐작해야만 한다. 그러기 위해서는 아직 마을의 안녕과 수호를 위해 마을이 공동으로 제사를 지내고 있는 농촌 사회에 접근해야 한다. 그래야지만 온전히 마을신앙의 변화를 추적할 수 있다.

이 글에서는 마을신앙의 존재 양상과 전승과정의 변화를 통하여 마을공동체의 위상과 변화를 알아보고자 한다. 그러기 위해서 양구군 읍·면 단위의 마을신앙을 대상으로 조사를 실시하여 자료를 얻고 분석하였다[1]

---

1) 연구 자료는 필자가 ≪문화유적분포지도≫- 양구군 편(한림대학교 박물관, 2008.) 발간 작업에 참여하면서 양구군의 물질문화 중 제당을 조사한 자료를 대상으로 삼았다.

2. 마을 신앙 연구 현황과 의의

마을신앙은 마을공동체의 신앙을 말한다. 우리나라의 전통적인 신앙의 하나로 가정신앙과 함께 민간신앙의 한 부분을 이룬다. 마을신앙에 대한 연구는 1990년대 중반에 들어와 활기를 띄기 시작하였다. 주로 성황제와 동제에 관한 연구가 많이 되었는데 성황제와 동제의 기원문제서부터[2] 시작하여 한 지역의 구체적인 사례 연구를 거쳐[3] 근대화와 맞물려 외래 종교와의 관계나 산업화의 과정 속에서 변화하는 동제에 대하여 연구[4]하였다.

마을신앙의 연구가 비교적 활발하게 이루어지는 지역을 살펴보면 먼저 경상도와 전라도 지역의 경우, 비교적 일찍이 연구가 진행되어 서낭과 당산으로 대표되는 이 두 지역의 마을신앙 연구 성과는 상당히 축적되어 있는 상태다. 김기탁은 경북지역을 중심으로 소백산일대의 동신제와 솟대신앙에 대해 연구하였으며, 전라도지역은 주로 도서지역과 연관된 연구가 많은데 이종철, 주강현 등의 연구 성과가 있다. 충청도 지역은 충남지역을 중심으로 이필영의 마을신앙 연구가 돋보인다.

이러한 연구들이 더욱 활발해지는 것은 지방자치제도의 실시에 힘입은 바 크다. 규모가 크든 작든 각 지차체에서는 자기 지역의 전통성을 확보하는 데 발벗고 나섰으며 이때 지역의 공동체문화를 상징하는

---

2) 이기태, ≪읍치성황제 주제집단의 변화와 제의전통의 창출≫, 민속원, 1997.
　최광식, <동제의 기원문제에 대한 일고찰>, ≪역사민속학≫10, 한국역사민속학회, 2000.
3) 나경수, <광주·전남 지역의 당산제 연구(3)>, ≪한국민속학≫34, 한국민속학회, 2001.
　서해숙, <전북 해안지역 동제의 활용방안>, ≪한국민속학≫34, 한국민속학회, 2001.
4) 이복규, <한국개신교의 특이 현상들과 민간신앙과의 상관성>, ≪한국민속학≫, 한국민속학회, 2001.
　강정원, <근대화와 동제의 변화>, ≪한국문화인류학≫35(1), 한국문화인류학회, 2002.
　김영수, <한국 가톨릭에 수용된 민간신앙적 요소>, ≪한국민속학≫35, 한국민속학회, 2002.
　표인주, <양민학살사건에 따른 공동체 문화의 파괴와 민속문화적 대응양상>, ≪한국민속학≫ 35, 한국민속학회, 2002.

마을신앙은 좋은 보기가 되었다.

강원도의 경우, 상대적으로 영동지역이 영서지역보다 연구가 많이 되었다. 장정룡, 황루시 등을 중심으로 동해안 별신굿이나 강릉단오굿 등 마을굿에 대한 연구가 다수 축적되어 있다. 이에 비해 강원 영서지역은 마을신앙에 대한 연구가 거의 없는 편이다. 김의숙의 돌탑과 동제에 대한 연구가 대표적인 연구 성과 중 하나이다. 특히 각 시·군별로 정리된 종합적인 연구성과가 없으며, 일부 있더라도 민속지나 민속보고서들에 단편적으로 개별적인 서낭제나 산신제에 대해 간략히 언급되어 있을 뿐이다.

다만 1990년대에 각 시군과 대학박물관이 함께 '○○군(시)의 역사와 문화유적'이라는 종합적인 지역보고서를 발간한 바 있는데, 이들 보고서의 민속분야에 각 지역의 민간신앙이 일부 보고되어 있다. 따라서 학계에 보고된 강원 영서북부지역 마을신앙은 매우 단편적이며, 치밀한 목적과 계획에 따라 체계적으로 현장조사가 실시된 것을 찾기는 어렵다.

강원 영서북부지역 전체를 포괄하는 마을신앙 관련 최대의 보고서는 '한국의 산간신앙-강원·경기편(1996)'이다.[5] 여기에 수록된 6개 군(평창군, 횡성군, 화천군, 인제군, 명주군, 삼척군) 중에서 영서북부지역은 화천군, 인제군이다. 이 보고서는 무엇보다 지도를 비롯하여 표 등을 삽입하여 성황제나 산신제의 상황을 한눈에 알아볼 수 있도록 설명한 점이 돋보인다. 마을제당의 위치를 표시한 지도와 당의 위치와 형태, 제의절차 및 내용, 상차림과 축문과 소지문의 내용에 이르기까지 자세하게 설명해 놓았다.

김종대는 위 보고서에서 산신제와 성황제의 명칭을 통해 철원, 화천, 양구, 춘천 등이 가평군과 양평군 등에서 부르는 명칭과 유사하다고 하였다. 제사날짜의 경우 정월, 3.3., 8.15., 9.9. 등으로 나누어 실질적인

---

5) 김종대·김지욱·송민선, 《한국의 산간신앙》-강원·경기 편, 민속원, 1996.

조사를 통해 분류하였다. 그리고 이것을 근거로 이 지역들이 북한강을 통해 문화적인 교류가 활발하게 이루어졌다고 보았다. 김종대의 주장은 지역별 비교를 통하여 마을공동체신앙의 친연성을 고찰하고, 이를 토대로 수로를 통한 마을공동체간 연계성을 추구하였다는 점에서 연구의 의미를 높게 평가할 수 있다.

그렇지만 군마다 겨우 1~3개의 마을신앙 사례가 조사된 상황에서, 그리고 다른 연구자들의 일부 보고 사례만을 가지고 김종대의 주장의 타당성을 논하기에는 어려움이 많다. 즉, 현재 보고된 마을의 공동체 신앙들이 각 지역의 대표성을 띠지 못한다는 데 문제가 있다. 필자가 지금까지 확인한 바만 따른다고 해도 화천군에 60여 개, 양구군에 80여 개가 넘는 산제당과 서낭당이 아직 잔존하고 있다. 게다가 그에 대한 체계적인 현지조사가 충분히 이루어지지 못한 상태라 존재만 확인될 뿐 학계에 조사보고 된 사례는 소수에 불과하다.

명칭 문제 역시 영서북부는 산신제, 인제는 성황제로 많이 불려 진다고 하였다. 그렇지만 영서북부 지역인 양구나 화천에서도 서낭당은 존재한다. 산과의 연계성으로 인하여 산제당이 더 많이 분포하고 있는 것은 사실이지만 산제당은 마을 뒷산의 깊은 곳에, 서낭당은 그보다는 마을 안쪽에 나란히 존재하는 경우도 많다. 이러한 면에서 마을신당을 상당과 하당으로 구분한 이필영이 연구는 참고할 만한 가치가 높다.[6]

3. 양구지역 마을신앙의 분포와 특징

양구군의 역사는 한반도의 분단 상황과 깊은 관련이 있다. 1940년 화천댐 건설로 북면 일부가 수몰됨에 따라 1941년 북면을 폐면하여 양구면과 방산면에 각각 분할 편입시켰고 1945년에 38도선이 생김에 따라 남면 일부를 제외하고 전지역이 공산치하에 강점되었으며 6.25사변

---

6) 이필영,《마을신앙으로 보는 우리문화 이야기》, 웅진닷컴, 1994, pp.16~37 참조.

후 수복되어 1954. 3월부터 군정을 펴오다가 동년 11월 17일 민간정부에 이양과 동시 수입면은 완충지대가 되고 해안면은 인제군으로 편입되었다.[7] 근대 이전 시기는 다른 강원도 지역과 비슷한 자연 지리적 환경과 정치 문화적 배경을 가지고 있다고 하겠는데 일제강점기를 거쳐 한국전쟁 이후에 강원도가 분단되면서 정치적인 상황이 급변하였다. 전쟁 당시 집터와 농토를 등지고 피난을 갔던 양구군민들은 수복이 되면서 다시 고향으로 돌아왔다. 고향으로 돌아온 그들은 잿더미가 된 땅을 다시 일구어 농사를 짓고 서낭당과 산제당을 복구하여 마을 제사를 올렸다.[8] 피난 갔을 당시를 제외하고는 마을제사가 끊기지 않았다고 한다.

양구군은 행정구역상 1개의 읍과 4개의 면으로 이루어져 있다. 양구읍은 양구군청이 있는 읍지로 가장 많은 법정리를 가지고 있으며 두 번째로 큰 면은 남면으로 양구읍의 절반 정도의 법정리가 있다. 가장 인구밀도가 낮은 곳은 인제와 강릉을 접하고 있는 해안면이며 방산면과 동면은 그 중간 정도의 리를 가지고 있어 상황이 비슷하다. 수치상의 통계는 아래의 표[9]와 같다. 양구 지역 전체에서 산제당과 서낭당은 82개가 조사되었다.

---

7) 그후 1973년 7월 1일 행정구역 개편으로 해안지역이 다시 양구군 동면으로 편입되면서 해안출장소가 되었고 1979년 5월 1일 양구면의 읍 승격으로 양구읍, 남면, 동면, 방산면의 4개 읍면을 이루었으며 1983년 2월 15일 해안출장소가 해안면으로 승격됨으로서 5개읍면 76개리를 관할하고 있습니다.
양구군 인터넷 홈페이지(http://www.yanggu.gangwon.kr/)
8) 특히 해안면의 경우 38선 이북에 위치하여 수복 이후에 그 전에 지내던 제사를 다시 지냈다고 한다.
9) 통계수치는 양구군 홈페이지(http://www.yanggu.go.kr) 를 참고하였다.

표 1) 양구 지역의 법정리수와 인구

	법정리수	제당수(산제/서낭당)	인구(명)	65세이상인구수
양구읍	32	26(22/4)	12,634	1,432
남면	21	25(14/11)	3,829	669
동면	11	14(11/3)	2,372	359
방산면	6	10(6/4)	1,616	274
해안면	6	7(6/1)	1,440	218
	76	82	21,891	2,952

위 표를 보면 양구읍을 제외하고는 법정리수보다 산제당의 수가 더 많다는 것을 알 수 있다. 인구수나 인구밀도를 볼 때 양구읍이 가장 크지만 산제당과 서낭당은 많지 않았다. 이것은 지방의 작은 군에서도 읍중심으로 도시화와 개발이 진행되면서 전통적인 마을신앙이 설자리를 잃은 것으로 볼 수 있다. 한정된 지역에 갑자기 많은 인구가 몰리게 되면서 원래 있던 제당이나 서낭당에서 미처 갈라져 나오지 못했을 것이다. 같은 맥락에서 당이 설 위치 또한 주거지역의 확장으로 인하여 마땅치 않았을 것이다.

양구읍을 제외한 나머지 면들은 법정리 수보다 제당의 수가 많다. 이 면들 중에서도 어떤 면들은 제당이 없는 경우도 있다. 그렇다면 어떤 리의 경우는 제당을 2개 이상 가지고 있다는 결론이 나온다. 필자가 조사한 바로는 한 개의 리에도 여러반이 존재하며 각 반마다 산제당과 서낭당이 따로 존재하는 경우가 있었다. 행정구역 상의 리는 여러 반으로 이루어져 있으며 반은 보통 자연마을의 경계와 일치한다. 예를 들어 한 개의 리에 5개의 자연 마을이 있다면 3-5개의 자연마을이 있는 경우가 많다. 다음에는 읍·면 단위로 산제당과 서낭당이 어떻게 분포하는지 날짜와 형태별로 분류하여 그 특징과 의미를 찾고자 한다.

1) 제의 날짜에 의한 읍·면 단위의 특징

양구지역에는 대개 봄과 가을에 마을제사를 올렸거나 올리고 있다.

정월에 제를 올리는 경우는 필자가 조사한 바로는 한 지역도 없었으며 3.3.과 9.9.일 지내는 경우가 많았다. 예전에는 이 두 날짜 모두 봄, 가을로 두 번씩 올리던 제를 모두 올렸으나 현재에는 그 중 하루만 제를 지내는 경우가 많다. 제보자들의 얘기를 미루어 볼 때 현재 하루만 지내는 곳도 원래는 두 번 지냈을 가능성이 크다고 본다.

표 2) 제 올리는 날짜의 읍 · 면 별 분류(* 날짜는 모두 음력임)

	양구읍	남면	동면	방산면	해안면	계
두 번 지내는 경우						
3.3./9.9.	6	3	2	2		13
2./8.14			1			1
3./8.13.			1			1
3.3./8.13.(14)			2		2	4
2초./8초.(날받아서)				1		1
소계	6	3	6	3	2	20
한 번만 지내는 경우						
3.3.	7	4		2	1	14
9.9	6	8				14
4.1.					1	1
4.8.	2					2
8.12.	1					1
8.13.	4	8	4	5	2	23
8.14.		2	4			6
3.(날 받아서)					1	1
소계	20	22	8	7	5	62
계	26	25	14	10	7	82

위의 표를 보면 제를 두 번 올리는 경우보다 한 번만 올리는 경우가 3배 정도 많다는 것을 알 수 있다. 또한 제를 두 번 올리는 경우에는 3.3./9.9.이 압도적으로 많음을 알 수 있다. 제를 한 번만 올리는 경우에는 추석을 이틀 앞둔 음력 8.13.이 많았다. 두 번 지내는 것과 한 번만 지

내는 것을 모두 합하면 3.3.과 9.9.이 전체적으로 우위를 차지하는 것으로 보인다. 숫자가 높게 나타난 양구읍과 남면을 비롯하여 나머지 지역들도 대부분 한 번만 올리는 경우가 우위를 차지하는데 비하여 동면의 경우는 상황이 좀 다르다.

동면의 경우 팔랑리를 중심으로 반 단위로 세분하여 산제당을 모시고 있다. 팔랑1리의 경우 5개반으로 구성되어 있는데 1반, 2·3반, 4·5반으로 다시 세분되어 산제당을 따로 모시고 있다. 같은 법정리이지만 세 분반으로 나누어 제를 올리고 있으며 제를 지내는 날짜도 각각 다르다.[10] 동면의 후곡리 1반과 지석2리 1반의 경우도 반단위로 함께 제를 지내는 지역인데 다른 법정리끼리 묶였다는 점이 특이하다. 앞서 말한 자연마을 단위로 제사를 지내는 것이 법정리의 단위를 초월한 사례이다.

팔랑리와 같은 상황은 팔랑리의 특수한 상황이 반영된 것으로 보이는데 동면의 팔랑리에는 양구팔랑민속관이 건립되어 있다.[11] 양구 팔랑 민속관은 전국 민속예술경연대회에서 종합우수상을 수상한 "바랑골농요" 와 "돌산령지게놀이"의 전통민속놀이를 보존, 전승하기 위하여 건립된 민속관으로써 ,영상·음향 등이 설치되어 있어 양구 팔랑지역의 전통 민속놀이를 한 눈에 볼 수 있도록 구성되어 있다. 고순복 회

---

10) 팔랑 1리 1반의 경우는 3.3과 8.13이며, 2·3반의 경우는 2월에는 날을 받아서 지내고 가을에는 8월 14일에 지낸다. 4·5반의 경우에는 3.3과 8.14.이다. 이렇게 같은 리인데도 자연마을 단위로 날짜가 제각각이다. 여기에는 작은 마을이므로 행사가 겹치지 않게 하기 위한 의도도 있다고 본다.

11) 부지 2,075㎡(627평), 연면적 233.26㎡(70.56평))의 공간에 건립되어 있다. 돌산령지게놀이는 강원도 무형문화재 제7호로 92년도 도대회 최우수상, 95년도 도대회 종합우수상, 96년 전국대회에서 국무총리상을 수상하였다. 양구 돌산령 지게놀이는 마을 사람들이 나무를 하러 산을 오르내리며 지게를 이용하여 놀았던 전통민속놀이이다. 양구바랑골농요는 93년도 도대회 종합최우수상, 94년도 전국대회 국무총리상을 수상하였다. 바랑골은 양구군 동면 팔랑리이 옛이름이다. 바랑골 농요는 1년 동안의 농사과정에서 불리어진 소리로 밭갈이소리, 김매기소리, 얼러지타령, 상여소리, 도리깨소리, 고사반소리 등으로 나눌 수 있다.

장을 중심으로 마을사람들의 긍지가 대단한데 이러한 영향이 다른 어느 지역보다 전통문화에 대한 관심으로 이어졌다고 본다.

동면 지역은 제의일시의 독특함에서도 나타나는데 다른 지역에 비하여 제의날짜가 8월 추석에 집중되어 있다. 두 번 지내는 경우 대개 3·3과 9·9에 집중되어 있는데 동면의 경우 8월 추석 근일에 집중되어 있다. 한 번만 지내는 경우에도 동면은 8월에만 집중적으로 나타난다.

김종대는 경기도의 경우 제의일시가 10월에 나타나는 경우가 일반적이라고 하였는데[12] 양구 지역의 제의 일시는 8월과 9월에 집중되어 있다. 두 번 지내는 경우에는 3월 빈도수가 높지만 한 번만 지내는 경우일수록 8월과 9월에 집중되어 있다. 두 번 지내는 경우에는 3·3과 9·9가 압도적인 우위를 보이지만 한 번만 지내는 경우에는 8월 추석 근일인 경우가 우세했다. 이것이 최근의 경향인지는 확신할 수는 없으나 추석의 공휴일 지정과 중구일의 의미 감소와 관련이 있을 것으로 생각한다.

또한 대부분은 고정적으로 날짜를 정해서 제를 올리지만 '양구군 방산면 오미리 3, 4반의 경우는 따로 날을 받아서 지낸다. 정월 그믐과 7월 그믐에 날을 받아 그 다음달 초순이 지나기 전에 제를 올린다고 한다.

---

12) 김종대, ≪한반도 중부지방의 민간신앙≫, 민속원, 2004, p.16. 또한 같은 책 p.17.에서는 제의일시의 지역적 차이는 북부지역에서는 수확의례적인 의미로 제의가 이루어지지만, 남쪽에서는 기풍의례적인 속성을 띤다는 점에서 문화적 변별성을 확인할 수 있다고 하였다. 또한 9월9일 제의일시에 대하여 '중양절과 관련해서 제의일이 결정되었다는 점에서 흥미롭다. 사실 중양절은 중국의 세시풍속적인 속성이 강할 뿐만 아니라, 사대부들을 중심으로 행해지던 가을 나들이라는 의미를 지니고 있기 때문이다. 그러나 3월 3일이나 5월 5일 등과 같이 양수가 중복된 날, 즉 양기가 왕성한 날이면서 손이 없는 좋은 날이라는 점에서 택했을 가능성도 높다고 하겠다.' 같은 쪽 인용.

2) 당의 형태와 위치에 의한 읍·면 단위의 특징

표 3) 양구지역 당의 형태

	양구읍	남면	동면	방산면	해안면	계
슬레이트	10	8	7	2		27
건물	8	3	1	1	3	16
나무	5	4	3	2		14
바위	1	1	2	5	2	11
나무+소지종이		7				7
바위+위패		1				1
돌제단		1				1
시멘트			1			1
길거리	1					1
가건물	1					1
장승					1	1
함석					1	1
계	26	25	14	10	7	82

위의 표에는 산제당과 서낭당을 구분하지 않았다. 산제당이 대부분이며 서낭당의 산제당과 함께 있는 경우가 있을 뿐 서낭당만 따로 조사된 경우는 거의 없었다. 표에서 제시하였듯이 제당의 형태는 슬레이트로 지붕을 올린 경우가 가장 많았다. 슬레이트로 지붕을 올린 경우 높이와 너비가 1m가 안 되는 작은 것부터 1m 이상으로 높은 것으로 구분할 수 있다. 작은 것들은 대개 블록을 2, 3개 올린 벽 위에 슬레이트로 지붕을 덮은 것으로 골짜기 깊은 곳이나 산기슭에 주로 위치한다. 이보다 조금 큰 것은 블록을 시멘트로 발라 벽을 제대로 세우고 나무로 엮은 서까래를 놓고 그 위에 슬레이트를 지붕삼아 올려놓았다. 슬레이트로 지붕을 올린 형태도 넓은 의미로 보면 건물이지만 이 글에서 건물의 기준은 사람이 들어갈만하거나 물건을 넣을 공간이 있는 크기로 삼았다. 또한 건물에는 물건이나 사람이 들어갈만큼 크지만 물건을 넣지 않은 경우, 물건을 넣어 둔 공간을 옆에 따로 마련한 경우 등이 있었다.

슬레이트 다음으로는 건물이 많았는데 특히 양구읍에 전체의 반이 되는 숫자의 건물이 집중적으로 많았다. 읍에 사는 사람들이 경제적, 사회적 형편이 낮기 때문에 반듯한 건물을 지은 것으로 보인다. 나무 자체로 당이 되는 당목, 신목도 많았는데 이런 경우 나무 앞에 평평한 바위 등으로 제단을 만들어 놓았다. 바위의 형태도 고르게 분포를 보이는데 방산면의 경우 방산면 전체의 반수가 바위인 점이 특이하다. 바위는 크고 웅장해서 한눈에 보아도 근처의 바위들과 다르게 보인다. 역시 바위 앞에 평평한 작은 바위가 제단으로 놓여져 있다.

가장 다양한 형태의 제당이 나타난 곳은 남면이다. 남면의 경우 나무에 소지종이를 걸어 놓은 형태가 슬레이트 형태와 비슷하게 나타났다. 그런데 이런 형태는 다른 읍·면에서는 나타나지 않는 형태이므로 주목된다.

제당의 형태는 제당이 놓이는 위치와 깊은 관련이 있다. 강원도는 산악지형이 대부분이며 양구 지역 역시 양구군 전체의 74%가 임야에 속하는 산지 지형이다. 산 속에 위치하므로 나무나 바위와 같은 자연물을 이용하여 제당을 꾸미거나, 슬레이트로 지붕을 올리는 경우에도 소박한 형태를 띠게 된다. 비교적 평야지대를 이루는 양구읍에서 건물의 형태가 많은 것이나 산기슭에 마을이 위치한 동면에 슬레이트가 주를 이루는 것은 이를 입증한다.

산제당의 경우 마을 깊은 산 속에 위치한 경우가 많았다. 인적이 매우 드문 곳으로 마을과 산의 경계지점 즉, 마을 사람들이 일구고 있는 외곽에 있는 밭의 바깥에 위치한다. 이 곳은 일상적인 공간이 아닌 신성한 공간이다. 평상시에는 함부로 가지 않는 곳이며 일년에 한두 번 마을제사를 모실 때만 가는 곳이다. 강원도에서 산이 차지하는 비중은 높다. 산을 빼놓고는 일상생활이 이루어지지 않는다. 산은 밭을 갈고 밭을 매고 나물을 캐고 나무를 하는 공간이다. 논밭의 비율만 따져보아도 밭의 비율이 높으며 그 밭의 대부분은 산비탈을 갈아엎어 만든 것이다. 그 깊은 산 중에 제당을 모셔 놓고[13] 일년에 한두 번씩 마을 사람들은 한마을 사람이라는 공동체 의식을 확인하는 것이다.

김종대는 강원도 지역의 성황제 유형은 제의장소인 당이 마을의 주변에 위치하는 경향이 강한데 비해서 경기도의 산신제 형태는 대개 산에 당이 위치하는 경향이 강하다[14]고 하였으나 양구군의 경우에는 제당이 산골짜기에 놓인 경우가 많았다. 또한 서낭당이라고 이름을 붙였으나 실제 제를 모시는 신격은 산신인 경우도 있다.[15] 그러므로 강원도의 경우도 특히 양구 지역에서는 산제당은 산 깊은 곳에 모시거나 마을의 외곽에 위치한다고 본다. 서낭당의 경우는 밭 한가운데 있기도 하여 눈에 띄는 곳에 있는 경우도 있었다.

4. 양구지역 마을신앙의 전승 양상

의례행위를 셋으로 나누면 첫째는 의례의 준비과정이고, 둘째는 의례과정, 마지막으로 셋째는 의례 후 처리과정으로 나눌 수 있다. 양구 지역 마을신앙의 전승 상황을 위의 세 과정으로 나누어 분석하고 그 변화의 의미를 찾아보기로 한다. 제보자들과의 인터뷰 내용을 대상으로 제당 별로 정리하였다.

1) 의례 준비 과정

준비과정에서는 날짜정하기, 제관뽑기, 제의 시간, 제물차리기, 금

---

13) 마을 어른들의 설명을 자세히 듣더라도 안내자 없이 마을 제당을 찾는다는 것은 매우 어려운 일이다. 필자는 몇 번이나 실패를 거듭한 후 무례를 무릅쓰고 마을 어른들에게 함께 가주십사고 청을 하였다. 어떤 경우에는 직접 제에 참석하시는 분인데도 풀이 우거진 한 여름에는 길을 헤매기도 하였다.

14) 김종대, 위의 책, p.15.

15) 전체 23개의 서낭당 가운데 14개의 서낭당은 산제를 모신 후 서낭에 제사를 지내는 경우이나 나머지 9개의 경우에는 산제 없이 서낭만 모시는 경우이다. 방산면 오미리의 경우 산 속 깊은 곳에 남서낭당, 여서낭당을 곁에 모셔 놓고 고기를 쓰고 쓰지 않는 것으로 차별을 둔다. 이 경우 서낭으로 보기는 어렵다.

기 등에 관한 항목을 조사할 수 있다.

날짜정하기는 제의 일시가 비슷한 구역끼리 설정하여 그 범위의 의미를 살필 수 있으나 앞에서 다루었듯이 양구 지역만으로는 자료가 부족하므로 다른 지역과의 비교연구가 필요하다. 그렇게 할 때 날짜가 비슷한 조사범위에서 지리적, 사회적 환경과 어떤 영향관계를 가지는지 살필 수 있을 것이다.

제관뽑기는 고령화사회로 진입하면서 달라지는 과거와 현재의 변화 양상을 살필 수 있다.[16] 전통사회에서는 제관을 뽑는 것은 생기복덕(生氣福德)을 가려 하였다. 그것은 매우 까다로운 일이어서 적임자가 없는 경우 차선으로 정해지는 인물을 택하기도 하였다. 이러한 상황은 현대에 들어서 불가능해졌다. 제관 선출을 전통적인 방식으로 선출하기 위해서는 우선 생기복덕을 볼 줄 아는 마을 어른이 있어야 한다. 그런데 그러한 길일을 택하거나 날짜를 볼 줄 아는 어른들이 마을에는 거의 없다. 돌아가신 후에 그 내용을 이을 사람이 없기 때문이다. 그러므로 예전에는 마을제사를 모시기 위해서 제관을 3명-7명씩 뽑던 상황에서 제관 1명과 도가 1명 정도로 제관이 줄었다. 여기에 농촌사회의 공동화, 고령화가 제관선정의 어려움을 가중시키고 있다. 생기복덕을 가릴 수 없게 되자 제관을 선출하지 않고 돌아가면서 제를 올리는 마을들이 늘고 있다. 동면 덕곡1리의 경우 노인회장이 맡아서 지내며 남면 청3리의 경우도 어른들이 모두 돌아가셔서 현재는 집집마다 돌아가면서 제를 모신다고 한다. 아예 양구읍 도사리 3반의 경우처럼 제관이 고정되어 있는 경우도 있다. 그렇지만 이러한 경우는 특이한 경우이고 숫자는 줄어들었지만 대개 1-3명의 제관을 가려서 선정하는 것이

---

16) 이경엽, <도서지역 당제의 전승환경과 생태학적 적응>, ≪역사민속학≫10, 한국역사민속학회, 2000, 241쪽. 이원적 구조를 얘기하면서 당산신의 엄숙함을 용왕신의 시끌벅적함을 들었다. 부부제관의 경우 도서지역은 보편적이나 내륙은 드물다고 하였으나 양구 지역에서 부부가 제관과 도가를 함께 맡는 경우가 많지는 않으나 드물게 보고되며 앞으로도 늘어날 것으로 보인다.

보편적이라고 하겠다.

제물은 고기, 술, 떡, 메 등으로 나뉘는데 고기의 종류와 의미(소, 돼지, 닭 등), 술준비의 변화 양상(종류와 담갔는지의 여부), 떡의 종류와 숫자, 메의 숫자와 올려놓는 방법(솥째 올리는가) 등으로 다시 세분할 수 있다.

선행연구를 보면 고기는 마을의 크기나 참여하는 마을 사람의 인원 수에 따라 달라지는 경향을 보인다. 평창의 도암면[17]의 유천3리 3반의 경우 단 세 집이 제를 올리는데 고기를 쓰지 않고 북어만 쓴다고 한다. 그렇지만 현재는 돈이 부족해서가 아니라 사람들의 인식변화로 인하여 고기의 종류가 달라지기도 한다.

제보자들은 대부분 자신들의 마을이 예전에는 소를 잡아서 제사를 올렸으나 요새는 돼지를 잡는다고 한다 . 어디까지 소급하여 시기를 잡아야 할 지 알 수 없으나 대부분의 경우 과거에는 돼지를 제당 앞에서 직접 잡았다고 한다. 마을의 모든 사람들이 정성을 들이고 먹을 것이 귀하던 시절에는 제를 지낸 후에 나눠주는 떡과 고기는 귀한 음식이었을 것이다. 그렇지만 요새는 고기가 귀하지도 않고 떡도 흔하게 되었다. 또한 돼지를 잡기 위해서는 장정 여러 명의 힘이 필요한데 그런 궂은 일을 할 젊은이들도 요새는 찾아보기 힘들다. 그러므로 돼지머리만 쓰는 마을이 전체의 90%를 차지한다. 돼지머리만 쓰거나 돼지의 다른 부위들을 꼬챙이에 끼워서 사용하기도 한다. 소를 잡는 경우는 양구군 전체의 안녕을 비는 해안면의 대암산산신제 경우인데 이 때는 직접 소를 제당 앞에서 잡는다. 소머리를 잘라서 따로 쓰며 소의 내장을 꼬챙이에 끼워서 제단에 올린다.[18]

---

17) 2007년 10월 7일부터 대관령면으로 명칭이 바뀌었다. 최**(조사 당시 74세), 2006년 1월 11일 인터뷰.

18) 해안면에서 지내지만 양구군 전체를 대상으로 하는 제사이므로 참여 인원은 양구문화원장을 중심으로 축협조합장, 의원들, 각 면장들이 참석한다. 5월 중순 경에 지냈던 제사를 현재는 양력 4월 1일에 지내고 있다.

마을제사에 쓰는 떡은 시루떡이며 백설기이다. 떡을 하지 않는 경우도 가끔 있으나 대개는 떡을 올린다. 메의 경우 남비째 올리는 경우가 많았으며 올리지 않는 경우도 제의 규모가 작은 경우에 있었다. 제의 시간은 현대인의 편의에 맞도록 많이 늦춰졌다. 밤에 올라가서 돼지를 잡고 아침을 먹던 시절에서 아침에 올라가서 제를 올리고 내려오는 경우가 많았다.

제당이 신성한 공간임을 알리는 금줄은 요사이 잘 치지 않는다. 금줄을 치는 경우는 반도 되지 않았다. 황토를 펴는 경우는 없었으며 송침을 하는 경우도 거의 없었다. 제보자에 따르면 황토를 펴지 않은 지는 매우 오래되었으며 금줄은 요새 없어졌다고 한다. 금줄을 치는 경우도 일주일전에 치는 경우가 대부분이었으며 당일 치는 경우도 많았다.

2) 의례 과정

여기에서는 제의순서, 소지의 순서, 축문을 읽는가 그렇지 않은가 등을 살필 것이다. 마을신앙의 제의 방식은 유교식 제의와 무교식 제의로 나누지만 이 둘의 혼합방식도 있다. 양구 지역의 제의방식은 거의가 유교식이다. 이것은 비용문제와도 관련이 있는데 무당을 불러서 굿을 하게 되면 비용이 높아진다.

제의순서는 유교식 제사와 거의 같다. 분향과 재배를 하고 축을 읽는다. 분향과 재배는 빠짐없이 하지만 축의 경우는 마을마다 사정이 다르다. 축을 쓰고 읽을 줄 아는 마을 어른들이 돌아가시면서 이것의 뒤를 이을 사람이 없는 경우가 많다. 축을 읽지 않고 소지만 올리는 마을이 늘어난다. 예전에는 축을 읽었는데 지금은 안 읽는다는 제보자들의 증언에서 알 수 있다. 소지의 경우도 간소화되어 집집마다 가가호호 소지를 올려주는 것이 예전의 방식이라면 현재는 마을의 이장만 올리거나 마을전체 주민들의 대동소지 한 장만 올리는 경우가 많아졌다. 예전에는 집집마다 있던 소의 소지도 올려주는 경우가 있던 것과는 대조적이다.

3) 의례 후 과정

공동체의식을 연구하기 위해서는 어떻게 보면 위의 두 항목보다는 이 마지막 항목이 가장 중요할 듯하다. 왜냐하면 의례 후 마을사람들이 모두 모여 공동체의식을 다지는 자리를 갖기 때문이다. 보통 의례를 치루는 곳은 신성한 곳으로 여겨진다. 그러므로 의례를 행하는 장소는 제관들 이외에는 올라가지 않는다. 의례가 끝날 즈음 마을사람들이 올라와서 함께 음복을 하거나 음식을 모두 도가집에 가지고 내려와서 먹는다. 요새는 도가집보다는 마을회관에서 먹거나 아예 도가집이 없이 마을회관에서 공동으로 제물을 마련한다. 그런데 여기서 주목할 점은 음복의 변화 양상이다. 예전에는 여성의 출입을 엄격히 금하는 경우가 대부분이었으나 요새는 여성들의 참여도 배제하지 않는 경우가 늘고 있다.[19] 또 음복을 하는 장소 역시 제의를 지낸 바로 그 곳에서 하는 경우가 많지만 요새는 마을회관 같은 공공의 장소로 이동하여 마을 사람들 모두가 함께 먹는다.[20] 장소의 변화는 마을회의를 가능하게 하였다. 동제와 계를 함께 묶어서 생각할 수 있는 이유가 여기에 있다.

4) 소론

양구 지역 마을신앙의 전승 양상을 정리하면 준비의 간소화, 의례의 간략화이다. 준비의 간소화로는 앞서 말했듯이 제관 선정과 제물 준비

---

19) 이경엽, <도서지역 당제의 전승환경과 생태학적 적응>, ≪역사민속학≫10, 한국역사민속학회, 2000. p.243.에서 여성의 참여와 여성사제권에 대한 가능성을 들었다. 양구군 해안면 현3리의 경우 여성 이장이 선출되기도 하는 등 여성의 사회적 진출의 변화가 눈에 띈다.
20) 음식을 준비하는 경우에도 제관 선정과 마찬가지로 도가를 따로 정하지 않고 부녀회에서 공동으로 준비하는 경우가 늘고 있다. 양구읍 공수리 1반과 2반의 경우가 그렇다.

의 간소화를 꼽을 수 있다. 제관을 선정하는 과정도 생기복덕으로 가리는 일 없이 간소화했지만 제관으로 선정되고 난 후 제관이 부정한 것을 가리는 것도 간소화하였다. 또한 제관이나 도가집에 금줄을 치고, 부부간의 합방을 금지하거나 마을사람들의 통행을 금지한 금기들이 완화되었다.

제물에서 가장 중요한 고기와 술의 경우도 고기를 준비할 때 과거에는 직접 돼지를 잡아 그 자리에서 올렸으나 현재는 돼지머리나 돼지고기만을 사다 쓴다. 고기의 가격이 전체 제비(祭費)의 대부분을 차지하므로 제사의 비용이 줄어든다. 과거에는 고기를 구하기 어려우므로 고기값을 나누어 내는 방식으로 제사 후에는 고기를 나누었다. 제주(祭酒)도 과거에는 제당 앞에 미리 항아리를 묻어서 직접 담그는 방식을 선호했다면 현재는 제주를 사다 쓴다. 근처에 양조장이 있으면 미리 말해서 특주를 받는 정도로 정성은 바뀌었다.

제사를 지내는 방식도 과거에는 분향, 재배, 축문 읽기 등의 유교식 방식에 충실하였다면 현재는 축문 읽기는 노인들이 돌아가심에 따라 점차 사라지는 경향을 보인다. 소지를 올리는 것도 과거에 비해 의례적인 행위로 마을 이름으로 한 장만 올리는 경우가 많다. 예전에는 가가호호 소지를 올리고 소지가 끝까지 타올라가지 않으면 소지를 다시 올리거나 개인적으로 제를 올리는 경우가 있었지만 현재는 거의 없다.

제사를 올리고 난 후 양상도 변화하였는데 식사 장소의 변화가 가장 크다. 과거에는 제사 장소에서 바로 먹고 남은 고기를 가지고 와서 나누어 주었는데 요새는 마을회관에 모두 가지고 와서 함께 나누어 먹는다. 여성은 기본적으로 제를 지내는 곳에 올라가지 못한다. 여성의 제사 참여는 금기 사항이다. 그렇지만 남면의 어느 마을의 경우 과부가 매우 많은데 이 마을은 여성들의 참여를 금하지 않아 흥미롭다. 또한 교인들의 제사 참여 문제가 변화하고 있는데 그것은 마을의 분위기와 관련이 깊을 듯하다. 교회가 차지하는 비중과 교회의 역사, 교회 목사의 전통신앙에 대한 태도 등과 관련이 있겠지만 대부분의 교인은 제에 참여하지 않는다. 그렇지만 몇몇 마을의 경우 종교와 상관없이 참여하거나 참여는 하지 않더라도 비용을 부담하는 경우가 있었다. 적극적이지는 않지만 마을의 분위기에 따라 교인들의 참여는 유동적이나 대부분 참석하지 않는다.

제사에 들어가는 비용은 예전부터 마을 사람들이 갹출하였다. 그렇지만 현재는 마을공동기금 등을 사용하는 마을이 늘고 있다. 비용을 내지 않는 마을의 경우는 마을제사 역시 마을의 대표자들 몇 명이 올라가서 제를 올리고 마을회관에서 함께 식사를 하는 경우로 제를 간소화하며 마을 축제로서의 위치가 약화된다고 본다.

5. 마을신앙 전승의 의의와 방향 모색

강원도는 산이 많은 지역이다. 해발 100m이하의 저지대가 강원도 전체 면적에 경우 5.6%밖에 안 된다. 그러므로 강원도 사람들은 예로부터 산을 잘 모셨다. 개인적으로 삼을 캐는 심메마니들과 가족의 안녕을 비는 안주인에 이르기까지 산에 정성을 들였다. 마을신앙도 이와 다르지 않아서 마을 뒷산 깊은 곳에 제당을 지어 놓고 산신을 모셨다. 이 산신을 모실 때는 매우 엄격한 규칙이 있어서 제를 올릴 날짜를 잡은 이후에는 온 마을이 근신하다시피 하였다.

마을신앙의 여러 가지 면모를 통하여 마을 사람들의 인간관계 질서, 외부적 문화환경에 대한 마을의 공동 대응 방안과 또한 그 대응으로 인한 마을신앙의 변화 과정을 알 수 있을 것이다. 이것은 새로운 지역 공동체를 창출하기 위해서 꼭 필요한 작업이다.

마을신앙의 파괴 단계를 나누어보면 대략 다음과 같이 3시기로 나눌 수 있다. 한국전쟁 전후, 새마을운동 전후, 2000년도 전후가 그 시기이다. 전국적인 상황과 많이 다르지 않겠지만 강원도의 경우 역시 1970

년대 새마을 운동을 전후로 마을신앙의 유적들이 많이 파괴되었다. 물론 한국전쟁을 겪으면서 마을의 수호신격인 산제당과 서낭당들은 파괴되었다. 그렇지만 그 이후에 마을에서 다시 복원한 경우가 많았다. 새마을운동 때 파괴된 마을의 수호신들 역시 이후에 복원되었지만 이미 시작된 산업화의 물결을 거스르기는 부족했다. 마지막으로 2000년대는 새로운 밀레니엄시기로 시작되던 해부터 시끄러웠다. 아마도 이러한 새시대를 맞이하여 구습은 미신적인 것으로 인식되었을 지도 모른다. 여기에 다른 이유까지 더해졌다고 봐야하는데 바로 농촌사회의 고령화 현상이다. 이 두 가지가 맞물려 그나마 남아있던 마을신앙의 모습들이 더욱 사라지게 되었다.[21]

강원지역에서 민속조사를 다니면 위에 기술한 경우들을 만난다. 흥미로운 점은 제사를 끊었다가 다시 복원한 마을들이다. 그 숫자는 매우 적지만 의미는 있다고 생각한다.[22] 왜 지금 이 시기에 다시 마을신앙인가. 사라지고 있는 마을과 다시 복원되는 마을들의 차이점은 무엇이고 또 무엇이 그렇게 만들었는가. 산제당과 서낭당은 마을 사람들에게 무엇인가.

마을공동체신앙의 지역별 독자성과 친연성을 고찰하여 마을공동체신앙의 원형을 추적함으로써 마을공동체라는 사회집단의 운영 원리를 이해하는 데 기여할 수 있을 것이다. 이러한 점은 주변지역, 특히 인적, 경제적, 문화적 블랙홀이라고 할 수 있는 수도권과의 협력을 추구하면서 동시에 지역의 독자성을 고수해야 하는 지방자치시대를 맞이하여 시사하는 바가 크다고 하겠다.

---

21) 임재해, <농촌 공동체 문화의 활성화 방향 구상과 실천 과제>,《한국민속학》33, 한국민속학회, 2001. 참조.
    임재해는 위 논문 264쪽에서 농촌공동체가 사실은 민족문화 공동체이자 생태공동체임을 주장하며 267쪽에서는 농촌공동체 문화의 방향구상 - 생태문화, 민족문화, 교육문화로 제시하고 있다.
22) 양구군 해안면 오유1,2리의 경우가 그렇다.

또한 강릉의 단오제 사례에서 보이듯이 마을신앙은 그 자체로 공동체의식을 강화시키면서 하나의 문화자원으로서 기능할 수 있는 가능성을 지녔다.[23] 다수의 지역축제가 어느덧 상업주의에 물들어 정작 축제의 주인공이 되어야 할 주민들은 배제되고 축제의 중심에 관광객들만 있을 뿐이다. 결국 축제는 경제적 가치만 추구될 뿐이지 지역과 마을의 공동체의식이라는 측면에서 그 효과는 미지수이다. 따라서 지역과 마을의 공동체의식을 강화하면서 그 자체를 문화자원으로 발전시킬 수 있는 마을 신앙의 원형은 지역축제의 한계를 극복할 수 있는 좋은 방법 중의 하나가 될 수 있을 것이다.

■ 참고문헌

이필영,《마을신앙으로 보는 우리문화 이야기》, 웅진닷컴, 1994.

김종대·김지욱·송민선,《한국의 산간신앙-강원·경기 편》, 민속원, 1996.

김종대,《한국 민간신앙의 실체와 전승》, 민속원, 1999.

《영월지방 민속신앙과 서낭당조사》, 영월문화원, 2002.

김종대,《한반도 중부지방의 민간신앙》, 민속원, 2004.

최준식,《한국의 풍속 민간신앙》, 이화여대출판부, 2005.

이기태,《읍치성황제 주제집단의 변화와 제의전통의 창출》, 민속원, 1997.

최광식, <동제의 기원문제에 대한 일고찰>,《역사민속학》10, 한국역사민속학회, 2000.

이경엽, <도서지역 당제의 전승환경과 생태학적 적응>,《역사민속학》10, 한국역사민속학회, 2000.

---

23) 남근우, <민속의 문화재화와 관광화>,《한국민속학》43, 한국민속학회, 2006.

나경수, <광주·전남 지역의 당산제 연구(3)>,≪한국민속학≫34, 한국민속학회, 2001.

서해숙, <전북 해안지역 동제의 활용방안>,≪한국민속학≫34, 한국민속학회, 2001.

임재해, <농촌 공동체 문화의 활성화 방향 구상과 실천 과제>,≪한국민속학≫33, 한국민속학회, 2001.

이복규, <한국개신교의 특이 현상들과 민간신앙과의 상관성>,≪한국민속학≫, 한국민속학회, 2001.

강정원, <근대화와 동제의 변화>,≪한국문화인류학≫35(1), 한국문화인류학회, 2002.

김영수, <한국 가톨릭에 수용된 민간신앙적 요소>,≪한국민속학≫35, 한국민속학회, 2002.

표인주, <양민학살사건에 따른 공동체 문화의 파괴와 민속문화적 대응양상>,≪한국민속학≫35, 한국민속학회, 2002.

이규대, <朝鮮前期 邑治 城隍祭와 主導勢力>,≪역사민속학≫17, 한국역사민속학회, 2003.

정형호, <20C 용산지역 도시화 과정 속에서 동제당의 전승과 변모 양상>,≪한국민속학≫41, 한국민속학회, 2005.

남근우, <민속의 문화재화와 관광화>,≪한국민속학≫43, 한국민속학회, 2006.

이기태, <동제 유지기반의 변화와 제의의 변화>,≪한국민속학≫43, 한국민속학회, 2006.

횡성지역 동제와 성신앙*

이영식**

1. 머리말

우리가 어떤 지역을 삶의 터로 삼고자 할 때는 그 곳이 자신의 욕구를 충족시켜 줄 수 있는 곳인가를 따져서 정착하는 것이 일반적이다. 이러한 사정은 예전의 농경중심사회뿐만 아니라 산업중심사회인 현대에서도 유효하다. 물론 정착을 위한 조건은 개인과 집단 그리고 시대에 따라 다를 것이다. 하지만 예나 지금이나 인간의 욕구를 모두 충족시켜 줄 수 있는 이상적인 삶의 터란 그리 흔한 것이 아니다. 그러한 까닭에 인간들은 자신들이 안주하는 데 있어 부족한 부분을 보완·개척하고자 적극적인 노력들을 기울였다.[1]

인간의 삶에 있어서 가장 기본적인 욕구는 물질적인 풍요로움이라 할 수 있는데, 전통사회에서는 이것을 성취하기 위하여 보다 많은 노력을 기울였다. 하지만 인간의 의지와 노력만으로 해결할 수 없는 한해, 수해와 같은 자연재해 그리고 갖가지 질병 등은 당시로서는 넘지 못할 산이며 건너지 못할 강인 것이다. 이를 극복하기 위하여 전통사

---

* 이 글은 ≪강원민속학≫제19집(2005.9)에 게재했던 논문이다. 여기에서는 내용을 그대로 두고 관련 사진만을 삽입하여 새롭게 편집하였다.

** 강릉대학교 국어국문학과 강사

1) 마을의 공동우물파기, 그리고 한해나 홍수의 피해를 최소화하기 위한 마을의 저수지 축조 등이 이에 속할 것이다.

회는 갖가지 장치를 만들어 놓았는데, 그 중의 하나가 제의이다. 제의는 그 결과에 대한 믿음에서부터 시작된다.[2] 다시 말해 제의행위는 인간이 그 의식을 성실히 수행함으로써 원하는 바를 얻을 수 있다는 강한 믿음에서 시작된다. 아울러 제의의 규모는 개인의 경제적 능력이나 마을의 크기 등에 따라 다를 수 있지만, 그것을 수행함으로써 바라는 사항들이 이루어진다는 믿음은 동일한 것이다.

횡성의 일부 마을에서는 날을 정해서 마을의 안녕과 그 구성원들의 복을 비는 제의, 즉 동제가 행해지기도 하며, 이와는 별도로 산신이나 서낭신 등에게 가정의 평안을 위하여 개인적으로 제의를 치르기도 한다. 아울러 그리 흔한 것은 아니지만 득남을 위한 성신앙이 이루어지고 있는 바위가 있는가 하면, 그러한 믿음을 인간이 아닌 동물에게도 적용시킨 삼신돌, 즉 소와 관련된 성신앙이 전승되기도 한다.

그런데 이와 관련된 기존의 자료는 제한적이다. 이에 본고에서는 필자가 답사한 세 마을의 서낭제, 그리고 성신앙과 관련된 다섯 곳을 중심으로 전승양상을 살펴보고 소의 성신앙과 관련된 삼신돌에 대해서도 알아보고자 한다.

2. 동제의 조사현황과 실재

1) 동제의 조사현황

횡성지역의 동제와 관련하여 기존에 정리된 보고서는 그리 많지 않다. 먼저 ≪한국의 마을제당≫제2권 강원도편을 들 수 있는데,[3] 여기에는 횡성지역 92곳의 서낭당에 대한 내용이 정리되어 있다. 익히 알고 있듯이 이 보고서는 1967년 각 지역의 초등학교 교사들에 의해서 서면조사로 이루어진 것이다. 그러한 까닭에 조사 내용이 충분하지 못한

---

2) 강등학, <제의가 표상화되는 한 양상 ; 설복형 주사>, ≪고전시가의 이념과 표상≫ 임하 최진원 박사 정년기념논총, 논총간행위원회, 1991, p.157.
3) ≪한국의 마을제당≫제2권 강원도편, 국립민속박물관, 1997, pp.1204~1312 참조.

점과 당시 횡성에 산재해 있던 서낭당이 모두 포함되지 못한 점은 아쉽다. 그러나 이 자료는 새마을 운동이 실시되기 전의 것이기 때문에 현재는 소실되어 없어진 서낭당의 위치 및 실태 등을 파악할 수 있다는 점에서 매우 중요하다. 아울러 현재도 마을에서 진행되는 동제와 비교할 수 있음으로 세월의 흐름에 따른 제의 변화양상도 파악할 수 있다.

<횡성군의 민속문화>에는 갑천면 부동리·중금리 서낭제와 공근면 초원2리 서낭제에 대하여 소개하고 있는데,[4] 특히 여기에는 횡성의 공근면 초원2리 상화터 돌탑에 대한 내용이 정리되어 있다.

≪한국의 산간신앙≫에는 횡성읍 입석리의 당제, 강림면 강림2리의 성황제, 강림면 강림5리의 당고사 등 세 마을의 동제에 대한 사항이 정리되어 있다.[5] 이는 1991년 필자들이 현지를 방문하여 조사한 것으로, 제보자의 인적사항은 물론 동제와 관련된 내용들이 자세히 정리되어 있다.

2) 동제의 실재

횡성의 동제와 관련하여 종합적으로 조사가 이루어지지 않았다. 따라서 현재 횡성의 동제 실태를 모두 파악하기란 쉬운 일이 아니다.[6] 그러나 기존의 조사현황을 통해서 알 수 있듯이 횡성의 동제는 서낭제가

---

4) 김의숙, ≪횡성군의 역사와 문화유적≫, <횡성군의 민속문화>, 강원도·횡성군·강원향토문화연구회, 1995, pp.281~328.

5) 김종대·김지욱·송민선, ≪한국의 산간신앙≫강원·경기편, 민속원, 1996, pp.122~141.

6) 강원도 횡성군 청일면 춘당2리 당고개의 경우 예전에 당을 없앴으나 마을에 안 좋은 일이 자꾸 생겨서 1999년 2월에 서낭당을 새로 지어 당제사를 지내고 있다. 이렇듯 마을에 따라서는 없어진 동제를 다시 부활시키는 경우가 있다. 그러나 ≪한국의 마을제당≫에 수록되어 있는 횡성지역의 서낭당이 현재도 남아 있는 경우는 드물며, 남아 있다고 하더라도 마을에서 당제사를 지내는 곳은 거의 없다. 따라서 서낭당의 존재여부와 동제의 실시여부를 먼저 파악하는 것이 순서라 하겠으며, 이는 앞으로의 과제로 남는다.

그 중심이라 할 수 있다. 이에 본고에서는 몇 마을의 서낭제 사례를 소개하고 그에 대한 의미를 간략히 살펴보겠다.

① 공근면 초원2리 상화터 서낭고사

이 마을은 서원면 유현리와 경계에 있는 마을로, 그 경계는 상화터 고개이다. 원래 마을은 현재 마을 뒤에 있는 산 중턱에 형성되어 있었으나 일제 강점기에 신작로가 현재의 마을 앞으로 생기면서 옮겼다. 마을을 옮기기 전에는 농토가 많지 않았음에도 모두들 잘 살아 집집마다 머슴을 두었으나, 현재의 곳으로 내려오면서부터는 생활이 점점 어려워졌다고 한다. 이 마을에는 서낭당과 탑 2기가 있는데, 당은 '서낭당'이라고 하며, 탑은 각각 '큰탑'과 '작은탑'이라고 부른다. 서낭당과 탑과의 거리는 200m 정도 떨어져 있으며, 큰탑과 작은탑과의 거리는 약 7m이다. 서낭제는 '서낭고사'라 부르는데, 그동안 한 해 걸러 지냈으나 2005년부터는 매년 지내기로 하였다. 예전에는 마을 위에 세 아름이나 되는 큰 소나무가 있었는데, 이를 산제사 지내는 곳이라 하여 '산지당 나무'라 불렀으나 나무가 자연적으로 죽었다. 서낭고사는 같은 날 '큰 탑 → 작은탑 → 산지당 나무 → 서낭당' 순으로 지냈다. 그러나 현재는 산지당 나무가 죽는 바람에 산지당 나무에서 지내는 것은 생략한다. 산지당 나무에는 당집은 없었고 나무 앞에 제단만 있었다. 현재 서낭당은 2002년 태풍으로 인하여 파괴된 것을 원래 서낭당이 있던 자리에 신축한 것이다. 원래 서낭당은 당 주위에 있던 소나무 하나를 켜서 지었으며, 당내에는 철마가 여러 개 있었으나 점점 줄어들다가 태풍에 아주 없어졌다. 철마는 마을에 보습을 만들던 무쇠점에서 갖다 놓은 것이다.

현재 이 마을에는 15호가 살고 있으며, 제관은 생기복덕을 따져서 선출한다. 제관과 제일은 이 마을에 거주했으나 현재 서울에서 살고 있는 분을 통해서 받는다. 음력 정월 15일 전에 좋은 날을 받아서 하는데, 제일 시각은 오후 3시경에 시작해서 5시경에 끝난다. 금줄은 왼새끼 사이에 한지조각 3개를 끼우는데, 제일 3일 전에 큰탑 → 작은탑 → 서낭당 → 제관집 순으로 친다. 제관에게 부정한 일이 있으면 연기한다. 제

수는 제관이 준비하는데, 탑에는 메밥과 포, 탕, 나물 등을 올리나 서낭
당에는 돼지머리와 백설기, 포, 탕, 나물 등을 올린다. 제수는 특별히 가
리는 것은 없고, 여느 제사 지내는 것과 같이 한다. 서낭당에 진설이 끝
나면 제관이 소지를 올리는데, 먼저 마을의 평안을 위하여 올리고 그
다음에는 마을의 각 가구의 대주(호주) 이름을 대면서 소지를 하나씩
올린다. 여자들은 서낭고사에 참석하지 않으며, 제수비용은 마을 돈으
로 한다. 제의가 끝나면 제관집에서 음식을 나누어 먹는다.[7]

② 공근면 학담2리 성골 서낭제

이 마을은 도새울 고개를 사이에 두고 도곡리 아랫말과 접하고 있다.
원래 서낭당은 마을 초입에 있었으나 예전에 풍수원 성당과 도곡리를
오가는 천주교인들이 불을 질러 소실되었다. 이에 마을에서는 한동안
도곡리 사람들을 다니지 못하게 하였다. 이후 마을에 좋지 않은 일이
자주 일어나므로 1933년 8월에 현재의 위치에 신축하였다.(서낭당 들
보에 '龍昭和八年癸酉四月十六日酉時下草院城谷洞城惶堂重修龜'라
적혀 있으며, 龍과 龜는 거꾸로 쓰여 있다.) 당은 '서낭당'이라 부르며,
제의에 대한 명칭은 '서낭제 올린다', '성황치성 올린다'고 한다.

예전에는 마을에 50여 호가 살았으나 현재는 13호 정도가 되며, 제일
은 음력 11월 1일로 정해져 있다. 제관을 '도가'라 부르는데, 도가는 유
사가 맡으며 순차적으로 돌아가면서 한다. 도가가 부정한 일을 당하면
다음 차례의 유사가 도가 일을 담당한다. 제일 3일 전에 도가집과 서낭
당에 왼새끼 사이에 한지 조각을 여러 개 꼽는다. 음식은 도가가 맡아
서 준비하는데, 제수비용은 가구별로 만원씩 추렴하며 모자라는 금액
은 마을의 여유 돈으로 충당한다. 제수는 백설기와 통돼지 그리고 나머
지는 제사 음식과 다름없이 진설하는데, 서낭신이 여신이기 때문에 술
대신 감주를 사용한다. 예전에는 소머리를 썼으나 1970년대 이후부터

---

7) 이상은 토박이며 현재 마을의 반장 일을 보고 있는 최양현(남, 72세)과 그의 부인 김순
자(여, 73세, 둔내면 마암리 태생으로 27세에 이 곳으로 시집)가 들려준 얘기를 정리한
것이다.(조사일; 2005년 6월 12일) 이 마을은 필자가 2000년 여름에도 답사한 일이 있
었는데, 당시 서낭당에는 철마가 2개 있었다.

는 돼지는 수퇘지를 사용하며, 피가 안 보일 정도로 살짝 익힌다. 떡은
백설기를 가구수에 맞춰서 한다.

서낭제는 해질 무렵에 시작을 하는데, 제수는 지게로 옮긴다. 감주
는 도가집에서 만들어 당 내부에 두었다가 사용한다. 통돼지는 머리와
다리 등 몇 부분으로 나누어 옮겨 당에서 돼지형태로 잡아놓는다. 예전
에는 떡시루 앞에 한지로 접어 만든 치마저고리를 올렸으나 지금은 하
지 않는다. 진설이 끝나면 도가는 서낭을 위해 먼저 소지를 올리고 다
음은 마을의 평안을 위하고, 그 다음에는 각 가정의 대주 이름을 외면
서 연장자 순서대로 올린다. 당제사가 끝나면 위패 옆에 치마저고리를
두며, 음식은 도가집에 와서 다 같이 먹으며 돼지는 참석자들이 나누어
가진다. 서낭제는 남자만 참석한다.[8]

③ 횡성읍 추동리 내추동 서낭고사

마을에서는 서낭고사라고 한다. 앞산에 여서낭(안서낭, 앞당, 할머
니당 등이라고도 함)과 생운리와 정암리 경계에 있는 남서낭(바깥서낭,
뒷당, 할아버지당, 검은들당이라고도 함)이 있는데 두 당은 부부라 한
다. 정월 4일날 축원하는 사람과 대잡이가 남서낭에 가서 신를 내려 모
셔다가 생기 맞는 집에 대가 들어가면 그 집이 도가가 된다. 그러면 도
가집과 두 서낭에도 금줄을 친다. 금줄은 왼새끼로 꼬아서 군데군데 한
지를 끼운다. 대는 '서낭대'라 하는데, 한 발되는 소나무를 다듬어 한지
에 서낭 이름을 써서 접어 서낭대 꼭대기에 감싼다. 도가집에 온 서낭
대는 도가집 대청에 매달아 놓으며, 도가는 그 곳에다 정화수를 떠놓고
매일 정성을 드린다. 주비(유사)는 금줄을 치고 술을 담그는 일을 돕는
다. 술은 도가가 정해진 4일에 쌀과 누룩으로 빚어 남서낭과 여서낭 안
에 각각 땅을 파고 따로 담그며 '조래술'이라고 부른다. 제일인 14일 오
후 세 시경에 도가집에 있던 서낭대를 모시고 남서낭에 먼저 가서 당제
사를 지낸 후 다시 서낭대를 모시고 여서낭에 가서 제사를 지낸다. 소

---

8) 권기성(남, 77세, 학담2리 성골 토박이; 2005년 6월 12일 조사)과 한영수(남, 72세, 학담
2리 성골 토박이; 2005년 6월 17일 조사)의 설명을 정리하였다.

지는 여서낭에서 도가가 두 서낭을 위하여 먼저 올리고, 두 번째는 도가 자신, 세 번째는 각 가정의 호주를 위하여 연장자 순으로 올린다. 소지 올리는 것이 끝나면 서낭대를 감싼 한지는 여서낭당 안에 놓으며, 서낭대는 여서낭당에 걸쳐놓는다. 서낭대는 해마다 새로 만든다.

제수는 주비가 각 가정을 다니며 쌀 두 되씩 걷어 그것을 팔아 준비하며, 도가는 백설기, 돼지머리, 포, 밤, 대추, 나물 등을 차린다. 남서낭 제물과 여서낭 제물은 동일하나 따로 한다. 돼지머리는 수퇘지 두 마리를 준비하고, 떡은 3되 3홉씩 두 시루를 만든다. 지금부터 10년 전까지 했으나, 축원하는 분이 돌아가시고 젊은 사람도 관심이 없어서 그만두게 되었다. 여자는 참석하지 않는다. 아직 서낭당이 남아 있어서 개인적으로 축원을 하는 분들이 있는데, 그럴 때에는 여서낭에 간다. 지금은 고사하였으나 여서낭 앞에는 큰 소나무가 있었으며 그 나무를 위했다.[9]

이상은 필자가 조사한 세 마을의 서낭제에 대한 사항인데, 중요 사항을 도표로 정리하면 다음과 같다.

마을명	제의명	제관명	제관	제일 시간	제수	제수 비용	신격	비고
①상화터	서낭고사	제관	생기복덕자	1월 15일 전에 날을 잡아 오후 3시	돼지머리 백설기	마을 돈	?	큰탑과 작은탑에는 메밥
②성 골	서낭제	도가	유사	11월 1일 해질 무렵	수퇘지 백설기	만 원씩 추렴	여신	술은 감주
③내추동	서낭고사	도가	생기복덕자	1월 14일 오후 3시경	돼지머리 백설기	쌀 한 되씩 추렴	남·여신	남·여 서낭 제수 따로

①과 ②는 현재도 제의를 지내고 있지만 ③은 그렇지 않다. ①의 탑에 대한 이야기는 '원탑의 유래'라는 제목으로 ≪태백의 전설≫에 소

---

9) 김장섭(남, 69세, 토박이) (2005년 6월 12일 조사)/ 이종애(여, 74세, 외추동 태생으로 이 곳으로 시집), 이씨(여, 77세, 안흥면 지구리 태생으로 20세에 이 곳으로 시집), 박씨(여, 79세, 서울 태생으로 19세에 이 곳으로 시집) (2005년 6월 16일 조사)/ 이상율(남, 78세, 토박이) (2005년 7월 5일 조사)의 설명을 정리한 것임.

개되었다.[10] 김의숙은 강원도의 돌탑은 타지역의 돌탑신앙과 마찬가지로 벽사진경과 풍요를 기원하는 데서 형성되었으며, 대체로 재앙과 빈곤의 원인이 되는 풍수지리적인 결합을 보충하기 위해 취해진 방편으로 이루어진 것으로 추정하였는데,[11] 상화터 탑의 형성된 원인도 이를 벗어나지 않는다. 횡성지역에서 서낭제와 탑제를 같이 지내는 마을은 이 곳이 유일하다. 그러나 이 탑은 다른 지역처럼 별도로 날을 받아 탑제가 단독으로 행해지는 것이 아니라,[12] '서낭고사'라는 제의명으로 서낭제와 같은 날 이루어지는 특징이 있다.[13] 그리고 제의는 '큰탑 → 작은탑 → 산지당 나무 → 서낭당' 순으로 진행되며, '산지당 나무'는 '산제사'를 지내는 곳이므로 그렇게 부른다고 하였다. 따라서 '산지당 나무'는 산신을 모시는 곳이며, 나아가 조상신으로까지 이해될 수 있다.[14] 그렇다면 산신보다 비보하기 위하여 조성된 탑에서 먼저 제의가 행해지는 상황을 어떻게 이해할 것인가.[15] 이는 마을의 형성과정으로 설명이 가능할 것 같다. 예전에는 '산지당 나무'가 있던 산 중턱에 마을이 있어서 길도 그 곳으로 나있었으나, 신작로가 생기면서 마을은 현

---

10) 박일송, <횡성군>, ≪태백의 전설≫상, 강원문화총서4, 강원일보사, 1974, pp.229~231.

11) 김의숙, ≪한국민속제의와 음양오행≫-민속제의와 형성이론-, 집문당, 1993, p.239.

12) 이필영, <탑>, ≪마을신앙의 사회사≫, 웅진출판주식회사, 1994, pp.288~315 참조.

13) 김의숙이 조사한 강원도의 돌탑은 상화터의 것을 포함하여 총 8곳이다. 그리고 서낭과 탑이 같은 날 제의를 치르는 곳은 강릉시 왕산면 도마1,2리와 삼척시 미로면 고천리 등 세 곳으로 정리하였는데,(김의숙, ≪한국민속제의와 음양오행≫, pp.229~232 참조.) 상화터의 탑도 서낭제와 같은 날 치른다. 따라서 강원도에서는 서낭과 탑의 제의가 같은 날 이루어지는 것이 일반적이라 할 수 있다.

14) 이필영, <산신과 거리신이 돌보는 마을>, ≪마을신앙의 사회사≫, 웅진출판주식회사, 1994, p.16.

15) 기존의 자료에 의하면, 강원도에서 서낭과 탑의 제의를 같은 날 치르는 세 곳 중 두 곳은 서낭을 먼저 모신 후 탑을 위하는데,(강릉시 왕산면 도마1,2리) 나머지 한 곳인 삼척시 미로면 고천리 돌탑의 경우에는 제의의 선후가 분명히 정리되어 있지 않다. (김의숙, 앞의 책, pp.230~231 참조.) 그러나 글의 정황으로 볼 때 이 마을도 서낭을 먼저 모시는 것으로 이해된다. 따라서 강원도에서는 서낭을 먼저 모시는 것이 일반적이라고 할 수 있는데, 상화터의 경우는 이와 반대이다.

재의 위치로 옮겨왔다고 한다. 따라서 예전의 마을 입구는 현재 마을 입구와 다르다. 그리고 탑은 일반적으로 마을 입구에 조성되는 것이기에, 이 탑의 조성시기도 신작로가 닦아지던 때와 같다고 할 수 있다. 또한 현재 서낭당이 마을 중심지에 있는 것으로 미루어 서낭당도 탑처럼 신작로를 닦던 시기에 조성된 것으로 이해된다. 이러한 까닭에 서낭당과 탑은 이 곳에 마을이 형성되면서 조성된 것이고, '산지당 나무'는 현재의 마을로 이주하기 전부터 모시던 것이다. 아울러 산신과 서낭에는 백설기, 탑에는 메밥을 각각 진설한다고 하는데, 일반적으로 메밥은 산에 치성을 드릴 때 짓는 것이다. 그리고 '산지당 나무'가 고사하고는 산제사를 지내지 않는다고 했다. 사정이 이러하기에 마을이 이 곳으로 옮겨오면서 산신을 탑에 좌정시킨 것은 아닐까 한다.

②의 경우는 ≪한국의 마을제당≫[16]에도 정리되어 있는데, 도가의 선출방법(생기복덕한 자 → 유사), 제일(음력 11월 중 택일하여 21시경 → 음력 11월 1일 해질 무렵), 제수(소머리 → 수퇘지) 등에 있어 필자가 조사한 내용과 차이를 보인다.

산업사회는 웬만한 가뭄과 홍수를 이겨낼 수 있는 힘을 가져다주었을 뿐만 아니라 질병의 예방과 완치가 가능하기에 이르렀다. 그러므로 전통사회에서와 같이 동제를 통하여 이러한 것들을 극복·해소하려고 했던 믿음을 현대에도 동일하게 적용시키는 것은 의미가 없다고 하겠다. 마을에 따라 다소의 차이는 있겠으나 현재 동제는 일반적으로 마을의 평안과 구성원들간의 화목을 위하여 행해지는데,[17] 이러한 사항들은 산업사회의 과학기술만으로는 해결이 어렵다. 따라서 물질적 풍요와 과학만으로는 해결할 수 없는 그 무엇을 풀어주는 것이 현재 동제의 기능중 하나라고 할 수 있다. 이러한 까닭에 아직도 동제를 실

---

16) ≪한국의 마을제당≫제2권 강원도편, 국립민속박물관, 1997, p.1227.

17) "천렵을 겸해서 마을을 위해서 하는 거야."(권기성, 남, 77세, 공근면 학담2리 성골 토박이)라는 표현에서 알 수 있듯이, 동제를 통하여 물질적 풍요로움을 추구하기보다는 마을 구성원들간의 친목 도모에 더 중점을 두고 있음을 알 수 있다.

시하고 있는 마을이 존재하는 것이다.

　그런데 ②에서처럼 제의 날짜와 제수 그리고 제관의 선출방식이 달라진 이유는 무엇일까.[18] 그것은 산업화에 따른 마을 구성원의 감소가 그 원인이라 할 수 있다. 1970년대 이후 마을의 가구수가 현격하게 줄어든 상황에서 생기복덕이 맞는 도가만을 선택하다보면 어떤 집은 연속적으로 도가가 되는 경우가 발생한다. 그러나 유사가 도가의 일까지 담당하면 마을 구성원은 누구나 한차례씩 맡게 되므로 그런 일은 발생하지 않는다. 아울러 제일이 고정되어 있는 까닭에 도가는 거기에 맞춰 자신의 일정을 미리 조정할 수 있지만, 도가를 생기복덕한 자로만 제한하여 선출하면 그 대상이 누가 될지 모르기에 일정에 맞추기란 쉬운 일이 아니다. 더욱이 예전에는 가구수가 많으니 제수로 사용한 소머리로 국을 끓여 함께 나누어 먹을 수 있었으나, 이주에 따른 가구수의 감소로 비싼 소머리를 끓일 이유가 없어진 것이다.[19] 따라서 이 마을에서는 예전과 같이 제의 날짜, 제수, 제관 선출방식 등을 고집하기보다는 마을 구성원의 감소에 따른 현실을 인식하고 거기에 맞춰 변화한 것이며, 이러한 변화는 동제를 지금까지 지속시킬 수 있는 계기가 되었다고 하겠다.[20]

　예전에는 사정이 어떠했는지 알 수 없지만, 현재 횡성에는 ③과 같

---

18) 제보자들은 마을의 최고 어른임에도 이에 대해 설명을 못하고 있다. 더욱이 한영수의 경우는 제수가 소머리에서 수퇘지로 바뀐 사실도 모르고 있었다. 따라서 제관, 제수, 제일 등이 바뀔 당시 제의를 주관하는 계층은 제보자들이 아니었음을 알 수 있다.

19) 지금은 소를 대량으로 사육하기 때문에 소머리와 돼지 한 마리 값이 비슷하지만, 1980년대까지도 농촌에서는 대부분 한두 마리를 키우는 것이 고작이었으므로 소머리 자체가 귀했다. 따라서 당시의 소머리 값은 지금의 돼지 한 마리 값과 비교가 안 될 정도로 고가이다.

20) 한편 충청북도 제천시 덕산면 억수리에서는 동제를, 한수면 송계리 창말·벌들에서는 산제를 지내는데 제일을 비롯하여 제의와 관련된 여러 사항들이 예전하고 달라졌다.(이창식, <충북북부 지역의 민속신앙>, ≪충북의 민속문화≫, 푸른사상사, 2003, pp.364~411 참조.) 따라서 제일, 제관 선출방식, 제수 등에서의 변화는 성골만의 일이 아님을 알 수 있다.

이 남서낭과 여서낭이 한 마을에 존재하는 경우는 드물다.[21] 그리고 이 마을도 생기복덕자가 도가로 선택된다는 점에서 ①과 동일하지만, 선출방식에서는 차이를 보인다. 아울러 남서낭에서 서낭대에 신을 내려 도가집에 모신 후 최종적으로 여서낭에 두는 것은 두 서낭을 합방시키는 격이다.[22] 이는 제보자들이 두 당을 부부로 인식하고 있는 것으로 보아 더욱 그러하다.

익히 알고 있듯이 대관령국사성황신인 범일국사와 대관령국사여성황신인 정씨가의 딸은 부부인데, 이들은 한 해 동안 떨어져 있다가 음력 4월 15일 여성황신이 계시는 홍제동 대관령국사여성황사에 국사성황신이 신목에 의해 모셔짐으로써 영신제가 열리는 음력 5월 3일 전까지 약 보름 동안 부부의 정을 나누게 된다.[23] 이러한 까닭에 내추동의 서낭고사에서 남서낭의 신내림과 신이 내려진 서낭대 및 서낭대를 감쌌던 한지를 여서낭에 좌정시키는 행위는 강릉단오제 때 국사성황신과 국사여성황신을 함께 모시는 것과 다르지 않다. 물론 두 제의는 규모 등 여러 측면에서 차이가 있을 수 있으나, 부부 신들의 만남과 헤어짐의 순환구조라는 점에서 동일하다고 하겠다.

---

21) 조사를 하면서 알게 된 사실이지만, 내추동과 행정상 같은 리인 외추동에도 남녀서낭이 따로 있었다고 한다.

22) 서낭대에 있던 한지를 여서낭에 두는 것에 대하여 두 신을 합방시키는 것이냐고 묻자, 제보자 이상열은 합방이 아니라고 했다. 이상열은 그 동안 내추동에서 서낭대를 맡아서 잡았을 뿐만 아니라 인근에서 알아주는 대잡이였다고 한다.

23) 장정룡, 《강릉단오제》, 강원도·강원발전연구원, 2003, pp.36~50 참조.

공근면 초원2리 상화터 서낭당

공근면 학담2리 성골 서낭당

공근면 초원2리 상화터 큰탑

공근면 초원2리 상화터 작은탑

횡성읍 추동리 내추동 남서낭

횡성읍 추동리 내추동 여서낭

3. 성신앙의 전승현황

성신앙은 나무나 돌 그리고 흙으로 남녀의 성기 모형을 만들어 봉안하거나, 남녀성기와 유사한 암석 등을 신앙의 대상으로 삼아 개인이나 집단이 원하는 바를 얻고자 하는 데에서 비롯되었다고 할 수 있다.[24] 그런데 횡성에서의 성신앙은 자연지형물, 즉 남녀성기와 유사한 암석을 신체로 삼아 득남을 목적으로 하는 기자석이 전부이다. 아울러 개인에 따라서는 외양간에 자연적으로 구멍이 뚫린 돌을 걸어놓는 경우가 있다. 이 돌은 삼신돌, 돌삼신, 소삼신 등으로 불리는데, 성신앙과 무관하지 않다. 여기서는 기자석과 삼신돌[25]에 대하여 살펴보고자 한다.

1) 아들바위

자연지형물이 남성기와 비슷하여 신앙의 대상으로 숭배되는 예는 전국적이며,[26] 횡성에도 이러한 선바위가 여러 마을에 산재해 있다.[27] 횡성의 선바위는 모두 자연적으로 형성된 것들이며, 횡성읍 입석리 '선돌'을 제외하고는 모두 '선바우(선바위)'로 불린다. 마을 주민들은 대체적으로 이들을 마을의 상징물로 인식하고 있지만, 득남과 관련해서는 의미부여를 하지 않는 경우가 많다. 다시 말해 공근면 수백리와 둔내면 삽교리 선바위를 제외하고는 기자석으로 인식하지 않는다.

---

24) 김태곤, ≪한국민간신앙연구≫, 집문당, 1994, p.152.

25) 일반적으로 제보자들은 '삼신돌'이라는 명칭을 많이 쓴다. 이에 본고에서는 삼신돌이라 하겠다.

26) 이종철 외, ≪한국의 성문화연구≫, 문화재연구소, 1994, pp.15~70 참조.

27) 횡성읍 송전리 선바위 · 입석리 선돌, 갑천면 병지방리 · 삼거리 선바우, 공근면 수백리 선바우, 둔내면 삽교리 선바우, 안흥면 지구리 선바우, 우천면 상대리 선바우 등을 들 수 있다.(이영식, ≪횡성의 지명유래≫, 횡성문화원, 2001 참조.)

① 공근면 수백리 검은들 선바위

수백리 검은들에 있으며 돌을 던져서 바위 위에 얹으면 아들을 낳는다고 한다.[28]

② 둔내면 삽교2리 선바위

예전부터 마을 어른이 선바위를 잘 위하라고 일렀다고 한다. 그 영향인지 지금도 제보자는 이 곳을 수시로 풀도 베는 등 주변정리를 한다. 예전에는 마을에 서낭당이 있어서 당제사를 지냈으나 통일교가 들어오면서 없어졌다. 현재는 통일교와 서낭당 모두 없어졌다. 이 바위를 위한 특별한 의식은 예전부터 없었다고 한다. 원래 이 바위 위에 큰돌이 하나 더 얹어져 있었으나 서당에 다니던 개구쟁이들이 그것을 밑으로 떨어트렸다고 한다. 15년 전에 원주의 한 스님이 이 곳에 와 삼신을 받은 후 부처님 두상을 바위 위에 올려놓았으나 벼락에 떨어져 현재는 바위 옆에 모시고 있다. 현재 마을 분들은 크게 믿지 않으나 경기도, 부산 등지에서 사람들이 와서 촛불을 켜고 정성을 드리기도 하는데, 바위 밑에는 촛농이 많이 있다. 이 곳에 정성을 드려 득남했다는 얘기는 많이 들었다고 한다.[29]

위의 사례에서 보듯이 두 마을의 선바위는 아들을 얻을 수 있는 바위로 전승되고 있다. 다시 말해 이 바위는 남성의 성기로 상징되며, 그 바위를 신체로 삼아 득남을 희구하는 것이다. 그런데 수백리의 경우는 선바위 위에 돌을 얹어놓아야 하며, 삽교2리의 선바위는 치성을 드리는 그 자체만으로도 자신의 원하는 바를 얻을 수 있다. 즉 수백리는 돌을 얹어 남성기로 상징되는 바위의 꼭대기를 자극하는 행위이며, 삽교2리는 그렇지 않다. 따라서 수백리 선바위가 삽교2리의 선바위보다 더 적극적인 행위를 요구하는 것이라고 할 수 있다. 이렇듯 두 선바위에

---

28) 이영식, 위의 책, p.165.
29) 제보자; 윤찬중(남, 67세, 양양군 현북면 태생으로 12세에 둔내면 삽교2리로 이주) (2005년 6월 16일 조사).

대한 행위가 다른 것은 지역적 관습 또는 바위가 위치한 지형적 상황
에 따라 그러한 것이다.[30]

③ 공근면 학담2리 아들바위

계곡을 사이에 두고 큰성바위와 작은성바위는 서로 마주보고 있는
데, 큰성바위 중간에 틈이 있어서 이것을 별도로 '아들바위'라 부른다.
아들바위 아래 계곡에서 목욕재계하고 2~3일 정성을 드린 후 맞은편
에 있는 작은성바위에서 돌을 던져 한번에 그 곳으로 들어가면 아들을
얻을 수 있다고 한다. 지금도 겨울철 눈이 많이 올 때면 발자국이 있는
것으로 보아 찾아오는 사람이 있음을 알 수 있으며, 아들을 낳았다는
소문도 많이 들었다. 예전에 아들바위에 돌이 너무 많이 차서 동네 청
년이 그것을 치우고 내려오지 못하는 것을 마을 분들이 사다리를 놓고
구해주었다고 한다. 현재도 돌이 많이 들어가 있으며, 바위 밑에는 치
성을 드린 흔적으로 촛농이 많이 있다. 인근에서 이 바위를 모르는 사
람이 없다고 한다.[31]

④ 우천면 오원2리 아들낳는바위

두 개의 커다란 바위가 층을 이루고 있는데, 맞은편에서 그 사이에
돌을 던져 첫 번에 들어가면 틀림없이 아들을 낳는다고 한다. 예전부터
아들을 못 낳는 사람은 이 곳을 찾았으며, 우천면 사람들이 주로 오는
것으로 알고 있다. 지금도 그 틈에는 돌이 많이 있으며, 마을에서는 '아
들낳는바위'라고 부른다.[32]

---

30) 수백리 선바위의 경우는 비교적 평지에 위치해 있어서 운에 따라서는 돌을 올려놓
　을 수 있지만, 삽교2리 선바위는 경사가 심한 산과 접해있기 때문에 돌을 던져서 돌
　을 그 위에 얹는다는 것은 거의 불가능하다.
31) 제보자; 권기성(남, 77세, 토박이) (2005년 6월 12일 조사)/ 한영수(남, 72세, 토박이),
　권기중(남, 66세, 토박이) (2005년 6월 17일 조사)
32) 전병수(남, 70세, 평창 태생으로 10세에 이주) (2005년 6월 16일 조사).

⑤ 갑천면 병지방2리 아들바위

바위틈에 돌을 넣으면 아들을 낳는다고 하여 '아들바위'라 부른다.
예전에 원주에 사는 분이 바위 밑에서 100일 치성을 드려 아들을 얻었
는데, 바위에 득남한 내용을 써놓은 흔적이 얼마 전까지도 있었다고 한
다.[33]

위의 사례에서 알 수 있듯이 ③, ④, ⑤는 '아들바위', '아들낳는바위'
와 같이 적극적으로 의미부여를 하고 있는데, 이는 ①, ②의 선바위와
는 다른 양상이다. 물론 이들은 모두 득남할 수 있다는 믿음에서 이루
어지는 행위라는 점에서는 동일하다. 하지만 ③, ④, ⑤에서처럼 바위
에 '아들바위', '아들낳는바위'로 이름을 붙이는 것은 ①, ②보다 더 적
극적인 의미부여와 행위가 따른 것이라고 하겠다. 다시 말해 ①은 남
성기로 상징되는 것에 돌을 던져 성기를 자극하는 것으로 그치지만,
③, ④, ⑤는 구멍(여자상징) → 돌(남자상징) → 마찰(성행위) → 수태
(아들)라는 적극적인 연상체계에 의해 이루어진 것이다.[34]

작은성바위 아래에 있는 골짜기는 여자의 성기처럼 생겨서 공알골
이라고 한다. 예전에는 이 골짜기에 들어가 병이 나면 못 고친다 하여
어른들이 그 곳에 가는 것을 말렸으며, 큰성바위와 작은성바위를 자지
봉이라고 불렀다.[35]

위 내용은 ③의 바위가 있는 계곡에 대한 것이다. 여기서 우리는 큰
성바위와 작은성바위를 자지봉이라고 부르며, 큰성바위에 여자의 성
기로 상징되는 아들바위가 있으니 남녀성기가 같이 있는 형상임을 알
수 있다. 그리고 위 내용만으로는 골짜기에 들어가면 생기는 병이 어

---

33) 이영식, 앞의 책, p.86.
34) 이종철 외, 앞의 책, p.73.
35) 이영식, 앞의 책, p.147.

떤 것인지 구체적으로 알 수는 없지만, 성과 관련되어 젊은 사람에게 일어날 수 있는 것임을 짐작케 한다. 따라서 ③과 위의 내용은 여성기와 관련된 믿음체계가 상이하게 전승되고 있음을 보여주는 것이라고 하겠다.

공근면 수백리 검은들 선바위

둔내면 삽교2리 선바위

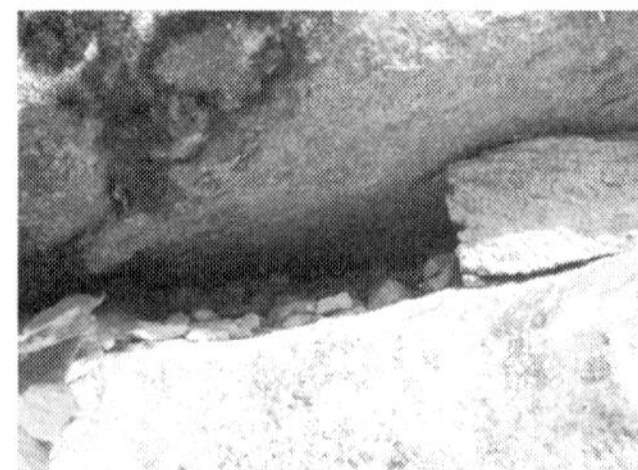

공근면 학담2리 성골 아들바위)

우천면 오원2리 통골 아들낳는바위

2) 삼신돌

삼신돌은 자연적으로 구멍이 뚫린 돌을 외양간 구유 위 기둥에 매어 두는 돌을 가리키는 것으로 돌삼신, 소삼신이라고도 한다. 횡성의 연로하신 분들께 여쭤보면 기억하는 분들도 있지만, 그 명칭에 대해서는 잘 모른다. 삼신돌을 현재도 걸어두는 집들을 살피기란 쉬운 일이 아니지만,[36] 이렇듯 삼신돌을 걸어두는 지역은 강원도 전역이라고 할 수

---

36) 김의숙은 횡성댐 건설로 수몰된 지역을 답사하면서 발견한 삼신돌에 대하여 정리하였는데, 그 돌에 대한 이름을 '구멍돌'이라 하였다.(김의숙, <횡성군의 민속문화>,

있으며,37) 특히 소를 많이 키우던 지역에서 더욱 활발히 전승되었다고 하겠다. 그리고 삼신돌을 걸어두는 이유에 대해서는 '소를 위해서', '소가 병이 없으라고', '송아지를 잘 낳으라고' 등 다양하다. 하지만 그 돌에 대한 명칭과 "사람도 삼신이 있듯이 소에게도 삼신이 있다."38)는 표현에서 알 수 있듯이 생산과 관련된 것임을 짐작할 수 있다. 더 구체적으로 말하면 돌에 구멍이 난 것에서 연상되듯이 암송아지를 낳게 해달라는 의미에서 걸어두는 것이다.39) 수송아지는 암송아지보다 성장이 빠르고 무게도 더 나가니 키우는 입장에서는 유리할지 모르지만, 새끼를 낳을 수 없어 한 마리로 끝나니 더 이상의 번식은 이루어지지 못한다. 따라서 다산에 의한 재산증식을 필요로 하는 농가에서는 수송아지보다 암송아지를 선호할 수밖에 없으며 그에 따른 믿음이 삼신돌로 이어진 것이다.

한편 위에서 살폈던 선바위나 아들바위 그리고 삼신돌은 모두 돌로 이루어졌다는 공통점이 있다. 민가에서는 일반적으로 돌에게 강한 생식력이 있다고 믿는 것이기에 그러할 것이다. 그런데 이들은 남자아이와 암송아지라는 서로 상반된 성으로 나타나고 있다. 이처럼 득남을

앞의 책, p.310.) 필자도 횡성지역을 다니며 삼신돌에 대해 알아보았으나 청일면 봉명리 구접의 김종운 댁에서만 볼 수 있었다.(이 글이 처음 발표된 2005년 이후 몇 집을 더 알게 되었는데, 갑천면 대관대리 김석경 댁, 갑천면 병지방1리 이경훈 댁, 공근면 청곡2리 이진원 댁이다.)

37) 필자가 답사를 다니며 만났던 홍천군, 평창군 태생의 제보자들은 그들의 고향에서 삼신돌을 걸어두는 것을 보았다고들 한다. 특히 김진순의 글에 삼신돌에 대한 얘기가 여러 곳에 나온다. 참고로 정리하면 다음과 같다. 김진순, ≪산이 산중이지 사람조차 산중이냐≫, 삼척문화원, 1997, p.75. 김진순, ≪장작 한 짐에 양미리 일곱 드름≫, 삼척문화원, 1999, p.281. 김진순. ≪가린재비 진재비 막아 천섬만섬 점제하소≫, 삼척문화원, 2000, p.240. 김진순, ≪육백산 곤드레 개미추 육백마지기 씨앗 육백말≫, 삼척문화원, 2002, pp.101~ · 152. 김진순, ≪오십천사람들≫, 삼척문화원, 2002, pp.44~120.

38) 김종운(남, 65세, 토박이) 댁의 삼신돌은 윗대부터 걸어두던 것이다.(2004년 9월 29일 조사)

39) 이는 필자가 만난 제보자들에 의해서 확인할 수 있었고, 김진순이 조사한 삼척의 대부분의 제보자들도 '암송아지 원하는 것'이라고 하였다.

원하는 것은 우리의 뿌리 깊은 남아선호사상에서 비롯된 것이라 할 수 있으며, 암송아지를 원하는 것은 경제 논리에 의한 것이라 할 수 있다.

갑천면 대관대리 김석경 댁

갑천면 대관대리 김석경 씨 내외

갑천면 병지방1리 장승골 이경훈 댁

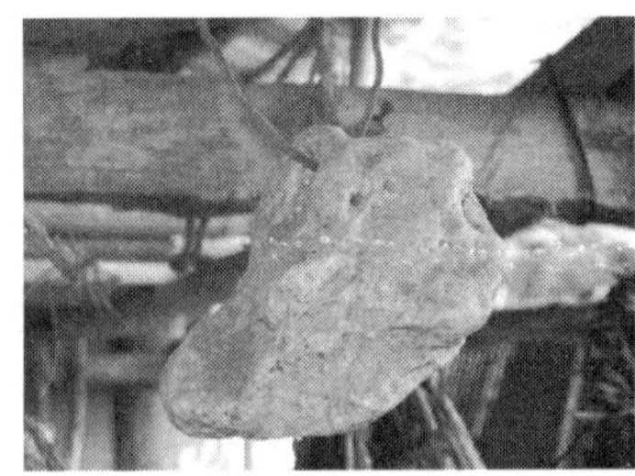

공근면 청곡2리 이진원 댁

4. 맺음말

동제는 횡성에서만 행해지던 것은 아니며, 남녀성기 모양의 바위를 신체로 삼아 득남을 원했던 성신앙 또한 강원도는 물론 전국적이다. 전통사회에서는 동제를 통해 마을 구성원들은 하나가 될 수 있었으며, 이는 마을을 지탱해온 하나의 힘이 되었을 것이다. 그러던 것이 마을 구성원들이 줄어들면서 그에 대한 가치를 점차 잊고 있다. 아들바위 또한 과학의 발달과 남아선호에 대한 회의로 현대인들에게는 좋은 볼거리의 하나쯤으로 인식되고 있는 실정이다.

횡성의 동제에 대한 조사는 서낭제에 대해서만 부분적으로 이루어
졌다. 따라서 예전에도 서낭제가 동제의 전부였는지, 현재 몇 마을이
나 동제를 지내는지 등은 자세히 파악이 되지 않았다.[40] 이에 본고에서
는 동제와 성신앙에 따르는 몇몇 사례를 살펴보는 것에 머물렀다. 이
는 본고의 한계이다. 따라서 본고의 충실성을 기하기 위해서는 횡성은
물론 강원도의 다른 지역, 특히 횡성과 인접한 홍천, 평창, 원주 지역과
의 비교도 함께 이루어져야 한다는 점을 인식하고 있다. 이러한 사항
은 차후로 미룬다.

■ 참고문헌

≪한국의 마을제당≫제2권 강원도편, 국립민속박물관, 1997.

강등학, <제의가 표상화되는 한 양상 ; 설복형 주사>, ≪고전시가
　　　　의 이념과 표상≫임하 최진원 박사 정년기념논총, 논총간행
　　　　위원회, 1991.

김의숙, ≪횡성군의 역사와 문화유적≫, <횡성군의 민속문화>, 강
　　　　원도·횡성군·강원향토문화연구회, 1995.

＿＿＿, ≪한국민속제의와 음양오행≫-민속제의와 형성이론-, 집문
　　　　당, 1993.

김종대·김지욱·송민선, ≪한국의 산간신앙≫강원·경기편, 민속
　　　　원, 1996.

김진순, ≪산이 산중이지 사람조차 산중이냐≫, 삼척문화원, 1997, 75
　　　　쪽. 김진순, ≪장작 한 짐에 앵미리 일곱 드름≫, 삼척문화원,
　　　　1999.

＿＿＿, ≪가린재비 진재비 막아 천섬만섬 점제하소≫, 삼척문화원,

---

40) 횡성군 서낭당 실태조사는 필자가 2007년 조사를 했으며, 이에 대한 내용은 2008년 9
　　월경에 횡성문화원에서 출판할 예정이다.

2000.

______, ≪육백산 곤드레 개미추 육백마지기 씨앗 육백말≫, 삼척문화
　　　원, 2002.

______, ≪오십천사람들≫, 삼척문화원, 2002.

김태곤, ≪한국민간신앙연구≫, 집문당, 1994.

박일송, <횡성군>, ≪태백의 전설≫상, 강원문화총서4, 강원일보사,
　　　1974.

이영식, ≪횡성의 지명유래≫, 횡성문화원, 2001.

이종철 외, ≪한국의 성문화연구≫, 문화재연구소, 1994.

이창식, <충북북부 지역의 민속신앙>, ≪충북의 민속문화≫, 푸른
　　　사상사, 2003.

이필영, ≪마을신앙의 사회사≫, 웅진출판주식회사, 1994.

장정룡, ≪강릉단오제≫, 강원도·강원발전연구원, 2003.

<h1 style="text-align:center">화천의 동제와 성(性)신앙
— 간동면 간척3리를 중심으로</h1>

이학주*

1. 머리말

음양에 대한 생각은 인간의 역사를 훨씬 넘어 선사시대부터 존재해 왔다. 세상의 모든 물질과 정신세계는 음양의 원리를 벗어날 수 없다. 우리는 카오스(혼돈)와 코스모스(질서)라는 말을 써서 미분화와 분화의 세계를 설명하고 있으나 이미 카오스의 세계에서도 음양으로 이원화 하려는 힘이 역동적으로 작용하고 있는 것이다. 이것은 ≪주역≫의 원리에서 익히 알고 있는 사실이다.[1] 그래서 세계는 분화하고 생명을 창조하여 만물을 화육하며 오늘에 이를 수 있었던 것이다.

음양의 원리로 사물을 이해하는 사고는 가장 원초적이지만, 그 사고는 벗어날 수 없는 세상의 진리이다. 암수가 없이 생명을 탄생시킬 수는 없는 것처럼 말이다. 이러한 음양의 원리는 우리의 민속제의에서도 예외는 아니었다.[2] 제의의 목적이 인간의 안녕과 풍요에 있는 만큼 음양의 원리를 벗어날 수 없기 때문이다. 그래서 제의를 행할 때는 암수

---

* 강원대학교 국어국문학과 강사

[1] 알다시피 주역은 太極을 시작으로 陰陽과 四象 등으로 생성 발전해 가고 있다. 이때 태극은 하나이지만 벌써 그 속에서 음양의 兩儀를 낳을 준비를 하고 있는 것이다.

[2] 민속제의와 음양오행의 원리에 대해서는 김의숙, ≪한국민속제의와 음양오행≫, 집문당, 1993.을 참고할 것. 그리고 음양오행설 자체에 대해서는 양계초 외,≪음양오행설의 연구≫, 김홍경 편역, 신지서원, 1993.을 참고 할만 하다.

를 구분하여 제물을 마련하고 신체를 봉안하였던 것이다. 마을마다 산
신제와 서낭제를 따로 지내고, 또 수서낭과 암서낭을 따로 두고, 같은
산신제라도 할아버지당과 할머니당을 따로 두고 제의를 행하는 것 등
은 바로 원초적 사고인 음양의 원리에 기초하고 있는 것이다. 아울러
신체가 남신이면 암소나 암퇘지를 제물로 올리고, 신체가 여신이면 수
소나 수퇘지를 제물로 올리는 경우도 이에 해당한다.

특히, 영동지방의 해안가에서는 남근을 깎아서 봉헌하든가, 분명하
게 암수 신을 한 마을에서 모시고 있다. 삼척시 신남의 해신당(海神堂)
에는 아직도 처녀의 원혼을 달래주기 위해서 남근을 깎아서 봉헌하고
남근 깎기 축제도 열며 전 세계에 산재해 있는 대표적인 남근을 모아
박물관에 전시해 놓기도 하였다. 남근 봉헌은 강릉시 안인진리의 해랑
당에서도 행했으나 현재는 현몽에 따라 '김대부의 신'을 모시고 남근
봉헌을 하지 않는다.3) 고성군 문암리의 경우도 해변에서 제의를 행한
후 남근을 깎아서 구멍 속에다 끼워 넣는다. 그리고 굳이 남근을 깎아
서 봉헌하지 않더라도 동해안의 경우는 대부분 암수 서낭당을 따로 지
어놓고 마을에서 제의를 행하고 있다.

동해안과는 달리 영서지방에서는 음양의 원리에 따른 암수 신을 드
러내 놓고 모시는 경우가 극히 제한적이라고 할 수 있다. 그 가운데 홍
천군 팔봉산의 三夫人神(이씨, 김씨, 홍씨) 같이 마을 굿을 하고 산 입
구에 남근을 깎아 세운 경우는 극히 이례적이다. 그리고 삼부인당 옆
의 산신당에는 "칠성칠군(七星七君)과 후토신령(后土神靈)"의 위패가
나란히 있는 것으로 보아 남녀 神을 함께 모신 것이라 할 수 있다.4) 그
러나 이러한 흔적이 팔봉산 이외의 영서지방에도 찾아보면 아주 없는
것은 아니다. 비록 드러내 놓고 암수의 性을 표현하지는 않았지만 상
징적인 면에서 얼마든지 고구할 수 있다. 다만, 찾기가 어려운 것은 마

---

3) 해신당과 해랑당의 남근 관련 이야기는 이학주,≪아들 낳은 이야기≫, 민속원, 2004.
　에서 그 후일담까지 자세하게 채록하고 정리해 놓았다.
4) 위의 책, pp.132~8. 참조.

을 사람들이 동제의 대상으로 삼고 있는 신체(神體)의 성을 모르고 있다는 것이다.

화천의 경우도 예외는 아니다. 그래서 화천지방에서는 영동지방의 동제와 性신앙 같은 예는 찾을 수가 없고, 간동면 간척3리의 산신제와 거리제 및 처녀바위 같은 동제 및 표석에서 상징적으로 동제와 性신앙을 고구할 수 있을 뿐이다.[5] 따라서 본고에서는 간동면 간척3리의 동제와 성신앙에 대해서 집중적으로 논의하고자 한다.

2. 화천의 동제 개관

화천의 동제와 성신앙을 논한다는 것은 매우 의미 있는 일이다. 이는 원론으로 돌아가서 동제의 기능과 목적을 논하는 것이다. 동제란 마을 공동체를 주축으로 주기적 또는 비주기적으로 행해지는 종교적 의례를 말한다. 그러면 왜 마을 공동체가 그와 같은 종교적 의례를 행할까? 동제의 목적은 마을에 닥칠지 모르는 자연적 또는 외부로부터의 재해를 막아 안녕과 복락을 누리기 위해 神에게 기원을 하는 것이다. 그리고 그 기능은 아주 다양하게 볼 수 있는데, 장주근은 동제의 기능을 신성기간, 화목단합, 정치적 기능, 축제기능의 넷으로 구분하였다.[6] 이러한 동제의 목적과 기능은 마을의 관습으로 굳어진 민속신앙을 유지하는데 꼭 필요한 것이다. 그래서 개인적이든 집단적이든 동제가 마을에서 논의되고 준비하고 행하고 끝나는 기간까지 마을 사람 모두가 종교적으로 귀의하고 사회적 결속을 다지게 된다. 이처럼 화천의 동제도 위와 같은 목적과 기능을 갖고 진행되었고, 또 현재도 행해지고 있다.

---

5) 필자는 두 번에 걸쳐 간동면 간척3리를 답사하였다. 첫 답사는 2003년 10월 24일에 했는데, 이때의 답사는 필자의 저서 ≪아들 낳은 이야기≫, 위의 책(pp.138-9. 202-3. 참조)를 집필하는 과정에서 하였다. 두 번째 답사는 2005년 6월12일에 했는데 본고를 집필하기 위해서였다.
6) ≪한국민속대관≫3, 고려대학교 민족문화연구소, 1995, p.140. 재인용.

화천지역의 동제는 몇 번에 걸친 역사적 종교적 수난을 간신히 극복하며 이어져오고 있다. 이것은 화천의 동제에 대한 특징이기도 하다.

첫째, 화천지역은 광복과 함께 대부분 인공치하에 있으면서 수천 년을 내려오던 전통 민속이 일정기간 그 맥을 끊긴 적이 있다. 이 기간에는 오로지 공산이데올로기에 대한 것만 있을 뿐 어떤 다른 신앙도 있을 수 없었다. 몰래 개인적으로 행하기는 했어도 마을 단위의 동제형태는 당국에서 금지시켰다. 6.25전쟁 이후 화천군이 남한 땅으로 수복되면서 그동안 끊겼던 전통 민속이 다시 그 맥을 잇게 되었다. 마을의 동제도 마찬가지였다.

둘째, 그 이후 군부대가 특정 지역을 관할하면서 옛날에 지내던 산신제 장소나 서낭당 장소가 군부대 내로 들어가서 그 장소를 다른 곳으로 옮기는 마을도 많았다. 간동면의 간척3리 경우도 옛날에 산신제를 지내던 '지당봉'이 군부대 내로 들어가면서 몇 번씩이나 산신제 장소를 옮겨야 했다. 그렇지 않은 곳은 아주 오래전부터 조상대대로 지내오던 장소에서 전통을 이어 마을 사람들이 함께 동제를 지내왔다고 한다.

셋째, 특정 외래종교의 유입으로 민속신앙이 급격히 사라지고 있으며, 외래종교를 갖고 있는 신자와 민속신앙을 갖고 있는 주민들 간에 반목이 생겨서 마을이 실제로 두 편으로 갈라진 경우도 허다하다. 그뿐 아니라 외래종교의 유입과 함께 아예 동제를 없앤 경우도 아주 많다.[7]

넷째, 동제는 1970년대 새마을운동과 함께 미신이란 명목 하에 사라지기도 했다. 삼척시 여삼리에서 어떤 제보자는 박정희 대통령 당시 산에 가서 밥을 지어 버린다고 해서 산제당을 철거시키기도 했다고 한

---

7) 이러한 사실은 강원도 뿐 아니라 전국에서 나타나는 현상이다. 화천군의 경우도 여러 곳에서 목격할 수 있었는데, 간동면의 용호리 미륵당 사건(이학주 외, ≪화천민속지≫, 화천군, 2004. p.397.)이나 구운리 산신제(≪화천민속지≫, p.408.) 및 간척3리(이장이 외래종교 신자가 되면서 동제가 없어짐) 등의 예에서 쉽게 볼 수 있었다.

다.[8]

　그밖에 농촌 인구의 감소 등은 동제가 줄어드는 원인이라 할 수 있다.

　이 같은 여건에도 불구하고 화천에는 아직도 여러 곳에서 동제를 행하고 있다.

　그동안 화천의 동제를 조사해서 보고한 자료로는 ≪화천군지≫, ≪한국의 마을제당≫, ≪화천의 역사와 문화유적≫, ≪화천민속지≫ 등이 있다.[9] 이들 자료는 대체로 화천 전역에서 치러지는 동제를 종합적으로 조사하였다. 따라서 화천의 동제 현황을 살피는데 중요한 자료로 활용된다. 이들 자료에 실린 화천군의 동제현황을 도표로 나타내면 다음과 같다.

화천지역 동제현황

자료집 (전체조사지역수)	산신제	서낭제	서낭 +산신	미륵 서낭	기타	비고
≪화천군지≫(46)	40	5			천지사(1),초파일제(1)	중복(1)

---

8) 이학주, 앞의 책, p.210. 필자가 2005년 음 1월14일에 인제군 상남면 방아다리 마을에서 동제를 조사할 때 다음과 같은 이야기도 있었다. 참고로 병기해 둔다. "옛날에 박정희 대통령 시절에 낭비를 한다고 해서 산신제며 마을 성황제를 못하게 한 일이 있었다. 아무 것도 모르는 촌사람들이 괜히 밥이나 해서 버리며 일은 안하고 시간 낭비만 한다고 해서 그랬는데, 얼마 있다가 다시 지내게 되었다고 한다. 그런데 박 대통령의 뜻은 마을의 산신제나 성황제를 지내지 못하게 한 것이 아니라, 그로 인해서 천렵을 하면서 일은 하지 않고 술타령만 하면서 청년들이 놀기만 한다고 한 것인데, 글쎄 어떤 사람이 아예 올라가서 성황당을 때려 부수고 그 곳에다가 '이 성황당을 복원하는 사람은 처벌을 할 것이다.'라고 써 붙여 놓았다."(제보자:김성렬(남. 93)). ≪한국민속대관≫에서는 "部落祭의 廢止 및 狀況"이라는 항목에서 그 원인을 사회의 이질화, 과학사상의 보급, 종교적 압력, 정부의 시책(미신타파)으로 꼽고 있다.(앞의 책, pp.146~8)

9) 이들 자료의 서지사항은 다음과 같다. ≪화천군지≫, 화천군, 1988; ≪한국의 마을제당≫<강원도 편>, 문화재관리국, 1995; ≪화천의 역사와 문화유적≫, 강원도·화천군, 1996; ≪화천민속지≫, 화천군, 2004.

≪한국의 마을제당≫(17)	9	5	2		제갈와룡(1), 모름(3)	중복(3)
≪화천의 역사.......≫(47)	41	4		1	천지사(1),초파일제(1)	중복(1)
≪화천민속지≫(48)	45	9	1	2	기우제(7),초파일제(1)	중복(8)
합계	135	23	3	3		

이 표에서 보는 바와 같이 화천지역의 동제는 산신제가 압도적으로 많다. 그 다음이 서낭제이며, 조사과정에서 미륵을 모신 서낭이 2군데, 서낭과 산신을 구분하지 않고 한 곳에서 지내는 경우가 도합 3군데가 있었다. 그 밖에 '천지사'라 일컫는 곳이 1곳, 초파일제가 1곳이 있었고, 제갈와룡을 모시는 곳이 1곳 있었으며, 기우제도 지내는 곳이 있었다. 이 통계에 따르면 역시 화천지역은 산이 많은 곳이므로 산신을 대상으로 대부분의 동제가 행해지고 있었다. 서낭제의 경우는 산신제에 비하면 그 숫자가 현격함을 볼 수 있었다.

그러나 이 자료는 ≪화천군지≫가 표본이 되고 있는데, 군지를 편찬할 당시 그 조사가 화천군 전역을 상대로 제대로 이뤄졌는지 궁금하다. 현재 화천군은 5개 읍면에 81개리 340개 반으로 구성되어 있다. 리의 숫자로 보더라도 ≪화천군지≫에서 조사한 46개에 비하면 절반에 불과하다. ≪화천군지≫의 「부락신앙」條 다섯 번째 <新邑 2里 城隍堂> 부분을 보면 "1977年까지는 祭享을 했으나 1978年에 불을 질러 없어졌다."[10]라는 기록이 보인다. 또 여덟 번째의 <東村 1里 山神祭>에는 "음 3月3日과 9月9日에 지냈으나 1980年에 廢棄되어 지금은 지내지 아니한다."[11]라는 기록이 있다. 이 기록에 따르면 벌써 1978년 당시에 '신읍 2리의 성황제'와 1980년 '동촌 1리 산신제'는 없어졌다는 것이다. 그렇다면 위의 도표에서 보는 조사 기록은 체계적으로 작성된 것이 아니라 무작위로 선별하여 조사 기록한 것에 불과하다. 아울러 그 기록이

---

10) ≪화천군지≫, 위의 책, p.341.

11) 위의 책, 같은 곳.

아주 소략할뿐더러 동제의 전반을 조사 채록하여 작성한 것이 아니라는 것이다. 위의 기록을 보더라도 동제에 관련된 제보자, 제당의 명칭과 형태, 제관선정, 제비와 제물, 제수준비절차, 제의 절차, 축문, 영험담, 동제의 운영과 결산, 동제의 특징 등이 대부분 빠져 있음을 알 수 있다. ≪화천군지≫를 따라 채록하여 책으로 편찬한 ≪화천의 역사와 문화유적≫은 2-3건 현지답사를 통하여 보완하였으나 너무나 성의 없이 집필하였다. 이처럼 그동안 화천의 동제에 관한 조사 채록은 아주 소홀했음을 알 수 있다. 그나마 좀더 현지답사를 통하여 구체적으로 채록하여 획기적이었다는 평가를 받는 ≪화천민속지≫마저도 화천의 마을이 몇 개 있는데 동제를 지내는 곳은 몇 개 마을이라는 언급조차 하지 않고 있다. 물론, 시간과 조사원의 부족 때문에 그럴 수 있다. 이 역시 조사 역량 내지는 조사의 성실성이 결여되었다는 것을 의미한다.

다시 말하지만, 위의 표에서 보는 바와 같이 화천에서 지내는 동제는 산신제가 주축이 되고, 서낭제, 미륵제, 기우제 등이 있는 것으로 조사되었다. 특히, 화천지역은 산이 많은 관계로 예부터 산신과 깊은 관련을 맺고 있었다. 그래서 마을마다 산신제를 지내며, 지금도 대부분의 마을에서 산신제가 행해지고 있다. 화천의 가장 큰 축제인 '용화축전'의 경우도 용화산 산신제를 시작으로 열린다. 그래서 화천에서 마을제사라 하면 산신제가 주축이 되며, 그 다음에 서낭제를 행하고 있다.

그러나 동해안 어촌에서 볼 수 있는 남서낭과 여서낭의 형태가 화천에서는 나타나지 않고 있다. 이 형태가 산신제와 서낭제로 불리하여 남녀신의 모습으로 행해지기도 하나 흔하지는 않은 것으로 조사되었다. 간혹 산신제 자체에서 남녀신으로 구분해서 나타나기도 한다. 간척3리 산신제에서 상당과 하당이라 하여 같은 장소 바로 옆에서 제사를 따로 올리는 경우가 이에 속하며, 또 서낭신에 대한 제사는 거리제라 하여 따로 지내기도 하는 것을 볼 수 있다. ≪화천군지≫에 따르면 <광덕4리의 산신제>를 언급한 자리에서 산신이 여신(女神)이기에 제수를 수컷으로 쓴다는 기록이 있다.[12] 그리고 ≪화천민속지≫에 의하면, <구만리 어룡동 산신제>의 경우 주민들은 산제당을 남자로 서낭당을 여자로 인식하고 있었다.[13] 이렇게 남녀신으로 나누어서 마을의 신격을 인식하고 있다는 것은 다름 아닌 음양 곧 남성과 여성으로 마을신을 구분하여 그들의 결합으로 마을의 풍요를 얻고자 한데서 비롯되었다고 할 것이다. 이렇게 화천에서 구체적으로 마을신을 남녀신으로 구분하여 일컫는 경우는 위의 예가 전부라 할 만큼 아주 드문 현상이다.

3. 간척3리의 동제와 성신앙의 양상

1) 산신제와 거리제 그리고 처녀바위

필자는 간척3리에 두 번 갔는데 그때 제보자(김동규(48, 2003년), 김정연(85, 2005년), 오세진(60, 2005년))들에게서 들었던 동제 관련 이야기를 소개한다.

간척 3리에서는 매년 음력 3월3일과 9월9일에 마을 제사인 산신제와 거리제를 지냈다.[14] 산신제는 산에 마련한 산제당에 가서 지내고, 거리제는 마을입구에 있는 서낭당에서 지낸다. 산제당은 이 마을에서는 '지당'이라고 하는데 상당과 하당이라고 하여 같은 장소 바로 옆에 두 군데에 있다. 시멘트와 돌로 단을 쌓아 놓았고, 느티나무 두 구루가 신수(神樹)의 역할을 하고 있다. 상당 앞에는 한지를 걸어두었던 철사가 그대로 남아있었다. 상당에서도 느티나무 바로 밑에서 제단을 만들

---

12) 위의 책, p.345. 그런데 2004년 2월11일 필자와 일행들이 조사한 바에 의하면 수퇘지가 아닌 암퇘지를 올린다고 하였다. ≪화천민속지≫, 앞의 책, pp.405~6.

13) ≪화천민속지≫, 위의 책, p.394.

14) 필자가 2003년에 답사를 했을 때는 마을제사가 행해지고 있었으나, 2005년에 답사를 했을 때는 마을제사가 끊겼다. 이유는 마을 이장이 기독교 신자이기 때문이라 하였다.

어 놓고 제를 지내며, 하당에서도 마찬가지다. 하당은 상당 좌측 아래 약 3m 부근에 위치하고 있다. 상당신과 하당신은 할아버지와 할머니가 아니겠냐고 하였다. 이 지당 앞에는 바로 위에서 샘이 솟아 지당 앞을 흐르고 있다. 이 물로 돼지 등의 제물을 준비한다고 한다.

거리제(서낭제)를 지내는 곳도 산제당과 마찬가지로 따로 당집이 있는 것은 아니다. 이 곳에는 보습 모양으로 생겼다고 해서 볏바위라 하는 바위가 있고, 그 바위 옆에 커다란 남성기 모양으로 생긴 바위가 있고, 그 바위와 짝을 이루는 바위가 나란히 서 있다. 그 사이는 마치 얼핏 보면 여성기 모양과 흡사하다. 거리제를 지내는 제단은 남성기 모양의 바위 아랫부분에 돌과 시멘트로 단을 쌓아 놓은 곳이다. 그 앞에는 산제당에 심은 나무와 같은 느티나무를 같은 해에 심어놓았다. 이 나무 자리에는 굴참나무가 있었는데 수령이 오래되어 죽어 썩어 없어졌다. 그 나무가 있던 바로 위에다가 느티나무를 심었는데 아주 잘 자라서 서낭당의 신수 역할을 하고 있다. 마을에서는 그냥 서낭당이라고 부른다. 나무를 심은 사람은 오세진(60) 제보자가 1979년에 심은 것이라고 한다. 제사가 끝난 후에 이 나무에다가 실과 북어를 매달았다.

또한 마을 입구에는 처녀바위, 선돌, 도솔바위, 촛대바위 등등으로 불려지는 남근모양의 바위가 서있다. 높이는 140여cm 정도 된다. 제보자에 따르면 이 바위가 언제부터 여기 서 있었는지는 모르지만 몇 백년은 되었을 거라고 하였다. 바위의 역할은 동네로 들어오는 각종 질병이나 액운을 쫓아내는데 있다고 하였다. 일종의 수구막이로 마치 솟대나 장승과 같은 역할을 한다는 것이다.[15] 그리고 동네의 형상이 뒷산의 줄기가 마을 입구로 쭉 뻗어 내리는 모습으로 되어 있어 비보 차원에서 도솔바위를 설치했다는 얘기를 들은 것 같다고 했다.[16] 즉 마을의 복이 빠져나가지 말라는 의미에서 설치한 것이 도솔바위라는 것이다.

---

15) 이 바위에 얽힌 이야기에 대해서는 이학주, 앞의 책, pp.202~203.을 참고 할 것.
16) 이에 대해서는 이 마을에 사는 김정연(85) 옹이 제보한 것이다. 2005년 6월 12일 조사.

제관은 그날의 일진을 봐서 선정한다. 육갑(六甲)으로 생기 복덕을 보는 것이다. 그래서 탈이 없는 사람을 선정했다. 도가는 세 집을 선정한다. 도가도 생기 복덕을 봐서 선정한다. 제관과 도가는 2-3일 전에 선정했다. 도가로 선정된 사람은 머리도 찬물로 깨끗이 감고 옷도 깨끗이 해서 입고 제물을 준비하였다. 도가로 선정되면 그 집에서는 파리 한 마리도 잡지 않았다. 옛날에는 금줄도 치고 했으나 최근에는 없었다.

통돼지를 지당 근처에 끌고 가서 잡아서 제물로 사용했고, 흰 시루떡(백설기)을 세 개 쪄서 올리고, 메도 세 개씩, 포, 삼색실과 등을 올렸다. 제주는 식혜(감주)를 올린다. 이것을 지당의 상당과 하당에서 지낸 후 거리제를 지내는데 지당에서 지냈던 제물을 서낭당에서 다시 사용했다.

제비는 마을에서 집집마다 얼마씩 갹출을 해서 사용하였다. 그런데 산제사를 지낼 때 상당에서 제물로 썼던 통돼지는 날 것으로 하고, 하당에서는 통돼지의 갈비 한 쪽을 뜯어서 살짝 익힌 후에 사용한다. 통돼지를 마련할 때는 며칠 전에 마을에서 수퇘지를 골라서 선정하여 지냈다.

제의는 낮부터 준비를 해서 밤 6-9시 경 되면 제사를 지냈다. 제사를 지낼 때 제관들은 모두 두루마기를 해 입고 올라가서 제를 지낸다. 제사가 끝나면 소지를 올려 준다. 산제가 끝나면 서낭당에 와서 제관들이 또 제사를 올렸다.

옛날에는 고축을 하였으나 지금은 축문을 쓰던 노인들이 다 돌아가서 축을 고하지 않고 그냥 지낸다. 이것도 지금은 제를 지내지 않아서 없어졌다.

산제사를 지낼 때는 해당되는 사람만 올라가고 나머지 사람들은 마을에서 기다린다. 여자는 올라가지 않고 남자들만 갔다. 제사가 끝나면 도가집에 마을 사람들이 모두 모여서 음식을 나누어 먹었다.

이상이 간척3리 산신제와 거리제(서낭제)의 내용이다. 여타의 지방과 크게 다를 것은 없다. 곧, 화천지방의 산신제와 서낭제의 모습을 그대로 유지하고 있다. 다만, 산신제와 거리제 외에 따로 '처녀바위'가 있고 그에 얽힌 이야기가 마을의 신앙과 밀접한 관련을 갖고 있다는 것이다.

2) 산신제와 상하당신

화천지방의 동제는 대부분 음력 3월3일과 9월9일에 행하고 있는데, 간척3리도 이와 같았다. ≪화천군지≫에 의하면 46군데의 동제를 기록하고 있는데 다행히도 모두 지내는 날짜를 기록해 두었다. 그 중에 3월 3일과 9월9일에 동제를 지내는 경우가 34군데나 된다. 그밖에 음력 1월 1일 한 곳, 1월3일 한곳, 1월 15일 한 곳, 4월8일 한 곳, 8월1일 두 곳, 8월 3일 한 곳, 8월14일 한 곳, 10월 1일 한 곳 등이다.[17] 이렇게 3월3일과 9월9일을 택한 데는 그 날짜가 길일이라는 것과 양기가 강한 날이라는 의미가 깃들어 있다.

화천군 간척3리 산신당의 상하당제단. 좌측이 상당이고 우측이 하당이다. 상당 밑에 시멘트로 쌓아 둔 곳은 제를 지낼 때 절을 하는 곳이다. 느티나무 두 그루는 신목이다.

---

17) ≪화천군지≫, 앞의 책, pp.340~6. 참고로 속초시의 경우를 보면. "장사동은 음력8월 한가위를 전후하여 택일하고, 도문동은 동지달 초순에 택일하며, 영랑동은 단오와 동지달에 두 번 지내는데 3년에 한번 굿을 한다. 대포동은 음력 10월 초순 길일을 택하여 지내고 욍옹치는 음력 3월 3일과 9월9일, 물치는 음력 3월3일과 10월 초순 길일을 택하여 지낸다."(≪속초의 향토민속≫,속초문화원, 1992, p.63.)고 하였다.

제당의 형태는 산제당의 경우 전형적인 신수(神樹)에 제단이 복합된 형태이다. 그 위치는 원래 마을 중심에 우뚝 솟은 지당봉에 있었으나 군부대가 그 곳을 점령하여 네 번에 걸쳐 옮겨서 현재의 위치인 산중턱 샘이 잘 흐르는 곳에 마련되었다. 그 과정을 기록해 본다.

> 산신제 장소는 몇 번을 옮겼다. 처음 제사를 올리던 곳은 지당봉에서 했는데 이 곳에는 제구를 보관하는 집까지 있었다. 그러나 군인들이 이 곳에 들어와서 부대를 만들어서 더 이상 들어 갈 수 없게 되었다. 이 곳에서 지낼 때는 제물을 마을에서 모두 준비해서 산 정상까지 옮겨서 제사를 지냈다. 이 곳 뿐 아니라 수복 후에는 온 산을 군인들이 관리하면서 민간인들은 들어가지 못하게 했다.
> 그 후 지당봉 오른쪽에 있는 계곡 위쪽에 터를 잡고 산제사를 올렸는데 제사를 올릴 때마다 비가 몹시 왔다. 그래서 도저히 그 곳에서 제사를 지낼 수 없어 조금 아래로 옮겨서 제사를 지내게 되었다. 그런데 그 곳에서는 비는 오지 않는데 샘물이 적어서 제물을 준비하기가 부족했다. 그리고 지금의 장소로 옮겼는데 이 곳에서는 아무 탈 없이 잘 지냈다. 물도 많고 비도 오지 않았다. 이 곳에 옮긴지는 한 30-40년 정도 된다.[18]

위의 인용문은 필자가 직접 채록한 이야기이다. 마을에서 산제사를 지내고자 애쓴 흔적이 역력하다. 그리고 처음에는 마을 뒷산 가운데 솟은 봉우리 꼭대기에 산신당이 위치하고 있었다. 이로 보면 마을 사람들이 갖고 있는 산신에 대한 관념을 읽을 수 있는데, 곧, 신은 하늘에서 하강하였다는 우리 신화에 나타나는 천신하강형(天神下降型)의 모습을 간직하고, 그 신을 맞이하는 가장 가까운 곳이 산꼭대기라는 것이다.[19] 이것은 우리의 국조(國祖) 단군왕검이 태어나기 위해서 국모

---

18) 2005년 6월12일 채록. 제보자: 김정연(85), 오세진(60).
19) 김의숙, 앞의 책, p.122.

(國母)인 웅녀가 태백산정(太白山頂) 신단수 아래서 국부(國父)인 환웅 성왕을 맞이한 유형과 같은 경우이다. 그러나 간척3리에서 모시는 산신은 남성인지 여성인지 분명하지 않다.

간척3리의 산제당은 상당(上堂)과 하당(下堂)으로 나누어져 있다. 그것이 왜 그렇게 되어 있냐고 물으니 제보자들은 한결같이 모른다고 하면서 조심스럽게 "할아버지와 할머니가 아니냐?"고 언급하였다. 이 언급에 따르면, 산신이 남성이라 할 수 있는데 상당의 신을 일컫는 것일 것이다. 그렇다면 하당의 주인공은 음성(陰性)인 여신일 것이다. 그런데 우리의 산신도(山神圖)를 보면 산신이 남녀신으로 같이 있는 경우는 거의 없는 것으로 알고 있다. 다만 성황당(서낭당)의 경우는 강릉시 안인진리의 해랑당과 경북 울릉군 대하동의 서낭당[20] 등이 있고, 대관령 국사성황과 여서낭의 경우처럼 한해에 한번 씩 결합시키는 경우도 있다. 그렇다면 간척3리의 하당 신은 상당 신에 대한 음성인 여성신으로 볼 수 있을까? 제를 지낼 때는 상당 신에게는 통돼지를 올리고, 하당 신에게는 돼지갈비를 잘라서 올린다고 한다. 그리고 제의를 상당과 하당서 같이 지내는 것이 아니라 따로 지내고 있다. 이와 유사한 예가 인제군 상남면 방아다리마을의 "흙다리산신제"이다. 방아다리 마을은 정월 14일에 마을에서 산신제를 올리는데, 제당이 할아버지당과 할머니당으로 구분되어 있다. 이 곳에서는 통돼지를 제당 앞까지 가져와서 제를 올릴 때는 돼지의 각 부위를 잘라서 할아버지 제당에는 모두 올리고, 할아버지 제사가 끝나면 돼지머리만 가져가서 할머니제당에 올리고 제의를 간단히 치른다. 그런데 이 곳 제보자인 김성렬(93) 옹의 제보에 의하면 제보자 자신이 동네 서낭신을 올려다가 할머니제당을 만들어 놓고 모셨다고 한다. 결국 "흙다리산신제"에서 할아버지제당의 신은 양성인 남성신이고, 할머니제당의 신은 산신이 아닌 서낭신이며 음성인 여신이라고 할 수 있다. 산신과 서낭신의 형태일 뿐 같은 산신

---

20) ≪한국민속대관≫3, 앞의 책, p.58.

으로써 남녀신이 모셔지는 경우는 아니라는 것이다. 이로 볼 때, 간척3
리의 산제당에 있는 하당 신은 여신이 아니라, 산신을 모시고 다니는
호랑이가 아닐까? 그렇다면 이는 곧, 주신(主神)인 산신을 호위하며 다
니는 호위신을 제사하기 위해 하당을 마련해 놓고 같이 제사하는 것으
로 볼 수 있다.

산제를 올릴 때 쓰는 제주(祭酒)는 진짜 술이 아니라 감주(甘酒)를 쓴
다. 이에는 다음과 같은 이유가 있다.

> 옛날에는 제주를 빚어서 제당 밑에 묻어두었다가 꺼내서 제사에 사
> 용하였다. 그런데 언젠가 제사를 지낼 때 제사가 끝나지도 않았는데 어
> 떤 사람이 그 술을 먹고 술주정을 하였다. 그 이후 그 곳에 아무리 술을
> 담가도 술이 되지 않고 감주(식혜)가 되었다. 그래서 그 이후에는 술을
> 쓰지 않고 식혜를 제주로 쓰게 되었다.[21]

마을제사에 감주를 쓰는 경우는 아주 많다. 그러나 대부분 그 원인
을 모르고 윗대에서 그렇게 썼으니까 지금도 쓴다는 것으로 인식하고
있다. 화천군 <산양1리 산신제>에도 감주를 쓰는데 이유는 모른다.[22]
홍천군 동면 성수리의 경우도 모든 마을마다 동제를 올릴 때 감주를
쓰고 있다.[23] 그러나 성수리 역시 왜서 감주를 쓰는지 알지 못하고 있
었다.

감주를 쓰는 것도 신의 性과 관련이 있는 것은 아닌지 모르겠다. 그
렇다면 감주를 올린다는 것은 여신일 터인데, 간척3리의 산신이 남신
에서 여신으로 바뀌었다는 것인가? 아니면 과거 어느 때에 나라에서
밀주를 금했던 것에서 비롯되었을 수도 있으리라. 아니면 위의 이야기
와 같이 산신보다 먼저 술을 마신 행위, 곧 금기를 어긴 것에서 비롯했

---

21) 2005년 6월12일 채록. 제보자: 김정연(85), 오세진(60).
22) ≪화천민속지≫, 앞의 책, p.413.
23) 2005년 2월22일-23일. 제보자: 민서기(52) 외 9인.

을 수도 있다. 간척3리에서는 산신제의 영험담 중 제물을 산신보다 먼저 먹었다가 혼난 경우도 있었다. 곧, "옛날에 돼지를 잡던 사람이 돼지 목에 붙은 살점을 조금 떼어먹었다가 까무라친(기절함) 적이 있었다. 죽지는 않았고 나중에 깨어났다고 한다." 이러한 영험담으로 보면 감주 사건은 금기를 깨뜨린 것에 따른 실제일 수도 있다.[24]

그리고 희생물로 쓰는 돼지는 수퇘지를 쓰고 있다. 이것도 음양의 원리를 굳이 따진다면 수퇘지를 쓰기에 산신은 여성일 수 있다. 그러나 광덕4리의 산신제와 같이 분명히 산신은 여신인데 암퇘지를 쓰는 것[25]으로 보아 예외는 있는 것으로 볼 수 있다.

3) 거리제와 마씨 할머니

간척3리의 서낭신은 여신이다. 이 마을에서는 매년 산신제를 지내고 나서 마을 입구에 있는 서낭당에 내려와서 거리제를 지냈다. 화천군에는 같은 날 산신제를 지내고 산신제에 썼던 제물로 서낭제를 지내는 마을이 상당히 많다. ≪화천민속지≫에 따르면 <간척3리 산천제>, <구만리 어룡동 산신제>, <유촌리 산천제>, <장촌리 산신제>, <봉오1리 산신제>, <봉오2리 산신제> 등이 있다.[26] 이밖에 대이리와 용호리 같은 경우는 산제를 지내고 나서 마을에 있는 미륵당에 내려와서 제를 지내는 경우도 있다.[27] 그러나 간척3리와 같이 서낭신을 여신으로 꼬집어 말하는 경우는 흔하지 않다. 다만, <구만리 어룡동 산신제>의 경우 "마을 주민들은 산제당을 남자로 서낭을 여자로 인식하고 있었다."[28] 이처럼 산신과 여신을 남녀로 인식하고 있지만 여신이 누구

---

24) 2005년 6월19일 채록. 제보자: 김정연(85). 오세진(60). 아니면 영월 주천의 술 사건과 같은 이야기일 수도 있다.

25) ≪화천민속지≫, 앞의 책, p.405.

26) 위의 책, pp.390~419.

27) 위의 책, 같은 곳.; 이학주, 앞의 책, pp.139~142. 147~152.

28) ≪화천민속지≫, 위의 책, p.394.

라고 정확히 말하고 있지는 않다.

그런데 간척3리의 경우는 제보자가 분명히 강태공의 부인 마씨 할머니라고 언급하였다.

옛날 강태공 부인 마씨 할머니가 있었다. 남편 강태공이 강가에 가서 맨날(매일) 곧은(낚시 바늘을 편 상태) 낚시만 하였다. 몇 년을 그렇게 곧은 낚시만 하니, 부인네가 품을 팔아서 생계를 유지했다. 그런데 아무리 기다려도 남편이 낚시를 그만두지 않으니 마씨 할머니는 이제 헤어지자며 그만 남편 곁을 떠나갔다. 헤어진 후에 옹기장수를 만나서 살았다. 그러던 어느 날 옹기장수는 옹기를 등에 한 짐지고, 마씨 할머니도 머리에 옹기를 한 짐 이고 땀을 뻘뻘 흘리며 가고 있었다. 그때 강태공이 출세를 해 가지고 말을 타고 여러 사람을 대동하고 가는 것을 보았다. 마씨 할머니는 옹기를 팽개치고 강태공에게 매달리며 자기를 데려갈 것을 부탁하였다. 그러니 강태공이 동이에다가 물을 하나 가득 떠다가 마당에 부은 후 그 물을 다시 동이에 움켜 담으라고 하였다. 가득 차면 데려가고 안차면 데려가지 않겠다고 하였다. 그것이 가득 찰 리가 있겠어? 없지. 그래 쫓아가다가 대관령 어느 고개 서낭에서 서낭신이 되었다고 한다. 그 신이 이 곳 서낭에도 있다고 한다. 그래서 사람들이 서낭 옆을 지나갈 때 침을 세 번 뱉고 지나간다. 영감 버리고 딴 영감 얻어 갔다고 해서 나쁘다고 침을 뱉는 것이다. 서낭신은 마씨 할머니이다.[29)]

이 제보에 따르면 서낭신이 마씨 할머니라는 서낭신 일반에 대한 얘기일 수도 있으나, 간척3리의 서낭신에 대한 성격도 분명히 언급하고 있다. 필자가 제보자에게 간척3리의 서낭신이 누구냐고 물었을 때 답한 내용의 전문이다. 그렇다면 분명 간척3리의 서낭신은 여성신이다.

마씨 할머니와 서낭신과의 관계는 전국적으로 널리 분포되어 있는

---

29) 2005년 6월 12일 채록. 제보자: 김정연(85).

광포전설의 한 계통이다.[30] 위의 전설에서 보듯이 마씨 할머니는 많은 한(恨)을 품고 죽은 여인이다. 그래서 일반적으로 다른 설화들에서 보면 마씨 할머니가 물을 담지 못하고 죽었으므로, 행인들이 기갈을 풀라고 침을 뱉거나, 침을 뱉어서 그릇을 채운다거

간척3리에서 거리제를 지내는 서낭당. 바위와 바위 사이의 모양이 여근과 흡사하다. 우측 바위 밑에 제단이 있다. 이 바위 앞쪽에는 느티나무 신목이 있다.

나[31] 하지만, 간척3리의 채록 설화에서는 마 씨 할머니의 나쁜 행실을 꾸짖고자 침을 뱉고 간다는 것이다. 이점은 마 씨 할머니의 기본 전설에서 분식 또는 첨부된 것으로 볼 수 있다. 마치 까마귀가 울면 부정하여 부정 가신다고 침을 세 번 뱉는 행위와 같은 것이다. 어쨌든 마씨 할머니와 서낭신과의 관계는 이 곳 간척3리에도 그대로 전승되어 서낭신이 여성신임을 나타내고 있다.

그런데 간척3리의 서낭제를 이 곳 사람들은 '서낭제'라 일컫지 않고 '거리제'라고 한다. 필자가 서낭제를 조사하는 과정에서 이 곳에는 한동안 무당들이 와서 움집을 짓고 굿을 하였으며, 지금도 더러 밤중에 와서 굿을 하고 간다고 한다.[32] 이는 다름 아닌 서낭제와 더불어 '서낭굿'이라는 민속제의가 행해졌다는 근거이다.[33] 서낭굿은 마을의 입구나 삼거리에서 마을의 재앙을 막고 복을 얻게 해달라고 비는 형태로 '거리제'라고 하기도 한다. 아울러 서낭은 나그네를 수호하는 노신적(路神的) 성격도 띠고 있음은 누구나 알고 있는 사실이다.

---

30) 마씨 할머니와 서낭신에 대해서는 김의숙, 앞의 책, pp.133~7.에서 자세히 다루었다.
31) 위의 책, pp.134~5.
32) 2003년 10월24일 채록. 제보자: 김동규(48).
33) 김의숙, 앞의 책, p.121.

그리고 거리제는 보통 마을 입구에 있는 장승이나 솟대를 세울 때 지내는 제사를 일컫는다. 그런데 간척3리의 경우는 서낭당에서 지내는 제사를 거리제라 하므로 이와는 성격이 다른 듯하다.

4) 처녀바위와 풍수비보

나말여초 도선(道詵) 스님은 국가와 국민을 수호하고 세상이 태평하기를 빌면서 국토에서 지기(地氣)가 약한 곳을 보완한다는 명목 하에 비보사탑(裨補寺塔)을 전국에 세웠다. 이러한 비보설은 후대로 오면서 많은 폐단을 낳기도 하였으나, 마을의 악한 기운을 쫓거나 약한 기운을 보충하기 위해서 돌탑이나 선돌 또는 돌부처 등을 세우는 민속신앙의 하나로 자리 잡게 되었다. 실제로 과거에 되놈이나 왜놈들에게 침략을 당하면서 우리의 국토에는 수많은 쇠말뚝이 박히게 되었다. 우리 땅에서 장수의 기운을 막아 아예 훌륭한 인물이 태어나는 것을 막고자 한 때문이다. 반면에 마을의 약한 기운을 보충하거나 새어 나가는 기운을 막기 위해서, 또는 악한 기운을 쫓거나 넘치는 기운을 막기 위해서 아직도 전국의 여러 곳에서 비보행위는 행해지고 있다. 얼마 전 한 젊은이가 국가외환위기를 맞았을 때 포항 앞바다에 돌부처, 돌 마리아, 돌 남근을 넣어서 그 기운을 보충하고자 한 경우도 있었다. 이는 마치 신라의 문무왕이 죽어서까지 국가를 수호하고자 바다에 무덤을 썼던 것하고 상통한다.

이 비슷한 예가 화천군 간동면 간척3리에도 있다. 앞서 답사 자료 소개에서 언급한 내용을 논의의 편의 상 다시 한 번 인용한다. 내용은 다음과 같다.

마을 입구에는 처녀바위, 선돌, 도솔바위, 촛대바위 등등으로 불려지는 남근모양의 바위가 서있다. 높이는 140여cm 정도 된다. 제보자에 따르면 이 바위가 언제부터 여기 서 있었는지는 모르지만 몇 백 년은 되었을 거라고 하였다. 바위의 역할은 동네로 들어오는 각종 질병이나 액운을 쫓아내는데 있다고 하였다. 일종의 수구막이로 마치 솟대나 장승과 같은 역할을 한다는 것이다. 그리고 동네의 형상이 뒷산의 줄기가 마을 입구로 쭉 뻗어 내리는 모습으로 되어 있어 비보 차원에서 도솔바위를 설치했다는 얘기를 들은 것 같다고 했다. 즉 마을의 복이 빠져나가지 말라는 의미에서 설치한 것이 도솔바위라는 것이다.[34]

간척3리의 처녀바위는 두 가지 의미를 가지고 있다. 하나는 외부로부터 들어오는 액운을 막는 기능이고, 또 하나는 풍수지리 상 마을의 복이 밖으로 빠져나가는 기운을 막는 기능이다. 그리고 보면 처녀바위의 역할이 간척3리에서는 대단한 것이라고 할 수 있다.

또 처녀바위에는 다음과 같은 이야기도 전한다.

이 바위는 동네 입구에 서서 바람막이 역할을 하는 바위라고 한다. 곧, 장승이나 솟대와 같은 역할을 하면서 또 다른 의미를 띠고 있다고 하였다. 그 모양이 남근과 같아 유감주술로서 남자아이를 낳게 해달라고 비는 경우도 있으나 흔치는 않다고 하였다. 그리고 이 바위가 넘어지면 동네 총각들이 바람이 난다고 하였다. 왜 그런가는 알지 못한다고 하였다. … 이 곳에는 군인들이 많은데, 군인들이 일부러 이 바위를 쓰러뜨린 적이 있다. 바위의 이름이 처녀바위라는 것을 알고 이 바위를 쓰러뜨리면 총각이 바람난다는 것을 바위의 형상이 남근모양이기에 처녀가 바람난다고 잘못알고 한 것이다. 그러나 처녀는 바람이 나지 않고, 군인들이 계속해서 사고가 났다. 그래서 군인들은 사고를 막기 위해서 이 바위를 세우고 고사를 지내고 갔다고 한다.[35]

인용문에서 처녀바위의 역할을 또 발견할 수 있다. 앞서 보았던 바람막이 역할 외에도 아들 낳기를 바라는 기자신앙의 대상물이라는 것

---

34) 2005년 6월12일 채록. 제보자: 김정연(85).
35) 이학주, 앞의 책, pp.202~3.

간척3리의 처녀바위

이고, 그 바위가 쓰러지면 동네 총각들이 바람이 난다는 것이다. 그것을 군인들에 의해서 본의 아니게 직접 실험을 했더니 사고가 끊이지 않았다는 사실까지 덧붙여져 있다.

우리는 처녀바위에 얽힌 네 가지 사실이 모두 신빙성을 갖추고 있다고 볼 수 있다. 그 중에서 가장 먼저 행해졌을 이야기는 앞서 든 들어오는 액운을 차단하고 밖으로 나가는 복을 막아주는 역할일 것이다. 첫 번째 이야기에 초점을 맞추면 마을 입구에 세운 장승이나 솟대의 기능이 강할 것이고, 두 번째 이야기에 초점을 맞추면 풍수에 따라 마을 어느 곳에 세운 돌탑이나 선돌 및 돌부처의 기능이 강할 것이다. 또한 세 번째 아들 낳기를 바라는 기자의 대상이나, 네 번째 쓰러뜨리면 동네 총각들이 바람난다는 이야기도 물론 후대에 끼어든 듯하지만 나름대로 의미 있는 역할로 볼 수 있다.

그렇다면 간척3리의 처녀바위는 다양한 기능과 역할을 하며, 궁극적으로 마을의 수호를 맡은 신체(神體)로 볼 수 있다. 그 증거로 "처녀바위는 마을에서 위하는 바위인데…"36)라는 제보자의 발언에서도 알 수 있다. 그런데 이러한 처녀바위의 의미가 모두 음양의 성적(性的)인 것과 관련이 된다는 것이다. 특히 동네 입구에 남근바위를 세우는 많은 이유는 여근바위와 관련이 있다. 동네에 있는 여근바위를 쑤시면 동네 처녀들이 바람난다는 이유에서 음풍을 막기 위해서 동네 입구에

---

36) 위의 책, p.203.

남근바위를 세우기도 했다.[37] 성급한 결론이지만 거리제를 지내는 바위의 형상을 사진에서 보는 것과 같이 여근의 모양으로 볼 수도 있다. 이것은 어디까지나 추측에 불과하다. 그러나 처녀바위의 위치가 지당봉과 서낭당의 중간에 위치하고 있다는 것도 어느 정도 일리가 있는 이야기일 수 있다.

결국, 간척3리의 처녀바위는 마을의 형국과 관련해서 음양의 풍수지리적인 조화를 맞추기 위해서 세워진 비보차원의 바위라 할 것이다. 그것이 후대로 오면서 기자의 대상도 되고, 넘어뜨리면 동네 총각들이 바람이 난다는 설까지 생겨난 것이라 하겠다. 그러나 네 가지 이야기는 어느 것이든 음양의 性개념을 벗어날 수는 없는 것이다.

4. 맺음말

지금까지 화천의 동제 중 간동면 간척3리를 중심으로 성(性)신앙에 대해서 살펴보았다. 원래 음양은 남성과 여성의 결합에 따른 다산 및 풍요 등과 밀접한 관련을 맺고 인간의 의식 속에 깊이 자리하고 있다. 그렇기 때문에 이러한 음양론은 사물을 바라보는 가장 원초적인 인간의 시각이다. 인간의 생활도 이와 같아서 음과 양의 분리 보다는 결합을 통해서 생산을 극대화 하고자 하였다. 이러한 음양론은 생물 뿐 아니라, 그들이 믿는 神的인 존재까지 음양으로 결합시킴으로써 신의 영역 속에서 활동하는 인간의 생활을 풍요롭게 해 줄 것을 간절히 기원하였던 것이다.

그러한 염원이 가장 잘 나타난 것이 마을에서 공동으로 믿고 있는 동제이다. 간척3리의 경우도 산신제를 비롯해서 거리제(서낭제) 및 처녀바위 등으로 이어지는 동제의 형태가 있었다. 많은 역사적 종교적 시대적인 우여곡절을 겪으면서 마을 사람들의 굳건한 신앙으로 유지

---

37) 주강현,≪우리문화의 수수께끼≫, 한겨레신문사, 1996, p.36.

돼 왔다. 그리고 마을 사람들을 하나로 단결시키고 그들이 바라는 이상세계의 건립에 이바지해 왔음도 사실이다. 그러나 외래종교의 유입에 따른 강력한 반발을 결국은 이겨내지 못하고 외래 종교의 신자가 마을 이장이 되면서 간척3리의 동제는 없어졌다.

그동안 간척3리는 마을 전체가 신앙 터였다. 매년 때가 되면 마을 단위로 산신과 서낭신에게 기원을 했고, 또 개인별로는 수시로 집안에서 산에서 서낭에서 느티나무[38] 등에서 기원을 했다. 마을에 세워둔 처녀바위는 마을 전체에 대한 풍수적 발상에서 비롯되었고, 그는 생긴 모양으로 볼 때 음양의 조화에 따른 개념에서 비롯되었음을 알 수 있다. 이처럼 간척3리는 마을 전체가 신성시하는 신앙 터였으며, 마을 사람들은 산신과 서낭신과 가정의 신을 믿으며 신과 함께 삶을 같이 해온 신앙인들이었다. 그러면서 마을 사람들은 산신과 서낭신을 남성이며 여성이라고 분명히 말하지는 않았지만, 상징적으로나마 신들에게 성을 부여하였고, 그들의 조화를 통해 마을의 안녕과 복락을 기원하며 공동체 생활을 영위해 왔던 것이다.

■ 참고문헌

김의숙, ≪한국민속제의와 음양오행≫, 집문당, 1993.
≪속초의 향토민속≫, 속초문화원, 1992.
양계초 외, ≪음양오행설의 연구≫, 김홍경 편역, 신지서원, 1993.
이학주, ≪아들 낳은 이야기≫, 민속원, 2004.
_____, <화천군 간동면 간척3리 답사기록>, 2005년 6월12일, 외 3건.
임동권, ≪한국민속문화론≫, 집문당, 1983.

---

38) 이 느티나무는 그 수령을 정확히 알 수 없는 아주 큰 나무이다. 이 나무는 개인의 기도처이며 무속인들의 굿터이기도 하다. 특히, 자식 없는 사람들의 기도가 끊이질 않는다고 하며, 동네 노인들은 그 옆을 지나면서 그 동안 도와 주셔서 고맙다고 한단다. 이학주, 앞의 책, pp.138-139.

주강현, ≪우리문화의 수수께끼≫, 한겨레신문사, 1996.

최길성, ≪한국민간신앙의 연구≫, 계명대학교출판부, 1989.

≪한국민속대관≫3, 고려대학교 민족문화연구소, 1995.

≪한국민족문화대백과사전≫, 한국정신문화연구원, 1991.

≪한국의 마을제당≫<강원도 편>, 문화재관리국, 1995.

≪화천군지≫, 화천군, 1988.

≪화천민속지≫, 화천군, 2004.

≪화천의 역사와 문화유적≫, 강원대학교박물관·강원도·화천군, 1996.

한국 민속제의 전승과 현장

편 제| 김의숙
인쇄일| 초판1쇄 2009년 7월 10일
발행일| 초판1쇄 2009년 7월 15일
펴낸이| 정진이
총괄| 박지연
디자인| 김숙희 선승희
편집| 강정수
마케팅| 정찬용
관리| 한미애 손지애
펴낸곳| 새미
　　　　등록일 2005 03 14 제17-423호
　　　　서울시 강동구 성내동 447-11 현영빌딩 2층
　　　　Tel 442-4623 Fax 442-4625
　　　　www.kookhak.co.kr
　　　　kookhak2001@hanmail.net

ISBN| 978-89-5628-312-8 *03800
가격| 33,000원

* 저자와의 협의하에 인지는 생략합니다.
새미는 국학자료원의 자화사입니다.